U0438920

Nord

contre

Sud

［法］儒勒·凡尔纳 著

许崇山 钟燕萍 译

北方反对南方

Nord contre Sud

人民文学出版社

Jules Verne
Nord contre Sud
根据 Librairie Hachette，1966 年版本译出。

图书在版编目(CIP)数据

北方反对南方/(法)凡尔纳著;许崇山,钟燕萍译.—北京:人民文学出版社,2021
ISBN 978-7-02-016189-8

Ⅰ.①北… Ⅱ.①凡…②许…③钟… Ⅲ.①长篇小说—法国—近代 Ⅳ.①I565.44

中国版本图书馆 CIP 数据核字(2020)第 063142 号

责任编辑　黄凌霞
装帧设计　崔欣晔
责任印制　任　祎

出版发行　人民文学出版社
社　　址　北京市朝内大街 166 号
邮政编码　100705

印　　刷　三河市鑫金马印装有限公司
经　　销　全国新华书店等

字　　数　272 千字
开　　本　880 毫米×1230 毫米　1/32
印　　张　14.375　插页 3
印　　数　1—6000
版　　次　2021 年 8 月北京第 1 版
印　　次　2021 年 8 月第 1 次印刷

书　　号　978-7-02-016189-8
定　　价　54.00 元

如有印装质量问题,请与本社图书销售中心调换。电话:010-65233595

目　录

第　一　部

第　一　章　在香农号上　　　　　　　　003
第　二　章　康特莱斯湾　　　　　　　　022
第　三　章　南北战争的最近战况　　　　032
第　四　章　伯班克一家　　　　　　　　044
第　五　章　黑水湾　　　　　　　　　　059
第　六　章　杰克逊维尔　　　　　　　　072
第　七　章　迫不得已！　　　　　　　　089
第　八　章　最后一位女奴　　　　　　　107
第　九　章　等待　　　　　　　　　　　124
第　十　章　3月2日白天　　　　　　　139
第十一章　3月2日夜间　　　　　　　149
第十二章　随后的六天　　　　　　　　166
第十三章　几个小时之内　　　　　　　184
第十四章　在圣约翰河上　　　　　　　201
第十五章　审判　　　　　　　　　　　220

第 二 部

第 一 章	遭到劫持之后	231
第 二 章	奇怪的手术	246
第 三 章	前一天	261
第 四 章	东北风起	277
第 五 章	占领	295
第 六 章	圣奥古斯丁	310
第 七 章	最后的话与最后一口气	331
第 八 章	从康特莱斯湾到华盛顿湖	348
第 九 章	大柏树林	364
第 十 章	相遇	377
第十一章	大沼泽地	393
第十二章	泽尔玛听到的谈话	407
第十三章	双重生活	419
第十四章	泽尔玛在行动	430
第十五章	兄弟俩	441
第十六章	结局	454

第 一 部

第一章　在香农号上

佛罗里达于1819年被并入庞大的美利坚联邦，并且在若干年之后成为联邦的一个州。通过这次合并，合众国的面积增加了6.7万平方英里。但是，在美利坚合众国旗帜的蔚蓝天空中闪耀的37颗星当中，佛罗里达这颗星的亮度只能算作二等。

这个佛罗里达不过就是一个狭窄而且低洼的半岛。由于地形狭窄，使得这里徜徉的河流都不太宽广——除了那条圣约翰河。这里的地势很少起伏，以至于河水因缺乏必要的落差而无法快速流动。它的地表没有山脉。在联邦的中部和北部地区常见的那种丘陵和"山岗"，在这里却变成了几道稀疏的山梁。至于佛罗里达的形状，不妨把它比喻成一条浸湿在海水里的海狸尾巴，尾巴的东侧是大西洋，西侧是墨西哥湾。

因此，除了在北部与佐治亚州接壤，佛罗里达没有邻邦。两州交界的地方则构成了连接半岛与大陆的地峡。

这里的居民一半是西班牙人，一半是美国人，还有塞米诺尔印第安人①，不过，他们与美国西部的印第安同胞完全不同。总而言之，佛罗里达就像一处世外桃源，甚至遗世独立。如果说佛罗里达

---

① 塞米诺尔人属于北美印第安部落。

的南部滨海地区气候干旱,多沙,几乎到处分布着大西洋长年不断吹来的沙丘,那么它的北部平原却是一片物产丰盛的沃土。佛罗里达①名不虚传,这里的植物群落异常茂盛,生机勃勃,品种繁多。毫无疑问,那是由于圣约翰河水②滋润了这片土地。这条河在平原上自南向北,舒展蜿蜒,流程长达250英里,其中有107英里的河段十分适宜航行,航船可以直抵乔治湖。佛罗里达的东西向河流都比较短,唯独圣约翰河由于流向的缘故,它的长度相当可观。在这条河流的两岸,分布着许多水湾,数量众多的溪流浸润着水湾,为圣约翰河注入丰沛的水量。这条河流因此成为这个地区最主要的动脉,它那丰沛的水量犹如血脉里流淌的血液,给这片大地带来生机。

1862年2月7日,蒸汽轮船香农号沿圣约翰河顺流而下。这条船在河流上游的多处站点,以及圣约翰斯县和普特南县的一系列要塞陆续停靠之后,预计应该于下午4点钟停靠在毕高拉塔小镇。从那里继续向前行进几英里,轮船就驶入杜瓦尔县境内了,杜瓦尔县的土地继续向前伸展,一直连接到拿骚县,两县之间以拿骚河为界,拿骚县的名称就得自这条河流。

毕高拉塔镇本身的地位并不十分重要;不过它周围的土地物产丰饶,生长着茂盛的靛蓝植物、水稻、棉花、甘蔗,还有着一望无际的柏树林。因此,在小镇周围相当广阔的范围内,当地居民的数量十分可观。此外,小镇的地理位置特别适于商品流动和旅行者往来。这里是前往圣奥古斯丁城的靠泊站点,作为佛罗里达东海岸的主要城市之一,圣奥古斯丁坐落在大西洋海滨,狭长的阿纳斯

---

① "佛罗里达"源于西班牙语,意为"鲜花盛开的地方"。
② 圣约翰河是佛罗里达州最长的河流,全长499千米,最宽4.8千米,流经佛罗里达的12个县,其中包含佛州最大的3个县,最终于杜瓦尔县注入大西洋。

塔西亚岛拱卫着这座城市。它距离小镇大约12英里，一条几乎笔直的道路把这座城市与毕高拉塔小镇连接起来。

这一天，在毕高拉塔小镇码头附近，麇集的旅客数量比平时多了许多。这些人都是乘坐快速马车，也叫"见习马车"从圣奥古斯丁赶来的，所谓"见习马车"，其实是一种8个座位的马车，由4匹或者6匹母骡拖拽，以近乎疯狂的速度，在那条泥泞的道路上疾驰而来。大家都要赶往下游的其他城市、小镇、要塞，或者村庄，千万不能错过这班轮船，否则，就要再等待超过48个小时。事实上，香农号并不是每天往来于圣约翰河两岸，然而那时候，它又是这条河上唯一的交通工具。因此，必须在这条蒸汽轮船停靠在毕高拉塔镇的时候及时赶到。为此，那些马车提前一个小时就把自己的乘客送到了这里。

此时，毕高拉塔镇的栈桥码头上，已经聚集了50来位旅客。他们一边等待，一边颇为热闹地闲聊着。可以看得出来，这些人分成两拨，彼此之间很少靠近交流。他们是因为什么重要的事情，或者政治斗争的缘故，被吸引到圣奥古斯丁来的呢？可以很明显地看出，这两拨人互不搭理。他们作为敌人来到这座城市，离开的时候依旧相互敌视。两拨人之间界线分明，相互盯着对方的眼神充满敌意，那几句粗俗话语的挑衅意味，任何人都听得出来。

然而就在此时，上游传来悠长的汽笛声。很快，在距离毕高拉塔镇上游半英里的地方，在河流右岸的河湾拐角处，香农号出现了。从它的两只烟囱里冒出的浓厚烟雾盘旋在高高树丛的顶端，然后在海风的吹动下向对岸飘去。轮船移动的身影迅速变大。潮水刚刚开始退却。三四个小时以来水位缓慢下降，此时，圣约翰河的水流奔向入海口，涌动着香农号向下游行驶。

终于，船上传来钟声。香农号的桨轮反向拍打着河面，轮船停下来,靠在了栈桥码头的系泊处。

旅客们马上开始匆匆登船。其中一拨人首先上船,而另一拨人并未着急抢先。毫无疑问,这是因为他们还在等待迟到的一位或者几位旅客。由于迟到者很可能错过这条船,因此人群中有两三个男人开始奔向毕高拉塔码头,他们站在通往圣奥古斯丁的路口,从那里向东张望,神态明显有些迫不及待。

他们这么着急不无道理,因为香农号的船长已经站在舰桥上,高声喊道:

"上船了!上船了!"

第二拨里的一个人站在栈桥码头上回答道:"再等几分钟。"

"先生们,我不能再等了。"

"就等几分钟!"

"不行!一分钟都不等了!"

"只需再等片刻!"

"不可能,已经退潮了,通过杰克逊维尔的沙洲时,我的船可能没有足够深的水!"

旅客当中有人说道:"再说,让我们为迟到者的任性付出代价,这完全没有道理。"

说出这番指责话的人属于第一拨旅客,他们此时已经坐在了香农号的后甲板室里。

船长回答道:"伯班克先生,我也是这么想的。为旅客服务才是最重要的……好了,先生们,请上船,否则我就下命令解开缆绳了。"

内河船员们已经准备把蒸汽轮船推离栈桥码头,蒸汽笛开始发出刺耳的喷射声,就在此时,一声喊叫让这些操作停顿下来。

"看呀,德克萨!……看呀,德克萨!"

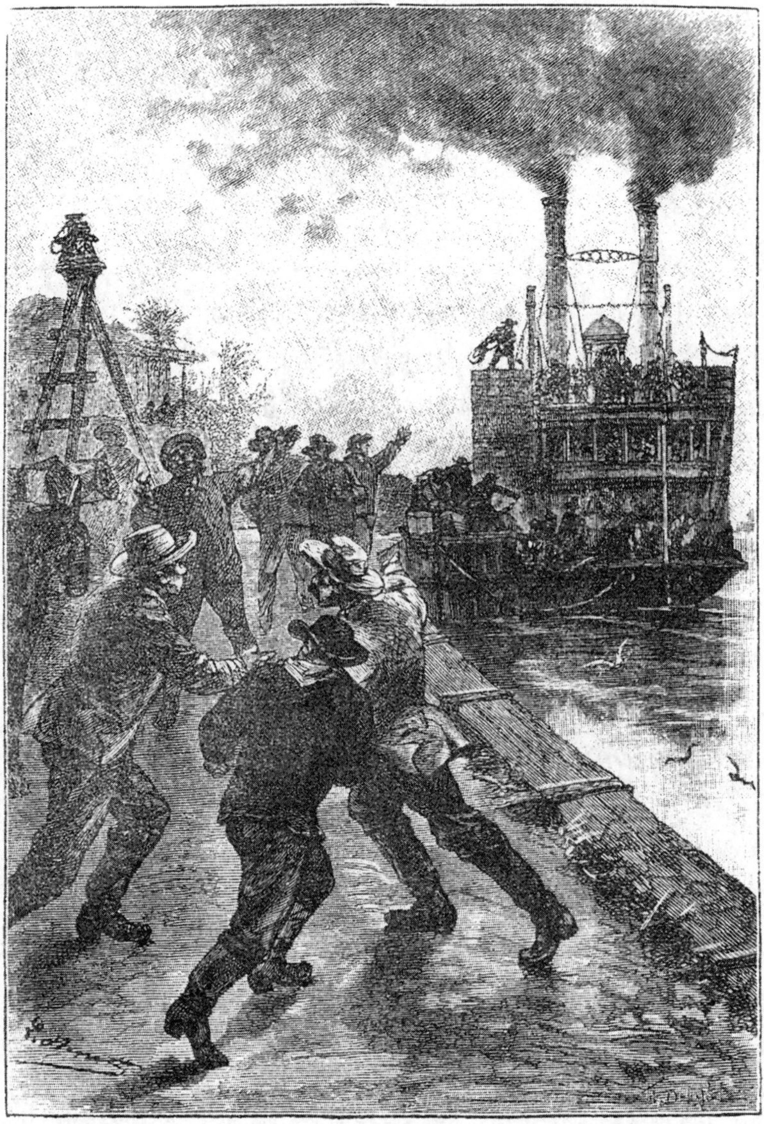

在毕高拉塔码头的拐角处,刚刚出现了一辆全速疾驶而来的马车。拉车的4匹母骡停在了栈桥码头的舷门旁。一个男人从车上下来。他的那些刚才出迎到路口的伙伴,纷纷跑回来与他会合。随后,大家一起登上轮船。

他们当中的一人说道:"德克萨,你再晚到片刻,就赶不上船,那可就麻烦了!"

另一个人补充说道:"是呀!那你就得等到两天以后才能回……回哪儿?……只有你说了,我们才能知道!"

第三个人接茬说道:"刚才,如果船长听了那个傲慢的詹姆斯·伯班克的话,此时香农号已经开到毕高拉塔下游足有半英里远的地方了!"

德克萨在他的朋友们的簇拥下,刚刚来到前甲板室。他隔着舰桥,瞥了詹姆斯·伯班克一眼。尽管一句话都没说,但是,从他的眼神里可以明白无误地看出,这两个男人之间有着难以化解的仇恨。

至于詹姆斯·伯班克,他迎面看了德克萨一眼,随即向后转过身去,在后甲板室里坐了下来,周围坐着的都是他的同伴。

德克萨同伴中的一个说道:"他不高兴了,这个伯班克!显而易见,让他沮丧的不仅是为谎言付出了代价,还有法院对他的伪证给予的惩罚……"

德克萨回答道:"不过,让他沮丧的不是本人受罚,而是这份判决本身,我敢断言!"

此时,香农号已经解开缆绳。船头被长长的钩篙推开,开始进入河道。紧接着,在两个桨轮的强劲推动下,借着退潮水流的助力,轮船在圣约翰河两岸之间疾驶而去。

大家都知道这些蒸汽轮船,它们专门航行服务于美国的内陆河流。这些船个头很大,船身分为好几层,四周围着宽敞的平台,最显眼的是从锅炉舱里伸出的两只烟囱,它们位于舱翼,紧挨着船身的旗杆,旗杆上系着船篷的支索。无论在哈得孙河还是密西西比河上,这些蒸汽轮船就像航行的宫殿,足可以容纳得下一座小镇的全体居民。但是对于圣约翰河,以及佛罗里达的城镇来说,它们不需要那样的庞然大物。香农号不过就像是一座浮动的旅馆,尽管这条船的内部和外部设施都可以和肯塔基级,以及里士满院长级别的航船相媲美。

  天气好极了。湛蓝的天空飘过几片蒸汽形成的淡淡云朵,逐渐消散在天际。这里的纬度为30度,在这样的纬度上,新大陆2月份的气温与旧大陆靠近撒哈拉荒漠地区的气温几乎一样炎热。不过,习习吹来的海风让原本酷热的空气变得凉爽。因此,香农号的大多数旅客都停留在甲板室,呼吸着海风从沿河两岸吹来的沁人心脾的芳香。他们躲在船篷下面,倾斜洒下来的阳光照射不到他们,蒸汽轮船快速疾驶着,带动着船篷犹如印度布风扇①般不停呼扇。

  德克萨和五六个同伴一起登船,他们选择到下面的餐厅找一个包间坐下来。这帮人嗜酒如命,那里的美式酒吧提供各种烈性酒,他们开怀畅饮着杜松子酒、荷兰苦开胃酒,以及波旁威士忌。一眼看去,这是一帮粗野汉子,举止谈不上文雅,言语粗俗不堪,他们宁愿穿皮革衣服,而不肯穿呢绒外套,更适合生活在山野林间,而不是居住在佛罗里达的城市里。在他们中间,德克萨显得有些居高临下,毫无疑问,这不仅是因为他有钱有势,更是因为他拥有刚毅的性格。由于这个缘故,德克萨现在一言不发,他的那帮亲信

---

① 英国殖民主义者在印度发明的一种布屏风扇,在天花板上挂起一个巨大布帘,仆人不停拉动绳子,以此为主人扇风。

也只好沉默不语,靠喝酒来打发时间。

此时,德克萨拿起摊在餐厅桌子上的一张报纸,漫不经心地瞥了一眼,又把报纸扔回桌子上,说道:

"这些消息,都已经是旧闻了!"

他同伴中的一个回答道:"我想也是!这是一张三天前的报纸。"

另一个人补充道:"自从人家打到咱家门上来,三天了,应该发生过很多事情!"

德克萨问道:"战争①打成什么样子了?"

他的同伴说道:"德克萨,说到与我们特别有关系的战况,形势是这样的:据说,联邦政府正在准备对佛罗里达发起远征。所以很快,北方佬就要打过来了!"

"消息确切吗?"

"我不知道,不过,在萨凡纳②到处都在流传这个消息,在圣奥古斯丁也有人对我说这消息确切无疑。"

"好呀!让这些联邦佬来吧,既然他们这么狂妄地想要制服我们!"德克萨一边叫着,一边威胁地用拳头猛击桌面,桌子上的杯子和瓶子都跳了起来,"是的!让他们来吧!我倒想看看,面对这些拥护废奴主义的小偷,佛罗里达的奴隶主是否心甘情愿任人打劫!"

对于那个时代美国发生的事情一无所知的读者来说,德克萨的这番话告诉了他们两件事:首先是南北战争,事实上,这场战争爆发于1861年4月11日,战争的起因是炮轰萨姆特要塞,现在,战争已进行到了最激烈的阶段,因为,战事已经几乎逼近南方各州的最后防线;第二件事,德克萨是奴隶制的拥护者,而且正在与实

---

① 指南北战争,这是美国历史上唯一的内战,参战双方为北方的美利坚合众国和南方的美利坚联盟国。北方称联邦军或北军,南方称邦联军或南军。
② 萨凡纳是美国佐治亚州的港口城市,位于该州东南部的萨凡纳河口。

行奴隶制各州的绝大多数民众一道，为了共同的事业而战斗。恰巧，就在香农号上，敌对双方的多位代表都到场了：这一边——根据这场漫长的斗争中出现的各种称呼，他们是北方佬、奴隶制度反对者、废奴主义者，或者联邦佬；另一边，是南方佬、奴隶制拥护者、主张分裂者，或者邦联佬。

一个小时以后，德克萨和他的手下都已喝得醉醺醺，几个人站起身来，走向香农号的上层甲板。轮船已经驶过了位于河道右岸的特伦特湾，以及六英里湾，这两个河湾分别把河水输送出去，一个输送到一片茂密柏树林的脚下，另一个输送到一片名叫"十二英里"的沼泽地，从名字就知道这片沼泽地有多么宽阔。

此时，蒸汽轮船驶过的河道两岸生长着漂亮的树林，包括鹅掌楸、木兰、松树、柏树、绿橡树、丝兰，以及各种枝繁叶茂的树木，茂盛的杜鹃花和蛇根草密密匝匝，纠缠在一起，把树干遮掩得严严实实。两岸的河湾滋润着圣约翰斯县和杜瓦尔县的沼泽原野，从这些河湾的入口处，空气中不时飘来阵阵浓烈的麝香味道。在这样的天气里，这股味道如此浓烈，它并非来自小灌木丛，而是来自那些钝吻鳄，听到香农号驶过传来的嘈杂声，这些钝吻鳄纷纷逃窜进茂盛的草丛里。随后，惊飞起各种各样的鸟儿：啄木鸟、苍鹭、鹟鸨、麻鹬、白头鸽、俄耳甫斯鸟、嘲鸫，以及成百只其他鸟类，它们形态各异，羽色缤纷，与此同时，猫鸟①用它从腹部发出来的叫声，模仿着外界的各种声音——甚至还能模仿出草莓公鸡那种好像铜喇叭似的叫声，高亢的歌喉甚至能传到四五英里以外的地方。

就在德克萨登上舱口最后一级台阶，准备进入甲板室找地方

---

① 猫鸟又名猫声鸟、猫鹊，善于模仿别的鸟的叫声，栖息于热带及亚热带雨林中。

坐下的时候，一个女人正好下台阶往客厅内走。她看到这个男人迎面走来，于是向后退让。这是一位混血女人，是伯班克家的女仆。意外地迎面撞见自己主人的仇敌，这个女人立刻露出难以抑制的厌恶表情。迎着德克萨投来的充满恶意的目光，她没有停住脚步，而是扭身转向一边。德克萨则是耸了耸肩膀，转身向自己的同伴们走去。

他高声叫道："瞧，这就是泽尔玛，是那个伯班克的众多黑奴中的一个，可他居然声称自己不赞成奴隶制！"

泽尔玛一言不发，对德克萨的这番言论完全无动于衷。她看到甲板室的入口空了出来，随即向下去往香农号的大客厅。

至于德克萨，他转身迈步朝蒸汽轮船的前甲板走去。在那里，他点燃了一根香烟，把跟在自己身后的同伴们撇到一边，似乎全神贯注地朝圣约翰河左岸临近帕特南县边界的地方望去。

就在此时，在香农号的后甲板上，人们也在谈论着这场战争。泽尔玛走开以后，詹姆斯·伯班克独自与两个朋友待在一起，这两个人陪他一起去过圣奥古斯丁。其中一人是他的内兄爱德华·卡洛尔，另一位是居住在杰克逊维尔城的佛罗里达人，名叫瓦尔特·斯坦纳德。他们也在热烈地谈论这场血腥的争斗，其结局将关系到美利坚合众国的生存与灭亡。不过，我们可以看到，在判断这场战争的结局时，詹姆斯·伯班克的看法与德克萨大相径庭。

他说道："我着急赶回康特莱斯湾。因为我们离开那里已经两天了。也许会传来一些关于这场战争的新消息。也许杜邦①和谢尔曼②已经占领了罗亚尔港和南卡罗来纳的岛屿？"

---

① 塞缪尔·弗朗西斯·杜邦，美国海军军官，南北战争期间担任北军的封锁大西洋南部海岸舰队司令。
② 威廉·特库赛·谢尔曼是美国南北战争时期联邦军著名将领，陆军上将。

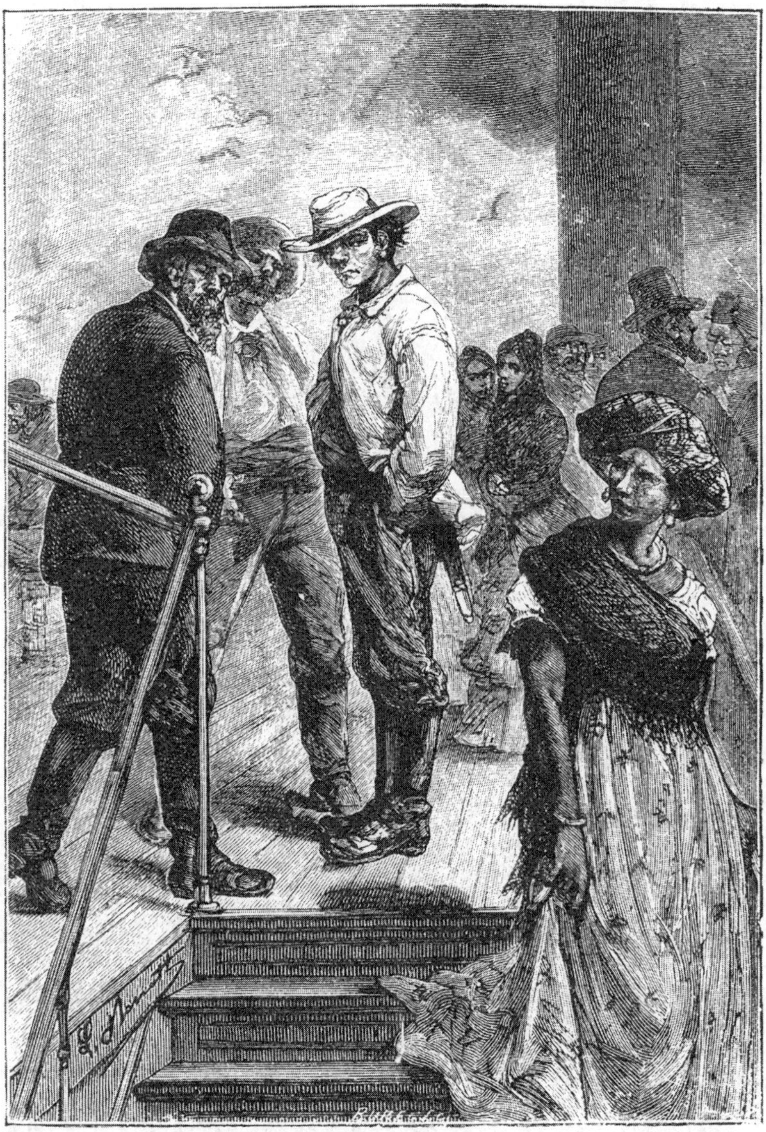

爱德华·卡洛尔回答道:"无论如何,应该很快了。如果林肯总统没有想过要把战争打到佛罗里达,那倒会让我感到奇怪。"

詹姆斯·伯班克接着说道:"应该是时候了!对的!是时候把联邦的意志强加给这些佐治亚和佛罗里达的南方佬了,他们总以为这里天高皇帝远!你们也看到了,这些人无法无天到了什么程度,就像这个德克萨!他觉得自己受到本地奴隶制拥护者的支持,鼓动他们反对我们这些北方人,战争造成的恶果让我们的处境越来越艰难!"

爱德华·卡洛尔接道:"你说得对,詹姆斯。让佛罗里达尽早归顺华盛顿的联邦政府,这点最重要。是的!我盼着联邦军队早日来到这里恢复法治,否则我们将不得不抛弃自己的种植园。"

瓦尔特·斯坦纳德回答道:"我亲爱的伯班克,这个目标很快就会实现的。前天,当我离开杰克逊维尔的时候,人们已经忧心忡忡,担心杜邦司令将会按计划穿越圣约翰河水道。这种担心变成了借口,用来威胁那些与奴隶制拥护者观念相左的人。我非常担心城里很快将发生暴乱,现政权可能被推翻,作恶多端的恶棍将从中渔利。"

詹姆斯·伯班克回答道:"对此我倒并不觉得意外。这样一来,随着联邦军队的逐渐逼近,我们得准备过几天难熬的日子!反正是躲不过去了。"

瓦尔特·斯坦纳德接道:"那可怎么办呢?如果说,在杰克逊维尔城里,甚至在佛罗里达的某些地方,确有一些正直的移殖民与我们在奴隶制的问题上持有相同观念,但是他们人数太少,根本不足以应付那些分离主义者的过激行为。至于我们的人身安全,只能指望联邦佬早日到来。可是,还得期盼他们的进军计划已经确定,而且能够迅速付诸实施。"

詹姆斯·伯班克叫道:"是呀!……盼着他们早点来吧,好把我们从这些恶棍手里拯救出来!"

这些心系北方的人,为了维护家庭的利益,或者保护财产的安全,在拥护奴隶制的民众的包围下,为了生存,不得不入乡随俗,我们很快就会看到,他们是否可以维护自己的观念,不需要担惊受怕。

詹姆斯·伯班克和他的朋友们对战争的看法是准确的。联邦政府正在准备进军征服佛罗里达。这次进军的目的主要不是派遣军队进驻或者占领佛罗里达,而是巩固海军的封锁线,关闭那里的所有走私通道,这些走私活动在出口当地土特产的同时,也在输入武器和军火。这样一来,香农号就不必冒险驶往佐治亚州南部的沿岸地区,因为那里已经处于北军将领们的控制之下。出于谨慎,香农号在两州交界的地方就停住了,从圣约翰河的入海口再过去一点儿,在艾米利亚岛的北边不远处,香农号停靠在费尔南迪纳港,旅客可以从那里乘坐锡达礁铁路的火车,斜插穿越佛罗里达半岛,一直抵达墨西哥湾。因为,如果香农号继续驶往艾米利亚岛和圣玛丽河的北边,它就有被联邦军舰扣押的危险,这些军舰不停地搜索着这片滨海水域。

由于这个缘故,这条蒸汽轮船的乘客多数都是佛罗里达本地人,他们旅行的目的地不需要超出佛罗里达州界,他们大都居住在圣约翰河两岸或者支流附近的城市、乡镇和村庄里,其中多半乘客不是住在圣奥古斯丁,就是住在杰克逊维尔。那些散居在各处的乘客可以在停靠点的栈桥码头下船,或者利用木质栅状突堤,如果没有这种英国式的木头"墩子",乘客就不得不乘坐停靠河边的小艇下船了。

然而,在蒸汽轮船的乘客当中,有一个人却选择在河面中央下船。不等轮船到达正常的停靠点,他就在河心的某一个地方下去了,一眼看去,那个地方既没有任何村庄,也没有独立的房屋,甚至连打猎或捕鱼者的窝棚都没有。

这个乘客就是德克萨。

大约晚上6点钟,香农号发出了三声尖锐的汽笛响。几乎与此同时,它的两个桨轮停了下来,这段河面的水流速度十分缓慢,香农号随着水流慢慢移动。此时,轮船正好位于黑水湾附近。

这个河湾位于河道左岸,呈弯月形状深深地凹进去,在河湾尽头,有一条无名支流,从海尔曼要塞的脚下流过,几乎位于普特南县和杜瓦尔县的交界处。茂密的拱形树丛里,相互纠缠的枝叶就像一张严密的帷幕遮挡住支流狭窄的入口。这里是一处阴暗的潟湖,可以说,就连本地人对它都一无所知。从来没有人试图进入到那里面,也无人知晓那里就是德克萨的隐居之所。这是因为,黑水湾连接圣约翰河的入口位于河堤后面,一点儿都不显眼。因此,随着夜幕的迅速降临,只有十分熟悉这个阴暗水湾的内河水手,才有可能驾驶小船驶入那里。

随着香农号的第一声汽笛响,立刻传来一声高喊作为答复——而且喊声重复了三次。河岸高高的草丛里露出闪烁的灯光,随即灯光开始移动。显然,一条小船正在驶来准备靠上蒸汽轮船。

这不过就是一叶扁舟——是那种树皮制作,用一只普通的短桨就能划动操纵的小艇。很快,小艇来到距离香农号仅有半链①的河面上,于是,德克萨走向前甲板室的舷门,用手在嘴边围成喇叭形呼唤道:"啊噢?"

---

① 链是旧时计量距离的单位,约合200米。

来人向他回答道："啊噢！"

"是你吗，斯坎伯？"

"是的，主人！"

"靠过来！"

小艇靠了过来。

小艇艏柱上悬挂着一盏风灯，借着灯光，可以看到划船的人。这是一个印第安人，蓬乱的黑发，裸露着上身——在灯光下，从他的胸部可以看出，这是一条壮实的汉子。

此时，德克萨向自己的同伴转过身，与他们逐一握手，同时意味深长地说了一声"再见"。他向伯班克先生投去了一瞥威胁的目光，随后沿着左舷桨轮滚筒后面的舷梯走了下去，来到印第安人斯坎伯的身边。蒸汽轮船的桨轮转了几圈，离开了小艇，可是，甲板上的人谁也没有想到，轻盈的小艇将会消失在河岸密匝的阴影里。

"船上少了一个混蛋！"爱德华·卡洛尔说道，一点不担心这话被德克萨的同伴们听见。

詹姆斯·伯班克回答道："是呀，而且，此人还是一个危险的罪犯。在我看来，这一点确切无疑，尽管每次他都能利用不在现场的证据逃脱罪责，而这些证据又真的让人无法解释！"

斯坦纳德说道："无论如何，如果这个夜晚在杰克逊维尔附近发生什么罪案，人们又无法拿他问罪，因为他离开了香农号！"

詹姆斯·伯班克反驳道："我就弄不明白！就在我们说话这会儿，如果有人对我说，看见他在佛罗里达北部距离此地50英里的地方偷盗，或者杀人，我都不会感到特别惊奇！确实如此，根据以往的经验，如果他能够证明自己不是罪犯，我都不会感觉意外——不过，我们对这个人不必过于关注。史坦纳德，您要返回杰

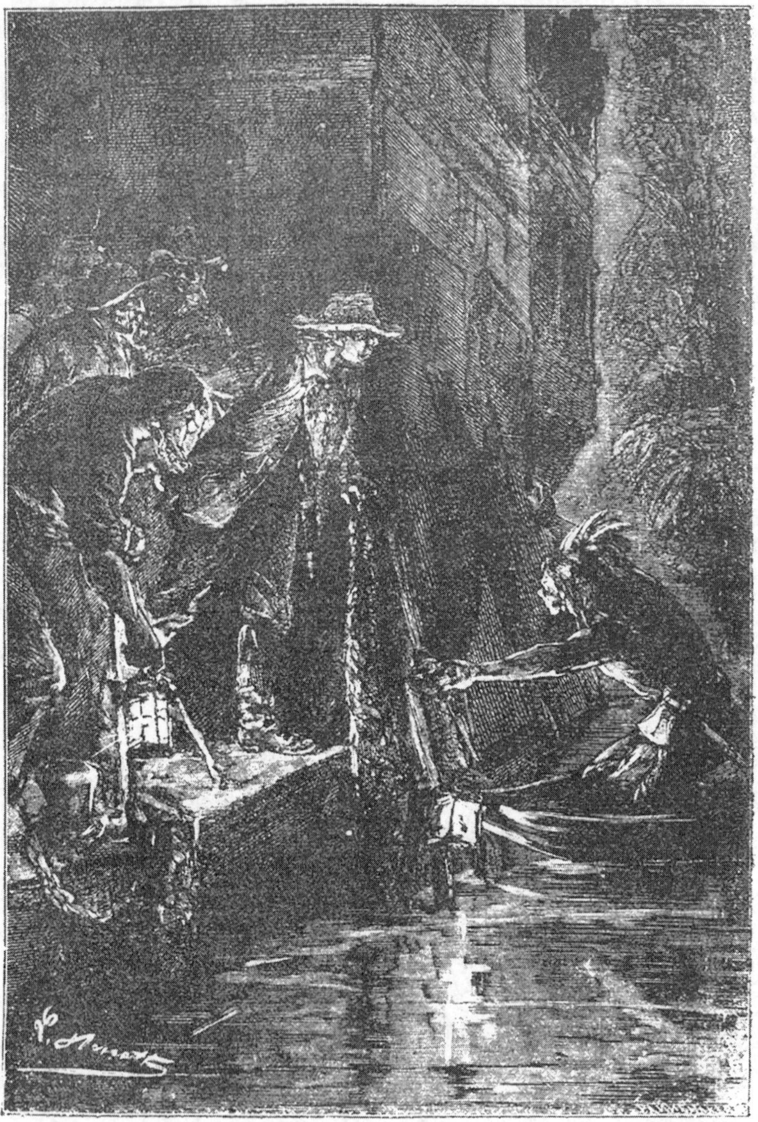

克逊维尔吗?"

"就在今晚。"

"您的女儿在那儿等您?"

"是的,我很着急与她重聚。"

詹姆斯·伯班克回答道:"我能理解。您打算什么时候来康特莱斯湾找我们呢?"

"几天以后。"

"还是请您尽早来吧,我亲爱的斯坦纳德。您也知道,我们正面临着危险局面,随着联邦军队的迫近,形势还将更加严峻。为此,我在考虑,杰克逊维尔城里的南方佬什么过激事情都干得出来,您和您的女儿与其待在城里,还不如来康特莱斯湾我们家里更安全一些!"

"好吧!难道我不是南方人吗?我亲爱的伯班克。"

"您当然是,不过,您的观念,还有言行举止更像是个北方人!"

一个小时以后,顺着下降速度越来越快的退潮河水,香农号从位于一座青翠山岗上的柑橘小村旁驶过。随后,在小村下游五六英里的地方,轮船在河流的右岸边停了下来。那里修建了一座轮船码头,供来往船只停靠装载货物。在这座码头的上边不远处,还有一座精致的小码头,两条弧形的钢缆吊着一个木质栈桥,那个码头属于康特莱斯湾。

在码头的尽头,有两个黑人等候着,此时夜色已经很深了,他们手里拿着两盏提灯。

詹姆斯·伯班克与斯坦纳德先生道别后,跃身跳上栈桥,他身后紧跟着爱德华·卡洛尔。

混血黑奴泽尔玛走在伯班克的后面,远远地回答着一个孩子的喊叫声：

"我在这儿呢，蒂！……我来啦！"

"那么，爸爸呢？……"

"爸爸也来啦！"

提灯逐渐远去，于是，香农号继续航行，斜插河道向左岸驶去。从康特莱斯湾向前3英里的地方，在河流的对岸，香农号停靠在杰克逊维尔城的码头，船上的大多数乘客都在这里下船。

瓦尔特·斯坦纳德也在这里下船，同时下船的还有三四个人，一个半小时之前，当印第安人划着小艇来接德克萨的时候，他们曾经与他握手道别。此时，蒸汽轮船上还剩下好几位乘客，其中几个人准备前往巴勃罗，那是一个小镇，位于圣约翰河入海口耸立的灯塔旁边；另外几个人准备前往塔尔博特岛，那是一座位于同名水道附近的岛屿，最后几个人的目的地则是费尔南迪纳港。香农号的桨轮继续拍打着水面，看来，它能够顺利通过沙洲。一个小时以后，它的身影消失在鳟鱼湾的拐角处，在那里，圣约翰河的水浪变得汹涌起伏，与大西洋的海浪融为一体。

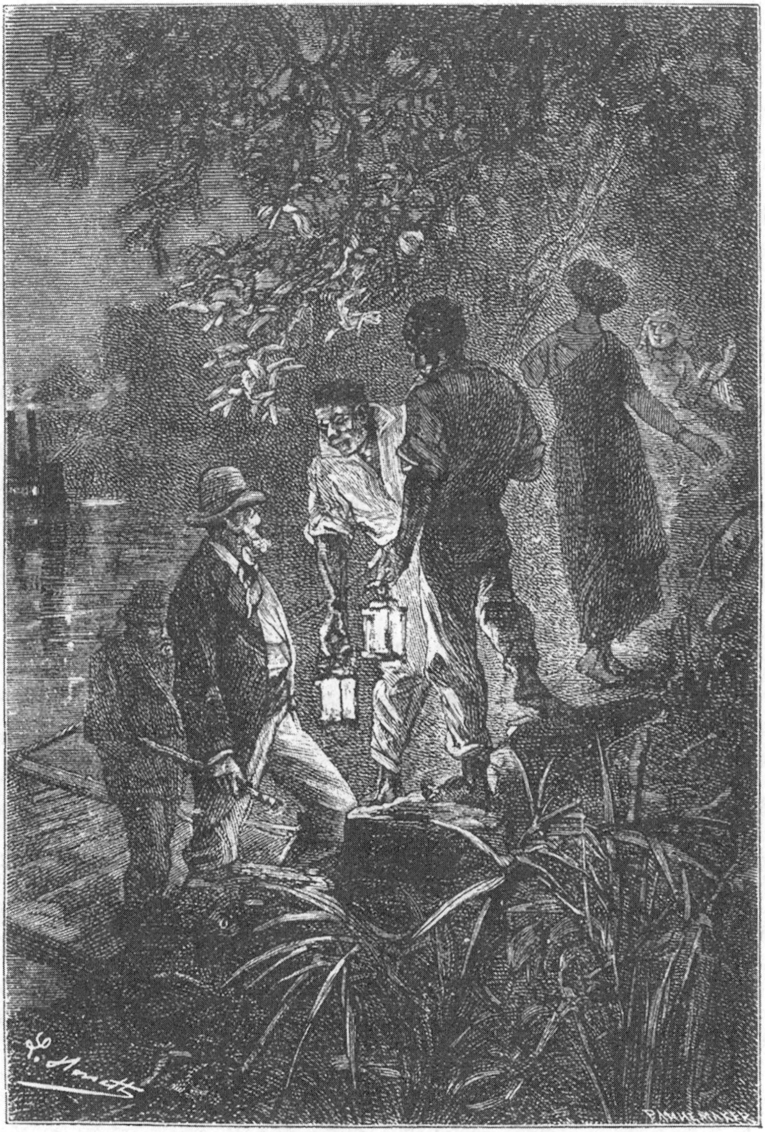

第二章　康特莱斯湾

康特莱斯湾是詹姆斯·伯班克拥有的那座种植园的名字。这位富有的移植民与他的全家人就住在这里。康特莱斯这个名字来自圣约翰河众多河湾中的一个，河湾位于杰克逊维尔城上游不远的地方，与这座城市隔河相望。由于种植园与这座佛罗里达的城市近在咫尺，两地之间信息沟通极为顺畅。只要乘坐一条好的小船，借助南风或者北风，乘着涨潮或退潮的河水往返，康特莱斯湾与这座杜瓦尔县城之间的 3 英里航程只需不超过一个小时。

詹姆斯·伯班克拥有的这座种植园是本地最美丽的庄园之一。他和他的家族都很富有，他的财富还包括位于新泽西州，邻近纽约州的几处重要的不动产。

这座庄园位于圣约翰河的右岸。当初选址的时候非常明智，建成后的种植园价值连城。大自然赋予它得天独厚的资源，人力建设让它变得更加富饶。这片土地具备大规模种植的一切必要条件。康特莱斯湾种植园的掌门人年富力强，勤劳智慧，又能得到手下人的尽心辅佐，种植园的资金充裕，凡此种种有利条件，使得种植园欣欣向荣。

康特莱斯湾种植园方圆 12 英里，面积多达 4000 英亩[①]。如

---

① 原注：约合 3000 公顷。

果说在合众国南部各州还有比它规模更大的种植园,那么,却没有谁比它的经营状况更好了。种植园里有住宅、附属建筑、马厩、牛栏、奴隶们的宿舍、厂房、用于放置农产品的仓库、处理农产品的场地、车间、工厂、从各个方向通往装卸货物码头的铁路、马车运输专用的道路,所有这些布置得井井有条,方便实用。一眼就能看得出来,这些设施都是由一位来自北方的美国人设计、安排,并且付诸修建的。只有弗吉尼亚和卡罗来纳①最好的种植园才能够与康特莱斯湾庄园相媲美。这座种植园的土地不仅包括"高地",这种地势较高的土地天然地适宜种植谷物,也包括"低地",这类地势较低的土地适宜种植咖啡树和可可树,此外还有"沼泽",这类盐碱沼泽地适宜种植水稻和甘蔗。

大家都知道,佐治亚和佛罗里达出产的棉花不仅棉绒长,而且质量上乘,在美洲和欧洲的各个市场上备受欢迎,因此,种植园的棉花田里,一排排棉花植株间距齐整,嫩绿的叶子,黄色的花朵,中间夹杂着白色的棉铃,这些棉田成了种植园最重要的收益来源之一。每块棉田的面积都有一英亩或者一个半英亩大小,在收获的季节,这些棉田被划分成格状,格子里站着奴隶,这都是些女人和孩童,她们收集棉花的蒴果,从中抽出棉花的絮团——这是一项非常细致的劳动,因为棉花的纤维一点儿都不能受到损坏。这些棉花在阳光下晒干,然后送到拈丝工场,在水力驱动的带齿滚轮和平整辊清理后,用铁箍打成捆,送进仓库等待外销出口。帆船或者蒸汽轮船停靠到康特莱斯湾的码头上,将这些棉花捆装载运走。

除了种植棉花,詹姆斯·伯班克还种植了大片的咖啡树和甘

---

① 弗吉尼亚州位于美国东部大西洋沿岸,是美国最初的13个州之一。卡罗来纳州位于美国东南部大西洋海岸。

蔗。这些灌木丛模样的咖啡树多达1000至1200棵,每棵的高度为15到20英尺,树丛上盛开的花朵很像西班牙茉莉花,这些花朵结出的果实就像小樱桃,果实里面包含两粒果核,只需要把果核提取出来,然后晾干就可以了。那边是大片的草地,也可以把它们称为沼泽,那里密密麻麻地生长着细长的芦苇,高度在9至18英尺之间,密实的芦花随风摇摆,好像正在行进的骑兵部队的背影。在康特莱斯湾种植园,最特别的加工对象就是甘蔗,从收获的甘蔗里可以提取液体糖汁,在美国的南方各州,甘蔗加工厂的加工技术,也就是制糖技术进步很快;作为制糖的副产品,糖水又被酿成塔菲娅酒或者朗姆酒,以及甘蔗酒,后者是一种把菠萝汁或橘子汁与糖水勾兑成的果酒。与棉花相比,种植甘蔗的效益显然相形见绌。除此之外,康特莱斯湾还种植了一些可可树、玉米、山药、甘薯、印第安小麦、烟草,以及两三百英亩的水稻,这些也都为詹姆斯·伯班克的种植园带来不菲的收益。

不过,种植园还有一项业务,它的收益至少可以和棉花生产业相提并论,那就是种植园一望无际,取之不竭的森林开发。除了樟属植物和胡椒树,康特莱斯湾还引种了许多欧洲的水果树,包括橘子树、柠檬树、无花果树、杧果树、波罗蜜树,这些树木非常适应佛罗里达的水土气候,长势良好;即使不包括这些树木的产品,以及这些果树产出的水果,单是成片森林就可供按部就班长期开发。这些森林蕴藏着丰富的宝藏,生长着洋苏木、加祖马树、墨西哥榆树,现在,已经对这些树木开发出很多用途;森林里还生长着猴面包树、珊瑚树(它的树干和花朵都呈血红色)、七叶树(一种开黄色花朵的栗树)、黑胡桃树、绿橡树、澳大利亚松树(这种树特别适合做房屋构架或者桅杆)、帕奇里尔树(这种树的果实在中午阳光照射下会像爆竹一样炸开)、意大利五针松、鹅掌楸、冷杉、侧柏,以及数量众多的柏树,柏树在佛罗里达半岛的分布极为广泛,一片柏树林可以绵延60至100英里。詹姆斯·伯班克在种植园各处创办了好几个规模不小的锯木厂。种植园里分布着若干条小河,它们都是圣约翰河的支流,伯班克先生在几条小河上修筑了堤坝,把原本平缓流动的河水改造成瀑布,这些激流转变为强大的机械动力,用于把木材锯成大梁、厚木板和薄木板,木材堆积在仓库里,每年需要上百条货船才能运走这些产品。

另外,种植园里还有广阔和肥沃的牧场,那里蓄养着马匹和母骡,以及其他牲畜,用于满足农业生产的需要。

至于家禽类,种植园里的品种十分丰富,它们或者放养在树林里,或者在农田和草场上。在康特莱斯湾,人们很难想象家禽繁殖的数量有多么可观——其实,在整个佛罗里达,家禽的繁殖速度都很快。在种植园的森林上空,翱翔着白头海雕,这种海雕的翼展十分宽大,鸣叫声犹如破裂的铜管乐器发出的声音;还有秃鹫,这种鸟的性格特殊,极为残忍冷酷;另外还有大麻鳽,它的长喙犹如刺刀一般尖锐。在河岸边陡峭的斜坡上生长着芦苇和茂密的竹林,在那里,生活着粉色和猩红色的火烈鸟,还有白鹮,这种鸟全身披着雪白的羽毛,就好像是从古埃及石碑里飞了出来;还有巨大的鹈鹕,数不清的燕鸥,各式各样的海燕,披着冠羽和绿色羽毛的食蟹鸟类,披着绛红色羽毛和白色斑点绒毛的秧鹤,鹬鸵科鸟类,羽毛反射出金色光泽的翠鸟,各式各样的潜水鸟,水鸡,人称"赤颈凫"的野鸭(这种鸭子属于啸鸣鸟类),普通野鸭,鸻鸟类,此外还有海燕、剪水鹱、尖嘴鸥、海乌鸦、海鸥、箭尾鸟,只要吹来一阵海风,这些鸟就会飞到圣约翰河的河面上,有时候甚至还有飞鱼,俗称"会飞的鱼"落到河里,成为美食家们的佳肴。在草场上,漫步着沙锥、滨鹬、杓鹬、羽色如大理石花纹般的塍鹬、紫水鸡(这种鸟的羽毛同时具有红蓝绿黄白各种颜色,活像一只会飞的调色板)、草莓公鸡、松鸡(人送绰号"无异鹑")、浅灰松鼠,以及头上长着白色羽毛的红脚爪鸽子;此外,还有短尾兔,它的个头介于家兔和欧洲野兔之间,这种四足动物成群结队,是人们猎食的对象;最后,还有浣熊(人送绰号"爱洗漱的熊")、乌龟、獴,以及毒蛇,很不幸,这种有毒的蛇类数量简直太多了。以上列举的就是康特莱斯湾这座漂亮种植园里的动物世界的代表——除此之外,种植园里还有黑人,包括男人和女人,为了满足种植园的需要,他们遭受驱使奴役。在残酷的奴隶制习俗里,这些人如同动物一样,成为供人买卖的役畜,等待他们的将是怎样的命运?

既然詹姆斯·伯班克是废奴主义的拥护者,是一心期盼北方获胜的北方佬,为什么他还没有在自己的种植园里摆脱奴隶制的桎梏?一旦形势允许,他是否仍会对废除奴隶制犹豫不决?不,绝不会!这个问题需要再等待几个星期才能见分晓,也许只需等待几天,因为联邦军队已经占据了邻州距离此地不远的几处地方,并且正在准备向佛罗里达进军。

其实,詹姆斯·伯班克早已经在康特莱斯湾采取一系列措施,以改善他的奴隶们的命运。这些男性和女性奴隶的总数大约有700名,他们都住在精心修筑,宽敞整洁的村落里,能够得到足够的食物,劳动强度也没有超出他们的体力极限。种植园的总监工和下级工头们都接到指令,要求他们公正地善待奴隶们。正因为如此,虽然很久以来,在康特莱斯湾都不曾有过对奴隶的体罚,但是种植园的各项劳役都进行得十分顺利。康特莱斯湾的管理体制与佛罗里达多数种植园形成鲜明对照,詹姆斯·伯班克的邻居们并不喜欢他的这套做法。我们很快就会看到,在这个问题上,特别在战争结局即将对奴隶制问题做出裁决的时候,本地区面临的形势变得更加严峻。

种植园的众多人员居住在舒适干净的棚子里。这些棚子的总数有50多座，聚拢在溪流岸边，形成10来个村子，也被称为村落。在那里，这些黑人与他们的女人和孩子生活在一起。每个家庭被尽量分配在同一块农田，同一座树林或者同一个工场里劳作，以便让这些家庭的成员在劳作期间不至于彼此分散。每一座村落都有一个工头担任那里的主管，他们算不上是奴隶的头领，只是负责管理属于自己的那一小拨人，每座村落都隶属于这里的首府。这个首府，就是康特莱斯湾的私邸，这座私邸四周用高高的栅栏围起来，栅栏由竖直插在地面的木桩连接组成，栅栏的下半截掩映在本地植物的茂盛绿叶当中。栅栏后面矗立着伯班克一家的私人住宅。

这座宅邸被人称作"城堡屋"，这称呼算得上名实相符，因为它一半是住宅，另一半是城堡。

很多年以前，詹姆斯·伯班克的祖先就拥有了康特莱斯湾。在印第安人四处劫掠，制造恐慌的年代，康特莱斯湾的主人们利用这座城堡，把它作为最主要的居住场所。杰瑟普将军保卫佛罗里达并抵御塞米诺尔人①的时代距今并不遥远。在很长的一段时期里，这些游牧部落让移植民们终日惶恐不安。移植民不仅遭到抢劫，还会面临血腥屠杀，住宅也被纵火焚烧。甚至就连城市本身都不止一次受到入侵与劫掠的威胁。在很多地方，残暴的印第安人在所过之处留下了一片又一片废墟。在距离康特莱斯湾不到15英里的地方，柑橘小村附近，人们还能找到那座"血屋"，就是在那

---

① 塞米诺尔人属于北美印第安部落，19世纪30年代被美国政府强迫迁往居留地。

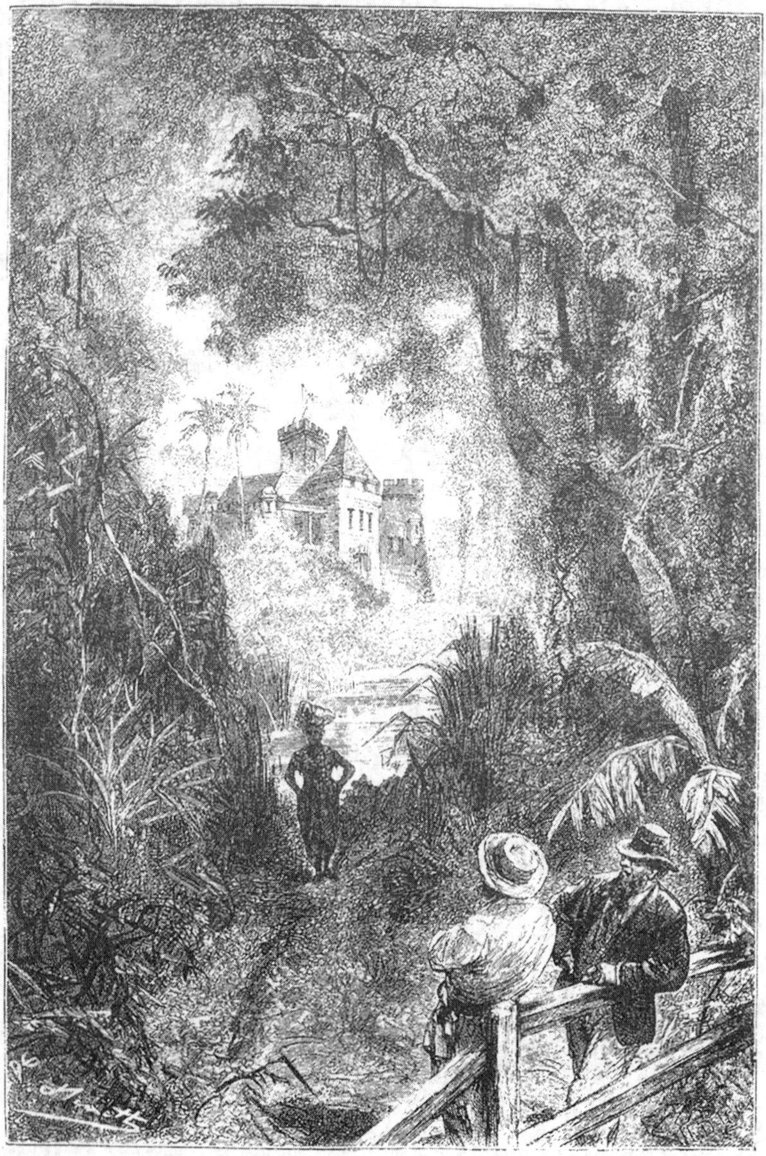

里,曾经有一位名叫莫特先生的移植民,与他的妻子及三个年幼的女儿一起,被这些强盗割去带发头皮,然后杀害。然而今天,白人与红种人之间的种族灭绝战争已经结束。塞米诺尔人终于被打败,退向远方,逃到密西西比河的西边。现在已经很少听人谈起这些印第安人,只听说在佛罗里达南部的沼泽地还有几伙人四处游荡。本地人已经不再害怕这些印第安暴徒。

从那个时候起,移植民们就明白了,必须把自己的住宅修筑得能够抵御印第安人的突然进攻,而且足以坚守到邻近城市或村庄里志愿者组成的援军到来。康特莱斯湾的城堡屋就是这样修筑的。

城堡屋位于一个特意修建的,面积达3英亩的花园中间,坐落在一个略微隆起的土丘之上,在它后面几百码的远处,圣约翰河绕屋流过。花园四周围绕着一条河沟,河水足够深,河沟岸边树立着高高的木桩围栏,使城堡变得更加坚固,在河沟的水面上,架设了一座单孔桥,它成为这座城堡的唯一出入口。在小丘的后面,生长着大片漂亮的树木,顺着花园的斜坡形成茂密的树林,成为一大片青翠的绿地。从康特莱斯湾小码头延伸出一条道路,道路两侧生长着翠竹,竹枝相互交错形成尖形穹隆,好似一座长长的教堂殿廊,一直连接到花园最外侧的草地。在花园里面,密林中留出了一条空地,长长的空地上长满碧绿的青草,青草被修剪成草坪形成一条通道,通道两侧竖立着白色的栅栏,通道尽头是一片铺着沙砾的平台,平台对着城堡屋的正面。

城堡屋的外形很不规则,整体看上去让人颇感突兀,建筑细节上也有许多古怪之处。但是,一旦入侵者对花园的木桩壁障发起攻击,这座城堡就能够——这点特别重要——进行自卫,凭借自己的力量,抵抗住几个小时的围攻。城堡底层的窗户上都安装了铁棒制作的栅栏。大门位于城堡的正面,结实得如同铁齿耙一般。城堡的围墙使用类似大理石的石块垒砌,墙头顶端的若干地方,突出生长着好多棵胡椒树,这样的设置有利于从侧面打击入侵者,加强防御能力。城堡的入口十分狭窄,仅仅限于必要的最小宽度,它的主塔俯瞰整个城堡,塔顶飘扬着合众国星条旗,塔上围着成排的雉堞,部分雉堞带着隆起的棱边,城堡的墙壁一直倾斜到墙脚,高高的屋顶上矗立着好几座小尖塔,厚实的城墙上分布着一些孔洞,整个看起来,这栋城堡屋更像是一座要塞,而不像别墅或者乡村住宅。

正如我们在前面描述过的,在那个年代,印第安人游荡在佛罗里达的土地上,四处攻伐,野蛮劫掠,这里的居民为了人身安全,不得不把住宅修建成这个样子。甚至,在城堡屋的地下,还修筑了一条地道,这条地道从外围栅栏和小河下面钻过去,把城堡与圣约翰河旁一个名叫马里诺的小河湾连接起来。在情况最危急的时候,这条地道可以用于秘密逃亡。

早在20多年前,塞米诺尔人就已经被赶出佛罗里达半岛,如今,移植民已经不再害怕他们。但是,谁知道将来会怎样呢?詹姆斯·伯班克固然不用担心印第安人的威胁,但是,谁知道新的危险会不会来自他的同胞?迄今为止,这场内战充满了血腥和报复行为,作为一个孤独的北方佬,身处南方各州的腹地,面对战况变幻的战争,他能不害怕吗?

无论如何,尽管城堡屋极力追求安全性,但是,并未影响到它的舒适程度。城堡里的客厅都很宽敞,内部毗连的房间布置得极为豪华,美轮美奂。城堡周围风光秀丽,内部舒适安逸,伯班克一家拥有大笔财富,这些财富与真正的艺术修养融合,让他们充分享受由此带来的精神上的满足感。

在城堡后面的大花园里，有一片鲜花盛开的花圃，花草一直铺展到木栅栏边，围桩掩映在攀爬的灌木丛和粉色西番莲的枝蔓后面，无数的蜂鸟在花丛中飞来飞去。这个地区接近回归线，相应的植物群落种类在花圃里应有尽有：茂密的柑橘树、硕果累累的油橄榄树、无花果树、石榴树、绽放着蓝色花朵的水生植物，一簇簇木兰的象牙黄色花萼散发着芬芳气息，一丛丛沙巴棕在微风中摇曳着蒲扇叶子，球茎苔草盛开着紫色花簇，一簇簇的块茎豌豆生长着绿色的莲座叶丛，丝兰摇晃着军刀般的尖刺，此外，还有粉红色的杜鹃花，以及一簇簇香桃木和柚子树，花圃里的花香沁人肺腑，美景赏心悦目。

在壁垒的外围边沿，生长着柏树和猴面包树，树丛下面是马厩、车棚、狗窝、乳品制作场所，以及家禽饲养棚。树丛的枝叶茂密，遮挡住了这个纬度地区的强烈阳光，即使在夏季，家禽和家畜也能免遭酷热侵扰。周围河流环绕，潺潺流水使这里的环境变得清新宜人。

我们已经看到，这块精心营造的场所位于詹姆斯·伯班克拥有的广袤种植园的中心，成为康特莱斯湾主人的一处私密飞地。这里远离棉花作坊的喧嚣，没有锯木工场的噪声，听不到斧头砍伐树干的撞击声，尽管种植园的经营规模庞大，但是，由此产生的噪声却丝毫没有越过外围的木桩壁障。只有佛罗里达特有的千百只各种鸟儿，在丛林间飞来飞去，掠过城堡屋的壁障。鸟儿的羽毛色彩绚丽，与这里的鲜花争奇斗艳，这些身披羽毛的歌唱家与芬芳的花香同样受到欢迎，微风和煦，花香弥漫在附近的树林和草地。

这就是康特莱斯湾，属于詹姆斯·伯班克的种植园，也是佛罗里达东部地区最富饶的种植园之一。

第三章　南北战争的最近战况

由于这个故事与南北战争密切相关，因此，我们需要简略介绍一下这场战争。

首先，让我们从头说起：巴黎伯爵①曾经对麦克莱伦将军②的阵营提供过帮助，他在其名著《美国内战史》中认为：这场战争的起因既不是北方与南方之间的税率问题，也不是他们之间真实存在的血缘差异。在合众国的所有土地上，盎格鲁－撒克逊人实行的是一视同仁的统治，因此，商业问题从来也没有在这场兄弟之争中成为焦点。巴黎伯爵在书中写道："奴隶制在共和国一半土地上欣欣向荣，在另一半土地上却遭到废除。因此，奴隶制度造就了两个相互敌对的社会。在实行奴隶制的那个社会里，人们的道德习俗发生深刻变化，与此同时，那个政府的表面形式并未改变。奴隶制并非是一个借口，或者一个时机，它就是产生敌对的唯一原因，而敌对的不可避免的后果，就是内战。"

在实行奴隶制的各州里，社会被划分成三个等级。在最底层，有400万受到奴役的黑人，也就是社会民众的第三等级。在上层，

---

① 法国贵族，曾经于1861年至1862年期间，作为志愿兵参加美国南北战争。
② 乔治·布林顿·麦克莱伦是美国军事家，在南北战争期间曾出任北方联邦军总司令。

是奴隶主集团,这些人受教育的程度相对偏低,生活富裕,性格倨傲,并且掌握着公共事务的绝对主导权。在上述两者之间,是一个躁动不安的阶级,他们是一些普通的白种人,生活窘困,好吃懒做。这些人出乎意料地变成了奴隶制的狂热拥护者,因为,他们害怕看到黑人阶级一旦获得自由,将与他们平起平坐。

如此一来,北方需要面对的敌人不仅有富裕的奴隶主,还有这些普通白人,这些人生活在劳苦大众当中,在农村地区尤其如此。于是,斗争变得十分残酷。由此引发的纷争甚至深入到家庭成员之间,我们看到,纷争导致兄弟阋墙,一个兄弟站到联邦旗帜下,而另一个兄弟则高举起联盟的旗帜。然而,数量众多的民众毫不犹豫地要求摧毁并根除奴隶制度。早在上个世纪,著名的富兰克林①就曾经提出过废除奴隶制。1807年,杰斐逊②曾经向国会提出:"禁止奴隶买卖,因为长久以来,我们这个国家的道德观念、名誉,以及最重要的利益都迫切要求取缔这种行为。"因此,北方完全有理由起来反对南方,并使之屈服。另一方面,由此可以让共和国的方方面面变得更加团结一致,同时摧毁那样一种灾难性的幻觉,那种幻觉贻害无穷,它让每个公民误认为,自己首先应该服从所属的那个州,其次才应该忠于美国联邦。

然而,恰恰是在佛罗里达,首先爆发了有关奴隶制的第一次纷争。在本世纪初,有一位混血的印第安首领名叫奥西奥拉,他的老婆是一位逃亡的奴隶,出生在佛罗里达广袤的沼泽地区,那个地区被人们称作"大沼泽地"③。有一天,这个女人被人当作奴隶抓起

---

① 本杰明·富兰克林是美国政治家、物理学家,以及杰出的外交家及发明家。他是美国独立战争时重要的领导人之一。
② 托马斯·杰斐逊是美利坚合众国第三任总统,同时也是《美国独立宣言》主要起草人,美国开国元勋之一。
③ 大沼泽地位于佛罗里达州南部尖角位置,面积达140万英亩,是美国本土最大的亚热带野生动物保护地。

来,并且被强行带走。奥西奥拉召集大批印第安人,掀起了一场反抗奴隶制的战斗。然而他也被抓住了,被关进监狱要塞,并且死在了里面。然而,战争仍在继续,历史学家托马斯·希根森曾经写道:"这是一场代价昂贵的战争,其开销甚至是当年从西班牙人手里购买佛罗里达所花费用的三倍之多。"

现在,我们就来看看这场南北战争是如何开始的,以及到了1862年的这个月份,即2月份,战争已经进行到了何种程度;此时,詹姆斯·伯班克和他的家人即将受到战争的波及,而且经历了异常恐怖的遭遇,以至于让我们可以把这段经历作为本故事的主题。

1859年10月16日,英勇的约翰·布朗上尉[1]率领一小队逃亡奴隶攻占了位于弗吉尼亚州的哈普斯渡口。他的目的就是解放有色人种,并且公开高调宣扬这个目标。但是,民兵组成的军队打败并俘虏了他,然后判处他死刑。布朗上尉于1859年12月2日在查尔斯顿被绞死,同时遇难的还有他的6个同伴。

1860年12月20日,南卡罗来纳州举行制宪会议,狂热地签署了分裂法令[2]。第二年,1861年3月4日,亚伯拉罕·林肯就任共和国总统。南方各州认为他的当选威胁到了奴隶制度。1861年4月11日,查尔斯顿港口的防卫要塞之一,萨姆特要塞落入博雷加德将军[3]率领的南方军队之手。随后,北卡罗来纳州、弗吉尼亚州、阿肯色州、田纳西州很快加入分离阵营。

---

[1] 南北战争爆发前夕,发生了一次反抗奴隶制的起义,约翰·布朗是这次起义的领导人。

[2] 美国南北战争时,南卡罗来纳州于1860年12月20日退出联邦政府,战后于1868年重归联邦。

[3] 博雷加德是美国作家、政治家、军人,南北战争期间担任美利坚联盟国军队将领,曾命令炮兵向萨姆特要塞开火,打响了内战的第一炮。

联邦政府动员了 75000 名志愿者。起先,联邦军的目标是保卫美利坚合众国的首都华盛顿,使之免于落入联盟军之手。在布坎南总统①任职期间,南方军队的军火储备充足,而北方军队的武器极为匮乏,不过,经过艰苦卓绝的努力,北军很快就得到补充,战争物资得到极大充实。此后,亚伯拉罕·林肯宣布对南方的港口实行封锁。

战争的初始阶段发生在弗吉尼亚州。麦克莱伦在西部击退了南军的反抗。然而,7 月 21 日,在布尔伦河,北军在麦克道尔②的指挥下溃不成军,一直败退到华盛顿。此时,如果说南军已经不必为里士满的安全操心,北军却不得不为保卫美利坚合众国的首都而殚精竭虑。几个月以后,联邦军在波尔-布拉夫再尝败绩。不过,这次倒霉的失败很快就因北军的节节胜利得到补偿,联邦军队攻取了哈特勒斯角要塞和罗亚尔港,并且让分离主义者们再也无力夺回。到 1861 年底,乔治·麦克莱伦少将被授予联邦阵营所有军队的指挥权。

然而,在这一年里,奴隶制拥护阵营的私掠船③在新旧两个大陆之间往返游弋。这些船只在法国、英国、西班牙和葡萄牙的港口都受到欢迎——这种态度不仅是错误的,而且后果严重,因为这不仅等于承认了分离主义者拥有交战权,而且予以鼓励,让内战的时间拖得更久。

此后,在海上发生了一些事情,而且产生了很大影响。这些事

---

① 詹姆斯·布坎南是美国第 15 任总统,其继任者是带领北方赢得战争,废除奴隶制的林肯总统。
② 欧文·麦克道尔是南北战争时第一次马纳萨斯战役的联邦军指挥官。
③ 私掠船又称武装民运船,是一种获得国家授权可以拥有武装的民用船只,其实质是国家支持的海盗行为。

件包括萨姆特号和它的著名船长森美斯、马纳萨斯打桩机的出现，以及10月12日发生在密西西比河航道入口的海战。之后，在11月8日，英国的特伦特号船被扣押，威尔克斯上尉在船上抓捕了几名联盟军成员——这一事件差一点引发英国与美国之间的战争。

在此期间，废奴主义者阵营和奴隶制拥护者阵营之间进行了一系列血腥的战斗，双方互有胜负，战火一直燃烧到密苏里州。北军主要将领之一的李昂将军战死，北军被迫后撤到罗拉，普莱斯率领的联盟军继续向北进攻。10月21日，发生弗雷德里克敦战斗；10月25日，发生斯普林菲尔德战斗，10月27日，弗里蒙特率领联邦军队占领了这座城市。12月19日，格兰特与普尔克各自率领军队在贝蒙特激战，双方不分胜负。最后，冬季来临，严寒笼罩北美洲的许多地区，战争进入休战状态。

1862年的最初几个月内，交战双方都在竭尽全力，争取扩大战果。

在北方，国会投票通过一项法案，准备动员50万志愿者——北军的数量最终将达到100万——为此将发行5亿美元债券。创建了大批新的军队，其中以波托马克军团为主。率领北军的将领很多，其中最著名的将领有：班克斯、巴特勒、格兰特、谢尔曼、麦克莱伦、米德、托马斯、卡尼、哈勒克。各个部门都被动员起来。步兵、骑兵、炮兵和工程兵被整合混编成几乎一个整体。军用物资被加紧赶制出来，包括：米尼耶式和柯尔特式卡宾枪、带膛线的帕洛特式和罗德曼式火炮、榴弹炮、转膛炮、什拉普内尔式炮弹，以及军火储备仓库。人们还组建了军用气球和电报部门。各大报纸争相报道，运输部门准备了2万辆四轮货车，以及84000匹拉车的骡马。在后勤部门长官的指挥下，各式各样的军用物资被集中起来。建造了新式船只，包括打桩机式船、艾莱特上校发明的舰首装甲、

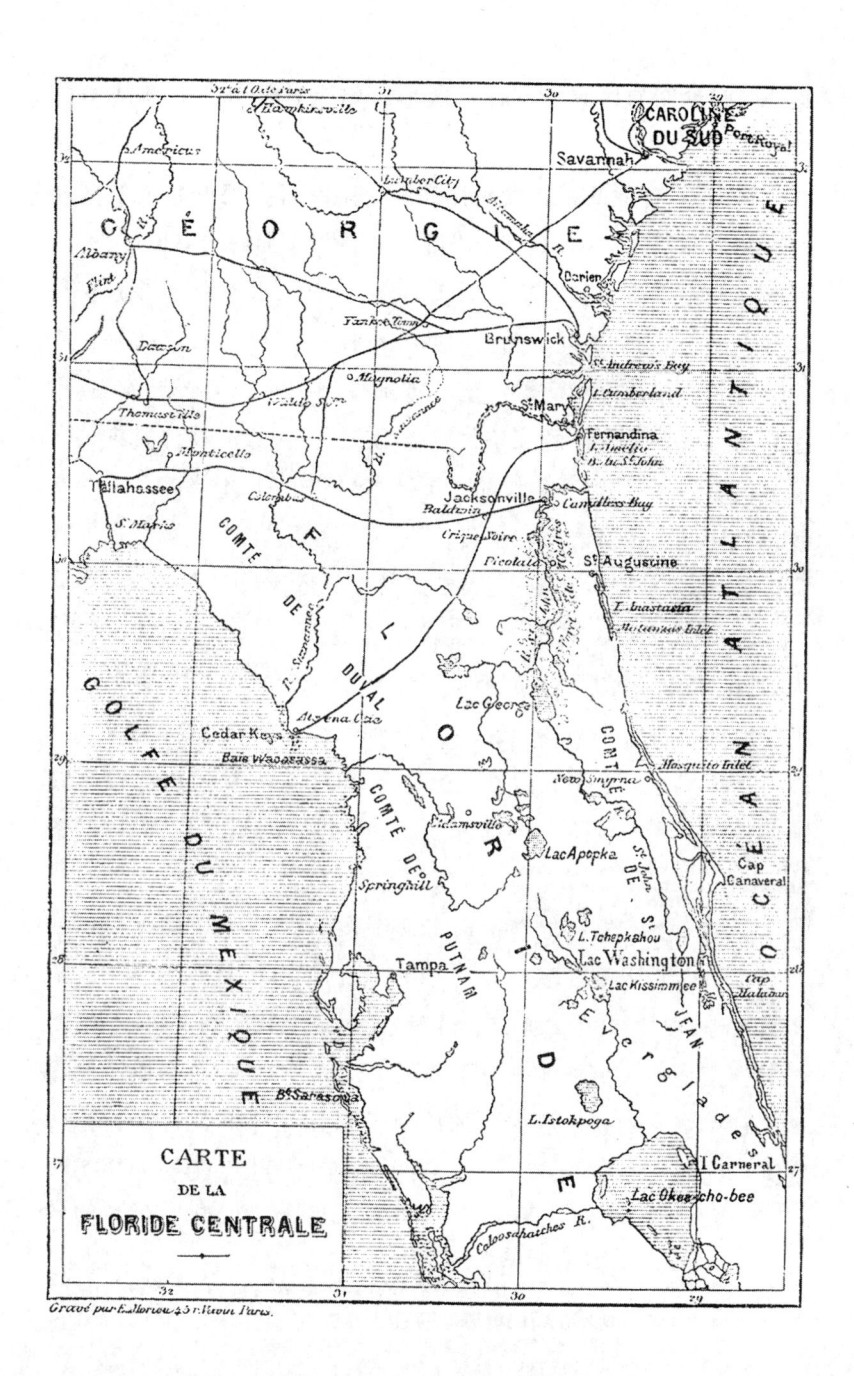

CARTE
DE LA
FLORIDE CENTRALE

富特舰长发明的炮艇,也称作"载炮战船",这些都将在海战中首次亮相。

在南方,备战的积极性同样高涨。南军炮兵拥有新奥尔良式大炮和孟菲斯式火炮,在里士满附近的特雷多加有冶炼工厂,那里可以制造帕洛特式和罗德曼斯式大炮。不过,这些还不够。联盟政府求助于欧洲,从列日和伯明翰①运来了武器装备,以及阿姆斯特朗式和惠特沃思式武器系统的零部件。一些人突破封锁线,在这些港口以各种各样的战争物资作为交换品,低价收购棉花。南军也组织起来了。它的将领包括:约翰斯顿、李、伯勒加尔、杰克逊、克里腾顿、佛洛依德和皮洛。除了正规军队,还召集了非正规队伍,这都是些民兵和游击队,参加的志愿者人数多达40万,分离主义的国会于8月8日批准了联盟总统杰弗逊·戴维斯②的要求,批准招募士兵,服役期最少1年,多则3年。

双方经过厉兵秣马之后,在战争爆发后的第一个冬季后期,战端终于重启了。在所有蓄奴各州的土地上,联邦政府所能控制的地方只剩下马里兰州、弗吉尼亚州西部、肯塔基州的几块地方、密苏里州的大部分,以及沿海地区的若干据点。

新的战事首先在肯塔基州东部爆发。1月7日,葛菲尔德率军在中溪向联盟军发起攻击,至20日,北军再次向交叉地区或米尔泉发起攻击。2月2日,在富特率领的装甲舰队的支援下,格兰特率领两个师在田纳西州登上几艘大型蒸汽船。6日,他们攻陷了亨利要塞。研究这场内战的历史学家认为:"此役打碎了一根链条中间的一个环节,而这根链条支撑着北军对手约翰斯顿将军

---

① 分别是比利时和英国的两座城市。
② 杰弗逊·戴维斯是美国历史上最有影响力的政治人物之一,于美国内战期间担任美利坚联盟国首任,也是唯一一任总统。

的整个防御体系。"这样一来,很快,联邦军队就将直接威胁到田纳西州的首府和坎伯兰地区。为此,约翰斯顿把兵力全部集中到多纳尔森要塞,以便为防卫体系建立一个更牢靠的支撑点。

此时,另有一支 16000 人的队伍,在伯恩赛德的指挥下,乘坐 50 艘运输船,由 24 艘蒸汽战船护卫,于 1 月 12 日启程从汉普顿出发,沿切萨皮克湾南下。尽管遭遇狂风暴雨,舰队于 1 月 24 日抵达皮姆利科海峡,准备攻取罗亚诺克岛,进而威胁北卡罗来纳州沿海地区。然而,这座岛屿的防守极为牢固。岛屿西边航道受到了沉船组成的障碍物的掩护。炮火以及其他防御工事让航道变得难以通过。南军在那里布置了 5000 至 6000 名士兵,并且派遣了 7 艘炮艇提供支援,随时准备对登陆之敌予以打击。尽管如此,虽然这座岛屿的保卫者们十分英勇,在 2 月 7 日至 8 日,这座岛屿还是落入了伯恩赛德之手,同时落到他的军队手里的还有 20 门大炮,以及 2000 多名俘虏。第二天,联邦军占领了伊丽莎白市,以及阿尔伯马尔海峡沿岸,也就是这片内海的整个北部地区。

截至 2 月 6 日的战况就是如此,最后,在结束我们对战况的介绍之前,还有必要说一下这位南军将领,前化学教授杰克逊将军①,这位投笔从戎的清教徒也是弗吉尼亚州的保卫者。自从在里士满接受李将军②的召唤,杰克逊就一直担任南军的指挥官。1 月 1 日,他率领手下 1 万人离开温切斯特,穿越阿列加尼地区,准备进攻位于俄亥俄州铁路线上的巴斯城。由于气候恶劣,军队遭受暴风雪的袭击,他不得不率军退回温切斯特,没能达成预定的作战目标。

① 托马斯·乔纳森·杰克逊是南北战争期间著名的南军将领,绰号石墙杰克逊。
② 罗伯特·爱德华·李在南北战争时期担任南方联盟军队的总司令。

现在，让我们专门来看一看南方的海滨地区，这个地区从卡罗来纳州一直延伸到佛罗里达州，这里的战况如下。

自从1861年的下半年以来，北方一直依仗自己拥有的高速战船，对这片海域进行巡逻监视。不过，北方战船始终也没有抓获那条著名的"萨姆特号"，这条船于1862年1月停靠到直布罗陀海峡，目的是查看欧洲海域。杰弗逊·戴维斯号为了逃避联邦战船的追击，逃到佛罗里达的圣奥古斯丁港，不幸在穿越航道时沉没。差不多与此同时，负责在佛罗里达海域巡逻的安德森号捕获了一条名叫伯勒加尔的私掠船。然而在英国，又有新的船只被武装起来用于海上私掠。于是，亚伯拉罕·林肯宣布对弗吉尼亚州和北卡罗来纳州的沿岸海域实施封锁，这条在地图上沿着海岸线画出来的虚拟封锁线长达4500公里。然而负责实施监管的只有两支舰队：一支负责封锁大西洋海域，另一支封锁墨西哥湾。

10月12日，联盟军队第一次尝试清理密西西比河的入海口，执行这一任务的是马纳萨斯号——这是南北战争中第一次出现的装甲战船——随行支援的是一支小型舰队。这项任务没能完成，12月29日，尽管里士满号护卫舰终于全身而退，但另一艘蒸汽小船海鸟号却在门罗要塞的眼皮底下，成功捕获了一条双桅纵帆帆船。

不过，北军需要找到一个地方，把它作为开展大西洋海域巡逻的基地。于是，联邦政府决定夺取哈特拉斯要塞，这个要塞控制着一条同名航道，那里是偷越封锁线的船只经常过往的海域。夺取这座要塞的难度很大。它的旁边有一座名叫克拉克要塞的方形棱堡，拱卫着哈特拉斯要塞。联手保卫这座要塞的是北卡罗来纳第七团，以及1000多散兵游勇。这点儿兵力不算什么。8月27日，联邦舰队进逼要塞航道海面，舰队包括两艘驱逐舰、三艘轻巡航舰、一艘护卫舰,以及两条大型蒸汽轮船。舰队司令斯特林厄姆和巴特勒将军下令发起攻击。棱堡首先被攻陷。随后,经过长时间抵抗之后,哈特拉斯要塞升起了白旗。这座军事基地落入北军之手,并且在此后的整个战争期间,一直受到北军掌控。

11月份,圣罗莎岛成为下一个进攻目标,这座岛屿位于彭萨克拉东边的墨西哥湾海域,那里属于佛罗里达州的沿海地区。经过联盟军的激烈抵抗,这座岛屿还是落入联邦军之手。

无论如何,夺取哈特拉斯要塞之后,仍然不足以让联邦军顺利开展下一步军事行动。必须进一步夺取南卡罗来纳州、佐治亚州和佛罗里达州滨海地区的其他据点。一支庞大的舰队被交给杜邦司令官,这支舰队包括两艘蒸汽驱逐舰(分别名叫瓦沙贝号和苏斯克汉纳号)、三艘三桅战舰、五艘轻巡航舰、六艘炮艇、多艘护卫舰,二十五条燃煤轮船负责运送军需物资,32条蒸汽轮船运载着由谢尔曼将军指挥的15600名士兵。10月25日,舰队停泊在孟露要塞附近海域。在哈特勒斯角附近,舰队经受住了狂风的猛烈袭击,随后探查清理了位于查尔斯顿和萨凡纳之间的希尔顿罗德航道。那里是罗亚尔港的港湾,也是美利坚联盟国最重要的港湾之一,那里的奴隶制拥护者阵营的军队指挥官名叫雷普利。港湾的入口处有两座要塞,分别名叫瓦克尔和伯勒加尔,两者相距4000米拱卫着港湾。保卫港湾的还有八艘蒸汽船,此外,港湾里有一片沙洲,进攻船只几乎无法靠岸。

11月5日,航道放置好信标,经过短暂炮战,杜邦率领舰队进入港湾,但是,谢尔曼将军的士兵还无法登陆。7日上午,舰队开始攻击瓦克尔要塞,继而攻击伯勒加尔要塞。舰队沉重的炮弹如同冰雹一般摧毁了两个要塞,迫使守军撤离。联邦军几乎不费吹灰之力就占领了两个要塞。谢尔曼占领这个异常重要的据点后,为今后的军事行动铺平了道路。这次行动对蓄奴各州是一次致命的打击。附近的岛屿一个接着一个落入联邦军之手,就连泰比岛,以及控制萨凡纳河口的普拉斯基要塞也先后陷落。年终的时候,杜邦已经控制了五个大型河湾,它们是北艾迪多湾、圣赫勒拿湾、罗亚尔港湾、泰比湾和瓦沙湾,此外,他还控制了卡罗来纳和佐治亚沿岸海域的一连串小岛屿。最后,1862年1月1日,他取得了这次行动的最后一个战果,攻取了库索河沿岸的一系列联盟军设施。

以上就是截至1862年2月初交战双方的战况,以及联邦政府的军队向南方进军取得的战果,与此同时,杜邦司令的舰队,以及谢尔曼的军队已经威逼佛罗里达。

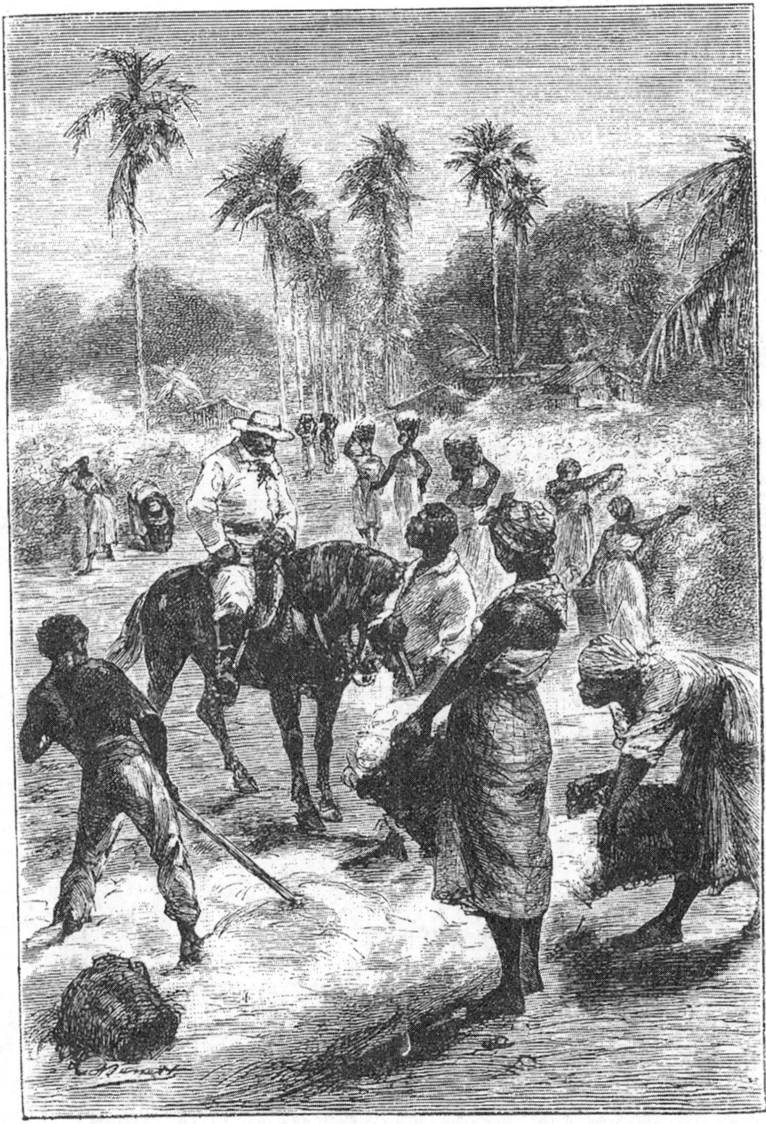

第四章　伯班克一家

现在是晚上 7 点零几分钟，詹姆斯·伯班克和爱德华·卡洛尔一同走上位于圣约翰河畔的那座城堡屋正门前的台阶。泽尔玛拉着小姑娘的手，跟在他们身后。大家来到前厅，大厅十分宽敞，大厅深处圆形穹顶下面，有一处宽敞的转折楼梯，一直通往上面的楼层。

伯班克夫人在大厅里等候，身边站着佩里，他是这座种植园的总管。

"杰克逊维尔那边没有什么新消息吗？"

"什么消息都没有，我的朋友。"

"也没有关于吉尔伯特的消息吗？"

"有的……有一封信！"

"谢天谢地！"

以上是伯班克夫妇见面后的第一番问答。

詹姆斯·伯班克拥抱了夫人和小姑娘蒂，随即接过信，拆开。

詹姆斯·伯班克不在家的时候，这封来信丝毫不曾被打开过。尽管写这封信的人，以及他在佛罗里达的家人处境堪忧，但是，伯班克夫人仍然希望让她的丈夫首先了解信的内容。

詹姆斯·伯班克问道："无疑，这封信不是通过邮局送来的吧?"

佩里回答道:"噢！不,詹姆斯先生,吉尔伯特先生不会那么莽撞!"

"那么,是谁送来的这封信?……"

"来自佐治亚州的一个人,我们年轻的中尉对他给予了充分的信任。"

"这封信是哪一天送到的?"

"昨天。"

"那送信的人呢?"

"他当天晚上就离开了。"

"有没有给他足够的报酬?……"

伯班克夫人回答道:"当然,我的朋友,给了他丰厚的报酬,不过,是吉尔伯特那边给的,送信人不愿意接受我们的任何酬谢。"

大理石桌面上放着两盏灯,照亮了整个大厅,桌子旁边放着一张宽大的沙发。

詹姆斯·伯班克走到大理石桌旁坐了下来。他的夫人和小女儿坐到他的身边。爱德华·卡洛尔与自己的妹妹握了握手,然后一屁股坐进旁边的沙发里。泽尔玛和佩里两人站到了楼梯旁。他们两个就像是伯班克的家人,阅读这封信的时候,他们完全可以在场。

詹姆斯·伯班克展开信纸。

他说道:"这封信是2月3日写的。"

"已经过去了整整4天!"爱德华·卡洛尔回答道,"就我们面临的局势而言,这个时间可有点儿长……"

"读呀,爸爸,快读呀!"小姑娘迫不及待地叫道,在她这个年龄,这么着急实在太自然不过了。

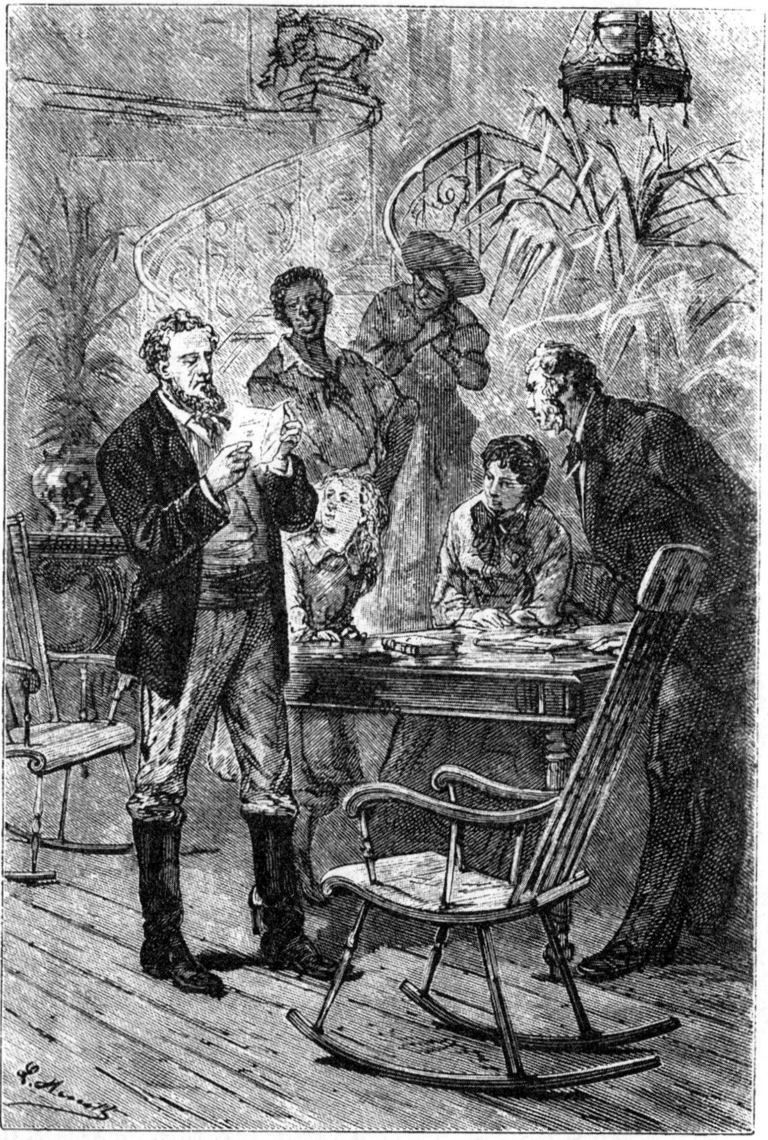

下面就是这封信的内容:

"写于艾迪托锚地的沃巴士号上

1862年2月3日

亲爱的父亲,

首先,我要拥抱我的母亲,我的小妹妹,还有你。我不会忘记我的叔叔卡洛尔,也不会漏掉女仆泽尔玛,并向她转达她丈夫,我的勇敢忠诚的马尔斯的亲切问候。我们两个人一切都好,并且非常自豪地希望与你们团聚!这个日子不会太遥远了,佩里先生又该埋怨我们,作为顽固的奴隶制拥护者,面对北方不断取得的进展,只好怨天尤人,他可真是一位称职的管家!"

爱德华·卡洛尔说道:"佩里,他们总是这么调侃你。"

一向固执己见的佩里先生回答道:"在这个问题上,每个人都有自己的信念!"

詹姆斯·伯班克继续念道:

"送来这封信的人得到我的充分信任,在这方面你们不必有所顾虑。你们一定已经听说,杜邦司令的舰队已经夺取罗亚尔港湾和邻近的一系列岛屿。北方正在一步步地战胜南方。因此,联邦政府很可能准备攻占佛罗里达的各个主要港口。大家已经在谈论,这个月底,杜邦与谢尔曼就将联手发起进攻。极为可能的是,我们将首先攻占圣安德鲁斯海湾。随后,我们将有能力攻入佛罗里达州。

亲爱的父亲,我十分期盼这一天的到来,特别是与我们无往不胜的舰队一起!我家处于奴隶制拥护者的包围之中,这点令我始终忧心忡忡。不过,胜利的时刻就要来临,我们在康特莱斯湾种植园一直怀抱的理想终将实现。

噢！我真想离开军营回来探望你们，哪怕只有24个小时！不行！这样太危险了，不仅对我，对你们也同样危险，还是需要耐心等待。再过几个星期，我们大家就可以在城堡屋团聚了！

现在我的信临近结尾，让我想一想有没有忘记拥抱谁。是的，真是的！我忘记了拥抱斯坦纳德先生，还有我那可爱的艾丽丝，真想早日与她重逢！请向她和她的父亲转达我的友情，还有对她的深厚情谊！……

谨致衷心的敬意

吉尔伯特·伯班克"

詹姆斯·伯班克把信放到桌子上，伯班克夫人马上把信拿起来，放到唇边亲吻着。然后，小妹妹蒂对着信纸，在哥哥签名的地方重重地亲了一嘴。

爱德华·卡洛尔说道："真是个好小伙子！"

"还有正直的马尔斯！"伯班克夫人补充到，眼睛望向泽尔玛，她正紧紧地把小姑娘抱在怀里。

伯班克夫人又补充道："必须通知艾丽丝，告诉她我们收到了吉尔伯特的来信。"

"好的！我这就给她写信。"詹姆斯·伯班克回答道，"另外，几天以后，我需要动身前往杰克逊维尔，并且将见到斯坦纳德。自从吉尔伯特写了这封信以后，关于计划中的这次进攻，应该还会有新的消息。啊！我们的北方朋友，他们终于要来了，佛罗里达将重归合众国的旗帜下！这里，我们的处境也将恢复平静。"

实际上，自从战争逼近南方，那个令美国陷入内战的话题，把佛罗里达也搅得天翻地覆。迄今为止，在这块前西班牙殖民地上，奴隶制度并不算十分发达,与弗吉尼亚和卡罗来纳相比,佛罗里达加入维护奴隶制的阵营并不算太积极。但是,在奴隶制拥护者当中,很快有人出来煽风点火。如今,这些人鼓动骚乱,并且趁乱浑水摸鱼,已经控制了圣奥古斯丁,特别是杰克逊维尔的政权,在那里,煽动者获得了最卑贱的群氓的拥戴支持。詹姆斯·伯班克的出身和主张广为人知,因此,在这种时刻,他的处境实在令人担忧。

目前,詹姆斯·伯班克在新泽西州还有若干处产业,大约20年前,他离开那里,携夫人和4岁的长子来到康特莱斯湾安家落户。在内兄爱德华·卡洛尔的协助下,依靠自己的聪明才智和艰苦努力,把种植园打理得欣欣向荣,这方面我们已经描述过了。这座庞大的种植园是詹姆斯·伯班克从祖辈手里继承下来的,为此,他对这里充满了难以割舍的情感。他的第二个孩子,小姑娘蒂就出生在这里,那时候,他们已经在这座种植园居住了15个年头。

詹姆斯·伯班克今年已经46岁,这个男人身强体壮,习惯于从事体力劳动,干活儿从来不辞辛苦。大家都知道,他的性格充满活力,坚毅自信,并且毫无顾忌地宣扬自己的主张。他个头高大,鬓发有些花白,面容略显严峻,但是襟怀坦诚,英气逼人。下巴上留着一撮北方美国人喜欢的胡须,胡须不长,没有髭髯,一副新英格兰①的美国佬形象。在整个种植园里,大家都爱戴他,因为他和蔼可亲,大家对他唯命是从,因为他处事公道。他手下的黑人对他忠心耿耿,他一直在等待,而且是焦急地等待,一旦形势允许,他就要给自己的黑人以自由。他的内兄与他年龄相仿,专门负责康特莱斯湾的财会事务。爱德华·卡洛尔与詹姆斯·伯班克在所有问

---

① 新英格兰位于美国本土的东北部,是位于美国大陆东北角、濒临大西洋、毗邻加拿大的区域。

题上都能意见一致,对于奴隶制的看法也如出一辙。

不过,在康特莱斯湾这个小小的世界里,只有一个人对奴隶制的看法完全相反,他就是管家佩里。但是,不能因此就认为这个忠诚的人一向虐待奴隶。恰恰相反,他总是让黑人们在现有条件下,尽可能地过上幸福生活。

他说道:"但是,在有些地方,尤其是热带地区,田里的活计只能交给黑人去做。而且,如果黑人不当奴隶,那他就不成其为黑人了!"

这就是佩里的理论,而且只要有机会,他就会与别人展开辩论。大家都不和他计较,也从未把他的想法当回事。但是,眼看着战争形势越来越有利于废奴主义阵营,他只好闷闷不乐。在康特莱斯湾,一旦伯班克先生要解放他的所有黑奴,佩里也只好"自认倒霉"。

需要强调指出,这是一个出色的男人,而且非常勇敢。当詹姆斯·伯班克与爱德华·卡洛尔参加民兵分遣队,准备打击残存的塞米诺尔匪帮的时候,佩里也勇敢地投身其中,这种民兵组织被人戏称"随叫随到",因为他们必须做到招之即来。

那个时候,伯班克夫人的年龄还只有 39 岁。漂亮得惊为天人。她的女儿将来也会像她一样漂亮。詹姆斯·伯班克把她视为钟爱多情的伴侣,自己一生幸福的最主要来源。这位尊贵的女士把自己的丈夫和孩子视为生命的至宝,她热爱他们,为他们感到由衷的担忧,特别是在当前的局势下,内战的战火即将燃烧到佛罗里达。她的女儿名叫戴安娜,家里人都亲昵地称呼她蒂,小姑娘只有 6 岁,活泼可爱,幸福地生活在城堡屋,依偎在妈妈的身边,此时,吉尔伯特已经离家出走。为此,伯班克夫人终日思虑万千,无法释怀。

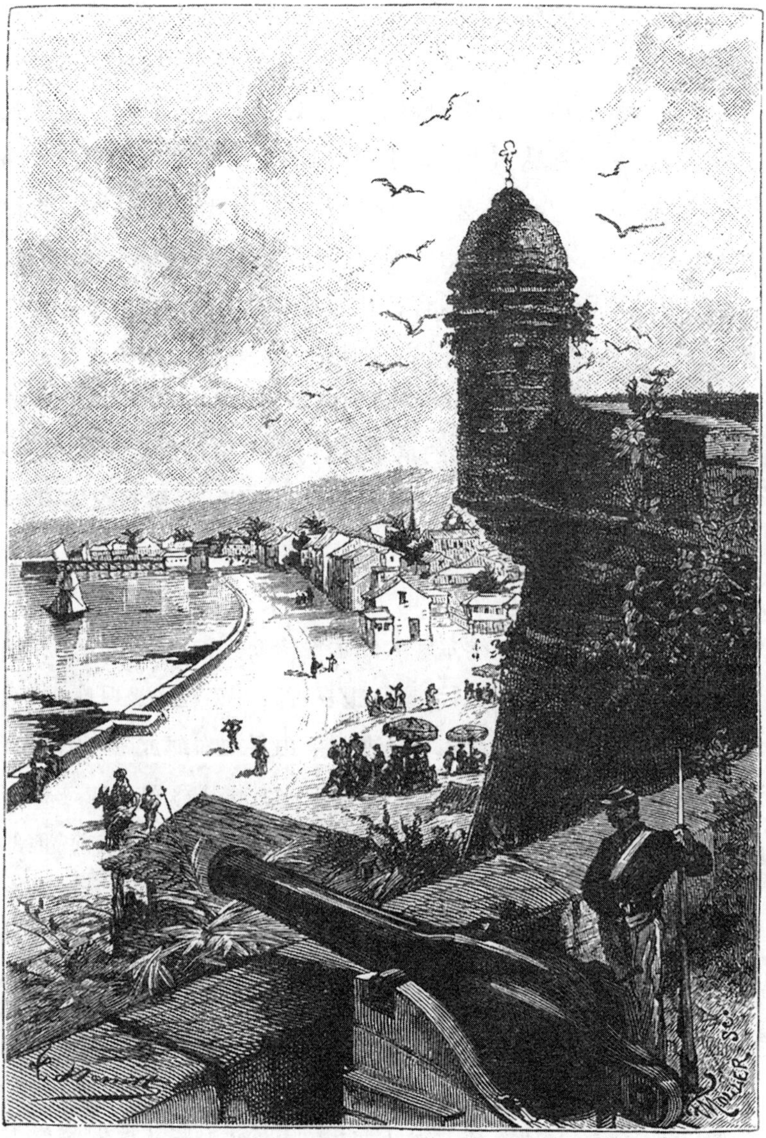

吉尔伯特24岁,已经是个年轻的男子汉,从他身上可以看到他父亲的气质和体貌,但是多了一些感情外露,也多了一份优雅和热情。他是一个意气风发的玩伴,而且,受过多方面的体能训练,无论骑马、航海,还是狩猎,他都是一把好手。吉尔伯特经常在杜瓦尔地区的广袤森林和沼泽里游历冒险,还把游历的范围扩大到圣约翰河的河湾和河道,甚至巴勃罗入海口的最远端,这些冒险行为让母亲为他终日担惊受怕。因此,当南北战争的枪声刚刚响起,吉尔伯特就理所当然地认为自己有本事经受一个士兵的考验。他明白自己有义务加入联邦军队,并且毫不犹豫地投身从戎。他提出参军的要求,尽管詹姆斯·伯班克的妻子为此忧虑万分,尽管此行充满凶险,但是面对儿子的请求,詹姆斯·伯班克毫不阻拦,一口应允。他的想法与儿子一样,这是一个义务,而履行义务高于一切。

于是,吉尔伯特动身去了北方,不过,他的离开一直被尽量严格保密。如果在杰克逊维尔让人知道詹姆斯·伯班克的儿子参加了北军,势必会给康特莱斯湾招来报复行为。年轻人被叮嘱到,对朋友们就说自己的父亲还在新泽西州。由于他对海洋一直有着莫大的兴趣,吉尔伯特很容易地被推荐加入了联邦海军。在这种时候,军人的晋级速度很快,由于吉尔伯特作战勇敢,冲锋在前,他的军阶快速提升。华盛顿政府注意到了这个年轻人,他不顾自己家庭所处的环境,毅然投身服务于联邦阵营。在攻打萨姆特要塞的战斗中,吉尔伯特表现出色。当时,他在里士满号上服役,在密西西比河的入海口,这条船遭到马纳萨斯号的接舷袭击,但成功脱离并最终俘获了敌船,在这次战斗中,吉尔伯特居功至伟。战后,尽管他并非毕业于安纳波利斯海军学校,也不如那些从商船临时调来的军官有资历,吉尔伯特还是被晋升海军少尉。他以新晋军官的身份加入了杜邦司令的舰队，并且参加了进攻哈特拉斯要塞的辉煌战役，以及夺取沿海岛屿的战斗。杜邦舰队很快就要开始夺取圣约翰河航道，几个星期之前，吉尔伯特被晋升中尉，调到杜邦司令麾下一条炮艇上服役。

是的！这个年轻人也同样急切地盼望这场血腥的战争早日结束！他已经有了心上人，彼此相爱。一旦结束在军队的服役期，他将尽快回到康特莱斯湾，并且迎娶一位姑娘，姑娘的父亲是吉尔伯特的父亲最好的朋友之一。

斯坦纳德先生并不属于佛罗里达的移植民阶层。他孑然一身，小有财富，一门心思只想着教育好自己的女儿。他住在杰克逊维尔，从那里出发，只需顺着圣约翰河逆流而上三四英里，就能抵达康特莱斯湾。15年来，他每个星期都要来拜访一次伯班克全家。因此可以说，吉尔伯特与艾丽丝·斯坦纳德从小一起长大，青梅竹马。由于这个缘故，很长时间以来，他们就在谈婚论嫁，并且已经做出决定，这场婚姻将给两个年轻人带来幸福。尽管瓦尔特·斯坦纳德是南方人，但他却和自己在佛罗里达的几位老乡一样，都是废奴主义者；不过，他们的人数太少，无法引导大多数移植民和杰克逊维尔城里的居民，这些人大多倾向拥护分离主义，而且这种情绪与日俱增。近来，这些正直的人遭到本地区煽动者的敌视，特别是那些下层白人，还有低贱的群氓，他们跟在煽动者的后面，随时准备寻衅滋事。

瓦尔特·斯坦纳德是来自新奥尔良的美国人。斯坦纳德夫人是法国人后裔，很年轻的时候就去世了，她给自己的女儿留下了法兰西血统的高贵气质。吉尔伯特从军离去的时候，艾丽丝小姐表现得十分坚强，令伯班克夫人感到宽慰和放心。尽管艾丽丝与吉尔伯特两人相互倾心爱慕，但她仍然反复劝慰吉尔伯特的母亲说，此行是去履行义务,为了这个事业战斗,也是为了解救一个种族,归根结底,是为了自由。此时,艾丽丝小姐芳龄十九,是一位金发女郎,眼睛近似于黑色,暖色调肤色,身材曼妙,气质高雅。也许她有点儿过于严肃,但是特别善于表达,一颦一笑都能让她美丽的脸庞顾盼生辉。

确实,在伯班克家庭最忠实的成员当中,还有两个仆人泽尔玛和马尔斯,如果遗漏描述他们的形象,对这个家庭的认识就不算完整。

从上述来信中,我们已经知道,吉尔伯特并非独自出走。陪同他一起离家的,还有泽尔玛的丈夫马尔斯。马尔斯是康特莱斯湾的奴隶,自从来到废奴主义者的军营,他就成为自由身,对于吉尔伯特这个年轻人来说,马尔斯是他最忠实的同伴。虽然联邦政府已经建立了黑人军团,马尔斯完全可以在那里找到自己的位置,但是,对于马尔斯来说,吉尔伯特永远是自己的年轻主人,不愿意离他别去。

马尔斯和泽尔玛都不是天生的纯正黑人血统,两人都是混血儿。泽尔玛有个兄弟名叫罗伯特·斯莫尔,他是一位奴隶英雄,4个月以后,他将要在查尔斯顿海湾从联盟军手中夺取一艘小型蒸汽船,船上还有两门火炮,他把这艘船献给了联邦舰队。

泽尔玛与马尔斯两情相悦,相依为命,是一对恩爱夫妻。然而,在前些年,可憎的奴隶贸易曾经不止一次威胁到他们的结合。他们两人是通过一次奴隶交易进入康特莱斯湾,成为种植园的成员,就在那次交易会上,机缘巧合,他们差一点就被分离,从此天各一方。

情况是这样的:

现在,泽尔玛31岁,马尔斯35岁。他们两人于7年前结婚,

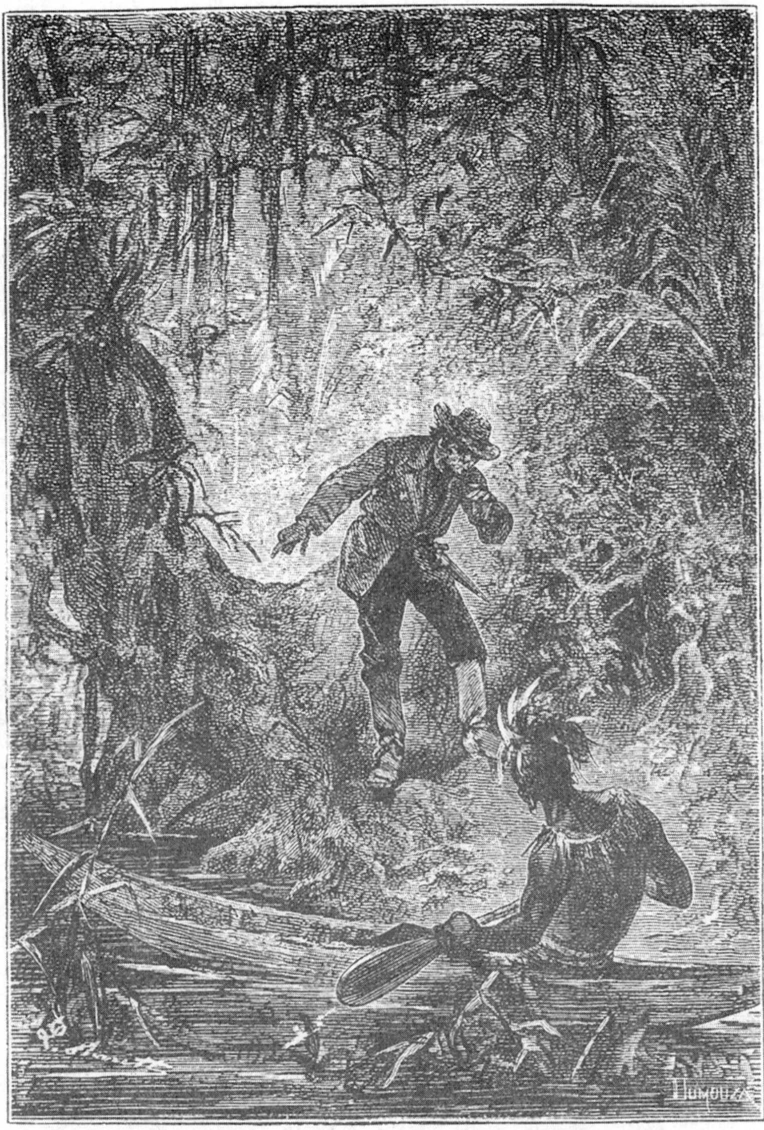

那时他们都属于一个名叫迪克伯恩的移植民,他的种植园位于距离康特莱斯湾上游大约20英里远的地方。若干年来,这个移植民与德克萨关系密切,来往频繁。德克萨经常拜访这座种植园,并且受到热情款待。这并不奇怪,因为一般来说,迪克伯恩在本地区的名声一向很差。此人心智平庸,种植园的经营乏善可陈,最终不得不把自己的奴隶成批出售。

与迪克伯恩种植园里的其他奴隶一样,泽尔玛也受到虐待,恰巧在这个时候,她诞下了一个可怜的小生命,但是几乎立刻就面临生死别离。为了一个无辜的罪名,泽尔玛被关进牢房,受尽折磨,她的孩子也死在了母亲的怀抱。简直难以想象,当时泽尔玛悲恸欲绝,马尔斯怒气冲天。然而,这些可怜人的身体都是属于主人的,无论生死,他们都是主人买来的奴隶,怎么可能反抗?

可是,丧子之痛未平,另一个悲剧马上来临,而且同样令人伤心欲绝。事实上,就在他们的孩子去世的第二天,马尔斯与泽尔玛都被送上拍卖会,面临夫妻分离的威胁。是的!他们甚至都无法祈求拥有一个共同的新主人,以此获得心灵的慰藉。拍卖会上有人出钱购买泽尔玛,但是只买她一个人,尽管这个人并没拥有种植园。毫无疑问,这个人就是一时兴起!而此人就是德克萨。就在迪克伯恩与自己的朋友即将达成交易的最后一刻,现场出现另一位竞拍者出了高价。

出价人是詹姆斯·伯班克,他也参加了迪克伯恩的奴隶拍卖会,并且被这个混血女人的不幸遭遇深深打动,她一直在徒劳地哀求不要把她与丈夫分开。恰巧,詹姆斯·伯班克需要给他的小女儿寻找一位乳母。当他获悉在迪克伯恩的奴隶当中,有一个女奴刚刚失去婴儿,而且符合他希望的条件,他就想买下这个乳母;不过,他被泽尔玛的眼泪打动了,于是毫不犹豫地要求同时购买她和她的丈夫,而且他的报价高于迄今为止的所有报价。

　　德克萨认得詹姆斯·伯班克,作为一个名声可疑的人物,德克萨始终是康特莱斯湾种植园驱逐的对象,也就是从那时起,德克萨对康特莱斯湾的这家人开始心怀怨恨。

　　于是,德克萨决定向这个有钱的竞争对手发起挑战:但是徒劳无功。他顽固坚持,把迪克伯恩对这个混血女奴和她丈夫的要价提高了一倍,结果只是让对手报出更高的价格,最终,这对奴隶夫妇被落锤拍卖给了詹姆斯·伯班克。

　　就这样,马尔斯和泽尔玛终于没有被迫分离,而且,他们还成为整个佛罗里达所有移植民当中最宽厚的那个人家的仆人。现在,经历了那么多不幸,他们的处境终于改善,未来的命运终于有了可靠的保障!

　　6年过去了,泽尔玛依然拥有混血女人的那种成熟美。她生性刚毅,对主人忠心耿耿,而且不止一次地有机会向主人证实自己的忠诚——在后面的故事里,她还将有这样的机会。马尔斯与自己的妻子夫唱妇随,对于詹姆斯·伯班克给予泽尔玛的仁慈待遇,马尔斯没齿难忘。马尔斯是非洲裔的出色代表,与此同时,他的身体里也流淌着克里奥尔人①的血液。他身材魁梧,体格健壮,勇于接受任何考验,可以成为新主人最得力的奴仆。

　　另一方面,这两个仆人成为种植园的成员后,并没有被当作奴隶对待。鉴于他们具备优秀品质,而且聪明伶俐,很快得到主人的赏识。马尔斯被指派专门服务于年轻的吉尔伯特,泽尔玛则成为戴安娜的乳母。这样的安排只能让他们更深切地融入伯班克的家

---

① 克里奥尔人本来是指出生于美洲而双亲是西班牙人的白种人,后来泛指在殖民地出生的欧洲后裔。

庭生活。

此外，泽尔玛自从丧子之后遗失的母爱，又从小姑娘那里获得了新生。蒂非常喜爱泽尔玛，对于这种依恋之情，泽尔玛报以母亲般的悉心照料。为此，伯班克夫人对泽尔玛不仅十分友好，而且非常感激。

吉尔伯特和马尔斯之间同样感情深厚。这个混血儿灵敏机智，精力充沛，十分乐于协助年轻主人从事各种体能锻炼。詹姆斯·伯班克非常庆幸给自己的儿子找到这么一个好帮手。

就这样，泽尔玛和马尔斯的处境从来没有如此幸福，而这一切都是在逃脱了迪克伯恩的魔爪，又差点儿落入德克萨的魔爪之后获得的——他们对此终生牢记。

第五章　黑水湾

第二天,天际露出第一抹晨曦,在那个名叫黑水湾的潟湖隐蔽处,一个男人在一座小岛的陡峭岸边散步。此人就是德克萨。距离他几步远的地方,一个印第安人划着小艇刚刚靠岸,这是斯坎伯,昨天,就是他划着这条小艇靠泊到香农号的船舷。

来回踱了几步之后,德克萨在一株木兰树前站住,伸手拽住低处的树枝,从上面摘下一片带着叶柄的树叶。然后,他又从手里的笔记本上撕下一张纸片,上面用墨水书写着几个字。他把纸片搓成细卷,插进叶脉的缝隙里,细致地摆弄着,让这片木兰叶子看上去没有什么特别之处。

然后,德克萨说道:"斯坎伯!"

"主人?"印第安人回答道。

"送到你知道的那个地方。"

斯坎伯接过树叶,把它放到小艇的前部,自己坐到小艇后部,划动船桨,小艇绕过小岛的顶端,钻过树林垂下的密密匝匝枝叶,沿着弯弯曲曲的水道逐渐消失。

这座潟湖里纵横交错地分布着许多水道,这些狭窄的水道就像纠缠在一起的绳索,淌着黢黑的水流,这情形有点儿像欧洲某些"水网"地区相互交织的水渠网。圣约翰河的分流河道逐渐分散

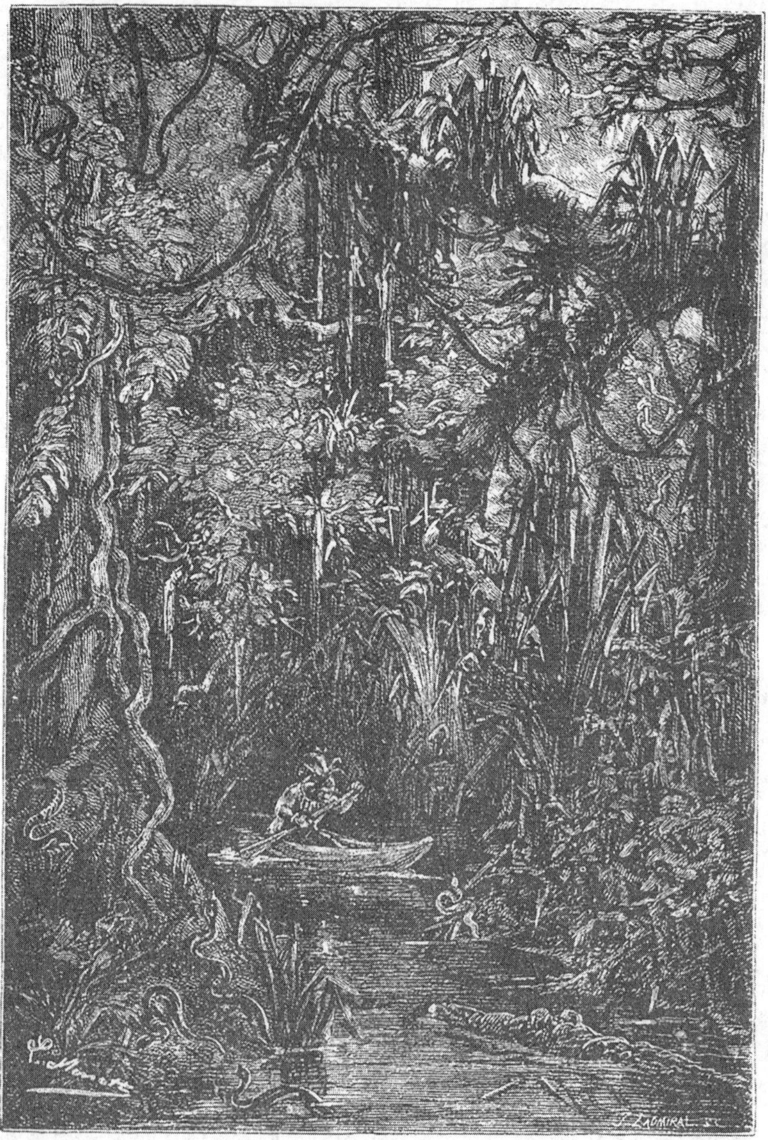

融入这些深沉的河沟水渠，除非对这些水道极为熟悉，否则没有人能在这里摸清方向。

然而，斯坎伯驾轻就熟。在外人看不到出口的地方，他的小艇却能轻而易举地通过。他拨开低垂的树枝，让小艇划过，随即树枝在他身后垂落下来，没人能觉察出这里刚刚有小船通过。

印第安人就这样顺着迂回曲折的羊肠水道划进潟湖深处，有时候，这些水道比草场里人工挖掘的排水沟还要狭窄。随着小艇靠近，各种各样的水鸟腾空而起。黏滑的鳗鱼贼头贼脑地钻进露出水面的树根缝隙里。还有那些缩在淤泥里酣睡的凯门鳄，被经过的小艇碰到而受了惊扰，斯坎伯对这些爬行动物毫不在意，他继续不断向前划行，当船头前面水浅无法划行的时候，他就会把船桨当作船篙，撑着小艇往前走。

此时，天色已经大亮，在初升阳光的照射下，夜间泛起的浓重雾气开始消散，然而，在浓密树丛枝叶的遮掩下，小艇的身影依旧悄然朦胧。即使在烈日当空的时候，树丛阴影下的河道里仍然透不进一缕阳光。其实，在沼泽地区的深处，只需要一点点昏暗的光线，就能够滋生出茂密的水生植物，漂浮在黯黑的水面，让无数麇集的生物拥挤着生存在墨色的湖水里。

大约经过半个小时，斯坎伯就这样从一个小岛划向另一个小岛。最后，他停住小艇，这里已经是黑水湾最隐秘的地方之一。

这个地方位于潟湖沼泽地带的尽头，树林变得比较稀疏，枝叶也没有那么浓密，阳光终于可以照进林间。那边，伸展出一片宽阔的草地，草地边缘生长着森林，林木不算高大，突兀在圣约翰河的水面之上。五六棵树木孤零零地矗立在泥泞的地里，看起来就像生长在柔软的泥毯上。几簇檫树枝叶凋零，枝头生长着紫色的小浆果，树丛在泥泞的地上标出蜿蜒曲折的小径。

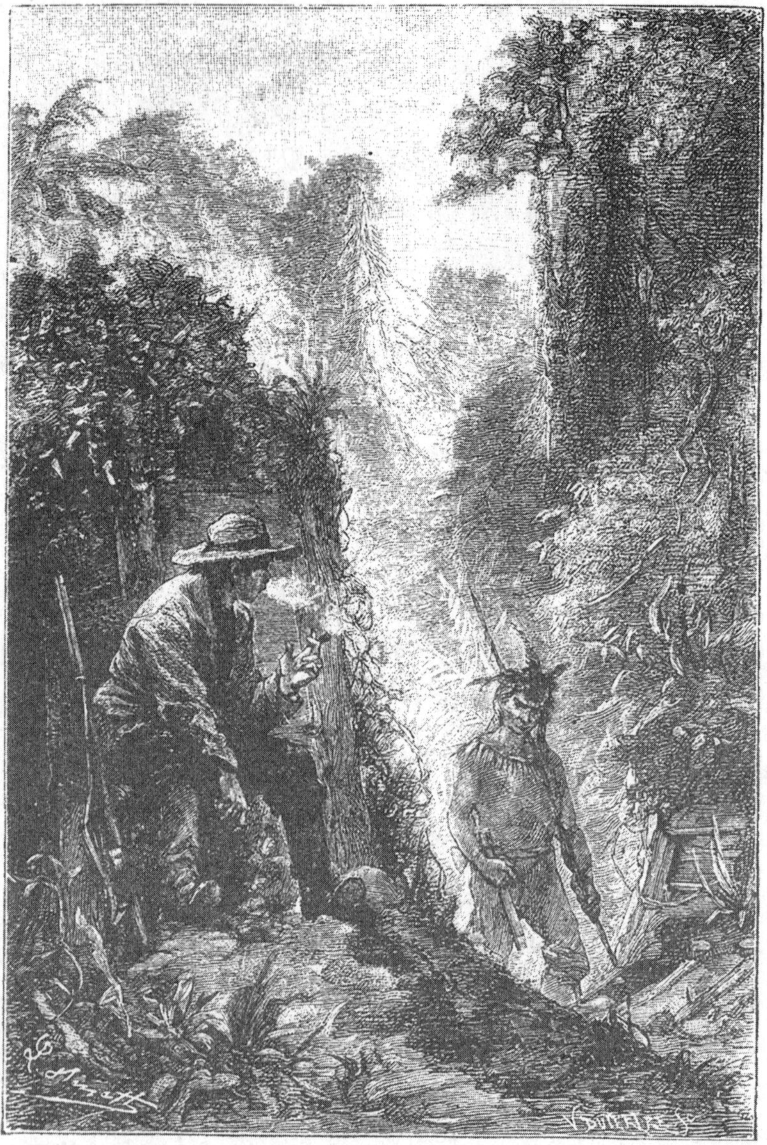

斯坎伯在陡峭岸边的一棵树桩上把小艇系好,爬到河岸上。夜间形成的浓雾已经开始散去。荒凉的草地逐渐摆脱雾气的笼罩。在那几棵孤零零的树丛里,混杂生长着一株不算高大的木兰树,树身凸显于树丛中间。

印第安人向木兰树走去,几分钟之后来到树下。他伸手弯下一权树枝,把德克萨交给自己的木兰叶插到枝头上,然后松手放开,树枝弹起恢复原状,那片树叶也隐藏在了木兰树丛中。

随后,斯坎伯返回小艇,朝着主人等待他的那个小岛的方向划去。

这个河湾里的河水颜色黑暗,因而得名黑水湾,河湾的面积大约有500至600英亩。圣约翰河水滋养着这个河湾,里面形成一系列岛屿,其间路径曲折蜿蜒,往复无穷,不熟悉这里的外人根本无法深入其境。河湾的水面上分布着一百来座小岛屿,无数条溪流把小岛分割开来,岛与岛之间既无桥梁,也无堤坝相连,小岛之间搭连着长长的藤条,几簇高大的树枝伸展交错在水面之上。除此之外,再无其他通道可以把这座潟湖的各个地点相互串联起来。

差不多就在这一系列群岛的中央,有一座最重要的小岛,不仅是由于它的面积最大——大约有二十来英亩——还因为它的地势最高——它比圣约翰河在涨落潮水之间的平均水位还要高出五六英尺。

在很早以前,这座岛上曾经修建过一座类似于碉堡模样的防御工事,不过现在已经废弃了,至少从军事角度来说是废弃了。在高大的柏树、绿橡树、黑胡桃树、澳大利亚松树和木兰的树丛下面,工事的栅栏依然矗立着,尽管多半已经腐朽损坏,而且纵横交错地缠绕着各种藤条枝蔓。

栅栏圈里面,在浓密枝条的掩蔽下,肉眼勉强可以发现这座小碉堡的几何外形，或者不如说这是一座观察哨所，当初修建的时候，里面可以容纳一支二十来人的小分队。碉堡的木质墙壁上开凿了好多个射击孔，碉堡顶部覆盖泥土，长满青草，形成了名副其实的保护层。碉堡内部有几个房间，中央是一间陋室，紧挨着一间当初用来储备物资和军火的库房。要想进入碉堡，首先需要通过栅栏圈的一处狭窄小门，穿过栅栏包围的院子，院子里生长着几棵树木，然后沿着十几级泥巴和厚木板垒砌的台阶拾级而上，就来到了碉堡的门前，这是通往碉堡内部的唯一入口，实际上，这个入口是利用原先的射击孔改造而成。

这里就是德克萨平时的栖身之所，是一处无人知晓的地方。就是在这里，他避开所有人的眼睛，和斯坎伯一起隐居生活，这个印第安人对自己的主人忠心耿耿，对他唯命是从，在他的主人眼里，这个印第安人的价值比五六个奴隶加在一起还要高。

看得出来，黑水湾里的这座岛屿与圣约翰河两岸坐落的众多农庄之间有着天壤之别。在这个地方生存，无论对于德克萨，还是他那个对生活要求并不高的同伴来说，都不是一件容易的事情。岛上养了几只家畜，开垦了几英亩农田，种植了一些土豆、山药、黄瓜，还有二十几棵几乎处于野生状态的果树，仅此而已，另外，再加上附近树林里和潟湖水塘里一年四季都能得到的渔猎收获。不过，毫无疑问，黑水湾的主人一定还有其他收入来源，对此，德克萨和斯坎伯都讳莫如深。

至于这座碉堡的安全问题，它坐落在外人根本无法企及的巢穴中央，这难道不就是最大的安全保障吗？另一方面，又有谁会来袭击这里，为什么会来袭击？无论如何，任何接近这里的可疑外人，都会立即被岛上豢养的狗发现，并且狂吠报警，这是两条来自加勒比地区的凶猛猎犬，过去，西班牙人使用这种猎犬追踪逃亡的黑奴。

以上介绍了德克萨的住所，这个住所与他本人相当般配。以下介绍德克萨本人。

此时的德克萨35岁年龄，中等身材，体格健壮，长期浸淫在餐风饮露，投机冒险的生活方式中。他是西班牙人后裔，而且从来不隐讳自己的出身。他长着一头刚硬的黑发，浓重的眉毛，暗绿色的眼睛，嘴角阔大，嘴唇薄而内敛，就好像被军刀切过一样，鼻子扁短，露着猛兽般的鼻孔。透过他的容貌，可以看出这是个奸诈诡谲，性格暴躁的男人。早些年，他曾经留着大胡子；但是两年前，在一次不为人知的意外事故中，他的胡子被火药燎掉了一半，于是把胡子刮光，打那以后，他那冷酷的容貌尤其引人注目。

大约12年前，这个冒险家迁徙落户到佛罗里达，在这个废弃的碉堡里定居下来，没有任何人想到要和他争夺这座碉堡的所有权。这个人从哪里来？没有人知道，他自己也从不提起。来这里之前他靠什么生活？人们仍然一无所知。有人传说——这也许是真的——他从前的职业是贩卖黑奴，在佐治亚和卡罗来纳的各个港口出售整船的黑奴。他是否因为从事这种可憎的生意而致富？看起来似乎不大像。总而言之，在佛罗里达这个地方，像他这样的人不在少数，而他本人也从未赢得过良好的社会声誉。

尽管如此，如果说德克萨声名卓著，而且名声并不太好，但是并不妨碍他在本地区，特别是在杰克逊维尔拥有实实在在的影响力。不过，受他影响的全都是县城居民当中最不值得受人尊重的那些人。德克萨经常去县城办事儿，办的什么事儿他却从来不说。在城里处于社会底层的白人和最可恶的那帮人中间，他结交了许多朋友。人们经常看到，每次德克萨从圣奥古斯丁回来，总有好几个形迹可疑的人陪伴在他身边。他的影响力甚至扩大到了圣约翰河沿岸的移殖民当中。在圣约翰河两岸的众多种植园里，德克萨熟悉其中的好几家，有时候，他会登门拜访，不过从来没人回访过他，因为没有人知道他在黑水湾的藏身之所。德克萨与这些移殖民保持来往的借口十分自然，那就是狩猎，有了共同的习俗和爱好，他们彼此气味相投。

不仅如此，近几年来，德克萨的影响力还在继续上升，因为他以奴隶制的最狂热维护者的形象自居，博得舆论关注。就在美国的两大阵营刚刚由于奴隶制问题爆发南北战争之际，这个西班牙后裔就跳出来，把自己装扮成奴隶制最顽固、最坚决的拥护者。德克萨声称，他并非出于自身利益，因为他充其量只拥有几个黑奴。他要维护的是一个原则。依靠何种手段维护？德克萨煽动最恶劣的极端情绪，激发流氓群众的贪婪本性，鼓动他们针对赞成北方废奴思想的移殖民和居民，实施抢劫、纵火，甚至屠杀。眼下，这个用心险恶的阴谋家一心企图推翻杰克逊维尔城的地方政权，因为在他看来这些地方官员的观点立场过于温和，必须让自己最疯狂的追随者取而代之。一旦利用骚乱掌握了当地政权，他就可以为所欲为地实施个人的复仇计划。

现在我们可以理解，为什么对于这样一个人的一举一动，詹姆斯·伯班克和其他几位种植园主丝毫不敢放松警惕，实在是因为这个人天性恶劣，令人望而生畏。一方面，此人举止令人生疑，另一方面，他心中充满怨恨，凡此种种，在即将发生的一系列事故中，还将表现得更加淋漓尽致。

除此之外，根据我们对德克萨过去经历的了解，自从他停止贩卖人口以后，还发生过一些极为可疑的事情。在塞米诺尔人的最后一次袭击事件里，种种迹象表明他曾经与塞米诺尔人暗中勾结。他是否曾经暗中帮助过塞米诺尔人，告诉他们应该进攻哪几座种植园？他是否帮助过塞米诺尔人实施阴谋诡计？这些只能根据各种迹象进行揣测，在印第安人进行最后一次入侵之后，地方官员曾经派人跟踪过这个西班牙后裔，逮捕过他，并且交付法庭审判。然而，德克萨提交了不在现场的证据——今后，他还将使用这种辩护手段，并且取得成功——证据显示，当印第安人袭击位于杜瓦尔县的那座农庄时，他不在现场，因为在同一时间，他根本不在佛罗里达境内，而是身处佐治亚州的萨凡纳，那里位于出事农庄的北边，相距足有40英里。

那件案子发生后的几年时间里，又发生过多起重大抢劫事件，这些抢劫案件或者针对某些种植园，或者针对佛罗里达境内路途中的旅客。德克萨是不是这些罪案的主谋或者同谋？这一次，他同样成为嫌疑人，不过，由于缺乏证据，人们不能把他绳之以法。

终于，出现了一次机会，这一次，人们以为抓住了这个狡猾恶棍的现行。就是为了这件案子，昨天，圣奥古斯丁的法官当庭询问了德克萨。

8天前，詹姆斯·伯班克、爱德华·卡洛尔，以及瓦尔特·斯坦纳德前往康特莱斯湾临近的一座种植园拜访，回来的路上已经夜幕降临，大约是晚上7点钟，他们听到了凄厉的喊叫声，立刻循着声音快步跑去，来到一座孤立农庄的住宅前。

这栋住宅正在起火燃烧。农庄刚刚遭到五六个男人的抢劫，劫匪已经一哄而散，但是应该还没有跑远：伯班克他们还能够远远望见两名劫匪正在穿过树林逃窜。

詹姆斯·伯班克和朋友们勇敢地追了上去，恰巧，追赶的方向正对着康特莱斯湾。可惜，两名纵火犯穿过树林跑掉了。不过，他们几个人，包括伯班克、卡洛尔和斯坦纳德都确定认出了其中一人：他就是那个西班牙后裔。

不仅如此——还有更确切的证据，就在那个人绕过康特莱斯湾的边缘，即将消失在拐角的时候，泽尔玛正好从那里路过，差点儿被那个人撞个满怀。泽尔玛也认出来，这个拼命奔跑的人就是德克萨。

不难想象，这件事情在杜瓦尔县里引起多么巨大的反响。抢劫，然后是纵火，那些分散居住在广大地区的移殖民对此类罪行一向深恶痛绝。詹姆斯·伯班克毫不犹豫地立即向法庭正式起诉德克萨。根据他提供的证词，地方政府决定对德克萨提起诉讼。

德克萨被带到圣奥古斯丁刑事法院的法官面前，让他直接面对证人的质证。詹姆斯·伯班克、爱德华·卡洛尔、瓦尔特·斯坦纳德，以及泽尔玛异口同声地确认，那个从起火的农庄逃跑的人就是德克萨。他们对这一点确信无疑，德克萨就是那帮罪犯当中的一个。

在德克萨这方面，西班牙后裔从圣奥古斯丁请来了几个证人。然而，这几个证人也异口同声确认，那天晚上，他们在杰克逊维尔城的托里洛小酒馆与德克萨在一起，这家酒馆虽然声誉不太好，但是却很有名气。当天，德克萨整晚都与他们相伴，他还提供了更确切的细节，就在罪案发生的那一刻，德克萨与托里洛小酒馆里的一个酒鬼发生了争吵——争吵后来发展成打斗和相互威胁，他正想就这件事情向对方提起诉讼。

面对这样无可置疑的证词——要知道，出庭做证的这几个人与德克萨素无来往——圣奥古斯丁的法官只好结束已经开始的调查，释放了作为被告的犯罪嫌疑人。

这一次，对于这个古怪的人来说，不在现场的证据依旧十分充足。

2月7日晚上，正是在这次庭审结束之后，德克萨在几个证人的陪同下从圣奥古斯丁返回。我们已经看到了,当香农号在圣约翰河顺流而下的时候,德克萨在轮船上是怎样的一种神态。之后,印第安人斯坎伯驾着小艇迎着蒸汽轮船划过来,德克萨乘坐小艇返回了那座废弃的碉堡,到那里之后,我们就很难继续了解他的行踪了。至于这个斯坎伯,他是个聪明的塞米诺尔人,十分狡猾,正是在印第安人发动最后一次袭击之后,他投靠德克萨,成了他的心腹,其实,斯坎伯也是那次袭击的参与者。

在德克萨的脑袋里,只要想到詹姆斯·伯班克这个人,他就会一门心思想着如何不择手段地报仇。然而,随着战争的进程,每天的局势变幻莫测,倘若德克萨成功推翻杰克逊维尔的地方政府,他就将成为康特莱斯湾的极大威胁。不过,依照詹姆斯·伯班克那充满活力和坚毅的性格,他绝不会在那个人面前胆怯,是的!不过,从伯班克夫人的角度考虑,她却有充分理由为自己的丈夫和亲人担忧。

不仅如此,还有另一个原因,让这个正直的家庭终日惶恐不安,那就是:德克萨已经怀疑吉尔伯特·伯班克参加了北军。既然这件事始终处于保密状态,他是如何探听到的?毫无疑问,他是通过秘密监视获知这个消息,后面,我们还将看到,那些暗探不止一次地向他通风报信。

事实上,既然德克萨已经相信詹姆斯·伯班克的儿子参加了北军,而且就在杜邦司令的麾下任职,我们是否应该担心,德克萨可能设计陷害年轻的中尉?没错!此时,南方的奴隶制拥护者正因为北军的节节胜利而愤怒抓狂,如果德克萨设法把吉尔伯特吸引到佛罗里达的土地上,抓住他本人,然后告发他,让他落到这些人手里,那么,吉尔伯特的命运也就可想而知了。

以上就是这个故事开始时的背景:在当前形势下,联邦军已经差不多逼近佛罗里达的海岸线;位于杜瓦尔县腹地的伯班克一家处境艰难;德克萨的势力不仅在杰克逊维尔,在实行蓄奴制度的所有地方都很猖獗。如果这个西班牙后裔的目的达到了,如果当地政权真的被他的同伙推翻,他就能轻而易举地鼓动那帮狂热的地痞流氓,把矛头指向康特莱斯湾的废奴主义者。

离开德克萨大约一个小时以后,斯坎伯回到了中央小岛。他把小艇拖上陡峭的岸边,然后穿过栅栏围墙,迈步走上碉堡的台阶。

"搞好了吗?"德克萨问道。

"搞好了,主人。"

"嗯……没人看见吧?"

"没有。"

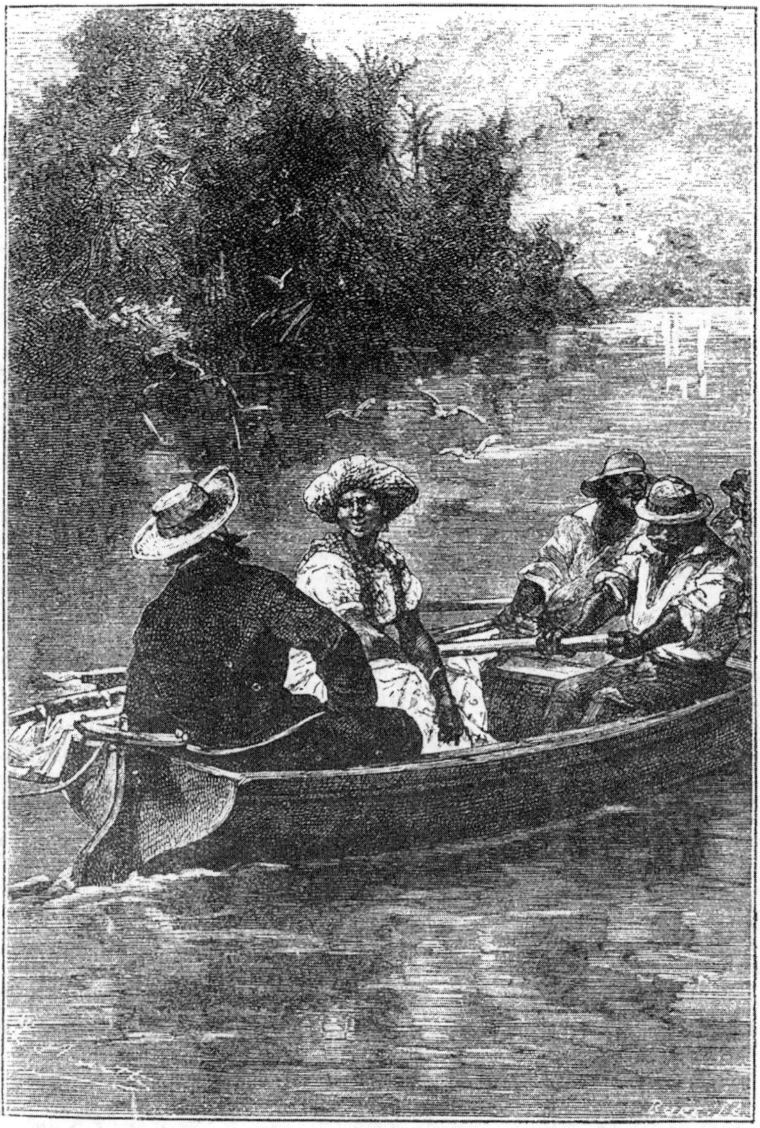

第六章　杰克逊维尔

总管一边从自己心爱的坐骑上跨下来,一边嘴里说道:"是的,泽尔玛,是的,您天生就是来做奴隶的!是的,奴隶!您压根儿就不是来做自由人的。"

泽尔玛语气平淡地回答道:"我可不是这么想的。"她每次与康特莱斯湾的总管争辩,总是这么心平气和。

"随您怎么想,泽尔玛!无论如何,您不得不接受这样的说法,在白人与黑人之间,不可能建立一丁点儿公平合理的平等关系。"

"这种平等早就存在了,佩里先生,平等关系是大自然本身与生俱来的。"

"您搞错了,泽尔玛,证据明摆着,在地球上,白人的数量比黑人多十倍,二十倍,叫我怎么说呢?甚至上百倍!"

"正因为如此,白人才强迫黑人当了奴隶,"泽尔玛回答道,"白人势力强大,于是滥用自己的强权。但是,假如这个世界上黑人的数量占了多数,就该轮到白人去给黑人当奴隶了!……或者,不仅如此!黑人肯定会表现得更公正,特别是,不会那么残酷无情!"

千万不要以为,这样毫无意义的争论可能妨碍泽尔玛和总管之间的和谐共处。此刻,他们两人闲来无事,正在聊天。只不过,平心而论,他们本来可以聊一些更切实际的话题,之所以聊到这个话题,全是因为总管有个怪癖,喜欢没完没了地争论奴隶制问题。

他们两人坐在康特莱斯湾的一条小船后部,小船由种植园的四名内河船员驾驶。他们乘船顺着退潮的河水,斜穿过河面,一直驶往杰克逊维尔城。总管要去为詹姆斯·伯班克处理几件事情,泽尔玛却是去为小姑娘蒂采购各种盥洗用品。

今天是2月10日。圣奥古斯丁城的事儿了结之后,詹姆斯·伯班克回到城堡屋已经三天了,与此同时,德克萨也已回到黑水湾。

不用说,第二天,斯坦纳德先生和他的女儿就收到了来自康特莱斯湾的简短来信,信中扼要介绍了吉尔伯特最新来信的内容。这些新消息来得非常及时,正好可以安慰艾丽丝小姐,自从美国的南北双方陷入激烈厮杀以来,艾丽丝小姐无时无刻不在忧心忡忡。

这艘小船配备了拉丁帆①,行驶速度很快。用不了多长时间,小船已经靠近了杰克逊维尔的码头。这样一来,总管只有不多的时间喋喋不休,阐述自己偏爱的话题。

他接着说道:"不是的,泽尔玛,不对!即使让黑人占了多数,也还是改变不了这件事情。我甚至可以认定,无论这场战争的结局如何,奴隶制终将还会延续下去,因为种植园里的活计必须由奴隶们去干。"

泽尔玛回答道:"这可不符合伯班克先生的意愿,您很清楚这一点。"

"这点我知道,尽管我对伯班克先生充满敬意,但是我敢说,

---

① 拉丁帆是一种三角形的轻便帆具。

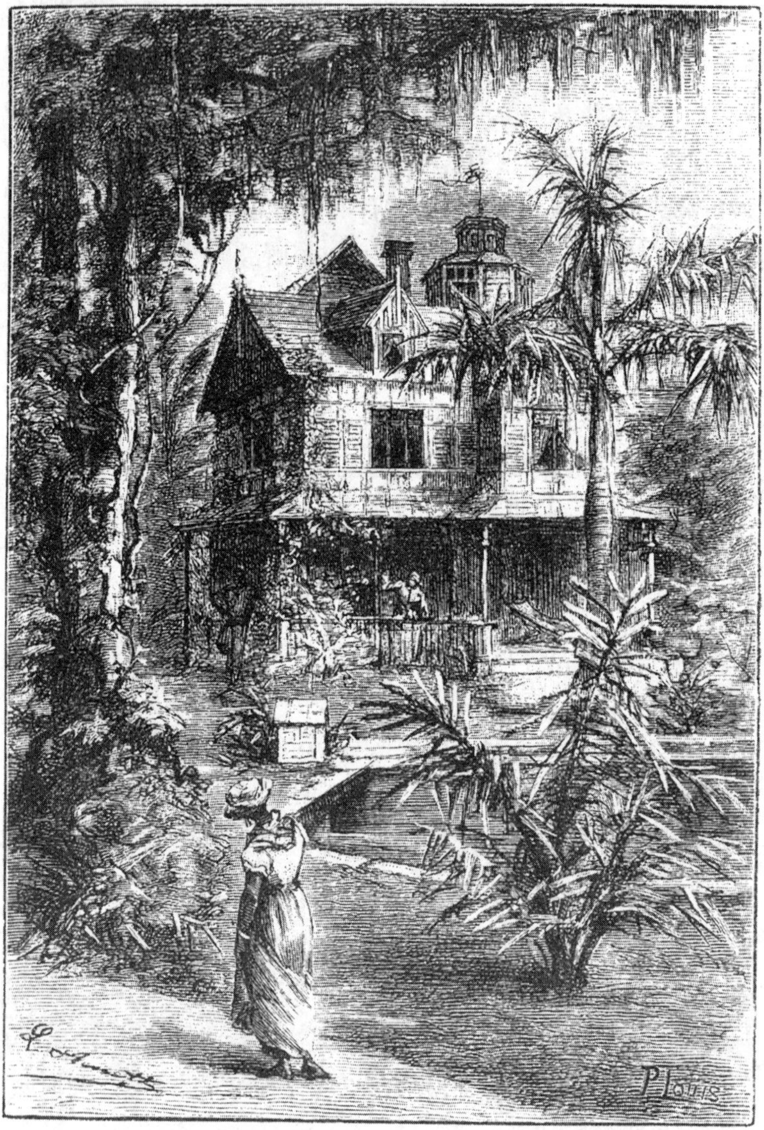

他的想法是错误的。一个黑人就应该与牲畜,或者农具一样,在特定的领域内恪尽职守。如果一匹马可以随心所欲地放任自流,如果一把犁可以随心所欲,有权投奔主人以外的旁人,那么种植园的经营就没办法维持。假如伯班克先生解放了自己的奴隶,康特莱斯湾将会变成什么样子!"

泽尔玛回答道:"如果情况允许,他早就这样做了。对此,佩里先生您应该是知道的。如果所有的奴隶都获得解放,您想知道康特莱斯湾将发生什么事情吗?没有一个黑人会离开种植园,一切都将不会改变,唯一改变的就是像对待牲畜一样对待奴隶的权利。而且,既然您从来没有滥用过这项权利,那么,奴隶获得解放之后,康特莱斯湾还将一如既往,不会变样。"

总管问道:"泽尔玛,您觉得,我有可能被您的想法说服吗?"

"绝无半点儿可能,先生。另一方面,要想说服您是徒劳无功的,理由十分简单。"

"什么理由?"

"因为从根本上说,您在这个问题上的想法与伯班克先生、卡洛尔先生、斯坦纳德先生并无二致,您与他们一样,宅心仁厚,心存正义。"

"瞎说,泽尔玛,瞎说!我必须强调,本人一贯认为,奴隶制完全符合黑人的利益!如果任由黑人随心所欲,他们必然日趋消亡,这个种族将因此万劫不复。"

"佩里先生,尽管您言之凿凿,可我却根本不相信。无论如何,即便这个种族就此沉沦,也不应该让他们在奴隶制度下,陷入永久退化的境地!"

总管还想继续反驳,不用说,他还有一大堆论据需要阐述。然而,此时船帆刚刚收起,小船已经靠近了栅状突堤,它将要停靠在这里,直到泽尔玛和总管返回。他们两个人赶紧下船登岸,各自去办自己的事情。

杰克逊维尔城坐落于圣约翰河的左岸,位于一大片地势低洼的平原边缘,周围分布着景色秀丽的森林,使这座城市永远处于青翠屏障环绕之中。在这片土地上,特别是在沿河岸的田野里,到处生长着玉米、甘蔗和水稻。

大约十年前,杰克逊维尔还只是一座颇具规模的村庄,村庄的郊区散布着泥巴或者芦苇搭建的茅屋,里面栖息着黑人居民。现如今,村庄开始演变为城市,不仅有了居住舒适的房屋,街道也规划得更为齐整,更加清洁,不仅如此,这里的居民日益增多,人口翻番。明年,杜瓦尔县首府连接佛罗里达州首府塔拉哈西的铁路将开通,这座城市还将继续膨胀。

总管和泽尔玛都发现,这座城市充斥着躁动的气氛。好几百名居民麇集在那里,其中一部分人是美国本土的南方佬,还有一些是黑白混血,或者是西班牙后裔的混血,他们都在那里等待一艘蒸汽轮船的到来,在圣约翰河的下游方向,一处低矮的河湾岬头的上方,已经望得到那艘船冒出的浓烟。甚至,有些人为了更快地与这条蒸汽船接触,纷纷跳上港口里的小艇,还有一些人登上了平时经常游弋在杰克逊维尔附近河面上的独桅帆船。

事实上,早些时候,已经传来了关于这场战争进展的最新消息。吉尔伯特·伯班克在信中描述的进军方案,已经在部分人群中散播开来。人们已经知道,杜邦司令的舰队正在整装待发,谢尔曼将军也将率领登陆部队随同前来。尽管种种迹象表明,这次远征的目标是圣约翰河,以及佛罗里达滨海地区,但是兵锋将指向哪里?人们还无法确切知晓。继佐治亚州之后,无疑,佛罗里达州将面临联邦军队的直接威胁。

这条蒸汽轮船来自费尔南迪纳,当它停靠到杰克逊维尔港的栅状突堤时,船上的旅客仅仅是对上述传闻予以了确认。他们甚至还补充说,杜邦司令的舰队将非常可能停泊到圣安德鲁斯海湾,在那里等待合适的时机,以便随后对艾米利亚岛的航道,以及圣约翰河口发起攻击。

很快,这些人群分散涌入城里,嘈杂的喧闹声把街道上清理残渣垃圾的黑秃鹫惊得纷纷腾空而起,人们东奔西跑,口里呼喊着:"抗击北方佬!处死北方佬!"那些带头闹事儿的人都是德克萨的追随者,他们把凶残的煽动口号散播到情绪激动的人群当中。在大广场、法院驻地的大楼,甚至主教派教会的附近,到处都在举行示威集会,虽然至少在奴隶制的问题上,杰克逊维尔的居民们的看法并不一致,但是,地方政府已经很难平息这场骚乱。然而,在这个动乱时期,那些火气最旺盛、喊叫最凶的人,往往产生的影响力也最大,与此同时,温文尔雅的人们则不可避免地遭到前者的压制。

在小酒馆和小商店里,这些大嗓门的家伙在烈性酒的刺激下,声嘶力竭地吼叫着。那些躲藏在密室里的谋划者,则正在制订方案,准备对入侵者进行顽强不屈的抵抗。

其中一个人说道:"必须发动民兵向费尔南迪纳进军!"

另一个人回答道:"必须在圣约翰河的河道里放置一些沉船!"

"必须在城市周围修筑土堡要塞,并且把每个射击孔都武装起来!"

"必须利用费尔南迪纳到基斯的铁路,征集援军!"

"必须熄灭巴勃罗灯塔的灯火,以阻止舰队乘黑夜闯进河口!"

"必须在河流里面设置鱼雷!"

这玩意差不多就是在南北战争期间才出现的新式武器,大家都听说过它,但是却不大明白应该如何使用,显然,值得拿来试一试。

在托里洛小酒馆里,那些最狂热的演说家中的一个说道:"首先,必须把城里面的北方佬,还有那些与北方佬沆瀣一气的南方佬统统关进监狱!"

令人感到惊讶的是,迄今为止,居然还没有人想到要发出这样的提议,在任何国家里,这种做法都属于宗教极端派的终极手段。然而,这个提议得到一片欢呼赞许。幸运的是,在杰克逊维尔的正直市民面前,法院的法官们还是犹豫了,没有立刻屈服于民众的这个意愿。

泽尔玛快步穿过城里的街道,目睹了这一切,她的主人将受到这场骚乱的直接威胁,必须让他知道这些。既然这场骚乱已经演变为暴力行为,那么,暴力行为就不会仅仅局限于城里,必然向四周蔓延,直至席卷本县的各个种植园。可以肯定,康特莱斯湾将成为首批被攻击的目标之一。因为这个缘故,混血女仆向位于郊区外围的斯坦纳德家的住宅走去,希望获得更多更准确的信息。

这是一幢温馨舒适的住宅,在平原的角落里,垦荒者的利斧手下留情,保留了一片翠绿的丛林,掩映着这栋房屋。在艾丽丝小姐的精心照料下,这栋房屋从里到外都被收拾得美轮美奂。由于母亲早逝,艾丽丝年纪轻轻就学会了如何指挥瓦尔特·斯坦纳德家的仆人,从这个年轻姑娘的身上,已经可以看到一位聪明大方的家庭主妇的身影。

泽尔玛受到年轻姑娘的热情接待。艾丽丝小姐首先和她谈起吉尔伯特的来信。泽尔玛向她基本准确地复述了信件的内容。

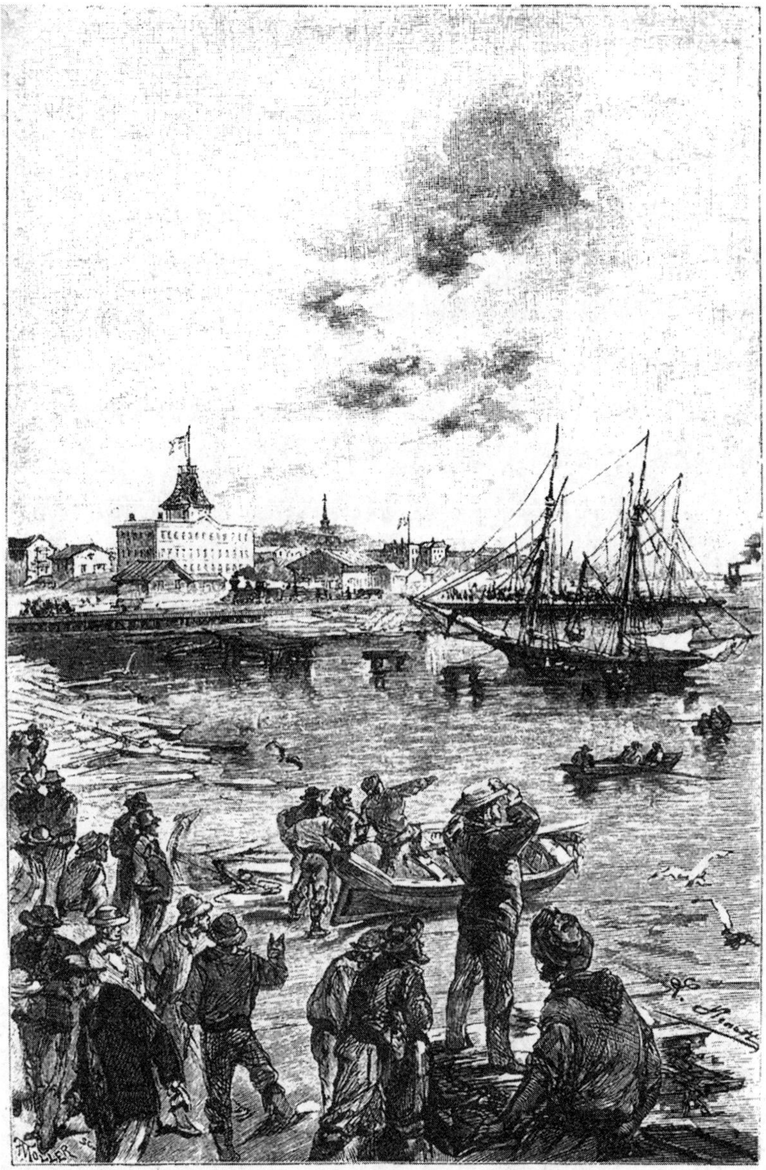

艾丽丝小姐说道："是的，现在，他终于不再那么遥远！然而，他将怎样返回佛罗里达？在这次远征结束之前，他还将经历怎样的风险？"

斯坦纳德先生回答道："艾丽丝，放心吧！这些风险，吉尔伯特早在参加佐治亚州沿海巡航，特别是在攻打罗亚尔港的时候就经历过，那些比这还要危险。在我看来，佛罗里达人的抵抗既不会持久，也不会有多激烈。圣约翰河能让北军的炮舰逆流而上，一直深入到各县的腹地，而南军依靠这条河能做什么？在我看来，任何抵抗都是徒劳无益，甚至是不可能的。"

艾丽丝说道："但愿您说的都对，父亲！让我们祈祷上帝，希望这场血腥的战争早日结束吧！"

斯坦纳德先生反驳道："这场战争的结局，只能是南方的最终失败，不过，这还需要很长时间。我觉得，杰弗逊·戴维斯和他的那些将军，包括李、约翰斯顿，还有博勒加德，他们在中部各州恐怕抵抗不了多长时间。当然！北方联邦军队不可能轻易战胜南方联盟。至于佛罗里达，北军攻占起来不会遭遇多少困难。很不幸，即使攻取了佛罗里达，北军还是无法确保获得最终胜利。"

艾丽丝小姐不禁双手合十，说道："如果吉尔伯特知道自己距离母亲这么近，克制不住思亲之情，跑回家待上几个小时……但愿他不要莽撞行事！"

泽尔玛回答道："他思念母亲，也思念您，艾丽丝小姐，因为，难道您不是已经成为伯班克家的一员了吗？"

"是的，泽尔玛，我从内心已经是其中一员。"

斯坦纳德先生说道："不，艾丽丝，不要担心。吉尔伯特十分理智，不会走这步险棋，特别是现在，只需再等几天，杜邦司令就会攻占佛罗里达。在联邦军队还没有成为这里的主人之前，冒险进入这个地区是一个不可饶恕的莽撞之举……"

泽尔玛回答道:"特别是这个时候,人们的情绪从未有过如此强烈的暴力倾向!"

斯坦纳德先生接着说道:"实际上,今天早晨,这座城市已经爆发骚乱。我看到了那些煽动者,也听见他们的喧嚣!最近的8到10天里,德克萨一直都和他们在一起。德克萨挑逗、煽动他们,这些恶棍最终将把底层老百姓全都忽悠起来,他们的目标不仅针对政府官员,也针对那些与之看法相左的居民。"

于是,泽尔玛说道:"斯坦纳德先生,您不觉得还是躲开杰克逊维尔城,哪怕至少躲开一段时间为好?最谨慎的做法,就是等待联邦军队占领佛罗里达以后再返回城里。伯班克先生让我向您转告,如果艾丽丝小姐和您能光临城堡屋,他将倍感荣幸。"

斯坦纳德先生回答道:"是的……我知道……伯班克先生的盛情美意我丝毫不曾忘记……但实际上,城堡屋就一定比待在杰克逊维尔城里更安全?如果这些阴谋家,无赖之徒,或者说这些疯子变成了这里的主人,难道他们不会向农村扩张?那些种植园难保不会遭到他们的蹂躏。"

泽尔玛强调说道:"斯坦纳德先生,当危险降临的时刻,我觉得还是抱团取暖比较稳妥……"

"父亲,泽尔玛说得有道理。我们最好还是聚集到康特莱斯湾。"

斯坦纳德先生回答道:"毫无疑问,艾丽丝,我不会拒绝伯班克的建议。只不过,我还没有觉得危险已经如此迫近。泽尔玛可以告诉我们的朋友们,我还需要几天时间收拾行李,然后呢,我们就将前往城堡屋暂避一时……"

泽尔玛说道:"这样,当吉尔伯特回来的时候,至少,他能见到自己所热爱的人们欢聚一堂!"

泽尔玛告别了瓦尔特·斯坦纳德和他的女儿。随后,她穿过不断聚拢、越来越多的骚动的人群,重新回到港口附近的街区,来到码头上,总管已经等候在那里。他们两人登上小船,横穿河面,一路上,佩里先生重新拾起刚才中断的话题,再次开始喋喋不休。

尽管斯坦纳德认为巨大的危险还没有降临,但也许他的估计是错误的?事态的发展正在加速,杰克逊维尔城很快就将感受到骚乱带来的后果。

然而,为了照顾南方的利益,联邦政府在采取行动的时候,总是表现得格外谨慎小心。它宁愿稳扎稳打,步步为营。战争爆发两年以后,亚伯拉罕·林肯还没有签署在美国全境废除奴隶制度的法令。好几个月过去了,总统总算发出了一个信息,建议通过赎买,以及逐步释放黑奴的方式来解决奴隶制问题。最后,终于在宣布废除奴隶制之前,通过了一项总额为500万法郎的拨款,该法案允许按照每名获释奴隶1500法郎的数额,对奴隶主予以补偿。如果说,有几名黑人军团的将军们擅自在自己军队占领的几个州宣布废除了奴隶身份,但迄今为止,他们的命令还没有得到承认。这是因为,社会舆论在这个问题上还没有取得一致意见,有人指出,属于联邦党人①的一些军官就认为,这项措施既不合理,也不恰当。

在此期间,战争产生的影响不断扩大,特别是,战事的进展越来越不利于南方联盟。2月12日,普莱斯将军被迫率领密苏里的民兵队伍撤离了阿肯色州。人们眼看着亨利要塞落入联邦军队之

---

① 联邦党是美国历史上最早出现的政党之一,曾经是南部种植园奴隶主利益的捍卫者。

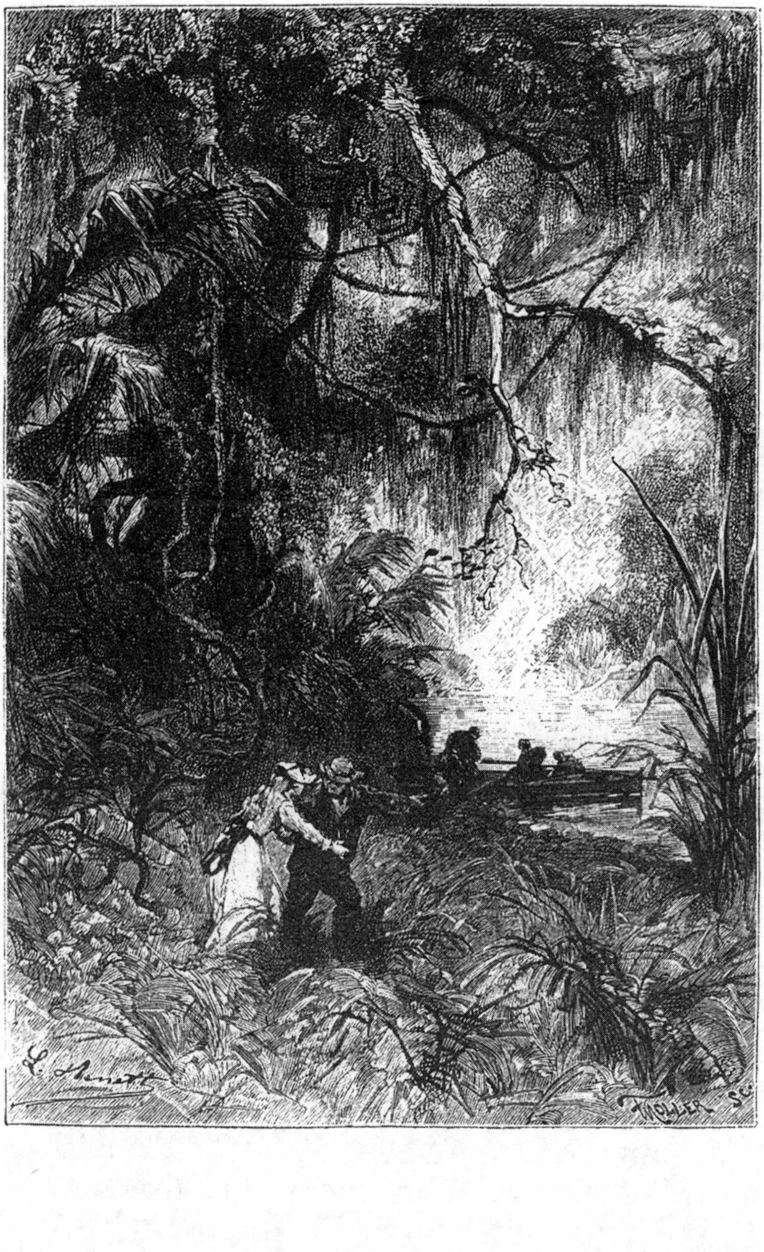

手。现在,联邦军队又开始进攻多纳尔森要塞,保卫要塞的是一支强大的炮兵部队,炮火覆盖周围方圆4公里的范围,包括那个名叫多佛的小城。然而,尽管天气寒冷,大雪缤纷,这座要塞依然受到来自陆上与水上两方面的夹攻,陆上进攻来自格兰特将军指挥的15000名士兵,水上进攻来自富特司令麾下的若干艘炮艇。截至2月14日,这座要塞终于落入联邦军队之手,随同陷落的还包括一个师的联盟守军,包括人员和装备。

这次失利对联盟军队造成重大打击。失败产生的影响十分深远。最直接的影响,就是导致了约翰斯顿将军的败退,迫使他不得不放弃坎伯兰河畔的重镇纳什维尔①。城里的居民惊慌失措,纷纷随着南军逃离该城,仅仅数天之后,同样的命运降临到哥伦布市②。紧接着,整个肯塔基州都被置于联邦政府的统治之下。

不难想象,上述战事消息传到佛罗里达州的时候,引起了怎样的愤怒情绪和报复心理。地方政府已经无力平息骚乱,这场骚乱已经波及了各县最偏远的村庄。对于那些与南方佬看法相左的人,以及不愿意参与抵抗联邦军队的人来说,危险日益迫近,甚至可以说,危险每时每刻都在增加。在塔拉哈西和圣奥古斯丁都发生了骚乱,不过比较容易就被平息了。规模最大的骚乱发生在杰克逊维尔,社会下层的群氓揭竿而起,骚乱很可能演变为最卑鄙无耻的暴行。

不难理解,面临这样的局势,康特莱斯湾的处境变得越来越令人担忧。不过,种植园的全体人员忠心耿耿,凭借这一点,詹姆斯·伯班克也许还能抵挡住外敌入侵,至少,可以挡住针对种植园

---

① 纳什维尔是田纳西州首府,位于该州中部坎伯兰河畔,也是该州仅次于孟菲斯的第二大城市。
② 哥伦布市是俄亥俄州政府所在地,也是该州最大和人口最多的城市。

的第一波攻击,虽然在这个时候,已经很难筹集到足够数量的武器和弹药。然而,在杰克逊维尔城,斯坦纳德先生已经受到直接威胁,他有足够的理由对自己的女儿、自己的住宅、家人,乃至他本人的安全而忧心忡忡。

詹姆斯·伯班克十分清楚当前局势可能产生的危险,连续给斯坦纳德写信,多次派去信使,恳请他不要迟疑,立刻到城堡屋来与自己会合。在城堡屋,他们的处境会相对安全一些,而且,为了坚持到联邦军队的到来,等待安全形势好转,如果需要向其他地方退却,或者向内陆地区转移,从城堡屋出发也相对容易一些。

在伯班克的劝说下,瓦尔特·斯坦纳德终于决定暂时离开杰克逊维尔,前往康特莱斯湾躲避一时。2月23日早晨,神不知鬼不觉,斯坦纳德一行尽量悄无声息地动身启程。在距离杰克逊维尔一英里,圣约翰河上游的一个小水湾深处,一艘小船等着他们。艾丽丝小姐和斯坦纳德先生登上小船,快速驶过河面,停靠在种植园的小码头旁,在那里,他们与伯班克一家会合。

不难想象,他们受到了怎样热情的迎接。难道艾丽丝小姐不是已经被看作伯班克夫人的女儿吗?现在,大家终于团聚到一起。在这样环境险恶的日子里,大家将一起共度时艰,不仅安全感增加了几分,内心的恐惧也减少了许多。

确实,斯坦纳德一家离开杰克逊维尔的时间非常及时。就在第二天,他的住宅受到了一伙歹徒的袭击,他们打着狭隘的爱国主义幌子,滥施暴行。地方政府费了好大力气阻止抢劫行为,同时防止他们袭击另外几户住宅,那几户人家都是正派的公民,不赞成分离主义。显然,这些地方官员已经黔驴技穷,他们即将被骚乱分子的头头们取而代之。这些头头儿根本不会抑制暴力行为,相反,他们只会煽动蛊惑。

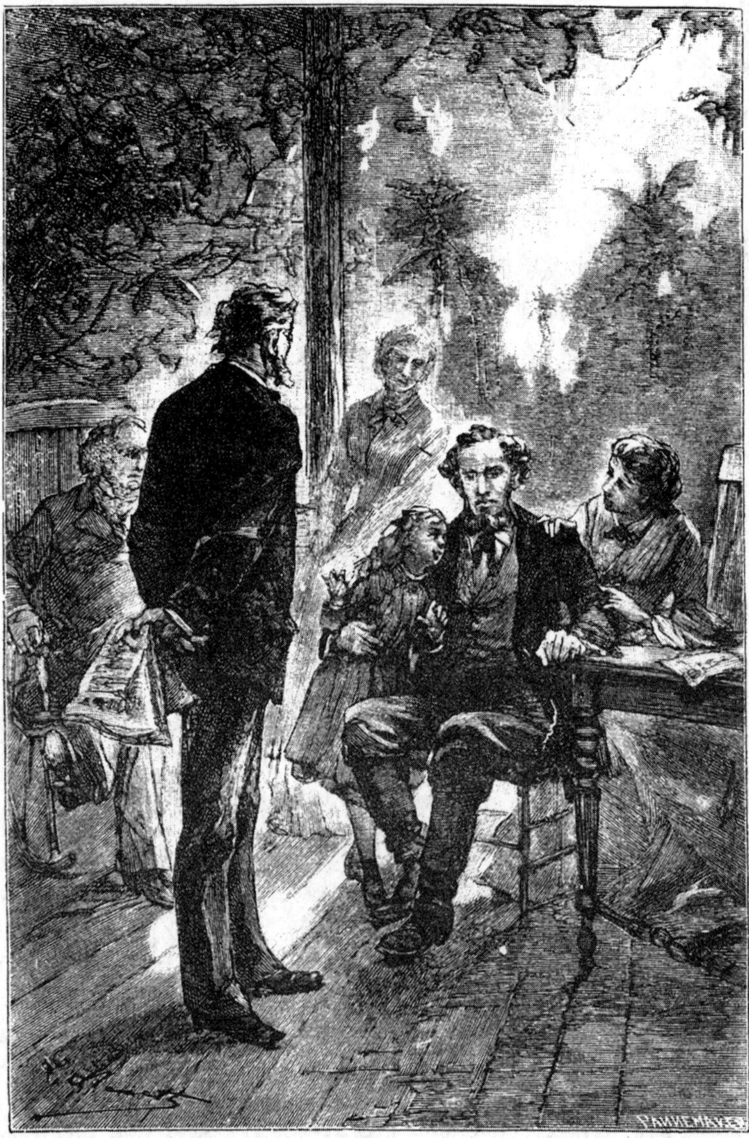

事实上，正如斯坦纳德先生对泽尔玛说过的那样，近几天来，德克萨已经决定从自己鲜为人知的藏身之地现身，来到了杰克逊维尔。在这里，他与自己的亲密伙伴们会合，这些人来自圣约翰河两岸的各个种植园，都是佛罗里达社会上最臭名昭著的宗派分子。这些狂热分子宣称，要把他们的意志强加给各个城市和乡村。他们的同伙分布在佛罗里达的各个县治，其中绝大多数与他们保持密切联系。他们把奴隶制问题当作旗帜，其势力一天比一天膨胀。无论是在杰克逊维尔还是在圣奥古斯丁，各式各样的流浪汉、冒险家，以及专门做印第安人生意的投机商人麇集起来，这些人在佛罗里达数量众多，不久之后，他们就将成为城市的主人，掌握政权，并且把军队和民兵的武装控制在自己手中。在动乱的年月，暴力行为已经司空见惯，因此，用不了多久，民兵和正规军也将与暴乱分子沆瀣一气。

对外面发生的一切，詹姆斯·伯班克了如指掌。他有很多值得信任的线人，因此，对于杰克逊维尔城里正在酝酿发生的事情，他一清二楚。伯班克知道，德克萨已经在城里现身，他的恶劣影响正在社会底层民众当中蔓延，这些人与德克萨一样，都是西班牙后裔。如果这样一个人物成为杰克逊维尔城的头头儿，必然对康特莱斯湾构成直接威胁。因此，詹姆斯·伯班克必须准备应付任何险情，或者进行殊死抵抗——假如可能的话，或者实施撤退——在发生纵火和抢劫的情况下，不得不放弃城堡屋。他必须确保家人和朋友们的安全，这是最优先的考虑，也是确切无疑的第一要务。

最近几天里，泽尔玛表现出了无限的忠诚。她无时无刻不在注意观察种植园的周围，特别是河岸附近的状况。她特意挑选了一些最优秀和最聪明的奴隶，把他们分配到指定地点，负责日夜监守。任何针对种植园的不良企图都会被及时发现。伯班克一家可以避免遭到意外袭击,并且有足够的时间躲避进城堡屋。

不过,詹姆斯·伯班克首先需要担心的,并不是直接的武力攻击。只要城里的政权还没有落入德克萨和他的同伙手中,他们就总得公事公办。但是,在公众舆论的压力下,地方官员很可能被迫采取某种措施,以便在某种程度上满足那些反对北方佬,一心拥护奴隶制的民众的要求。

詹姆斯·伯班克是佛罗里达州移殖民当中最重要的人物,也是众所周知喜欢发表自由言论的人物里最有钱的一个。因此,他必然首当其冲,被要求对自己的废奴主义观点做出解释,因为,佛罗里达州实行的恰恰就是奴隶制。

2月26日,夜幕降临之后,从杰克逊维尔来了一个传令兵,他来到康特莱斯湾,递交了一封致詹姆斯·伯班克的信件。

下面就是这封信件的内容:

"兹命令詹姆斯·伯班克先生于明日,2月27日,上午11点钟抵达法院,接受杰克逊维尔政府的质询。"

信上再无多写一个字。

第七章 迫不得已！

如果说这封信还算不上晴天霹雳,那么至少,也算得上是暴雷炸响前的那道闪电。

这道闪电并未能击倒詹姆斯·伯班克,然而,全家人却隐约感到大祸临头！为什么康特莱斯湾种植园的主人要被传唤至杰克逊维尔？这可不是一张请柬,而是一纸命令,要求他到地方政府去出庭接受传讯。他们想要如何对付伯班克？这个举措是否意味着,政府已经建议,并且即将对他进行审查？这个决定即使不会威胁到他的生命,那么是否会威胁他的自由？如果伯班克服从这个命令,一旦他离开城堡屋,他们还会放他回来吗？如果伯班克拒绝服从,他们会强迫他服从吗？如果真是这样,他的家人将面临什么危险,遭受什么打击？

"你不能去,詹姆斯！"

说出这句话的是伯班克夫人,大家对此一致表示赞同。

艾丽丝小姐补充道:"是的,伯班克先生,您根本不要想离开我们……"

"那就等于把自己交到这些恶棍手里！"爱德华·卡洛尔补充道。

詹姆斯·伯班克没有作声。面对这份突如其来的命令,他最初的反应是怒火中烧，勉强才压住这股怒火。

但是，究竟发生了什么事情，让这些法官变得如此厚颜无耻？难道德克萨的同伙和追随者们已经成为杰克逊维尔的主人？地方政府的态度原本相对温和，难道德克萨们已经把它推翻了，并且取而代之？不会！佩里总管今天下午才从杰克逊维尔回来，他并没有捎来任何这方面的消息。

斯坦纳德先生说道："会不会是最新的战况对南军有利，佛罗里达的南方佬乘机对我们落井下石？"

爱德华·卡洛尔回答道："我担心事情恐怕并非如此！如果北军遭受挫折，杜邦司令的舰队不再逼近，这些恶棍感受不到威胁，反而更有胆量为所欲为！"

斯坦纳德先生接着说道："据说，在得克萨斯州，面对斯布里民兵队伍的进攻，联邦军队开始后撤，并且在瓦尔韦德遭受严重挫折后，已经越过了里奥格兰德河。这是大约一个小时之前，我从一个来自杰克逊维尔的人那里得知的消息。"

爱德华·卡洛尔补充道："很明显，这些人就是因为这个才如此胆大妄为！"

伯班克夫人惊叫道："这么说，谢尔曼的军队，还有杜邦的舰队都来不了啦！"

艾丽丝小姐回答道："今天才是2月26日，吉尔伯特在来信中说，28日之前，联邦的舰队不会起航。"

斯坦纳德先生补充道："如此一来，舰队需要时间驶往圣约翰河的河口，还需要攻占航道，越过沙洲，然后才能直取杰克逊维尔城。这就需要10天时间……"

艾丽丝喃喃说道："10天？"

伯班克夫人补充道："10天！……在这10天里，我们还将遭遇多少不幸!"

詹姆斯·伯班克并未参加上述谈话。他在沉思。面对法院给自己的命令,他正在思忖如何应对。如果拒绝服从,杰克逊维尔城里的那帮群氓会不会在地方政府的公然赞许,或者默许下,对康特莱斯湾发动攻击?他的家人将因此冒多大的风险?不行!他宁愿独自承担风险。即使他的自由,或者生命面临危险,他也希望仅仅由自己独自承担。

伯班克夫人无比担忧地望着自己的丈夫。她明白,丈夫的内心正在斗争。她犹豫着要不要问一问。无论是艾丽丝小姐,还是斯坦纳德先生或者爱德华·卡洛尔,他们谁都不敢询问伯班克究竟打算如何应对这道来自杰克逊维尔的命令。

小姑娘蒂显然对此茫然无知,于是她成了在场全家的代言人。蒂走到父亲的身边,詹姆斯·伯班克把小姑娘抱到自己的膝盖上。

小姑娘说道:"爸爸?"

"我的宝贝儿,你想说什么?"

"这些坏人一心想要让我们难受,你还要去见他们吗?"

"是的……我要去!……"

"詹姆斯!……"伯班克夫人大声叫道。

"必须如此!……这是我的责任!……我得去!"

詹姆斯·伯班克的语气是如此坚决,要和他争辩这个决定已经毫无意义,而且,他显然已经反复权衡了此行的一切后果。伯班克的妻子走过去坐到他的身边,拥抱着他,用双臂紧紧搂着,然而却一句话也说不出来。她又能够说什么呢?

"我的朋友们,甭管怎样,很有可能我们过分夸大了这个司法行为的意义。他们能指控我什么呢?实际上什么也没有,大家都心知肚明!他们要指责我的思想观点,那好吧!我坚持自己的看法。我从来没有向对手隐瞒过自己的观点,我这辈子都是这么想的,如果有必要,我可以当面向他们说出自己的想法。"

爱德华·卡洛尔说道:"我们陪你一起去。"

"是的。"斯坦纳德先生补充道,"我们不会让您独自一人前往杰克逊维尔。"

詹姆斯·伯班克回答道:"不,我的朋友们。命令要求我一个人前往法院面见法官们,既然如此,我就独自前往。另一方面,我很可能会在那儿滞留几天时间,这样的话,你们两人必须留在康特莱斯湾。现在,在我外出的这段时间里,我就把全家都托付给你们。"

小姑娘蒂叫道:"这就是说,爸爸,你要离开我们了?"

"是的,女儿。"伯班克用轻松的口吻回答道,"不过,如果明天我赶不回来和你们共进午餐,你可以指望我回来吃晚餐,我们大家将一起共赴晚宴。

"来!告诉我!尽管我在杰克逊维尔停留的时间很短,但总能抽出时间帮你买点儿东西!……你喜欢什么?希望我给你带回来什么?"

小女孩回答道:"要你……爸爸……要你!……"

小姑娘的话表达了大家的共同心声,随后,根据眼下形势的需要,詹姆斯·伯班克前去布置安保措施,大家也纷纷散去。

这一夜平安无事。第二天,天刚蒙蒙亮,詹姆斯·伯班克起身穿过竹林里的走廊,一直走到小码头。在那里,他吩咐准备好一条小艇,8点钟的时候,他将乘船前往河对岸。

从码头返回城堡屋的路上,伯班克被泽尔玛拦住。

她说道:"主人,您已经决定了吗?您要动身前往杰克逊维尔?"

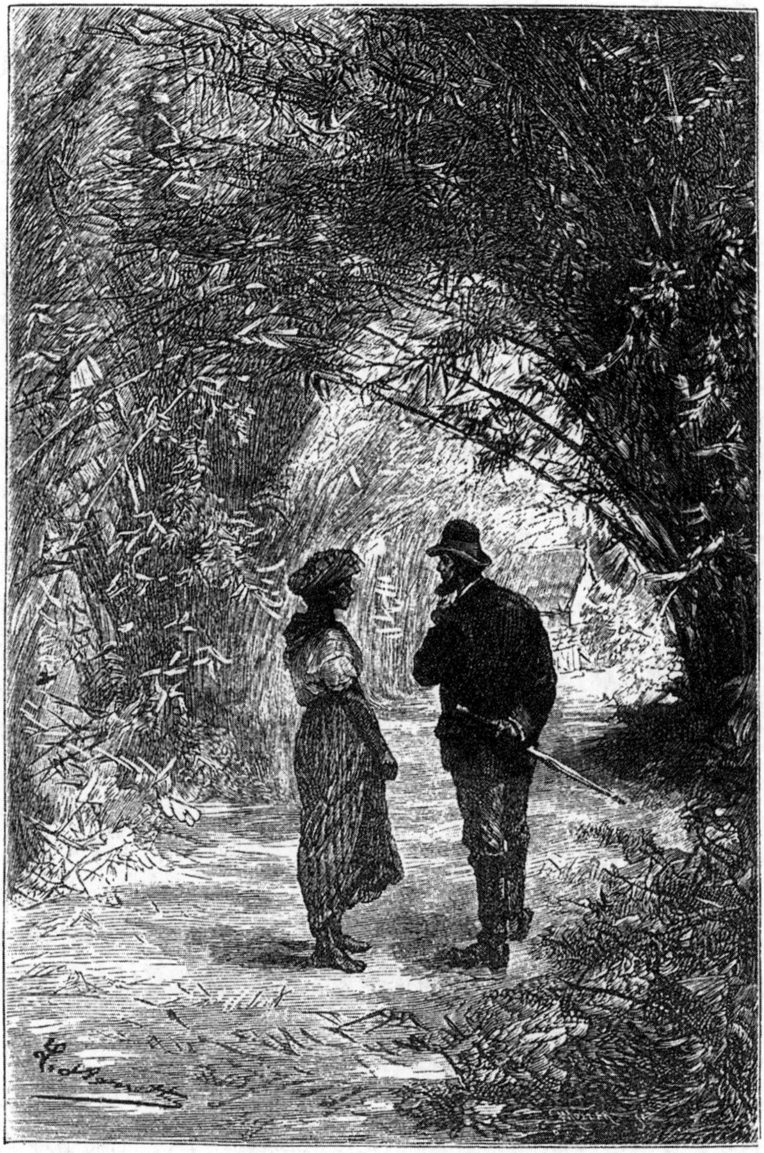

"没错,泽尔玛,为了我们的利益,我必须前往。你能理解我,是不是?"

"是的,主人!如果您拒绝,可能会招致德克萨的匪帮前来攻击康特莱斯湾……"

伯班克先生回答道:"这个危险确实存在,而且十分严重,必须不惜一切代价阻止他们!"

"您是否愿意我随您一同前往?"

"恰恰相反,泽尔玛,我希望你留在种植园。你必须留在这儿,守在我的夫人和女儿身旁,确保她们不受伤害,直至我回来。"

"主人,我一定寸步不离守着她们。"

"你有没有发现什么新情况?"

"没有!但可以肯定,有一些可疑的人不怀好意地在种植园周围转悠。看起来,他们是在监视这里。昨天夜里,有两三条小船在河面上驶过。难道他们已经猜到,吉尔伯特离家参加联邦军队,猜到他在杜邦司令的麾下服役,猜到他可能悄悄返回康特莱斯湾?"

伯班克先生回答道:"我勇敢的儿子!不会的!他足够理智,不会做出如此莽撞的举动。"

泽尔玛接着说道:"我担心德克萨已经对此事起了疑心。人家都说,他的影响力与日俱增。如果您前往杰克逊维尔,主人,请务必提防德克萨……"

"是的,泽尔玛,就好像提防一条毒蛇!不过,我会小心谨慎的。我不在的日子里,如果德克萨对城堡屋发动攻击……"

"主人,您照顾好自己就行了,不用担心我们。您的奴隶们都会保护种植园的,如果需要,他们宁愿战至最后一人。他们全都忠实于您。他们热爱您。我知道他们是怎么想的,也知道他们是怎么说的,还知道他们将如何去做。有人从别处的种植园过来,煽动这里的奴隶们闹事……大家根本不愿听信谗言。我们都属于一个大家庭,这个大家庭与您的家庭形同一体。您可以信赖他们。"

"我知道,泽尔玛,我相信他们。"

詹姆斯·伯班克回到住宅。出发的时刻到了,他告别自己的夫人、女儿,还有艾丽丝小姐,向她们承诺,自己一定在法官面前保持克制,甭管这些人是什么货色,既然是他们传唤自己到法庭,那就一定不要节外生枝,以免遭到他们的迫害。伯班克确信,自己当天就能返回,然后,他与所有亲朋告别,随即上路出发。毫无疑问,詹姆斯·伯班克有足够的理由对自己的安全担忧。然而,更让他担心的却是自己的家人,面对如此凶险的局面,他却不得不离开,把家人留在城堡屋。

瓦尔特·斯坦纳德和爱德华·卡洛尔一起陪伯班克走过林间甬道,一直来到小码头。在那里,伯班克做了最后一番叮嘱,随后,在一阵顺畅的东南风的吹送下,小船快速驶离康特莱斯湾码头。

一个小时以后,大约10点来钟,詹姆斯·伯班克在杰克逊维尔港口下船登岸。

此时,码头上几乎空无一人。只有几名外国水手正在那里忙着从一艘道格雷船①上卸货,因此,詹姆斯·伯班克上岸的时候并未被人认出来,也没有引起旁人的注意,他动身前往一位商业客户的家,此人名叫哈维先生,他的住宅位于港口的另一端。

看到伯班克,哈维先生大吃一惊,显得异常忧虑。他根本不敢相信伯班克居然会服从命令,只身前往法院。而且,在杰克逊维尔城里,也没有人会相信这一点。至于这份要求伯班克接受法官传

---

① 道格雷船是一种专门捕捞鲱鱼和鲭鱼的渔船,主要活动于英吉利海峡。

讯的简短命令的缘由,哈维先生也说不清楚。很可能,这纸命令只是为了满足公众舆论的要求,因为,伯班克关于奴隶制的看法早已广为人知,他们希望詹姆斯·伯班克对战争开始以来自己所持的立场做出解释。也许,他们还想控制住伯班克本人,把这位佛罗里达最富有的北方移殖民当作人质?也许,伯班克最好还是应该留在康特莱斯湾?哈维先生就是这么考虑的。也许应该让伯班克掉头回去?反正现在还没有人知道伯班克刚刚抵达杰克逊维尔。

詹姆斯·伯班克既然来了,他就没打算马上离开。他想弄清楚到底是怎么一回事。他很快就会知道。

尽管伯班克目前面临的处境凶险,他仍然向自己的客户提了几个最关心的问题。

杰克逊维尔的政府是否已经被推翻,权力是否已经落入闹事头头儿的手中?

还没有,不过,政府的地位受到越来越严重的威胁,只要再来一次骚乱,发生一些事故,它就有可能被推翻。

西班牙后裔德克萨是否操纵了这场酝酿中的群众运动?

是的!他已经被视为佛罗里达州奴隶制阵营中最激进分子们的首领。毫无疑问,他和他的同伴很快就将成为这座城市的主人。

战争的最新战况已经传遍整个佛罗里达,这些战况是否属实?

现在来看,消息属实。南方各州的组织机构刚刚得到巩固加强。2月22日,新政府正式成立,杰弗逊·戴维斯就任总统,斯蒂芬斯①就任副总统,两个人的任期均为六年。联盟的议会由两院组成,地点设在里士满。就职三天后,杰弗逊·戴维斯在议会宣布

---

① 亚历山大·斯蒂芬斯,美国政治家,南北战争期间曾担任美利坚联盟国的副总统。

实行义务兵役制。从这个时候起,联盟军队刚刚取得了一系列局部胜利,尽管从全局看,这些胜利无足轻重。另一方面,2月24日那一天,据说,麦克莱伦①将军麾下的一支重要部队冲过了波托马克河上游,迫使南军从哥伦布市大举后撤。在密西西比河流域进行了一场大规模战役,分离阵营的南军与格兰特将军②指挥的部队发生过激战。

那么,杜邦司令麾下的舰队是否已经驶往圣约翰河的河口?

根据传言,再过十来天,这支舰队就将攻占圣约翰河的航道。如果德克萨和他的同伙想要控制这座城市,并且在此基础上满足自己的复仇愿望,他们必然要加快实施的步伐。

以上就是杰克逊维尔城面临的形势,至于伯班克事件是否会加速局势的演变?谁也说不准。

法院开庭的时间来临,詹姆斯·伯班克离开客户的住宅,向广场走去,法院大楼就矗立在那里。街道上异常热闹喧嚣。

人群纷纷朝这个方向涌来。大家都感到,伯班克事件本身并不重要,但是这件事必将引发一场暴乱,而暴乱将产生极为恶劣的影响。

广场上挤满了各色人等,普通白人、混血人,以及黑人,闹哄哄地人声鼎沸。能够进入法院大厅的人数相当有限,然而,在有限的人群中,大多数都是德克萨的拥护者,其中也夹杂着一定数量的正派人,他们都反对任何形式的不公正。不过,面对那些想要推翻杰克逊维尔市政府的民众,这些正派人很难与之抗衡。

詹姆斯·伯班克在广场上一露面,立刻就被认了出来。周围

---

① 乔治·布林顿·麦克莱伦,美国军事家,南北战争时期联邦军队的著名将领。
② 尤里西斯·辛普森·格兰特,美国军事家、陆军上将、第18任美国总统,南北战争后期任联邦军总司令。

爆发出一片喊叫声。人们大多对他抱着同情的态度,还有一些勇敢的公民把他包围起来。他们不愿意看到康特莱斯湾的这位移殖民,一个正派人毫无防备地遭到人群的粗暴对待。詹姆斯·伯班克接到了法院命令,并且予以服从,表现出了自己的尊严与决心。人们应该对他表示尊重。

就这样,詹姆斯·伯班克在人群中为自己开辟出一条通道,一直穿过广场,来到法院的大门口,走了进去,站到证人的位置上,他将在那里接受质询。

本城的首席法官,以及他的副手们都已经各就各位。这些人素以态度稳健著称,一向受到人们的敬重。自从南北战争爆发以来,他们遭到了多少批评指责,甚至受到威胁,对此人们不难想象到。为了坚守自己的岗位,难道他们不需要付出极大的勇气和毅力?如果说迄今为止,他们还能顶住骚乱分子的批评指责,那是因为,众所周知,在佛罗里达州,奴隶制问题还没有成为大众关注的焦点,与此同时,南方的其他各州早已因为这个问题闹得沸沸扬扬。然而,分离主义倾向正在逐渐占据上风,伴随这种思潮,那些闹事者、冒险家,以及分散在地方上的流浪汉势力大增,影响日趋扩大。暴乱势力对法官们施加了巨大压力,在他们的头领当中,有一个人对詹姆斯·伯班克提出指控,这个人就是西班牙后裔德克萨,为了在某种程度上满足公众舆论的要求,法官们决定当着这些人的面,对詹姆斯·伯班克进行传讯。

大厅里,人们议论纷纷,赞成与反对的声音此起彼伏,当康特莱斯湾种植园的庄主走进大厅的时候,议论声戛然而止。詹姆斯·伯班克站在了证人席上,这个男人从不示弱,他的眼光坚定,语气果断,还没有等法官开始询问常规问题,他首先开口说道:

"你们让人传讯詹姆斯·伯班克,现在,詹姆斯·伯班克就站在你们面前!"

首先进行程序式的询问,对于这些询问,詹姆斯·伯班克一一做了简短回答。随后,他问道:

"请问指控我的罪名是什么?"

法官回答道:"您被控使用语言,也许还包括行动,反对正在佛罗里达蓬勃发展的思想和愿望。"

"是谁提出指控?"詹姆斯·伯班克问道。

"我!"

说这话的是德克萨。詹姆斯·伯班克甚至没有向声音发出的方向转过头去,就听出了是他。对于这个充满敌意的卑鄙的原告,詹姆斯·伯班克只是轻蔑地耸了耸肩膀。

然而,德克萨的同伴和支持者们发出各种声音,做出各种动作,对他表示鼓励。

德克萨说道:"首先,我要当着詹姆斯·伯班克的面,揭发他的北方佬身份!这个人出现在杰克逊维尔,就是对于联盟州的莫大侮辱!因为他出身于北方,与北方佬沆瀣一气,应该让他滚回北方去!"

詹姆斯·伯班克回答道:"我来到佛罗里达,那是因为这里适合我居住。20年来,我一直居住在本县。如果说我并非在本地出生,那么,大家至少知道我来自何方。然而,有些人却来历不明,而且拒绝光明正大地生活,和我相比,他们的私生活才更应该受到法律的指摘!"

上述回答给了德克萨一记直接重击,令他有些不知所措。

"然后呢?"詹姆斯·伯班克说道。

西班牙后裔回答道:"然后?……正当我们的州奋起保卫奴隶制度,准备不惜流血击退联邦军队的时候,我指控詹姆斯·伯班克是奴隶制度的反对者,并且从事反对奴隶制的宣传活动!"

法官说道:"詹姆斯·伯班克,根据我们当前面临的形势,您应该清楚,上述指控具有非常严重的性质。因此,我请您对此做出答复。"

詹姆斯·伯班克回答道:"先生,我的回答非常简单。我从来没有从事过,也没有想过要从事任何宣传活动。这项指控完全是无端指责。至于我本人对于奴隶制度的看法,请允许我在这里重申。是的!我是一个废奴主义者!是的!对于这场南方竭力支持,旨在反对北方的斗争,我深感遗憾!是的!我担心南方即将大祸临头,而本来这场灾难是可以避免的,正是出于维护南方利益的动机,我希望南方能够选择另一条道路,而不是陷入一场非理智的,违反普世信仰的战争。总有一天,你们会承认,持有这种看法的人,就像我一样,他们的看法是正确的。道德进步和社会转型的时代已经来临,螳臂当车只能是疯狂之举。

"另一方面,把南方与北方分离开来,这样无异于对美利坚祖国的犯罪。无论是理性,还是正义,抑或是实力,都没有站在你们一边,因此,这项罪行是无法实现的。"

一开始,这番话得到了一些赞许,但赞许声很快就被喧嚣的嘈杂声淹没。在场观众的大多数人都是无法无天之徒,他们根本听不进去。

法官费了很大力气终于使审判庭恢复安静,詹姆斯·伯班克继续发言。

他说道:"现在,我等着听到对我的行为事实提出指控,而不是对我的思想提出指责,如果确有这方面的指控,我将做出答复。"

面对詹姆斯·伯班克如此庄重的态度,法官们只能陷入尴尬的境地,因为,他们并不掌握任何对伯班克先生提出指控的事实。他们扮演的角色只能局限于接受指控,同时必须有证据予以支持,前提是确实存在证据。

德克萨感到自己必须毫不含糊地做出解释,否则,他的目的将无法实现。

他说道:"那好吧,当一个国家全体奋起保卫奴隶制的时候,我的本意并非要质疑关于奴隶制的言论自由。如果说,詹姆斯·伯班克有权利在这个问题上爱怎么想就怎么想,或者说,他确实没有试图寻找思想上的志同道合者,但是,他却试图与兵临佛罗里达的敌人串通一气!"

在当前的局势下,这项关于串通联邦军队的指控性质极为严重。不难想象,在场听众无不感到一阵战栗。尽管如此,这个指控依然过于空洞含糊,需要提供事实予以证明。

詹姆斯·伯班克回答道:"您硬要说我与敌人串通一气?"

"是的。"德克萨断言。

"请具体说出来!……我要求!"

德克萨接着说:"那好吧!大约三个星期之前,一名密使离开联邦军队,被派遣与詹姆斯·伯班克接触,或者说,这名密使至少是来自杜邦司令麾下的舰队,此人到访了康特莱斯湾,他后来穿过种植园,一直抵达佛罗里达的边境,在此期间,此人一直受到全程跟踪——对此,您否认吗?"

显然,他说的就是那位帮助年轻中尉捎来家信的信使。德克萨的线人们确实没有看错。这样一来,指控就变得很具体了,大家不禁有些担心,等待着詹姆斯·伯班克做出回答。

实际上,他毫不犹豫就承认,这个事情确实发生过。

他说道:"确实,那段时间里,有一个人来过康特莱斯湾。不过,这人就是个送信的,而且,他也并不隶属于联邦军队,他捎来的不过就是我儿子的一封家书……"

德克萨叫道:"您儿子的家书,这封信来自您的儿子,根据我们得到的可靠消息,您儿子正在联邦军队里服役,而且,也许现在,您的儿子就站在入侵佛罗里达的军队的最前沿!"

德克萨用十分激烈的语气说出这些话,深深打动了在场的听众。既然詹姆斯·伯班克承认收到了儿子的来信,如果他再承认儿子在联邦军队服役,那么,他将如何辩解,如何反驳关于他与南方的敌人串通勾结的指控?

法官问道:"关于您儿子的一系列指控事实,您是否愿意回答?"

詹姆斯·伯班克语气坚定地反驳道:"不,先生,我不愿对此做出任何回答。我十分清楚,我的儿子与此事毫无瓜葛。他指控说我与联邦军队串通一气。然而,对此我已经予以否认。我藐视指控我的这个人,他攻击我完全是出于个人恩怨,拿出的证据也不足为凭!"

德克萨叫喊道:"他是不是承认,他的儿子此刻正在与联盟军队为敌?"

詹姆斯·伯班克回答道:"我什么都没有承认……没有!既然您指控我,那么就请您拿出证据来!"

德克萨反驳道:"好吧!……我来证实!既然要求我拿出证据,那么,几天以后,我就将拥有证据,到那个时候……"

法官说道:"等您拿出证据以后,我们可以对此做出判决。在此之前,我看不出还有什么指控需要詹姆斯·伯班克做出回答。"

法官的说法,完全符合一个正派人的举止。毫无疑问,他说得很有道理。然而不幸的是,大厅里的观众一心要与康特莱斯湾的这位移殖民为敌,在这样的观众面前,法官的道理变成了毫无道理。大厅里喧嚣声此起彼伏,德克萨的发言受到同伙的欢迎,他们连声抗议,甚至发出威胁。西班牙后裔迎合观众的要求,撇开与吉尔伯特相关的话题,又重新开始直接指控吉尔伯特的父亲。

他重复说道:"是的,我将对所有指控拿出证据,我将证明詹姆斯·伯班克与即将向佛罗里达发起进攻的敌人串通一气。在拿出证据之前,我要指控,他公开主张的思想观念严重威胁了奴隶制度,已经成为公众社会的一个毒瘤。佛罗里达的奴隶主都不愿意接受北方强加的桎梏,因此,我以全体奴隶主的名义,要求把他本人抓起来……"

德克萨的支持者们齐声高喊道:"对!……对!"与此同时,一部分听众对这项不公正的要求提出抗议,但是毫无作用。

法官终于使大厅恢复安静,詹姆斯·伯班克总算可以再次发表意见。

他说道:"我有权利,而且尽我所能反对肆意武断,试图影响司法公正的行为!我确实是废奴主义者,是的!对此我已坦率承认。然而,思想是自由的,我认定,我们的政府体制是建立在自由的基础之上。迄今为止,持有反对奴隶制度的观点,还不能算作罪行,既然没有犯罪,法律就不能予以惩罚!"

大厅里赞成詹姆斯·伯班克观点的听众人数更多了。看到自己的攻击没有取得成效,德克萨觉得可能需要调整进攻方式,于是,他突然极其粗鲁地向詹姆斯·伯班克喊叫道:

"既然您反对奴隶制度,那好吧,就请您释放自己的所有奴隶!"

对德克萨的这番吼叫,听众们并不感到意外。

詹姆斯·伯班克回答道:"我会这么做的!一旦时机来临,我就会这么做!"

德克萨反唇相讥道:"确实!当联邦军队成为佛罗里达的主人时,您就会这么做!只有等到谢尔曼的士兵和杜邦的水兵们打过来时,您才有勇气敢于把自己的想法付诸实践!您确实够谨慎,您就是个懦夫!"

"懦夫?……"詹姆斯·伯班克大声说道,他愤怒了,没有想到对手正在给他布下一个圈套。

"是的!懦夫!"德克萨重复道,"让我们看看!您究竟敢不敢把自己的思想付诸实践!我们不得不认为,事实上,您就是在哗众取宠,试图以此取悦北方佬!是的!您表面上把自己打扮成废奴主义者,但是骨子里,权衡利害关系,您仍然只是一个奴隶制度的维护者!"

听到这番侮辱性语言,詹姆斯·伯班克挺直了身躯,用轻蔑的目光审视着那个指控者。他的为人一向堂堂正正,这番无端指责显然违反了詹姆斯·伯班克做人的基本原则。

詹姆斯·伯班克提高嗓门,让声音传遍整个大厅,高声说道:"杰克逊维尔的市民们,从今天起,我不再拥有任何奴隶;我宣布,从这一天起,我在整个康特莱斯湾种植园废除奴隶制度!"

这个大胆的宣言首先在听众当中引起一片赞叹声。是的!做出这样的决定需要真正的勇气——但是,也许勇敢有余而谨慎不足!詹姆斯·伯班克刚刚是被愤怒冲昏了头脑。

因为,显而易见,这项决定冲击了佛罗里达其他种植园主的利益。因此,在法院里麇集的民众当中,这项决定立刻就产生了反响。给予康特莱斯湾这位移殖民的最初的掌声,很快就被淹没在叫骂声里,叫骂声不仅来自奴隶制度的衷心拥护者,同样来自迄今为止对奴隶制问题无所谓的那些人。看到民众情绪发生逆转,德克萨的朋友们正打算推波助澜,掀起一场针对詹姆斯·伯班克的

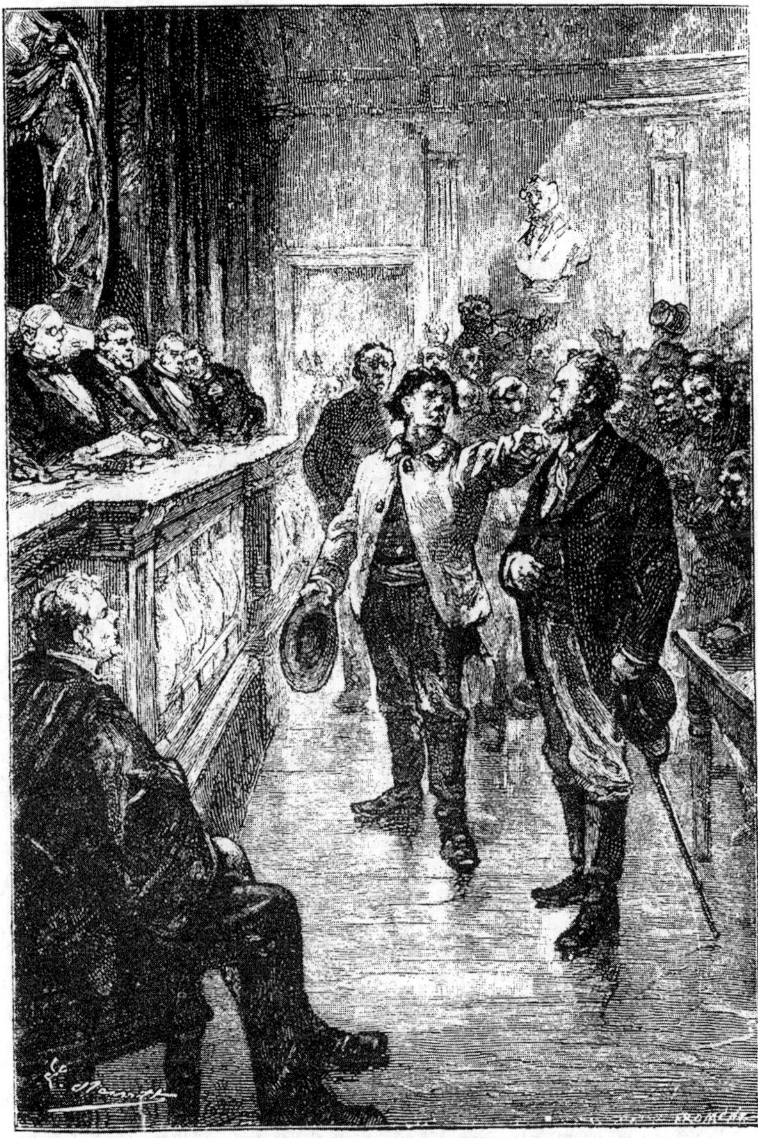

暴力行动，德克萨本人却出面予以制止。

德克萨说道："让他这么干吧！詹姆斯·伯班克这是在自掘坟墓！……现在，他输定了！"

很快，人们就能明白德克萨这番话的用意，至于眼下，他的话已经足够制止同伙们的暴力倾向。如此一来，当法官们宣布允许詹姆斯·伯班克退庭，他总算能够放心离开。由于缺乏证据，法官们没有接受德克萨提出的监禁詹姆斯·伯班克的要求。以后，如果西班牙后裔履行诺言，能够提交证据，公开证明詹姆斯·伯班克的通敌行为，法官们将继续跟踪此案。在此之前，詹姆斯·伯班克仍可保留自由之身。

事实上，不久之后，当众宣布解放康特莱斯湾全体奴隶的这个决定将被骚乱势力充分利用，成为反对杰克逊维尔市政府的借口。

无论如何，当詹姆斯·伯班克走出法院大厅的时候，尽管尾随的人群对他充满敌意，警察们还是阻止了针对他的暴力行为。虽然没有发生野蛮粗暴的举动，但是，人群中不断发出嘲讽和威胁的声音。很明显，是德克萨的影响力保护了詹姆斯·伯班克，因此，他才得以顺利回到港口码头，他的小船一直在那里等候。在那里，他告别了一直寸步不离陪伴自己的客户哈维先生，离开了那些一直跟在身后吵吵嚷嚷的人群，小船随即驶入宽阔的河面，很快就把威胁叫骂声远远抛在身后。

此时正值退潮时分，小船顶着退潮的河水，花了两个多小时才回到康特莱斯湾码头，詹姆斯·伯班克的全家人都在那里等着。看到他顺利归来，小小的人群简直高兴极了。他们本来有足够的理由担心，生怕他从此被隔绝远离家人！

"是的！"他抱着小姑娘蒂说道，"我的宝贝，我答应过你要回来吃晚饭，你知道的，我向来说话算数！"

第八章　最后一位女奴

当天晚上,詹姆斯·伯班克向家人讲述了在法院大楼内发生的一切,以及德克萨的可恶行径。正是在这个人,以及杰克逊维尔城里群氓们的胁迫下,法院的传讯令才被送达康特莱斯湾。在处理这件事情的过程中,法官们的态度值得称赞,关于勾结联邦军队的指控,法官们坚持要求提供足以支持指控的证据。由于德克萨无法拿出相关证据,詹姆斯·伯班克终于获得自由。

然而,在这些笼统含糊的指控中,提到了吉尔伯特的名字。人们对于这个年轻人是否在北军服役,似乎并不怀疑。詹姆斯·伯班克对这个问题拒绝做出回答,是否就等于亲自默认了此事?

这就不难理解,为什么伯班克夫人、艾丽丝小姐,以及全体家人都感到了威胁的降临,为此担惊受怕,恐惧忧虑。杰克逊维尔城里的那帮狂热分子没能抓到伯班克的儿子,会不会把矛头再次对准他的父亲?德克萨承诺在几天之内拿出指控的证据,也许,他是在吹牛。但是,万一他真的搞到证据,那么事态的发展将令人更加担心。

"我可怜的吉尔伯特!"伯班克夫人叫道,"德克萨盯上了他,为了达到目的,这个人一定会不择手段!"

艾丽丝小姐说道:"要不要把杰克逊维尔城刚刚发生的事情

通知吉尔伯特?"

斯坦纳德先生补充道:"是的!他的任何疏漏都可能给他自己,以及他的家人带来灾难性的严重后果,是不是应该让他知道这一点?"

"如何通知他?"詹姆斯·伯班克反驳道,"大家都清楚,那些密探没完没了地在康特莱斯湾周围转悠。要知道,那个给吉尔伯特送信来的信使,在返回途中一路被人跟踪。我们写给吉尔伯特的任何信件都有可能落到德克萨的手里。我们派出的任何信使,哪怕携带的是口信,都有可能在半路就被逮捕。不,我的朋友们,不要试图采取任何可能让形势恶化的举动,我们只能祈祷上苍,希望联邦军队早日前来占领佛罗里达!这里的多数人都是恶棍,他们威胁着为数不多的正派人士,改变这种状况需要时间。"

詹姆斯·伯班克说得很对。毫无疑问,现在种植园周围已经受到严密监视,在这种状态下,试图与吉尔伯特取得联系显然是莽撞之举。再说,用不了多久,所有在佛罗里达定居的北方佬,包括詹姆斯·伯班克,都将受到联邦军队的保护,处境也将转危为安。

事实上,早在三天前,人们就已听说,北军舰队即将从佐治亚州滨海地区南下进入圣安德鲁斯海湾,确切地说,就在昨天,杜邦司令的舰队已经起航驶入埃迪托锚地。

随后,詹姆斯·伯班克又向大家讲述了在杰克逊维尔的法官面前发生的一起重要事件。他讲到,德克萨当时如何在康特莱斯湾的奴隶问题上发起挑战,以及他如何被迫应战。凭借自己享有的权利,以及内心的良知,他当众宣布在自己的领地内解放所有奴隶。迄今为止,在南方各州中,还没有任何一个州主动宣布过解放奴隶,除非是在军事压力下不得已而为之。然而,詹姆斯·伯班克此举却是心甘情愿,自觉自愿做出的。

这是一项勇敢和慷慨的举措！至于它将产生什么后果，现在无法预见。詹姆斯·伯班克身处奴隶制的包围之中，显然，这项举措并不能减轻他面临的威胁。甚至也许，这项举措会在其他种植园的奴隶当中引起一些反响。不管怎样！伯班克家庭成员都为这项伟大的举措而心情激动，大家毫无保留地拥护家庭首领刚刚做出的这个决定。

伯班克夫人说道："詹姆斯，甭管后果如何，既然这个德克萨含沙射影地恶毒污蔑你，你就应该如此回击他！"

"我的父亲，我们都为您感到自豪！"艾丽丝小姐补充说道，这还是她第一次这样称呼伯班克先生。

詹姆斯·伯班克回答道："这样一来，我心爱的女儿，当吉尔伯特和联邦军队来到佛罗里达的时候，在康特莱斯湾，他们将看不到一个奴隶！"

于是，泽尔玛说道："伯班克先生，我感谢您，为了我的同伴们，也为我自己，感谢您。说到我本人，在您身边，我从来没有觉得自己是个奴隶。您的宽厚与善良让我感到，自己从来没有像现在这样自由！"

伯班克夫人说道："你说得对，泽尔玛，无论你是奴隶还是自由人，我们对你的爱都是一样的！"

泽尔玛难以掩饰自己的激动心情。她用双臂搂着小姑娘蒂，把她紧紧抱在自己胸前。

卡洛尔和斯坦纳德两位先生情绪激动地握紧詹姆斯·伯班克的手，用这种方式向他表达赞许之情，他们非常赞成这项勇敢的举措——它同样也是正义的举措。

伯班克一家人沉浸在高尚慷慨的感觉中，但是显然他们忽视了，詹姆斯·伯班克宣布的这项举措，今后可能成为复杂的难题。

就这样,在康特莱斯湾,没有任何人对詹姆斯·伯班克的举措提出疑问,但是,唯独有一个人在知道事情的来龙去脉后,产生了不同看法,他就是总管佩里。不过,此时他正在种植园里巡视,要到晚上才能回来。

天色已晚。大家准备散去,离开前,詹姆斯·伯班克宣布,他将于第二天向自己的奴隶们颁发解放证书。

伯班克夫人回答道:"当你宣布给予他们自由的时候,詹姆斯,我们将与你站在一起!"

"是的,我们全体!"爱德华·卡洛尔补充说道。

小姑娘蒂问道:"也包括我吗,父亲?"

"是的,亲爱的,也包括你!"

小姑娘补充说道:"泽尔玛嬷嬷,这件事过后,你会离开我们吗?"

泽尔玛回答道:"不,我的孩子,不会!我永远不会离开你!"

在对城堡屋布置了例行的安全措施之后,每个人分别回到自己的房间。

第二天,在私宅花园里,詹姆斯·伯班克遇见的第一个人,恰恰就是总管佩里。由于对这件事采取了严格的保密措施,因此,迄今为止,总管还蒙在鼓里。詹姆斯·伯班克亲口把这件事情告知总管,同时,他也做好充分准备,等着看到佩里先生的惊愕反应。

"噢!詹姆斯先生!……噢!詹姆斯先生!"

这位神态威严的人惊得目瞪口呆,无言以对。

詹姆斯·伯班克接着说道:"不过,佩里,您不必为此感到意外。我不过把事情做得有些超前。您知道,在任何一个讲求尊严的州,都已经开始解放奴隶……"

"讲求尊严,詹姆斯先生。这件事情与尊严有什么关系?"

"您无法理解尊严这个词,那好吧!佩里,我们也可以说成:为了他们的利益?"

"他们的利益……他们的利益,詹姆斯先生!您居然还说是:为了他们的利益?"

"这一点不容置疑,我亲爱的佩里先生,时间会向您证明这一切。"

"但是,伯班克先生,从现在起,我们到哪里去为种植园招募人员?"

"仍然从黑人中招募,佩里先生。"

"但是,如果黑人有了不必劳动的自由,他们就不再干活儿了!"

"恰恰相反,他们会干活儿的,而且干活儿的热情更加高涨,因为,他们将是自由地劳动,而且,劳动的兴趣更大,因为,他们的生活将获得改善。"

"但是,詹姆斯先生,您的那些奴隶呢?……您的奴隶们将纷纷离开我们!"

"佩里先生,如果他们当中哪怕有一个人想要离开,我都会感到惊讶。"

"但是这样一来,我就不再是康特莱斯湾的奴隶总管了?"

"不是了,但您仍然是康特莱斯湾的总管,而且,我不认为您的职责将有所减轻,因为,从今往后,您将负责指挥的是自由人,而不再是奴隶。"

"但是……"

"我亲爱的佩里,必须提醒您,对于您提出的所有'但是',我都已经准备好了答案。因此,请您立刻采取措施,准备付诸实施,您很清楚,我的家人已经对此表示了赞同。"

"我们的黑人们还不知道吗?……"

詹姆斯·伯班克回答道:"还不知道。佩里,我也请求您不要走漏风声。他们将在今天获知此事,因此,请您在下午3点钟的时候,把他们全体召集到城堡屋的花园里,您只需告诉他们,我将要宣布一件事情。"

说到这里,总管转身走开,他一边打着表示惊愕的手势,一边说道:

"黑人们将不再是奴隶了!黑人将为了自己的利益而劳作!黑人将不得不自给自足!社会秩序将因此颠覆!人类的法则将被推翻!这是逆天行事!是的!逆天行事!"

上午,詹姆斯·伯班克、瓦尔特·斯坦纳德,以及爱德华·卡洛尔乘坐一辆敞篷四轮马车巡视了靠近种植园北部的边缘地带。在那里的稻田、咖啡树丛和甘蔗地里,奴隶们正在忙着各自的日常活计。在工场和锯木厂里,同样是一片繁忙景象。秘密仍然被严格保守着。相关信息还没有从杰克逊维尔传到康特莱斯湾。与这个事情有着最直接关系的奴隶们对詹姆斯·伯班克的决定仍然一无所知。

詹姆斯·伯班克和朋友们在这片种植园最外围的地区巡视着,他们希望确认那里没有出现可疑情况。自从昨天宣布了那个决定以后,他们担心杰克逊维尔或者周围农村里的部分群氓可能对康特莱斯湾发动攻击。迄今为止,还没有发生意外情况。即使在靠近河流的地方,以及圣约翰河的河面上,也没有发现闲杂人等。大约上午10点钟的时候,香农号逆流而上,并没有在小码头停靠,而是直接驶往毕高拉塔小镇。无论在上游还是下游,都没有发现足以让城堡屋的主人担心的任何迹象。

临近中午时分,詹姆斯·伯班克、瓦尔特·斯坦纳德、爱德

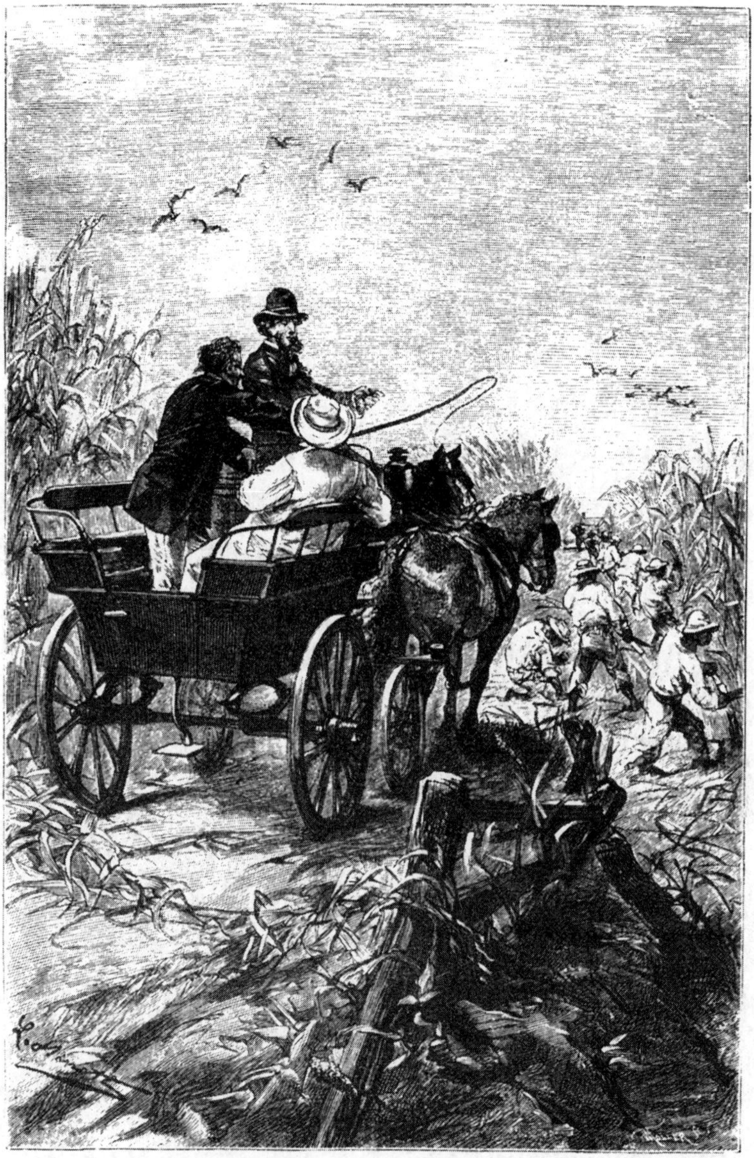

华·卡洛尔三人通过围绕花园的堑壕上面的那座桥,重新回到城堡屋。全家人都在等他们一起吃午饭。他们感到比较放心了,相互交谈的语气也轻松了许多。看起来,似乎局势出现了某种程度的缓和。似乎,杰克逊维尔的法官们的坚决态度震慑住了德克萨的那帮暴徒。如果目前这种状态再延续几天,佛罗里达就能够迎来联邦军队,所有反对奴隶制的人,无论是北方佬还是南方佬,其处境都将转危为安。

于是,詹姆斯·伯班克准备举行解放奴隶的仪式——这是在蓄奴州里面,第一次自觉自愿实行的此类壮举。

看上去,在种植园的全体黑奴当中,对此最为兴奋的当数那个20岁的小伙子,他名叫比哥马利恩,大家都叫他"比哥"。这个比哥隶属于城堡屋的服务部门,平时就住在那里,因此,他从来没有在田地里,或者在康特莱斯湾的工场和工地上劳作过。必须承认,比哥马利恩只不过是个滑稽、自负而又懒惰的小伙子。他的主人们过于善良,任由他得过且过。自从奴隶制度成为热门话题,经常能听到他发表关于人类自由的高谈阔论,动不动不着边际地向同伴们吹嘘一通,大家也不介意拿他寻开心。就像别人形容的那样,他自以为骑着高头大马,其实不过是一头在地上打滚的笨驴。实际上,由于这个小伙子人还不坏,大家也就听凭其信口开河。管家佩里心情好的时候,也愿意听他一听,大家都目睹过他们之间争论的情景。这次解放给了比哥做人的尊严,不难想象,他一定会欣喜若狂。

这一天,黑人们得到通知,都到城堡屋前面的私宅花园集合,康特莱斯湾的主人将要在那里向大家宣布一件重要事情。

还差几分钟就到3点钟——这是预定开会的时间——种植园的全体人员纷纷离开村落,开始在城堡屋前面集合。这些正直的人并不是吃过午饭以后,从工场、田地,或者伐木工地直接走来。按照惯例,每当需要通过私宅围栏大门的时候,他们都愿意事先洗漱一番,换上更干净的衣服。于是,从一间窝棚到另一间窝棚,人们走来走去,热闹异常。与此同时,总管佩里从一个村落走向另一个村落,嘴里低声咕哝着:

"我真是难以想象,就在此时,这些黑人还可以被买卖交易,因为他们还处于商品状态!然而再过一个小时,他们就不能再被购买或者出售了!是的!我至死都不会改变看法!甭管伯班克先生怎么说,怎么做,除了他,还有林肯总统,除了林肯总统还有北方的联邦佬,以及新旧两块大陆的自由主义者们,你们都在逆天行事!"

就在这个时候,比哥马利恩出现在总管的面前,他眼下仍然一无所知。

比哥问道:"佩里先生,为什么要召集我们?您能否好心告诉我?

"好吧,你这个白痴!这是为了给你……"

总管把话憋了回去,他可不想泄露秘密。于是,他想到了一个办法。

总管说道:"靠近些,比哥!"

比哥马利恩靠了过去。

"我揪过你的耳朵吗,小伙子?"

"揪过,佩里先生。因为这是您的权利,尽管这权利违背人类的正义,或者神圣的天道。"

"好吧,既然这是我的权利,那我就允许自己再使用一次。"

于是,不顾比哥的喊叫,但也没有把他弄得太疼,总管佩里揪住比哥那本来就挺长的耳朵,摇了起来。确实,这是总管对种植园

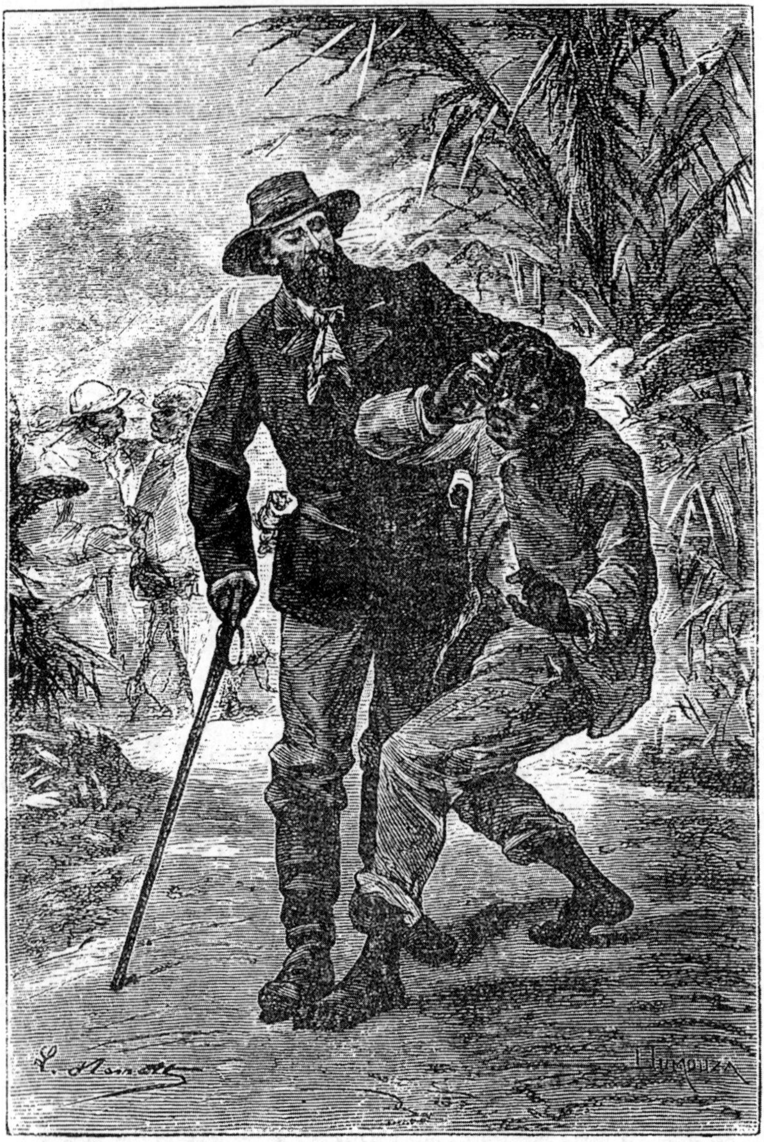

的一个奴隶最后一次行使自己的权利,完事之后,他感觉轻松了许多。

3点整,詹姆斯·伯班克和他的家人出现在城堡屋的台阶上,周围站满了700名奴隶,男人、女人和孩子——甚至还包括二十来名黑人老奴,这些老奴已经不适合从事任何劳动,被安置在康特莱斯湾的村落里,过着有保障的退休生活,安度晚年。

立刻,人群寂静无声。詹姆斯·伯班克做了一个手势,佩里先生和工头们开始把人群聚拢,以便让所有人都能听清楚即将宣布的事情。

詹姆斯·伯班克开始说话。

他说道:"我的朋友们,你们都知道,正在进行的内战是一场长期、不幸和极其血腥的战争,这场战争给美国人民带来灾难。战争的真正起因,就是奴隶制问题。南方想要维护它认为属于自己的利益,一心要维护奴隶制度。北方以人类的名义,希望在美国摧毁这个制度。上帝庇佑正义事业的捍卫者。那些为了解放整整一个种族而战斗的人,已经不止一次地取得胜利。大家都知道,很久以来,我一向赞同北方的观念,因为我从未忘记自己出身于那里,然而,我始终没有实践这个观念。现在形势发生变化,迫使我把实践的时间提前,从而做到言行一致。因此,我以自己全家人的名义告诉你们一个决定,请认真听好。"

听众当中响起一阵激动的低语,但几乎立刻又恢复安静。詹姆斯·伯班克提高嗓门,用所有人都听得见的声音宣布如下内容:

"从今天,1862年2月28日起,本种植园的奴隶们彻底摆脱奴隶身份,获得解放。他们可以拥有人身自由。在康特莱斯湾,从此只有自由人!"

刚刚获得解放的奴隶们的第一反应是发出一片欢呼声,声音响彻四方。大家的手臂挥舞着做出感谢的手势。伯班克的名字被不断称颂。大家一齐涌向台阶跟前,男人、女人和孩子都想亲吻自己的解放者的手,人们兴奋异常,热烈的场面简直出人意料,难以描述。你可以想象比哥马利恩手舞足蹈,大呼小叫,摇头摆尾的样子。

于是,人群中,一位年龄最大的黑人长老走向前去,一直走到最靠前的台阶那里,在那儿,他仰起头,用充满激动的口吻说道:

"康特莱斯湾过去的奴隶从此获得了自由,我以他们的名义,向您表示感谢,伯班克先生,您在佛罗里达州第一个宣布解放奴隶,并且让我们亲耳听到了您的宣言!"

黑人长老一边说着,一边慢慢走上台阶,走到詹姆斯·伯班克的身边,亲吻他的双手,此时,小姑娘蒂向他伸出了双臂,老人把她引导向众人。

"万岁!……万岁,拥护伯班克先生!"

欢快的喊叫声直入云霄,一直传到圣约翰河对岸,传到杰克逊维尔城,宣告着一个伟大的举措刚刚问世。

詹姆斯·伯班克一家都被深深地感动了。他们反复试图让欢呼声平息下来,但是没有成功。还是泽尔玛让大家恢复了平静,大家看到她走上台阶,准备说话。

她说道:"我的朋友们,现在,我们都获得了自由。这一切都归功于我们的主人,归功于他的慷慨和仁慈。他是世上最好的主人!"

"是的!……是的!"数百张嘴一同呼喊着,语气中充满着感激之情。

泽尔玛接着说道:"从今往后,我们每一个人都有权支配自己,每个人都能离开种植园,根据自己利益而自由行事。至于我本

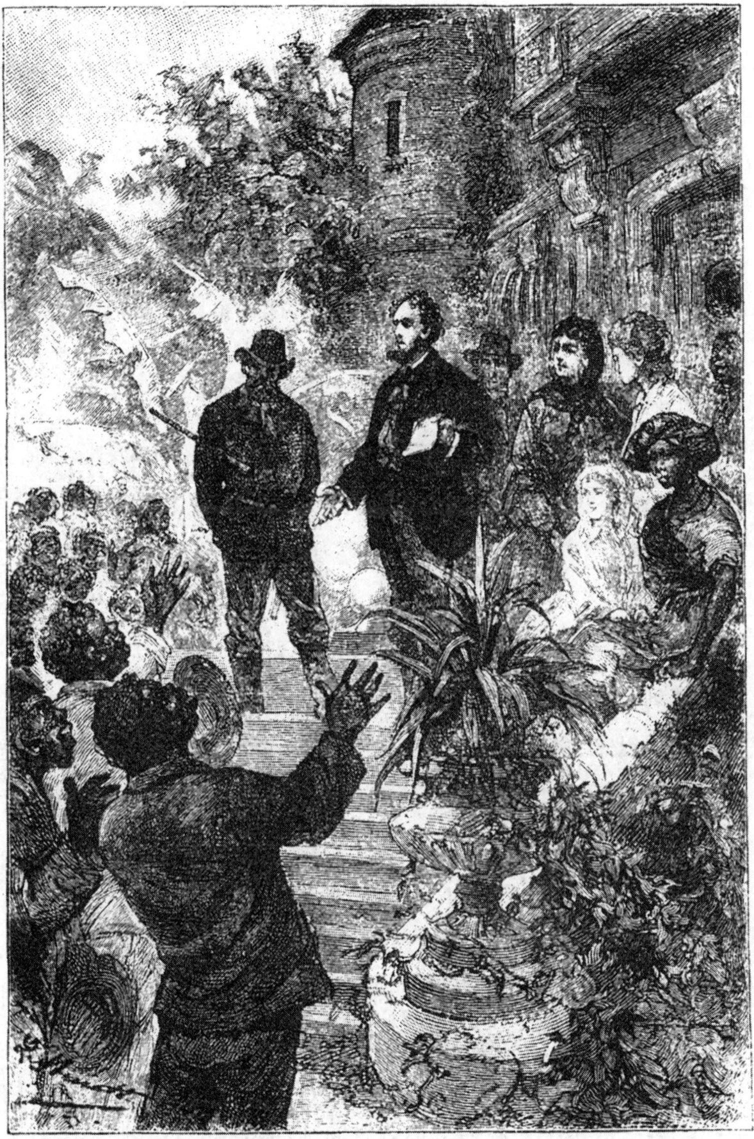

人,我只凭着自己的良心行事,而且,我确信,你们中的大多数人愿意与我同样行事。我来到康特莱斯湾已经6年,6年来,我和我的丈夫一直在这里生活,我们希望在这里度过余生。我恳求伯班克先生收留我们,原来作为奴隶,现在作为自由人收留我们……还有谁愿意……"

"全体!……全体!"

这句话被不断重复着,足以表明,这位康特莱斯湾的主人多么受人爱戴。多么深厚的友情和感激之情把种植园的解放了的奴隶们聚拢在伯班克周围。

于是,詹姆斯·伯班克开始说话。他表示,所有愿意留在种植园的人都可以按照新的条件留下来。这些新的条件包括,根据共同意愿,每人以自由之身劳动并领取报酬,并享受新解放奴隶的应有权利。他又补充说道,首先,需要让大家拥有合法的身份。为此,每个黑人都将为自己本人,以及自己的家庭领到一份解放证书,有了这份证书,他将重新跻身人类行列,并享有相应的权利。

立刻,这件事情就交给各位工头去完成。

很久以来,詹姆斯·伯班克就决定要解放自己的奴隶,并且准备好了解放证书,因此,每个黑人都怀着诚挚的感激之情,拿到了自己的那份。

这一天在快乐的气氛中结束。如果说第二天,全体人员又重新回去操持日常活计,但在这一天里,整个种植园沉浸在节日的气氛中。伯班克的家人与这些正直的人在一起,从他们那里感受到最真挚的友情,以及表达无限忠诚的承诺。

然而,面对自己过去管辖的人群,管家佩里却好像丢了魂似的步履蹒跚。以至于詹姆斯·伯班克向他问道:

"哎,佩里,您觉得怎么样?"

管家反问道:"我觉得,詹姆斯先生,既然他们喜欢自由,那就不如让他们生活在非洲,也用不着改变肤色!然而,既然他们的肤色天生就是黑色的,那他们就应该至死都是黑人……"

"然而,他们可以清清白白地活着①,"詹姆斯·伯班克笑着说道,"这才是问题的根本所在!"

这天晚上,在城堡屋里,伯班克一家人聚集在晚餐桌旁,大家都由衷地充满幸福感,而且,必须强调,对未来也充满了信心。只需要再等待几天,佛罗里达的安全局面就会彻底好转。而且,迄今为止,还没有从杰克逊维尔传来任何坏消息。很有可能,在法院大楼里,詹姆斯·伯班克在法官们面前的态度给大多数居民留下了良好印象。

总管佩里也出席了这场晚宴,尽管他无力阻止这次解放奴隶的举措,但却不得不参与其间。晚宴上,佩里被安排坐在了黑人长老的对面,这位长老是詹姆斯·伯班克特意邀请来的,康特莱斯湾的庄主认为,邀请黑人长老出席晚宴,就是为了证明,对他及其同伴们的解放行为,并非只是没有实际意义的空话。在城堡屋外面,到处回响着节日般的欢歌笑语,种植园里点起了好几处庆祝的篝火,火光映亮了城堡屋的花园。晚宴期间,走进来一群黑人代表,给小姑娘送上了一束精致的鲜花,可以肯定,这是"城堡屋的蒂·伯班克小姐"收到过的最美丽的花束。四面八方不断送来热情激动的感谢和祝福。

最后,大家都散了,家庭成员们来到大厅,在那里准备回房间睡觉。看起来,这个开局如此美好的一天,也将完美地结束。

---

① 原文直译为"活成白色",这里是一语双关,法语"白色"的引申义为纯洁、无辜。

晚上8点钟,种植园重回一片寂静。就在大家以为不会再出现意外搅乱宁静的时候,外面传来一阵嘈杂人声。

詹姆斯·伯班克旋即起身,打开大厅的大门。

门前台阶上,几个人等在那里,高声喧哗着。

詹姆斯·伯班克问道:"发生了什么事情?"

其中的一个工头回答道:"伯班克先生,刚刚有条小船停靠在码头。"

"小船从哪里来?"

"从左岸驶过来。"

"船上是什么人?"

"是杰克逊维尔城的法官们给您派来的一位信使。"

"他想干什么?"

"他要求向您送达一份通知。请问您是否准许他登岸?"

"当然可以!"

伯班克夫人走到自己的丈夫身边。艾丽丝小姐迅速地走向大厅的一扇窗户前,与此同时,斯坦纳德先生和爱德华·卡洛尔也向大门走去。泽尔玛攥着小姑娘蒂的手,也站起身来。大家都预感到,即将发生一件意外的复杂事情。

工头转身向栈桥码头走去,十分钟过后,他带着那位从杰克逊维尔乘坐小船来到康特莱斯湾的信使走了回来。

这是一个穿着本县民兵制服的男人,他被带进大厅。伯班克先生问道:

"我就是!您找我有何贵干?"

"向您转交这个信封。"

信使递过来一个大信封,信封的一角盖着法院公章。

詹姆斯·伯班克拆掉封印,读到了如下内容:

"根据新组建的杰克逊维尔市政府的命令,任何违反南方人意愿而被解放的奴隶都将立即被驱离本地。

本措施将于48小时后开始执行,如有违反,将予以强制执行。

颁发地:杰克逊维尔
1862年2月28日
落款:德克萨"

值得信任的法官们被推翻了,在支持者的拥戴下,德克萨刚刚成为这座城市的统领。

信使问道:"我将如何回去复命?"

"没有答复!"詹姆斯·伯班克回答道。

信使走了出去,被带回他的小船,随后,小船向河对面的左岸驶去。

这样,按照西班牙后裔的命令,种植园原来的奴隶们都将被遣散!唯一的原因就是他们被给予了自由,他们从此就无权在佛罗里达的土地上生活!康特莱斯湾将失去所有人员,詹姆斯·伯班克原本还指望依靠他们保卫种植园!

泽尔玛说道:"难道这就是自由的代价?不,绝不!我宁愿放弃自由,既然只有这样才能留在您的身边,我的主人,我宁愿重新成为奴隶!"

于是,泽尔玛拿起自己的解放证书,一把撕掉,然后,重重地跪倒在詹姆斯·伯班克面前。

第九章　等　待

在联邦军队还没有成为佛罗里达的主人之前,詹姆斯·伯班克就被迫实施了那项勇敢的举措,其造成的后果已经初步显现。

如今,德克萨和他的拥护者已经成为杰克逊维尔城和杜瓦尔县的统治者。这些人天性粗鲁野蛮,极具暴力倾向,下一步,他们必将实施各种暴力行为,换句话说,就是采取令人恐惧的极端行动。如果说,在法庭上,西班牙后裔所做的那些指控过于笼统模糊,以至于最终没能如愿以偿,把詹姆斯·伯班克投入监狱,但是,他却借助康特莱斯湾的庄主事件,利用法官们的态度,激发起了城中民众的愤怒情绪,随后利用事先在城里安排的一切,达到了自己的目的。那个反对奴隶制的移殖民是个北方佬,显然,他从骨子里拥护北方,并且还宣布要在自己的领地解放全体奴隶,在法官们宣布他无罪之后,德克萨把歹徒恶棍都煽动起来,把城里搞得天翻地覆,乘机推翻了善于妥协的市政府,并且让同伙里最激进的分子取而代之,他成立了一个委员会,让那些下层白人与西班牙裔佛罗里达人共同掌权,经过长期努力,他还获得了民兵的支持,让他们与城里的群氓称兄道弟。现在,整个杜瓦尔县的居民命运都掌握在他的手心里。

必须指出,在圣约翰河两岸的那些种植园里,詹姆斯·伯班克的举动并未得到大多数移殖民的赞同,他们甚至担心,自己的奴隶们也会有样学样,强迫庄主解放奴隶。绝大多数种植园主都是奴隶制的拥护者,他们决心与拥护联邦制的歪理邪说斗争到底,同时,他们对联邦军队的步步紧逼感到异常愤怒。于是,他们呼吁,佛罗里达应该像南方各州一样反抗北方。如果说,在战争初起的时候,他们对奴隶解放的问题还抱着无所谓的态度,那么现在,他们纷纷抢着站在了杰弗逊·戴维斯的旗帜下,随时准备追随他,反叛亚伯拉罕·林肯领导的政府。

在这样的背景下,就不难理解,尽管德克萨的个人品德并不受人尊重,但是,他却借口保卫共同事业,依靠舆论和对共同利益的诉求,成功夺取了政权。现在,他将以城市主人的身份行事,不仅要依靠南方佬,努力组织抗击杜邦司令的舰队,更重要的是,他要满足自己邪恶的本能欲望。

出于这个原因,或者说,出于他对伯班克一家的深仇大恨,德克萨上台后所做的第一件事,就是对康特莱斯湾解放奴隶的举动做出回应,他采取的措施就是强迫被解放的奴隶,必须在限定的48小时内离开佛罗里达。

"移殖民的利益受到直接威胁,通过这项措施,我挽救了他们的利益。是的!他们一定会拥护这项法令,它的首要功能,就是阻止在佛罗里达全州范围内掀起奴隶造反的风潮。"

大多数人都毫无保留地拥护德克萨的这项法令,尽管它异常武断专横。是的!这条法令不仅专横,而且极不公正,让人无法忍受!詹姆斯·伯班克解放自己的奴隶,他是在行使自己应有的权利,他始终拥有这份权利。甚至,在这场因奴隶制问题导致美国分裂的战争爆发之前,他就有权行使这个权利。这项权利不应遭到任何质疑,德克萨宣布的措施对于这项权利来说,既不公正,也不合法。

根据这项法令,首先,康特莱斯湾将失去它天然拥有的保卫者。从这个角度看,西班牙后裔完全达到了自己的目的。

城堡屋里的人们对此也一清二楚。也许,当初詹姆斯·伯班克最好还是等一等,等到危险过去再解放奴隶。然而,大家都知道,当时在杰克逊维尔的法官面前,他被指责言行不一,被要求兑现诺言,在那种情况下,他无法抑制住自己的怒火,这才公开宣布解放奴隶,此后,又在种植园的全体人员面前,公开宣布实施这一决定,解放了康特莱斯湾的全体黑人奴隶。

然而,这件事的后果令伯班克家人以及他的客人陷入了危险的处境,现在,必须尽快决定如何应对局面。

当天晚上,大家进行讨论,讨论的内容如下:首先,是否需要收回解放奴隶的决定?不!在当前局势下,这样做于事无补。对于这个迟到的补救措施,德克萨根本不会接受。另一方面,一旦知道了杰克逊维尔的新政权针对他们做出的这项决定,种植园的黑人们将全体一致,以泽尔玛为榜样,迫不及待地撕毁自己的解放证书,因为他们不愿意离开康特莱斯湾,不希望被逼离开此地,他们全体都会重新接受奴隶身份,一直等到那一天,官方出台一条法律,根据这条法律,他们终于获得自由,可以到自己喜欢的地方居住生活。

为什么要退缩?既然种植园已经成为黑人的真正家园,他们决心与旧主人一同保卫这个家园,而且现在他们获得了解放,难道保卫家园的热情不会更加高涨吗?是的,毫无疑问,泽尔玛就是一个明证。于是,詹姆斯·伯班克决定,不要对已经做过的事情后悔。大家都同意他的看法。他们的判断完全正确。第二天,当大家获悉杰克逊维尔城委员会通过的新法令后,在康特莱斯湾的各个角落里,爆发出了一片宣誓效忠,表达忠心的景象。如果德克萨真要实施这项法令,大家都愿意抗命。如果他想动用武力,大家也将以武力予以回击。"

爱德华·卡洛尔说道:"如此一来,情况已经很紧迫了。两天以后,也许只需24个小时以后,他们就将在佛罗里达对奴隶制问题做个了结。而后天,联邦军的舰队就将开始对圣约翰河的河口发起进攻,到那时……"

斯坦纳德先生考虑道:"如果民兵得到联盟军队的支援,他们是否会全力抵抗?……"

爱德华·卡洛尔回答道:"即使他们进行抵抗,也坚持不了多久!他们既没有战船,也没有炮艇,他们如何抵挡得住杜邦司令的舰队前进,又如何阻止得了谢尔曼的军队登陆?更如何阻止北军占领费尔南迪纳、杰克逊维尔,以及圣奥古斯丁的港口?一旦这几处要地被北军占领,联邦军队就将成为佛罗里达的主人。到那个时候,德克萨和他的同伙无路可走,只能选择逃跑……"

詹姆斯·伯班克:"噢!但愿他没有跑掉,而是被人抓住!一旦他落入联邦的正义之手,我们倒要看看,他能否再搞出来一个不在现场的证明,用来逃脱对他的种种罪行的惩罚!"

这一夜过去了,城堡屋的安全没有受到任何打扰。然而,伯班克夫人和艾丽丝小姐依然无法摆脱深深的担忧!

第二天,3月1日,大家警惕地关注着从外面传来的任何动静。倒不是因为种植园在这一天已经受到威胁,因为,按照德克萨的法令规定,驱逐被解放奴隶的时间是48个小时以后。詹姆斯·伯班克已经下决心抗拒这条法令,因此,他必须花费时间,尽可能地安排布置相应的保卫措施。现在,最重要的就是搜集与这场战争相关的所有情况。因为,战况的变化随时可能改变眼下的局势。

于是,詹姆斯·伯班克和他的内兄骑上马,沿着圣约翰河的右岸向下游走去,他们向河口方向行进,那里距离康特莱斯湾大约10英里,他们的目的是勘察这个喇叭形的河口,一直到达河口的尽头,那个名叫萨-巴勃罗的岬头,灯塔就矗立在那里。当他们经过位于河对岸的杰克逊维尔时,可以很容易看清那里是否已经集结了小艇,那是一个重要迹象,表明城里的群氓是否即将向康特莱斯湾发起进攻。半个小时以后,两个人已经走出了种植园的边界,他们继续向北走去。

与此同时,伯班克夫人和艾丽丝两人在城堡屋的花园里徘徊着,相互交换看法,尽管斯坦纳德先生徒劳无功地试图安抚她们,但是,她们两人都预感到,一场灾难即将降临。

然而,泽尔玛更愿意在各个村落之间跑来跑去。尽管现在,驱逐令的威胁已经广为人知,但是黑人们并不把这条法令当回事,继续从事自己惯常的生产活计,既然他们原来的主人已经决定抗拒这条法令,而且他们现在都是自由人,别人有什么权利把他们从自己的居住地赶走?就这个问题,泽尔玛向自己的女主人做了汇报,让她感到十分欣慰。康特莱斯湾的人是值得信任的。

泽尔玛说道:"是的,我的同伴们都不愿意离开种植园,也不愿离开城堡屋的主人们,为此,他们宁愿重新成为奴隶,就像我一样!如果有人非要强迫他们服从,他们知道如何保卫自己的权利!"

现在,能做的就是等待詹姆斯·伯班克和爱德华·卡洛尔回来。今天是3月1日,在这一天,联邦舰队完全可能进抵到巴勃罗灯塔的视线范围,准备攻占圣约翰河的入海口。联盟军队没有足够的民兵抵挡联邦舰队的推进,这样一来,杰克逊维尔城的新政权将直接受到威胁,也就顾不上迫害康特莱斯湾的被解放奴隶。

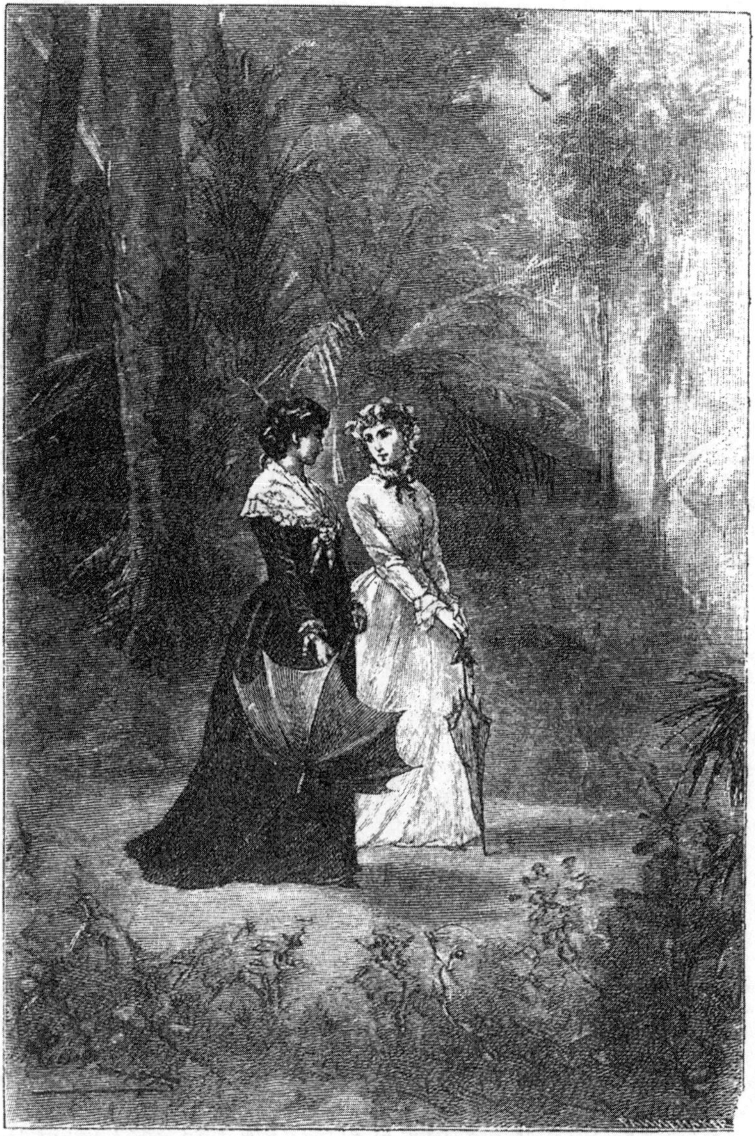

此时,总管佩里仍在对他管辖的工场和工地进行日常巡视,他也发现,黑人们的劳动态度依然良好。尽管他不愿意承认,但是他却亲眼看到,虽然黑人的身份改变了,但是他们依然勤奋工作,对伯班克一家的忠诚态度丝毫没有改变。针对杰克逊维尔城的群氓,黑人们的态度十分明确,对任何迫害坚决予以抵抗。不过,作为一个坚定的奴隶制拥护者,佩里先生的看法也很明确,他认为黑人们的良好感情无法持久,大自然的法则终将不变,被解放的奴隶们在品尝了独立的滋味之后,自己就会要求恢复奴隶身份。大自然早就给他们规定好了身份地位,黑人们早晚还得重新归位,也就是处于人类和动物之间的那个位置。

　　恰在此时,佩里总管遇到了爱慕虚荣的比哥马利恩,这个白痴的态度比上次见面时还要愚蠢,只见他双手放在背后,昂着头,趾高气扬地走来走去,一眼看去就知道,现在这是一个自由人。可以确定,他一定会更加好吃懒做。

　　比哥用傲慢的口气说道:"哦,佩里先生?您好。"

　　"你在那儿干吗呢,懒鬼?"

　　"我在散步!我现在已经不是卑贱的奴隶,解放证书就放在我的口袋里!难道我还没有权利闲待着吗?"

　　"那么,从今往后,比哥,谁来养活你呢?"

　　"我自己,佩里先生。"

　　"如何养活呢?"

　　"吃饭呗。"

　　"谁来给你饭吃呢?"

　　"我的主人。"

　　"你的主人!……你该不是忘记了,你现在已经没有主人,蠢货?"

"没有忘记,我没有主人,我不再有主人了,但是,伯班克先生不会把我赶出种植园的,在这里,不是吹牛,我还是能干点儿事情!"

"恰恰相反,他将把你赶出种植园。"

"他把我赶出去?"

"毫无疑问。当你属于他的时候,即使你无所事事,他也可以收留你。但是,从你不再属于他的那一刻起,如果你仍然不愿意干活儿,他就会毫不客气地把你扫地出门,我们倒要看一看,自由究竟能给你带来什么,可怜的笨蛋!"

显然,比哥从来没有从这个角度考虑过问题。

他接着说道:"佩里先生,您怎么能够这么想呢,伯班克先生哪能如此残忍,竟然……"

总管反驳道:"这不是残不残忍的问题,而是事物本来应该遵循的逻辑。另一方面,甭管詹姆斯先生愿不愿意,杰克逊维尔城委员会已经出台了一项法令,根据这项法令,所有被解放的奴隶都将被驱逐出佛罗里达。"

"难道这是真的?"

"千真万确,那样,我们就来看一看,你的同伴们,包括你,将如何解决这件麻烦事,更何况现在,你们已经没有主人了。"

比哥马利恩叫道:"既然我已经是自由人了……我不想离开康特莱斯湾!……"

"是的,你可以自由地离开,但是,你不能自由地留下来!我保证你得卷铺盖滚蛋!"

"那样,我该怎么办呀?"

"那是你自己的事儿!"

比哥马利恩接着说道:"无论如何,既然我是自由的……总能找到解决的办法。"

"这么想,根本解决不了问题!"

"佩里先生,请告诉我,究竟应该怎么办!"

"怎么办?这样,听好了……按照我的推理方法去做,你能做到吗?"

"我能做到。"

"你被解放了,对不对?"

"是的,确实如此,佩里先生,而且我重复一遍,我的解放证书就在我的口袋里。"

"那好吧,撕掉它!"

"休想。"

"那好吧,既然你拒绝,假如你还想留在这里,我看就只有一种办法了。"

"什么办法?"

"改变你的肤色,白痴!改变,比哥,改变!当你变成一个白人,你就有权留在康特莱斯湾了!否则,休想!"

于是,比哥马利恩回到城堡屋的厨房,开始不断刮擦自己的皮肤。

正午前的一刻,詹姆斯·伯班克和爱德华·卡洛尔回到了城堡屋。在杰克逊维尔城所在的河对面,他们没有发现任何令人担忧的迹象。那边的小船都停放在平常的位置,其中一部分系泊在港口的码头边,另一部分锚泊在航道中央。不过,可以观察到,河对岸有一些人群在移动。沿着圣约翰河的左岸,可以看到一支又一支的南军部队向北方,朝着拿骚县的方向运动。康特莱斯湾似乎还没有受到任何威胁。

他们抵达喇叭形河口湾以后,詹姆斯·伯班克与同伴向远方的大海望去,在海天一色的海平线上,看不到一条帆船,也望不见蒸汽船冒出的烟雾。没有任何迹象显示有舰队出现或靠近。至于佛罗里达海岸方面,也没有任何防御进攻的准备,既没有岸防大炮,也没有火炮掩体。在整个喇叭形河口湾,没有任何防御措施。如果联邦舰队驶临,无论在拿骚小海湾,还是在圣约翰河的入海口,它都可以畅行无阻。只不过,巴勃罗的灯塔已经停止运转,上面的塔灯被拆除,已经无法再照亮航道。然而,这并不能给北军舰队造成多大麻烦,最多是给夜间航行带来不便。

伯班克和卡洛尔两位先生返回城堡屋吃午饭,以上就是二位汇报的全部内容。

总体来看,当前局势还是令人放心的,在杰克逊维尔城那边儿,也没有出现令人担忧的迹象,可能即刻威胁到康特莱斯湾。

斯坦纳德先生回答道:"那好吧,目前,最令人担心的,还是杜邦司令的舰队仍然毫无踪影!在我看来,他们的姗姗来迟有点儿令人费解!"

爱德华·卡洛尔回答道:"是的!如果这支舰队于前天启程出海,离开圣安德鲁斯海湾,现在应该已经抵达费尔南迪纳沿海了!"

詹姆斯·伯班克反驳道:"最近几天以来,天气一直非常恶劣,西风卷着海浪拍打海岸,很可能杜邦不得不命令舰队远离海岸线。不过,今早开始,风已经停息了,如果舰队于今晚驶来,我不会感到意外……"

伯班克夫人说道:"但愿老天爷能听见你的祈祷,我亲爱的詹姆斯,但愿它能来帮我们一把!"

艾丽丝强调说道:"詹姆斯先生,既然巴勃罗灯塔已经无法点燃,那么舰队怎么可能在今天夜间驶入圣约翰河?"

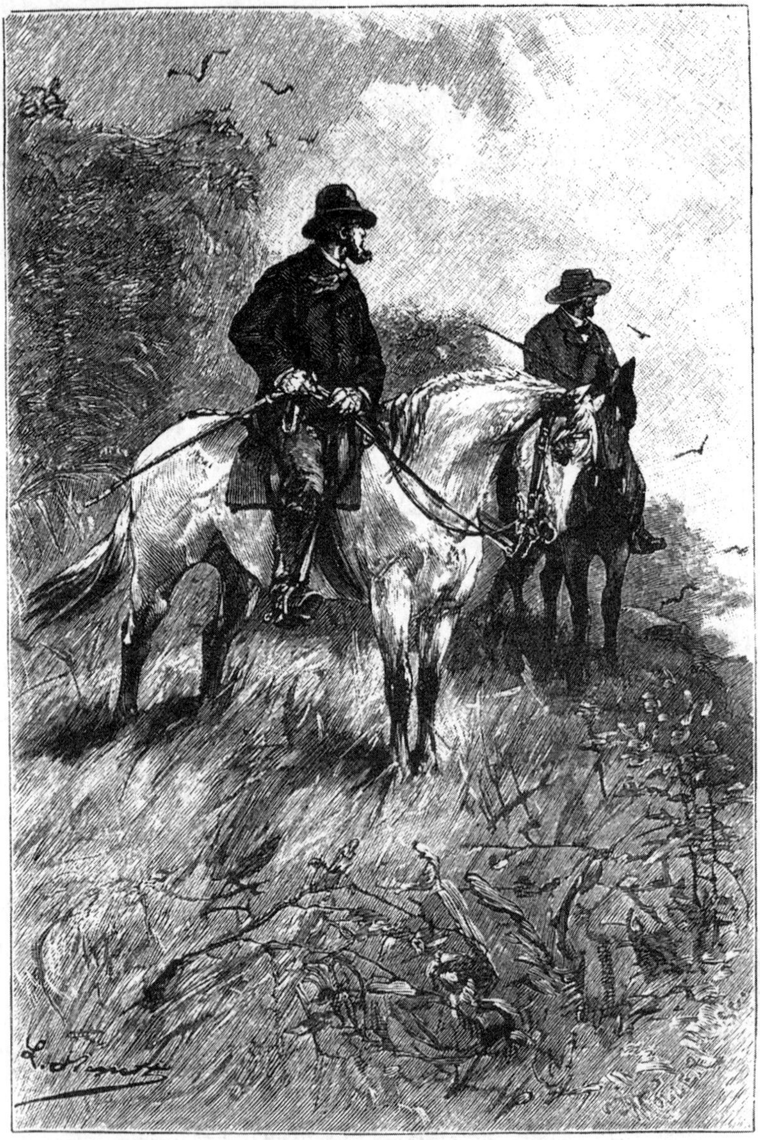

詹姆斯·伯班克回答道："我亲爱的艾丽丝,确实,舰队不可能进入圣约翰河,但是,在向入海口发起攻击之前,联邦军队必须首先攻占阿梅莉亚岛,然后再攻占费尔南迪纳镇,以便控制锡达礁铁路。我觉得,三四天之内,杜邦司令的战船还不大可能沿圣约翰河逆流而上。"

爱德华·卡洛尔回答道:"詹姆斯,你说得对。不过,我希望联邦军队攻占费尔南迪纳之后,可以迫使联盟军队且战且退。甚至,也许还没有等到北军的炮舰抵达杰克逊维尔,民兵们就已经弃城逃跑。如果是这样,康特莱斯湾就彻底摆脱德克萨和骚乱分子的威胁了。"

詹姆斯·伯班克回答道:"我的朋友们,这是完全可能的。联邦军队只需把脚踏上佛罗里达,我们的安全就算有了保障!——至于种植园这边,有什么新消息吗?"

艾丽丝小姐回答道:"没有,伯班克先生,泽尔玛告诉我,黑人们已经在工场、工地和森林里恢复了日常工作。她保证,黑人们一如既往,都愿意为保卫康特莱斯湾献身,直到战至最后一人。"

"还是希望不要让他们的忠诚经受这样的考验吧!一旦联邦军队出现在佛罗里达沿海的海面上,但愿那些依靠暴力强行欺压正派人的坏蛋都能望风而逃,否则,我倒要感到意外了。不过,我们还是需要提高警惕。午饭过后,斯坦纳德,您是否愿意陪同我和卡洛尔到外面走一走,我们一起到种植园最容易受到攻击的地方去转一转?我亲爱的朋友,我可不希望看到艾丽丝和您在城堡屋遭遇比在杰克逊维尔城更大的危险。事实上,如果事情发展到糟糕的地步,我将无法原谅自己把你们邀请来此地!"

斯坦纳德回答道:"我亲爱的朋友,杰克逊维尔市政府对奴隶制反对者实施打压,如果我们依然留在杰克逊维尔的住宅里,很可能也受到迫害。"

艾丽丝小姐补充道:"无论如何,伯班克先生,即使这里的危险更大一些,难道不值得我们共同分担吗?"

詹姆斯·伯班克回答道:"你说得对,我亲爱的女儿。走着瞧吧!希望事情朝好的方向发展,我认为,德克萨甚至都来不及针对我们的人实施他那条法令!"

整个下午,一直到吃晚饭,詹姆斯·伯班克和他的两个朋友一直在巡视各个村落,佩里先生陪伴着他们。他们看到,黑人们的各项准备措施都已妥善落实。詹姆斯·伯班克觉得应该提醒总管注意到,刚刚获得解放的奴隶们工作热情异常高涨,每个人都是招之即来。

佩里回答道:"是的!……是的!……现在,还得看看活计干得怎么样!"

"哦,这样!佩里,我觉得,这些诚实的黑人虽然身份改变了,但是他们的手臂并没有改变呀?"

固执的总管回答道:"暂时还没有改变,詹姆斯先生。但是很快,您就能发现,他们手臂上长着的那双手不一样了……"

詹姆斯·伯班克兴奋地反驳道:"好了,佩里!在我看来,他们的每只手上始终只有5根手指,而且,老实说,总不能要求他们干得更多吧!"

巡视结束后,詹姆斯·伯班克和两个同伴回到城堡屋,与前一天一样,晚间过得很平静。由于从杰克逊维尔城没有传来任何新的消息,大家开始重新抱有期望,希望德克萨放弃威胁,不再执行法令,或者,他可能没有时间来实施这项法令。

不过在夜间,依然采取了严格的防范措施。佩里和各位工头组织了巡逻队,沿着种植园的边界,特别是沿着圣约翰河畔进行巡

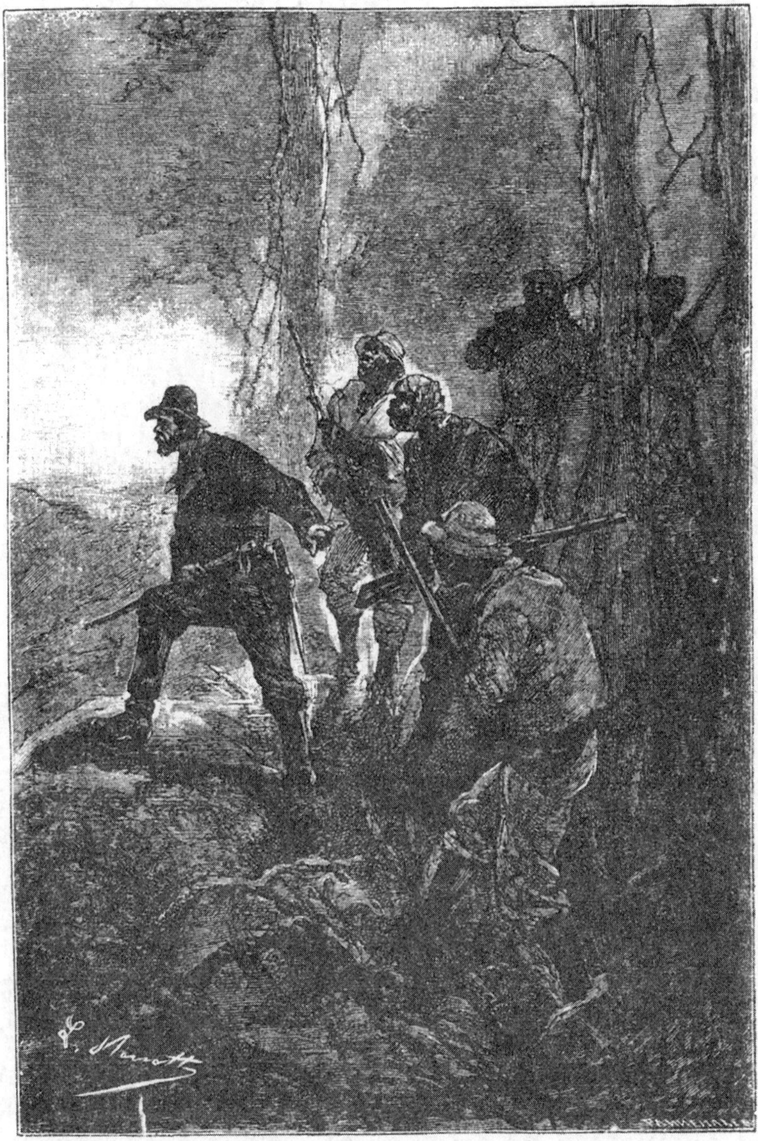

视。黑人们预先都得到通知,一旦发生警报,立刻撤退到城堡屋的栅栏后面,在栅栏门那里,还特意安置了一个岗哨。

夜间,詹姆斯·伯班克和朋友们起来了好几次,以确保发出的命令得到严格执行。一直到太阳重新升起,没有发生任何事情打搅到康特莱斯湾的主宾们休息。

第十章 3月2日白天

第二天,3月2日,种植园的一位工头避开监视,成功渡过圣约翰河,从杰克逊维尔回到康特莱斯湾,他给詹姆斯·伯班克带来了新的消息。

这些消息的内容极为重要,根据判断,消息的来源十分可靠。

当天日出时分,杜邦司令的舰队已经来到位于佐治亚东部的滨海地区,并于圣安德鲁斯海湾锚泊。这支舰队由26艘舰船组成,包括18艘炮舰、1艘独桅帆船、1艘武装运输船,以及6艘运输船,船上装载着莱特将军率领的北军一个旅,这支舰队领头的是桅杆上飘扬着杜邦司令旗帜的沃巴什号战舰。

正如吉尔伯特在最后一封信中所说,谢尔曼将军已经随这支远征军同时抵达。

此前,杜邦司令由于恶劣天气而推迟了舰队抵达的时间,现在,他争分夺秒采取措施,准备尽快占领圣玛丽航道。这些航道很难通行,它们与那条同名河流的入海口相通,入海口位于阿梅莉亚岛的北部,那里是佐治亚州与佛罗里达州的交界处。

阿梅莉亚岛的最主要城市就是费尔南迪纳,保卫这座城市的要塞名叫科兰什,要塞厚厚的围墙用石块砌成,里面驻防的守军有150人。凭借这座碉堡,南军完全可以长期坚守。然而,南军真能抵抗得住联邦军队吗？大家都拭目以待。

可惜事与愿违。那个工头带回来的消息已经传遍杰克逊维尔全城，根据这个消息，联邦舰队刚刚在圣玛丽海湾摆开阵势，南方守军就撤离了科兰什要塞，而且，南军不仅放弃了这座要塞，还放弃了费尔南迪纳和坎伯兰岛，以及佛罗里达沿岸这里的整片区域。

送到城堡屋的消息到此截止，从康特莱斯湾的特殊需要看待这些消息，它们无疑十分重要。因为，既然联邦军队已经在佛罗里达登陆，那么，整个佛州落入北军之手也将指日可待。当然，还需要几天时间，北军炮舰才能越过圣约翰河的沙洲，但是，它们的出现肯定将给杰克逊维尔城的新政权施加巨大压力，甚至可以想象，由于惧怕北军的报复，德克萨及其同伙可能不再敢对康特莱斯湾动手，因为这个种植园的北方佬詹姆斯·伯班克的名气太大了。

对于伯班克一家来说，这些消息实在让人感到欣慰，大家很快从恐惧不安转变为充满希望。无论对于艾丽丝·斯坦纳德，还是伯班克夫人来说，终于可以确定，吉尔伯特已经近在咫尺，她们确信很快就能见到他，他既是其中一位的未婚夫，又是另一位的爱子，她们两人都将不再为了吉尔伯特的安全而惶惶不可终日。

实际上，年轻的海军中尉正在圣安德鲁斯海湾，从那里到达康特莱斯湾的小码头，只有30英里的距离。此时，他正在渥太华号炮舰的甲板上，这艘炮舰刚刚经历过一场海军历史上史无前例的战斗。

这场战斗发生在3月2日清晨，战斗的经过是这样的——关于这次战斗的细节，那个从杰克逊维尔回来的种植园工头并不知道，但是我们必须知道其过程，这将有助于理解随后发生的一系列重要事件。

当杜邦司令获知科兰什要塞的联盟守军已经撤退，他随即派遭了几艘排水量较小的战船穿越圣玛丽航道。此时,当地的白人居民都已经跟随南军队伍向内陆撤退,沿岸的所有村镇、城市和种植园都被抛弃了。由于分裂分子扬言,联邦阵营将要对南方大肆报复,导致恐慌气氛四处蔓延。不仅在佛罗里达,甚至在佐治亚州的边界地区,从圣玛丽湾到奥斯萨波海湾的整个地区,居民们匆匆忙忙弃家而走,生怕遇见莱特旅团的登陆部队。就是在这样的情况下,杜邦司令的舰队不费一枪一弹,顺利占领了科兰什要塞和费尔南迪纳。只有渥太华号炮舰点火发炮了,当时,吉尔伯特在这条炮舰上担任大副,他的同伴马尔斯在他身旁,下面,我们就来看看这是怎么一回事儿。

佛罗里达州突出深入到墨西哥湾,从费尔南迪纳出发,沿着一条铁路可以直达锡达礁港,从而使这座城市与佛州西部海滨地区紧密相连。这条铁路首先顺着阿梅莉亚岛沿岸伸展;随后,在登上大陆土地之前,铁路需要跨越一座建在木桩上面的长长的桥梁,穿过拿骚小海湾。

当渥太华号炮舰抵达拿骚小海湾的时候,恰好有一列火车驶过那座桥梁,火车上装载着逃离费尔南迪纳的守军,以及他们的全部辎重装备,此外还有那座城市的几位大小官员。见此情景,炮舰立刻开足马力向桥梁冲过去,同时舰艏主炮开火,连续轰击桥梁和行驶的火车。吉尔伯特的岗位就在舰艏,并且负责指挥开炮。火车幸运地躲过了几发炮弹,但是随后,一发炮弹击中了列车的最后一节车厢,炸碎了车轴,以及连接车厢的连杆。然而,这列火车丝毫没有停顿——因为停车将让它陷入险境——列车根本不顾最后那节车厢,任它听天由命,继续开足马力,朝西南方向疾驶,一直向半岛纵深驶去。就在此时,在费尔南迪纳登陆的一支北军队伍赶到了,队伍立即对桥梁发起了攻击,片刻之间,那节车厢连同车上的乘客就被逮住，不过，这些乘客大多数是平民。部队把俘虏带到上级军官面前，他就是负责费尔南迪纳战场指挥的加德纳上校，他让人登记了俘虏的名字，把他们在舰队的一艘船上关押了24个小时，以示惩戒，然后就都释放了。

当那列火车消失以后，渥太华号只好转而攻击另一艘敌船，这是一条装载物资的运输船，它逃到海湾里，随后被俘获。

这一系列战事让佛罗里达各个城市的居民，以及南军部队士气低落。特别是在杰克逊维尔城里，情况更是如此。如同圣玛丽河口一样，圣约翰河的喇叭形河口也将很快遭到北军舰队的攻击；几乎没有人怀疑，无论在杰克逊维尔，还是在圣奥古斯丁，抑或是杜瓦尔县的其他小镇，联邦军队似乎都不可能遇到强烈的抵抗。

这些情况也让詹姆斯·伯班克的家人感到无比欣慰。面对这样的局面，可以相信，德克萨将不敢继续实施原定计划，他和同伴们即将被撵走，很快，随着事态的进一步发展，那帮群氓通过暴乱夺走的政权将重新回到正派人手中。

显而易见，上述看法具有充分理由，而且，也有充分理由希望事态如此发展。上述消息已经在杰克逊维尔广为流传，因此，当康特莱斯湾的人们获悉这一系列重大消息，大家都高兴地欢呼起来，其中当然也包括比哥马利恩。尽管如此，在一段时间内，大家还是不能放松警惕，还需要确保种植园的安全，也就是说，在北军炮舰出现在圣约翰河的河面之前，都不能掉以轻心。

不！不能放松警惕！不幸的是——詹姆斯·伯班克既没有猜到，也没有预想到——就在联邦舰队可以沿圣约翰河逆流而上，并完全控制河道的时候，整整一个星期过去了，居然毫无动静，致使康特莱斯湾再次陷入险境。

实际上，尽管杜邦司令已经占领了费尔南迪纳，但是他却不得不对下一步行动慎之又慎。他按照既定方案,命令自己的军舰四处游弋,让联邦军队的旗帜在各地展现,他的舰队四处出击,其中一艘炮舰被派往圣玛丽河,占领了那里的同名小城,并且派遣军队深入内陆达20里①。在北边,另外三艘炮舰在高栋上尉的指挥下,勘察那里的海湾,并且攻取杰克尔岛和圣西蒙岛,占领了布伦瑞克和达连两座小城,这两座小城的部分居民已经逃离。另外还有6艘排水量较小的蒸汽轮船,在史蒂文森少校的指挥下,准备沿圣约翰河逆流而上,目的是征服杰克逊维尔城。至于舰队的其他部分,由杜邦亲自指挥,准备启程出海,目的是攻取圣奥古斯丁城,同时封锁直到莫斯盖托海湾的沿海地区,把那里走私战争物资的航道全部关闭。

然而,这一整套部署不可能在一天之内完成,而一天时间却足够让南方佬在当地大肆洗劫蹂躏一番。

大约下午3点钟的时候,詹姆斯·伯班克收到了第一批报告,种种迹象表明,一场针对他的攻击正在酝酿当中。佩里总管在种植园周边巡视一圈后,匆匆忙忙赶回城堡屋,他说道:

"詹姆斯先生,我们发现了几个可疑的人在那边游荡,他们已经开始向康特莱斯湾靠拢过来。"

"从北边来的吗,佩里?"

"是从北边来的。"

几乎与此同时,泽尔玛从小码头回来,向主人报告说,有很多小船正在越过河面,已经接近河右岸。

"这些小船都来自杰克逊维尔?"

"肯定是。"

---

① 此处指法国古里,每里约合4千米。

詹姆斯·伯班克说道:"回城堡屋去,泽尔玛!在任何情况下都不要出来。"

"好的,主人!"

詹姆斯·伯班克来到家人中间,毫不隐瞒地告诉他们,局势已经变得非常危急。现在,一场攻击迫在眉睫,为了早做准备,必须提前通知所有人。

斯坦纳德先生说道:"如此说来,这些坏蛋不顾联邦军队的威逼之势,仍然胆敢……"

"是的,"詹姆斯·伯班克冷冷地回答道,"德克萨不会放过这个报复我们的机会,哪怕冒着身败名裂的风险,他也要满足自己的复仇欲望。"

紧接着,他又发怒道:

"然而,迄今为止,这个犯下种种罪行的人却没有受到惩罚!……事实上,他总能及时逃避!……我原先对人间的公正产生过怀疑,如今,我都开始怀疑老天爷是否公正……"

伯班克夫人说道:"詹姆斯,现在这个时候,也许我们只能依靠上帝的帮助,请不要抱怨上帝……"

艾莉丝·斯坦纳德补充道:"让我们乞求上帝保佑!"

詹姆斯·伯班克恢复了冷静的神态,开始发布各项命令,准备保卫城堡屋。

爱德华·卡洛尔问道:"已经向黑人们发出警报了吗?"

詹姆斯·伯班克回答道:"他们马上就能接到警报。我的想法是,私宅花园和城堡屋都有栅栏壁垒做屏障,我们只要守住栅栏就行。对方是一支荷枪实弹的队伍,我们不可能在康特莱斯湾边界阻止他们,必须考虑到,前来攻击的人数众多,因此,我们必须召集人手在栅栏周围布防。如果,万一不幸,木桩栅栏被攻破,也许,我们还能依靠城堡屋抵抗德克萨匪帮,毕竟,当初这座城堡曾经抵御过塞米诺尔匪帮。我把我的夫人、艾丽丝和蒂三人都委托给泽尔玛,没有我的命令,她们都不要离开城堡屋。当最危险的时刻来临时,就让她们利用那条地下通道逃亡,那里与紧邻圣约翰河的马里诺小河湾相通,我们早有准备。在通道那头,草丛里藏着一条小船,还有两个自己人,到时候,泽尔玛,你就让小船逆流而上,在侧柏岩石的小屋那边找个藏身之地。"

"但是,你呢,詹姆斯?"

"还有您呢,我的父亲?"

伯班克夫人和艾丽丝小姐各自抓住詹姆斯·伯班克和斯坦纳德先生的手臂,就好像逃离城堡屋的时刻已经来临。

詹姆斯·伯班克回答道:"如果这里坚守不住了,我们将尽全力与你们会合。但是,请你们答应我,如果局势变得更加险恶,你们一定要保证自己在侧柏岩石藏身地的安全。只有当你们安全了,我们才有更大的勇气,更勇敢地击退这些恶棍,直至战斗到最后一粒子弹。"

如果攻击者人数众多,最终攻破了木桩栅栏,攻入花园,并且开始直接攻击城堡屋的时候,显而易见,上述办法是最恰当的选择。

詹姆斯·伯班克立刻开始召集手下,佩里和工头们跑向各个村落,集合他们的人马。不到一个小时,能够参加战斗的黑人们已经在木桩栅栏和小门周围严阵以待。他们的女人和孩子都已分散藏匿到康特莱斯湾附近的树林里。

非常不幸,要想在城堡屋组织有效的防御,他们拥有的手段十分有限。在当前局势下,也就是说自从战争爆发以来,为了保卫种植园,詹姆斯·伯班克几乎始终无法筹集到足够数量的武器和弹药。他们曾经想在杰克逊维尔购买，但是徒劳无功。现在，只好利用抗击塞米诺尔人的最后那次战斗剩下的物资。

总之，按照詹姆斯·伯班克制订的作战方案，主要目标就是保卫城堡屋，使之免遭外敌攻入，或者纵火焚烧。他根本不可能，也没有想过要保护整座种植园免遭涂炭，更没有想过要保全工场、工地和锯木工厂，甚至各个村落，他没有能力把这些都保住。满打满算，他仅仅拥有400名黑人可以面对入侵者，而且，这些勇敢的黑人也缺乏足够的武器。只能给他们当中最机灵的人发放10多支步枪，射击精度最高的枪支都留给詹姆斯·伯班克、他的朋友们、佩里，以及各位工头。大家都退守到栅栏小门附近。预计攻击将围绕木桩栅栏展开，那里四周都有河沟作为屏障，河沟里流动着河水，于是，他们把人手布置妥当，准备尽量抵抗得长久一些。

不用说，在这个喧嚣纷乱的时刻，比哥马利恩也挺忙，他咋咋呼呼，跑来跑去，其实一点儿忙都帮不上。应该说，他就像集市里马戏团里的一个小丑，看上去似乎什么都在干，实际上什么都干不成，只能供观众消遣娱乐。比哥把自己看成是负责保卫住宅的队伍里的一员，根本没有想过加入外围的同伴行列。他从来没有感到自己是如此忠诚于詹姆斯·伯班克！

一切准备妥当，大家开始等待。现在的问题是，不知道对方将从哪个方向开始进攻。如果攻击者们是从种植园的北边打进来，防御的效果就会更明显。如果，恰恰相反，他们从圣约翰河那边打过来，情况就有些不妙了，因为，在那个方向上，康特莱斯湾几乎是门户洞开。诚然，登陆作战的难度比较大，无论如何，进攻方需要纠集更多数量的小船，才能快速地从圣约翰河的对岸把武装人员运送到这边来。

詹姆斯·伯班克正在和卡洛尔、斯坦纳德两位先生讨论的就是这个问题,他们已经向种植园的边缘地带派出了侦察人员,现在,正在等待侦察员回来报告。

他们很快将弄清楚对方发动进攻的方式方法。

大约下午4点半钟,侦察人员分别陆续返回,他们重点侦察了种植园北部边缘地带,他们报告的内容如下:

来人是一帮武装人员,他们正在从北边接近康特莱斯湾。目前,还弄不清楚他们是杜瓦尔县民兵的一支分队,或者仅仅是一帮城里来的群氓,他们是企图前来抢劫,还是受命前来执行德克萨的法令,准备对付被解放的奴隶?无论如何,这帮武装分子足有上千人,仅凭种植园的员工根本无法与之对抗。尽管如此,大家还是希望,如果这些人对木桩栅栏发起猛攻,可以凭借城堡屋进行有效和长时间的抵抗。

不过,有一点很明显,这帮人没打算进行登陆作战,因为如果他们从小码头和康特莱斯湾河岸附近渡河,将会遇到不少困难,但是,如果他们从杰克逊维尔的下游乘坐50条小船渡河,只需三四个来回就能完成全部人员的运输。

看起来,把全体人员后撤集中到城堡屋的花园里面,这是詹姆斯·伯班克做的一个聪明的谨慎决定,因为对方的人数五倍于己方,而且武器更好,在这种情况下,根本不可能与对方在种植园的边缘地带展开争夺战。

现在需要知道,谁是这些入侵者的指挥官?是德克萨本人吗?这事儿还不能确定。自从联邦军队步步紧逼,德克萨感到威胁临近的那一刻起,他很可能觉得,亲自出面指挥匪帮过于轻率。然而,如果他亲自带头指挥,那就表明,他决心完成报复行动,摧毁种植园,杀死或者活捉伯班克全家,然后跑到南方去,甚至可能跑到大沼泽地里面,那是佛罗里达南部最偏远的地方,如果他躲进那里，要想寻找可就难了。

　　想到这种最为严重的情况，詹姆斯·伯班克不禁忧心忡忡。正是出于这个考虑，他才下决心把夫人和女儿，以及艾丽丝·斯坦纳德的安全托付给忠心耿耿的泽尔玛，一旦需要，她们将撤退到侧柏岩石，那里位于圣约翰河的上游，距离康特莱斯湾大约1英里。如果在进攻面前，最终他们不得不放弃城堡屋，他和朋友们也将尝试着到那里与家人会合，等待联邦军队赶来提供保护，直至佛罗里达所有正派人的处境转危为安。

　　为此，他在圣约翰河畔的芦苇丛中藏匿了一条小船，让两名黑人负责看守，小船就等候在从住宅通往马里诺小河湾的地道出口处。不过，即使真到了这一步，在生离死别的时刻来临之前，他还需要抵抗几个小时——一直坚持到夜幕降临。凭借着黑暗的掩护，小船才可能神不知鬼不觉地逆流而上，从而避免被那些徘徊在河面的可疑小船尾随跟踪。

第十一章 3月2日夜间

詹姆斯·伯班克和他的同伴,以及大多数黑人都已经做好了战斗准备,就等着敌人发动进攻了。各项措施均已安排妥当,他们首先准备依托私宅花园的屏障,在木桩栅栏后面进行阻击,之后,一旦对方攻入花园,他们将退入城堡屋,凭借那里的城墙继续抵抗。

大约下午五点钟,已经可以清晰地听到嘈杂的喧嚣声,这表明,入侵者们已经不远了。根据他们的喊叫声,可以很容易地判断出,现在,他们已经占据了种植园的北半部。那个方向的好几处地方冒出浓密的黑烟,遮盖了北边森林上方的天空。几座锯木厂被付之一炬,黑人居住的村落在遭到抢劫之后,也被纵火焚烧。本来,按照奴隶解放证书上的规定,获得解放以后,黑人可以拥有自己的物品,然而,这些物品都在窝棚里,那些可怜的黑人还没有来得及藏好这些东西。此时,黑人群里发出了绝望的惊呼,呼叫声里充满激愤之情!那些恶棍刚刚践踏了康特莱斯湾,毁坏了他们的财物。

与此同时,喧嚣声一步步逼近城堡屋,阴森可怖的火光照亮了北方的天空,就好像太阳是从那个方向落下去的。炙热的浓烟一阵阵飘过来,笼罩了城堡。不时传来剧烈的爆裂声,那是种植园工

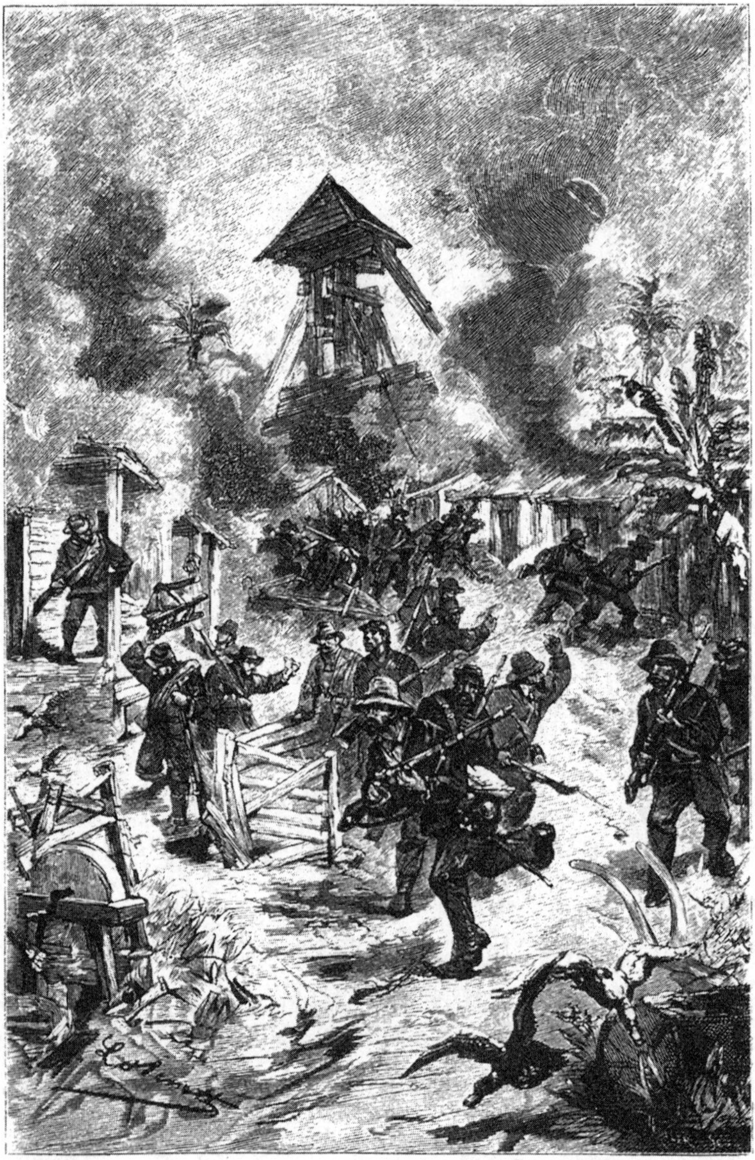

地上堆积的干燥木材燃烧发出的声音。很快,又传来一声巨大的爆炸,那是锯木厂的一台锅炉被燃爆的声音。令人恐惧的劫掠开始了。

此时,詹姆斯·伯班克,还有卡洛尔、斯坦纳德两位先生正守在木桩栅栏的小门前,他们接收并且指挥着最后一批撤退回来的黑人小分队,同时,他们也在等待着随时可能出现的进攻队伍。毫无疑问,一阵密集的枪声表明,进攻者们距离木桩栅栏已经很近。由于外围的树林距离木桩栅栏最多只有 50 码①,从而为进攻者提供了便利,他们可以几乎完全隐蔽地接近栅栏,防守方还没有看到对方,子弹却已经射了过来。

在听取了旁人的建议之后,詹姆斯·伯班克和朋友们决定让自己的人躲藏在木桩栅栏后面,让那些持有武器的黑人利用木桩顶端形成的缝隙做掩护,向对方开枪射击。然后,当进攻者试图越过河沟,发动猛攻冲过栅栏的时候,防守方也许就能把他们击退。

伯班克的命令立即得到执行。黑人们纷纷撤退到木桩栅栏圈里面,就在詹姆斯·伯班克准备关闭小门的那一刻,他最后又向外面扫了一眼,蓦然发现一个人正在拼命奔跑,似乎想要加入城堡屋防守方的阵营。

这个人确实是这么想的,奔跑当中,从附近树林里射过来几颗枪弹,但是都没有打中他。他加快了脚步,一跃跨上单孔小桥,很快通过小门跳进栅栏里面,小门随即关上,牢牢锁紧,他的处境即刻转危为安。

詹姆斯·伯班克向他问道:"您是谁?"

他回答道:"我是哈维先生的手下,也就是您在杰克逊维尔城

---

① 英制长度单位,一码等于 0.914 米。

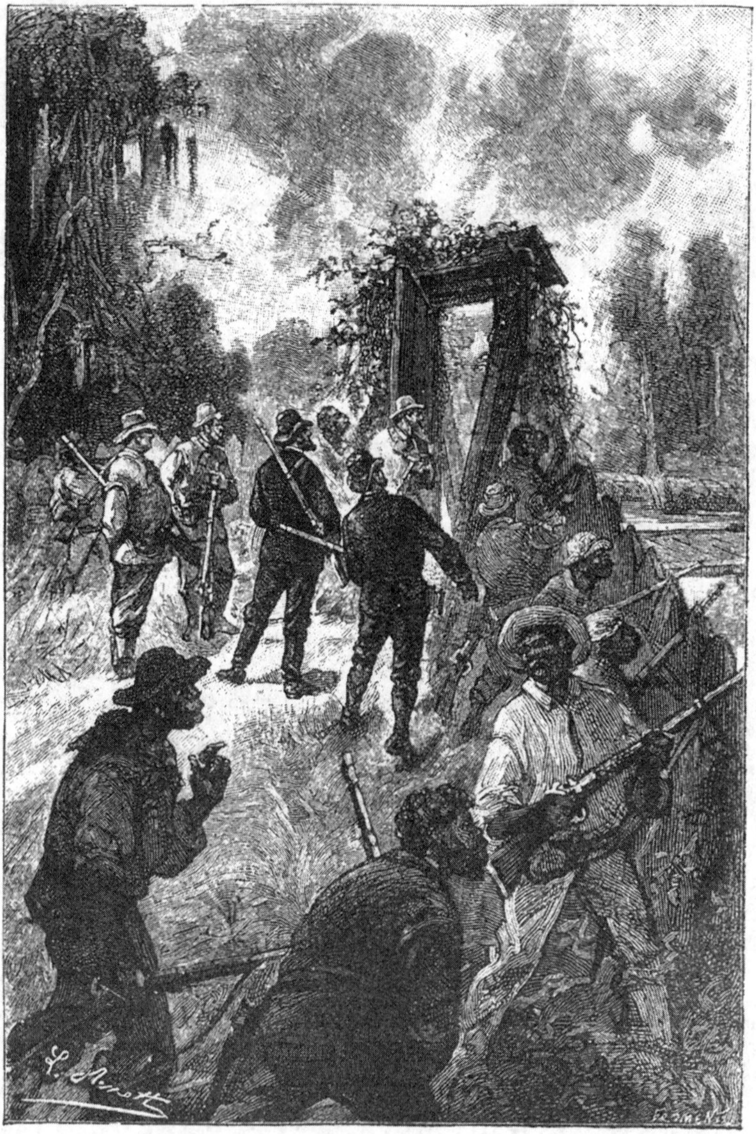

的商业客户。"

"是哈维先生派您到城堡屋来送信的吗？"

"是的,由于河面已经被控制,我无法从圣约翰河上直接过来。"

"那么,您混入到这些民兵里,夹在进攻者中间,就没有引起他们的怀疑吗？"

"没有。在这些民兵后面,跟着一大群抢劫犯,我混在他们中间,一旦逃跑的时机成熟,我就跑了,差点儿挨了几颗枪子。"

"好！我的朋友,谢谢！也许,您带来了哈维先生给我的信？"

"是的,伯班克先生,信在这儿！"

詹姆斯·伯班克接过纸条读了起来。哈维先生告诉他,送信的来人名叫约翰·布鲁斯,此人忠心耿耿,值得予以充分信任。听了他讲述的情况,伯班克先生将知道如何采取行动,以保证同伴们的安全。

恰在此时,外面传来十几声枪响,必须赶快抓紧时间。

詹姆斯·伯班克问道："哈维先生希望通过您告诉我什么？"

约翰·布鲁斯回答道："是这样,首先,过河前来攻击康特莱斯湾的武装人员总数在1400至1500人。"

"我估计的人数也不低于这个数字。然后呢？领头的是不是德克萨？"

约翰·布鲁斯接着说道："哈维先生不可能知道这个情况。但可以确定的是,最近24小时以来,德克萨一直不在杰克逊维尔城里！"

詹姆斯·伯班克说道："也许,这个恶棍正在酝酿一个新的阴谋。"

"是的。"约翰·布鲁斯回答道,"哈维先生也是这么考虑的。

而且，为了执行驱逐解放奴隶的法令，也不需要德克萨亲临现场。"

詹姆斯·伯班克叫道："驱逐……驱逐解放奴隶居然使用纵火和抢劫的手段！……"

"因此，哈维先生认为，既然时间还来得及，您最好把家人的安全放到首位，是否立即让她们离开城堡屋？"

詹姆斯·伯班克回答道："城堡屋正在抵抗，只有局势最危急的时候，我们才会撤离——杰克逊维尔城那边有新消息吗？"

"没有，伯班克先生。"

"联邦军队还没有对佛罗里达采取任何行动？"

"自从北军占领费尔南迪纳，以及圣玛丽海湾以来，没有任何新行动。"

"那么，您此行的目的何在？……"

"首先，是要让您知道，所谓驱逐奴隶的行动不过是个幌子，是德克萨一手炮制的借口，真实目的是摧毁种植园，抓住您本人。"

詹姆斯·伯班克再一次追问道："您确实不知道德克萨是否亲自率领这帮恶棍？"

"不知道。伯班克先生。哈维先生一直试图了解这方面的情况，但是，自从离开杰克逊维尔城以后，我一直没有得到有关的消息。"

"在这帮入侵者当中，民兵的数量有多少？"

约翰·布鲁斯回答道："最多也就百十来号人。但是，他们带来的那帮群氓当中，有许多劣迹斑斑的恶棍。德克萨给他们发了武器，他们有可能干出最极端的恶行，这点特别令人担心。伯班克先生，我再重复一遍，哈维先生的意见是，你们最好立刻放弃城堡屋。此外,他还让我转告您,他把自己在汉普顿-立德的乡村别墅交给您使用,那栋别墅位于圣约翰河上游的右岸,距离此地大约10英里。在那里,几天之内都是安全的⋯⋯"

"是的⋯⋯我知道!⋯⋯"

"我可以秘密地把您的家人和您本人送到那里,但前提是现在就离开城堡屋,否则任何撤退都将变得不可能⋯⋯"

詹姆斯·伯班克说道:"我感谢哈维先生,也感谢您,我的朋友。我们还没有沦落到这一步。"

约翰·布鲁斯回答道:"随您的便,伯班克先生,如果您需要,我将一直听从您的差遣。"

此时,攻击已经开始,詹姆斯·伯班克的注意力被吸引了过去。

一阵猛烈的枪声响了起来,进攻者藏匿在最近的树林里,根本看不到他们的身影。子弹雨点一般落到木桩栅栏上,但实际上并未对栅栏造成多大损坏。不幸的是,詹姆斯·伯班克和同伴们总共只有不到40支枪,只能给予对方微弱的还击。对方冲在攻击队伍前面的都是民兵,然而,由于詹姆斯·伯班克一方占据了有利的射击位置,射击的准确度要高于对方,因此,射出的部分子弹击中了树林边缘的攻击者。

这场远距离互射的战斗持续了大约半个小时,康特莱斯湾的一方似乎占了上风。随后,攻击者们蜂拥冲向木桩栅栏,企图一举攻破防线。他们对多个地点同时发起冲击,随身携带了从种植园工地抢来的厚木板和跳板,现在,那些工地已经是一片火海。西班牙后裔的手下在二十多处地方把木板和跳板架到河沟水面上,纷纷越过河沟,一直冲到木桩栅栏的脚下,不过,他们也损失惨重,死伤累累。紧接着,他们又争先恐后地攀爬木桩,可惜始终没能获得成功。黑人们早已被这些纵火犯激怒了，他们异常勇猛地把攻击者推了下去。尽管如此，由于攻击者人数众多，康特莱斯湾的保卫者们很难把所有攻击点都防守住。无论如何，到夜幕降临的时候，他们总算坚持了下来，而且损失不大，仅有一些人负伤。詹姆斯·伯班克和瓦尔特·斯坦纳德两人尽管拼命厮杀，却毫发无损。只是爱德华·卡洛尔被一颗子弹击中肩膀，不得不退到城堡屋的大厅里，在那里，他得到伯班克夫人、艾丽丝和泽尔玛的细心照料。

然而，夜色为攻击者提供了便利。在黑暗的掩护下，五十来个最坚决的攻击者冲到了小门前，开始用斧子砸门。但是，小门没有被攻破。毫无疑问，攻击者本来是无法破门而入的，然而，一个大胆的举动为攻击者打开了栅栏缺口。

事实上，那是一处木桩栅栏突然起火，火焰吞噬了干燥的木桩，导致一片栅栏连续燃烧起来，而栅栏正是守方依赖的工事。

詹姆斯·伯班克立刻朝起火的栅栏处跑去，如果不能扑灭火焰，至少可以加强防守……

此时，火光中，大家看到有一个人跳起来，穿过烟火，向栅栏外面跑去，踏上架在水面的木板，很快跑过了河沟。

这人是一名攻击者，他从圣约翰河那一侧，钻过河岸边的芦苇丛，悄悄进入花园。之后，他乘人不备，溜进了一间马厩。再往后，他冒着被火焰烧死的危险，点燃了几堆稻草捆，妄图摧毁这里的木桩栅栏。

就这样，一道缺口被打开了。詹姆斯·伯班克和同伴们试图把这个缺口堵上，然而没有成功。一大群攻击者从这个缺口蜂拥而入，很快，花园就被数百名恶棍占领。

人们开始进行肉搏战，这里，那里，到处都有人倒下。四面八方响起枪声。很快，城堡屋就被团团包围，与此同时，那些黑人寡

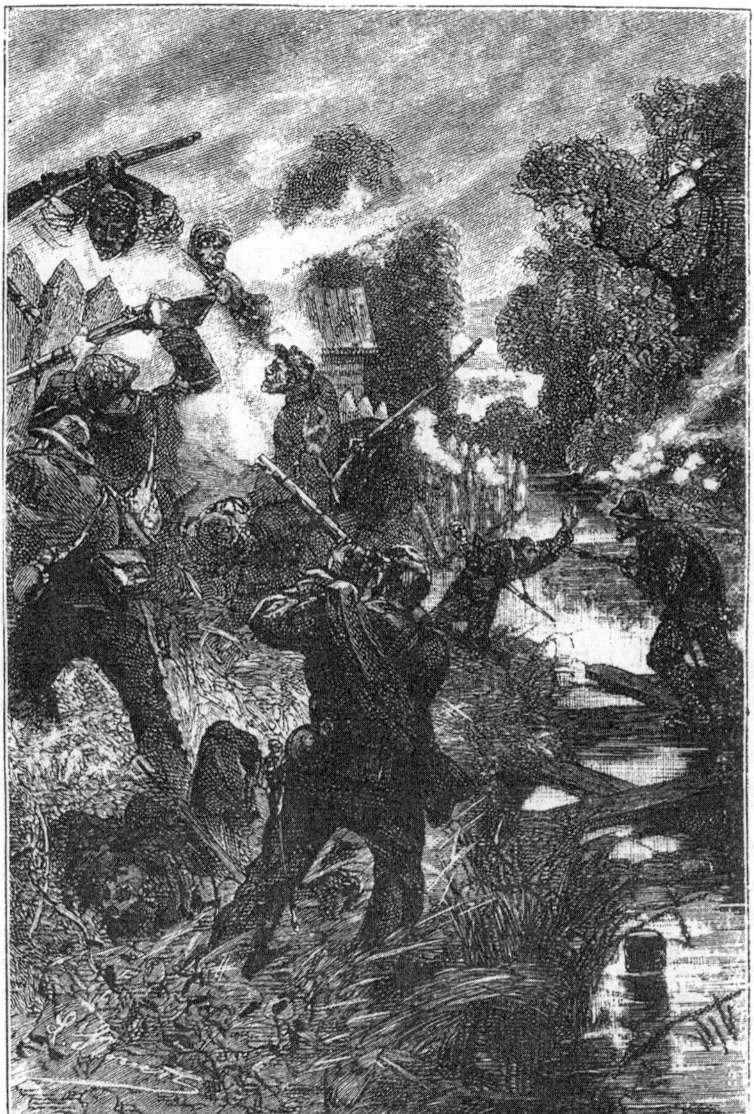

不敌众,被赶出了花园,被迫向康特莱斯湾的树林里跑去。他们怀着忠诚的心勇敢战斗,已经尽力而为;然而,在这场实力对比悬殊的战斗中,尽管他们进行了长时间的抵抗,但最终遭到屠杀,战斗到最后一人。

詹姆斯·伯班克、瓦尔特·斯坦纳德、佩里、工头们,还有那个同样勇敢战斗的约翰·布鲁斯,此外还包括若干名黑人,他们都躲进了城堡屋。

此时,已经将近晚上八点钟。西方天际已经完全阴暗下来。种植园仍然火光冲天,映亮了北方的夜空。

詹姆斯·伯班克和瓦尔特·斯坦纳德快步走了进来。

詹姆斯·伯班克说道:"你们必须逃走,立刻逃走!这帮匪徒也许会凭借武力硬闯进来,也许正藏在城堡屋外面的墙角,等着我们投降,无论如何,留在这里都很危险!小船早就准备好,是时候出发了!我的夫人、艾丽丝,我求你们了,跟着泽尔玛,带上蒂,动身去侧柏岩石!在那里,你们是安全的;此外,万一我们最终也不得不逃走,我们就去找你们,与你们会合……"

艾丽丝小姐说道:"我的父亲,和我们一起走吧,还有您,伯班克先生!……"

伯班克夫人叫道:"是的!……詹姆斯,是的!……来!……"

詹姆斯·伯班克说道:"我!让我把城堡屋抛弃,留给那些恶棍,只要还有一丝抵抗的可能……休想!我们还有力量进行长时间抵抗……一旦确信你们安全无恙,我们的抵抗就会更加坚强有力。"

"詹姆斯!……"

"必须如此!"

外面的喊声再次响起。攻击者开始冲击面对圣约翰河的城堡屋正面,大门在冲击下发出巨大的声响。

詹姆斯·伯班克高声叫道:"快走!天色已经暗下来!……黑暗中,没有人能看见你们!快走!……你们留在这里只能让我们更加被动!……看在上帝的份儿上,快走吧!"

泽尔玛拉着小姑娘蒂的手,走在前面,伯班克夫人不得不松开丈夫的双臂,艾丽丝离开父亲的怀抱,两人消失在通往地下室的楼梯口,往下走过去,那里是通往马里诺小河湾的地道入口。

"现在,我的朋友们,"詹姆斯·伯班克转身面向从不离开自己的佩里、各位工头,以及那几位黑人说道,"让我们拼死自卫!"

所有人都跟着他,顺着楼梯登上二楼,守卫在各个窗口。那里,数百发枪弹击打着城堡屋的正面,他们则以稀落的枪声予以回击,但是打击的效果却很显著,因为他们射击的目标是攻击方密集的人群。攻击方只好猛烈冲击大门,或者用斧子砍,或者放火烧。不过,这一次,没有人再来帮忙打开缺口,放他们进入堡垒内部了。攻击者在外围攻击木桩栅栏的方法,用来攻击石块垒砌的城堡高墙,当然毫无效果。

然而,在深沉的夜色掩护下,二十来个勇敢的攻击者神不知鬼不觉地摸到台阶跟前,开始更加凶猛地向大门发起进攻。在斧头和镐头的敲击下,幸亏大门足够结实。这波攻击又让众多攻击者付出了生命的代价,因为针对大门,城堡屋设置的交叉火力具有极大的杀伤力。

就在此时,形势急转直下,变得非常严峻。弹药储存所剩无几。詹姆斯·伯班克、他的朋友们、工头们和黑人,他们都持有枪械,并且自从进攻开始以来,在过去的三个小时里,他们已经消耗了大部分子弹,最后一批子弹也即将消耗殆尽,如果还需要抵抗一段时间,他们应该怎么办?难道要把城堡屋拱手交给这些疯子?

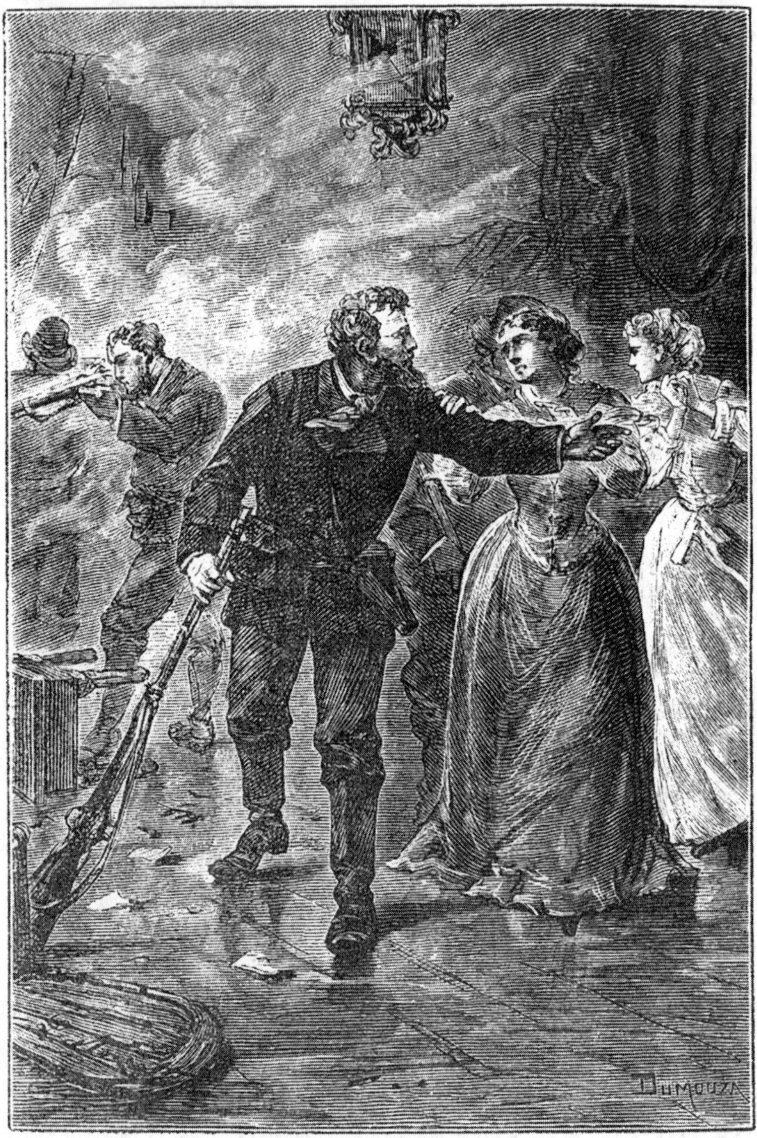
DUMOUZA

他们只会让这里变成一片废墟。

然而,现在城堡屋的大门已经摇摇欲坠,如果攻击者终于冲破大门打进来,守卫们已经别无选择。詹姆斯·伯班克完全清楚这一点。不过,他还想再等一等,难道就不可能突然出现某种转机?现在,他已经不必为伯班克夫人、他的女儿,还有艾丽丝·斯坦纳德担忧,他们这些男人能做的,就是与眼前这帮杀人犯、纵火犯和抢劫犯战斗到最后一息。

詹姆斯·伯班克高声喊道:"现在,我们的弹药还够坚持一个小时,朋友们,让我们打光所有子弹,绝不把城堡屋拱手相让!"

詹姆斯·伯班克的喊声未落,远方传来一声沉闷的炮声。

他叫道:"一声炮响!"

又传来一声炮响,炮声来自西方,从圣约翰河对岸传过来。

斯坦纳德先生说道:"又是一声炮响!"

詹姆斯·伯班克回答道:"听!"

微风送来了更为清晰的第三声炮响,炮声在城堡屋清晰可辨。

瓦尔特·斯坦纳德说道:"这是不是给圣约翰河右岸的攻击队伍发送的召唤信号?"

"也许。"约翰·布鲁斯回答道,"完全可能是那边发出的警报。"

总管说道:"是的,但如果这三声炮响不是来自杰克逊维尔城……"

詹姆斯·伯班克叫道:"那就可能是联邦舰队的炮声!难道北军舰队终于攻入圣约翰河口,而且逆流而上?"

总之,有一种情况并非完全不可能,那就是,杜邦司令已经控制了圣约翰河,至少,控制了这条河流的下游。

可惜不是那么回事。这三声炮响其实来自杰克逊维尔城的炮

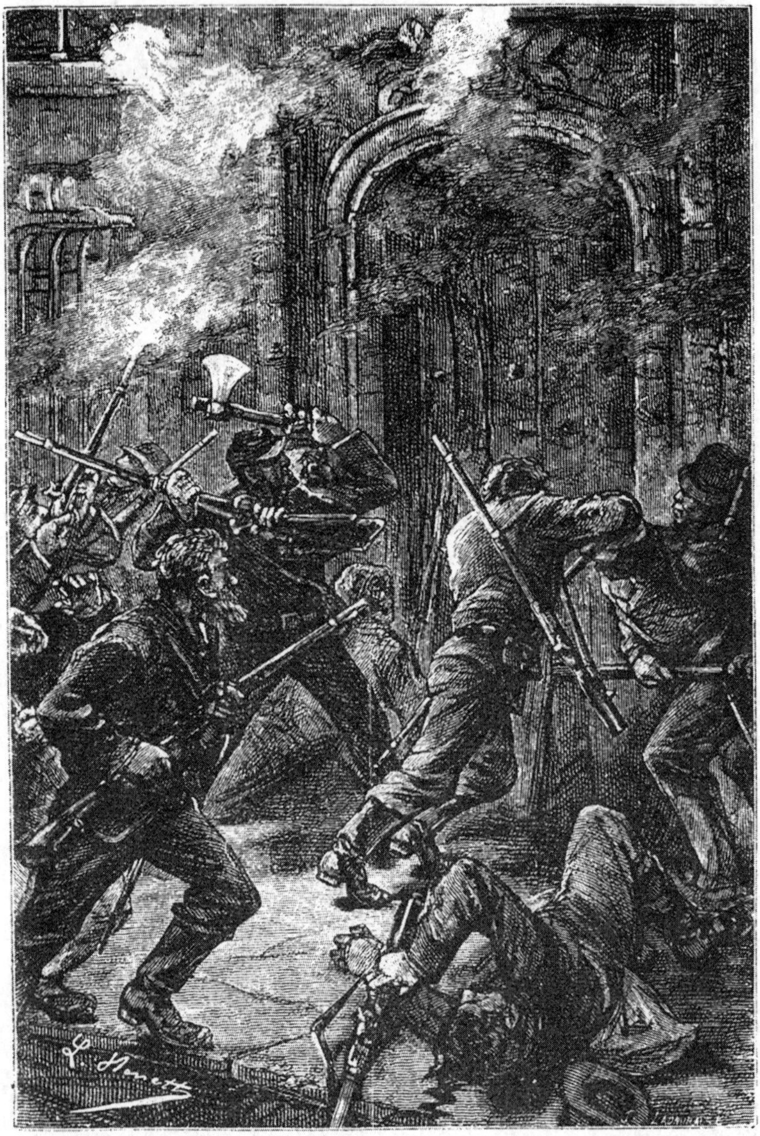

台。而且就响了三次，以后再也没有响过。也就是说，无论在圣约翰河上，还是在杜瓦尔县的地域内，北军的舰艇与联盟军队之间并未发生任何战斗。

毫无疑问，这三声炮响就是发给民兵部队指挥官的召唤信号，因为，正当佩里向侧面的一个杀人犯瞄准的时候，他忽然高声叫道：

"他们撤了！……他们撤退了！"

詹姆斯·伯班克和同伴们立刻向中间那扇半敞开的窗户跑去。

大门上，斧头砍击的声音已经停止。枪声也平息了。攻击者消失得无影无踪。尽管还能听见他们的喊叫和喧嚣声，但是很显然，他们正在逐渐远去。

如此看来，一定是发生了某种事情，迫使杰克逊维尔市政府召回了圣约翰河对岸的这支队伍。很可能，他们事先就已约定，一旦北军舰队采取行动并且威胁到联盟军队，城里就会发炮三响。因此，攻击者才会如此突然地匆忙结束最后一次进攻。现在，他们正在穿过被摧毁的种植园，沿着焚烧的火焰照亮的道路后撤，一个小时之后，他们在距离康特莱斯湾下游两英里的地方，登上等待在那里的小船，回到河对岸。

很快，远方的吵闹喧嚣声消失了，爆炸声停止了，代之而来的是一片悄无声息，整个植物园陷入了死一般的沉寂。

此时已经是晚上9点半钟。詹姆斯·伯班克和同伴们返回到楼下一层大厅里。爱德华·卡洛尔躺在一个长沙发凳上，他的伤势不重，但是失血过多，神情疲惫。

大家向他讲述了杰克逊维尔城发来信号后，这里发生的一切。至少在眼下，城堡屋用不着害怕德克萨匪帮了。

詹姆斯·伯班克说道:"是的。不过,专制与暴力还是占了上风!这个恶棍想要驱散我那些被解放的黑人,他们果然都被驱散了!他想要复仇,要摧毁种植园,现在,种植园已经沦为一片废墟!"

瓦尔特·斯坦纳德说道:"詹姆斯,本来,我们还会遭遇更大的不幸。我们保卫了城堡屋,没有一个人战死;您的夫人,您的女儿,还有我的女儿,本来也可能落到这些恶棍手中,但是,她们现在是安全的。"

"您说得对,斯坦纳德,多亏上帝保佑!德克萨下命令干的这一切,都逃不脱惩罚,我一定要他血债血偿!……"

爱德华·卡洛尔说道:"也许,当时不应该让伯班克夫人、艾丽丝、蒂,还有泽尔玛离开城堡屋!我知道,当时我们面临巨大的威胁!……然而现在,我真心希望她们还在这里!……"

詹姆斯·伯班克回答道:"天亮之前,我就去与她们会合。她们应该担心极了,必须让她们放下心来。我要看看是否可以把她们接回到康特莱斯湾,或者,就让她们在侧柏岩石那里多住几日。"

斯坦纳德先生回答道:"是的。不要太着急。也许事情还没完呢……而且,只要杰克逊维尔还处于德克萨的统治之下,我们就得担惊受怕地过日子……"

伯班克回答道:"这就是为什么我必须小心谨慎——佩里,请您在天亮前准备好一条小船,我要往上游去,只需给我派一个人……"

突然,詹姆斯·伯班克的话被一声痛苦的喊叫,一声绝望的呼唤打断了。

喊声是从花园那边传来的,那里的草坪一直延伸到城堡屋的

脚下。紧随着喊叫声,又传来喊话道:

"我的父亲!……我的父亲!……"

斯坦纳德先生惊叫道:"是我女儿的声音!"

詹姆斯·伯班克回答道:"噢!一定又发生了新的不幸!……"

大家立即打开大门,向外面跑了出去。

艾丽丝小姐站在那里,身旁几步远,伯班克夫人躺倒在地上。

她们的身边既没有小姑娘蒂,也没有泽尔玛。

詹姆斯·伯班克叫问道:"我的孩子呢?"

听到他的叫声,伯班克夫人站了起来。她已经说不出话来……只是伸出一只手臂,用手指向河那边。

"被绑架!……被绑架!……"

"是的!……被德克萨!……"艾丽丝回答道。

随即,她倒在了伯班克夫人的身旁。

第十二章　随后的六天

城堡屋下面的地道通往位于圣约翰河畔的马里诺小河湾,当伯班克夫人和艾丽丝小姐进入地道的时候,泽尔玛走在她们的前面。她一手拉着小姑娘,另一只手提着一盏风灯,借助微弱的灯光照亮脚下的道路。当她们走到地道尽头时,泽尔玛请求伯班克夫人原地等待,让她先出去,以便确认驾驶小船等待送她们去侧柏岩石的那两个黑人是否坚守在岗位上。泽尔玛打开地道尽头的小门,向河边走去。

伯班克夫人和艾丽丝小姐等候泽尔玛返回,过了一分钟——仅仅一分钟——艾丽丝小姐突然发现小姑娘蒂不见了。

"蒂?……蒂?……"伯班克夫人惊叫道,全然顾不上暴露自己所在位置的风险。

小姑娘没有回答。她从来都与泽尔玛形影不离,在她的妈妈没有发现的情况下,独自跟着泽尔玛走出地道,向河湾方向走去。

突然,伯班克夫人和艾丽丝小姐听到一阵呜咽声,她们感觉到危险降临,不顾一切地钻出地道,向河边跑去,然而,当她们跑到陡峭的河岸边,只看到一条小船在夜色里远去。

"救我……救救我!……是德克萨!……"喊叫声来自泽尔玛。

艾丽丝小姐跟着喊道："德克萨！……德克萨！……"

她一边喊，一边用手指着站在小船尾部的那个西班牙后裔，康特莱斯湾燃烧的火光照亮了他的身影，小船很快就消失在远处。

紧接着，一切归于寂静。

两个黑人躺在地上，被割喉而亡。

见此情景，伯班克夫人疯了似的沿河边跑去，嘴里喊着小女儿的名字，艾丽丝一把没能拦住，也跟着跑了过去。她的喊叫没有得到任何回应。小船已经消失得无影无踪，可能是被树丛的阴影遮挡了视线，也可能它已经驶过河面，向对岸的某个地点停靠过去。

她们在河边整整寻找了一个小时，但是一无所获。最终，伯班克夫人精疲力竭，瘫倒在了河岸边。艾丽丝小姐鼓起惊人的勇气，搀扶这位不幸的母亲，几乎是背负起她。远处，从城堡屋方向不断传来密集的枪声，时不时还能听到围攻队伍恐怖的喧嚣声。然而，她们只能朝这个方向前行！她们必须尝试着通过地道重新返回城堡屋，并且重新打开通往地下室楼梯的小门。然而，即使重新回到那里，艾丽丝小姐能否让里面的人听到自己的呼唤？

年轻的姑娘拖拽着已经不省人事的伯班克夫人，沿着河岸往回走，途中不得不走走停停，经过二十多次停顿，期间随时可能落入正在抢劫蹂躏种植园的匪帮之手。也许，她们最好等到天亮再继续走？然而，伯班克夫人的身体状况令人担忧，在这段陡峭的河岸上，如何给予救助？于是，艾丽丝小姐决定，无论如何也要返回城堡屋。另一方面，艾丽丝小姐考虑到，与其沿着弯弯曲曲的河岸，徒然增加路程，不如直接穿过草地，借着村落熊熊燃烧的火光走向城堡屋。她们就这样走着，终于来到城堡屋附近。

在那里，伯班克夫人一动不动地倚在艾丽丝小姐身上，而艾丽丝小姐也已经快要支撑不住。

此时，民兵队伍已经放弃进攻，开始后撤，大批匪帮们也已撤离木桩栅栏。城堡屋外面听不到任何喊声，里面也是一片死寂。艾丽丝小姐思忖，围攻者们可能已经攻陷了城堡屋，并且在撤离之前，杀死了里面的所有保卫者。想到这里，她不禁感到极度恐惧，全身无力，跌倒在地，与此同时，她发出了最后一声喊叫，也是最后一声呼救。这声呼唤传到城堡屋，詹姆斯·伯班克和他的朋友们立刻跑了出来。现在，他们已经知道了在马里诺小河湾发生的一切。虽然那帮匪徒已经走远，他们不用担心自己落入匪帮之手了，但是，那些算得了什么？更可怕的打击从天而降，小姑娘蒂落到了德克萨的手里！

艾丽丝小姐呜咽着，断断续续地讲述了事情的经过。伯班克夫人已经恢复了知觉，听着艾丽丝的讲述，不禁哭成了泪人。詹姆斯·伯班克、斯坦纳德、卡洛尔，以及佩里和他的几个伙伴，大家都已经明白了事情的来龙去脉。这个可怜的孩子被劫持了，不知被掳往何方，而掳走她的人，正是她父亲的最凶残的敌人！……这件事将产生什么样的后果？未来，这个家庭是否还将面临更加不幸的遭遇？

这最后的一击残酷地冲击着每个人的心灵。伯班克夫人被送到她的房间，安置在床上，艾丽丝小姐陪伴在她身旁。

与此同时，在楼下的大厅里，詹姆斯·伯班克和朋友们一起商量如何解救小姑娘蒂，设想如何从德克萨的手中夺回蒂和泽尔玛。是的，毫无疑问！忠心耿耿的混血女仆一定会拼死保护这个孩子！然而，泽尔玛此前曾经指控过这个无耻之徒，必然令他心生怨恨，落在这个人的手里，泽尔玛是否会面临生命危险？

于是，詹姆斯·伯班克悔恨交加，后悔不该强迫夫人离开城堡屋，后悔自己不该准备这么一条后患无穷的逃生之路。然而，德克

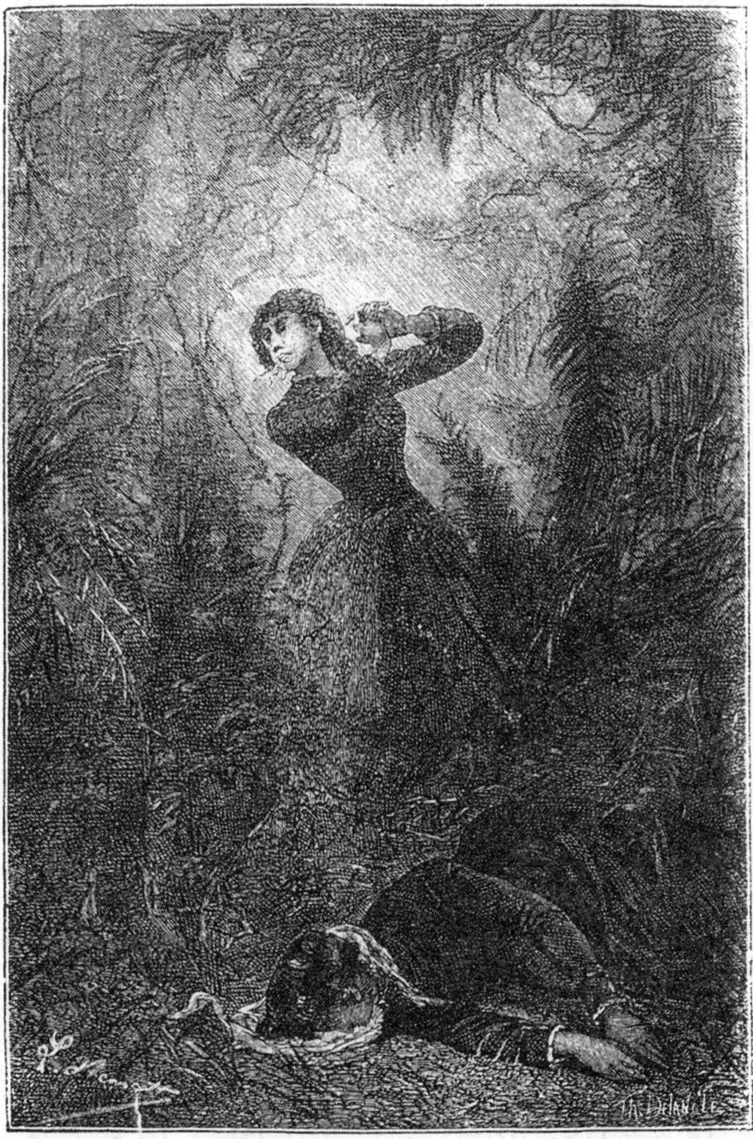

萨出现在马里诺小河湾,难道仅仅是出于偶然?很显然,绝非偶然。德克萨一定是通过某种方式,事先就知道了这条地道的存在。而且,他也预料到,康特莱斯湾的保卫者们退到城堡屋里,坚持到最后关头,也许会利用这条地道逃亡。于是,他指挥自己的队伍登上圣约翰河的右岸,命令他们强攻木桩栅栏围墙,迫使詹姆斯·伯班克和其他人退守到城堡屋里面,之后,毫无疑问,他带领几名手下潜入到马里诺小河湾,在那里,他们袭击了看守小船的两名不幸的黑人,并且残忍地割喉杀害了他们,他们的惨叫声被淹没在进攻者的喧嚣声中。随后,西班牙后裔在那里等待泽尔玛的出现,以及紧随其后的小姑娘蒂。当他看到只有这两个人出现时,他猜想,也许伯班克夫人和她的丈夫,以及那些朋友,都还没有决定逃离城堡屋。他只能满足于这两个猎物,于是,他掳走了小姑娘和混血女仆,把她们带到无人知晓的藏身地,让任何人都无法找到!

针对伯班克一家,这个无耻之徒能造成的最可怕的打击是什么?如何才能让这个家庭的父母痛苦到极点?那就是把他们的心肝宝贝抢走!

这一晚,康特莱斯湾的幸存者们在极其恐怖的气氛中度过。此外,他们担心那些进攻者有可能卷土重来,而且人数更多,武器更凶悍,一心想要迫使城堡屋的守卫者缴械投降。万幸的是,这一幕没有发生。直至天亮,詹姆斯·伯班克和同伴们都没有遭到新一轮的攻击。

然而,他们有必要弄清楚,昨天夜里的那三声炮响究竟意味着什么,攻击者们究竟为什么临阵撤退,实际上,当时只需稍做努力——最多只需一个小时——他们就能攻下城堡屋!难道是因为联邦舰队在圣约翰河口有所动作,从而迫使对方发出撤退信号?难道杜邦司令的舰队已经占领了杰克逊维尔?詹姆斯·伯班克和

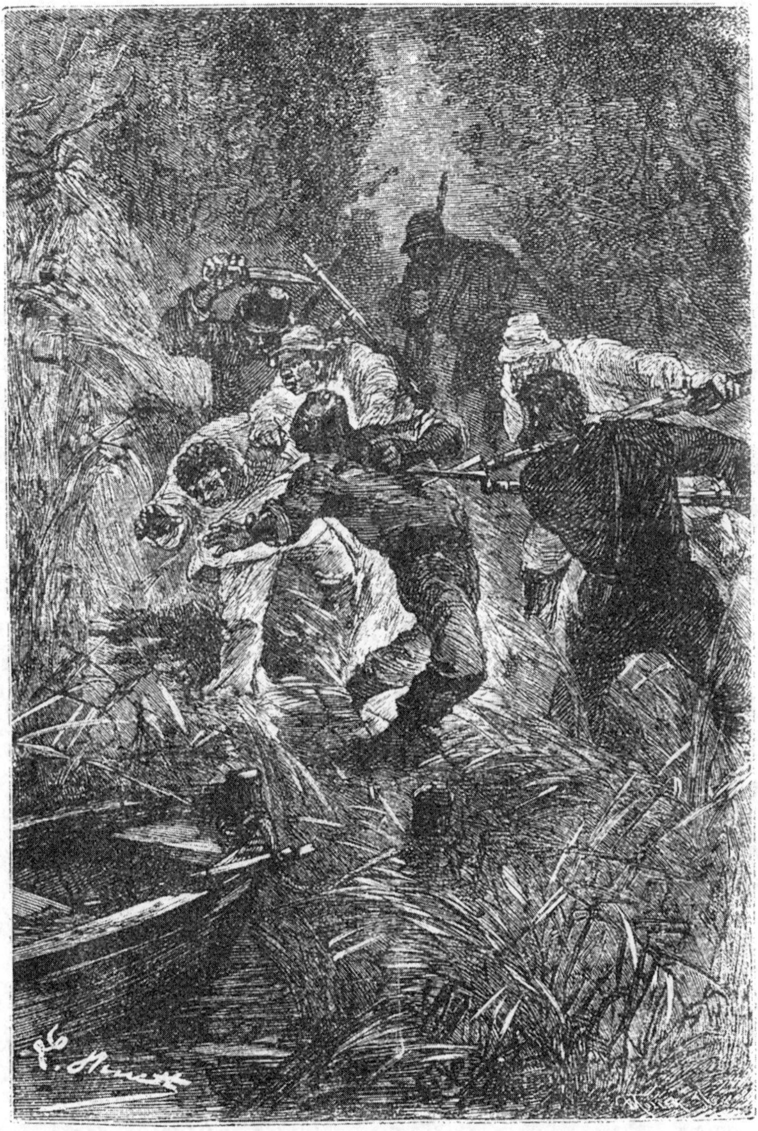

他的同伴们衷心希望心想事成。若果真如此，他们就能转危为安，就可以开始全力寻找蒂和泽尔玛，如果西班牙后裔没有跟随自己的同伙逃遁，他们还可以设法抓住德克萨，把他作为康特莱斯湾这场劫难的始作俑者，以及小姑娘蒂和混血女仆的绑架者，把他交给法庭审判。

这一次，德克萨不可能再次提交不在现场证据，就像这个故事开头的那一幕，西班牙后裔在圣奥古斯丁的法官面前接受审判，曾经提交过的那种不在现场证据。即使德克萨没有亲自率领那帮恶棍入侵康特莱斯湾——就像哈维先生的信使无法向詹姆斯·伯班克确定的那样——至少，泽尔玛的最后一声呼喊已经证明德克萨直接参与了绑架。而且，当那条小船向远处驶去的时候，艾丽丝小姐不是还亲眼看见了德克萨的身影吗？

是的！联邦法庭一定能够让这个恶棍伏法，让他说出藏匿受害者的地点，让他无法否认自己的罪行，让他罪有应得。

非常不幸，詹姆斯·伯班克的假设并未得到证实，北军的舰队并没有在圣约翰河的河面现身。在3月3日这一天，仍然没有一艘军舰驶离圣玛丽海湾。就在这一天，一位工头到河对岸去了解情况，他带回来的消息足以证明这一切。在巴勃罗灯塔附近的海域，看不到任何一艘战舰。所有关于战况的消息都截止在北军占领费尔南迪纳和科兰什要塞的那一刻。看起来，杜邦司令对于继续前进，一直深入到佛罗里达腹地的行动，抱着极其谨慎的态度。至于杰克逊维尔城，那里始终被骚乱分子控制着。自从攻打康特莱斯湾之后，西班牙后裔再次出现在城里。他着手组织力量，准备在史蒂文森少校的炮舰试图越过圣约翰河的沙洲时进行抵抗。毫无疑问，昨天晚上，曾经发出过几次虚假警报，迫使他和那帮抢劫犯中途撤退。无论如何，德克萨的复仇计划执行得还不够彻底，尽管现在种植园已经惨遭蹂躏,工场已经被纵火焚毁,黑人们被驱散,逃到杜瓦尔县的密林深处,他们的村落沦为一片焦土,什么都没留下来,最后,德克萨还把小姑娘蒂从父母的怀中掳走,让她消失得无影无踪。

当天上午,詹姆斯·伯班克和瓦尔特·斯坦纳德来到圣约翰河的右岸,伯班克对于如何找到蒂更加心绪茫然。他们寻遍了各个小河湾,查找能够显示德克萨的小船行驶方向的蛛丝马迹,然而一无所获。不过,这次搜寻显然很不彻底,他们还需要到河流的左岸去搜寻。

然而,在这种时候,怎么可能去左岸搜寻?是否需要等待北军到来,让德克萨及其同伴的气焰受到打击?伯班克夫人的身体状况极为虚弱,艾丽丝小姐必须守在她身旁;负伤的爱德华·卡洛尔还需要卧床休养数日;那些攻击者随时可能卷土重来,此时,把他们单独留在城堡是不是不够谨慎?

另一方面,更让人感到绝望的是,詹姆斯·伯班克甚至都不能向法庭起诉德克萨,既不能控告他蹂躏了种植园,也不能控告他劫持了蒂和泽尔玛。因为受理诉讼的法官,恰恰就是这些罪行的始作俑者。因此,必须要等待杰克逊维尔城恢复正常的法治状态。

斯坦纳德先生说道:"詹姆斯,如果说您的孩子已经身处险境,但至少还有泽尔玛陪伴着她,您完全可以信赖这个忠心耿耿的女仆,她誓死……"

"她一定会誓死效忠……这没问题!但是,万一泽尔玛真的死了呢?……"詹姆斯·伯班克回答道。

斯坦纳德先生回答道:"听我说,亲爱的詹姆斯,您仔细想一想,采取如此极端的行为,这并不符合德克萨的利益。迄今为止,他还没有离开杰克逊维尔,我认为,只要德克萨还留在城里,就不用担心受害人遭到他的暴力侵犯。对于他来说,您的孩子只不过是一个担保,或者说一个人质,德克萨推翻了杰克逊维尔城的法定政府,摧毁了一个北方佬的种植园,难道他就不怕遭到报应吗?这个报应不仅来自您本人,也将来自联邦法庭。显而易见,在这种情况下,他追求的就是设法逃脱惩罚。因此,我们要做的,就是等待杜邦和谢尔曼占领佛罗里达,然后再找他算账!"

"但是,他们什么时候才能来呀?……"詹姆斯·伯班克大声叫道。

"明天……也许今天! 我跟您再重复一遍,蒂是德克萨的护身符。所以他才要寻机绑架她。而且他还知道,这么做能够让您肝胆俱裂,我可怜的詹姆斯,那个恶棍已经残忍地大获全胜!"

斯坦纳德先生做出这番推理,他有充分的理由证明自己的分析是正确的。那么,他是否说服了詹姆斯·伯班克?显然没有。他是否让詹姆斯·伯班克心里增加了一丝希望?也没有。这根本不可能。不过,詹姆斯·伯班克自己心里明白,瓦尔特·斯坦纳德刚刚对自己说过的那番话,他绝不能在夫人面前予以反驳,否则,伯班克夫人很可能经受不起这致命的一击。当他返回城堡屋的时候,必须满怀希望地振振有词,尽管他自己毫无信心。

在此期间,佩里和工头们巡视了康特莱斯湾,眼前的景象令人触目惊心。比哥马利恩跟着他们,内心也受到极大震撼。这位"自由人"丝毫不觉得自己应该追随那些被解放,随即又被德克萨驱散的奴隶。他们享受的是到树林里露宿的自由,是饥寒交迫的自由,这种自由对于比哥来说过于奢侈了。与其那样,他宁愿留在城堡屋,宁愿像泽尔玛一样,撕碎解放证书,以此换取留在城堡屋的权利。

佩里先生对他反复说道:"你看到了,比哥! 种植园被摧毁了,我们的工场沦为废墟。我们把自由给予了和你同样肤色的人,这些就是为此付出的代价。"

比哥马利恩回答道:"佩里先生,这些又不是我的错……"

"恰恰相反,这些就是你的错!你们这些家伙,包括你,如果你们没有拥护那些废奴主义者,如果你们反对北方佬的观念,如果你们拿起武器抗击联邦军队,伯班克先生就永远不会想到要解放你们,灾难也就不会降临康特莱斯湾!"

比哥感到一阵愧疚,接着说道:"现在,我能够为此做些什么,佩里先生,我可以做些什么?"

"我来告诉你,比哥。如果你还有一丝一毫的正义感,你就应该这样做——你是自由人了,是不是?"

"好像是的!"

"如此一来,你就属于你自己了?"

"毫无疑问!"

"如果你属于你自己,你是否可以随意处置你自己?"

"没错,佩里先生。"

"那好吧,如果我是你,比哥,我就会毫不犹豫地跑到临近的种植园,把自己卖掉,让自己重新成为奴隶,然后把出售得来的钱送给你过去的主人,以此作为对自己过错的赔偿,因为,你曾经让你的主人解放了你!"

总管说这话是当真的吗?谁也说不清楚,只知道这个正派人胡乱调侃一通之后,翻身骑上了自己心爱的坐骑。只留下可怜的比哥马利恩站在那里,惶恐不安,犹豫不决,瞠目结舌,一句话也说不出来。

无论如何,有一点毋庸置疑,那就是,詹姆斯·伯班克的慷慨之举刚刚给种植园带来一场灾难,让这里变成一片废墟。一眼望去，这场浩劫造成的物质损失，如果用金钱计算一定相当可观。那些抢劫犯首先洗劫了所有村落，然后付之一炬，使之沦为一片焦土。锯木厂和工场都被纵火焚烧，一切化为灰烬，只剩下淡淡的灰色青烟。在储存加工木材的工地上，在安置棉花"粗梳"设备的工场里，那些给棉花打捆的水压机，以及甘蔗加工设备都被毁坏，只剩下被熏黑的墙壁摇摇欲坠，在工场原来矗立烟囱的地方，只剩下一堆被火焰烧红的砖头。另外，咖啡种植园、稻田、菜园，以及牲口圈都遭到彻底毁坏，这些丰饶的田园似乎被成群的野兽长时间地踩躏！看到眼前的凄惨景象，佩里先生抑制不住内心的怒火，气愤地不断发出诅咒的叫骂。比哥马利恩看到总管凶恶的目光不时瞥向自己，不禁有些心惊肉跳，终于找了一个借口，离开总管返回城堡屋，他声称"要认真考虑总管刚才提出的建议，以便决定是否把自己卖掉"。很显然，白天的时间还不够他思考这个问题，因为，直至夜幕降临，比哥还没有就此做出最终决定。

然而，就在同一天，种植园的好几名原来的奴隶悄悄返回了康特莱斯湾。可以想象，当看见所有茅屋都已付之一炬，他们的心情该是多么悲痛。詹姆斯·伯班克立即下令，尽可能对返回的黑人提供接济。相当数量的黑人可以住到木桩栅栏里面，在侥幸逃过火灾的附属建筑里栖身。首先分派他们掩埋在保卫城堡屋的战斗中死去的同伴遗体，还有那些在进攻中被打死的攻击者们的尸体——伤员们已经被他们的同伙带走了。其中也包括了那两名不幸的黑人，他们在马里诺小河湾附近守候时，遭到德克萨及其同伙袭击，被割喉而亡。

分派完这些事情，詹姆斯·伯班克还不能马上考虑重建他的种植园。他还需要等待北方和南方在佛罗里达州的较量分出胜负。还有一件最为重要的事情令他日夜焦虑不安。那就是寻找小女儿的踪迹，为此，他不惜动用一切手段。另一方面，伯班克夫人的身体状况令人十分担忧。尽管艾丽丝小姐寸步不离地守护她，像对待亲生母亲一样予以细心照料，但是目前，最重要的还是应该请来一位医生。

在杰克逊维尔城里，有一位伯班克全家极为信任的医生。他接到求诊通知后，立刻毫不犹豫地赶到康特莱斯湾，并且开了几服药方。但是，在小姑娘蒂没有回到母亲身旁的情况下，这几服药如何能够药到病除？因此，詹姆斯·伯班克和瓦尔特·斯坦纳德每天在河流两岸进行搜寻，此时，爱德华·卡洛尔还需要留在房间里修养数日。他们搜遍了圣约翰河流域的各个小岛；他们向周围的人们四处打听；他们探寻了杜瓦尔县的所有村落；他们重金悬赏，无论是谁，只要能够提供蛛丝马迹……然而，他们的努力没能获得任何回报。他们怎么可能知道西班牙后裔的藏身之地远在黑水湾的幽深之处？没有人知道这个秘密。另一方面，为了不让任何人发现受害者，难道德克萨就不会把她们转移到圣约翰河的上游去？佛罗里达的土地足够广袤，在中部的大片森林里，在南部的广阔沼泽地带，特别是在难以进入的大沼泽地里，有无数的藏身之地，德克萨完全可以把两位受害者藏匿起来，谁能找到她们？

与此同时，医生每天来康特莱斯湾出诊，通过他，詹姆斯·伯班克可以随时了解杰克逊维尔城和杜瓦尔县北部的形势动态。

毫无疑问，联邦军队还没有在佛罗里达境内开展任何新的行动。难道是华盛顿方面专门发来指示，命令北军舰队停留在佛罗里达边境，不准越界进攻？北方军队的这种态势对于身处南方的拥护统一的人们，尤其是詹姆斯·伯班克来说，简直就是一场灾难，因为，他最近的行为已经让南方联盟无法容忍。无论如何，杜邦司令的舰队还停留在圣玛丽海湾，如果说，3月2日晚间的三声炮响，让德克萨的手下撤退罢兵，那仅仅是因为，当时，杰克逊维尔市政府收到了虚假警报——这份错误的警报让城堡屋逃脱了被攻陷和被毁灭的厄运。

至于西班牙后裔，他会不会对康特莱斯湾再发动一次攻击？因为上次攻击没能抓住詹姆斯·伯班克，他可能觉得不够成功？这种可能性不是太大。在眼下这个时候，毫无疑问，在他看来，对康特莱斯湾进行过一次攻击，并且成功掳走蒂和泽尔玛，这个战果应该足够了。另一方面，一些杰克逊维尔城的正直市民已经克服畏惧心理，开始对康特莱斯湾事件表示反感，对骚乱分子们的头头儿表示厌恶，尽管他们的言论尚未引起德克萨的担忧。在狂热分子的拥护下，德克萨的统治势力已经笼罩了整个杜瓦尔县，他们肆无忌惮，毫无顾忌，为所欲为。每天，这些人恣意妄为，酗酒闹事。嘈杂的喧闹声甚至传到了种植园里。城市里灯火通明，照亮天空，简直让人以为又发生了纵火焚烧事件。在杜瓦尔县的群氓支持下，骚乱分子滥施淫威，那些立场温和的市民不得不保持沉默。

简单地说，联邦军队近期的按兵不动，其实是以一种古怪的方式对杜瓦尔县的新政府提供了帮助。新政府利用这个时机，四处散布流言，声称北方军队将不会越过佛罗里达的边界线，他们已经接到命令，即将撤回到佐治亚州和卡罗来纳州，信奉废奴主义的北军将不会入侵佛罗里达半岛，由于这里是前西班牙的殖民地，因此，面对美利坚合众国的这场武装冲突，佛罗里达可以置身事外，等等。因此，在佛罗里达的各个县，出现了一股潮流，在它的推动下，那些崇尚暴力手段的恶棍变本加厉。可以看到，在很多地方，特别是在佛罗里达的北部地区，也就是靠近佐治亚州边界的地区，那些种植园的庄主，特别是出身于北方的庄主，他们遭到残酷打击，奴隶逃亡了，锯木厂和工场被纵火焚毁，种植园的各种设施也被联盟军队摧毁,这一切与康特莱斯湾遭到杰克逊维尔城群氓攻击的情形极为相似。

不过,看起来——至少眼下是这样——康特莱斯湾不大可能再次遭到入侵,城堡屋也不会再次遭到围攻。无论如何,詹姆斯·伯班克急切地盼望联邦军队早日成为佛罗里达的主人! 从目前形势看,伯班克根本无法直接对抗德克萨,既无法把他告到法庭——尽管这一次,他对自己的犯罪事实再也无法推脱——也无法迫使他说出蒂和泽尔玛的被藏匿地点。

联邦军队的姗姗来迟,给詹姆斯·伯班克和他的朋友们带来了一系列焦虑烦恼! 然而,他们并不知道,其实,联邦军队已经准备向佛罗里达边界发起进攻。吉尔伯特在最后一封来信中曾经明确说到,杜邦司令和谢尔曼的远征军的目标就是佛罗里达。此时,北军舰队仍然停泊在埃迪斯托海湾,正在等待重新启程的命令,自从吉尔伯特写了那封信以后,联邦政府有没有向舰队发出过意图相反的命令?联盟军队刚刚在弗吉尼亚和卡罗来纳取得战果,这些战事是否将阻止联邦军队向南方进军的步伐?自从战争开始以来,伯班克一家连续经历了多少焦虑和担忧! 还有多少灾难即将降临到这个家庭头上!

就这样,自从康特莱斯湾遭到入侵以后,又过去了5天时间,依然没有联邦军队的任何新消息。尽管詹姆斯·伯班克用尽一切办法寻找,每天都做了新的努力,但蒂和泽尔玛仍然杳无音信!

日子已经到了3月9日。爱德华·卡洛尔已经痊愈。他也加入朋友们寻找被劫持者的行动当中。伯班克夫人终日以泪洗面,身体极度虚弱,大家担心她的生命也将走到尽头。当她处于谵妄状态时,往往声嘶力竭地呼唤小女儿的名字,似乎要跑出去寻找她,然后就会陷入晕厥。伯班克夫人已经面临生命危险。有好几次,艾丽丝小姐担心这个不幸的女人在自己的怀抱中与世长辞!

3月9日早晨,关于战况的最新消息传到杰克逊维尔城,不幸的是,这则传言鼓舞的却是分离主义阵营的士气。

根据这则传言,联盟军队的凡·多恩将军率领所部于3月6日,在阿肯色州的本顿维战役中,击退了北军将领柯蒂斯指挥的部队,并且迫使联邦军队且战且退。事实上,这次战役只是一次小规模战斗,参与的只是北军一支小部队的后卫部队,而且仅仅几天之后,南军的这次小胜利就被北军的皮里奇大捷还以颜色。然而,这则消息却足以让南方佬们更加肆无忌惮。在杰克逊维尔城里,南方佬们欢庆这次无足轻重的军事行动,似乎联邦军队已经被彻底打垮。庆祝活动充满节日气氛,人们纵酒狂欢,喧嚣声一直传到康特莱斯湾,让那里的人们痛心疾首。

大约晚上6点钟,詹姆斯·伯班克从圣约翰河左岸搜寻回来,立即被告知了下述情况。

来自帕特南县的一位居民在圣约翰河的一座小岛上,似乎发现了被劫持者的踪迹,那是位于黑水湾上游几英里的一座小岛。头一天夜里,这位居民似乎听到一声绝望的呼喊,于是赶紧跑来通知詹姆斯·伯班克。另外,他还看见,德克萨的那个名叫斯坎伯的亲信,划着小艇出现在那片水域。毋庸置疑,被看见的就是那个印第安人,此外,当天晚间,香农号上的一位来自圣奥古斯丁的乘客在康特莱斯湾码头下船,他也表示曾经看到上述细节。

无须更多证据,詹姆斯·伯班克立即开始跟踪调查。他和爱德华·卡洛尔一起,带着两名黑人,乘坐一条小船,沿河逆流而上。他们很快就来到了那座小岛,在岛上进行了仔细的搜索,查看了几座渔夫的窝棚,不过,看上去,这几座窝棚已经很久无人居住了。岛上树丛茂密,几乎钻不进去人,根本看不到人类的足迹。陡峭的

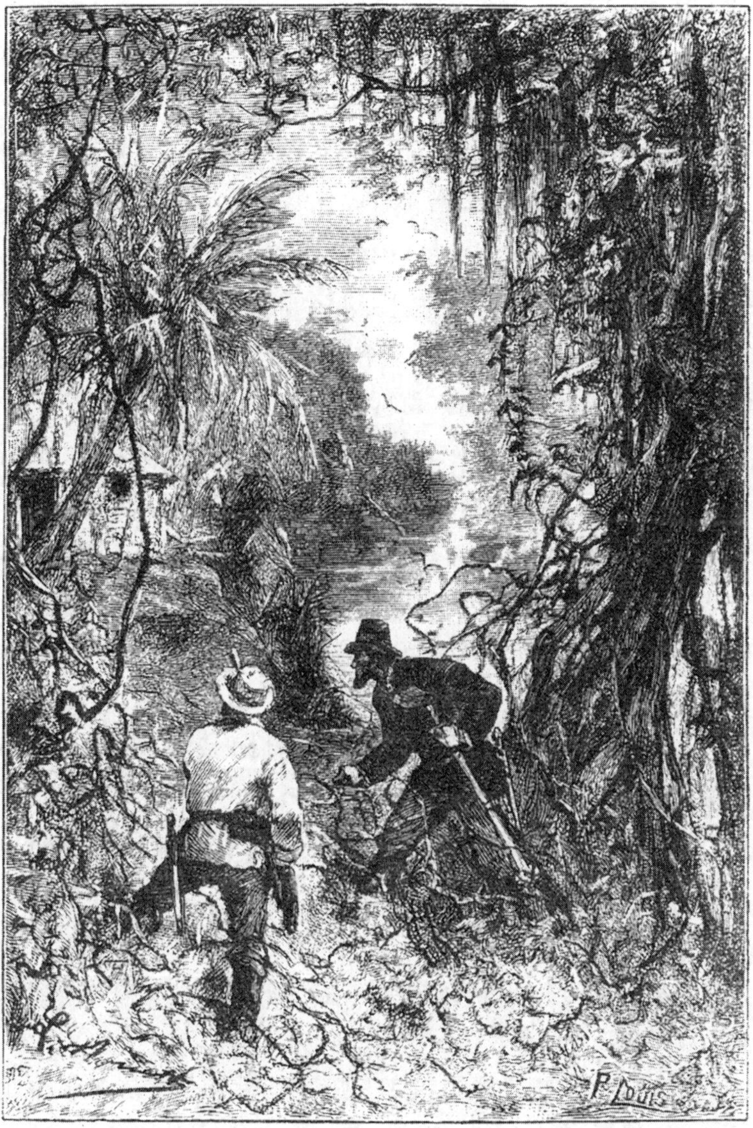

河岸上找不到任何小船停靠过的痕迹。到处都没有斯坎伯的踪影;即使他可能在这座小岛周围徘徊过,但很可能并没有登上过小岛。

与其他历次搜寻行动一样,这次搜寻依旧一无所获。可以肯定,这一次又没有找对地方,他们只好返回种植园。

当天晚上,詹姆斯·伯班克和爱德华·卡洛尔,还有瓦尔特·斯坦纳德三人在客厅里聚会,谈论这次一无所获的搜寻行动,大约9点钟的时候,伯班克夫人在卧室里昏昏沉沉地躺着,艾丽丝小姐暂时离开,下楼来到客厅,并且得知这次搜寻行动又是无功而返。

这是一个阴暗的夜晚。新月刚刚露出月牙,随即消失在地平线下,整个种植园和城堡屋,甚至圣约翰河面,都沉浸在一片寂静当中。撤退到栅栏围墙里面的几个黑人已经进入梦乡。突然,一片喧嚣声打破了沉寂,声音来自远方,伴随着燃放焰火的爆炸声,那里是杰克逊维尔城,人们正在大张旗鼓地庆祝联盟军队的胜利。

每当一阵爆炸声传进客厅,就好像给伯班克一家带来一次新的打击。

爱德华·卡洛尔说道:"不管怎样,我们总得弄清楚现在是什么情况,以便确信联邦军队是否已经放弃了进攻佛罗里达的计划!"

斯坦纳德先生回答道:"是的!这是必需的!我们总不能就这么糊里糊涂地活着!……"

詹姆斯·伯班克说道:"那好吧,明天,我去一趟费尔南迪纳……在那儿,我去打听一下……"

就在此时,城堡屋的大门被人轻轻地叩响,这扇大门正对着通往圣约翰河畔的那条林荫道。

艾丽丝小姐惊叫了一声,扑向大门。詹姆斯·伯班克一把没能拦住年轻姑娘。大家还没来得及做出回应,敲击大门的声音更加清晰地响了起来。

第十三章　几个小时之内

詹姆斯·伯班克向门口走去。他并没有约会等候任何人。也许,是杰克逊维尔城的商业客户哈维先生派遣约翰·布鲁斯,送来了重要的消息?

来人第三次焦急地叩响了大门。

"是谁?"詹姆斯·伯班克问道。

"是我!"来人回答道。

"是吉尔伯特!……"艾丽丝小姐惊叫道。

她没有听错。是吉尔伯特回到了康特莱斯湾,来到了家人身边!能在亲人身边待上几个小时,吉尔伯特感到非常幸福,看来,他还不知道自己的亲人们刚刚遭受过沉痛的打击!

立刻,年轻的海军中尉投入了父亲的怀抱。与此同时,陪伴他来的那个人向门外扫视了最后一眼,小心翼翼地把门掩上。

这个人就是泽尔玛的丈夫马尔斯,也是年轻的吉尔伯特·伯班克的忠实部下。

拥抱过父亲之后,吉尔伯特转过身。他看到了艾丽丝小姐,无限温柔地握住了她的手。

他叫道:"我的母亲!我的母亲在哪里?……难道她真的命悬一线了?……"

詹姆斯·伯班克回答道:"我的儿子,你已经都知道了?……"

"我都知道了,种植园遭到杰克逊维尔城的匪帮蹂躏,城堡屋遭到围攻,还有我的母亲……也许已经不在人世!……"

这就是促使年轻人冒着天大的风险跑回来的原因。

事情的经过是这样的:

从前一天开始,杜邦司令的舰队派出好几艘炮舰来到圣约翰河入海口,它们沿河逆流而上,停泊在了位于杰克逊维尔城下游4英里的沙洲前面。几个小时之后,来了一个自称是巴勃罗灯塔看守的人,他登上了史蒂文森少校麾下的一艘炮舰的甲板,吉尔伯特恰巧就在这艘炮舰上担任大副。这个人叙述了杰克逊维尔城发生的一切,以及康特莱斯湾遭受入侵的经过,包括黑人们被驱散,伯班克夫人生命垂危的种种情形。人们可以想象到,当吉尔伯特听说了这些可怕的事情后,他的感受是何等震惊。

于是,他迫不及待地想要看望自己的母亲。在得到史蒂文森少校的允许后,他离开舰队,跳上一条人们戏称为"鱼叉"的小艇,在忠实的马尔斯的陪伴下,他们乘着夜色,没有被任何人察觉地——至少,吉尔伯特自己这么认为——悄悄在距离康特莱斯湾下游半英里的河边上岸,他们没有选择在康特莱斯湾码头下船,就是担心那里已经被人监视起来了。

然而,吉尔伯特并不知道,他也不可能知道,自己已经落入了德克萨准备好的陷阱。为了拿到法院的法官们要求的证据,德克萨煞费苦心,不惜一切代价。他要证明,詹姆斯·伯班克与南方的敌人暗地勾结,互通款曲。为了把年轻的中尉引诱回康特莱斯湾,德克萨找到一个忠于自己的巴勃罗灯塔看守,故意向吉尔伯特透露了刚刚在城堡屋发生过的事情,但却保留了部分事实,特别强调他母亲的身体状况危在旦夕。年轻的中尉就在前面叙述过的情况下出发了,当他沿河逆流而上时,始终被人监视着。最终,当他穿过茂密的芦苇丛,登上圣约翰河陡峭的河岸时,无意中摆脱了德克萨派来的眼线,对此,他并不知道。尽管这些眼线没有看准吉尔伯特在康特莱斯湾陡峭河岸的准确登陆地点,但是,由于这段河流已经被置于他们的监视范围,因此,他们希望在中尉返回途中把他一举抓获。

"我的母亲……我的母亲!"吉尔伯特再次叫道,"她在哪里?"

"我在这里,我的儿子!"伯班克夫人回答道。

她出现在客厅楼梯的平台上,正在慢慢地走下来,双手扶着楼梯栏杆,终于走到大厅跌坐在长沙发里,吉尔伯特立刻扑上去亲吻她。

刚才,病势沉重的伯班克夫人在昏昏沉沉当中,隐约听到有人叩击城堡屋的大门。很快,她就辨认出儿子的声音,也不知从哪儿来的力气,支撑她爬了起来,来到吉尔伯特身边,和他一起抱头痛哭,家人们无不潸然泪下。

年轻人把母亲紧紧拥抱在怀中。

他说道:"母亲!……母亲!……我终于看到你了!……你受苦了!……还好,你还活着!……噢!我们一定会让你康复!……是的!苦难的日子就要结束了……我们就要重新团聚……很快!……我们一定要让你的身体好起来!……别为我担心,妈妈!马尔斯和我回来这里,没有任何人知道!……"

吉尔伯特一边说着,一边注意到自己的母亲极为虚弱,他极力安抚着母亲,试图让她振作起来。

然而此时,马尔斯似乎觉察到,他和吉尔伯特还没有完全了解这个家庭遭受的不幸打击的全部情况。詹姆斯·伯班克,还有斯坦纳德和卡洛尔两位先生全都低垂着头,默不作声。艾丽丝小姐也忍不住泪流满面。事实上,小姑娘蒂迄今还没有露面,泽尔玛也不知所踪,而她本来应该知道自己的丈夫刚刚回到康特莱斯湾,知道他回到了城堡屋,知道马尔斯正等着和她见面……

马尔斯的内心感到一阵恐惧,他环视着客厅的各个角落,向伯班克先生问道:

"主人,这里发生了什么事情?"

就在此时,吉尔伯特站起身来。

他叫道:"蒂呢?……她已经上床睡觉了吗?……我的小妹妹在哪里?"

"我的老婆呢?"马尔斯问道。

片刻之后,年轻军官和马尔斯知道了一切。刚才他们把小船停在河边,攀上圣约翰河的陡峭河岸后,他们在黑暗中看到了种植园里的一片片废墟。然而,他们当时想着无非就是遭受了一些物质损失,那都是解放黑人奴隶付出的代价!……现在,他们终于知道了事情的全部真相。他们两人中的一人在城堡屋里再也看不到妹妹;另一个人再也见不到妻子……最近7天时间里,德克萨让他们堕入深渊,而他们却毫不知情!

吉尔伯特重新回到母亲身边,跪在那里,与母亲相拥而泣。马尔斯满脸通红,胸膛急剧起伏,走过来走过去,简直难以自持。

终于,他的愤怒爆发了。

"我要宰了德克萨!"他高声叫道,"我要去杰克逊维尔……明天……今晚……现在就去……"

吉尔伯特回答道:"就是,走,马尔斯,我们走!……"

詹姆斯·伯班克拦住了他们。

他说道:"如果必须这么做,我的儿子,不等你回来我早就去做了!是的,这个恶棍让我们饱尝痛苦,他确实该死!但是,首先,必须让他说出只有他自己掌握的秘密！吉尔伯特,还有马尔斯,我之所以这么劝你们,就是因为我们必须等待！"

"那好吧,父亲！"年轻人回答道,"至少,我要把这片地方搜寻一遍,我要去寻找……"

伯班克先生叫道:"你觉得,我没有搜寻过吗？我们每天都在这条河流的两岸搜寻,我们搜查了德克萨可能藏匿的每一座小岛！然而,毫无音讯,我没有找到她们的任何蛛丝马迹,无论是你的妹妹,吉尔伯特,还是你的妻子,马尔斯！卡洛尔和斯坦纳德,还有我,我们已经竭尽所能！……迄今为止,我们的搜寻一无所获！……"

年轻军官问道:"为什么不向杰克逊维尔城的法院起诉他呢？为什么不去法庭控告德克萨,指控他涉嫌抢劫康特莱斯湾,涉嫌绑架……"

"为什么？"詹姆斯·伯班克回答道,"因为现在,那里的主人就是德克萨,因为那帮恶棍追捧他,让所有正派人噤若寒蝉,城里的群氓都拥护他,还有杜瓦尔县的民兵也都听他的！"

"我要宰了德克萨！"马尔斯再次说道,他好像被这个念头缠住了,有点儿走火入魔。

詹姆斯·伯班克回答道:"只要时机一到,你就可以杀了他！但是现在,这样做只能让事情变得更糟。"

"那么,什么时候才算时机到了呢？……"吉尔伯特问道。

"等到联邦军队占领了杰克逊维尔,成为佛罗里达的主宰之后！"

"然而,那样会不会太迟了呢？"

伯班克夫人叫道:"我的儿子！……我的儿子！……我求你了……千万不要这么说！"

"就是,吉尔伯特,千万别这么说！"艾丽丝小姐也重复道。

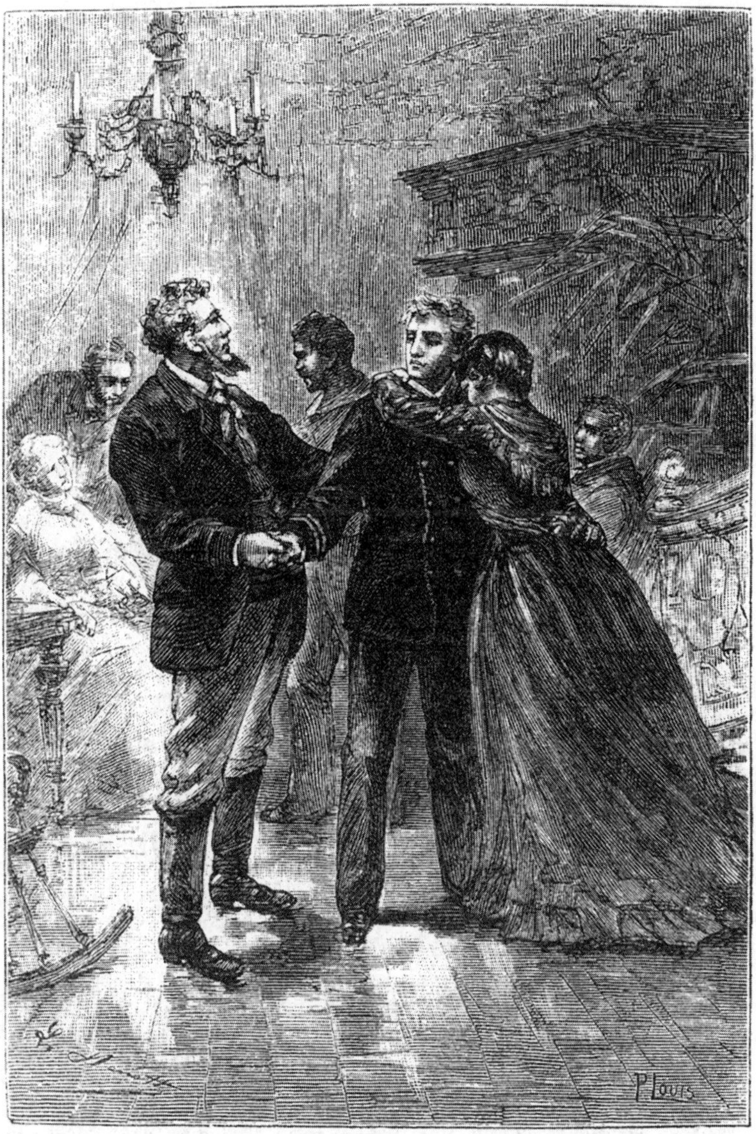
P. LOUIS

詹姆斯·伯班克握住了儿子的手。

他说道："吉尔伯特,听我说,我们和你一样,和马尔斯也一样,如果德克萨拒绝说出被害者的下落,我们都希望让他立即受到法律的制裁。但是,必须考虑到你妹妹,吉尔伯特,必须考虑到你妻子,马尔斯,考虑到她们的安危,我们必须抑制住自己的怒火,谨慎行事。事实上,有足够的理由认为,蒂和泽尔玛都只是人质,她们的安全还没有受到威胁,因为,这个恶棍还有所顾忌,他把杰克逊维尔城法院的正直法官们赶下了台,他挑唆一群恶棍侵入康特莱斯湾,抢劫并焚烧了一个北方佬的种植园!为此,德克萨必然害怕遭到惩罚。我对此确信无疑,否则,吉尔伯特,我凭什么这么劝告你?难道我愿意就这么干等着?……"

"我也不愿意死不瞑目!"伯班克夫人说道。

这位可怜的夫人明白,如果她的儿子执意要去杰克逊维尔找德克萨,那简直无异于自投罗网。联邦军队已经威逼佛罗里达,在这样的时刻,如果有一名联邦军队的军官落到南军手里,谁能救得了他?

然而,这位年轻军官已经怒不可遏。依旧固执地想要冲出去。与此同时,马尔斯还在那里叫着："我要宰了德克萨,我们走!"

"吉尔伯特,你不能去!"

伯班克夫人用尽最后一点力气站了起来,走过去站到大门前。然而,她精疲力竭,无法支撑,颓然倒地。

"母亲!……我的母亲!"年轻人叫喊道。

"留下来,吉尔伯特!"艾丽丝小姐说道。

他们不得不把伯班克夫人送到楼上卧室,留下年轻姑娘在她身边照顾。随后,詹姆斯·伯班克回到客厅,与爱德华·卡洛尔和瓦尔特·斯坦纳德坐到一起,吉尔伯特坐在沙发椅里,双手抱着头,稍远一点儿,马尔斯站在那里,一声不吭。

詹姆斯·伯班克说道:"现在,吉尔伯特,你已经冷静下来了。那么,说一说吧,现在是什么情况,根据你的介绍,我们好决定下一步怎么办。我们的希望都寄托在联邦军队尽早到达杜瓦尔县。他们是不是已经放弃了占领佛罗里达的计划?"

"没有,父亲。"

"他们在哪里?"

"现在,舰队的一部分正在驶往圣奥古斯丁,目的是建立沿海封锁线。"

爱德华·卡洛尔激动地问道:"难道,司令官就不打算控制住圣约翰河?"

年轻中尉回答道:"这条河流的下游已经被我们控制住了。在史蒂文森少校的指挥下,我们的炮舰已经驶入圣约翰河。"

斯坦纳德先生叫道:"驶入圣约翰河!难道他们还没有打算夺取杰克逊维尔城?⋯⋯"

"没有。因为炮舰不得不锚泊在沙洲前面,位于杰克逊维尔港下游4英里的河面上。"

詹姆斯·伯班克说道:"炮舰停下了⋯⋯因为遇到了不可逾越的障碍?⋯⋯"

吉尔伯特回答道:"是的,父亲,由于水位过低,舰队被迫停止前进。必须等待潮水涨到足够高的时候,炮舰才可能越过沙洲,即使这样,穿越这段航路也不是一件容易事儿。马尔斯对航道最熟悉不过了,他将负责给我们导航。"

"等待!⋯⋯总是让我们等待!"詹姆斯·伯班克叫道,"我们还需要等待多少天?"

"最多只需等待三天,如果外海起风,把喇叭形入海口的波浪推进来,那么,只需24个小时就够了。"

无论是三天,还是 24 小时,对于城堡屋的人们来说,这个时间都太过漫长!在这段时间里,如果联盟军队明白了,自己根本无力守卫这座城市,也许他们就会弃城而逃,就像当初他们把费尔南迪纳和科兰什要塞,以及佐治亚和佛罗里达北部的一系列城镇一股脑都抛弃了一样,德克萨会不会跟南军一起逃跑?如果他跑了,那么,到哪儿还能找到他?

然而,现在德克萨还掌控着杰克逊维尔城,城里的群氓还在用暴力行为支持着他,在这个时候,要想抓住他,那是根本不可能的,只能事与愿违。

紧接着,斯坦纳德先生询问吉尔伯特,听说在北方,联邦军队连吃败仗,这不禁让人联想到本顿维大溃败①。

年轻中尉回答道:"峰岭战役获胜之后,柯蒂斯的部队已经收复了此前一度丢失的阵地。北军的形势非常令人鼓舞,已经胜券在握,但是,何时才能取得全胜,现在确实难以预测。一旦北军占领了佛罗里达州的各个战略要地,就将阻止滨海地区的海上战争走私活动,随后很快,联盟军队的物资,包括武器供应就将陷入匮乏境地。因此,用不了多久,在我们的舰队保护下,这片土地就将恢复平静,安然无恙!……是的……只需再等几天!……但是,在此之前……"

吉尔伯特的妹妹现在身处险境,一想到这里,他就不禁焦虑万分,伯班克先生不得不竭力分散他的注意力,把谈话的思路引导到当前的战争形势。许多最新消息还没有传到杰克逊维尔,或者,至少还没有传到康特莱斯湾,吉尔伯特能否给大家介绍一下?

实际上,对于居住在佛罗里达的北方佬来说,确实有几条非常

---

① 本顿维是美国阿肯色州西北部的一个城市、本顿县的县治。

重要的消息。

大家都知道,自从取得多纳尔森大捷之后,几乎整个田纳西州都已经落入联邦军队之手。与此同时,联邦调动军队和舰队,策划发起新的进攻,目的是控制整个密西西比河流域。北军沿着密西西比河顺流而下,一直抵达10号岛屿,并且与博勒加德将军指挥的守卫河流的部队发生了接触。此前,早在2月24日,波比将军指挥的旅团已经在密西西比河右岸的科迈斯登陆,并且把杰·汤姆森的部队打得节节后退。北军抵达10号岛屿和新马德里村庄后,遇到了博勒加德部队预先构筑的坚固的棱堡防御体系,因此停住了推进的步伐。如果说,自从多纳尔森和纳什维尔相继陷落之后,联盟军队在孟菲斯上游的所有沿河阵地,实际上均告失守,不过,联盟军队还据守着位于孟菲斯下游的一系列阵地。也许,就是在这里,即将爆发一场决定性的大战。

然而,在这场战斗爆发之前,在位于詹姆斯河口的汉普敦河道上,率先进行了一场令人难忘的战斗。在这场战斗中,出现了第一批安装了铁甲的战船,铁甲战船的使用不仅改变了海战的战术,而且对新旧两个大陆的海军都产生了深远的影响。

在3月5日这一天,瑞典工程师埃里克松建造的摩尼特号铁甲战舰,以及用旧的梅里马克号战舰改装的维吉尼亚号铁甲舰分别在纽约和诺福克下水启航。

此时,由马斯顿上尉指挥的一支联邦舰队正在新纽波特港附近的汉普顿河道上锚泊驻扎。这支舰队包括国会号、圣罗伦斯号,以及坎伯兰郡号,另外还有两艘蒸汽护卫舰。

3月2日清晨,南军上尉布坎南指挥的维吉尼亚号①战舰突然

---

① 与北军的铁甲舰同名。

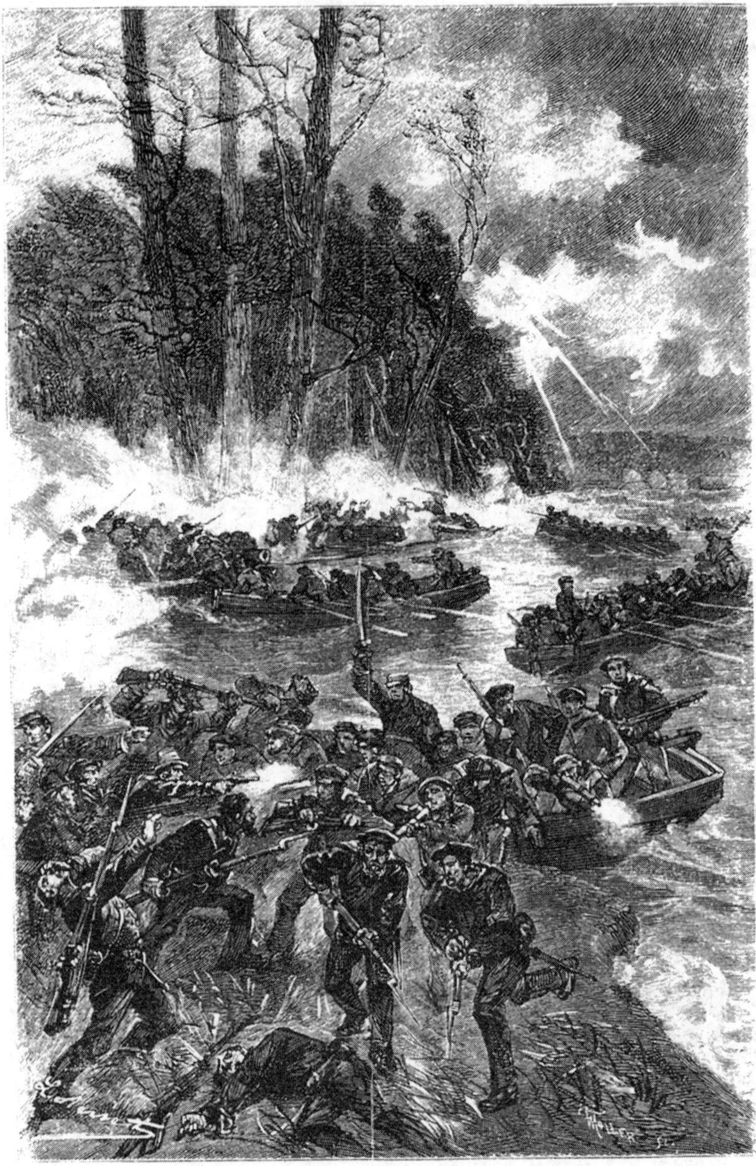

出现在汉普顿河道,后面还跟着几艘吨位较小的战船。它首先向国会号发起攻击,紧接着又用它的舰艏撞角击穿了坎伯兰郡号的船身,致使这艘战舰和它的120名船员一同沉没,葬身河底。此时,国会号已经在河滩淤泥中搁浅,维吉尼亚号返回来,发炮击毁了国会号,并最终焚毁了它。夜幕降临后,借着夜色的掩护,联邦舰队的另外三艘战舰才逃脱了被摧毁的厄运。

人们很难想象,这样一艘不大的装甲战舰,面对联邦舰队的高大战船,居然能够取得如此辉煌的胜利。这个新战法立即以最快的速度得到模仿。这一仗,让北方的拥护者们垂头丧气,毕竟,仅仅一艘维吉尼亚号就能够一直驶入哈得孙河,把纽约阵营的军舰统统击沉。这一仗,也让南方阵营欣喜若狂,南方佬们觉得,沿海封锁线即将被打破,他们又能在所有滨海地区从事自由贸易。

前一天晚上,杰克逊维尔城里举行喧闹的庆祝活动,就是因为这场海战取得的胜利。现在,南方佬们终于确信,他们可以抵御联邦政府派来的舰队了。甚至,也许,在南军取得汉普顿河道战斗的胜利之后,杜邦司令的舰队将立刻被调往波多马克河,或者切萨皮克市?那样一来,佛罗里达就逃脱了北军登陆的威胁。在南方居民当中最具暴力倾向的那些人的支持下,奴隶制观念取得了无可争辩的胜利。在当前局势下,德克萨及其追随者们的势力得到加强,他们将变本加厉,作恶多端。

然而,联盟阵营庆祝胜利的人们高兴得太早了。虽然上述消息在佛罗里达北部已经家喻户晓,但是,吉尔伯特在离开史蒂文森少校的炮舰之前,就已经听到另外一些消息,内容大致如下。

实际上,就在汉普顿河道海战之后的第二天,情况就发生了与第一天完全不同的彻底逆转。3月9日清晨,维吉尼亚号正准备进攻联邦舰队的两艘护卫舰之一的明尼苏达号,就在此时,它面前出现了一个意料不到的对手。在护卫舰的侧面,驶出来一个奇特的机器,按照南军的说法,它就像"木排上绑着的奶酪盒子",这个奶酪盒子就是沃顿中尉指挥的摩尼特号。这艘战舰被派遣到这片海域,原本的任务是摧毁波托马克河岸的南军炮台。不过,当它抵达詹姆斯河口时,当天夜里,沃顿中尉听到了汉普顿河道传来的隆隆炮声,于是,他命令摩尼特号向战场驶来。

这两艘庞然大物般的战争机器在只有10米的距离内,相互炮击了足有4个小时,彼此碰撞,始终没能分出胜负。最终,维吉尼亚号的吃水线部位被击穿,面临下沉的威胁,不得不朝着诺福克方向狼狈逃窜。摩尼特号虽然在9个月之后也被击沉,但这一次面对敌手却大获全胜。多亏了这艘战舰,联邦政府重新夺回了汉普顿河道水域的控制权。

吉尔伯特结束了以上叙述,他说道:"不,父亲,我们的舰队根本没有被召回北方。史蒂文森少校的6艘炮舰就锚泊在圣约翰河的沙洲前面。我再重复一遍,最迟3天以后,我们就将拿下杰克逊维尔城!"

伯班克先生回答道:"吉尔伯特,你也看到了,我们必须等待,回到舰队去吧!不过,你们来康特莱斯湾的时候,有没有觉察到被人跟踪?……"

"没有,父亲。"年轻的中尉回答道,"马尔斯和我,我们成功地躲过了所有人的目光。"

"至于那个人,就是跑来告诉你种植园发生的一切,包括纵火,抢劫,以及你母亲病危的那个人,他是谁?"

"他告诉我说,他是巴勃罗灯塔的一名看守,被驱赶出来,他来找史蒂文森少校,是要告诉他,佛罗里达这个地区的北方佬正身处险境。"

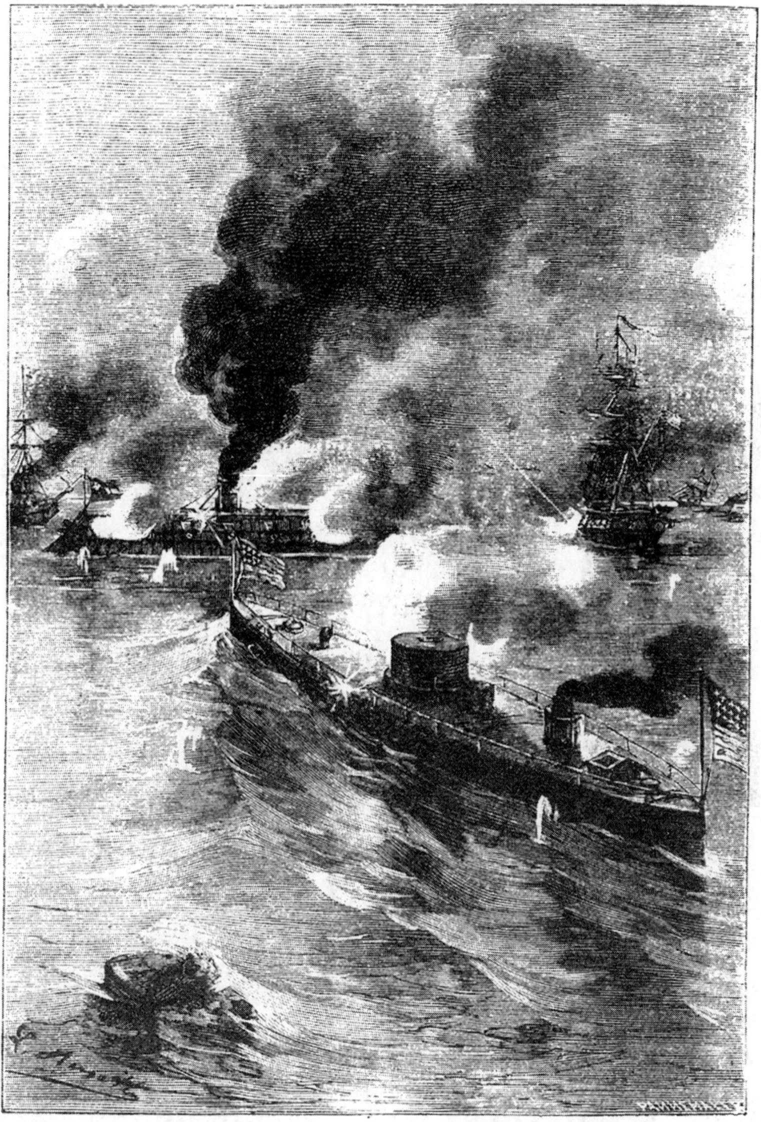

"他是否知道你就在那艘军舰上?"

"不知道,他甚至对此感到意外和惊讶。"年轻中尉回答道,"不过,父亲,你为什么提出这些问题?"

"因为,我总怀疑这是德克萨编织的一个陷阱,他不仅仅是怀疑,而是已经知道了你在联邦海军里服役。他完全可能了解到,你就在史蒂文森少校的麾下,如果他想把你引诱到这里来……"

"别担心,我的父亲。我们逆流而上,抵达康特莱斯湾的时候,并没有被人看见,我们顺流而下的时候,也不会让人看见的……"

"直接回到你的军舰上去……不要去别的地方!"

"我向你保证,父亲。马尔斯和我,我们天亮前就返回到舰上。"

"你们打算几点钟出发?"

"乘着退潮的时候,也就是说,大约凌晨2点半钟。"

卡洛尔先生接着说道:"谁知道呢?也许史蒂文森的炮舰不需要在圣约翰河的沙洲前面等待3天?"

年轻的中尉说道:"是的!……只要海面上的风力增强,给沙洲推来足够多的海水。噢!那就必须是暴风骤雨,那样才能有足够强大的风力!但愿我们终于能够制服这些恶棍!……到那个时候……"

"我就要宰了德克萨。"马尔斯再次重复道。

此时,午夜时分刚过,凌晨2点之前,吉尔伯特和马尔斯不会离开城堡屋,因为他们必须等待潮汐退去,乘着退潮的河水才能返回史蒂文森少校的舰队。那个时候,夜色格外深沉,尽管圣约翰河上布置了许多小船,往来监视康特莱斯湾下游的河面,他们仍然有机会神不知鬼不觉地溜过去。

此时,年轻军官上楼去探望母亲,看到艾丽丝小姐守候在床边,伯班克夫人刚才用尽了全身力气,已经陷入了极为痛苦的昏睡状态,从她的胸口不时传来啜泣的声音。

吉尔伯特不愿意惊扰母亲的昏睡,尽管在这种状态中,昏迷的成分多于睡眠的成分。艾丽丝小姐向他做了一个不要出声的手势,吉尔伯特紧挨着床边坐了下来。就这样,他们两人默默无言地坐着,并肩注视着可怜的夫人,也许,她还要经历更多的痛苦!他们两个人还需要语言来交流思想吗?不需要!他们经历过共同的苦难,根本无须言语而心心相印,他们用心灵相互交流。

终于,离开城堡屋的时刻到了。吉尔伯特把手伸给艾丽丝小姐,他们并肩向伯班克夫人俯下身,夫人的眼睛半睁着,但是眼神里空无一物。

随后,吉尔伯特用双唇吻了母亲的额头,紧接着,年轻姑娘也俯身吻了夫人。伯班克夫人感觉到了,浑身发出一阵痛苦的战栗;然而,她并未看到自己的儿子退出房间,也没有看到艾丽丝小姐跟了出去,向吉尔伯特做最后的道别。

詹姆斯·伯班克和朋友们一直没有离开客厅,吉尔伯特和艾丽丝小姐与他们再次聚会。

马尔斯刚刚到城堡屋外面附近查看了一番,此时也返回了客厅。

"该出发了。"他说道。

"是的,吉尔伯特,"詹姆斯·伯班克回答道,"走吧!……我们下次见面应该是在杰克逊维尔城……"

"是的,在杰克逊维尔再见,从明天开始,一旦潮水允许我们翻越沙洲,至于德克萨……"

"我们必须活捉这个人!……吉尔伯特,千万别忘了!"

"是的!……抓活的!……"

年轻人拥抱了自己的父亲,又紧握了卡洛尔叔叔和斯坦纳德先生的手。

"走吧,马尔斯。"他说道。

两人顺着河流的右岸,沿着种植园陡峭的河堤,疾步行走了半个小时。途中没有遇见任何人。来到藏匿小船的地方,他们在一堆芦苇下面找出小船,随即登船顺流而下,向圣约翰河的沙洲疾速驶去。

第十四章　在圣约翰河上

此时,在圣约翰河的这段河面上,四处显得冷冷清清。对岸一片黝黯,没有一丝灯光。河水在康特莱斯湾形成一个拐弯,然后向北方流去,河湾遮挡住了杰克逊维尔城的灯火。只有灯火的余光洒向天空,投映在低垂的云层之上。

尽管夜色深沉,小艇依然很容易找准驶往沙洲的方向。由于圣约翰河面上没有泛起丝毫雾气,如果南军的小船守候在河道上,就可以很容易地发现并且跟踪小艇——不过,吉尔伯特和同伴对此倒并不太在意。

他们两人沉默无语。与其说他们希望顺流而下,倒不如说他们更想划到河对岸,一直划到杰克逊维尔城,找到德克萨,跟他面对面地做个了结。他们还想逆流而上,把圣约翰河的所有水湾,以及岸边的所有树林都搜个遍。尽管詹姆斯·伯班克的搜寻徒劳无功,但他们也许能够成功。然而,最明智的做法还是等待。等到联邦军队成为佛罗里达的主人之后,吉尔伯特和马尔斯针对西班牙后裔采取行动,胜算才会大得多。另一方面,他们还有责任在身,必须在天亮之前赶回史蒂文森少校的舰队。如果沙洲可供通行的时间比人们预想的要早,年轻中尉是否必须回到自己的战斗岗位?马尔斯是否也要回到自己的岗位?他的职责就是引导炮舰通过航道,只有他对于涨潮时分的水位深浅了然于胸。

马尔斯坐在小艇的后部,熟练地运用着手中的短桨。吉尔伯特坐在前面,仔细观察上游的河面,随时准备发出警告,躲避可能出现的障碍物、漂流的树木,或者驶过的小船。小艇转弯抹角地离开右岸,准备进入航道中央,一旦进入那里,小艇无须操纵,自然而然地就能顺流而下,马尔斯只需运用短桨,不时地在左舷,或者右舷划一下,就能保持小艇正确的前进方向。

在圣约翰河右岸,茂密的树丛和芦苇在沿岸形成一片阴影,毫无疑问,他们最好不要远离这片阴影。沿着垂下来的茂密枝叶划行,他们就很难被人发现。然而,在种植园下游不远的地方,河道出现一处急拐弯,水流被逼向了对岸。在那里形成一个巨大的漩涡,它不仅让小艇的划行变得格外困难,而且大大延缓了前进速度。因此,马尔斯看准了下游水面没有任何可疑之处,他选择了离开中央航道的湍急水流,任由那股水流向河口方向直泻而去。从康特莱斯湾的小码头到锚泊在沙洲前面的北军舰队,距离大约为4至5英里,借着落潮的河水,在马尔斯的双臂有力的划动下,小艇只需2个小时就能驶完这段航程。因此,他们完全可以在曙光照亮圣约翰河面之前,赶回舰队。

小艇启程之后大约一刻钟,吉尔伯特和马尔斯已经来到了宽阔的河面中央。在那里,他们注意到,尽管小艇的航行速度很快,但是水流正在把他们推向杰克逊维尔城的方向。甚至,也许,马尔斯正在无意识地把小艇朝这个方向划行。就好像有一股难以抗拒的吸引力,怂恿着他划向那里。然而,他们恰恰必须躲开这片该死的水域,因为靠近岸边的地方一定受到严密监视,那里比河流中央要危险得多。

"直行,马尔斯,直行!"年轻军官叮嘱着。

于是,小艇保持在河道中央行驶,距离左岸大约四分之一英里。

杰克逊维尔港不像预想的那样昏暗、寂静,相反,有许多人举着火把在码头上跑动,还有一些火把在水面的许多小船上晃动。甚至,有几条小船已经快速驶离港口,看样子,似乎那里正在组织一场大规模的警戒行动。

与此同时,还能听到歌声,中间夹杂着喊叫声,这表明,城里秩序混乱,到处是嬉戏或酗酒的人群。德克萨和支持者们是否还以为北军在弗吉尼亚大败亏输,还相信联邦舰队可能即将撤退?或者,他们正在利用最后的时光,让那些被威士忌和烈性酒灌得醉醺醺的群氓肆意妄为?

不管怎样,小艇继续在河道里漂流,吉尔伯特以为,他们很快就将度过最危险的时刻,就在小艇即将划过杰克逊维尔的时候,突然,吉尔伯特做出手势,让马尔斯把小艇停了下来。在港口下游不到1英里的地方,他刚刚发现一连串小黑点,这些黑点好像撒播在水面上的暗礁,组成长长的链条,从这边河岸一直延伸到对岸。

这是一条由很多小船组成的链条,小船锚泊在那里,封锁了圣约翰河的河面。显而易见,如果北军的炮舰能够翻越沙洲,这些小船根本无力阻止其前进,它们只能且战且退;但是,如果是北军的小艇试图逆流而上,这些小船倒是有可能对抗一把,阻止其通过。正是出于这个原因,这些小船才会半夜三更跑出来,在河面上组成一条封锁线。这些小船静止地停留在河面上,它们或者依靠划动船桨保持稳定,或者干脆锚泊在水面上。虽然看不太清楚,但是,毫无疑问,小船上一定藏匿着很多人,而且手持武器,随时准备进攻或者防御。

然而,吉尔伯特还注意到,当初,他们逆流而上前往康特莱斯

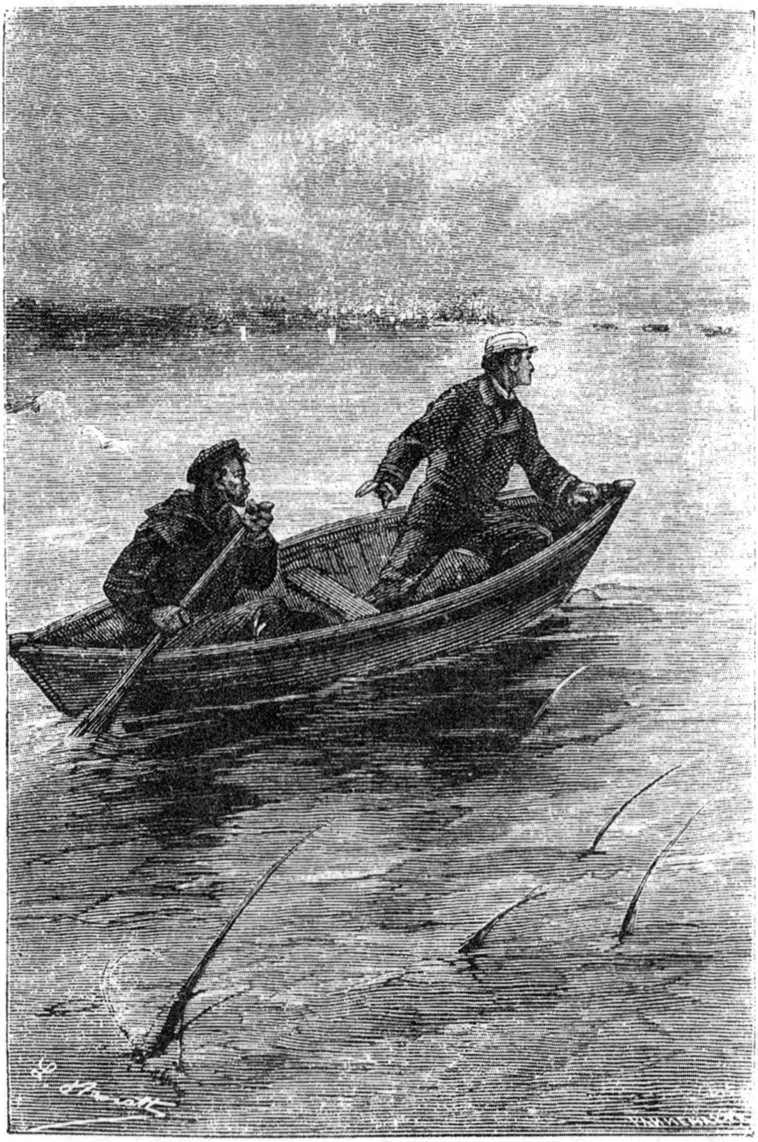

湾的时候,这里的河面尚未被封锁。仅仅是在他们的小艇通过之后,这里才被封锁起来,这么做也许是为了防止北军发动进攻,但是,那个时候,年轻中尉刚刚离开史蒂文森的舰队,北军根本不可能发起进攻。

无论如何,他们不得不离开河流中央的航道,沿着右岸行进,并且尽可能地隐藏起来。如果他们钻进茂密的芦苇丛,借助陡峭河岸上的树丛阴影,也许小艇就不会被人发现。不管怎样,要想躲开圣约翰河面上的封锁线,也没有其他的好办法了。

年轻的中尉说道:"马尔斯,划桨的时候尽量不要出声,一直到我们通过这条封锁线。"

"好的,吉伯先生①。"

"无疑,你得设法克服漩涡,如果需要我来帮你……"

"我自己能行。"马尔斯回答道。

他操纵小艇转向,快速地驶向河流右岸。此时,他们处于锚泊封锁线的上游,相距仅仅不过300码②。

小艇斜着划过河面,幸亏没有被人发现——这种可能性是存在的——现在,小艇已经隐匿在陡峭河岸密匝树丛的阴影里,别人根本无法发现。除非那条封锁线一直延伸到岸边。否则,可以肯定,小艇一定能够溜过去。如果继续留在圣约翰河的主航道,要想尝试越过封锁线,那根本就是妄想。

树丛茂密的枝条垂下来,使沿岸的阴影更加浓重,马尔斯用桨划动小船,在黑暗中前行。前面有许多露出水面的树桩,马尔斯小心翼翼地一一避开,他还得尽量避免船桨发出声响,尽管他还需要

---

① 吉尔伯特的昵称。
② 英制长度单位,1码相当于0.914米。

克服强劲的漩涡造成的逆向水流。在这样的环境里划行,吉尔伯特估计,小艇肯定将比预计时间迟到1个小时。不过,即使天色发亮也没关系,他们距离北军炮舰的锚泊地已经不远,可以不用惧怕来自杰克逊维尔的威胁。

大约4点钟的时候,小艇来到了封锁线附近。正如吉尔伯特预料的那样,由于这一段的河流水位不深,沿着河岸一线的河面还可以自由通行。再往前过去数百英尺,河岸边形成一个突出岬角,深入到圣约翰河的河面——那里植被茂密——杂乱地覆盖着茂盛的红树林,以及高大的竹林,他们必须绕过这个岬角。岬角的上游部分植被茂密十分黝黯,但是它的下游部分正好相反,植被分布在那里戛然而止。滨海地区的地势平坦,但越是靠近圣约翰河的喇叭形河口,河岸的倾斜度越大,形成了一连串的小河湾和烂泥塘,成为一片地势低洼、无遮无掩的沙滩。在那里,看不到一棵树,也没有枝叶遮挡的阴影,与此同时,那里的河水也变得更为清澈。如果小艇出现在那里,尽管是只能容纳两个人的小艇,但是,这么一个活动的黑色物体,不可能不被在岬角水域巡逻的某一条小船发现。

确实,在那边,河面上已经看不到漩涡,代之以欢畅的水流,沿着河岸疾速涌动着,但是与主航道的流向并不完全一致。假如小艇幸运地绕过了岬角,它就将被河水疾速地冲向沙洲,用不了一会儿,小艇就能抵达史蒂文森少校的锚泊舰队。

于是,马尔斯驾驶小艇,小心翼翼地顺着河岸划行。透过浓重的夜色,力图看清楚下游前方的河面。他尽量地靠近陡峭的河岸行进,在岬角背面,他用孔武有力的双臂舞动着短桨,设法战胜湍急的漩涡。与此同时,吉尔伯特转头盯着上游,目不转睛地搜寻着圣约翰河的河面。

与此同时,小艇逐渐向岬角靠拢,又过了几分钟,小艇已经抵达岬角的端头,那里的地势犹如一条沙质的细长舌头,但是,就在他们距离岬角端头还有25至30码的时候,突然,马尔斯停了下来。

　　"你是不是累了,"年轻的中尉问道,"是否需要我来替换你?……"

　　马尔斯回答道:"吉尔伯特先生,别出声!"

　　与此同时,马尔斯猛力划动了两下短桨,小艇斜刺里冲出去,就好像他要让小艇在岸边搁浅。紧接着,他一把抓住低垂下来的树杈;拽着树杈,把小艇拖进了一簇茂密的树丛,掩藏起来。片刻之后,小艇的缆绳被拴在了一棵红树的树根上,吉尔伯特和马尔斯一动不动,四周一片漆黑,伸手不见五指。

　　他们做出这一系列动作,总共只用了不到10秒钟。

　　年轻的中尉伸手抓住了同伴的手臂,想要问一问,为什么要这么做。此时,透过枝叶缝隙,马尔斯伸手指向一个活动的物体,那物体在相对不那么阴暗的水面上移动。

　　这是一条由4个人驾驶的小船,刚刚从岬角端头转过来,正在逆流而上,沿着陡峭的河岸往岬角的上游驶去。

　　吉尔伯特和马尔斯有一个共同的想法,那就是,无论如何,一定要赶回自己的炮舰上去。如果他们的小艇被发现,他们将毫不犹豫地跳上岸,奔跑着穿过树丛,沿着陡峭的河岸,一直跑到与沙洲平行的地方。在那里,天亮以后,或者让距离最近的炮舰发现他们发出的信号,或者不得不洇水返回炮舰,总之,他们一定要想方设法,竭尽全力,返回到自己的岗位上。

　　然而,几乎同时,他们发现,陆路撤退的通道也被切断了。

　　事实上,就在那条小船抵达距离树丛20英尺的地方时,陡峭

的岸边上也出现了六七个人,透过树丛能够影影绰绰地看到他们的身影,岸上的这帮人和船上的人们相互交谈着:

"你们已经通过了最难航行的地方?"岸上的人叫道。

"是的,"河面上的人回答道,"顶着退潮的河水,绕过这个岬角,简直就像在激流中逆势而上,太困难了!"

"现在,你们就在这个地方锚泊吧!我们是不是需要到岬角上去?"

"当然,看好那个大漩涡……我们要守好封锁线的顶端。"

"好的!现在,我们要去巡视河岸,至少要搜寻到沼泽地那边。我想,这几个混蛋要想逃出我们的手心,可没么容易……"

"如果他们已经溜过去了呢?"

"不!这不可能!显而易见,他们就想着在天亮之前回到军舰上。然而,他们根本无法通过小船组成的封锁线,只好尝试顺着河岸溜过去。只要他们从这里经过,我们就能逮住他们。"

这几句话已经足够让人听明白事情的来龙去脉。吉尔伯特和马尔斯从舰队出发的时候,就已经被人发现了——这一点毋庸置疑。如果说,他们划小艇逆流而上,前往康特莱斯湾的码头时,成功地避开了堵截抓捕他们的那些小船,那么,现在,河面被整个封锁起来,他们返程的路线受到监视,返回舰队的锚泊地虽然还不能说毫无可能,但至少已经非常困难。

简而言之,在当前的情况下,吉尔伯特和马尔斯的小艇被夹在了刚刚抵达岬角的那帮人,以及那条小船之间。这条狭窄的河堤一侧是圣约翰河水,另一侧是滨海地区的沼泽,也就是说,不仅他们顺流而下溜过封锁线的企图无法实现,就连沿河堤溜走的可能性也微乎其微了。

于是,吉尔伯特恍然大悟,原来圣约翰河上的封锁线竟是为了堵截他。不过也许,对方还不知道他和同伴已经去过了康特莱斯湾,不知道其中有一个人就是詹姆斯·伯班克的儿子,更不知道他还是联邦海军的一名军官;同样,对方也不知道另一个人是他手下的水兵。可惜,他想错了。当年轻的中尉听到对方的如下对话以后,终于意识到自己面临的危险处境。

"那好吧,你们仔细看着点儿!"岸上的人说道。

"好的!……好的!……"对面的人回答道,"一个联邦军队的军官,这可是条大鱼,更何况,这军官还是佛罗里达那帮该死的北方佬当中某个人的亲生儿子!"

"抓住他,我们就能领到重赏,要知道,出钱悬赏的可是德克萨!"

"不过,如果他们成功地藏到河岸的某处缝隙里,那么很可能,今天夜里我们还无法抓住他。不过等到天一亮,我们就要把所有的犄角旮旯都翻个遍,连一只水耗子都别想从我们手中溜掉!"

"不要忘了,上边可是严令,一定要抓活的!"

"是的!……瞧好吧!……咱们得说好了,一旦我们在河岸边逮住他们,是否立刻大声呼喊,通知你们过来把他们押送到杰克逊维尔去?"

"行啊,除非需要我们跟踪追击,否则,我们就锚泊在这里。"

"那好吧,我们也守住自己的岗位,沿着河岸巡视。"

"去吧!祝你们好运!说实话,在这么个夜晚,真不如待在杰克逊维尔的小酒馆里喝一杯……"

"是啊,可别让这两个混蛋从我们手中溜掉!不会的,倒不如说,明天,我们就要把他们五花大绑,送给德克萨!"

说完这些话,小船划动两只长柄轻桨,渐渐远去。随后,又传来一阵链条滚动的响声,这表明,小船已经抛锚停下了。至于河堤顶端的那几个人，他们也不再说话，只传来踩在落叶上走动的脚步声。

看来，无论是从河面上，还是从陆地上，溜走的可能性都不大了。

这也正是吉尔伯特和马尔斯眼下考虑的难题。他们两个人一言不发，一动不动。小艇隐藏在树丛遮掩的阴影里，外人无法发现，然而，这簇树丛也成了小艇的囚笼。他们已经无法从阴影中划出来。现在是夜晚，就算小艇现在不被发现，但是天亮以后，吉尔伯特还有什么办法不让别人发现呢？要知道，年轻中尉一旦被逮捕，受到威胁的不仅仅是他的生命——作为一名战士，他并不畏惧做出牺牲——但是，如果人家发现他曾经去过城堡屋，他的父亲就会被德克萨的支持者们再次抓起来，而且这件事就会成为詹姆斯·伯班克与联邦军队私通的铁证。西班牙后裔第一次起诉康特莱斯湾的主人时，他手里缺乏证据，但是，如果吉尔伯特落网，德克萨就有了足够的证据。到那个时候，伯班克夫人该怎么办？又该如何去继续寻找蒂和泽尔玛？因为到了那个时候，小姑娘的父亲、哥哥，以及女仆的丈夫都不在了。

片刻之间，所有这些想法一齐涌现在年轻军官的脑海中，他甚至已经隐约看到了那无可避免的严重后果。

因此，如果他们两个人不幸都被抓住，那唯一的指望就是：在德克萨还没来得及下毒手之前，联邦军队就已经攻占杰克逊维尔。否则，他们将无可避免地遭到审判，为了避免审判结果立即执行，也许，在当前形势下，应该想方设法尽早逃脱。是的！唯一的希望就在于此，这是唯一的出路！然而，如何才能推动史蒂文森少校和他的炮舰尽早开到圣约翰河的上游来？如果水位太浅，炮舰如何才能越过沙洲？假如马尔斯落到南方佬手里，舰队如何才能穿过

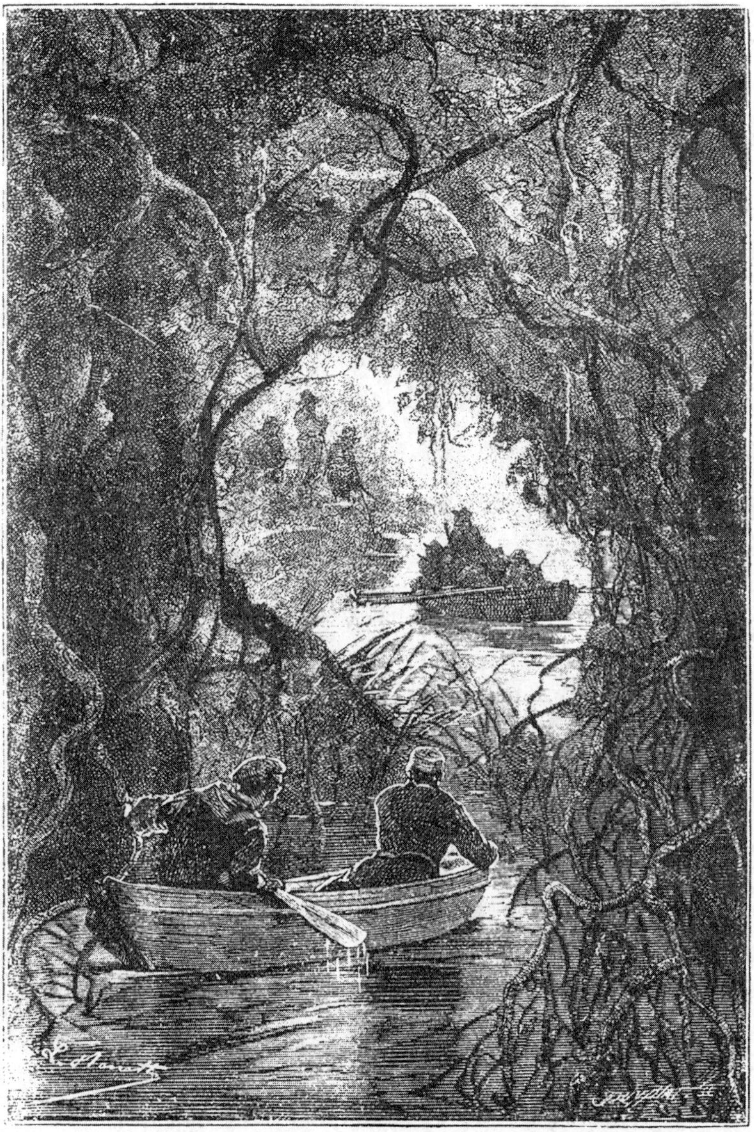

蜿蜒曲折,千折百转的航道？要知道,负责给舰队导航的,恰恰就是马尔斯！

于是,吉尔伯特必须冒险,力争在天亮之前回到军舰上,刻不容缓,他们必须立即出发。然而走得了吗？如果马尔斯驾驶小艇,猛然冲出漩涡,全力划动短桨,他是否能侥幸逃脱？在那一瞬间,小船上的人需要花时间拽起船锚,也许还需要解开缆绳,有这功夫,马尔斯也许能够划得够远,逃脱追击？

不行！这么干肯定不行。年轻中尉心里十分清楚。马尔斯手里只有一把短桨,如何能划得过小船上的四条长柄轻桨。如果小艇试图顺着河面逃跑,它很快就会被追上。用这种办法逃跑,简直就是自投罗网。

究竟怎么办呢？要不然就继续等待？天很快就要亮了。现在已经是凌晨4点半钟。东方天际已经露出鱼肚白。

然而,目前最重要的是做出选择,而吉尔伯特的选择如下。

他压低身躯,向马尔斯低声说道:

"我们不能继续等下去了,"他说道,"我们每人各有一支手枪和一把短弯刀。小船上面总共有4个人。我们每人只需对付两个。我们出其不意,定能先声夺人。你先操纵小艇,迅速冲过漩涡,然后,快速挥动短桨冲向小船。那条小船已经抛锚,必然躲不开这场接舷战①。我们对这些家伙发起突袭,让他们还没来得及醒悟过来,就已经被我们打倒,紧接着我们就朝河面撤退。在河岸上的家伙们发出警报之前,也许我们已经能够冲过封锁线,撤退到舰队锚泊的水域——听明白了吗,马尔斯？"

作为回答,马尔斯伸手攥紧了别在腰带上的短弯刀,以及紧挨

---

① 用己方船舷靠近敌方船舷,由士兵跳船进行格斗的古老海战方法。

着弯刀的那把手枪。随后,他轻轻解开小艇的缆绳,然后抓紧短桨,准备让小艇猛一下冲出去。

然而,就在他准备启动的一刹那,吉尔伯特做了一个手势,止住了他。

一件意外发生的情况让吉尔伯特改变了原先的计划。

随着天色逐渐变亮,河面上开始出现浓重的雾气。看上去,就好像大团大团潮湿的棉絮,席卷着水面,好像画卷一样舒展开来,笼罩了整个河面。这些水汽形成于海面上,来自圣约翰河的入海口,在阵阵微风的推动下,沿着圣约翰河的河道向前移动。不到一刻钟的工夫,无论位于河流左岸的杰克逊维尔城,还是位于右岸河堤上的茂密树丛,统统淹没在这些略显淡黄色的浓重雾霭当中,一时间,河谷中充满了雾气特有的气味。

这难道不是上苍馈赠给年轻中尉和同伴的救命礼物?他们原本打算进行一场实力并不对等的战斗,通过战斗使自己摆脱困境,现在,为什么不能利用这场浓雾,悄无声息的溜之大吉呢?至少,吉尔伯特认为,这么做才是更好的选择。正由于这个缘故,就在马尔斯准备猛然冲出河面的时候,吉尔伯特制止了他。现在要做的正好相反,需要小心翼翼,悄无声息,设法避开小船,雾气已经让小船的轮廓逐渐模糊,再过片刻,小船就将彻底淹没在雾气当中。

雾霭里,一个声音再次高喊道:"小心提防雾气!"

河面上的人向河岸上面回答道:

"好的!我们马上就起锚,向河面方向靠拢!"

"这样做很好。不过,你们要与封锁线上的其他小船保持联络,如果有人从你们附近经过,立刻通知其他小船从各个方向围堵,一直坚持等到雾散。"

"好的!……好的!……不用担心,你们小心提防着,别让这些混蛋从陆地上跑掉!"

不用说,刚刚说到的这些措施,立刻都得到了落实。众多小船开始在河面两岸之间来回梭巡,对此,吉尔伯特一清二楚;但是,他没有丝毫犹豫。小艇在马尔斯的操纵下,悄无声息地离开那簇树丛,开始慢慢地划过漩涡。

雾气变得越来越浓重了,蒙蒙发亮的天色映入雾霭,就好像一盏灯笼的光亮透过水汽,使浓雾呈现出灰白色。周围一片模糊,即使半径几码远的地方,也是什么都看不见。如果幸运的话,小艇用不着对锚泊在水面的小船发起接舷战,它完全可能神不知鬼不觉地悄悄溜走。事实上,小艇完全可以避开小船,此时,小船上的人正在起锚,锚链发出哗啦啦的声响,凭着声音,小艇就能判断出小船的位置,并且避开它。

就这样,小艇向前滑行,马尔斯也使出更大力气舞动短桨。

最难办的是找准一个合适的正确划行方向,尽量避开河流中央的航道。另一方面,恰恰相反,小艇还必须与河流的右岸保持一定的距离,在浓重的雾气中,马尔斯看不到任何可供导航的坐标,也许,唯一能提供参考就是河水冲刷堤岸发出的浪涛拍击声。能够感觉到,天已经放亮了。尽管圣约翰河的水面上依然笼罩着浓雾,但是,在浓重的水汽上方,天色已经越来越明亮。

就这样,在大约半个小时的时间里,小艇冒着危险在水面上漂泊。有时候,水面上突然冒出来一个模糊的黑影,猜得出来,那应该是一条小船,在光线折射的作用下,小船的身影被无限放大——这种现象在浓雾笼罩的海面上时常能够看到。事实上,在肉眼看来,任何物体在浓雾中都可能突然表现出奇幻的影像,让人产生错觉,似乎物体的身影变得异常巨大,这种现象经常发生。十分幸运,刚刚吉尔伯特以为是小船的那些东西,其实只是一个浮动的航标、一座露出水面的礁石，或者插到水底的一根木桩，而木桩伸出水面的上端部分，则隐没在浓雾之中。

各种鸟儿成双成对，伸展着巨大的双翼掠过水面。虽然只能模模糊糊地看到它们的身影，但可以听见它们尖厉的叫声掠过水面，飘向远方。还有一些鸟儿栖息在河面上，当小艇靠近的时候，它们纷纷惊飞起来，看不清它们是飞落到只有几步之遥的河岸，还是重新降落到圣约翰河的水面上。

无论如何，吉尔伯特可以肯定，既然潮水一直在继续后退，小艇就会随着退潮的河水漂向史蒂文森少校的舰队锚泊地。然而，由于退潮的水流渐趋缓慢，没有任何迹象表明，年轻的海军中尉已经成功地越过了锚泊小船组成的封锁线。甚至让人有些担忧，也许情况恰恰相反，小艇正处在封锁线上，随时可能突然遇上其中的一条小船。

可以说，最严重的危险时刻还没有过去。甚至，很显然，片刻之后，小艇陷入了前所未有的危险境地。突然，马尔斯暂时停止动作，短桨悬在水面上，在周围狭小的半径范围之内，从或远或近的不同地方，传来连续的长柄轻桨划动的声音。各种不同的喊叫声从一条小船传到另一条小船，浓雾中，突然出现了几个物体，物体的轮廓模模糊糊。显然，这是好几条小船，他们必须设法躲避。然而，时不时地，雾霭会突然闪开一道缝隙，就好像一阵强风吹散了雾气。视线范围随之扩大，甚至数百码的距离之内，一切都一目了然。吉尔伯特和马尔斯试图确定自己在河面上的具体位置，然而，雾霭很快又将周围淹没，没有别的办法，只好任由小艇随波逐流。

已经早晨5点多了，吉尔伯特计算着，小艇距离舰队的锚泊地大约还有两英里。实际上，他们还没有抵达圣约翰河的沙洲。这片沙洲的位置很好辨认，因为那里水下有无数条沟槽，流水发出喧

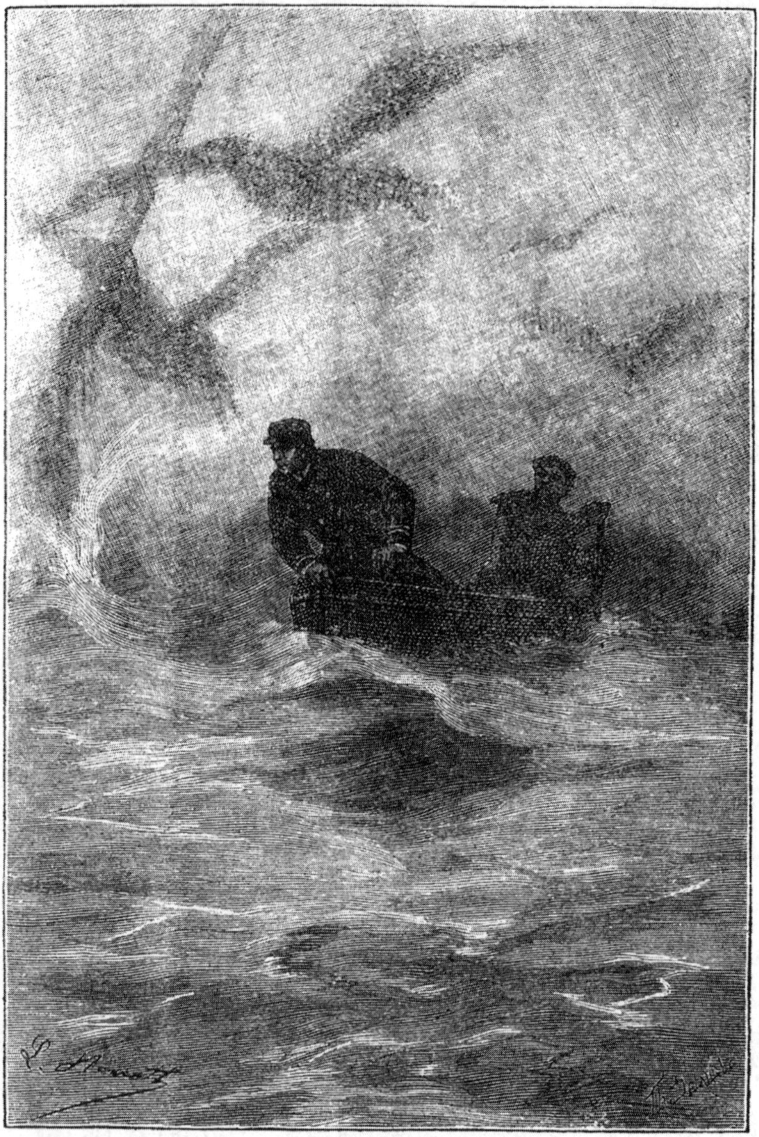

器,河面的声响明显变大,任何一个水手都不会弄错。吉尔伯特觉得,如果他们能够越过沙洲,处境就会变得相对安全一些,因为,那些小船不大可能跑到距离杰克逊维尔城这么远的地方来,把自己置于北军炮舰的射程之内。

于是,他们两人弯下腰,贴近水面,仔细倾听着。然而,尽管他们的听力训练有素,却依然什么也没有听出来。看来,他们必须改变路线,或者向河面的右侧,或者向左侧划过去。现在,他们是否需要斜着穿过河面,返回左岸或者右岸,如果有必要,在那里等待雾气略微散去,以便重新选择正确的方向?

这显然是一个最好的选择,因为此时,雾气正在向上游涌动。他们已经能够感觉到头上的太阳,在阳光的灼烤下,雾气将会散去。在天空恢复清澈之前,圣约翰河的河面就将重新变得一览无余。雾霭的幕布将会突然落下,四周的一切将从雾气中重新浮现。也许,到那个时候,吉尔伯特就能看到舰队的炮舰,为了避免退潮水位过低,炮舰应该位于沙洲下游 1 英里的地方,在这个距离内,他完全可以重返炮舰。

就在此时,传来了一阵水浪冲击的声音。几乎与此同时,小艇好像掉进漩涡里似的打起转来,没错了,吉尔伯特叫道:

"沙洲!"

"是的!是沙洲,"马尔斯回答道,"只要越过这里,我们就能抵达舰队锚泊地了。"

马尔斯重新挥动短桨,现在,他要努力掌握好正确的前进方向。

突然,吉尔伯特制止了马尔斯。透过正在消退的雾气,他看到一条小船,船速很快,航向与小艇一致。小船上的人看到吉尔伯特和马尔斯了吗?他们是不是想拦截小艇?

年轻的中尉说道:"转向左舷。"

马尔斯连续挥舞几下短桨,掉转船头,小艇立刻向相反的方向划去。

然而,就在这个方向,传来人声。呼喊声此起彼伏,毫无疑问,在附近的河面上,有好几条小船正在朝同一航向梭巡。

突然,好像一把巨大的羽扇横扫过河面,圣约翰河面上的雾气瞬间化为水汽,纷纷坠落。

吉尔伯特不禁发出一声惊呼。

小艇周围出现了十几条小船,这些小船正在监控这段航道,这条航道经过一段很长的斜向流动之后,被沙洲截断,恰好变得弯弯曲曲。

"他们在那儿!……他们在那儿!"

那些小船上面纷纷传来惊呼声。

"是的,我们就在这儿!"年轻的中尉攥紧手枪和短弯刀,回应道,"马尔斯,准备自卫!"

这场自卫战,他们只有两个人,而对方足有三十来人!

转瞬之间,三四条小船靠上了小艇。枪声响起来了。枪声仅仅来自吉尔伯特和马尔斯,因为对方一心想要抓活的。有三四名水手被打死或打伤,但是,这是一场实力并不均等的战斗,吉尔伯特和马尔斯如何能够抵挡得住?

年轻的中尉拼死抵抗,仍然被抓住,被捆起来弄到一条小船上。

他拼尽全力大声呼喊:"跑呀……马尔斯!……快跑!……"

马尔斯一刀刺过去,摆脱了抓住自己的对手,趁着对方还没有拽住自己,泽尔玛的勇敢的丈夫一跃跳入河水中。对方试图重新抓住他,但是没能抓住。马尔斯消失在沙洲的漩涡之中,此时,开始涨潮,回流的河水汹涌而来,喧嚣澎湃。

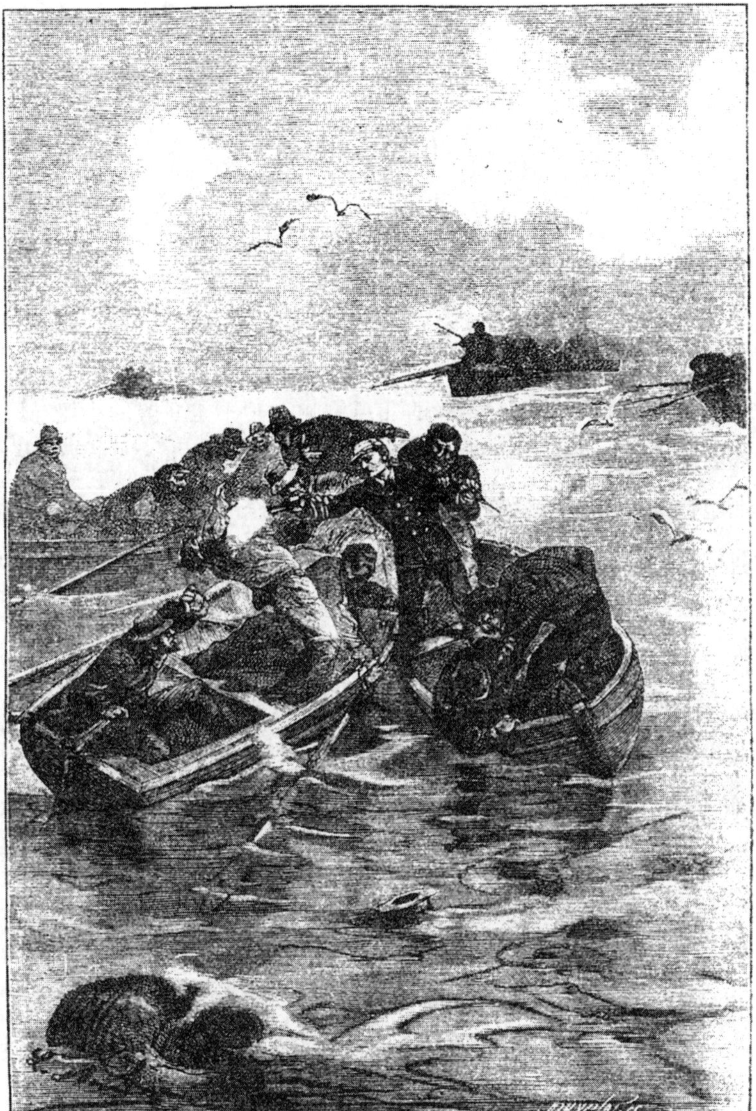

第十五章　审　判

　　一个小时以后,吉尔伯特被押送到杰克逊维尔港口码头。人们刚才已经听见了下游传来的几声枪响。是不是联盟的小船与联邦舰队发生了冲突?甚至,大家有些担心,是不是史蒂文森少校的炮舰在那里穿越了航道?这些猜测并未在全城居民当中引起太大的恐慌。有一些居民很快簇拥到港口的栅状突堤,以德克萨为首的地方政府成员,以及他的最坚定的拥护者们也跟着及时赶到了。所有人都朝沙洲方向眺望,那边的雾气刚刚散去。人们拿着各种小型望远镜和单筒望远镜不停地搜索。然而距离实在太远了——大约足有3英里——很难对这场冲突的严重程度及其后果做出准确判断。

　　无论如何,北军舰队依然停留在原先的锚泊水域。杰克逊维尔城不用担心北军炮舰会立刻发起进攻,城里居民中最胆小的那些人还有足够的时间逃往佛罗里达内地。

　　另一方面,应该说德克萨与他的两三个同伙比其他人更有理由担心自己的人身安全,但是看起来,他们并没有对这起变故感到担忧。西班牙后裔预料到,应该是已经逮到那条小艇了,他的目标,就是不惜一切代价抓到小艇上的人。

　　"是的,不惜一切代价!"德克萨嘴里一边说着,一边急切地辨认着那条正在向港口驶来的小船,"不惜一切代价,抓住伯班克的这个儿子,让他落入我亲手张开的圈套!我终于掌握了詹姆斯·伯班克与北军勾结的证据!看在上帝的份儿上!一旦我枪毙了他的儿子,用不了24个小时,我就能够枪毙掉这儿子的老子!"

实际上,尽管德克萨一伙已经成为杰克逊维尔的主人,但是,自从上次詹姆斯·伯班克被无罪释放以后,德克萨一直在等待有利的时机,以便把他重新抓起来。引诱吉尔伯特上钩的机会最终来临了。吉尔伯特作为联邦军队的军官,在敌方地盘被活捉,被判处间谍罪,西班牙后裔终于可以一雪前耻。

情况很快就弄清楚了。被押送回杰克逊维尔港的人,的确就是康特莱斯湾种植园的主人——詹姆斯·伯班克的儿子。

尽管只抓住了吉尔伯特一个人,甭管他的同伴落水淹死了还是死里逃生,这都不重要,只要抓住年轻军官就行了。现在只需把他交给审判委员会,这个委员会的成员都是德克萨的支持者,担任委员会主席的就是德克萨本人。

城里的群氓都认识吉尔伯特,他们对他的被捕报以欢呼和威胁的吼叫,面对这些,吉尔伯特轻蔑地嗤之以鼻,毫不畏惧。面对充满暴力倾向的人群,一小队士兵奉命赶来,保护吉尔伯特的生命安全。然而,当吉尔伯特看到德克萨的时候,立刻抑制不住愤怒,拼命冲向西班牙后裔,但是被看守他的士兵拦住了。

德克萨一动不动,一言不发,他甚至假装没有看见年轻军官,完全无动于衷地看着吉尔伯特被押送走远。

片刻之后,吉尔伯特·伯班克被关进了杰克逊维尔监狱。人们很难想象,落到南方佬手里,他的命运究竟会怎样。

接近正午的时候,詹姆斯·伯班克的商业客户哈维先生来到监狱,请求探望吉尔伯特,但是遭到拒绝。遵照德克萨的命令,年轻的中尉被秘密关押，绝不允许与外界接触。这项命令甚至导致哈维先生本人也遭到了严密监视。

事实上，德克萨完全清楚哈维先生与伯班克一家的关系，在他的复仇计划中，也包括了哈维先生这个环节，西班牙后裔恰恰不希望康特莱斯湾过早知道吉尔伯特被捕的消息。只有当审判完成，判决结果公布之后，德克萨才会让詹姆斯·伯班克知道事情的来龙去脉，而且，一旦让他知道这个消息，就不能给他从城堡屋逃跑的时间，让他无法逃脱德克萨的手心。

于是，哈维先生无法给康特莱斯湾通风报信了。德克萨还对港口发出禁令，所有小船均不得驶出。圣约翰河左右两岸的所有联系全被切断，伯班克一家对吉尔伯特被捕一事完全被蒙在鼓里，他们以为吉尔伯特已经回到了史蒂文森少校的炮舰上，然而此时，年轻军官却被关进了杰克逊维尔城的大牢。

在城堡屋，人们怀着无比激动的心情，期待着远方传来的炮声，那将意味着联邦军队终于抵达沙洲，到那时，杰克逊维尔将落入北军之手，德克萨也将落到詹姆斯·伯班克的手中！伯班克终于可以自由行动，他将与自己的儿子和朋友们一起继续进行迄今为止一无所获的搜寻行动！

然而，圣约翰河下游始终悄无声息。佩里总管顺流而下前往探访，一直抵达沙洲附近，他还派遣比哥和另一位工头，沿着河岸一直走到种植园下游3英里远的地方，他们也没有带回来新的消息。北军舰队一直停留在锚泊水域。看上去，北军还没有准备启程，也没打算逆流而上直抵杰克逊维尔。

另一方面，北军舰队如何才能翻越沙洲？就算涨潮的潮水允许北军舰队比人们期望得更早开始行动，这些炮舰又如何冒险通过复杂的河道？现在，只有一名导航员熟悉所有那些弯弯曲曲的航道,而这个人却一直不在舰队,他就是马尔斯,事实上,他始终没有重新现身。

假如詹姆斯·伯班克知道了小艇被捕获之后发生的一切,他是否相信吉尔伯特的勇敢伙伴已经葬身圣约翰河的漩涡之中?假设马尔斯有幸死里逃生,泅水抵达圣约翰河的右岸,那么,他首先要做的难道不是返回康特莱斯湾吗?因为此时,他已经不可能返回炮舰了。

然而,马尔斯始终没有重返种植园。

第二天,3月11日,大约上午11点钟,在德克萨的主持下,杰克逊维尔市委员会举行全体会议,会议地点在法院的大厅,就在这同一座大厅里,德克萨曾经指控过詹姆斯·伯班克。这一次,控告年轻军官的罪名非常严重,足以让他无法逃脱被惩罚的命运。审判还没开始,他的罪名就已经成立了。儿子的事情一旦定案,德克萨就要回过头来给老子定罪。小姑娘蒂还在他手里,在他的一手操控下,伯班克夫人经受连续打击,已经濒临崩溃,德克萨很快就将大仇得报!他即将如愿以偿,了结这场深仇大恨,难道不是这样吗?

吉尔伯特被从牢房里提了出来,像昨天一样,人群喧嚣吼叫着,跟随在后面。当他被押进委员会的会议大厅,那里已经麇集了西班牙后裔的最狂热的追随者们,大厅里充斥着最疯狂的喧哗声。

"处死他,这个间谍!……处死他!"

这帮卑贱的群氓把指控的罪名扔到吉尔伯特的头上,而这个罪名的捏造者就是德克萨。

然而此时,吉尔伯特的态度极为冷静,甚至面对德克萨的时候,他也成功地控制住了自己,这个西班牙后裔毫无廉耻之心,在这件事情上居然还敢抛头露面。

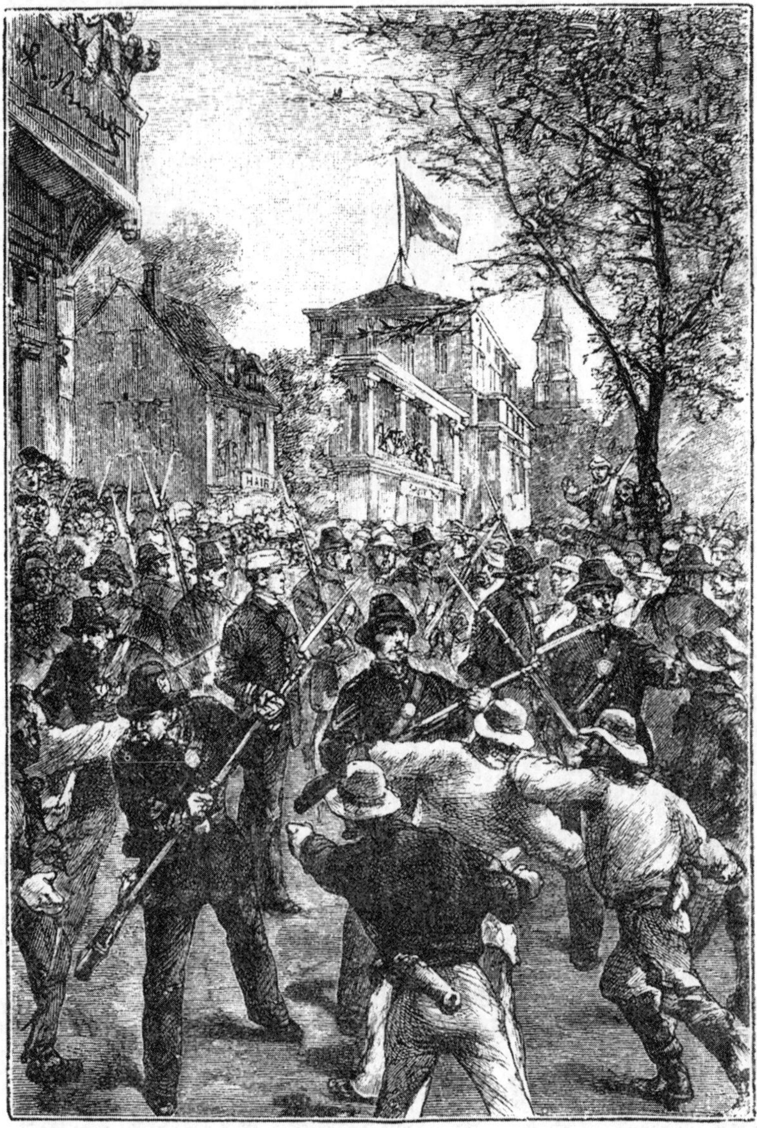
HAIR

"您的名字是吉尔伯特·伯班克吗?"德克萨说道,"您是联邦海军的一名军官?"

"是的。"

"您现在史蒂文森少校麾下的一艘炮舰上担任大副之职?"

"是的。"

"詹姆斯·伯班克是一位北方美国人,是康特莱斯湾种植园的主人,您是他的儿子?"

"是的。"

"3月10日深夜,您是否离开了位于沙洲下游锚泊地的舰队?"

"是的。"

"您是否在准备返回舰队的途中被逮捕,随同的还有您炮舰上的一位水手?"

"是的。"

"您是否愿意说一说,您来到圣约翰河水域都做了什么?"

"有一个人来到我担任大副的炮舰上,他告诉我,我父亲的种植园刚刚遭到一群坏蛋的洗劫,城堡屋遭到匪徒们的围攻。至于这些罪行的责任应该由谁来承担,面对审判委员会的主席,我无话可说。"

德克萨回答道:"但是,我,我有话要对吉尔伯特·伯班克说,我要告诉他,他的父亲无视公众舆论,执意解放了他的奴隶们,本县通过了一项法令,要求驱逐所有刚被解放的奴隶,而且这项法令必须予以执行……"

"在执行的过程中纵火焚烧,抢劫蹂躏,"吉尔伯特反驳道,"还绑架人质,而且恰恰是德克萨本人制造了这起绑架事件!"

西班牙后裔冷静地反驳道:"当我站在法官面前受审时,我才会对此做出回答。吉尔伯特·伯班克,请不要把角色搞颠倒了。现在,您是被告,而不是原告!"

年轻军官回答道:"是的……被告……至少,在眼下这个时候。不过,联邦军队的炮舰要想夺取杰克逊维尔城,只需要越过圣约翰河上的沙洲,到那时……"

这个年轻军官竟然胆敢冒犯面对他的南方佬们,大厅里立刻爆发出威胁和喊叫声:

"处死他!……处死他!"叫声来自四面八方。

西班牙后裔费了好大力气才平息了听众的怒火,随后,他再次询问道:

"吉尔伯特·伯班克,告诉我们,昨天晚上,您为什么要离开炮舰?"

"我离开炮舰,是要去探望我那濒临死亡的母亲。"

"您承认自己登岸去了康特莱斯湾?"

"对此我无须隐瞒。"

"仅仅是为了去探望您的母亲?"

"仅仅是。"

"然而,我们有理由认为,"德克萨接着说道,"您还另有目的。"

"什么目的?"

"目的就是与您的父亲詹姆斯·伯班克进行沟通。很久以来,我们就怀疑,这个北方佬与联邦军队暗中勾结。"

吉尔伯特由衷地感到义愤填膺,他回答道:"您很清楚,这是无中生有。我来到康特莱斯湾,并不是以军官的身份,而是以儿子的身份……"

"抑或是以间谍的身份!"德克萨反驳道。

喊叫声再次爆发:"处死他,间谍! ……处死他!"

吉尔伯特发现自己输了,更让他感到备受打击的是,他明白自己的父亲也将因此受到牵连。

"是的。"德克萨接着说道,"您母亲生病,这只是一个借口!您是以间谍的身份前来造访康特莱斯湾,是为了帮助联邦军队了解圣约翰河的防御状况!"

吉尔伯特站了起来。

他回答道:"我来就是为了探望濒临死亡的母亲。您对此一清二楚!我从来不敢相信,在一个文明国度,居然还有这样的法官,要给一个到病床前探望病危母亲的士兵定罪,即使这位母亲身处敌方的领地!那些对我的行为提出指责的人,居然感到问心无愧!"

听众席上有一些人,他们的同情心尚未因仇恨而泯灭,听到这段如此高尚和坦诚的表白,不禁报以掌声。然而无济于事,掌声换来的只是一阵叫骂,紧接着,西班牙后裔的陈述受到了更热烈的掌声欢迎,他说道,在战争期间,詹姆斯·伯班克接待一位敌军军官,因此,他应该与敌军军官同罪。德克萨曾经承诺提交证据,证明詹姆斯·伯班克与北军勾结,现在,证据确凿。

就这样,委员会根据对吉尔伯特与其父亲关系的询问,对当堂供认予以采信,决定判处联邦海军中尉吉尔伯特·伯班克死刑。

在现场群氓们的喧嚣声中,被判决的囚犯立即被押送回监狱牢房,一路上,人们跟随呼喊着:"处死他,间谍! ……处死他!"

当天晚上,从杰克逊维尔派出一支民兵队伍,来到康特莱斯湾。

率领这支队伍的指挥官要求见到伯班克先生。

詹姆斯·伯班克出现了,身旁陪伴着爱德华·卡洛尔,以及瓦尔特·斯坦纳德。

詹姆斯·伯班克说道:"你们想把我怎样?"

军官回答道:"请看一下这份命令。"

这是针对詹姆斯·伯班克颁发的一份逮捕令,罪名是吉尔伯特·伯班克的同谋。命令上还写着,杰克逊维尔城委员会已经以间谍罪判处吉尔伯特死刑,并且将在48小时内执行枪决。

第 二 部

第一章　遭到劫持之后

当伯班克夫人和艾丽丝小姐赶到马里诺小河湾的岸边时,泽尔玛在黑暗中喊出了那个令人憎恶的名字"德克萨"。与此同时,年轻姑娘也认出了那个卑鄙的西班牙后裔。因此,大家毫不怀疑,德克萨就是劫持案的主犯,就是他一手导演了这场悲剧。

事实上,主谋的确就是德克萨,还有他的六七名手下,都是他的同谋。

很久以来,西班牙后裔就酝酿了这个阴谋,目的是蹂躏康特莱斯湾,抢劫城堡屋,让伯班克全家遭遇灭顶之灾,把这个家庭的男主人投入监牢,或者让他去死。正是出于这个目的,他向种植园派出了一帮劫匪。然而,他却没有亲自出马,而是指使最铁杆儿的亲信负责指挥。这就是为什么约翰·布鲁斯混入进攻的队伍里,却告诉詹姆斯·伯班克说,德克萨确实没有跟那帮劫匪在一起。

要想看到他,必须来到马里诺小河湾,找到那条连接城堡屋的地下通道。在城堡屋遭到围攻的时候,战斗到最后的保卫者必然试图通过这条通道败退。德克萨知道这条通道的存在。为此,他在杰克逊维尔登上一条小船,让他的两个奴隶和斯坎伯驾驶另一条小船紧随其后,他们来到这里密切监视,守候着即将从这里逃亡的詹姆斯·伯班克。当他看到河湾芦苇丛里隐藏着一条康特莱斯湾的小船，他就明白自己的估计没有错。两名负责看守小船的黑人遭到突袭，并且被割喉杀死。然后，德克萨他们就守候在那里。很快，泽尔玛首先出现了，贴身带着小姑娘蒂。随后，混血女仆发出了呼喊，西班牙后裔担心有人赶来救援，立刻把泽尔玛交到斯坎伯的手里。然后，当伯班克夫人和艾丽丝小姐赶到岸边，混血女仆已经被押在斯坎伯的小船上，疾速驶往河心。

接下来的事情，大家都已经知道了。

不过，在绑架行动完成之后，德克萨并没有想着要去和斯坎伯会合。

斯坎伯这个人对德克萨忠心耿耿，他知道应该把泽尔玛和小姑娘送到哪里去，那是个外人无法找到的藏匿之所。因此，当三声炮响，召唤正准备强攻城堡屋的匪帮撤退时，西班牙后裔已经划着小船，斜穿过圣约翰河的河面，消失得无影无踪。

他去了哪里？没有人知道。无论如何，在3月3日至4日的这个夜晚，他没有回到杰克逊维尔。只是过了24个小时之后，人们才重新看到他。在这段时间里，他没来由地失踪了——难道他不需要对此做出解释吗？真是天晓得。然而，如果有朝一日，当他被指控参与这起绑架案，理所当然地，原告将就此提请法官仲裁①。这次绑架与他的失踪同时发生，这种巧合在法律上对他肯定不利。无论怎样，德克萨回到杰克逊维尔城已经是3月5日的早晨。他回来是为了布置南军采取必要措施开展防御——他回来得非常及时，我们已经看到，他是如何布置张网捕捉吉尔伯特·伯班克，同时主持委员会工作的，正是这个委员会即将判处年轻的北

---

① 仲裁是一种法律手段和方法，是指当事人应当依照仲裁裁决书写明的期限自动履行裁决。

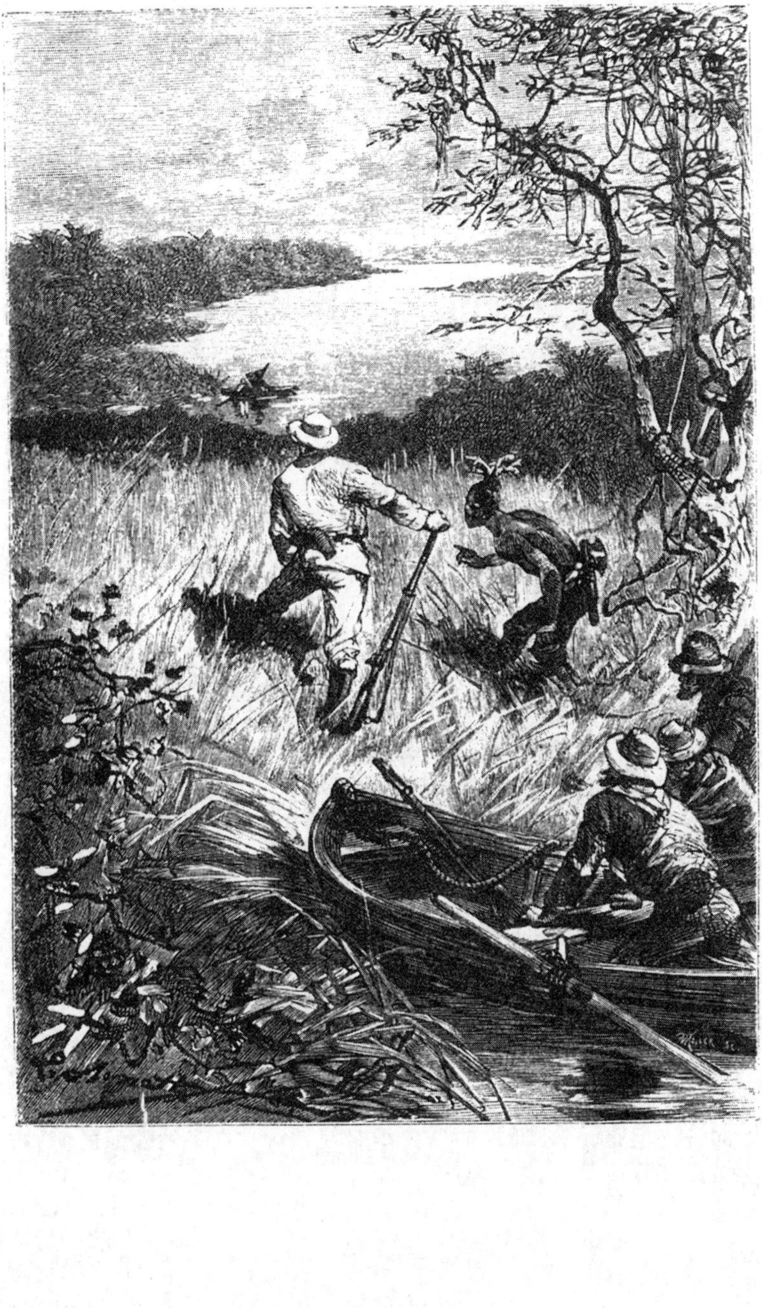

军军官死刑。

有一点十分确定,那就是,当斯坎伯在黑暗中驾驶着那条小船,乘着涨潮的河水向康特莱斯湾上游划去的时候,德克萨并不在那条小船上。

泽尔玛很快就明白,在圣约翰河荒寂的河面上,她的喊叫声不会被人听见,于是她沉默下来,坐在小船的后部,怀里紧紧搂着小姑娘蒂。

小姑娘已经被吓坏了,一句抱怨的话都说不出来。她紧紧靠在混血女仆的胸前,用披风把自己紧紧裹起来。仅仅有那么一两次,她的嘴唇之间嗫嚅出几个单词:

"妈妈!……妈妈!……泽尔玛嬷嬷!……我害怕!……我害怕!……我想见到妈妈!……"

"是的……我的宝贝儿!……"泽尔玛回答道,"我们会见到她的!……别害怕!……有我在你身边呢!"

此时,忧心如焚的伯班克夫人正爬上圣约翰河的右岸,徒劳无功地寻找那条载着她的孩子驶往对岸的小船。

夜色一片晦暗,种植园里四处燃烧的火焰开始熄灭,火场不断传来爆裂的噼啪声,升腾的浓烟向北方飘去,只剩下少数几处地方还冒着火苗,火光映照在河面上,转瞬即逝。随后,四周陷入一片寂静,黑暗重新笼罩大地。小船行驶在河流的主航道里,目力所及,甚至两侧的河岸都望不见。小船孤零零的,犹如一叶扁舟漂浮在大海之中。

斯坎伯掌握着船舵,他要把小船驶向哪一个河湾?首先必须知道这一点。询问印第安人毫无意义,因此,泽尔玛试图自己辨认方向——但是,只要斯坎伯驾驶小船一直行驶在圣约翰河的河心,就无法辨认方向,因为四周一片漆黑。

涨潮的河水向上游涌动,两名黑人划动着船桨,小船快速地向南行驶。

然而,泽尔玛很想在沿途留下一些标记,这一点特别重要,只有这样,才能让她的主人比较容易地寻找小船的行踪！然而,小船行驶在河面上,她根本无能为力。如果是在陆地上,她可以在灌木丛上留下披风的碎布,让它成为跟踪的路标,一旦有人认出这些碎布,就能一路跟踪到底。然而,如果在流动的水面上留下她自己,或者小女孩的某些物品,那能起什么作用呢？也许可以指望,这些东西能够偶然地落到詹姆斯·伯班克的手里？这个办法行不通,还是想办法辨认一下,小船将要抵达圣约翰河的什么地方。

就这样,一个小时过去了,斯坎伯始终一言不发。

两名黑人同样一声不吭地划动船桨。河岸边模模糊糊地显出一些物体的轮廓,但是,无论在树丛下,还是房屋里,始终没有看到一缕亮光。

与此同时,泽尔玛不断左顾右盼,希望找到一点儿标志性的物体。她现在最担心的就是小姑娘的人身安全,至于她本人的安危,泽尔玛全然没有放在心上。她的所有担忧和焦虑,全部集中在这个孩子身上。劫持这个孩子的肯定是德克萨,在这个问题上,根本毋庸置疑。这个西班牙后裔守候在马里诺小河湾,泽尔玛当时就认出了他。这些人守在那里,或者是想通过地道攻入城堡屋,或者是想等候通过地道撤退的守卫者。如果德克萨不是那么着急采取行动,那么现在,伯班克夫人、艾丽丝小姐、小姑娘蒂,以及泽尔玛4个人都有可能成为他的猎获物。德克萨没有亲自出面指挥民兵和那帮抢劫的匪徒,就是因为他算准了,等候在马里诺小河湾,更有把握抓住伯班克一家。

无论如何,德克萨都无法否认,他直接参与了劫持行动。泽尔玛当时大声喊出了德克萨的名字，伯班克夫人和艾丽丝小姐应该听得一清二楚。

迄今为止，德克萨利用不在场的证据，多次成功地逃脱了惩罚，但是，不久之后，当公正审判的时刻来临，当德克萨需要为自己犯下的罪行做出辩解的时候，这一次，他将不可能再次拿出莫名其妙的不在现场证据。

然而眼下，他的两名受害者将面临什么样的命运？他是不是要把她们藏匿到圣约翰河源头那边，荒无人烟的大沼泽地去？泽尔玛作为一名证人，她的证词总有一天将置德克萨于死地，对于这个危险的证人，德克萨是否要设法除掉？对于这个问题，混血女仆自己也在思忖。为了拯救那个与自己一同被劫持的孩子，泽尔玛宁愿牺牲自己的性命。然而，如果她死了，落在德克萨和他的同伙手里的小姑娘蒂该怎么办？想到这里，泽尔玛感到痛苦万分，不禁把小姑娘紧紧搂在胸前，生怕斯坎伯从她怀里把孩子抢走。

就在这个时候，泽尔玛发现，小船正在向河流的左岸靠拢。这是否可以成为一个坐标？不行，因为她不知道，西班牙后裔居住在黑水湾的最里面，那里是这座潟湖的众多小岛中的一个，那个地方甚至就连德克萨的同伙都不知道，因为，除了他本人和斯坎伯，以及他的黑奴们，这座碉堡还从来没有接待过任何其他人。

事实上，印第安人即将安置蒂和泽尔玛的地方就在那里。在这片神秘莫测的地方，碉堡处于最隐秘的位置，任何搜寻行动都无法找到她们的踪迹。

可以这么说，对于不清楚这里的水道，不了解各个岛屿方位的人来说，黑水湾是一个无法进入的地方。在这个地方，分布着不计其数的隐匿场所，把人质藏在这里，外人根本无法发现其踪迹。一旦詹姆斯·伯班克试图在这片错综复杂的地域开展搜寻，德克萨也有足够的时间，把混血女仆和孩子转移到佛罗里达半岛的南部去。那里地势广袤，人迹罕至，佛罗里达的探险家刚刚开始进入那个地区，那里的原野生存环境恶劣，只有少数几支印第安人团伙在那里出没，在这样的地方，要想搜寻到人质，根本就是痴心妄想。

康特莱斯湾与黑水湾相距45英里，小船很快驶过这段路程，大约半夜11点钟，小船抵达了圣约翰河的一个拐弯处，距离拐弯处上游200码的地方，就是黑水湾。现在，需要寻找这座潟湖的入口处。河流左岸笼罩在浓重的夜色中，寻找潟湖入口不是一件容易的事情。然而，斯坎伯对这片水域十分熟悉，他毫不迟疑地拨动舵杆，让小船斜插穿过河面。

河岸边形成了无数座小河湾，到处长满茂密的芦苇和水草，毫无疑问，如果让小船沿着河岸划行，寻找路径就会相对容易一些。然而，斯坎伯担心小船搁浅。由于圣约翰河的河水很快就将随着退潮涌向入海口，一旦小船搁浅，那可就麻烦了。如果搁浅，小船就不得不等候重新涨潮，换句话说，那就意味着需要等待12个小时，如果这样，天亮以后，如何才能不让人看见这条小船呢？因为在正常情况下，圣约翰河上来来往往的小船不计其数。眼下发生了一系列事件，一定会让杰克逊维尔和圣奥古斯丁之间的小船频繁来往，互通信息。毫无疑问，如果城堡屋没有在围攻中沦陷，第二天，伯班克的家人肯定就会开始密集的搜寻行动。斯坎伯的小船就是被搜寻的目标，如果他被搁浅在河岸边的某个地方，肯定无法逃脱被追踪的命运。眼下的局面变得十分危险，出于上述种种考虑，斯坎伯宁愿让小船停留在河道中央，甚至，如果有必要，他还可以锚泊在河心。等到天色微微发亮的时候，他就会迅速找到黑水湾的入口水道，只要穿过水道，任何人都无法找到他的踪迹。

于是，小船继续随着涨潮的河水向上游行驶，根据时间推算，斯坎伯觉得还没有抵达潟湖入口处的位置。

他还想让小船往上游再行驶一段距离,就在此时,不远处传来一阵声响。那是蒸汽桨轮发出的低沉声,声音回响在河面上。几乎与此同时,在河流左岸的拐角处,出现了一个移动物体的身影。

这是一条低速行驶的蒸汽轮船,船上舷灯惨白的灯光照亮了黑暗的河面。用不了一分钟,它就能靠近斯坎伯的小船。

斯坎伯做了一个手势,两名黑人停止了划桨,斯坎伯用力拨动船舵,驾驶小船斜刺里冲向河流右岸,他不仅是要避开轮船的航路,更希望不要被轮船发现。

然而,蒸汽轮船的瞭望台已经发现了小船,船上的人用传声筒呼唤,命令小船靠过去。

斯坎伯不禁骂了一声可怕的诅咒。然而,船上发出的口令十分明确,小船根本无法逃避,斯坎伯只好服从命令。

片刻之后,小船的右舷靠在了轮船边,轮船则已经停止行进,等着小船靠过来。

泽尔玛立刻站了起来。

面对这种情况,泽尔玛发现了被拯救的一线希望。她是不是应该大声呼喊,让轮船上的人认出自己,然后大声求救,乘机摆脱斯坎伯?

印第安人站到了泽尔玛的身边,一只手攥着一把鲍伊猎刀[①],另一只手抓紧小姑娘蒂,泽尔玛试图抢过小姑娘,但是没有成功。

"你只要喊一声,"他说道,"我就杀了她!"

如果只是自己的生命受到威胁,泽尔玛绝不会有丝毫犹豫。然而,印第安人手里的刀威胁的是孩子,泽尔玛只好默不作声。与

---

① 一种带龙骨锯齿的长柄长刃猎刀。

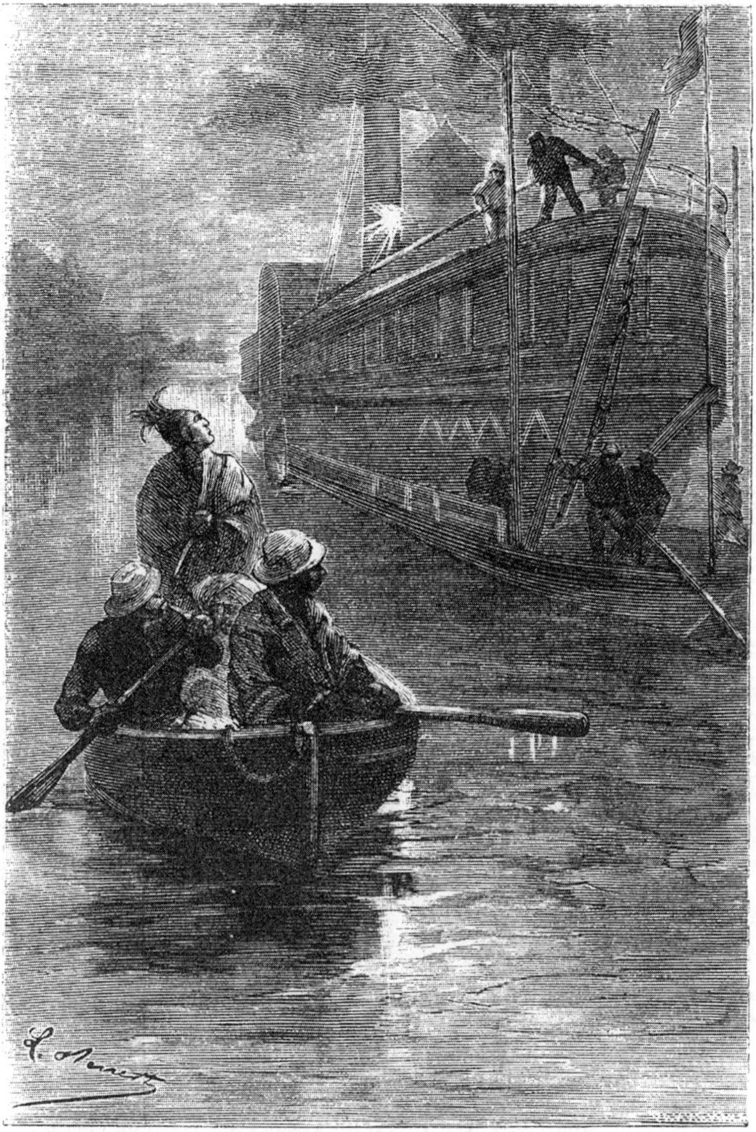

此同时,站在蒸汽轮船甲板上的人完全看不到小船上发生的事情。

蒸汽轮船是从毕高拉塔镇开过来的,它在那里装载了一队南军民兵,准备驶往杰克逊维尔,支援那里的南方佬,阻止北军占领圣约翰河流域。

一名军官从栈桥上探出身子,开始询问斯坎伯。下面就是他们之间的对话:

"你们要去哪里?"

"去毕高拉塔。"

泽尔玛明明知道斯坎伯根本不愿意让别人知道他的真正目的地,但还是在心中记下了这个地名。

"你们从哪里来?"

"从杰克逊维尔来。"

"有什么新消息吗?"

"没有。"

"关于杜邦的舰队,没有任何消息吗?"

"没有。"

"自从北军对费尔南迪纳和科兰什要塞发起进攻以后,就再没有新消息了吗?"

"没有。"

"在圣约翰河的航道里,还没有出现北军炮舰?"

"还没有。"

"我们锚泊等待潮水的时候,听到北方传来爆炸声,远远望见火光,那声音和火光来自什么地方?"

"那是今天晚上,对康特莱斯湾种植园发起的一次攻击。"

"是北方佬干的吗?……"

"不是!……是杰克逊维尔城的民兵干的。种植园的主人想要违反委员会的命令……"

"好的！……好的！……一定是那个詹姆斯·伯班克……那个无药可救的废奴主义者！……"

"确实如此。"

"进攻的结果如何？"

"我不知道……我就是路过的时候看了一眼……我感到那里的一切都已付之一炬！"

就在此时,从孩子的双唇之间发出了一声微弱的喊叫……泽尔玛立刻用手捂住了孩子的嘴,因为就在此时,斯坎伯的手掌正要伸向孩子的脖颈。那名军官站在蒸汽轮船栈桥上,什么也没有听见。

军官问道："攻击康特莱斯湾,难道还动用了大炮？"

"我不这么认为。"

"但是,为什么我们听见三声炮响,炮声似乎来自杰克逊维尔城那边。"

"这个我可不清楚。"

"也就是说,从毕高拉塔一直到入海口,圣约翰河还是可以自由通行的？"

"完全是自由的。您可以顺流而下,不用担心遇到北军炮舰。"

"太好了——起航！"

命令立即被传送到机舱,蒸汽轮船随即就要重新起航。

"能否提个问题？"斯坎伯向那个军官问道。

"什么问题？"

"夜色太黑暗……我都有点儿迷路了……您能告诉我这里是哪儿吗？"

"在黑水湾附近。"

"谢谢。"

当小船离开蒸汽轮船数寻①之后,蒸汽轮船逐渐消失在黑暗之中,在它身后,轮船强有力的桨轮搅得河水一团浑浊,此时,曙光开始洒向圣约翰河的河面。

现在,河面上只剩下斯坎伯的小船,他重新坐到船尾,发出了划桨的指令。他已经知道了小船所处的位置,于是向右舷调整航向,小船向岸边一处新月形缺口驶去,缺口的尽头,就是黑水湾的入口。

泽尔玛毫不怀疑,印第安人驾驶小船将要驶入的这片水域,一定是此地最隐秘的入口,但是,她即使知道了这一点也没什么用处。

她如何把这个秘密通知主人?在这样一个错综复杂、难以进入的迷宫里,主人又如何开展搜索?另一方面,在河湾的最里面,分布着杜瓦尔县的广袤森林,即使詹姆斯·伯班克和同伴们成功进入潟湖,又如何克服茂密森林给追踪行动造成的一系列困难?那里位于佛罗里达的西部,迄今还是一片人迹罕至的荒野,甚至都很难找到行走的道路。总之,深入这种地方需要冒极大风险。

塞米诺尔人仍然出没于这片遍布森林或沼泽的地区,他们的存在令人望而生畏,过往的行人如果落到他们手里,无不遭到肆意劫掠,如果有人胆敢抵抗,难免惹来杀身之祸。

不久前,在杜瓦尔县的北部地区,位于杰克逊维尔城略微偏向西北的一个地方,发生过一起奇特事件,至今人们仍记忆犹新。

那一次,十几位佛罗里达人动身前往墨西哥湾的沿海地区,遭

---

① 寻为水深测量单位,英制寻为1.83米,法制寻为1.624米。

到一帮塞米诺尔人的突然袭击。由于寡不敌众,抵抗毫无意义,因此,他们放弃了抵抗,并未进行殊死搏斗。

于是,这些正派人被仔细搜身,携带物品被洗劫一空,连身上穿的衣服也被扒了下来。不仅如此,印第安人用死亡威胁他们,声称印第安人从来没有放弃过对这片土地的主权要求,从今往后,禁止他们再次踏足此地。为了防止这些佛罗里达人触犯禁令,印第安人的首领采取了一个简单的办法,给这些人做上标记:他让人用锋利的尖刺和一种植物的染色汁液,在每个佛罗里达人的胳膊上刺了花纹,那是一种奇特的标记,永远也擦洗不掉。之后,这些佛罗里达人被释放,没有再遭到虐待。这些人回到北部的种植园时,神情极为沮丧——他们在印第安人的威逼下,被打上了所谓的印记,从此再也不敢让自己落入那些塞米诺尔人之手,因为,毫无疑问,如果再次被抓住,塞米诺尔人就要依据标记履行承诺,毫不留情地把俘虏杀死。

这件事如果发生在过去任何时候,杜瓦尔县的民兵都不会让罪犯逍遥法外,他们一定会扑上去追踪印第安人。但是,在眼下这个时候,除了对这些游牧的印第安人发起讨伐之外,杜瓦尔县民兵还有其他事情要做。联邦军队对佛罗里达的入侵迫在眉睫,这个问题才是头等大事儿。眼下最重要的,就是阻止联邦军队成为圣约翰河,以及沿河流域的主人。

人们本来以为,塞米诺尔人早已经被一劳永逸地驱离佛罗里达北部,然而,随着内战的爆发,他们乘机扩大势力,居然胆敢冒险重返这个地区,因此,尽管从杰克逊维尔城一直到佛罗里达北部与佐治亚州的交界处,南方联盟的军队全力以赴防备北军,但是,不久之后,一旦时机来临,南军早晚还是要回头收拾塞米诺尔人。这一回,他们将不再满足于把他们驱逐到大沼泽地的荒野里,而是要把他们彻底打垮,全部消灭。

在此之前,到佛罗里达的西部地区去旅行,还是要冒极大风险的。假如,詹姆斯·伯班克当真要在这个地区开展搜寻行动,那么,对于所有参与搜寻行动的人员来说,必将经历一番生死考验。

此时,斯坎伯驾驶的小船已经靠近河流的左岸,他知道这里处于圣约翰河通往黑水湾的入口,所以,对于小船可能在浅滩触底的可能性也不太介意了。

就这样,大约5分钟之后,小船驶入了遮天蔽日的树丛阴影中,与河面相比,这里的光线异常黝黯。尽管斯坎伯早已习惯了在潟湖的弯曲复杂水道行船,但是,由于四周光线过于昏暗,他也难以辨认正确方向。不过,既然周围没有别人,为什么就不能借助一点儿亮光呢?于是,斯坎伯从河岸边的树上砍下一簇富含树脂的树枝,点燃后举在了小船的前面。尽管火光闪烁不定,但也足够让目光敏锐的印第安人辨认出水道的方位。行驶了大约半个小时,小船顺着千回百转的水道进入黑水湾腹地,最终抵达了碉堡所在的那座小岛。

于是,泽尔玛下船登岸,小姑娘累坏了,在她的怀抱里熟睡着,就连混血女仆抱着她走过碉堡的小门,蒂也没有被惊醒。她们随即被关进位于碉堡中央的一个房间里。

角落里有一条毯子,还有一张简陋的床,蒂裹着毯子蜷缩在床上,泽尔玛守在小姑娘的身边。

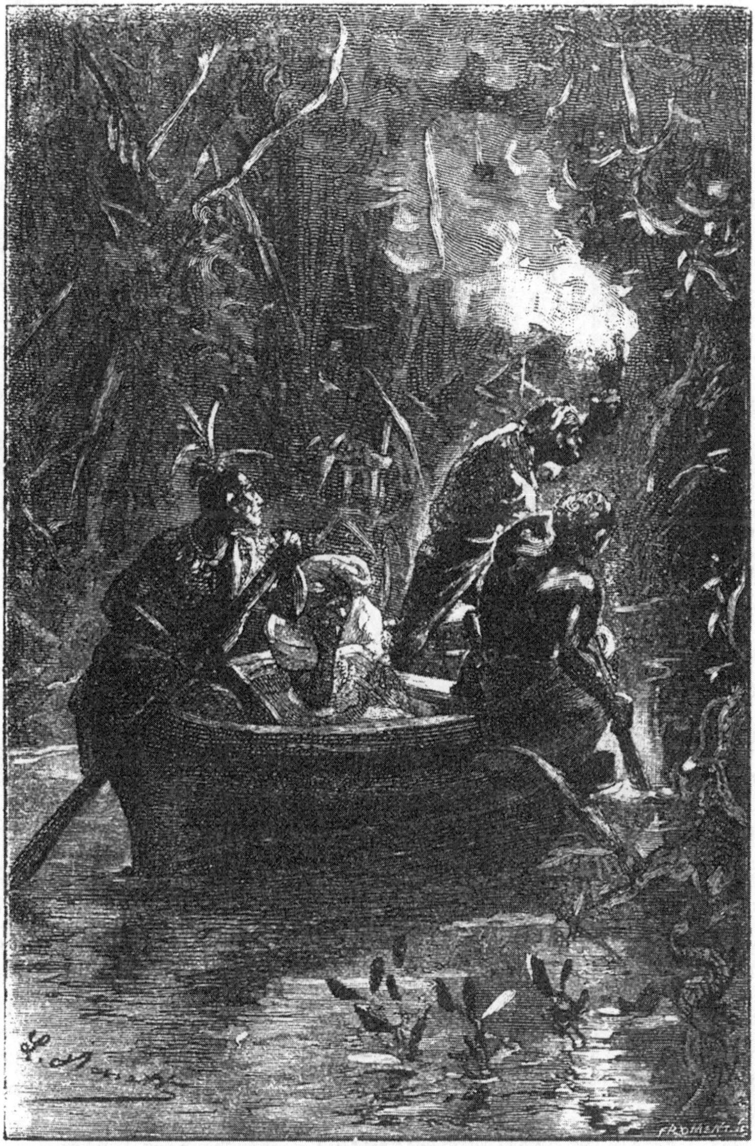

第二章　奇怪的手术

第二天,3月3日,早晨8点钟,斯坎伯踏进泽尔玛被关了一宿的那个房间,送来了一些吃的——面包、一块凉的野猪肉、一些水果、一罐浓烈的啤酒、一罐清水,以及各种餐具。与此同时,一个黑人过来,在房间角落里放置了一张老旧的家具,权当洗漱台和衣柜,里面放了几件衣服、被单、毛巾,以及一些零碎物品,混血女仆和小姑娘可以随意使用这些东西。

蒂还在熟睡。泽尔玛做了一个手势,请求斯坎伯不要惊醒小姑娘。

等到黑人走出房间,泽尔玛压低声音对印第安人说道:

"你们想要把我们怎么样?"

"我不知道。"斯坎伯回答道。

"你从德克萨那里得到的命令是什么?"

印第安人反驳道:"甭管这道命令是来自德克萨,还是来自其他人,您照办就是了,您最好还是乖乖听命。只要你们还在这里,这个房间就归您使用,夜里,你们必须待在碉堡里面。"

"那么,白天呢?"

"你们可以在碉堡和院子里活动。"

"只要我们还在这里?……"泽尔玛回答道,"我能知道我们

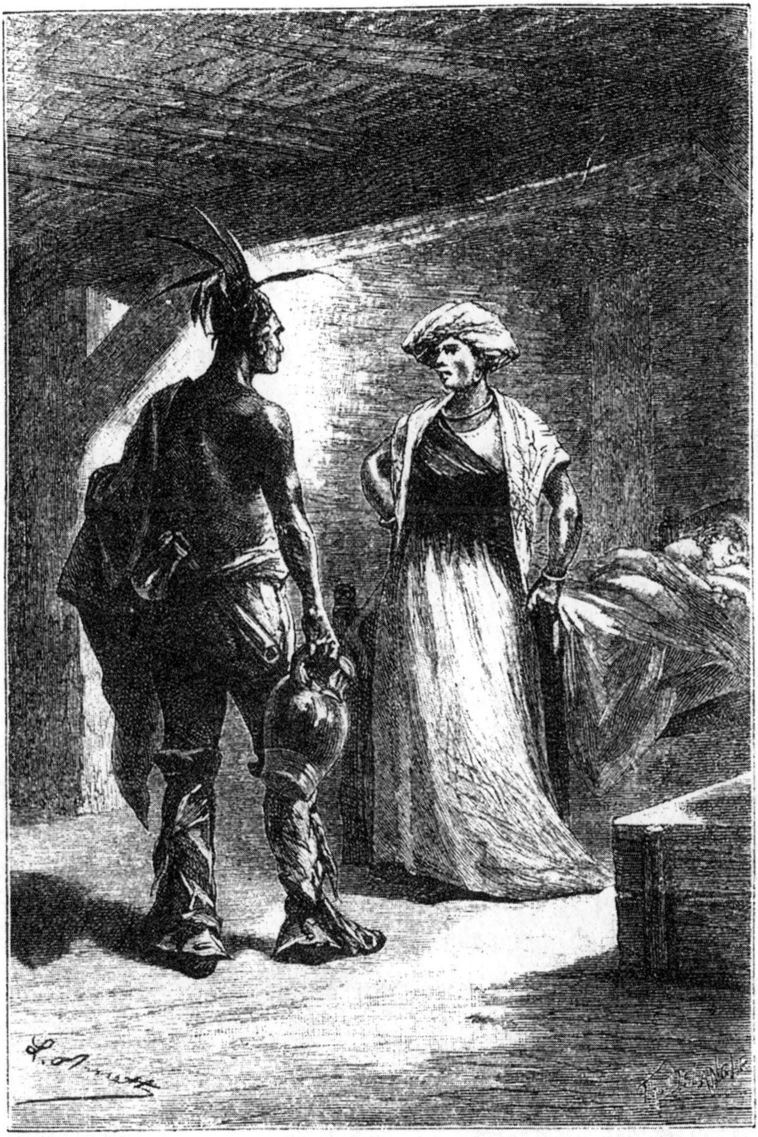

现在哪里吗?"

"就是我接到命令,把你们送到的这里。"

"我们将在这里待到什么时候?"

印第安人反驳道:"我已经说了该说的一切,您再跟我说什么都没用,我也不会再回答您的问题。"

显然,在上述简短的对话中,斯坎伯十分小心谨慎,他随后退出了房间,留下混血女仆独自守着小姑娘。

泽尔玛看着孩子。

几滴眼泪从她的眼角淌落,但是,她很快就把泪水擦拭。当蒂醒来的时候,不能让她看到自己曾经伤心落泪。必须让小姑娘逐渐适应目前所处的新环境——这个环境十分险恶,因为,西班牙后裔什么事情都干得出来。

泽尔玛仔细回想了一遍昨天以来发生的一切。她曾经清楚地看到伯班克夫人和艾丽丝小姐爬上河岸,当时,小船正在疾速驶向远处。她们两人充满绝望,撕心裂肺般的呼喊声也传到了泽尔玛和蒂的耳边。然而,她们两人还能够重新钻进地道,赶回城堡屋,重新进入遭到围攻的住宅里面,及时向詹姆斯·伯班克及其同伴报告这场新的不幸打击吗?她们是否也会被西班牙后裔的手下抓起来,带到远离康特莱斯湾的地方,甚至,也许遭到杀害?如果真是这样,詹姆斯·伯班克就无法知道小姑娘蒂已经和泽尔玛一起被劫持了。他就会误以为自己的夫人、艾丽丝小姐,还有孩子和女仆都已经在马里诺小河湾登船,并且顺利抵达侧柏岩石的避难所,她们的处境已经转危为安了。那样一来,詹姆斯·伯班克也就不可能立即展开搜寻行动!……

即使假设,伯班克夫人和艾丽丝小姐成功返回了城堡屋,假设詹姆斯·伯班克获悉了这一切,他是否面临住宅被攻陷,遭到抢劫、焚烧和摧毁的局面？如果是这样,城堡屋的守卫者将会面临怎样的结局？他们很可能被俘,甚至战死,以至于泽尔玛再也不可能得到他们的支援。

甚至,即使北军终于控制了圣约翰河,她们的踪迹依然无人知晓。无论吉尔伯特·伯班克,还是马尔斯都不可能知道,他们的妹妹和妻子被藏匿在黑水湾的这座小岛上面！

倘若事情真的到了这一步,泽尔玛就只能想方设法,依靠自己的本事自救了。拯救这个孩子,这是她的唯一使命,她拼了自己的性命,不惜一切代价也要达到目的:逃脱！为了这个目标,她开始争分夺秒,积极筹划。

然而,这座碉堡处于斯坎伯及其同伴的严密监视下,院子栅栏周围有两只凶恶的猎犬来回梭巡,她们有可能走出碉堡,逃离这座小岛吗？更何况,这座小岛所在的潟湖,还分布着无数条蜿蜒曲折的水道。

是的,泽尔玛也许可以成功,但前提条件却是,她必须得到西班牙后裔手下某一个奴隶的暗中帮助,而且,这个奴隶还必须对黑水湾的水道情况了如指掌。

为什么泽尔玛不能用重金酬谢的方式,引诱斯坎伯的某一名手下,获得他的帮助,并且成功脱逃？混血女仆决定竭尽所能尝试一下。

不过此时,小姑娘蒂刚刚睡醒。她醒来以后说的第一句话,就是呼唤自己的妈妈。紧接着,她开始用目光打量这个房间。

她回想起了昨晚发生的一切,看见了混血女仆,立刻跑到泽尔玛的身边。

"泽尔玛嬷嬷！……泽尔玛嬷嬷！……"小姑娘喃喃说道,"我害怕……我害怕！……"

"别害怕,我的宝贝儿!"

"妈妈在哪里?……"

"她会来的……很快!……我们必须自己想办法脱身……你知道的!……我们现在很安全!……在这里,我们什么都不用害怕!……伯班克先生一旦得到支援,他一定赶来与我们会合!……"

蒂看着泽尔玛,那神情似乎是在询问:

"真的吗?"

泽尔玛一心想着安慰孩子,她回答道:"是的!是的!伯班克先生说过,让我们在这里等他!……"

小姑娘接着说道:"可是,那些把我们弄到小船上的人呢?……"

"我的宝贝儿,他们都是哈维先生的仆人!你知道的,哈维先生是你父亲的朋友,他住在杰克逊维尔城!……我们现在待的地方,就是他在汉普顿-立德的乡村别墅!"

"那么,妈妈和艾丽丝原来是和我们在一起的,为什么她们没有来这里?……"

"她们在即将登上小船的时候,被伯班克先生叫回去了……你应该还记得!……一旦他们把那些坏人从康特莱斯湾赶走,就会来找我们!……你瞧你!……别哭呀!……就算我们需要在这里待上几天,那也不必害怕,我的宝贝儿!……我们躲藏在这里,没事儿的!……那好吧,现在过来,让我给你梳洗一下!"

蒂固执地一直用眼睛盯着泽尔玛,尽管混血女仆说了这么一大通,小姑娘还是长长地叹了一口气。这一次,与往常的习惯不同,蒂没有在睡醒后露出快乐的微笑。

看来,现在最重要的事情,是照顾好小姑娘,让她快乐起来。

为此，泽尔玛使尽浑身解数，对她关爱备至。她细心周到地照顾小姑娘梳洗，就好像她们还住在城堡屋的那间漂亮房间里，一边梳洗，一边给蒂讲故事，试图让她忘记烦恼。

随后，蒂吃了一点儿东西，泽尔玛也和她一起，分享了在这里的第一顿早餐。

"现在，我的宝贝儿，如果你愿意，我们可以出去……到院子里去……"

孩子问道："哈维先生的乡间别墅是不是很漂亮？"

"漂亮？……不！……"泽尔玛回答道，"我觉得，这里不过就是一栋老旧的小要塞！不过呢，周围有许多树木，还有流水，我们可以去那里散步！……我们只能在这里停留几天，如果你心情愉快，乖乖听话，你妈妈一定会非常高兴！"

小姑娘回答道："好的，泽尔玛嬷嬷……好的！……"

房间的门没有上锁，泽尔玛牵着小姑娘的手，两个人一起走了出去。她们首先在碉堡的中央停留了片刻，这里的光线十分昏暗。又过了一会儿，她们终于来到阳光下，站在高大树木的树荫里，阳光透过枝叶间的缝隙洒落下来。

碉堡的院子并不大——面积约有一英亩，其中碉堡就占据了大部分。

院子四周围着栅栏，不允许泽尔玛走出去观察这座小岛位于潟湖的具体方位。透过那座老旧的小门，泽尔玛只能看到外面有一条相当宽阔的沟渠，里面流淌着浑浊的湖水，把这座小岛与其他岛屿隔离开来。一个女人带着一个孩子，要想逃离这座小岛，简直太困难了。

即使假设，泽尔玛搞到一条小船，她又如何走出这里千折百转的河道？她还不知道，其实这里的河道，只有德克萨和斯坎伯两个

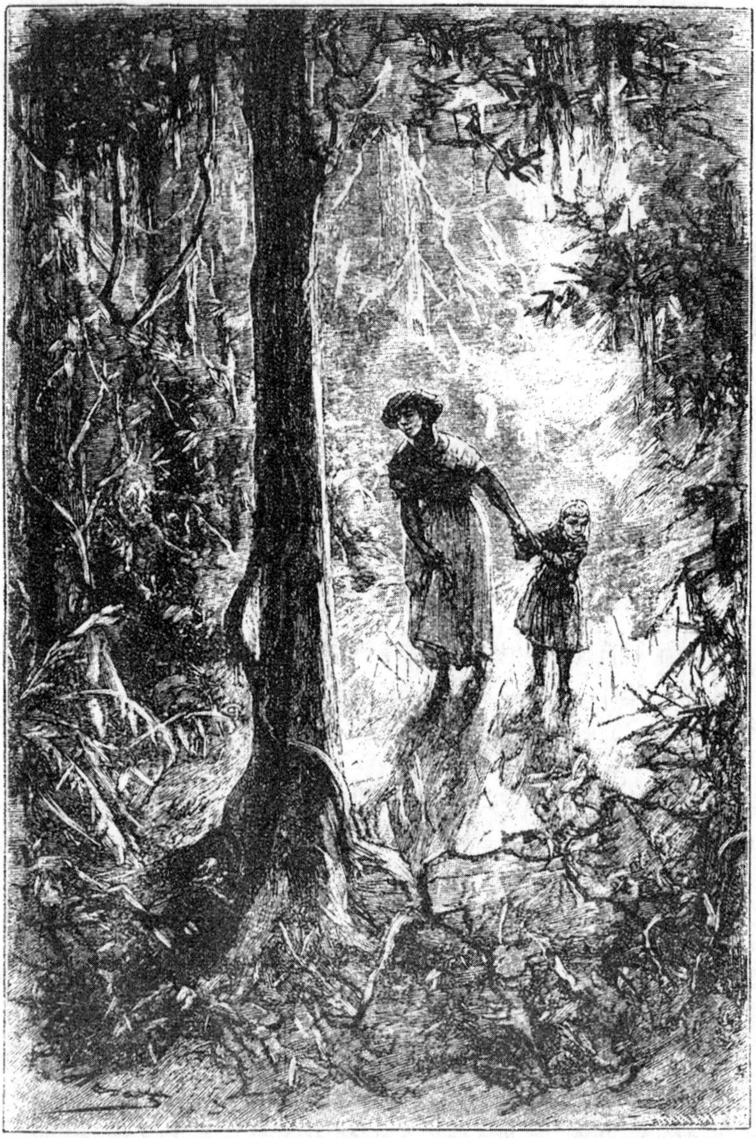

人才认得。

德克萨手下的黑人们从不离开碉堡,他们也从来不出去。他们甚至都不知道主人把他们关押在什么地方。要想重新找到圣约翰河的河岸,或者抵达位于黑水湾西边的沼泽地,除了靠碰运气,没有别的办法。然而,想要靠运气摆脱困境,那岂不是等于自寻死路?

此外,在接下来的几天里,泽尔玛摸清了这里的情况,终于明白,她也许不能指望从德克萨的奴隶们那里获得任何帮助。

这是因为,这里的黑人们多数都是傻乎乎的,看上去就让人不大放心。虽然德克萨并没有用铁链子把他们拴起来,但是他们仍然从不越雷池一步。小岛上的食物足够他们吃的,斯坎伯还慷慨大方地给看守碉堡的黑人提供一定配额的烈性酒,以便在必要时驱使他们保卫碉堡,于是,这些黑人整日醉生梦死,根本就没想过要改变生存现状。

就在距离黑水湾几英里远的地方,人们围绕奴隶制问题争论的面红耳赤,但是在这里,根本没人对这个问题感兴趣。让他们重获自由?有什么意义?他们要自由有什么用?他们的生活来源还指望着德克萨呢。虽然斯坎伯对于任何敢于挑衅的人毫不留情,但是从不虐待黑奴。而这些黑奴也从来没有想过要挑衅斯坎伯。他们只能算是半开化的野蛮人,地位比那两条在碉堡周围梭巡的猎犬还要低下。事实上,可以毫不夸张地说,就连他们的智商也在那两条猎犬之下。这两条猎犬熟悉整个黑水湾,可以泳水蹚过数不清的水道,从一个小岛蹿到另一个小岛,仅仅凭着天赋异禀,它们从来不会迷路。有时候,它们狂吠的声音甚至能传到圣约翰河的左岸,而且,每天夜幕降临时分,它们总能自行返回碉堡。任何一条小船想要进入黑水湾,都会立即被这两条凶恶的猎犬发现,并且发出警报。除了斯坎伯和德克萨,任何人想要离开碉堡,都会遭到这两条具有加勒比猎犬血统的恶狗撕咬。

泽尔玛仔细观察了周围的看守状况,她发现,那些黑奴个个胆小如鼠,萎靡不振,从看守人员那里休想得到任何帮助,泽尔玛不禁大失所望。无奈之下,她只能指望外来的援兵,外来援兵无非来自詹姆斯·伯班克,前提是他获得了行动的自由;或者来自马尔斯,只要这位混血男仆知道了自己妻子遭人劫持失踪,他就一定会来。

在外部援兵到来之前,泽尔玛只能依靠自己的力量,设法拯救小姑娘。她一定设法不辱使命。

身处潟湖的幽深角落,泽尔玛孤立无援,四周都是充满敌意的面孔,不过,她还是发现了一个黑人,这是个年轻人,向泽尔玛投来了同情的目光。这是不是一线希望?

泽尔玛能够信任他吗?是否可以告诉他康特莱斯湾的状况,怂恿他跑出去,逃往城堡屋?这事儿不大靠谱。另一方面,斯坎伯似乎也发现了奴隶当中出现的同情迹象,因为,这个年轻黑人很快就被隔离。泽尔玛再次到院子里散步的时候,那个人已经不见了。

好几天过去了,情况没有丝毫变化。

每天从早到晚,泽尔玛和蒂都能享受充分的自由,可以走来走去。夜幕降临后,尽管斯坎伯没有把她们锁在房间里,但是她们却不能离开碉堡内部的中央区域。印第安人从来没有与她们说过话,因此,泽尔玛放弃了与斯坎伯交谈的企图,斯坎伯也片刻都不曾离开过小岛。

泽尔玛感觉得到,斯坎伯无时无刻不在监视着自己。于是,她把全部精力都用于照料孩子,而小姑娘蒂则是不停地要求见到母亲。

"她就会来的！……"泽尔玛回答道，"我知道她的最新消息！……我的宝贝儿，你父亲也会一起来，还有艾丽丝小姐……"

每当泽尔玛这样回答的时候，可怜的小姑娘只好胡思乱想。

于是，泽尔玛想方设法逗小姑娘开心，可是小姑娘总是一脸严肃，那神情与她的实际年龄完全不符。

3月4日、5日、6日，日子一天一天过去。尽管泽尔玛时常注意倾听远处是否传来大炮的轰鸣声，那将意味着北军舰队驶入了圣约翰河水域，然而，她始终什么也没有听见。黑水湾四处静悄悄。她不得不得出结论，迄今为止，联邦军队还没有成为佛罗里达的主人。这种情况令混血女仆极为担忧，假如詹姆斯·伯班克和他的同伴无法采取行动，在这种情况下，泽尔玛是否还可以指望吉尔伯特和马尔斯？康特莱斯湾的任何人都可以告诉他们这件事情的来龙去脉。如果他们的炮舰控制了圣约翰河，他们一定会沿着河流两岸进行搜索，并且能够一直找到这座小岛。可惜迄今为止，没有迹象表明，圣约翰河上发生过任何战斗。

还有一个奇怪的现象，那就是迄今为止，无论是白天还是夜晚，西班牙后裔一次都没有来过小岛。至少，泽尔玛观察至今，尚未发现德克萨的任何踪迹。泽尔玛在漫长的黑夜里辗转反侧，时常难以入睡，于是她注意倾听周围的动静，然而，她始终一无所获。

另一方面，即使德克萨出现在黑水湾，即使他站在泽尔玛面前，又能怎么样？难道他肯耐心倾听泽尔玛的哀求，或者威胁吗？倘若这个西班牙后裔真的现身了，会不会更加令人不寒而栗？

然而，就在泽尔玛反复思忖这件事的时候，3月6日晚上，大约半夜11点钟，这件事却发生了，当时，小姑娘蒂已经平静地睡着了。

关押她们的那个房间一片黑暗，四周寂静无声，偶尔，透过碉堡墙壁上千疮百孔的木板缝隙,听得见阵阵风声。

就在此时,混血女仆感觉到碉堡内部传来脚步声。一开始,她以为是住在对面房间的斯坎伯回来了,这个印第安人有个习惯,每天都要在睡觉前巡察一遍院子周围。

然而,泽尔玛听到了两个人对话的声音,不禁大吃一惊。她悄悄靠近房门,侧耳倾听,她首先听出了斯坎伯的声音,紧接着,听到了德克萨的声音。

混血女仆不禁浑身战栗,这么晚了,西班牙后裔来碉堡做什么?他是不是有了对付自己和孩子的新的阴谋诡计?她们两人会不会被从房间里赶出来,被运往另一处不为人知的藏匿地点?也许,那里比这个黑水湾更加隐秘?

刹那间,泽尔玛脑海里涌现出各种思绪和猜想……

随后,泽尔玛定了定神,紧紧贴近房门,她听见:

"有什么新消息吗?"德克萨说道。

"没有,主人。"斯坎伯说道。

"泽尔玛怎么样?"

"我拒绝回答她提出的一系列问题。"

"自从康特莱斯湾事件发生以后,是不是一直有人在试图寻找她?"

"是的,但是白费力气。"

听到这句答话,泽尔玛知道了,有人一直在寻找自己。是谁呢?

德克萨问道:"你怎么知道的?"

印第安人回答道:"我去过圣约翰河的河边好几次,几天以前,还看到有一条小船在黑水湾入口处徘徊。甚至,我还看到有两个人下船登上了靠近河岸的一座小岛。"

"这两个人是谁?"

"一个是詹姆斯·伯班克,另一个是瓦尔特·斯坦纳德!"

泽尔玛好不容易才抑制住自己激动的心情。原来是詹姆斯·伯班克和斯坦纳德。这就说明,种植园遭到攻击的时候,城堡屋里的守卫者们并未全军覆没。而且,如果他们开始搜寻行动,那就意味着,他们已经知道了孩子和混血女仆遭到劫持。同时,既然他们已经知道了这件事儿,那就一定是伯班克夫人和艾丽丝小姐告诉他们的,也就是说,她们两人安然无恙。她们当时一定听到了泽尔玛发出的最后的呼救声,听到她喊了德克萨的名字,然后赶回城堡屋去报信。

看来,詹姆斯·伯班克已经知道了这件事的经过,也知道了那个坏蛋的名字。甚至,也许他还猜到了受害者被藏匿的地点?最终,詹姆斯·伯班克一定能够找到她们!

在那一瞬间,泽尔玛浮想联翩,思绪万千,心中不禁涌起巨大的希望,然而,希望立刻就破灭了,因为她听到西班牙后裔说道:

"好呀!让他们找,他们压根儿休想找到!更何况,再过几天,我们就用不着害怕詹姆斯·伯班克了!"

这几句话意味着什么,混血女仆并不知道。但是,说这话的那个男人控制着杰克逊维尔城委员会,他发出的威胁足以令人生畏。

西班牙后裔接着说道:"那么现在,斯坎伯,我需要你花点儿时间,为我做件事情。"

"听您的吩咐,主人。"

"跟我来!"

片刻之后,这两个人走进了斯坎伯居住的那个房间。

他们到那里去做什么?那里有什么秘密,那秘密是否可供泽尔玛利用?

在当前的处境里,泽尔玛绝不应放过任何可能的机会。

我们已经知道,混血女仆的房间门是不上锁的,即使在夜间也是如此。因为,这个防范措施完全没有必要,碉堡的门已经从里面锁上,钥匙就在斯坎伯的身上。因此,泽尔玛不可能溜出碉堡,更不可能试图逃跑。

于是,泽尔玛推开房间的门,屏住呼吸,慢慢往前挪步。

碉堡里漆黑一团,只有斯坎伯的房间里透出几缕亮光。

泽尔玛靠近印第安人的房门,透过木板之间的缝隙向屋内张望。

然而,混血女仆看到的情景极为古怪,以至于她完全弄不懂那是怎么一回事。

尽管房间里用来照明的只有半截树脂蜡烛,但是它的亮光却足够让印第安人忙着手中的活计,不过,那活计却有些微妙。

德克萨坐在斯坎伯的对面,皮革外套脱了下来,露出赤裸的左臂,平伸在一张小木桌上面,树脂蜡烛近距离地照亮他的左臂。在左前臂内侧,放着一张形状怪异的纸片,纸片上遍布细小的孔洞。斯坎伯攥着一根尖细的钢针,按照纸片上每一个孔洞的位置,用钢针一下一下地刺着德克萨的皮肤。原来,印第安人正在给德克萨做文身手术——作为塞米诺尔人,斯坎伯对这类活计十分在行。事实上,斯坎伯尽量让自己手上的动作轻捷柔和,仅仅让钢针的针尖刺进德克萨的皮肤,不让他有一丁点儿痛楚的感觉。

针刺完毕,斯坎伯拿掉那张小纸片;然后,拿起德克萨带来的几片树叶,在主人的左前臂上反复揉搓。

植物的汁液渗透到针刺的针眼里,西班牙后裔感到手臂有些瘙痒,不过,对于他来说,这么一点儿感觉实在不值得抱怨。

手术做完了,斯坎伯把蜡烛光凑近针刺的花纹,德克萨左前臂的皮肤上出现了一个清晰的淡红色图案。这个图案与那张带孔洞的纸片上的图案一模一样。使用移画印花法①复制出来的图案十分精准。印第安人就是使用这种方法,利用一组纵横交叉的网格线,复制出塞米诺尔人信仰的图案符号。

斯坎伯刚刚给德克萨左臂印上的图案永远擦不掉了。

泽尔玛虽然目睹了手术的全过程,但是,正如刚刚我们说过的,她却完全没有弄明白。德克萨为什么要给自己文上这么个图案?按照正规名称,这个图案应该被称为"特殊标记",他为什么要做这个标记?难道他是想变成一个印第安人吗?然而,他的肤色,还有体貌特征都与印第安人相去甚远。不久前,在杜瓦尔县北部,有几位佛罗里达旅行者落到塞米诺尔人手里,并且被强行文刺了标记,难道德克萨的标记与那些标记有某种关联?德克萨曾经依靠莫名其妙的不在现场证据,成功逃脱过惩罚,这一次,他是不是又想利用这个标记,再次制造一个不在现场的证据?也许事实上,这标记不过是他个人生活里的一个隐私,也许我们将来才能知道这个秘密?

泽尔玛脑海中不禁浮现出另一个疑问。西班牙后裔这次来到碉堡,仅仅是为了借助斯坎伯的文身手艺?文身手术结束之后,他是不是马上就离开黑水湾,重新返回佛罗里达北部,确切说就是返回杰克逊维尔,因为,他的追随者们还控制着那座城市?也许,他会在碉堡里逗留到天亮,让人把混血女仆带到自己面前,亲眼看一看,然后重新决定这两名俘虏的命运?

想到这里,泽尔玛突然感到一阵紧张,看到西班牙后裔站起身来,准备走回碉堡中央,她立即转身快速返回房间。

---

① 一种印刷方法,用于精确复制图案。

回到房间里,泽尔玛蜷缩在房门后面,又听见了印第安人和他的主人之间的一段对话。

德克萨说道:"你要加倍小心,严密看好她们。"

"好的。"斯坎伯回答道,"但是,如果詹姆斯·伯班克找到黑水湾,并且迫近我们这里……"

"我再对你重复一遍,几天之后,我们就不用惧怕这个詹姆斯·伯班克了。另一方面,如果确有必要,你应该知道把混血女仆和那孩子转移到什么地方……而且我也知道去哪里与你们会合,不是吗?"

"是的,主人,"斯坎伯接着说道,"还必须提防吉尔伯特和马尔斯找过来,这两个人,一个是詹姆斯·伯班克的儿子,另一个是泽尔玛的丈夫……"

德克萨回答道:"在48个小时之内,这两个人都将成为我的囊中之物,只要我抓住他们……"

这句话威胁到了她的丈夫和吉尔伯特,可惜,泽尔玛没有听到这句话的最后几个字。

德克萨和斯坎伯走出了碉堡,大门在他们身后关上。

过了一会儿,印第安人驾驶一叶扁舟离开小岛,穿过潟湖里晦暗的水道,驶向黑水湾连接圣约翰河的入口,那里,有一条小船正在等候西班牙后裔。在那里,德克萨最后又叮嘱了一番,然后,斯坎伯与主人分手告别。载着德克萨的小船顺流而下,疾速向杰克逊维尔城方向驶去。

天色蒙蒙亮的时候,小船已经抵达那里,德克萨及时赶到杰克逊维尔,正好布置实施预定方案。事实上,就在几天以后,马尔斯跌落圣约翰河,消失得无影无踪,吉尔伯特·伯班克则被判处了死刑。

第三章 前一天

3月11日上午,杰克逊维尔城委员会对吉尔伯特·伯班克做出了判决。当天晚上,根据那个委员会的命令,吉尔伯特的父亲被逮捕。之后,第三天,年轻军官将被执行枪决,而且,毫无疑问,被指控为同谋的詹姆斯·伯班克也将被判处死刑,并且和他的儿子一同赴死!

大家都知道,德克萨掌控着委员会,对于委员会来说,德克萨的意志就是法律。

伯班克父子被执行死刑,这只不过是一个开端,紧接着,在群氓的支持下,那些社会底层的白人将对佛罗里达州的北方佬,以及在奴隶制问题上与北方佬看法相同的人们实行打击,制造一系列血腥的极端事件。在内战帷幕的掩盖下,上演过多少个人恩怨复仇大戏!这一切只有当联邦军队来临的时候才会终止。但是,联邦军队何时才能来临?特别是,联邦军队能否在那个西班牙后裔为了复仇,对第一批受害者痛下杀手之前来临?

非常不幸,这种可能性微乎其微。

随着北军前进步伐的不断拖延,我们可以看到,城堡屋里的人们生活在何种恐惧的氛围中!

然而看上去,眼下,史蒂文森少校似乎已经放弃了沿圣约翰河逆流而上的作战方案。他的炮舰停留在锚泊水域，纹丝不动。是不是由于马尔斯的失踪，现在没有人引导炮舰穿越航道，致使舰队不敢翻越圣约翰河的沙洲？难道北军舰队放弃了夺取杰克逊维尔城的计划？然而，只有夺取了杰克逊维尔，北军才能成为圣约翰河上游沿岸种植园的安全屏障。

难道战事发生了新的变故，迫使杜邦司令改变作战方案？

在3月12日那个漫长的一天里，斯坦纳德先生和管家佩里一直都在为这个问题而焦虑不安。

事实上，正是在这一天，从佛罗里达州的河流沿岸一直到滨海地区的广袤土地上，到处流传着各种消息，根据这些消息，北方佬的军队似乎把注意力集中到了滨海地区。杜邦司令乘坐沃巴什号战舰，率领舰队里最强大的炮舰群，刚刚出现在圣奥古斯丁海湾。人们甚至传言，南方民兵已经准备放弃圣奥古斯丁城，弃守玛利翁要塞，就像当初放弃费尔南迪纳，同时弃守科兰什要塞一样。

这些消息都是当天上午，由佩里总管带回城堡屋的。大家立刻把这些消息告诉了斯坦纳德先生，同时也告诉了爱德华·卡洛尔，他的伤口还没有愈合，不得不躺在客厅的沙发椅里休养。

"联邦军到了圣奥古斯丁！"卡洛尔叫道，"他们为什么不攻占杰克逊维尔呢？"

佩里先生回答道："也许，他们只想封锁圣约翰河下游，没打算控制整条河流。"

斯坦纳德先生说道："如果杰克逊维尔城一直被控制在德克萨手里，那么，詹姆斯和吉尔伯特两个人就彻底没救了！"

佩里先生回答道："要不然，让我去通知杜邦司令，告诉他伯班克先生父子正面临生命危险？"

"赶到圣奥古斯丁需要一整天的时间。"卡洛尔回答道，"而

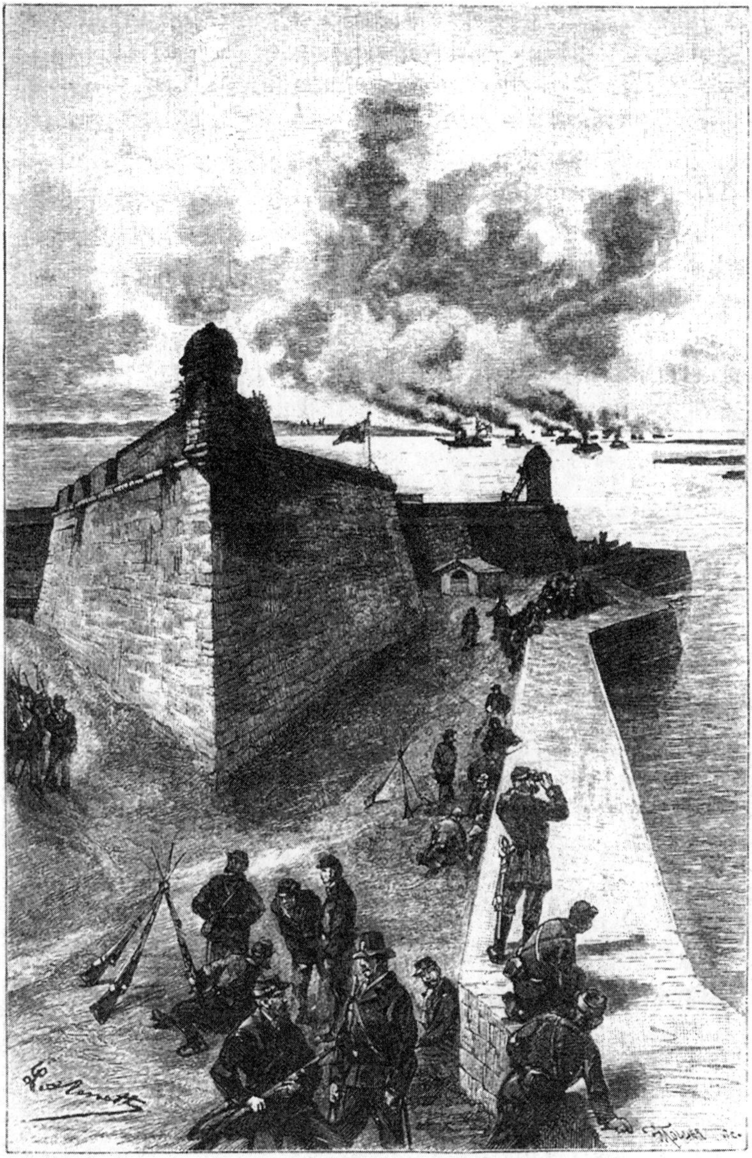

且,南军民兵正在后撤,你很有可能遭到他们的拦截!另外,即使杜邦司令给史蒂文森少校发出占领杰克逊维尔的命令,这个过程也需要太多的时间!除此之外,还要考虑到那座沙洲……河里面的那座沙洲,如果北军炮舰无法越过那里,他们如何才能救出可怜的吉尔伯特?他可是明天早晨就要被执行枪决了呀。不行!……我们现在要去的地方不是圣奥古斯丁,而是这座杰克逊维尔城!……我们求救的对象不应该是杜邦司令……我们应该去找德克萨……"

艾丽丝小姐刚好听见了卡洛尔先生说的最后几句话,她说道:"卡洛尔先生说得有道理,父亲……让我去吧!"

为了拯救吉尔伯特,这个年轻姑娘愿意竭尽全力,甘冒一切风险。

一天前,詹姆斯·伯班克在离开康特莱斯湾的时候,特意叮嘱,千万不要把自己动身前往杰克逊维尔城的事情告诉自己的夫人。特别是那个委员会向他发出逮捕令的事情,要对伯班克夫人严格保密。因此,迄今为止,伯班克夫人对丈夫的事情,以及儿子的命运全都一无所知,她一直以为吉尔伯特仍然在舰队服役。如果这位不幸的女人获知了上述消息,她如何能够经受住这样的双重打击?她的丈夫落到了德克萨的手里,她的儿子即将被执行枪决!这两件事足以要了她的命。每当伯班克夫人提出要见詹姆斯·伯班克,艾丽丝小姐只好搪塞说,詹姆斯·伯班克不在城堡屋,他出门去继续寻找蒂和泽尔玛了,而且,这趟出门需要48个小时以后才能回来。就这样,伯班克夫人的心思全部集中到她那失踪的孩子身上。以她现在的身体状况而言,这一件事就够她受的了。

不过,艾丽丝小姐对于詹姆斯和吉尔伯特父子的处境十分清楚,她知道,年轻军官明天就将被枪毙,也知道他的父亲将面临同样的命运！……于是,她下决心要去见一见德克萨,并且请求卡洛尔先生派人驾船送她去河对岸。

斯坦纳德先生不禁惊叫道:"你……艾丽丝……居然要去杰克逊维尔!"

"这是必需的……我的父亲!"

斯坦纳德先生的担忧十分自然,但是,面对必须立即采取行动的紧迫局面,顷刻之间,他做出了让步。如果说吉尔伯特还有可能获救,唯一的办法就是艾丽丝小姐试图做出的努力。也许,艾丽丝需要跪在德克萨的面前,这样能让他变得心慈手软？也许,她能争取让死刑延期执行？最后,也许她的绝望恳求能够打动一些正派人,鼓励他们出面反对委员会残酷严苛的暴政？为此,必须动身前往杰克逊维尔城,甭管需要冒多大的风险。

"佩里,"年轻姑娘说道,"您愿意送我到哈维先生的住处吗？"

"随时可以动身。"总管回答道。

"不行,艾丽丝,还是让我陪你去吧。"斯坦纳德先生回答道,"是的……让我陪你去! 对不起……"

"您去,斯坦纳德？……"爱德华·卡洛尔回答道,"您这样太冒险了……您的废奴主义观点尽人皆知……"

"那又怎么样!"斯坦纳德先生说道,"没有我的陪伴,我绝不允许自己的女儿到那个疯人堆里去。让佩里留在城堡屋,至于爱德华,既然您还不方便行动,您也留下,必须预先考虑到,我们也可能被扣留……"

"但是,假如伯班克夫人问起你们,"爱德华·卡洛尔回答道,"假如她要求见艾丽丝小姐,我该如何回答呢？"

"您就回答说,我们去找詹姆斯了,我们陪着他一同前往河对岸搜寻去了! ……如果有必要,您甚至可以说,我们必须去一趟杰克逊维尔……总之,只要能够安慰伯班克夫人,您怎么说都可以,但是,千万不能让她怀疑到,她的丈夫和儿子已经身处险境……佩里,让人准备一条小船!"

总管立刻转身走了出去,斯坦纳德先生随即收拾物品,准备出发。

然而,艾丽丝小姐要想离开城堡屋,最好不要让伯班克夫人知道她和她的父亲是迫不得已才赶往杰克逊维尔。如果需要,她甚至可以毫不犹豫地编织谎言,谎称德克萨及其党羽已经被推翻……谎称联邦军队已经占领了圣约翰河流域……谎称吉尔伯特明天就能回到康特莱斯湾……然而,年轻姑娘有把握让谎言毫无破绽吗?她编造的这些情节,现在看来根本不可能实现,她能保证让自己表述得天衣无缝吗?

艾丽丝小姐来到病人的卧室,此刻,伯班克夫人正在睡觉,或者不如说,正在陷入痛苦深沉的半昏迷状态,艾丽丝小姐没有胆量把她唤醒。也许,在这种状态下,年轻姑娘最好还是不要去安慰她,尽量悄悄地离开。

一个贴身女仆守候在病床旁边。艾丽丝小姐叮嘱她一刻都不能离开。如果伯班克夫人提出任何问题,都要转告卡洛尔先生,请他来回答。随后,艾丽丝弯下腰,用双唇轻轻亲吻了这位不幸母亲的额头,随即离开房间,下楼与斯坦纳德先生会合。

她看到斯坦纳德先生,立刻说道:

"对不起,我的父亲。"

他们两人握了握爱德华·卡洛尔的手,然后一同走出客厅。

在通往小码头的竹林走廊里,他们遇见了总管佩里。

佩里说道:"小船已经准备好了。"

"好的。"斯坦纳德先生回答道,"我的朋友,请您务必照料好城堡屋。"

"尽管放心,斯坦纳德先生,我们的黑人正在陆续返回种植园,这其中的缘故不言自明。既然造物主没有给予他们自由,他们要自由又有什么用呢?请您把詹姆斯先生给我们带回来吧,他一定能看到,黑人们个个都已回到自己的岗位上!"

斯坦纳德先生和他的女儿很快登上小船,驾驶小船的是康特莱斯湾的四名内河船员。小船的船帆已经升起,乘着轻柔的东风,小船快速离岸启程。码头很快就消失在河湾拐角的后面,位于西北方向的种植园的轮廓依稀可见。

斯坦纳德先生没打算在杰克逊维尔港口停船登岸,因为在那里,人们肯定会认出他来。他宁愿选择港口上游的一个小河湾,在那里上岸。哈维先生的住宅位于城市郊区的边缘,距离停船处不远,很快就能走到。到了那里以后,根据当前城里的局势,大家再商量究竟应该怎么办。

这个时间段,河面上荒寂冷清,河流的上游毫无动静,圣奥古斯丁的民兵本来应该从那个方向过来,然后向佛罗里达南部撤退。河流的下游也毫无动静,这表明,在佛罗里达的众多小船与史蒂文森少校的炮舰之间,尚未发生任何冲突。甚至看不到那些船只锚泊的位置,因为,圣约翰河在流过杰克逊维尔城之后,拐了一个弯,遮挡住了眺望下游的视线。

风向很顺畅,小船疾速驶过河面,斯坦纳德先生和他的女儿很快来到河流左岸。他们两人在河湾幽深处下船登岸,这里无人监视,他们没有被人看到,几分钟之后,父女二人来到了詹姆斯·伯班克的商务客户家里。

哈维先生看到他们不禁大吃一惊,同时感到十分担忧,城里的这帮群氓都是德克萨的追随者,他们日益疯狂,变本加厉,如果遇

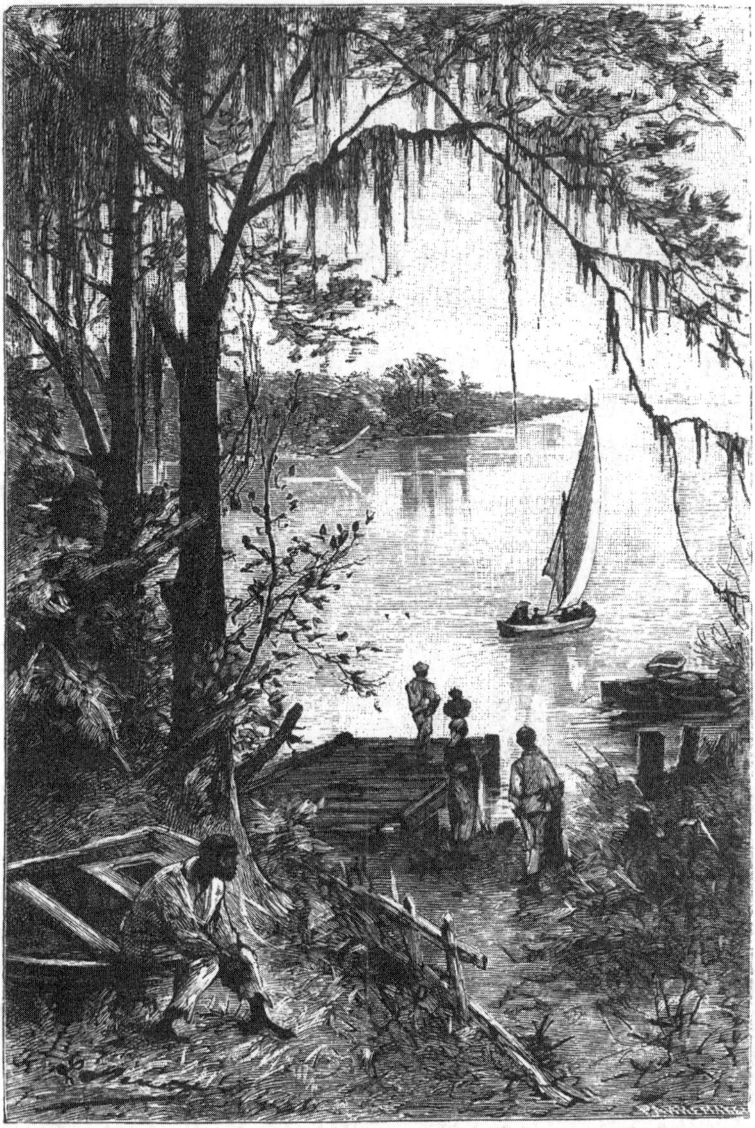

见他们将十分危险。大家都知道,斯坦纳德先生赞成康特莱斯湾已经付诸实践的废奴主义理念。群氓抢劫了他在杰克逊维尔的住宅,就是对他施以颜色,提出警告。

毫无疑问,斯坦纳德先生的人身安全面临极大威胁。如果他被人认出来,最起码也会被当作伯班克先生的同谋关进监狱。

听了哈维先生的上述分析,艾丽丝小姐无可奈何地说道:"必须拯救吉尔伯特呀!"

"是的,"哈维先生回答道,"必须竭尽所能!但是,斯坦纳德先生不能抛头露面!……他必须守在这里,不能出去,让我们去想办法!"

年轻姑娘问道:"他们能否允许我进到监狱里面去?"

"我觉得不大可能,艾丽丝小姐。"

"我能否直接面见德克萨?"

"我们可以试一试。"

斯坦纳德先生固执地说道:"你们真的不想让我陪你们一起去?"

"不行!我们要去找德克萨和他的那个委员会,您去了只能让事情变糟。"

"我们走吧,哈维先生。"艾丽丝小姐说道。

不过,在他们两人动身之前,斯坦纳德先生还想先了解一下最新的战况,因为,迄今为止,还没有任何消息传到康特莱斯湾。

"什么消息都没有,"哈维先生回答道,"至少没有任何消息与杰克逊维尔城有关。联邦舰队出现在圣奥古斯丁的海湾,这座城市已经开城投降。至于圣约翰河,这边的舰队没有任何动静。那些炮舰始终锚泊在沙洲的下游。"

"那里的河水还不够深,致使炮舰无法翻越?……"

"确实,不过,斯坦纳德先生,今天恰好将出现二分点①大潮,大约凌晨三点钟的时候,海水将上涨,也许到那个时候,炮舰能够通过沙洲……"

"炮舰要想通过沙洲,但是却没有导航员,因为现在,马尔斯不在炮舰上了,谁能引导炮舰通过河道!"艾丽丝小姐忧心忡忡地回答道,她的语气表明,北军的炮舰已经指望不上了。她接着说道:"不!……这样不行!……哈维先生,我必须前去面见德克萨,即使遭到他的拒绝,我们也要不惜一切代价,帮助吉尔伯特脱险……"

"我们尽力而为,艾丽丝小姐。"

斯坦纳德先生问道:"杰克逊维尔城里的公众舆论没有变化吗?"

"没有,"哈维先生回答道,"那帮混蛋始终控制着全城,他们的头领依然是德克萨。不过,面对委员会的抢劫暴行和威逼胁迫,那些正派人义愤填膺。只要联邦军队在圣约翰河上有所动作,就能让城里的局面彻底改观。实际上,这帮群氓都是些色厉内荏的家伙,只要他们害怕了,德克萨和他的同伙很快就能被推翻……我还是希望史蒂文森少校能够越过沙洲……"

"我们不能束手等待,"艾丽丝小姐语气坚决地回答道,"与其等待,不如让我去见德克萨!"

于是,大家同意,让斯坦纳德先生等候在哈维先生家里,不能让别人知道他已经来到杰克逊维尔。哈维先生将尽力而为,帮助年轻姑娘想方设法,至于能否成功,谁也无法保证,这点大家都心

---

① 指天球赤道和黄道的两个交点,或两个交点之一。在 3 月 21 日左右为春分,在 9 月 23 日左右为秋分。

知肚明。如果德克萨拒绝放吉尔伯特一条生路,甚至,艾丽丝小姐根本无法见到德克萨,他们就需要不惜重金,设法帮助年轻军官和他的父亲越狱逃跑。

将近上午11点钟,艾丽丝小姐和哈维先生离开住处,动身前往法院大楼,那里是德克萨掌控的委员会的常设地。

此时,城里依然是一片喧嚣动乱。街上不时走过民兵队伍,这些部队都是从佛罗里达南部赶来,准备加强杰克逊维尔城的守备力量。白天,大家都在等待从投降的圣奥古斯丁城撤下来的民兵,他们或者乘船从圣约翰河顺流而下,或者沿着河流右岸,走陆路穿过树林,来到杰克逊维尔城的河对岸,再乘船过河前往位于左岸的杰克逊维尔。城里的居民成群结伙走来走去,各种各样的流言蜚语四处传播,和往常一样,这些传言内容大多相互矛盾——进而导致城里秩序更加混乱。另一方面,不难看出,一旦联邦军队出现在港口附近,城里根本无法组织起统一行动,抵抗必然十分微弱。如果说,9天之前,面对登陆的莱特将军指挥的北军,费尔南迪纳望风而降,如果说,面对杜邦司令的舰队,圣奥古斯丁城甚至连航道都来不及堵塞,就乖乖俯首称臣,那么可以预见,杰克逊维尔城同样不堪一击。佛罗里达的民兵见到北军队伍,定然望风而逃,一直撤退到杜瓦尔县的腹地。只有一种情况能够阻止北军攫取杰克逊维尔城,让委员会得以苟延残喘,让德克萨嗜血的复仇计划得以实施,那就是——出于某种原因——北军的炮舰无法翻越圣约翰河的沙洲——这个原因可能是由于河水太浅,也可能是由于北军缺乏领航员。无论如何,再过几个小时,这个疑问或许就将有答案了。

街上的人群越来越密集,艾丽丝小姐和哈维先生夹在人群当中,向中央广场的方向涌去。如何才能混入法院大厅里面?他们毫无把握。即使混入了法院大厅,他们又如何才能见到德克萨?他们同样毫无把握。谁能猜想得出,一旦艾丽丝·斯坦纳德出现在德克萨面前,向他提出恳求,他会不会嗤之以鼻,甚至把艾丽丝也抓住关押,直到年轻军官被执行死刑之后才放出来?……对于这种可能性,年轻姑娘根本顾不上考虑,她一心只想着面见德克萨,请求他宽恕吉尔伯特,为了这个目的,她把个人安危完全置之不顾。

当哈维先生和艾丽丝小姐到达广场的时候,看到那里聚集着众多群氓,喧嚣的声音更加嘈杂。四面八方传来叫骂声,此起彼伏,声震云霄,他们都在呼喊着一个令人恐怖的词汇:"死刑!……死刑!……"

哈维先生打听到,在过去的一个小时里,委员会一直在举行司法会议。哈维先生不禁产生了一种可怕的预感——这个预感很快就将得到证实!事实上,委员会做出了判决,詹姆斯·伯班克作为他的儿子吉尔伯特的同谋,被控勾结联邦军队。他们父子被判处同样的罪行,同样的刑罚,毫无疑问,这个判决饱含着德克萨对伯班克一家的深仇大恨!

听到这样的判决,哈维先生觉得不必再往前走了。他试图拉住艾丽丝·斯坦纳德。宣判结束之后,囚犯将要从法院大厅里走出来,麇集的群氓一定会蜂拥而上,对囚犯施以暴行,哈维先生不想让艾丽丝小姐看到这一幕。更何况,现在这个时候,不适宜去找西班牙后裔交涉。

"过来,艾丽丝小姐,"哈维先生说道,"过来!……待会儿我们再回来……等到委员会……"

"不!"艾丽丝小姐回答道,"我就是想要冲到被告与审判他们的法官之间……"

年轻姑娘的决心是如此坚定,以至于哈维先生明白根本无法阻拦她。艾丽丝小姐继续往前走。哈维先生只好紧跟在后面。人群非常密集——但是,也许有人认出了她——人群在她面前分开了一条通道。高喊死刑的声音更加恐怖地送到她的耳际。但是,什么也无法阻止她。就这样,她继续向前,径直走到法院大厅的门前。

在这个地方,群氓们更加骚动喧嚣,嘈杂的声潮如同风暴席卷,一浪盖过一浪。人们不禁担心发生针对她本人的极端暴行。

突然,伴随着一阵喧嚣的声浪,拥挤在法院大厅里的听众如退潮一般涌出了大厅,叫骂声更加响亮,委员会刚刚宣布了判决。

与吉尔伯特一样,詹姆斯·伯班克被判犯有同样的所谓罪行,并处以同样的刑罚。父子二人将被行刑队在同一时间执行枪决。

疯狂的人群高喊着:"死刑!……死刑!……"

詹姆斯·伯班克出现在台阶的最高处,他镇定自若,神态自然。面对群氓的喧嚣喊叫,他仅仅给予轻蔑的一瞥。

一队民兵包围着他,奉命把他押送到监狱。

詹姆斯·伯班克不是独自一人。

吉尔伯特走在他身边。

年轻军官一直被关在牢房里等待被执行死刑,今天被提出来,押送到委员会面前,与詹姆斯·伯班克当面对质。后者仅仅确认了自己儿子已经承认的内容,确认吉尔伯特回到城堡屋,仅仅是为了见到濒临死亡的母亲最后一面。根据这项确认,间谍罪的指控自然无法成立。但是,这场审判早已定案,因此,两名无辜被告双双被判有罪——强迫做出这份判决的动机是公报私仇,而宣布这份判决的却是一帮极不公正的法官。

然而此时,人群蜂拥而上,冲向囚犯,那队民兵十分困难地在

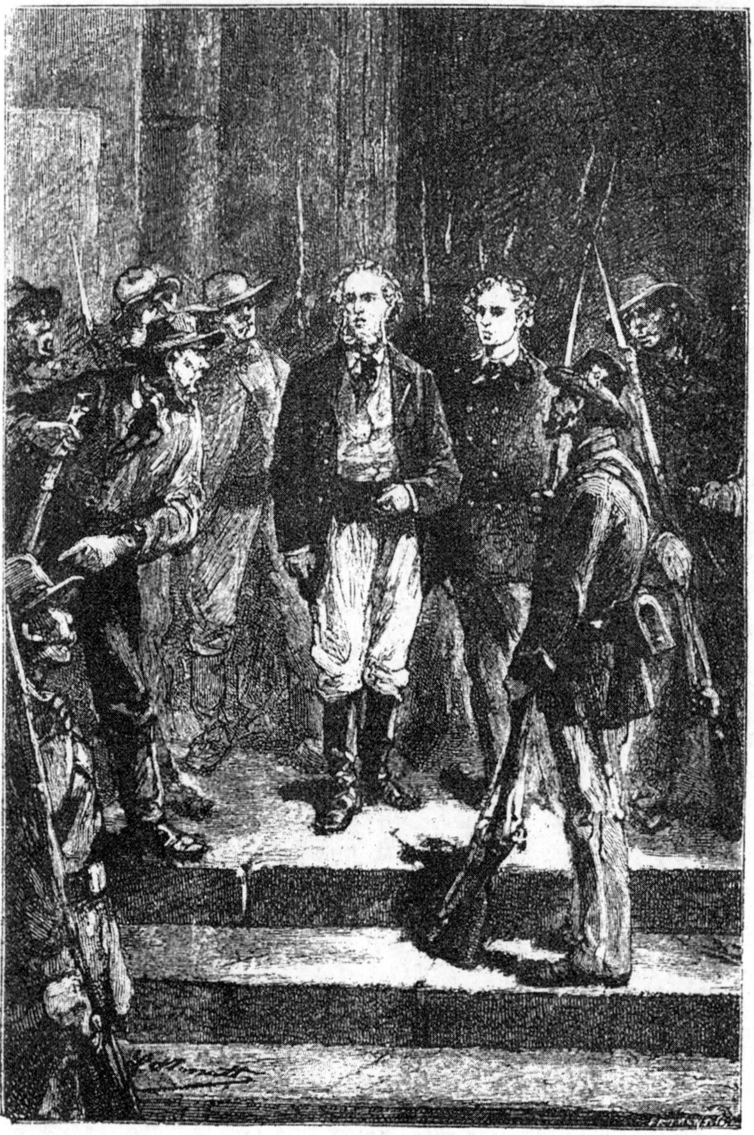

法院广场上开辟出一条通道。

趁着一片混乱,艾丽丝小姐飞快地跑向詹姆斯和吉尔伯特父子。

广场上的群氓没有料到年轻姑娘做出意外之举,大惊之下,很不情愿地向后退去。

"艾丽丝!……"吉尔伯特大声叫道。

艾丽丝·斯坦纳德扑到年轻军官的怀里,嘴里喃喃说道:"吉尔伯特!……吉尔伯特!……"

詹姆斯·伯班克说道:"艾丽丝……你为什么来到这里?……"

"为了乞求让你们得到宽恕!……为了恳求法官!……宽恕……宽恕你们!"

不幸的年轻姑娘发出撕心裂肺般的呼唤,囚犯暂时停住脚步,姑娘用双手紧紧抓住囚犯的衣裳。她能够得到周围人群的些许同情吗?不可能!但是,她的出现却制止了人群针对囚犯的暴力行为,因为单靠民兵根本无法维持秩序。

此时,德克萨已经知道了广场上发生的事情,他出现在法院大厅的门槛上,做了一个手势,让人群安静下来……然后发出命令,要求把伯班克父子继续押往监狱,他的命令立刻得到执行。

押送队伍继续行进。

艾丽丝小姐扑倒在德克萨面前,嘴里叫喊道:"宽恕!……宽恕!……"

西班牙后裔仅仅做了一个否定的手势。

于是,年轻姑娘站了起来。

"无耻之徒!"她大声说道。

艾丽丝小姐想要重新赶上囚犯,要求跟随他们前往监狱,陪他们度过生命的最后时光……

囚犯已经走出了广场,蜂拥尾随的人群继续喧嚣叫骂着。

艾丽丝小姐已经精疲力竭,支撑不住,她步履踉跄,跌倒在地。哈维先生把她抱起来,年轻姑娘已经晕厥,毫无知觉。

哈维先生把艾丽丝带回家,送回她的父亲身边,直到此时,她才恢复知觉。

"我们去监狱……去监狱!……"艾丽丝喃喃说道,"一定要让他们两人设法脱逃……"

"是的,"斯坦纳德先生回答道,"这是唯一可以尝试的办法了!……让我们等到天黑!"

确实,在天黑之前,他们什么也做不了。待到夜幕降临之后,趁着夜色,他们才有可能比较安全地采取行动,不至于被人发现。天黑以后,斯坦纳德先生和哈维先生将争取看守的合作,想方设法让两名囚犯可以越狱逃脱。他们需要准备巨额金钱,数量大到让那个人无法抗拒诱惑——至少他们是这么期望的——尤其是,当史蒂文森少校的舰队发出第一声炮响,西班牙后裔的政权面临土崩瓦解的时候,那个人能够及时施以援手。

然而,当夜幕终于降临,斯坦纳德和哈维两位先生准备实施预定计划的时候,他们却不得不放弃了。原来,哈维先生的住宅被一队民兵严密看守起来,尽管他们两个人试图出去,但是徒劳无功。

第四章　东北风起

现在,两名囚犯只剩下一条生路——唯一的生路,那就是:当日午夜 12 点钟之前,联邦军队成为杰克逊维尔城的主人。然而,哈维先生的住宅已经遭到监视,第二天的日出时分,詹姆斯和吉尔伯特·伯班克父子就将被枪决,即使能够获得某一位狱卒的帮助,这对父子又如何逃离看管严密的牢房?

另一方面,虽然几天前,北军部队已经在费尔南迪纳登陆,但是他们不会轻易放弃这座位于佛罗里达州北端的重镇,因此,不要指望北军抽调兵力前来夺取杰克逊维尔。这个任务只能由史蒂文森少校麾下的舰队完成。然而,若想完成这项任务,舰队首先需要翻越圣约翰河上的沙洲。一旦越过沙洲,小船组成的封锁线必然土崩瓦解,舰队只需逆流而上,直抵杰克逊维尔港口。锚泊在港口之后,杰克逊维尔城就被置于炮舰火力的威胁之下,毫无疑问,南军民兵必然溃败撤退,逃往杜瓦尔县那片很难进入的沼泽地区。不用说,为了逃避严厉的报复惩罚,德克萨和他的追随者们也会逃之夭夭。当初那些正派人士被卑鄙地赶下台,现在他们将重新执政,并且与联邦代表协商,将城市归降于联邦政府。

然而,舰队能否成功翻越这道沙洲,而且必须在如此短暂的时间内翻越?太浅的河水阻挡了炮舰的前进,有没有办法排除这个障碍？大家现在已经知道，这个障碍很难排除。

此时，就在判决宣布之后，德克萨和杰克逊维尔城的民兵指挥官一起来到港口码头，向河流下游眺望观察。不用说，他们的目光始终紧盯着圣约翰河下游的沙洲方向，他们的耳朵也时刻倾听那个方向可能传来的爆炸声。

德克萨走到栅状突堤的尽头，站住问道："有没有发现新情况？"

"没有，"指挥官回答道，"我刚刚派人到北边进行了侦察，根据侦察结果可以确认，联邦军队根本没有离开费尔南迪纳前来攻取杰克逊维尔的迹象。看起来，他们很可能停留在佐治亚州的边界一带，观察局势，等待他们的舰队突破航道。"

西班牙后裔问道："北军会不会从南边开过来，他们可以从圣奥古斯丁出发，从毕高拉塔镇上船，沿圣约翰河顺流而下？"

"我觉得不大可能，"这位军官回答道，"杜邦派遣登陆的部队数量有限，仅仅够用来占领圣奥古斯丁城，然而很明显，他的目的是建立一条沿海封锁线，把圣约翰河的入海口，一直到佛罗里达尽头的海湾全部封锁起来。因此，德克萨，我们对于圣奥古斯丁方向不必担忧。"

"剩下的威胁全部来自史蒂文森的舰队，它在沙洲前面已经锚泊了3天，如果它成功翻越沙洲，我们可就一败涂地了……"

"确实如此，不过，从现在起的几个小时之内，我们就能有答案了。也许，联邦舰队的目标仅仅是封锁这条河流的下游，以便彻底切断圣奥古斯丁和费尔南迪纳之间的联系？"

"我再对您重复一遍，德克萨，眼下这个时候，对于北方佬来说，最重要的不是占领佛罗里达，而是要遏制通过南方海路进行的战争走私活动。可以认为，他们这趟远征的目的就在于此，并无其

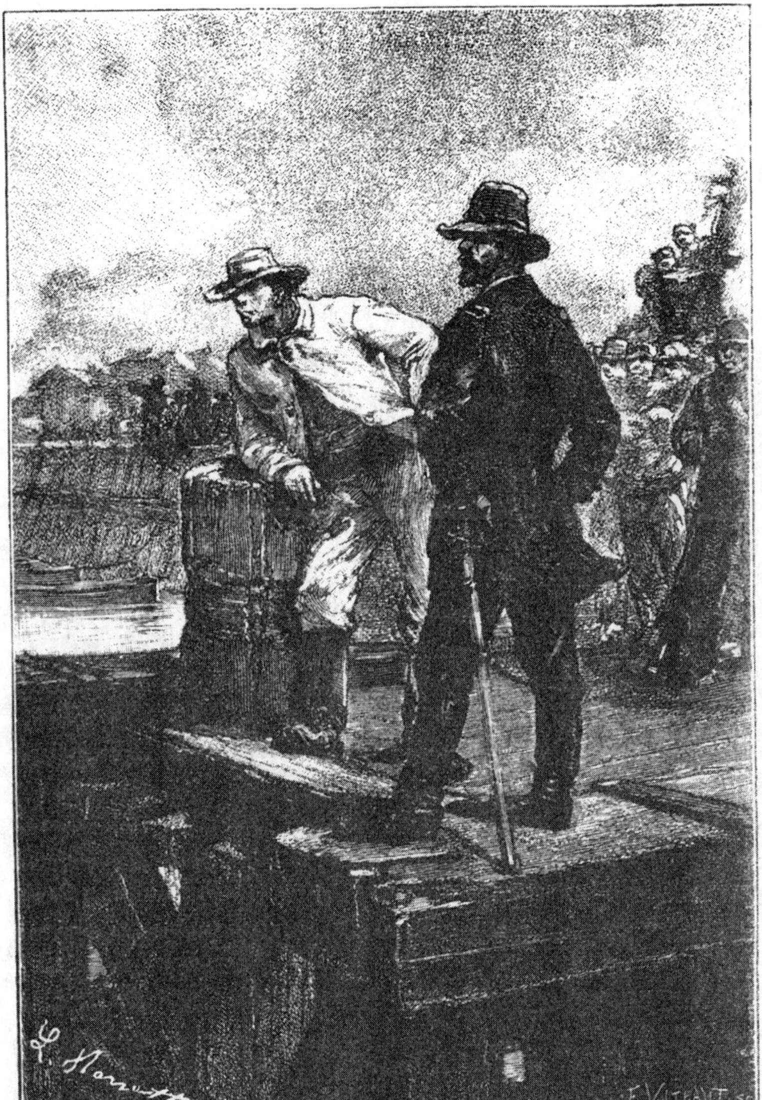
F. VINTRAUT sc.

他。否则,那支 10 天前就占领阿梅莉亚岛的北军部队,他们早就冲着杰克逊维尔开过来了。"

德克萨回答道:"您说的不无道理。管它呢!我现在最着急想知道的,就是沙洲的问题何时能有个了结。"

"今天您就能有个答案了。"

"然而,如果史蒂文森的炮舰真的开到了杰克逊维尔港口,您打算怎么办?"

"我将执行接到的命令,率领民兵向内地转移,避免与联邦军队发生任何接触。他们要想夺取杜瓦尔县的城镇,拿去吧!北军不可能长期守住这些城镇,因为他们和佐治亚州,以及卡罗来纳州的联系将被切断,我们最终还将夺回这些城镇!"德克萨回答道,"在重新夺回这些城镇之前,那些所谓的正派人,有钱的移殖民,还有那些废奴主义者,他们将重新掌握政权,成为杰克逊维尔城的主人,到那时,我们就要承受来自对方的报复行为……不行!……不!……我们还不如放弃城市,一走了之……"

西班牙后裔的思路还在继续,不难知道他究竟想干什么。他不愿意把这座城市拱手交给联邦佬,因为那就意味着,当初被群氓推翻的法官们又要重新掌握政权。与其那样,他宁愿把这座城市付之一炬。也许,为了实现这项毁灭计划,他已经采取了相应的措施。

到那时,他将率领手下,随同南军民兵后撤,蜷缩至位于南部沼泽地区的无人知晓的隐匿巢穴,在那里等待局势发生变化。

不过必须强调一下,这种情况的出现仅仅是以北军炮舰冲过沙洲航道为前提,一旦这个问题的答案水落石出,撤退的时刻也就到了。

就在此时,港口那边传来群氓的喧嚣呼唤声。转瞬之间,港口码头上就挤满了人,吵嚷声震耳欲聋。

"炮舰过来了!"

"不对,它们还在那儿一动不动!"

"海水涨潮了!……"

"它们正在加大马力,准备冲过沙洲!"

"看呀!……看呀!……"

"毫无疑问!"民兵指挥官说道,"出现状况了!——德克萨,您看!"

西班牙后裔没有回答。他的目光紧盯着河流的下游方向,那里的水面上,横舷锚泊着一连串小船,封锁着河道。小船的后面半英里远,出现了史蒂文森少校麾下炮舰的桅杆和烟囱的轮廓。烟囱里冒出了浓重的黑烟,烟团随即被强劲的大风吹散,风卷着烟尘一直扑向杰克逊维尔。

显然,史蒂文森正在利用涨潮的海水,让炮舰开足马力,就像人们通常形容的那样,把"炉火烧到最旺",准备冲过沙洲。他能成功吗?在沙洲河道水位最浅的地方,炮舰能有足够的水深吗?即使炮舰的底部龙骨刚擦到河底,它能冲过来吗?人们麇集在圣约翰河岸边,眼前的情景让所有人受到极大震撼。

人群中一些人声称看到了,而另一些人则什么也没看见,大家议论纷纷,群情激动。

"它们又向前移动了半链!"

"不对! 它们的船锚还抛在河底,不可能移动!"

"看呀,有一条船变换了位置!"

"是的,不过它的船舷横过来,正在原地打转,那是因为河水深度不够!"

"噢,好浓的烟呀!"

"就算他们把全美国的煤炭都烧进锅炉,炮舰也冲不过来!"

"看呀,现在海水开始退潮了!"

"乌拉,南方万岁!"

"乌拉!"

舰队冲过沙洲的尝试持续了大约10分钟——无论对于德克萨,还是他的追随者,以及这座城池的陷落关系到他们的生命和自由的人来说,这10分钟是如此漫长,他们甚至都不敢看下去了,况且距离实在太远,人们很难看清炮舰的运行情况。尽管人群过早地爆发出庆祝的欢呼声,但是,舰队是否已经冲过了河道?或者即将冲过河道?史蒂文森少校已经命令炮舰卸掉所有无用的载重,尽量减仓,以便抬高炮舰的吃水线,但是,他的炮舰能冲过那一小片浅水区,进入到深水区域,顺利逆流而上,直抵杰克逊维尔港口吗?现在涨潮的海水仍处于憩潮①期,一切尚在未定之数。

然而,正如刚才人们所说,海水已经开始退潮了,而且,一旦退潮开始,圣约翰河的水位就会迅速下降。

突然,大家纷纷用手指向下游方向,一声尖叫盖过了所有人的声音:

"小船!……一条小船!"

确实,有一条小船出现在河流左岸附近,在那个位置上,潮水还在涌动,与此同时,河道中央的水流也在强劲奔涌。小船上的船桨有力地舞动着,小船疾速行驶。小船的后部站着一位军官,身着佛罗里达民兵的军服。小船很快来到栅状突堤的脚下,军官身手敏捷地攀爬上侧面的阶梯,跃身跳上码头。人群立刻涌过来把他

---

① 海水涨到高潮时,会出现潮水位既不涨也不落的状态,这段时间叫作憩潮或平潮。

紧紧围住,都想看清楚,听听他怎么说。这时,军官一眼瞥见德克萨,旋即走了过去。

"发生了什么事?"德克萨问道。

军官回答道:"没事儿,什么事儿都没有!"

"是谁派您来的?"

"我们那些小船的指挥官,这些小船很快就要撤回到港口。"

"为什么?……"

"因为,尽管那些炮舰减轻载荷,开足马力,依然无法翻越沙洲。从今往后,我们无须担惊受怕了。"

德克萨问道:"仅仅是这次涨潮吗?……"

"任何一次涨潮都不用害怕了——至少,在几个月内都是如此。"

"乌拉!……乌拉!"

欢呼声响彻全城。那些暴乱分子再次向德克萨欢呼,把他视为暴民恶劣本性的化身,与此同时,温和派的市民垂头丧气,思忖着在今后相当长时期内,将不得不继续忍受委员会及其头领的邪恶欺凌。

那军官说的是实情。从这一天开始,涨潮的海水将一天比一天低落,涌进圣约翰河床里的海水也将大为减少。3月12日的潮水已经是全年里最大的一次涨潮,要想再次出现同样高度的大潮,必须等到好几个月以后了。炮舰无法穿越沙洲的河道,史蒂文森少校的炮火也就威胁不到杰克逊维尔城。德克萨的政权得以继续苟延残喘,这个无耻之徒确定将把复仇计划执行到底。即使假设,谢尔曼将军想要占领杰克逊维尔,并且调遣在费尔南迪纳登陆的莱特将军率部前来,这支队伍也需要向南步行一段时间。然而,第二天一大早,詹姆斯和吉尔伯特·伯班克父子就将被执行枪决,谁

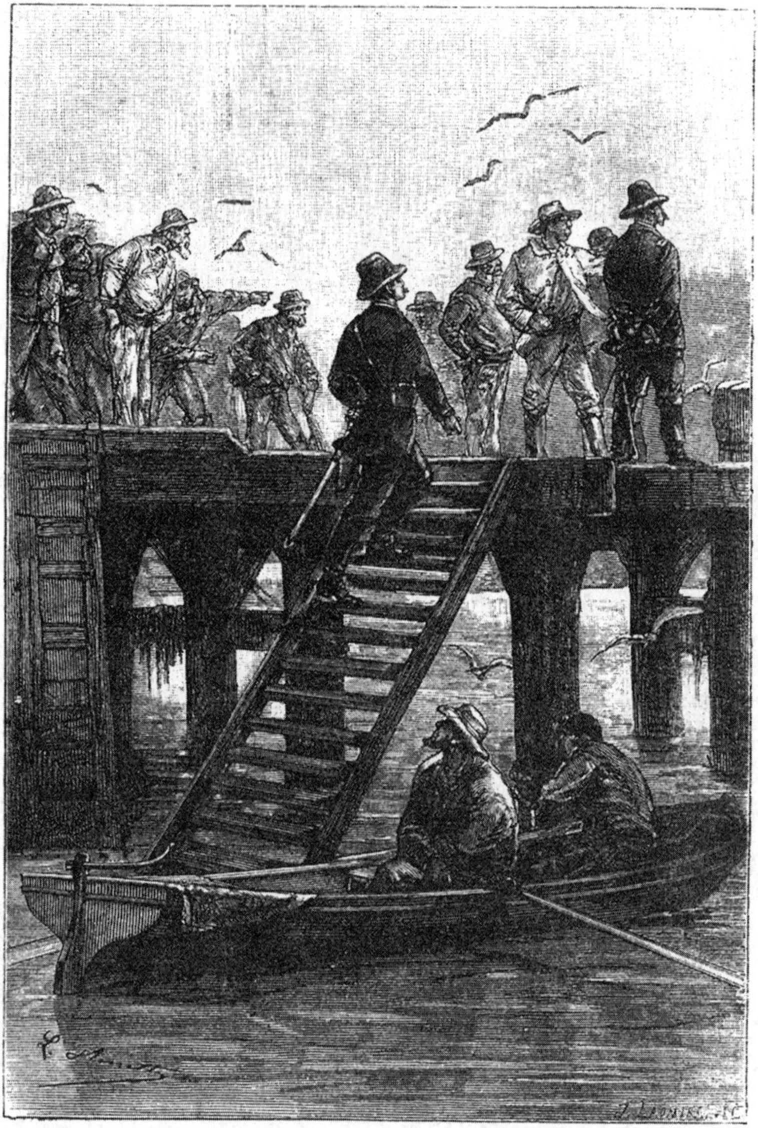

也救不了他们了。

转瞬之间,军官带来的消息四散传播开去。不难想象,这则消息在那帮群氓当中产生了轰动效应,他们变本加厉,狂欢滥饮。与此同时,正直的人们无不惊愕沮丧,预感到将会出现更加令人憎恶的极端行为,于是,大多数人准备离开这座城市,因为在这里,他们已经毫无安全感。

欢呼和叫骂声传到了监狱囚犯那里,他们明白自己被拯救的希望已经彻底破灭;与此同时,这声音也传到了哈维先生的住宅。不难想象出,斯坦纳德先生和艾丽丝小姐陷入怎样的悲观绝望。现在,他们还能想出什么办法拯救詹姆斯·伯班克和他的儿子吗?尝试去收买监狱看守?用重金收买找人帮助囚犯逃亡?但是,他们自己都无法走出这栋充作临时避难所的住宅。大家都知道,有一帮恶棍在严密监视这里,他们在门前发出的叫骂声不绝于耳。

几天以来,人们一直预感天气将发生变化。夜幕降临后,明显感觉到开始变天了。原来从陆地吹向大海的风,突然变成了东北风。大片的灰色云团被风撕扯着,在天空中疾速奔涌,低垂的云团紧贴海面掠过,甚至都来不及化作雨水。如果是一艘优秀的三桅帆船,它一定会把风帆高高拉起,让桅杆顶端淹没在云团之中,在低平的海面上疾速奔驰。气压急速下降,暴风雨很快就要来临。种种迹象表明,在遥远的大西洋海面上,一场飓风正在形成。伴随着夜色笼罩天地之间,一场异常猛烈的飓风即将席卷而至。

紧接着,伴随风向的变化,飓风自然而然地把海水赶进了圣约翰河的喇叭形河口湾。入海口水面波涛汹涌,水位随之升高,就像其他大江大河的入海口一样,飓风推动海水,形成涌浪,高耸的浪头冲击扫荡着沿河两岸。

在这个暴风雨之夜,可怕的飓风猛烈地横扫了杰克逊维尔城。

激浪拍打冲击着栅状突堤,木桩被冲垮,突堤的一角被浪涛掀翻。港口码头的一部分也被浪头覆盖,好几艘道格雷船的锚索犹如细绳般被飓风扯断,船只被拍击到码头上撞碎。城里的广场和街道上根本站不住人,狂风席卷各式各样的碎片横扫而过。群氓们都躲藏到小酒馆里,他们在那里依然大呼小叫,面对暴风雨的狂吼,他们的喧嚣声毫不逊色。

狂风并不仅仅在陆地上肆虐,在圣约翰河的河床里,由于水位出现落差,激起巨大的浪花,水浪冲撞河床,使波涛激发出十倍的气势。沙洲后面锚泊的那些小船还没有来得及返回港口,就被狂涛巨浪席卷而去,它们的锚在水底被拖走,锚具也被冲断。夜里,潮水在风力的推动下猛涨,水借风势以不可阻挡之势向上游涌动。一部分小船被浪涛冲击拍碎在港口码头的木桩上,另一部分小船被浪涛推过杰克逊维尔城,沿圣约翰河逆流而上,一直冲击到数英里远的小岛上、河湾里。由于飓风来得太突然,在此情形下,那些小船猝不及防,一些内河船员在这场灾难中不幸丧生。

至于史蒂文森少校麾下的那些炮舰,它们是不是起锚,开足马力,驶往河流下游,去寻找河湾避风了?如果是这样,这支舰队能否逃避全军覆没的厄运?无论如何,不管这些炮舰是顺流而下驶往圣约翰河的入海口,还是继续停留在锚泊地,杰克逊维尔城都用不着惧怕它们了,因为现在,沙洲已经成为阻挡它们的不可逾越的障碍。

这个夜晚,漆黑深沉的夜色笼罩着圣约翰河谷,河谷里的空气和水流被搅和成为一团,就好像发生某种化学反应,将空气和水凝为了一体。人们经历了一场灾难,在往年的春分或秋分时节,往往也会发生类似的灾难,但是,这次灾难的猛烈程度却是佛罗里达有史以来从未经历过的。

然而,恰恰由于飓风来得太过猛烈,所以来得快去得也快,仅仅几个小时就结束了。在太阳还没有升起之前,空气流动明显和缓,飓风已经匆匆掠过,在最后横扫了一遍佛罗里达半岛之后,消失在墨西哥湾的上空。

大约凌晨4点钟,第一缕晨光微现,昨天夜里被狂风清洗过的天际露出了鱼肚白。短暂安静之后的城市重新恢复喧嚣,昨晚撤离街道,躲进小酒馆的群氓们纷纷回到了大街小巷。民兵们也回到了被遗弃的岗位上。人们开始尽力修复暴风雨造成的损坏,特别是沿着城市排开的河边码头,飓风造成的损失还不算太大:栅状突堤被撞断,道格雷船受到损伤,小船变得七零八碎,被退潮的河水从上游带了回来。

然而,人们站在陡峭的河岸上,只能望见周围几码远的河面上漂浮的小船残骸,因为此时,经过暴风雨的冲刷,圣约翰河谷里温度下降,形成了浓厚的晨雾,浓雾正在向上游移动。早晨5点钟了,河道的中心水域依然笼罩在浓雾中,只有在第一缕阳光的照射下,浓雾被驱散,河道中心才能显现在人们的视野里。

5点钟过后不久,突然,巨大的轰鸣穿透了浓雾。没错儿,这可不是人群发出的持续不断的喧闹声,而是大炮发出的震耳欲聋的轰击声。炮弹呼啸着划过天空,已经来到港口码头的人们,无论是民兵还是群氓,大家不禁发出一片惊呼。

与此同时,在持续不断的大炮轰鸣声中,浓雾开始逐渐散开。穿过炮火的闪光,雾团开始飘离河面。

在正对着杰克逊维尔的河面上,史蒂文森的炮舰就锚泊在那里,整座城市都处于炮火覆盖的范围之内。

"炮舰!……炮舰!……"

人们相互传递着这个词汇,信息很快传播到城市郊区的尽头。

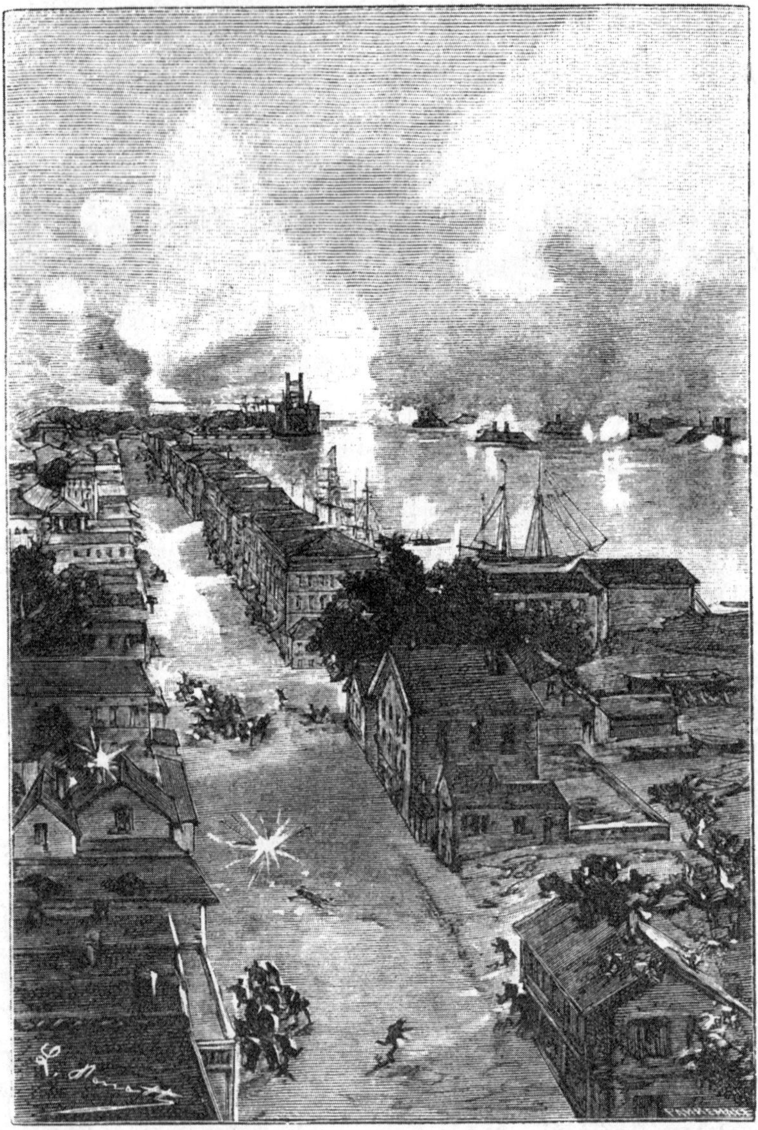

转瞬之间,正派的市民闻讯欣喜若狂,群氓则惊骇莫名,大家都知道,联邦舰队已经成为圣约翰河的主人,虽然有人不愿意投降,但杰克逊维尔城却不得不归降。

这究竟是怎么回事儿?难道北军在暴风雨中意外地获得神助?正是如此!实际上,北军炮舰根本没有驶往下游,也没有躲进入海口附近的河湾,而是冒着狂风巨浪,继续停留在锚泊地。当对手驾驶小船离去的时候,史蒂文森和他的部下不顾飓风袭击,冒着沉船的危险,试图寻找一条水道,因为在这种气象条件下,也许水道可以通行。事实上,这场飓风把海水吹进喇叭形河湾里,刚好把河水的水位提升到了异常的高度,于是,舰队乘机快速扑向河道,开足马力,任凭炮舰的龙骨刮擦着河底的沙子,一举跃过沙洲。

大约凌晨4点钟,史蒂文森少校指挥舰队穿过浓雾,摸索着行驶到杰克逊维尔城附近。舰队随即抛锚停泊,之后,时间一到,舰炮的轰鸣声撕碎了浓雾,第一批炮弹被射向圣约翰河的左岸。

炮击取得了立竿见影的效果。几分钟之后,南军民兵开始撤离城市,那情形与费尔南迪纳和圣奥古斯丁城的南军撤退时一模一样。史蒂文森观察到港口码头空无一人,立即命令减缓炮击,他的目的可不是要摧毁这座城市,而是占领它,迫使它归降。

几乎与此同时,法院大楼的旗杆上飘起了一面白旗。

不难想象出,当第一阵炮声传到哈维先生的住宅时,引起了怎样的焦虑情绪。城市肯定遭到了进攻,而且,攻击方只能来自联邦军队,他们或者是沿圣约翰河朔流而来,或者是从佛罗里达北部步行而来。那么,这是不是在绝望中出现的好运——也是唯一能够拯救詹姆斯和吉尔伯特·伯班克的好运?

斯坦纳德先生和艾丽丝小姐急忙向门口跑去,那些德克萨派来监视的人早已溜之大吉,与民兵队伍会合逃往杜瓦尔县的腹地。

哈维先生和年轻姑娘来到港口附近,浓雾已经散尽,向河面望去,就连对岸的树木都能看得一清二楚。

舰炮已经停止了射击,因为显而易见,杰克逊维尔城已经放弃抵抗。

此时,很多小艇停靠在栅状突堤旁边,一支队伍正在登陆,士兵们装备着步枪、手枪和斧子。

突然,在一名军官率领的队伍里,传来一声呼喊。

发出呼喊的那个人向艾丽丝小姐疾步跑来。

"马尔斯!……马尔斯!……"年轻姑娘叫道,惊愕地看着面前这个人,人们都以为这位泽尔玛的丈夫在圣约翰河中淹死了。

"吉尔伯特先生!……吉尔伯特先生?……"马尔斯回答道,"他在哪里?"

"被关起来了,还有伯班克先生!……马尔斯,救救他……救救他,救救他的父亲!"

"我们去监狱!"马尔斯向同伴们喊了一声,带着他们转身就走。

于是所有人加快脚步跑了起来,他们要阻止德克萨可能下达命令犯下的最后一桩罪行。

哈维先生和艾丽丝小姐紧紧跟在后面。

如此看来,那一天,马尔斯纵身跃入河中,是不是成功摆脱了漩涡的威胁?是的!不过,出于谨慎,这位勇敢的混血儿没有让城堡屋的人知道自己安然无恙。如果他前往城堡屋寻求庇护,只能让自己的人身安全受到更大威胁。他必须保证自己的人身自由,才能完成承担的任务。马尔斯泅水游到河右岸,悄悄溜进芦苇丛,顺流而下,一直钻到舰队附近的岸边。在那里,他发出的信号被舰上的人看到,一条小艇前来接应,把他送到史蒂文森少校的炮舰上。少校弄清楚当前局势,鉴于吉尔伯特身处险境,危在旦夕,随即命令舰队全力以赴,设法穿越河道逆流而上。我们已经知道,舰队的努力没有取得成功,行动被迫中止。然而,夜幕降临之后,飓风抬高了圣约翰河的水位,不过,如果不熟悉这里的复杂水道,舰队在驶过浅水区的时候,依然面临失败的危险。幸运的是,舰队有了马尔斯。冒着狂风暴雨,他巧妙地引导炮舰行进,其他炮舰尾随其后。就这样,在浓雾弥漫在圣约翰河谷之前,舰队就已经锚泊在正对杰克逊维尔城的河面上,把整座城市置于舰炮的射程之内。

舰队赶来得非常及时,因为两名囚犯原定于当天早晨被执行死刑。不过,现在他们不必害怕,杰克逊维尔城的法官已经夺回了被德克萨窃取的权力,当马尔斯和同伴们赶到监狱门前,詹姆斯和吉尔伯特·伯班克终于走出牢房,获得自由。

大家见面,艾丽丝小姐扑进年轻中尉的怀里,与此同时,斯坦纳德先生和詹姆斯·伯班克也紧紧拥抱在一起。

吉尔伯特抢先问道:"我的母亲怎样了?……"

艾丽丝小姐回答道:"她活着……她活着!……"

"那好吧,去城堡屋!"吉尔伯特叫道,"我们去城堡屋……"

詹姆斯·伯班克回答道:"首先应该让正义得到伸张!"

马尔斯明白主人的想法,转身朝大广场的方向奔去,希望在那里找到德克萨。

为了逃避惩罚,西班牙后裔是否已经逃跑了?在那个暴力泛滥的时期,曾经有那么多人受到牵连,难道德克萨可以逃脱被公诉的惩罚吗?他会不会跟着败退的南军民兵后撤,逃往杜瓦尔县的沼泽地区?

人们可以,也应该这么认为。

然而,没等联邦军队采取行动,众多市民早已奔向法院大楼,

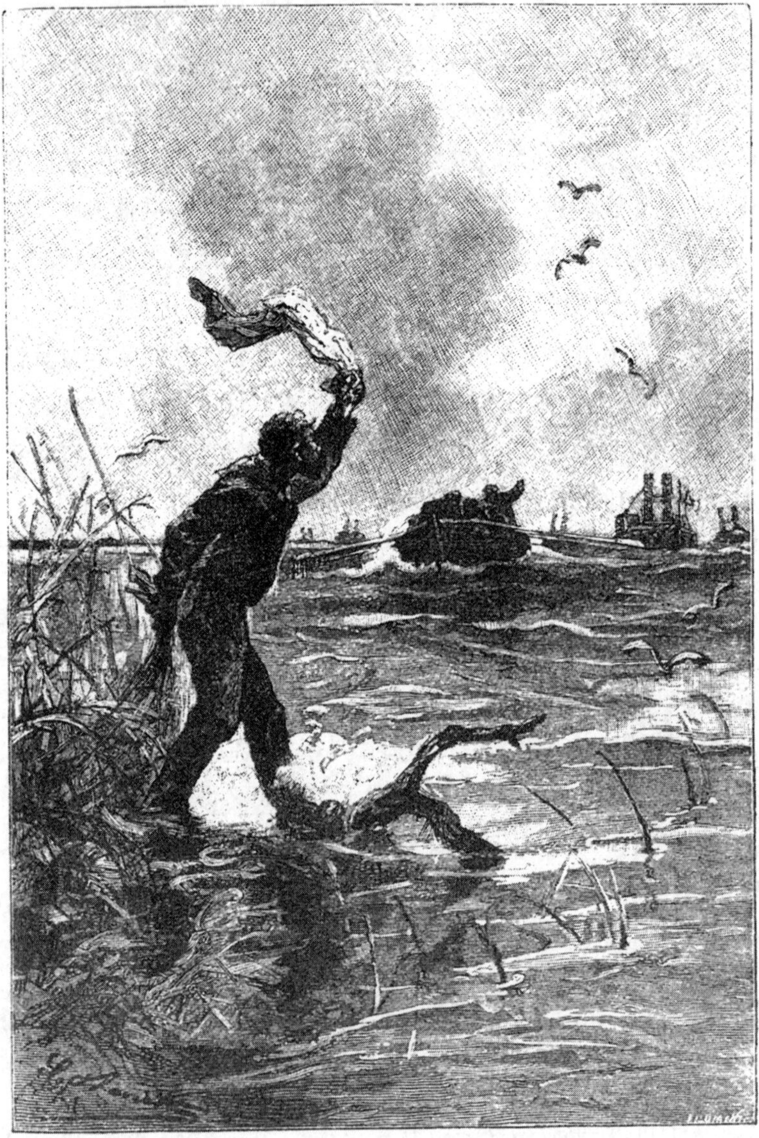

就在德克萨准备逃跑的时候,市民们把他抓住,并且看押了起来。不过看起来,他似乎很从容地接受了自己的命运。

尽管如此,当他看到马尔斯出现在面前时,立即明白自己的生命受到威胁。

事实上,混血男仆向德克萨扑了过去,尽管看押的人尽力拦阻,马尔斯还是掐住了西班牙后裔的咽喉,眼看就要把他掐死时,詹姆斯和吉尔伯特·伯班克赶到了。

"别……别!……要活的!"詹姆斯·伯班克叫道,"必须让他说出来!"

"是的!……他必须说出来!"马尔斯回答道。

片刻之后,德克萨被关进牢房,这里恰恰是被他陷害的伯班克父子等待死刑时住过的那间牢房。

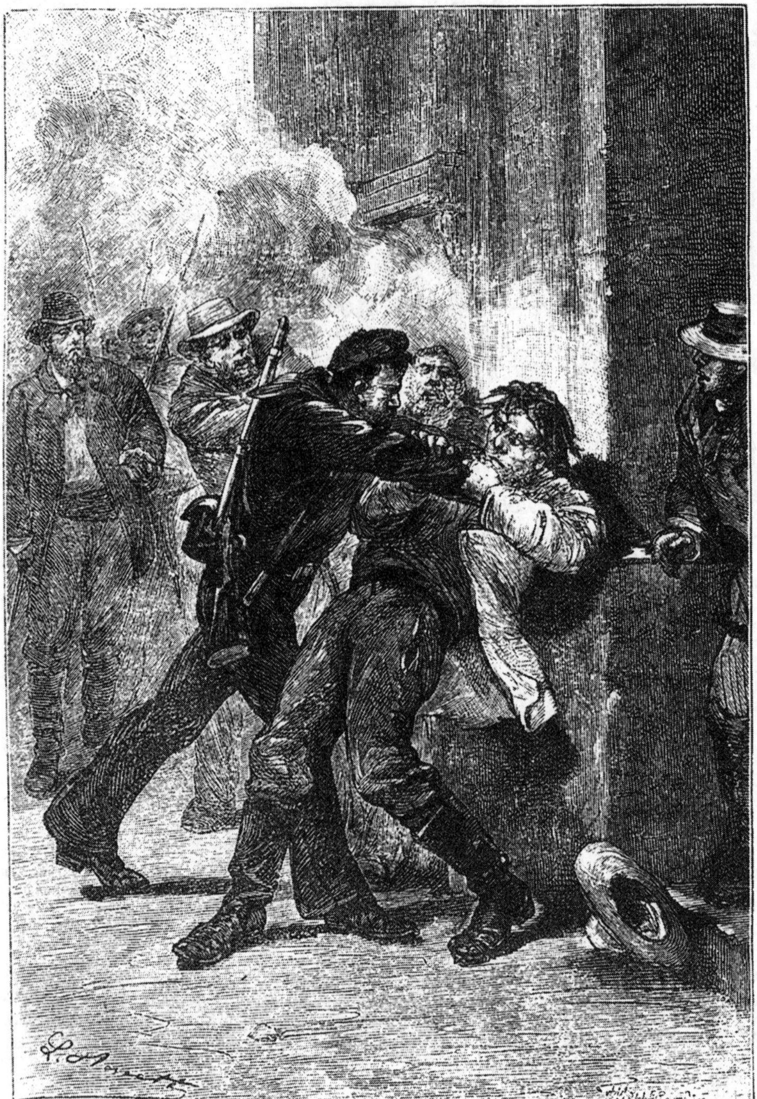

第五章 占 领

联邦军终于成了杰克逊维尔城的主人——随即又成为圣约翰河的主宰。在史蒂文森少校的指挥下,登陆的北军部队立即占领了城里的各个主要据点。篡逆的政权已经逃之夭夭,在委员会的成员当中,只有一人被抓住,他就是德克萨。

城里的市民对前些天发生的欺凌霸道行径已经厌倦了,另一方面,他们对南北双方争执不休,甚至不惜为之兵戎相见的奴隶制问题并不感兴趣,因此,对于代表华盛顿政府的舰队军官,市民们大多表示欢迎。

在此期间,杜邦司令在圣奥古斯丁安营扎寨,开始在佛罗里达滨海地区取缔战争走私活动。被称为"蚊子入口"的各条海上通道被封锁关闭,从而切断了英属巴哈马群岛的卢卡亚群岛①与佛罗里达的武器弹药交易。可以说,从这个时候开始,佛罗里达州归顺了联邦政府。

这一天,伯班克父子与斯坦纳德先生和艾丽丝小姐一起动身,乘船渡过圣约翰河前往康特莱斯湾。

佩里率领各位工头在小码头上等候,在场的还有一些已经陆

---

① 该群岛位于加勒比海,属于安的列斯群岛的一部分。

续返回种植园的黑人。不难想象,伯班克父子一行受到了热情洋溢的欢迎。

片刻之后,詹姆斯·伯班克和儿子,斯坦纳德先生和女儿一同来到伯班克夫人的病床前。

伯班克夫人见到了吉尔伯特,同时也知道了曾经发生过的一切。年轻军官拥抱了母亲,马尔斯亲吻了伯班克夫人的双手。现在,他们将不再离开她。在艾丽丝小姐的精心照顾下,伯班克夫人很快恢复了气力,从今往后,他们再也不会因为德克萨及其同伙的复仇和阴谋诡计而担惊受怕,因为,西班牙后裔已经落入联邦军手里,而联邦军已经成为杰克逊维尔城的主人。

但是,如果说詹姆斯·伯班克的夫人,吉尔伯特的母亲已经不用再为自己的丈夫和儿子担惊受怕,那么,她现在一门心思惦念的就是自己失踪的小女儿。她想念蒂,就像马尔斯想念泽尔玛。

"我们一定要找到她们!"詹姆斯·伯班克大声说道,"马尔斯和吉尔伯特也来协助我们一同寻找……"

年轻中尉回答道:"好的,我的父亲,好的……我们一刻都不要耽误。"

"既然我们已经抓住了德克萨,"伯班克先生接着说道,"必须让他坦白交代!"

"但是,如果他拒绝交代呢?"斯坦纳德先生问道,"如果这家伙辩称,他根本就没有参与绑架蒂和泽尔玛?……"

"他如何狡辩?"吉尔伯特叫道,"难道泽尔玛没有在马里诺小河湾认出他吗?难道艾丽丝和我的母亲没有听见泽尔玛在小船驶离的那一刻喊出德克萨的名字?他亲自指挥、操纵了这场劫持行动,难道这还有什么疑问吗?"

"就是他干的!"伯班克夫人一边说着,一边抬起上身,似乎想要从床上站起来。

"是的！……"艾丽丝小姐补充道，"我当时就认出他了！……他站在那里……在小船的后部，当时小船正在驶向河心。"

"那好吧，"斯坦纳德先生说道，"就算是德克萨！没有任何疑问！但是，如果他拒绝说出命令手下将蒂和泽尔玛藏到了哪里，我们到哪里去寻找？要知道，我们已经沿着河流两岸，在极大范围之内徒劳无功地搜寻过。"

对于这个必须坦率面对的问题，没有人能够解答。一切都取决于西班牙后裔将要说的是什么。他究竟是想交代呢，还是打算装聋作哑？

吉尔伯特问道："就没有人知道这个恶棍平时居住在哪里吗？"

"没人知道，从来就没有人知道。"詹姆斯·伯班克回答道，"在杜瓦尔县的南边，到处遍布广袤的森林，以及难以进入的沼泽泥塘，那里可以成为他的藏身之处！要想征服那个地区，只能是痴心妄想，即使联邦军队也无法在那里追击撤退的南军民兵！那根本就是白费力气！"

"我要我的女儿！"伯班克夫人嘶叫着，詹姆斯·伯班克竭尽全力安慰她。

"我的老婆！……我想找回我的老婆……"马尔斯叫喊道，"我一定要强迫这个混蛋说出她在哪里！"

"是的！"詹姆斯·伯班克接着说道，"如果这个家伙发现将要为此付出生命代价，只有交代了才能保住性命，他一定毫不迟疑地交代出来！如果他提前跑掉了，我们只能陷入绝望；但只要他在联邦军队手里，我们就能让他说出这个秘密！相信我，我可怜的夫人！我们都在努力，一定能把你的孩子交还给你！"

心神俱疲的伯班克夫人重新跌倒在床上。艾丽丝小姐守在她的身边，一刻也不愿离开，与此同时，斯坦纳德先生和詹姆斯·伯班克，以及吉尔伯特和马尔斯一同下楼来到客厅，与爱德华·卡洛尔共同商量。

他们很快就商定了如下办法。在采取行动之前，首先需要一点儿时间，让联邦军队完善城市的占领工作。与此同时，需要让杜邦司令不仅了解在杰克逊维尔发生的事情经过，还要让他知道在康特莱斯湾发生的事情。也许，首先应该向军事法庭起诉德克萨？因为这样一来，起诉就必须在佛罗里达的北方远征军司令官麾下进行。

无论如何，吉尔伯特和马尔斯都不愿意浪费这一天剩下的时间，以及第二天的时间，他们要立即开始搜寻。詹姆斯·伯班克、斯坦纳德先生和爱德华·卡洛尔正在着手开展第一步行动，趁此机会，吉尔伯特和马尔斯决定向圣约翰河的上游进发，希望能够找到一些蛛丝马迹。

实际上，他们担心德克萨拒绝坦白交代，在仇恨的驱使下，他会不会宁愿承受最终惩罚，也不交代被害人的下落？因此，必须做到不依赖他。最重要的是弄清楚，德克萨平时居住在什么地方。这个问题很难回答，因为人们对黑水湾一无所知。人们一向认为这个潟湖是根本无法进入的。因此，尽管吉尔伯特和马尔斯沿着河岸的灌木丛来回划船走了好几趟，也没有找到可以让轻便小船进入潟湖的狭窄入口。

3月13日的一整天里，没有任何新发现，搜寻无法取得进展。在康特莱斯湾，种植园的秩序逐渐得到恢复。原来被迫躲藏到附近森林里，散落四面八方的黑人们开始成批地返回。由于詹姆斯·伯班克的慷慨大度，这些黑人获得了解放，但是，他们并不认为自己与伯班克先生从此毫无关系，没有任何义务了。如果说，这些黑人不再是伯班克先生的奴隶，那么，他们已成为他的仆人。他们迫不及待地返回种植园，重建被德克萨匪帮摧毁的村落，修复工厂，整顿工地，最终重新开始劳动，这么多年来，他们就是通过劳动使自己的家庭过上幸福生活。

种植园的后勤服务也开始得到恢复。爱德华·卡洛尔的伤口差不多已经愈合，可以着手处理日常事务。佩里和工头们的工作热情十分高涨。所有人都在忙忙碌碌，甚至包括比哥，尽管他干不出什么像样的活计。比哥对自己原来的想法有些懊悔，他仍然总说自己是自由的，但是他的举止更像是柏拉图式①的解放奴隶，尽管拥有享受自由的权利，却不情愿行使这份权利。总而言之，当所有员工都回到康特莱斯湾，当被摧毁的房屋得到重建之后，种植园很快就能恢复它的本来容貌。无论南北战争最终打出什么结果，我们可以相信，从今往后，佛罗里达的大多数移殖民将安居乐业。

杰克逊维尔城的秩序已经恢复。联邦军仅仅对城市进行军事占领，把政权交由原来的法官们掌管，在过去的几个星期里，暴乱曾经把他们赶下政坛。联邦军根本无意插手城市行政管理，仅仅要求在各主要建筑物插上星条旗。虽然实施了这些举措，城里的大多数市民对于割裂美利坚合众国的那个议题仍然无动于衷，对于胜利者的统治也无丝毫反感。联邦党人的事业在佛罗里达州的各个县并未遭遇任何反抗。人们发现，在诸如佐治亚、卡罗来纳等南方各州颇受民众追捧的"各州权利"理论②，在佛罗里达州却根

---

① 柏拉图式爱情，也称为精神恋爱，此处比喻空谈，无实际效果的行为。
② 该理论强调，根据宪法，美国各州拥有脱离联邦的权利。

本得不到分离主义者常见的热情支持,甚至,即使联邦政府撤走北军部队,佛罗里达州也不会出现异动。

此时,美国的大地上战争的帷幕尚未落下,战况大致如下。

为了支援博勒加德的部队,联盟军派出了由霍林斯司令指挥的6艘炮舰,这支舰队随即进入密西西比河,停泊于新马德里与10号岛屿之间。在那里发生了一场由富特海军上将指挥的激烈战斗,目的是确保密西西比河上游的安全。就在杰克逊维尔城落入史蒂文森少校之手的同一天,联邦军队的大炮对霍林斯麾下炮舰的炮火给予了还击。北军最终取得战场优势,进而占领了10号岛屿和新马德里。与此同时,北军还控制了密西西比河大约200公里长的蜿蜒曲折河段。

然而,恰在此时,联邦政府的作战意图表现出明显的犹豫不决。麦克莱伦将军不得不把他的作战方案交由战争理事会审议,并且获得该理事会大多数成员的赞同,尽管如此,在某些令人遗憾的负面影响下,林肯总统仍然做出让步,搁置了这份作战方案。波托马克军团被分解,以便加强华盛顿的保卫。幸运的是,摩尼特号铁甲战舰的胜利,以及维吉尼亚号的败逃①,使得切萨皮克河的航行自由获得保障。此外,继马纳萨斯大溃败之后,联盟军队迅速后撤,联邦军队乘机进驻了马纳萨斯城,顺便还解决了波托马克河的封锁难题。

然而,当一个国家的政治因素掺和到军事领域,往往造成致命的灾难,这一次,政治因素导致政府做出令人烦恼的决定,对北方的利益造成伤害。就在那一天,麦克莱伦将军被解除了联邦军最高指挥官的职务,他的指挥权也仅限于波托马克军团,其余部队则

---

① 参阅本书上部第十三章的相关内容。

脱离他的指挥,直接听命于林肯总统。

这个决定是错误的。这道革职令对麦克莱伦不公平,更让他凭空蒙受了巨大羞辱。然而,作为一个军人,他只知道严格履行职责,执行命令。就在第二天,他制订了一份作战计划,目标是让他的部队在门罗要塞海滩登陆。这份作战方案得到上级机关认可,并获得总统批准。战争部长向纽约、费拉德尔菲亚①和巴尔的摩发出指令,各式各样战舰陆续抵达波托马克河,准备运送麦克莱伦的部队和装备。

一段时间以来,受到威胁的总是北方首都华盛顿;然而现在,该轮到南方首都里士满面临险境。

以上就是交战双方的近况,此时,佛罗里达州刚刚归顺了谢尔曼将军和杜邦司令。就在北军舰队封锁了沿岸的滨海地区以后,北军旋即控制了圣约翰河,进而巩固了对整个佛罗里达半岛的占领。

与此同时,吉尔伯特和马尔斯继续搜索沿河两岸和各个岛屿,甚至搜索到毕高拉塔镇的上游,但一无所获。这样一来,就只能从德克萨身上想办法了。自从那一天,监狱牢房的门在德克萨身后关闭以来,他与自己同伙的所有联系都已被切断。按照常理推算,蒂和泽尔玛应该还被关押在联邦佬占领圣约翰河之前的那个地方。

德克萨始终拒绝回答问题,与此同时,杰克逊维尔的局势已经允许法院对他履行正常的审判程序。但无论如何,在动用审判这样的极端手段之前,人们还是希望德克萨坦白招供,条件则是换取他的人身自由。

审判将由军事法庭执行,在预先征得法庭同意后,3月14日,

---

① 即费城,宾夕法尼亚州最大城市。

人们决定做一次尝试。

伯班克夫人的身体已经好多了。她的儿子回来了,她的女儿也有希望很快找到,本地局势终于缓和平息,现在,康特莱斯湾种植园的安全也有了保障,这些好事儿相继降临,使她颓丧的神情略显好转。德克萨的追随者曾经使杰克逊维尔城笼罩恐怖气氛,如今,人们已不用担惊受怕。南军民兵已经退往帕特南县的腹地,也许晚些时候,那些从圣奥古斯丁撤退出来的民兵,从上游渡过圣约翰河之后,将试图与帕特南县腹地的民兵联手,尝试对联邦军队发起攻击,不过,这种可能性还很遥远,只要杜邦和谢尔曼还驻扎在佛罗里达,人们就不必为此担忧。

就在这一天,伯班克父子按照约定动身前往杰克逊维尔,不过,同行的只有他们两个人,卡洛尔和斯坦纳德两位先生,还有马尔斯都留在种植园。艾丽丝小姐仍旧寸步不离伯班克夫人。此外,年轻军官和他的父亲预计天黑前就返回城堡屋,并且将带回来令人欣慰的好消息。只要德克萨说出关押蒂和泽尔玛的隐匿地点,他们就会立即展开营救,毫无疑问,只需几个小时,最多只需一天就能成功。

就在伯班克父子临出发前,艾丽丝小姐把吉尔伯特叫到一边。

"吉尔伯特,"她对他说道,"你们要去见的这个人曾经给你们家带来那么多的苦难,这个卑鄙无耻的家伙甚至想要您和您父亲的命……吉尔伯特,答应我,在德克萨面前保持镇定,好吗?"

"保持镇定!……"吉尔伯特大叫道,只要提到这个西班牙后裔的名字,他就情不自禁地怒气冲天。

"这是必需的,"艾丽丝小姐接着说道,"如果您任由自己怒火中烧,那么一定会毫无收获……请打消复仇的念头,心里只需想着一件事情,那就是拯救您的妹妹……不久之后,她也将是我的妹妹！为了这件事，必须不惜一切代价，您应该说服德克萨，让他相信，今后您将既往不咎。"

"既往不咎！"吉尔伯特叫道，"就是因为他，我的母亲几乎丧命……我的父亲差点儿被枪毙……让我忘掉这一切！"

"您也差点儿遇难，吉尔伯特，"艾丽丝小姐回答道，"我难以相信还能见到您！是的！他做尽坏事，但我们不要对此念念不忘……我对您说，因为我担心伯班克先生可能控制不住自己，而您的情绪如果也失控，您的设想就没办法实现。哎，他们为什么不让我陪您一起去杰克逊维尔呀！……也许，我可以用和缓的方式，从他口中……"

"如果这个人拒绝交代！……"吉尔伯特接着说，他已经觉察到，艾丽丝小姐的叮嘱不无道理。

"如果他拒绝交代，那就必须让法官迫使他说出来。这件事关系到他的性命，一旦他发现，只有坦白交代才能活命，他就会说出来……吉尔伯特，您必须向我保证！……以我们的爱情起誓，您能给我这个保证吗？"

"好的，亲爱的艾丽丝，"吉尔伯特回答道，"好的！……不管这个男人做过什么，只要他把妹妹还给我们，我就既往不咎……"

"很好，吉尔伯特。我们刚刚经历过可怕的考验，但是这一切都将结束！……在这些悲伤的日子里，我们历尽千辛万苦，作为补偿，上帝将赐给我们长久幸福的时光。"

吉尔伯特紧紧握住未婚妻的手，她也忍不住淌下泪珠，随后，两人道别分手。

上午10点钟，詹姆斯·伯班克和他的儿子告别诸位朋友，在康特莱斯湾的小码头上船启程。

小船疾速横穿河面，随后，在吉尔伯特的引导下，小船没有继续驶往杰克逊维尔,而是转头向史蒂文森少校的炮舰靠拢过去。

这位指挥官已经成为本城的军事首脑,因此,有必要把詹姆斯·伯班克的事情向他做个汇报。史蒂文森与本城政府保持着密切联系,他完全了解,自从德克萨的追随者夺取了本城政权,德克萨扮演了何种角色,在蹂躏康特莱斯湾的事件中,德克萨又承担何种责任。史蒂文森还知道,当南军民兵撤退的时候,德克萨又是因为什么,以及在什么时间被逮捕并投入监狱。史蒂文森同样清楚,这个人的民愤很大,杰克逊维尔城的所有正派人都愤而要求严惩此人,让他罪有应得。

史蒂文森少校对伯班克父子给予了应有的欢迎。他对这位年轻军官十分欣赏,自从吉尔伯特在他麾下服役以来,史蒂文森少校一直很喜欢这位年轻军官的性格和勇气。马尔斯回到舰队以后,史蒂文森听说吉尔伯特落到南方佬的手里,就决定不惜一切代价拯救他。然而,舰队被挡在圣约翰河的沙洲面前,如何才能及时赶去救援?……我们现在已经知道了年轻中尉和詹姆斯·伯班克的获救经过。

吉尔伯特简单扼要地向史蒂文森少校介绍了事情的来龙去脉,有些情况马尔斯已经向他做过报告,吉尔伯特对此予以确认。毫无疑问,如果说德克萨本人就是马里诺小河湾劫持事件的主谋,那么同样毫无疑问,这个人也是唯一能够说出蒂和泽尔玛被关押在佛罗里达什么地方的人,现在,看管她们的就是德克萨的手下。因此,蒂和泽尔玛的命运就掌握在这个西班牙后裔的手里,这一点十分明确,史蒂文森少校对此也确信无疑。于是,史蒂文森少校表示同意让伯班克父子按照自己的判断去处理这件事。首先,他同意,为了拯救混血女仆和小女孩,可以采取任何手段。如果需要用自由换取德克萨的口供,也可以恢复他的自由。为此,少校可以向

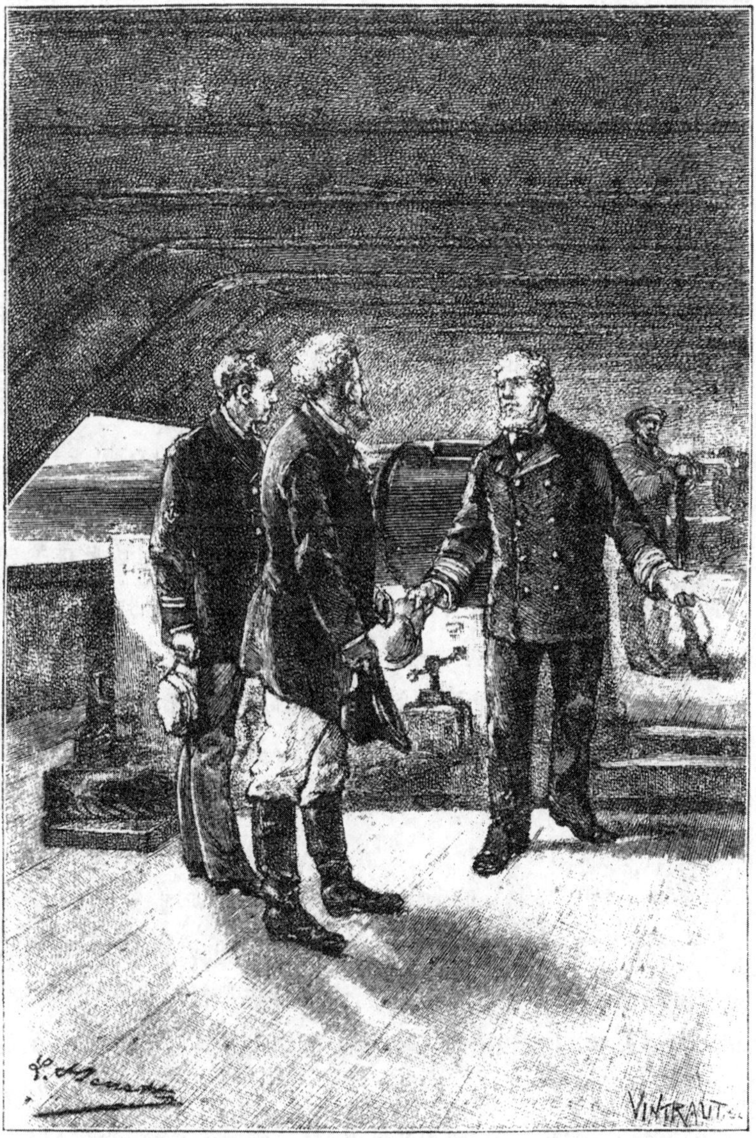
VINTRAUT

杰克逊维尔城的法官们提出担保①。

于是,伯班克父子获得了采取行动的充分授权,史蒂文森少校还给了他们一份书面准许令,以便他们与西班牙后裔面谈。他们表示非常感谢,随即前往杰克逊维尔港。

詹姆斯·伯班克提前通知了哈维先生,此刻,他正等在港口。三人一起立即前往法院大楼,一声令下,监狱的大门打开了。

自从被关进监狱,一位生理学家曾经饶有兴致地观察过德克萨的面相,或者不如说是他的举止。这个西班牙后裔恼怒异常,因为联邦军队的到来,推翻了他作为本城首席法官的地位;他原本有权为所欲为,轻而易举地满足个人的复仇欲望,可惜现在风光不再;本来只需再等几个小时,他就可以让人枪毙伯班克父子,可惜功亏一篑。实际上,让他感到遗憾的仅止于此。至于其他事情,诸如他落到了敌人的手里;他受到了最严厉的指控,并且因此被关进监狱;他被指控对所有暴力行为承担主要责任,而且证据确凿;等等,对所有这些,他都毫不在乎。总之,他的态度极为古怪,令人费解。让他感到不快的,就是没能把针对伯班克一家的复仇计划彻底实现,仅此而已。至于被逮捕之后的命运,看起来他并不担心。迄今为止,德克萨的表现让人困惑不解,谁能够猜透这其中的古怪缘由?

牢房的门打开了。伯班克父子出现在囚犯面前。

"噢!父亲和儿子都来了!"德克萨首先叫道,他的语调依然充斥着厚颜无耻,"事实上,我真应该感谢联邦佬先生们!如果没有他们的允准,我都没有这个荣幸接待你们的造访!你们现在不

---

① 担保是指法律为确保特定的债权人实现债权,以债务人或第三人的信用或者特定财产来督促债务人履行债务的制度。此处特指,如果德克萨招供,可以保证获得自由。

需要央求我宽恕你们了,那么,毫无疑问,你们是来准备宽恕我的吗?"

德克萨的语气充满挑衅,詹姆斯·伯班克差点儿就要发怒,儿子拦住了他。

"父亲,"他说道,"让我来回答他。德克萨想要和我们算旧账,这是把我们往坑里带,我们不要上当。算旧账毫无意义,我们这次来是要解决眼前的问题,我们只谈眼前的事儿。"

"眼前的事儿,"德克萨叫道,"或者不如说眼前的局势吧!在我看来,眼前的局面一目了然。三天以前,你们被关进了这间牢房,要想出去只能是去送死。今天,我落到了你们当初的境地,但是我面临的处境,远远比你们想象的要好。"

这番答话令詹姆斯·伯班克和他的儿子颇感困惑,因为他们本来是打算用自由来换取德克萨掌握的劫持案的秘密。

"德克萨,"吉尔伯特说道,"听我说。我们这次来是要与您坦诚相见。您在杰克逊维尔城的所作所为与我们无关。您对康特莱斯湾所做的一切,我们也可以既往不咎。我们现在只关心一件事,当您的拥护者入侵种植园并且围攻城堡屋的时候,我的妹妹和泽尔玛失踪了。可以确定,她们两人遭到劫持……"

"劫持?"德克萨充满恶意地回答道,"噢!我真是有幸听说这事儿!"

"听说?"詹姆斯·伯班克怒叫道,"您否认,无耻之徒,您竟敢否认?……"

"我的父亲,"年轻军官说道,"我们必须要保持冷静……是的,德克萨,这桩涉及两个人质的劫持案就发生在种植园遭到围攻的时候……您本人是不是这桩案子的主谋?"

"无可奉告。"

"我妹妹和泽尔玛是在您的命令下被带走的,您对此拒绝承认吗?"

"我对您再重复一遍:无可奉告。"

"如果,作为对您回答的交换,我们可以给您自由,您还拒绝吗?"

"没有您,我照样可以重获自由!……"

詹姆斯·伯班克被德克萨的厚颜无耻激怒了,难以自持,不禁大声叫道:"谁能给您打开这间牢房的门?"

"我会要求法官打开。"

"法官?……他们将毫不留情地审判您!"

"那好吧,我倒要看一看何去何从。"

"这么说来,您完全拒绝回答?"吉尔伯特最后又问了一遍。

"我拒绝……"

"甚至不惜拒绝我向您建议的自由?"

"这样的自由,我不愿意要。"

"如果我承诺给您重金,您也拒绝吗……"

"我不想要您的金钱。好了,现在,先生们,请别再打扰我。"

必须承认,看到德克萨如此镇定自若,伯班克父子不禁大为困惑。他从哪里来的这份儿自信?德克萨凭什么胆敢对抗这场审判?要知道,这场审判可能给予他最严厉的判决。无论是自由或者金钱的诱惑,都无法让他坦白承认。是不是过于执着的复仇信念让他忽视了自己的性命?这个家伙实在让人捉摸不透,即使面对可怕的命运结局,他依然不愿意做违心的事儿。

年轻军官说道:"走吧,父亲,我们走!"

吉尔伯特拉着詹姆斯·伯班克走出监狱。在门口,他们与哈维先生会合,三人一同前往面见史蒂文森少校,告诉他劝解的方式未能奏效。

就在此时,舰队刚刚收到一份杜邦司令发布的公告。这份公告面向杰克逊维尔市民,公告称,不会追究任何人的政治观点,对内战开始以来,参与佛罗里达对联邦军队的抵抗活动,也不予追究。只要归顺到联邦星条旗下,对所有涉及公众舆论的罪责一律免予追究。

每当出现类似局面,林肯总统总会出台同样的公告,这项措施无疑非常明智,但是,显而易见,这份公告并不适用于私人事务。而德克萨的案子恰恰属于私人事务。虽然他篡夺了合法政府的权力,利用这项权力组织抵抗,但这都不算啥!这些属于南方佬与南方佬之间的内部事务——联邦政府对这些事情不感兴趣。但是,如果事情涉及谋杀,例如入侵康特莱斯湾,把矛头对准一个北方佬,摧毁他的庄园,劫持他的女儿和属于他的女仆,这些罪行都属于民法范畴,应该依据民法予以审理。

杜邦司令和史蒂文森少校自从接到詹姆斯·伯班克的投诉,以及追究西班牙后裔罪责的请求之后,他们都赞同上述观点。

于是,第二天,3月15日,颁布了一项命令,要求以抢劫和劫持的两项罪名,将德克萨移送军事法庭。被告将在设于圣奥古斯丁的战争理事会面前为自己的罪行进行辩解。

第六章 圣奥古斯丁

圣奥古斯丁是北美洲历史最悠久的城市之一，其历史可上溯至15世纪。这座城市是圣·让县的首府，该县的面积颇为广阔，但是居民人数却仅有区区三千。

圣奥古斯丁城起源于西班牙文明，历经多年风采依旧。那里的海滨有许多小岛，这座城市就坐落在其中一座小岛的顶端。佛罗里达的这段海岸线地势险要，海浪终年拍击海岸，不过圣奥古斯丁港能够很好地遮蔽大洋吹来的风浪，无论是战舰还是商船，都可以在此地找到安稳的栖身之所。不过，船只若要进入港口，首先需要越过湾流漩涡形成的那道危机四伏的沙洲。

就像所有遭受阳光直接暴晒的城市一样，圣奥古斯丁的街道也很狭窄。这座城市所处地理位置优越，海风从早到晚不停地吹拂，城里的空气十分清爽，气候宜人，这样的美国城市，犹如法国南方位于普罗旺斯天空下的尼斯，或者芒通①。

这座城市的居民都喜欢麇居在港口附近的街巷，特别是港口街区里。城市的郊区则散落分布着房顶覆盖棕榈叶的茅草屋，以及更加简陋的窝棚，那里的街道毫无规划，虽然没有犬吠，但四处

---

① 法国城镇，位于滨海阿尔卑斯省。

游走的却是猪群和牛群。

圣奥古斯丁主要城区的市容颇具西班牙风貌。房屋的窗户都围着结实的栅栏，内设传统风格的庭院——四周围着细长的廊柱，形状各异的山墙，类似祭台装饰屏的雕花阳台。有时候，例如星期天或者节日，这些房屋里的居民拥出来走到街道上。那可真是一幅奇特的混杂场面，女士、老妪、黑白混血儿、混血印第安人、黑人、黑皮肤的孩子、英国女士、绅士、尊敬的神父、僧侣，以及天主教士，几乎所有人的嘴上都叼着烟卷，哪怕是去瞻仰耶稣受难像的路上，那里是圣奥古斯丁的堂区教堂，教堂的钟声齐鸣，这钟声自17世纪中叶响起以后，就几乎不曾中断过。

别忘了这里的市场，那里供应充足，品种丰富：蔬菜、鱼类、家禽、猪、牛——都是根据购买者的要求，现场宰杀。此外，还有鸡蛋、大米、香蕉糊糊，以及"菜豆"，这是一种煮熟的小蚕豆。最后，还有各种各样的热带水果：菠萝、椰枣、橄榄、石榴、橘子、番石榴、桃子、无花果、马拉尼翁果，等等，所有商品价格低廉，在佛罗里达的这个地区，居民的生活安逸而轻松。

说到城里的道路，这里的清洁服务不是由专职清洁工负责，而是交给成群的秃鹫，这里的法律严禁捕杀秃鹫，违者将被处以巨额罚金。秃鹫什么都吃，连蛇都能吞下去，尽管这些珍贵的猛禽十分贪婪，但是城里的蛇依然数量众多。

大量房屋麇集到一起，组成了这座城市，同时城中不乏绿地茵茵。在各条街道相互交叉的路口，透过狭窄的空间，可以看见一簇簇的树丛，树木的枝叶高过房顶，成群的野生鹦鹉在枝叶间喧嚣，叽里呱啦吵个不停。多数情况下，眼前出现的往往是高大的棕榈树，树叶在微风中摇曳，好像巨型的女式扇子，或者巨型印度布风扇。间或也能看到几棵橡树，身上挂满各种藤蔓和藤萝，还有一簇

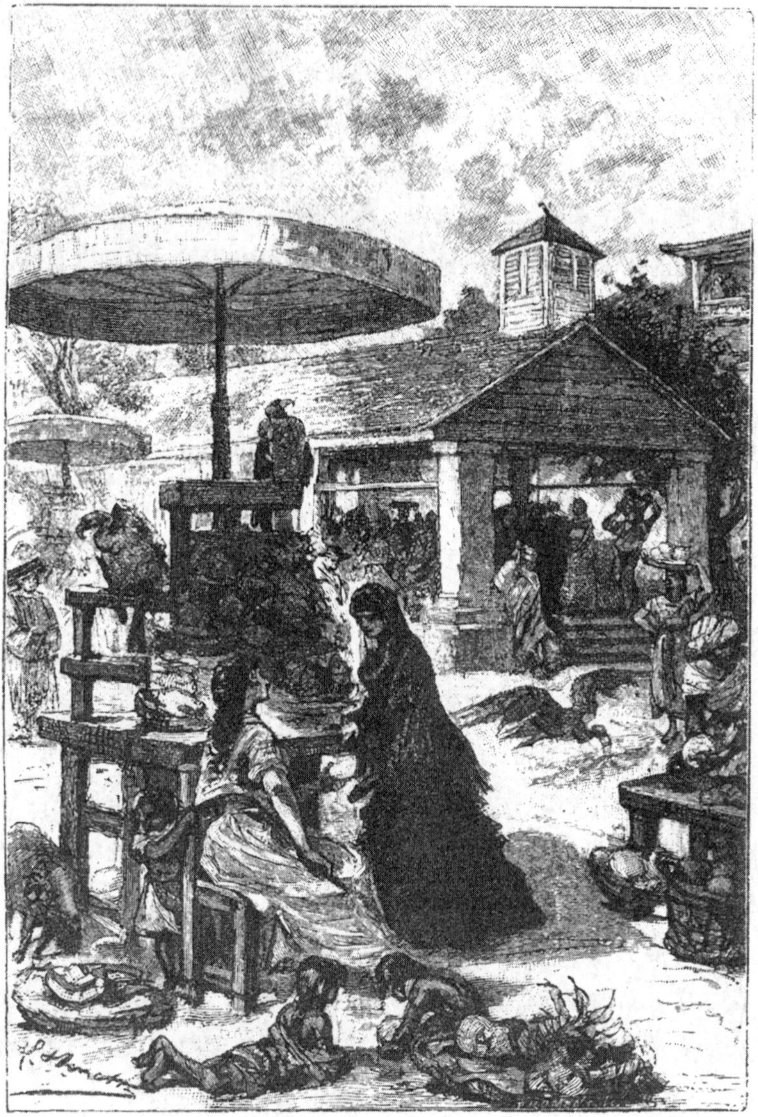

簇的巨型仙人掌,在它们脚下形成了无法逾越的绿篱。所有这一切构成一幅赏心悦目的图景,不仅如此,如果秃鹫的清洁工作完成得认真负责,这幅图景还会更加充满魅力。不过无疑,秃鹫毕竟比不上机械清扫车。

圣奥古斯丁只有一两家蒸汽锯木厂,一家香烟厂,以及一家松脂蒸馏厂。这是一座商业城市,工业并不发达。这里的进出口贸易商品包括糖浆、谷物、棉花、靛青、树脂、建筑木材、鱼产品、食盐。平常,这里的港口十分繁忙,蒸汽轮船进进出出,装载着货物和旅客,驶往大西洋沿岸和墨西哥湾的各个港口。

佛罗里达州共有6个法庭,其中一个设在圣奥古斯丁。至于这座城池的防御体系,无论是对付来自内陆的入侵,还是来自海洋上的攻击,它都只依靠一座名叫玛利翁的要塞,也叫圣·马克要塞,这是一座卡斯蒂利亚①风格的建筑,始建于17世纪。毫无疑问,沃邦②或者科尔蒙坦尼③都曾经修筑过若干类似建筑;这座要塞受到考古学家和古董学家的高度赞赏,包括它的城楼、棱堡、半月堡、突堞、要塞里古老的武器,甚至还有它的臼炮④,这种臼炮对炮手的威胁甚至比对它要射击的目标还大。

在南北战争爆发前几年,政府曾经对这座要塞进行加固,大幅提升其防御能力,尽管如此,当北军舰队逼近的时候,这里的守军却匆匆忙忙抛弃了要塞。于是,在南军民兵撤走之后,圣奥古斯丁的居民心甘情愿地把要塞交给了杜邦司令,让他不费一枪一弹就占领了这里。

---

① 卡斯蒂利亚曾是西班牙历史上的一个王国,由西班牙西北部的老卡斯蒂利亚和中部的新卡斯蒂利亚组成。其历史可上溯至11世纪。
② 塞巴斯蒂安·勒普雷斯特雷·德·沃邦,法国17世纪的著名军事工程师。
③ 路易·德·科尔蒙坦尼为17世纪法国建筑师。
④ 臼炮是一种炮身短、射角大、初速低、高弧线弹道的滑膛火炮。

然而,对那个西班牙后裔德克萨提出的起诉,在圣·让县引起了轰动。看起来,这次起诉就像是伯班克家族与那个犯罪嫌疑人之间争斗的最后一个回合。公众舆论最感兴趣的是涉及小姑娘和混血女仆泽尔玛的劫持案,与此同时,公众普遍同情康特莱斯湾的移殖民。大家毫不怀疑德克萨就是劫持案的主谋。即使那些对此案无所谓的人,也非常好奇,想看一看这个人将如何逃脱惩罚,因为,很久以来,人们就指控他犯有多项重罪,这次终于罪有应得。

于是,整个圣奥古斯丁都沉浸在热烈气氛当中。该城周围种植园的主人们纷纷涌向城里。这个案件与他们息息相关,因为起诉的罪名之一,就是对康特莱斯湾的入侵与抢劫。其他一些种植园同样遭到过南方佬匪帮的洗劫。大家都想知道,联邦政府如何处理这类涉及民法的罪行,这点非常重要,因为,这些罪行都是在分离主义的政治口号下进行的。

圣奥古斯丁最大的"城市旅馆"接待了数量众多的造访者,大家都对伯班克一家抱有同情之心。再往后,还会有更多的人涌来。实际上,这栋始建于 16 世纪的住宅规模宏大,适宜居住,它从前曾经是西班牙市长的私邸,它的"**puerta**"①,或者叫主要大门,上面布满浮雕;它的"**sala**",或者叫荣誉大厅,以及室内庭院的柱子上,挂满了西番莲花环;它的阳台通往舒适的房间,房间墙壁上的护壁板绘满了翠绿和金色纹饰,金碧辉煌;它的屋顶景观楼环绕着西班牙风格的围墙;它的喷泉汩汩,草坪碧绿——所有这一切都包围在高耸围墙之内,形成一座相当广阔的"**patio**",也就是庭院。一言以蔽之,这里就是一座专供富裕的旅行者歇息的庭院式客店。

伯班克父子,斯坦纳德先生父女,以及陪伴他们的马尔斯一行

---

① 此段多处使用西班牙语,意在强调其西班牙风格。下同。

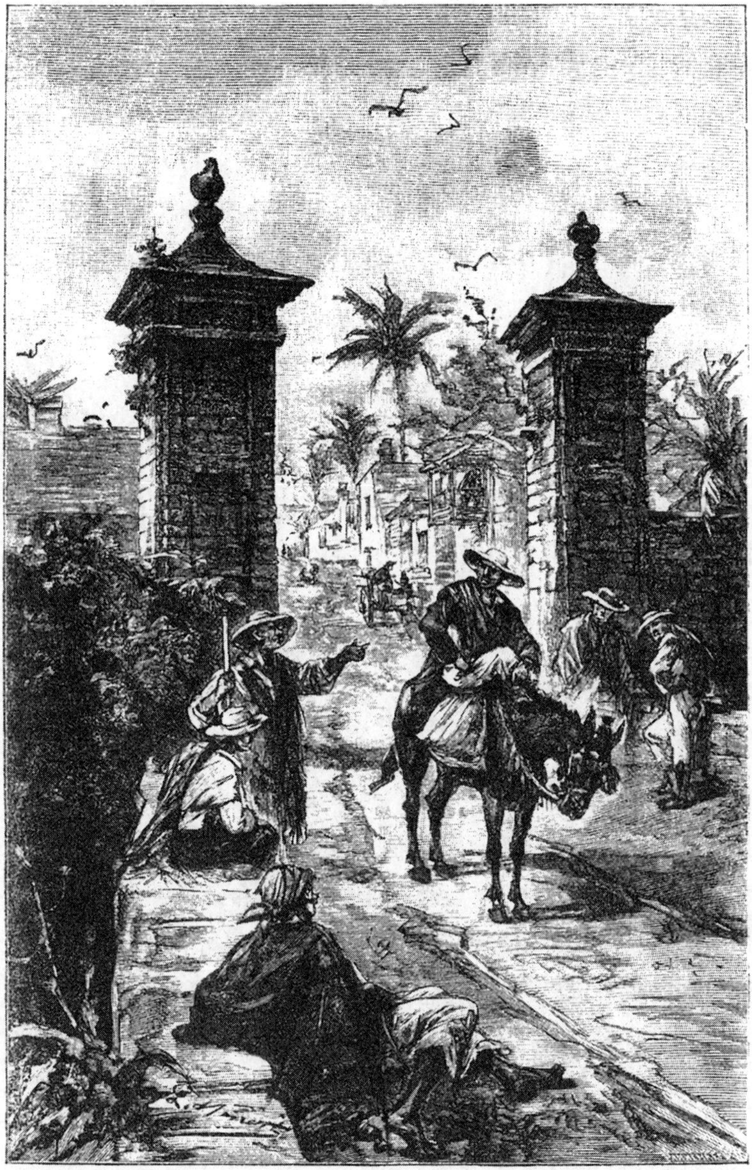

于昨日抵达下榻在这里。

结束了在杰克逊维尔监狱毫无结果的努力之后,詹姆斯·伯班克和儿子回到了城堡屋。得知德克萨拒绝交代小姑娘蒂和泽尔玛的下落,全家都觉得最后的希望破灭了。然而又听说,德克萨将因康特莱斯湾事件的所作所为接受军事法庭的审判,这个消息令全家人的担忧心情有所缓解。面对无法逃脱的判决,这个西班牙后裔很可能不再保持缄默,因为他必须设法挽救自己的自由或者性命。

在这个案件里,艾丽丝小姐应该是出庭的主要证人。事实上,当时她就在马里诺小河湾,当泽尔玛喊出德克萨的名字时,艾丽丝小姐清楚地辨认出,那个无耻之徒就站在疾驶而去的小船上。于是,年轻姑娘准备动身前往圣奥古斯丁,她的父亲愿意陪同前往,同行的还有她的朋友伯班克父子,因为战争委员会的审判长要求他们接受传讯。马尔斯要求一路同行,当西班牙后裔被迫交代只有他自己才掌握的秘密时,作为泽尔玛的丈夫,马尔斯希望自己也在现场。现在,根据德克萨的命令,他的手下控制着两名人质,只要德克萨坦白交代,詹姆斯·伯班克、他的儿子,以及马尔斯就能接回蒂和泽尔玛。

3月16日下午,詹姆斯·伯班克和吉尔伯特,斯坦纳德先生和女儿,还有马尔斯一行告别了伯班克夫人和爱德华·卡洛尔,他们在康特莱斯湾小码头登上一条往来于圣约翰河上的蒸汽轮船,抵达毕高拉塔镇后,他们乘坐一辆见习马车,沿着一条蜿蜒曲折的道路,穿过这个地区随处可见的橡树、柏树和法国梧桐混杂的树林。午夜之前,他们已经入住了城市旅馆舒适的房间。

不过,人们不要以为,德克萨已经被自己的手下人抛弃了。在圣·让县的普通移殖民当中,有很多人狂热拥护奴隶制,他们都是德克萨的追随者。另一方面,他们已经知道,自己不会因为参与杰克逊维尔的暴乱而受到追究,因此,这帮德克萨的手下不愿意抛弃过去的头领。他们中有很多人也会集到了圣奥古斯丁。确实,在城市旅馆见不到他们的踪影。但是在城里,还有许许多多的小酒馆,以及"**tiendas**",也就是小商店,在那里,西班牙人与克里克人①的混血儿售卖各种各样的吃食、饮料和烟草。在这种地方,那些出身卑贱、身份可疑的家伙不停发泄着拥护德克萨的抗议喧嚣。

此时,杜邦司令并不在圣奥古斯丁。他正忙着指挥舰队封锁滨海地区的海上通道,以杜绝战争走私活动。与此同时,自从玛利翁要塞投降以后,联邦军队登陆,并且牢牢控制了整座城市。南方军队和民兵边打边向圣约翰河对岸撤退,他们的行动已经构不成任何威胁。如果德克萨的拥护者试图闹事,从联邦军队手中重新夺取这座城市,他们立刻就会被粉碎击垮。

至于那个西班牙后裔,史蒂文森少校派遣了一艘炮舰,将他从杰克逊维尔押送到毕高拉塔镇,然后在押送队的严密看管下,从毕高拉塔镇押送到圣奥古斯丁,关进玛利翁要塞的一间牢房里,在那里,他休想寻机逃脱。不过,既然是他本人要求接受审判,很可能他也没打算逃跑。对此,他的拥护者们也很清楚。这一次,如果德克萨被判处有罪,他的同伙就会想方设法,帮助他脱逃。截至目前,这帮人依然在观望。

杜邦司令不在期间,圣奥古斯丁城的军事长官职责由加德纳上校代理。他同时还担任战争理事会的审判长,在玛利翁要塞的一座大厅里,该理事会负责审判德克萨。

这位上校恰巧就是参与夺取费尔南迪纳的那位指挥官。当

---

① 克里克人是北美印第安人的一支,操穆斯科格语。

时,渥太华号炮舰攻击一列火车,致使一批逃亡者成为俘虏,落入北军之手,就是根据这位上校的命令,这批被俘的逃亡者被关押了48个小时。这件事与本案有关,特在此复述一遍。

上午11点钟,战争理事会开庭。旁听席上坐满了听众。在那些最喧闹的人群当中,有许多人是被告的朋友,或者是追随者。

伯班克父子,斯坦纳德先生和女儿,以及马尔斯一行坐在证人席上。人们已经发现,在被告那一边,没有任何证人出席。看起来,似乎西班牙后裔并不太关心寻找有利于被告的证人。他是否对有利的做证不屑一顾,或者,他根本无法找到对自己有利的证人?我们很快就能知道。总而言之,对于本案的结局,看起来似乎已经毫无悬念。

然而,詹姆斯·伯班克却有一种难以名状的预感。难道不就是在圣奥古斯丁这座城市里,他曾经起诉过德克萨吗?那一次,这个西班牙后裔不就是利用无可争辩的不在场证据为自己辩护,成功地逃脱了法律的判决?在听众的心目中,还会出现相类似的情况,毕竟,那一次判决距离现在仅仅才过去几个星期。

狱警把德克萨带了上来,理事会的审讯随即开始。德克萨被领到被告席,他平静地坐了下来。毫无疑问,他依旧是那副天生的厚颜无耻神情,并未因身处险境而现出丝毫慌乱。他向法官投去轻蔑的微笑,向大厅里他认识的朋友们投去充满自信的目光,当他把目光投向詹姆斯·伯班克,眼神中则充满了仇恨。他就是以这种神态,等待着加德纳上校开始提问。

看到那个给家人带来诸多苦难,而且还将继续祸害家人的男子出现在面前,詹姆斯·伯班克、吉尔伯特、马尔斯不禁义愤填膺,难以自持。

询问开始,按照惯例,首先验明犯罪嫌疑人的身份。

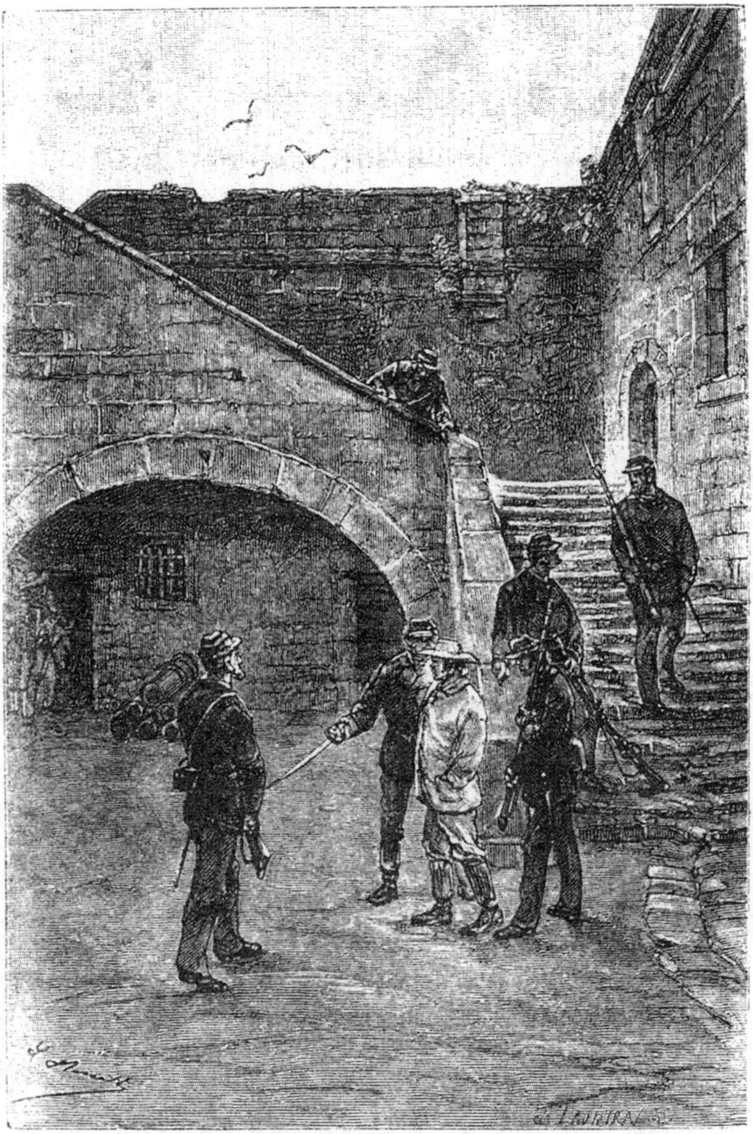

"您的姓名?"加德纳上校问道。

"德克萨。"

"您的年龄?"

"35岁。"

"您居住在哪里?"

"在杰克逊维尔城,托里洛小店。"

"我问的是您的常住家庭地址,在哪里?"

"我没有。"

詹姆斯·伯班克和同伴们听到这个回答,顿感异常激愤,德克萨回答这个问题时的语气表明,被告铁了心不想让人知道自己的居住地点。

事实上,尽管审判长一再询问,德克萨始终固执地表示,自己没有固定住址。他说自己是个流浪汉,是一个跑林者①,一个在广袤森林和平原上谋生的猎人,一个习惯于生活在柏树林,居住在茅草棚,依靠猎枪和诱鸟笛②生活,习惯于冒险的猎人。除此之外,从他嘴里再也套不出其他线索。

"那好吧,"加德纳上校说道,"不管怎样,这并不重要。"

"并不重要,然而事实上,"德克萨厚颜无耻地说道,"上校,如果您允许,让我们假设,我眼下住在圣奥古斯丁的玛利翁要塞,违法地被拘押在这里。请问,指控我的罪行到底是什么?"德克萨补充说道,似乎从一开始,他就想引导这场询问。

加德纳上校接着说道:"德克萨,对于在康特莱斯湾发生的事情,您并没有被追究。因为,杜邦司令发布的公告已经明确,政府

---

① 特指17世纪北美洲与印第安人做皮毛交易的商人。
② 诱鸟笛,也称摹鸟笛或鸟笛,是模仿鸟叫,诱捕鸟类的工具。

并不准备介入地方事务,已经任命新法官,组成正式的地方政府,并予以尊重。现在,佛罗里达州已经归顺到联邦旗帜下,北方政府将很快对其进行改组。"

德克萨问道:"既然在推翻杰克逊维尔市政府的事情上,我并未被追究,更何况这件事获得过大多数民众的赞同,那么,为什么我还要在战争理事会面前接受询问呢?"

"既然您佯装不知,那就让我告诉您。"加德纳上校反驳道,"您在履行杰克逊维尔城首席法官的职务时,犯下了涉及普通法的罪行。您被指控怂恿民众当中的暴乱分子犯下这些罪行。"

"哪些罪行?"

"首先是对康特莱斯湾种植园的抢劫,在此次抢劫中,聚集了大批罪犯……"

"其中包括一队士兵,指挥他们的是一位民兵军官。"西班牙后裔语气激动地补充道。

"确实如此,德克萨,但是,那里发生了抢劫、纵火、武装进攻,进攻的目标是一幢移殖民的住宅,这位移殖民有权对此类入侵进行抵抗——他也确实这么做了。"

"有权?"德克萨回答道,"这个人拒绝服从合法成立的委员会的命令,因此,他没有权利。詹姆斯·伯班克——这件事就是因他而起——他罔顾佛罗里达州拥护奴隶制的民众感情,执意解放了他的所有奴隶,而在南方联盟的大多数州里,民众都拥护奴隶制。他的行为可能在本州的其他种植园引发灾难性后果,进而怂恿黑人起来造反。面对当时的局势,杰克逊维尔城委员会做出相关决定,因为它必须进行干预。詹姆斯·伯班克如此轻率地宣布解放奴隶,如果委员会不予制止,他就会希望这种行为波及更多地区,至少他是这么希望的。由于詹姆斯·伯班克拒绝服从委员会的命令,委员会不得不强制执行,这就是为什么派出了民兵队伍,随着民兵行动的,还有一部分民众,行动的目的就是驱散康特莱斯湾的被解放奴隶。"

加德纳上校回答道:"德克萨,您关于这些暴力行为的看法,战争理事会无法认同。北方出身的詹姆斯·伯班克拥有充分的权利解放自己的奴隶。因此,发生在他的种植园的极端行为是不可饶恕的。"

德克萨接着说道:"我认为,在理事会面前讨论我的观点是在浪费我的时间。杰克逊维尔城委员会当时认为必须采取行动,并且采取了行动。我作为委员会的主席,你们是要追究我吗?你们想让我承担委员会相关行动的全部责任吗?"

"是的,追究您,德克萨,追究您的责任,因为您当时不仅担任这个委员会的主席,而且亲自指挥匪帮对康特莱斯湾进行抢劫。"

"请对此予以证实,"德克萨语气冰冷地回答道,"有任何目击证人能够证明,在执行委员会命令的人群中,或者民兵队伍中,曾经看到过我的身影吗?"

听到德克萨的这番答话,加德纳上校请詹姆斯·伯班克出来做证。

詹姆斯·伯班克叙述了德克萨及其追随者推翻杰克逊维尔城合法政府以后发生的一系列事实。他重点强调了被告的态度,正是他的态度怂恿了群氓入侵种植园。

然而,在回答加德纳上校提出的,是否在进攻种植园的人群中看到德克萨的问题时,詹姆斯·伯班克只能承认并未亲眼看到。事实上,我们都知道,詹姆斯·伯班克曾经就这个问题询问过哈维先生派来的密使约翰·布鲁斯,当时后者刚刚抵达城堡屋,他曾表示未看到西班牙后裔亲自率领那帮匪徒。

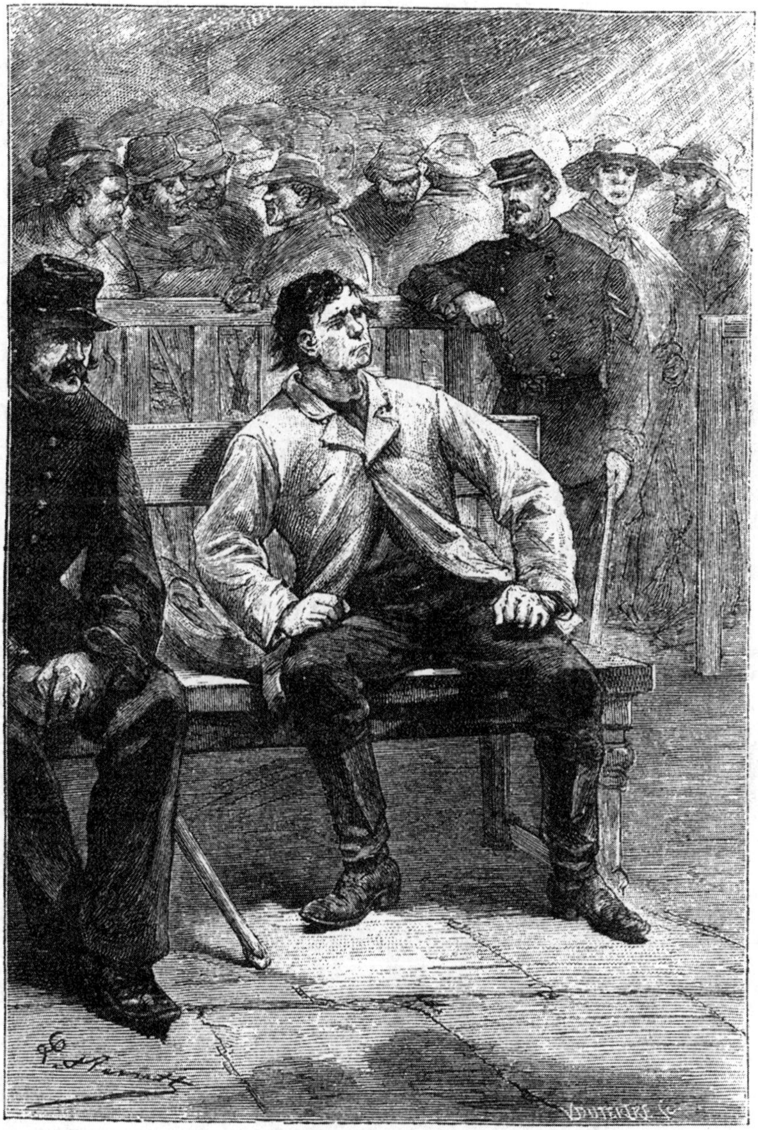

詹姆斯·伯班克补充说道:"无论如何,毋庸置疑,犯下这些罪行的罪魁祸首,就是德克萨。是他怂恿那些进攻者入侵康特莱斯湾,他夺取了种植园的一切设施,并且付之一炬,只剩下我的住宅,只是由于我们最后一批保卫者的努力,才保住它免遭摧毁。是的,他亲自策划了这一切,我们还发现他参与了一件更为耸人听闻的罪行!"

说到这里,詹姆斯·伯班克停住了。在谈到劫持案之前,最好先把起诉的第一部分,也就是入侵康特莱斯湾的部分说完。

"也就是说,"加德纳上校接着对德克萨说道,"您认为,所有的责任都应该归咎于委员会,因为是在执行它的命令,而您只承担其中的部分责任?"

"绝对如此。"

"您仍然确定,您并未率领攻击者入侵康特莱斯湾?"

"我确定,"德克萨回答道,"没有任何证人能够出来证明他曾经看到过我。那些勇敢的公民愿意执行委员会的命令,但是,没有!我并没有和他们在一起!而且,我还要补充一点,那一天,我甚至根本就不在杰克逊维尔城!"

"是的!……这完全可能。"于是,詹姆斯·伯班克说道,他觉得把起诉从第一阶段转向第二阶段的时机到了。

"这一点确切无疑。"德克萨回答道。

"但是,如果说您没有与抢劫康特莱斯湾的匪帮在一起,"詹姆斯·伯班克接着说道,"那是因为,当时,您正等候在马里诺小河湾,准备犯下另一桩罪行!"

"当时,我并未在马里诺小河湾,"德克萨镇定自若地回答道,"我也没有与进攻者们在一起,我再重复一遍,那一天,我不在杰克逊维尔!"

我们不要忘记:约翰·布鲁斯也曾经对詹姆斯·伯班克说过,德克萨并未同进攻者们在一起,而且,他在杰克逊维尔城已经有48个小时不曾露面,也就是从3月2日一直到3月4日。

面对这种局面,战争理事会主席不得不向德克萨提出如下问题:

"如果那一天您不在杰克逊维尔,您是否愿意说一下,您当时在哪里?"

"到时候我自然会说,"德克萨简短地回答道,"现在,我只想说明,我本人并未参加对种植园的入侵——那么,现在,上校,您还有什么要指控我的?"

德克萨把双臂抱在胸前,用极其厚颜无耻的眼神看着起诉方,目不斜视。

起诉立即开始。加德纳上校提出指控,这一次,德克萨很难做出回答。

"如果说当时您不在杰克逊维尔,"上校说道,"但是却有人告发称,您当时身在马里诺小河湾。"

"在马里诺小河湾?……我在那里干什么?"

"您在那里绑架,或者指使人绑架了一位女孩子,名叫戴安娜·伯班克,她是詹姆斯·伯班克的女儿,同时被绑架的还有泽尔玛,她是坐在这里的那位混血儿马尔斯的老婆,当时,泽尔玛正陪伴着那位小姑娘。"

德克萨用极为讽刺的口吻说道:"噢!原来我被指控进行了这次绑架?……"

"是的!……就是您!……"詹姆斯·伯班克、吉尔伯特和马尔斯异口同声地叫道,怒不可遏。

"那么请问,为什么是我,"德克萨回答道,"而不会是别的什么人？"

上校回答道："那是因为，您是唯一与这项罪行利益攸关的人。"

"什么利益？"

"针对伯班克一家实施复仇计划。詹姆斯·伯班克已经不止一次对您提出起诉，虽然您每次都提出了明确的不在现场的证据，进而逃脱了判决，但是，您曾多次表示，将要对起诉您的人予以报复。"

"就算是吧！"德克萨回答道，"在詹姆斯·伯班克和我之间，存在着无法回避的仇恨，对此我不否认。让他的孩子消失，让他因此伤心欲绝，这样做于我有利，这一点我同样毫不否认。但是，我究竟做没做，这是另一码事！难道有证人看见我了吗？……"

"是的。"加德纳上校回答道。

随即，他询问艾丽丝·斯坦纳德是否愿意做证，并为此起誓。

于是，艾丽丝小姐讲述了在马里诺小河湾发生的事情经过，叙述过程中，她因情绪激动，多次哽咽中断。她无可辩驳地确认了这桩罪行。当时，她和伯班克夫人走出地道，听到泽尔玛喊了一个人名，而这个名字，就是德克萨。她们两个人首先碰见了两名被杀的黑人尸体，随后跑向河边。河面上有两条小船正在远去，其中一条小船载着被害人，另一条小船的后部站着德克萨。当时，康特莱斯湾各处燃烧的火光映在圣约翰河水面上，艾丽丝小姐清清楚楚地认出了那个西班牙后裔。

"对您的证言，您能起誓吗？"加德纳上校问道。

"我起誓！"年轻姑娘回答道。

面对如此详尽准确的证言，毫无疑问，德克萨必将被控有罪。然而，詹姆斯·伯班克和朋友们，以及在场的所有听众都发现，被

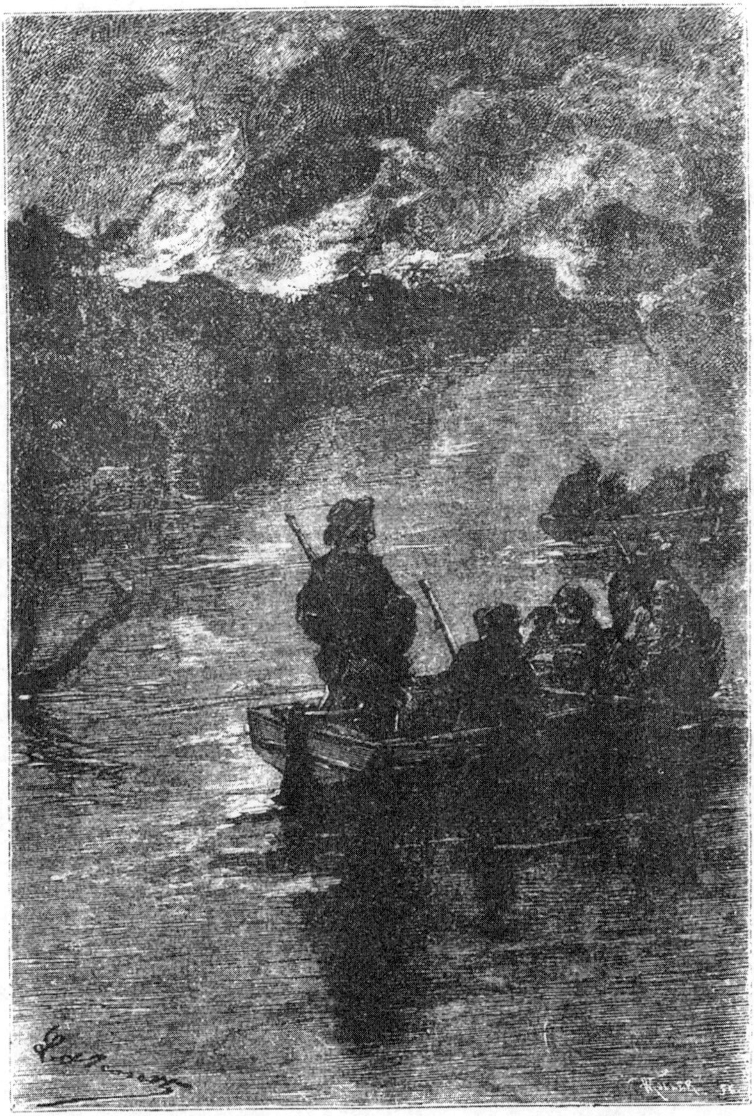

告并未丧失其惯有的自信。

理事会审判长问道:"德克萨,对于这份证言您有什么话要说?"

德克萨反驳道:"这个嘛,我丝毫不想指责艾丽丝·斯坦纳德小姐做了伪证。我也不想指责她受到伯班克一家仇恨情绪的驱使。她做证确认我是这场劫持案的主谋,但是,我却仅仅是在被捕之后,才听说了这桩劫持案件。不过,她说看到我在马里诺小河湾,站在其中一条正在远去的小船上,关于这一点,我可以肯定她弄错了。"

"然而,"加德纳上校接着说道,"即使艾丽丝·斯坦纳德小姐在这一点上可能弄错,但是她却听到泽尔玛的喊叫:救救我……是德克萨!在这一点上,她不可能弄错。"

西班牙后裔回答道:"那好吧,就算艾丽丝·斯坦纳德小姐没有听错,那也一定是泽尔玛弄错了,仅此而已。"

"泽尔玛曾经喊叫:是德克萨!那么,在劫持发生的时候,在现场的难道不是您吗?"

"当然不是,因为我当时不在那条小船上,甚至,我根本就没有去过马里诺小河湾。"

"您必须对此予以证明。"

"尽管不应该由我来予以证明,而是由指控我的人提交证据,但要想证明此事并不难。"

"又是不在现场证据吗?……"加德纳上校说道。

"就是。"德克萨用冰冷的语气回答道。

听到这句答话,现场听众当中响起一片嘲讽的声音,大家满腹狐疑地窃窃私语,舆论倾向显然对被告不利。

加德纳上校问道:"德克萨,既然您说到了新的不在现场证据,您是否可以提交?"

"举手之劳,"西班牙后裔回答道,"为了举证,我能否向您提一个问题,上校?"

"请讲。"

"加德纳上校,在联邦军队攻取费尔南迪纳和科兰什要塞的时候,您是否指挥过登陆的部队?"

"指挥过。"

"无疑,您应该还记得,在连接阿梅莉亚岛与大陆的那座桥上,曾经有一列逃往雪松-基斯的火车遭到渥太华号炮舰的攻击。"

"当然记得。"

"那列火车尾部的最后一节车厢被困在了桥上,一队联邦士兵俘虏了车厢里的所有逃亡者,这些俘虏的名字和体貌特征都被记录在案,并且是在48个小时以后才重获自由。"

"这些我都知道。"加德纳上校回答道。

"那好吧,我当时就在这些俘虏当中。"

"您?"

"是我!"

随着这番出人意料的证言,大厅里再次响起窃窃私语,语气中充满不以为然的情绪。

"因此,"德克萨接着说道,"既然这些俘虏在3月2日至4日期间一直被严密关押,而指控我参与的对种植园的入侵,以及劫持事件都发生在3月3日夜间,那么实际上,我就不可能成为这两起事件的主谋。因此,艾丽丝·斯坦纳德不可能听见泽尔玛呼喊我的名字,同样,她也不可能看到我在马里诺小河湾,站在一条远去的小船上。因为,在同一时间里,我正被联邦政府关押着!"

"这不是真的!"詹姆斯·伯班克大声叫道,"这不可能!……"

"然而我,"艾丽丝小姐补充道,"我发誓看见了这个男人,而且,我认出了他!"

德克萨却只是补充说道:"请查一查档案。"

加德纳上校让人去找杜邦司令存放在圣奥古斯丁的档案材料,查找那份攻取费尔南迪纳的当天,在那辆开往雪松-基斯的火车上抓到的俘虏的档案。档案找来了,加德纳上校发现,德克萨的名字和体貌特征都赫然在列。

这样一来,事情就变得毋庸置疑了。西班牙后裔不可能成为这场劫持案的被告。艾丽丝小姐弄错了,虽然她确信认出了这个人。那一天晚上,他不可能出现在马里诺小河湾,他在杰克逊维尔城消失了48个小时,这件事也自然而然地得到了解释:他当时正作为俘虏被关押在北军舰队的一艘军舰上。

就这样,又是一份不在现场的证据,而且还得到了官方档案的支持,这份证据证明了德克萨在被指控的罪行面前清白无辜。这一次,人们都要想一想,如果说在过去历次对德克萨的指控中,确实都没有出现过明显的漏洞,那么今天,在涉及康特莱斯湾和马里诺小河湾的两件罪行指控上,必须重新认识一下这个德克萨。

诉讼结束了,詹姆斯·伯班克、吉尔伯特、马尔斯、艾丽丝小姐都对这个结果难以接受。德克萨再一次逃脱了,同时消失的还有找回蒂和泽尔玛的全部希望。

面对被告提出的不在现场证据,战争理事会做出的判决毋庸置疑。德克萨驳回了针对自己的所有指控,包括抢劫与劫持两项罪名。在朋友们的热烈欢呼声中,他昂首挺胸走出审判大厅。

当天晚上,这个西班牙后裔就离开了圣奥古斯丁,没有人知道他去了佛罗里达的什么地区,也不知道他到哪里去继续那充满神秘色彩的冒险生涯。

第七章　最后的话与最后一口气

就在3月17日这一天,伯班克父子,斯坦纳德父女,以及泽尔玛的丈夫一行回到了康特莱斯湾种植园。

他们无法向伯班克夫人隐瞒实情。可怜的母亲遭到了新的打击,她的身体极为虚弱,在这种状态下,新的打击几乎是致命的。

德克萨拒绝说出孩子的下落,寻找孩子的最后努力没有成功。既然他自称不是这场劫持案的主谋,怎么可能让他认罪?他不仅自称,而且还拿出了不在现场的证据,尽管这个证据与过去历次的证据一样莫名其妙,但是却能够证明在劫持罪行发生的那一刻,他确实不在马里诺小河湾。然而,只有他才知道受害者的踪迹,既然对他的罪行指控已经取消,也就无法让他在接受惩罚与坦白交代之间做出选择。

"但是,如果不是德克萨,"吉尔伯特再次问道,"那么,究竟是谁犯下这个罪行?"

"只能是他的手下干的,"斯坦纳德先生回答道,"只不过他本人不在现场。"

"这是唯一可以做出的合理解释。"爱德华·卡洛尔说道。

"不,我的父亲。不,卡洛尔先生!"艾丽丝小姐肯定地说道,"德克萨就在那条小船上,就是那条小船带走了可怜的小姑娘蒂!

我亲眼看见的……我认出了他,就在那时候,泽尔玛发出了最后一声喊叫!……我亲眼看见……亲眼所见!"

年轻姑娘言之凿凿,别人还能怎么说?她不断重复说,自己绝不可能看错,无论在城堡屋,还是面对战争理事会发誓的时候,她都会这么说。但是,如果她没有看错,那么,这个西班牙后裔怎么可能在同一时间身处费尔南迪纳的俘虏当中,并且被拘押在杜邦司令舰队的军舰上?

这简直没法解释。不过,如果说别人可能对此产生某种疑问,那么,马尔斯却依旧坚信不疑。他也不想去弄明白这其中令人无法理解的缘由,只是下定决心要去寻找德克萨的行踪,只要能找到他,马尔斯就有本事让这个西班牙后裔交出秘密,哪怕严刑拷问,也要从他嘴里掏出来!

"你说得有道理,马尔斯,"吉尔伯特回答道,"但是,如果有必要,我们必须先把他放到一边,因为现在谁也不知道他去了哪里!……我们需要重新开始寻找!……我已经获准留在康特莱斯湾,根据需要,留多长时间都可以,那么,从明天开始……"

马尔斯回答道:"好的,吉尔伯特先生,从明天开始!"

说完之后,混血男仆转身走回自己的房间,在那里,他需要一点自由空间,以便发泄痛苦和愤怒。

第二天,吉尔伯特和马尔斯准备出发。他们打算用一整天的时间,认真仔细地搜索位于康特莱斯湾上游,圣约翰河两岸所有最偏僻的河湾,以及最小的岛屿。

在他们外出搜索期间,詹姆斯·伯班克和爱德华·卡洛尔将要全力以赴从事一项庞杂的工作:生活物资、枪支弹药、运输工具,人员配备,所有一切事无巨细,务必做到万事俱备。如果有必要进入下佛罗里达的荒野地区,穿越大沼泽地,走进南方的沼泽泥塘,他们也将毫不犹豫。德克萨不可能离开佛罗里达,如果他逃往北方,就会遇见设置于佐治亚州边界的北方军队封锁线。如果他打算取道海路逃亡,就得尝试穿越巴哈马群岛海域,在英属卢卡亚群岛藏匿起来。然而,杜邦司令的军舰已经占据了"蚊子入口"海道,包括这片海域入口。众多的小型护卫舰已经把沿岸海域有效地封锁起来。西班牙后裔已经没有可能从海上跑掉,只能留在佛罗里达。毫无疑问,他的藏身之处就是15天以来,印第安人斯坎伯一直看押受害者的地方。詹姆斯·伯班克计划实施一次远征,目的就是在佛罗里达全境搜寻德克萨的行踪。

恰巧,由于北军的到来,以及北军舰队对佛罗里达东部海岸的封锁,佛罗里达境内目前十分安定,没有骚乱。

不用说,杰克逊维尔的局势也很平静。原来的法官们重新回到市政府的岗位上,德克萨的追随者们已经作鸟兽散,随着南军民兵逃之夭夭,再也不会有市民因为立场温和,或者持相反观点而被关进监狱。

与此同时,南北战争继续在美国中部进行,联邦军队明显占据优势。3月18日至19日,波托马克军团第一师在门罗要塞登陆。22日,第二师准备从亚历山德里亚启程前往门罗要塞。尽管南军拥有天才的军事家,前化学教师J.杰克逊①,人送绰号"石墙杰克逊",形容其如"石头墙一般"坚固,但是几天之后,南军还是在克恩斯特镇战役中被打败。从现在起,北军再也不用担心佛罗里达州造反闹事了,尽管迄今为止佛罗里达在南北战争中的表现颇为中立,很难确定其究竟是偏向北方,还是偏向南方。

---

① 托马斯·乔纳森·杰克逊是美国内战期间南方最著名的南军将领之一,其所率弗吉尼亚第一步兵旅被称为"石墙"旅。

随着形势的转变，曾经在种植园遭到入侵时被驱散的黑人，现在陆续返回了康特莱斯湾。自从北军占领了杰克逊维尔，德克萨和他的委员会颁布的驱逐被解放奴隶的法令已经形同废纸。截至3月17日，绝大多数的黑人家庭已经回到种植园，并且开始重新修建窝棚。与此同时，人数众多的工人开始清理工地和锯木厂废墟，以便尽早恢复康特莱斯湾的正常生产。在爱德华·卡洛尔的指挥下，佩里和工头们的工作热情空前高涨。如果说詹姆斯·伯班克把重建工作统统交给卡洛尔，那是因为他自己还有另一件事情要做——找回自己的孩子。为此，他要为即将开始的行动做好准备，为远征搜集各种物资。他从种植园被解放的黑人当中，挑选了12个人，他们个个忠心耿耿，准备跟随他执行搜寻行动。毋庸置疑，这些忠诚的黑人将为此尽心尽力。

剩下的问题就是如何开展搜寻行动。在这个问题上，詹姆斯·伯班克始终犹豫不决。实际上，首先应该决定的问题是，究竟应该前往佛罗里达的哪个地区开始搜寻行动？

此时，发生了一件出人意料的事情，这件事情的发生纯属偶然，但是它却在某种程度上比较精确地指出，搜寻行动应该朝什么方向开始。

3月19日一大早，吉尔伯特和马尔斯就从城堡屋出发了，他们乘坐康特莱斯湾的一艘最轻捷的小船，沿着圣约翰河疾速逆流而上。他们两人每天都要在河流两岸之间梭巡查找，并不需要种植园的任何黑人陪同。由于德克萨很可能下令，安排线人对城堡屋进行监视，因此，他们希望尽量秘密地开展搜寻，以免打草惊蛇。

这一天，他们两人沿着河流左岸悄然行驶。春分大潮冲上来的汹涌波涛曾经孤立了许多小岛，他们的小船穿行在小岛后面茂密的野草丛中，根本不会被人看到。在河面上有许多小船驶过，它们都没有发现这条小船,即使站在河岸上,也很难发现它,因为小船掩映在翠绿的杂草丛中,高耸陡峭的河岸遮挡了它的身影。

这一天,他们打算探索一些小河湾,以及流经杜瓦尔县和普特南县,最终注入圣约翰河的那些黝黯蜿蜒的小河流。

在抵达柑橘村之前,圣约翰河呈现出一派沼泽地的景象。这里的河岸极为低平,每当海水涨潮的时候,河水就会满溢出河岸,只有当潮水退落到一半,退潮的河水使圣约翰河水位下降到正常水平的时候,河岸才会暴露出水面。不过,河流右岸的地势更为起伏,在潮水周期性的反复冲刷下,任何农业种植都无法进行,唯有位于高地的玉米地可以躲过河水浸泡。人们给这片土丘高地起了一个柑橘村的名字,因为那里迭次坐落着几栋柑橘围绕的房屋,山丘一直延伸到河心航道,形成一个岬角。

在岬角的后面,河床开始变窄,形成了数量众多的岛屿,河面在这里分为三岔,水面上倒映着木兰属植物淡白色枝叶的美丽身影,随着涨潮和落潮,水位往复起落,每一个24小时周期里,内河船舶可以两次利用潮水行驶。

吉尔伯特和马尔斯进入了河道西边的那个河汊,他们仔细搜索着河岸上的每一个微小缝隙。察看被鹅掌楸垂下的枝叶遮挡的小河入口,察看是否可以沿着蜿蜒曲折的河道钻进去。在这里,已经看不到河流下游常见的广阔沼泽地,代之而起的是一座座小山丘,山丘上长满乔木状蕨类,以及枫香树,树上刚刚舒展的花朵与蛇根草和马兜铃的花环并肩绽放,空气中弥漫着沁人心脾的芳香。然而,在这些奇形怪状的山丘之间,小河蜿蜒伸展得并不深远,它们很快就会变成涓涓细流,甚至容不下小船行驶,一旦海水退潮,它们很快就干涸了。在这些小河的岸边,看不到任何茅屋,勉强能找到几个狩猎者的窝棚,里面空无一物,看上去不像最近有人居住过。偶尔还能看到,也许是许久无人问津,有的窝棚甚至变成了野兽的栖身之所。耳边传来各种各样的叫声,包括犬吠声、猫叫声、蛙鸣声、蛇发出的咝咝声,以及狐狸的尖叫声;其实,这里并没有猫、狗、蛙、蛇,以及狐狸,这些都是猫鸟模仿出来的叫声,这种鸟模样酷似浅棕色的斑鸠,但脑袋是黑色的,长着橘红色的尾羽,看到小船靠近,随即扇动翅膀扬长而去。

大约下午3点钟,此时,轻捷的小船朝着一大片芦苇的阴暗草丛中驶去,前面出现一处障碍,似乎无法通过,马尔斯拿着钩篙,猛力一戳,小船却冲了过去。冲过障碍之后,前面变得开阔一些,形成一道坳口,面积足有半英亩大小,茂密的鹅掌楸遮掩其上,形成穹顶,这里的水面似乎终年都不曾晒到过阳光。

"这个池塘我可从来没有见识过。"马尔斯说着,站起身来,观察着坳口里面的陡峭河岸。

"我们进去看看,"吉尔伯特回答道,"这座潟湖的凹陷处,应该通往一连串潟湖。这些潟湖的水应该来自一条小河,顺着小河,也许我们可以上溯直达内陆腹地?"

"确实如此,吉尔伯特先生,"马尔斯回答道,"在我们的西北方向,我瞧见了一条水道的入口。"

"你能够告诉我,"年轻军官询问道,"这里是什么地方吗?"

"不知道确切地点,"马尔斯回答道,"不过,这里应该就是人称黑水湾的那个潟湖。但是,我过去一直以为,其他本地人也都以为,这个潟湖与圣约翰河并不相通,根本无法进到里边来。"

"这个潟湖里是不是曾经有过一个小堡垒,当初修建它是为了防御塞米诺尔人?"

"是的,吉尔伯特先生,不过,已经过去很多年,这座潟湖通往河面的入口早已封闭,那座堡垒也已废弃了。我还从来没有去过

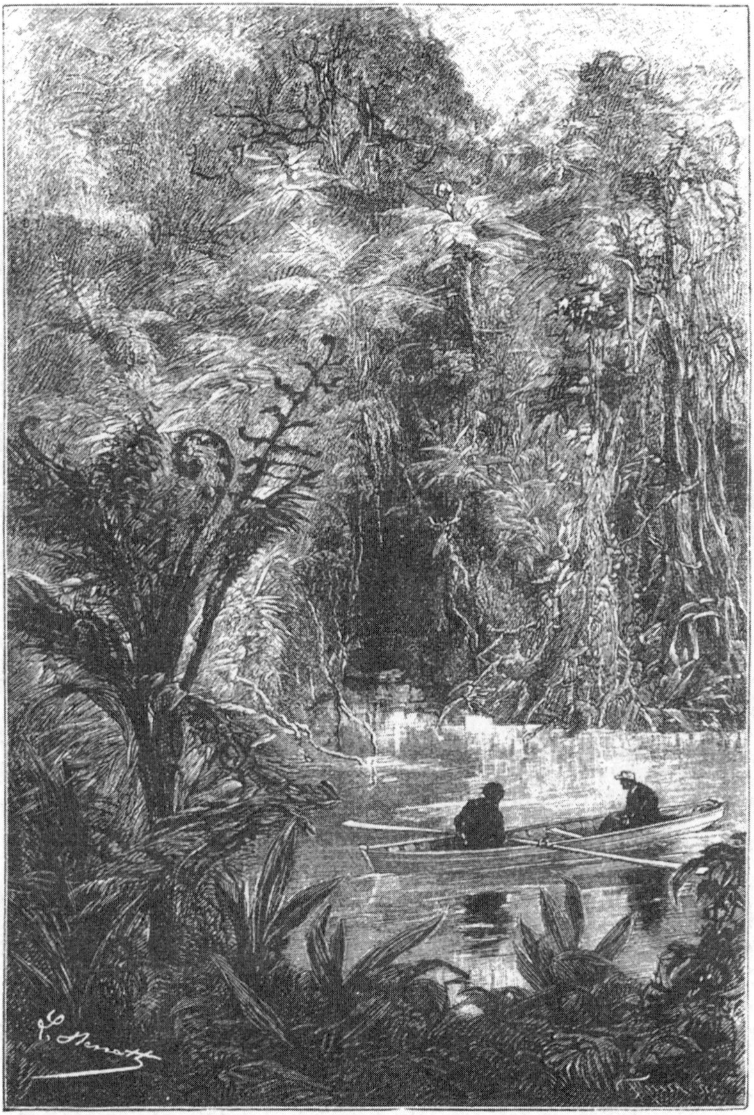

那儿,估计现在,那里已经是一片废墟了。"

吉尔伯特说道:"我们到那里去看看。"

"试试看吧,"马尔斯回答道,"虽然这恐怕会非常困难。河水很快就要退下去了,沼泽里的土质松软根本无法行走。"

"肯定是这样,马尔斯。因此,只要还有足够的水深,我们就不能离开小船。"

"我们得抓紧时间,吉尔伯特先生。已经是下午3点钟了,在这样树丛浓密的地方,夜色将很快降临。"

事实上,马尔斯刚才用钩篙猛力一戳,使小船越过了芦苇构成的屏障,马尔斯和吉尔伯特两人刚刚进入的地方就是黑水湾。我们已经知道,在这座潟湖里,只有斯坎伯和他的主人惯常在圣约翰河上划行的那种轻便小船才可以畅通无阻。另一方面,那座碉堡坐落在这座潟湖的中央,必须沿着错综复杂的水道,绕过一系列小岛,最终才能抵达那里,而且,驾船人必须对这里千折百转的地形烂熟于心。这就是为什么,很多年过去了,从来没有人冒险进入过这里。甚至,人们已经不大相信这座碉堡依然存在。它也因此成为行踪诡秘的恶棍最为安全的常住巢穴。也就是在这里,隐藏着德克萨私生活的绝对秘密。

这里的路径犹如迷宫一般,即使正午时分,太阳当头,密林里依然黝黯一团,只有阿莉阿德尼的线团①才能引导外人进入。不过,如果没有这个线团,能否找到黑水湾湖中央的那座小岛,就只能全靠运气了。

吉尔伯特和马尔斯只好凭着本能摸索划行,并且成功越过了

---

① 雅典国王忒修斯进入迷宫去杀怪物。但迷宫的构造十分复杂,克里特公主阿莉阿德尼给了忒修斯一个小线团,一端拴在迷宫的入口,然后跟着滚动的线团一直往前走,找到并杀死怪物,然后顺着线走了出来。

第一道水槽入口,然后顺着河道继续前进,此时,由于涨潮,河道里的水位上升,即使最狭窄的地方,似乎小船也能通过。他们似乎产生了某种神秘的预感,并且在预感的引导下不断前行,丝毫不曾考虑如何才能全身而退。他们一门心思想着,既然已经把这个地区查找了一个遍,那么这个潟湖也必须被彻查。

经过半个小时的努力,按照吉尔伯特的估计,小船已经在潟湖里行驶了足足一英里的距离。有好几次,小船在难以逾越的陡峭岸边被迫停下来,不得不顺着河道退出,再选择另一条河道继续前进。不过,毫无疑问,他们始终大致是朝着西边的方向行驶。截至目前,年轻军官和马尔斯都还没有打算尝试登陆——因为这些小岛仅仅比枯水期的平均水位略高一点儿,要想登上小岛并不那么容易。因此,在水位还没有下降到底的时候,他们最好还是留在小船上。

不过,吉尔伯特和马尔斯划船经过这一英里水程,可是费了九牛二虎之力。即便混血男仆的精力极为充沛,他也需要休息片刻。但是,他还是希望划到大一点儿,地势高一点的小岛再休息。在那个小岛上,几簇阳光透过树丛间隙投射下来。

"看呀,这个地方有些古怪!"马尔斯说道。

"发现什么了?……"吉尔伯特问道。

"这座小岛上有耕作的痕迹。"马尔斯回答道。

他们两人在一处不那么泥泞的岸边下船,登上小岛。

马尔斯没有看错。这里的耕作痕迹十分明显;地里零星生长着一簇簇的薯蓣;人工挖掘的四五条垄沟凹凸不平;土里还插着一把被遗弃的镐头。

吉尔伯特问道:"如此看来,这座潟湖里有人居住?"

"只能这么认为了,"马尔斯回答道,"或者,至少可以认为,有一些本地的流浪汉熟悉这个地方,他们也许是印第安游牧部落的人,并且在这里种植了一点儿蔬菜。"

"他们完全有可能在这里修建了住所……搭建了窝棚……"

"事实上,吉尔伯特先生,如果这里真的有窝棚,我们很快就能找到。"

究竟是什么人经常拜访这座黑水湾,弄清楚这一点非常重要,也许,他们是来自低洼地区的猎人,秘密潜入这里,或者,他们是依然出没于佛罗里达沼泽地区的塞米诺尔人。

于是,吉尔伯特和马尔斯没有着急返回,而是重新登上小船,顺着潟湖里的蜿蜒河道,继续向前深入探察。似乎,有某种预感吸引着他们,一直划向那个最黝黯的隐蔽处。各处的小岛上树木枝叶茂密,树荫下光线阴暗朦胧,他们的目光在昏暗中四处搜寻。有时候,他们似乎觉得看到了一处住所,但那不过是林木之间茂密枝叶形成的帷幕;有时候,他们自忖道:"那边有一个人,一动不动,看着我们!"但那不过是一根扭曲成奇形怪状的树桩,猛一看很像是人的身形。于是,他们侧耳倾听……也许,视线目力不及的地方,会传来某些声音?在这种荒凉的地方,只要有一丁点动静,都能够让人察觉到某种生物的存在。

从他们第一次歇脚的地方算起,又过去了半个小时,他们两个人已经来到潟湖中央小岛附近。那座碉堡废墟就位于这里,只不过被浓密的林木枝叶完全遮蔽了,他们根本无法看到。似乎,潟湖在这里已经到头了,河道被堵塞,小船不可能通过。在那里,出现一片沼泽森林,河道尽头拐了一个弯,荆棘和灌木丛构成难以逾越的屏障。沼泽森林位于圣约翰河的左岸,一直延伸向杜瓦尔县的腹地。

"我觉得不大可能继续往前走了,"马尔斯说道,"吉尔伯特先生,这里的水太浅了……"

"然而,"年轻军官接着说道,"那片耕种的痕迹,我们不可能看错。这片潟湖里一定有人迹出没。也许他们最近来过？……也许他们还在这里？……"

"毫无疑问,"马尔斯接着说道,"不过,我们得趁着天还没黑,赶紧返回圣约翰河。夜幕已经开始降临了,很快这里就会伸手不见五指,在这片水道里,我们如何能够辨认方向？我认为,吉尔伯特先生,最谨慎的做法,就是先回去,明天一大早,我们再回来继续探察。我们还是按照老习惯,先回城堡屋吧。我们可以向大家报告在这里看到的一切,准备更好的条件,在黑水湾组织一次彻底的大搜查……"

"好吧……必须彻底搜一遍,"吉尔伯特回答道,"不过,在动身回去之前,我还是想……"

吉尔伯特定住身躯,向树丛中望去最后一眼,就在他准备命令马尔斯划动小船的那一刻,突然,他做了一个手势,止住马尔斯。

混血男仆停止手上的动作,站起身,竖起耳朵,认真倾听。

传来一声喊叫,或者不如说是一阵呻吟,在周围林地间司空听惯的声音里,这呻吟声清晰可辨。这声音犹如绝望的哀号,是来自一个人的幽怨之声——由于极度痛苦而发出的撕心裂肺之声。可以说,这声音犹如临终前的最后呼唤。

"那边有一个人！……"吉尔伯特叫道,"他正在求救！……也许,他已濒临死亡！"

"是的！"马尔斯回答道,"我们必须过去找到他！……必须弄清楚他是谁！……下船上岸！"

片刻之后,小船已经被结结实实地拴在岸边,吉尔伯特和马尔斯跳上小岛,钻进密林之中。

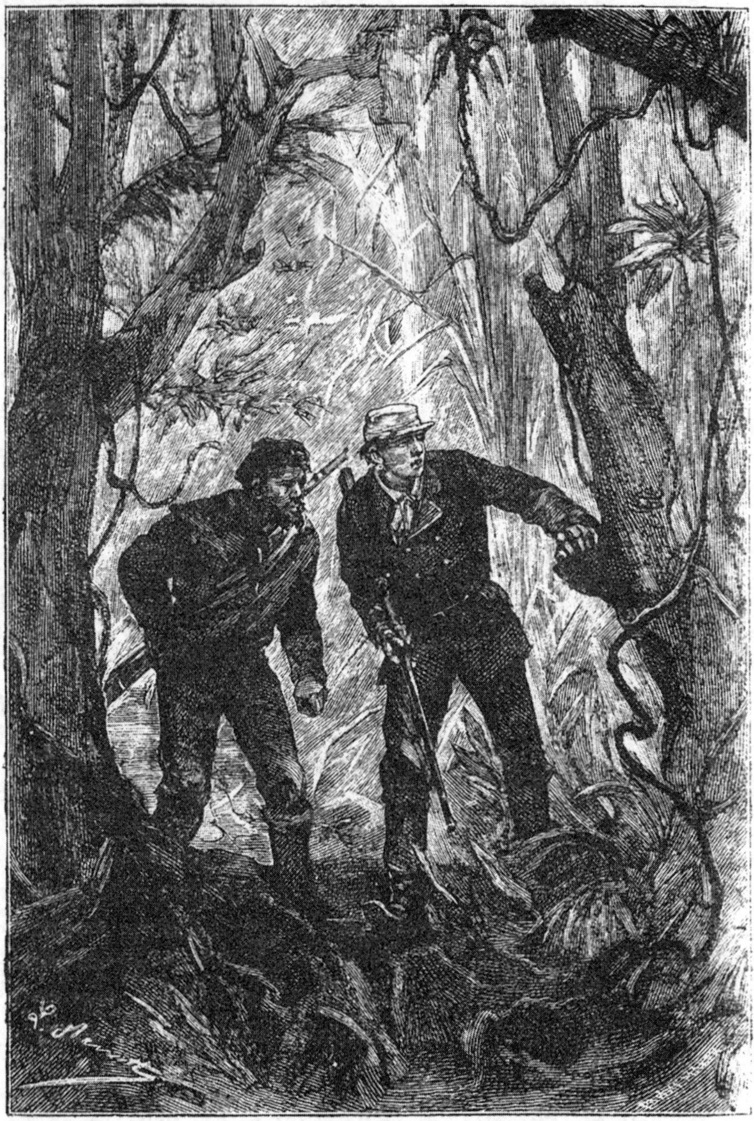

在那里，他们发现了一条小径，蜿蜒曲折穿行在林间，甚至，他们还发现了几个人类的脚印，借着天黑前的最后一点亮光，可以辨认出行走的痕迹。

马尔斯和吉尔伯特走走停停，他们边走边听，还能听得见哀号声吗？他们只有顺着这声音，才能继续摸索前行。

他们两个人同时再一次听见了这声音，这一次距离已经很近了。尽管夜色越来越浓，他们还是可能找到那个发出声音的地方。

突然，一声更为凄厉的叫声传了过来。顺着叫声往前行进，又走了几步，吉尔伯特和马尔斯钻过了一簇浓密的灌木丛，赫然看到一个男人躺倒在一排栅栏旁边，正在发出垂死前的喘息声。

这个不幸者的胸口被人插了一刀，浑身已经被鲜血浸透。从他的嘴唇之间，正在呼出最后的喘息。他已濒临死亡。

吉尔伯特和马尔斯向这个人伏下身子。他重新睁开双眼，但是，对于他们的询问，已经无力做出回答。

"必须看清楚这个人！"吉尔伯特叫道，"火把……点燃一簇树枝！"

这个小岛上到处生长着饱含树脂的灌木丛，马尔斯立刻折了一把树枝，用火柴点燃，夹着烟火的火光驱散了周围的夜色。

吉尔伯特跪在濒死者的身边。这是一个黑人，一个奴隶，还很年轻。他身上的衬衣敞开着，可以看见胸前有一个刀口，鲜血从刀口奔涌而出。这是一个致命的伤口，刀伤应该已经穿透肺部。

"你是谁？……你是谁？"吉尔伯特问道。

没有回答。

"是谁伤了你？"

黑人奴隶已经一句话都说不出来了。

与此同时，马尔斯晃动着火把，试图认清这桩凶杀案的现场。

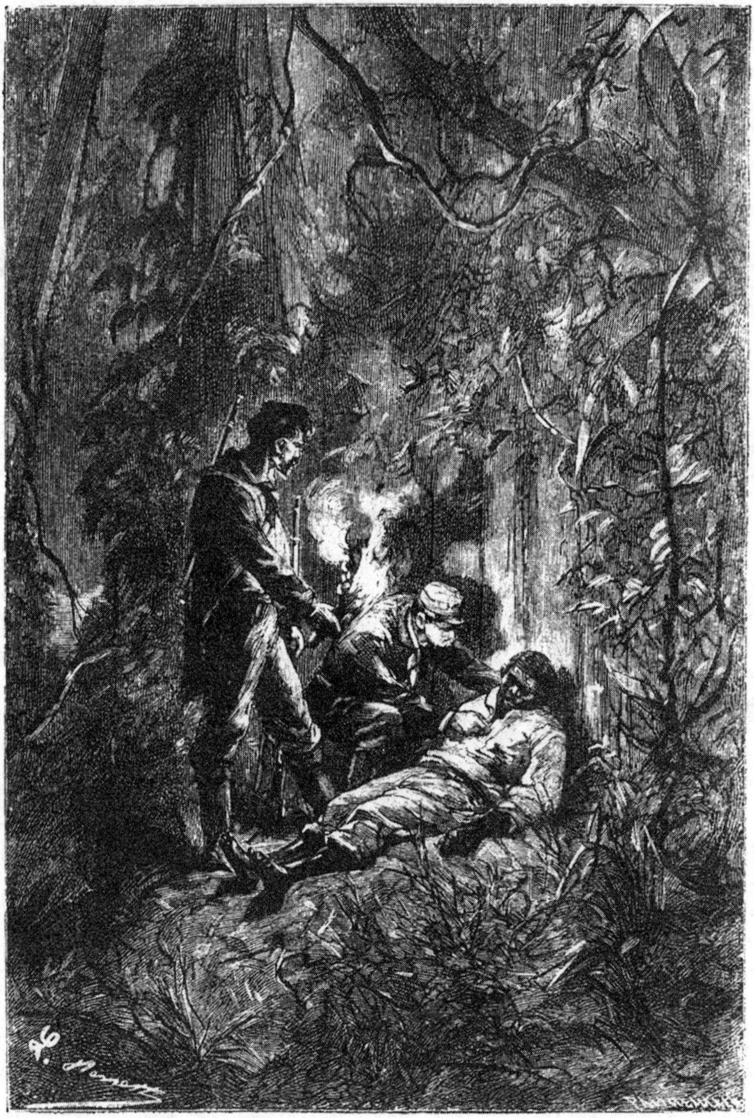

于是，他发现了栅栏，以及半掩着的小门，透过小门，隐约可见碉堡的模糊外形。事实上，这里就是黑水湾的小碉堡，在杜瓦尔县的这个地区，人们早已遗忘了它的存在。

马尔斯叫道："碉堡！"

他撇下正守在濒死的可怜黑人身边的主人，猛地推开小门冲了过去。

片刻工夫，马尔斯已经在碉堡里面转了一圈，察看了位于碉堡中央，以及各个角落的每个房间。在其中的一个房间里，他找到了一只还冒着烟的火把，看得出来，最近曾经有人在碉堡里居住过。但是，究竟是什么人曾经在这里藏匿，是佛罗里达人，还是塞米诺尔人？必须不惜一切代价，从那个濒死伤者口中弄清真相。必须弄清楚，究竟谁才是凶手，大约几个小时之前，这些人刚刚离开这里。

马尔斯走出碉堡，沿着栅栏在院子里转了一圈，用火把照亮树丛下的各个角落……一个人都没有！如果吉尔伯特和他当天早晨抵达这里，也许他们还能碰上原先居住在这座碉堡里的人。但是现在，已经太迟了。

混血男仆回到主人身边，告诉他，这里就是黑水湾的那座碉堡。

他向吉尔伯特问道："这个人回答过询问吗？"

"没有，"吉尔伯特答道，"他已经昏过去了，而且，我怀疑他是否还能醒过来。"

"再试一试，吉尔伯特先生，"马尔斯回答道，"这里面隐藏着一个秘密，我们必须要搞清楚。如果这个不幸的人死了，那就没有人能揭穿这个秘密。"

"是的，马尔斯！……我们把他弄到碉堡里面去……在那里，也许他能清醒过来……我们不能让他躺在河岸边咽气！……"

"请拿着火把,吉尔伯特先生,"马尔斯回答道,"我有力气把他弄进去。"

吉尔伯特接过燃烧的树枝火把,混血男仆双手抱起那个软瘫作一团的濒死者,迈步踏上碉堡的阶梯,穿过面对院子的碉堡小门,把他安置到房间的一个角落里。

濒死者躺倒在一堆干草上,马尔斯拿起水壶,凑到那个人的嘴唇边。

不幸者的心脏还在跳动,尽管跳动得极为微弱,而且十分缓慢。生命正在从他的身上流逝……在呼出最后一口气之前,他还能说出他的秘密吗?

倒进嘴里的几滴烈性酒似乎让濒死者缓过来一点儿。他睁开双眼,紧紧盯着正在试图从死神手中把他夺回来的吉尔伯特和马尔斯。

他想要说话……从他的嘴里挤出来几个音节……也许是一个名字!

"说呀！……说呀！……"马尔斯叫喊着。

混血男仆的情绪如此激动,这并不难让人理解,因为他不惜牺牲生命也要完成的使命,都取决于这个濒死者的最后话语!

年轻的奴隶试图说出几句话,但是说不出来……他已经用尽了全身的力气……

就在此时,马尔斯发现在濒死者的衣服口袋里,有一张小纸条。

他抓住纸条,迅即展开,借着火把的亮光读着上面的字迹,看清纸条上用木炭写的几句话,内容如下:

"在马里诺小河湾被德克萨绑架……被劫持到大沼泽地……

在卡纳尔岛……此信委托给这个年轻奴隶……送交伯班克先生……"

纸条上的字迹马尔斯再熟悉不过。

"泽尔玛!……"他大声叫道。

听到这个名字,濒死者睁开了双眼,他的头垂了一下,似乎在做出肯定的答复。

吉尔伯特把他扶着坐起来,询问道:

"泽尔玛!"他说道。

"是!"

"还有蒂?……"

"是!"

"谁刺的你?"

"德克萨!……"

这是可怜的奴隶说出的最后一句话,他随即倒在干草堆上,死去了。

第八章　从康特莱斯湾到华盛顿湖

当天晚上,午夜之前,吉尔伯特和马尔斯回到城堡屋。为了走出黑水湾,他们真是历尽千辛万苦!当他们离开那座旧碉堡的时候,整个圣约翰河谷已经沉浸在夜色当中。潟湖的森林里一片黝黯,伸手不见五指。如果不是马尔斯依靠某种本能,驾驶小船穿过一条条水道,绕过与夜色融为一体的一座座小岛,任何其他人都别想重新回到圣约翰河的航道里。有很多次,他们的小船在无法逾越的障碍面前被迫停止,不得不原路返回,设法重新进入主航道。他们点燃富含树脂的树枝火把,把它插在小船的前面,这才勉强照亮了前方的水路。最困难的时刻出现在寻找通往圣约翰河面的那个唯一出口的时候。混血男仆怎么也找不到芦苇丛里的那个缺口,几个小时之前,他们就是从那里进入黑水湾的。非常幸运,此时正值落潮,小船得以顺着自然形成的水流通过了溢洪河道。随后,小船疾速从黑水湾驶向种植园,20英里的距离用了三个小时,吉尔伯特和马尔斯终于在康特莱斯湾小码头靠岸。

大家在城堡屋等着他们归来。包括詹姆斯·伯班克在内的每一个人都没有回自己的房间,大家都为这次不同寻常的迟归而忧心忡忡。因为,按照惯例,吉尔伯特和马尔斯每天都会在傍晚返回。这一次他们为什么没有回来?这是不是意味着,他们找到了一条新的线索,也许他们终于发现了什么?这样的等待实在令人心焦!

终于,他们回来了。当两人进入客厅的时候,大家纷纷快步拥了过去。

詹姆斯·伯班克喊叫道:"吉尔伯特,怎么样?……"

"父亲,"年轻军官回答道,"艾丽丝一点儿都没有弄错!……就是德克萨掳走了我的妹妹和泽尔玛。"

"你找到证据了?"

"读一读吧!"

于是,吉尔伯特拿出了那张皱皱巴巴的小纸条,上面有混血女仆亲笔写的几行字迹。

"是的,"他接着说道,"毫无疑问,就是那个西班牙后裔!是他把两名被害人押送到,或者是他指使手下押送到黑水湾里的旧碉堡。那里就是他的居住地,他瞒住了所有人。泽尔玛把纸条托付给了那个可怜的奴隶,希望他把纸条送到城堡屋,而且无疑,泽尔玛也是通过这个奴隶得知,德克萨将要前往卡纳尔岛。这个奴隶愿意帮助泽尔玛,并且为此付出了生命。我们找到这个奴隶的时候,他挨了德克萨一刀,已经濒临死亡,而且现在,他已经死了。不过,即使蒂和泽尔玛已经离开了黑水湾,至少我们已经知道,她们被人带到了佛罗里达的什么地方。那就是大沼泽地,我们必须到那里寻找她们,明天,我的父亲,明天我们就出发……"

"我们已经准备好了,吉尔伯特。"

"那就明天走!"

希望重新回到了城堡屋。人们终于不用在迷茫中进行毫无结果的搜寻。伯班克夫人获知这个消息,好像获得了新生,鼓足力气起身,跪下去感谢上帝。

根据泽尔玛的揭发,看来,确实就是德克萨本人亲自策划在马里诺小河湾绑架了小姑娘蒂。艾丽丝小姐看到的,站在那条驶往河心的小船上的那个人,确实就是德克萨。然而,这个事实与西班牙后裔提交的不在现场证据如何并存不悖?他在犯下这桩罪行的同时,如何可能成为联邦军队的俘虏,并且被关押在联邦舰队的一艘军舰上?显而易见,这个不在现场证据应该是假的,就像其他的不在现场证据一样,都是假的。但是,他又是如何造的假?这个德克萨似乎分身有术,无处不在,谁能揭晓其中的秘密?

　　无论如何,这些并不重要。现在,我们已经得知,混血女仆和小女孩当初是被押送到黑水湾的旧碉堡里,随后又被押送去了卡纳尔岛。只有去那里才能找到她们,也只有去那里,才能抓到德克萨。这一次,他再也无法逃脱惩罚,许久以来,他犯下累累罪行,早就该罪有应得。

　　既然如此,一天都不能耽搁。康特莱斯湾到大沼泽地相距遥远,长途跋涉需要走很多天。幸运的是,正如詹姆斯·伯班克所说,他已经筹划妥当这次远征,随时可以离开城堡屋上路。

　　至于那个卡纳尔岛,在佛罗里达半岛的地图上,可以查看到它在奥基乔比湖①所处的位置。

　　大沼泽地位于佛罗里达的南部,那里是一片泽国,它毗邻奥基乔比湖,在北纬27度线偏北一点儿的地方。从杰克逊维尔城到这座湖泊之间的距离,大约有400英里②。从那座湖泊再往前,就是人迹罕至的地区,在那个时代,还是一片陌生的土地。

　　可以说,圣约翰河的全程,直到源头都常年适宜航行,这段行

---

① 奥基乔比湖是美国境内仅次于密歇根湖的第二大淡水湖。在佛罗里达州东南部,大沼泽地以北。
② 原注:约合180法国古里。

程的难度不大,可以很快完成;不过,远征队也许只能利用它完成大约170英里的路程,也就是说,只能乘船行驶到乔治湖。从那里再往前,河道里布满了小岛屿,被一处处草滩阻塞,狭窄难以通行,在退潮水位最低的时候,河道甚至干涸,如果乘坐小船,哪怕船上只装载一点儿东西,都会遇到难以克服的障碍,至少也会导致行进迟缓。然而,如果能够逆流而上一直抵达华盛顿湖,大约到达北纬28度线附近,再绕过马拉巴尔岬角,那里距离目的地就不太远了。甭管怎样,也没有别的路线可供选择。最佳行进路线就是准备穿越250英里距离的荒僻地区,远征队的行进速度应该很快,但是那里没有运输工具,甚至缺乏必要的生活物资。针对这一系列可能性,詹姆斯·伯班克进行了相应的充分准备。

第二天,3月20日,远征队全体人员在康特莱斯湾小码头集合。詹姆斯·伯班克和吉尔伯特怀着焦虑不安的心情,拥抱了还不能起身走出卧室的伯班克夫人,艾丽丝小姐、斯坦纳德先生,以及各位工头陪同他们出门。比哥也跑来向佩里先生道别,现在,他对管家已经怀有深深的眷恋之情。管家关于自由的利弊分析,让比哥受益匪浅,他终于觉得,自己对自由的理解过于肤浅。

远征队的人员构成如下:詹姆斯·伯班克,他的内兄爱德华·卡洛尔,后者的伤口已经痊愈,詹姆斯的儿子吉尔伯特、管家佩里、马尔斯,以及12名黑人,他们个个勇敢正直,忠心耿耿,都是从种植园的黑人当中精心挑选出来的——以上共计17名成员。马尔斯对圣约翰河十分熟悉,在远征队乘船抵达乔治湖,以及越过乔治湖之后,只要船只还能够航行,他都可以充当导航员。至于那些黑人,他们都能熟练操作船桨,一旦水流和风向不利,他们孔武有力的双臂就将发挥威力。

远征队的小船是康特莱斯湾拥有的最大一条船,船帆打开之

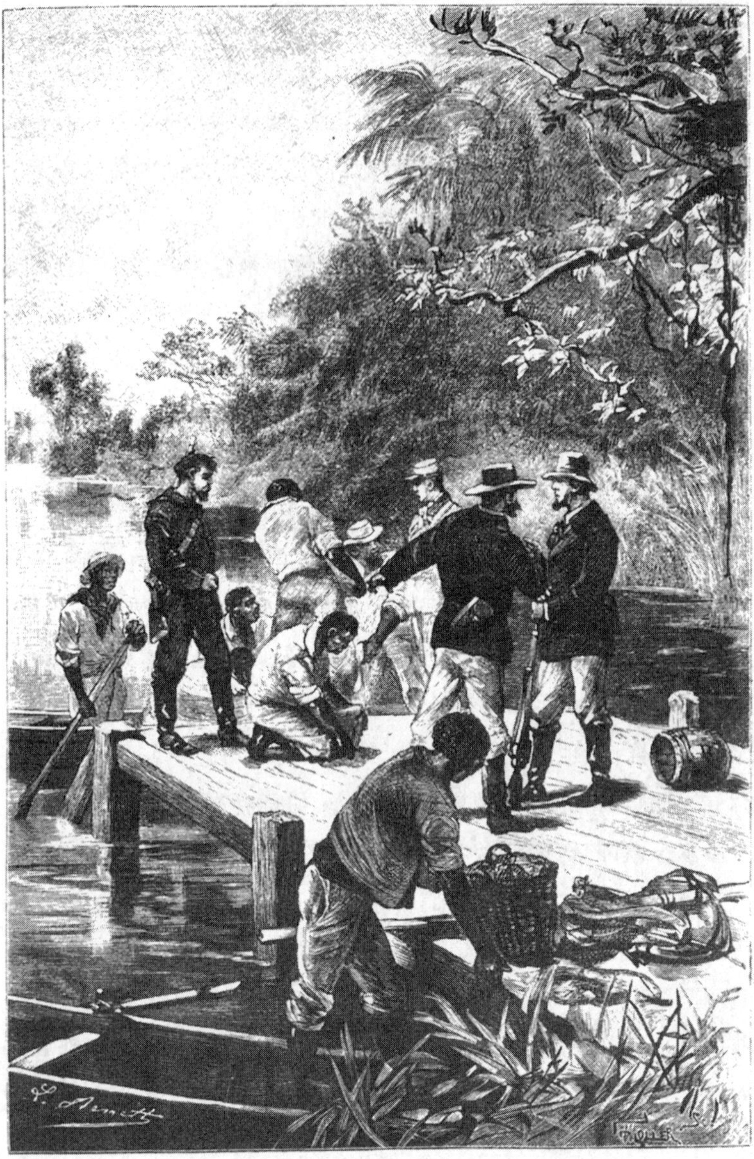

后,每当正后方,或者侧后方来风时,可以推动小船沿着蜿蜒曲折的河道疾行。小船满载武器和物资,数量充足,可以让詹姆斯·伯班克及其同伴在佛罗里达南部地区遇到塞米诺尔匪帮,或者德克萨的同伙时有恃无恐,因为西班牙后裔可能已经与若干追随者会合。实际上,必须考虑到这种可能性,否则远征行动就可能功亏一篑。

大家相互道别。吉尔伯特拥抱了艾丽丝小姐,詹姆斯·伯班克也像拥抱亲生女儿一样与她告别。

"我的父亲……吉尔伯特……"艾丽丝小姐说道,"请把小姑娘蒂给我们带回来!……请把我的妹妹带回来……"

"好的,亲爱的艾丽丝,"年轻军官回答道,"好的!……我们一定把她带回来!……上帝会保佑我们!"

艾丽丝小姐、斯坦纳德先生、各位工头们,以及比哥等人站在康特莱斯湾的小码头上,看着小船解缆启程。大家纷纷向小船做最后的挥手道别,与此同时,东北风吹来,乘着涨潮的河水,小船很快消失在马里诺小河湾突出的岬角后面。

此时大约是早晨6点钟。一个小时之后,小船从柑橘村前驶过,然后,大约10点钟的时候,甚至都不需要动用船桨,小船已经行驶到黑水湾附近。

大家站在船舷边,看着河流的左岸,看到涨潮的河水奔涌进岸边的缝隙,每个人不禁心情沉重。就是在这些芦苇、美人蕉和红树丛的后面,蒂和泽尔玛曾经被押送至此,也就是在这里,在劫持案发生后超过15天的时间里,德克萨和他的同伙销声匿迹,把她们两人深深地隐藏起来。在此期间,先是詹姆斯·伯班克和斯坦纳德,然后是吉尔伯特和马尔斯,他们逆流而上,先后不下十次抵达这座潟湖,但是,他们都不曾想到,那座旧碉堡居然就是德克萨—

伙的藏身之地。

这一次，他们不需要在这里停留，而是去南方数百英里之外的地方搜寻，于是，小船在黑水湾前毫不停顿，一滑而过。

大家聚在一起吃了第一顿饭。箱子里储存的食物足够维持二十来天，还准备了一些口袋，一旦远征队开始陆地征程，就需要用口袋装运食物。此外还准备了营帐装备，无论白天还是夜晚，远征队都可以在圣约翰河流域茂密的森林里宿营歇息。

将近11点钟的时候，潮水开始退却，但是风向依然有利。不过，还是需要动用船桨，以便加快船速。黑人们开始劳作，在五对船桨的有力推动下，小船继续疾速向上游驶去。

马尔斯一言不发，手握舵把，稳妥地操纵着小船穿过圣约翰河心大小岛屿形成的河汊支流。小船选择波浪最平稳的河面，穿过一条条水道。马尔斯驾驶小船毫不迟疑，破浪前行，始终不曾失误走进任何一条无法通行的河道，退潮的河水让突出的河床即将干涸，小船始终避开了搁浅的危险。马尔斯不仅熟悉杰克逊维尔下游的圣约翰河弯道，对于直到乔治湖的河床地形也了如指掌，此刻，他驾驶着小船，就像他引导史蒂文森少校的炮舰穿越沙洲曲折河道时一样稳妥可靠。

圣约翰河的这段河面十分荒凉，自从北军占领了杰克逊维尔城，来往服务于两岸种植园的内河航运业务已经停止。如果说，还有一些小船在河面上往返行驶，那也仅仅是为联邦军队提供服务，帮助史蒂文森少校与下级部属之间沟通联络。甚至很可能，在毕高拉塔镇的上游河段，就连这样的往来船只都已绝迹。

将近下午6点钟的时候，詹姆斯·伯班克一行抵达小镇前的河面。此时，一队北军士兵占据了这里的栈桥码头。小船上的人用传声筒呼唤，随后靠近码头休息。

在那里,吉尔伯特·伯班克拜会了驻扎毕高拉塔镇的北军指挥官,出示了史蒂文森少校颁发的通行证,随后,远征队得以继续行程。

他们在这里只休息了一小会儿。由于感觉到河水开始涨潮,尽管小船的桨手仍在休息,但小船却继续行驶,疾速掠过两岸绵延浓密的树林。离开毕高拉塔镇之后几英里的地方,左岸的沼泽地变成了一片森林,与此同时,右岸的森林变得更为浓密繁茂,一望无际,一直延伸到乔治湖的后面,依然无穷无尽。另外,在这一侧河岸上,与圣约翰河面隔开一段距离,出现了一片宽阔的土地,那里有耕作的农地。包括大片的水稻田、甘蔗地、靛蓝植物田,以及大片的棉花地,富饶的佛罗里达半岛一派生机勃勃。

晚上10点钟稍过一点儿,在转过一道河湾之后,詹姆斯·伯班克和同伴们已经望不见那座西班牙古城堡的淡红色身影,这座古堡早在一个世纪前就废弃了,至今仍高高耸立在陡峭河岸的椰树林之上。

"马尔斯,"詹姆斯·伯班克问道,"夜幕降临之后,你仍然有把握在圣约翰河面行驶?"

"没问题,詹姆斯先生,"马尔斯回答道,"一直到乔治湖,我都有把握。过了乔治湖,我们再走着瞧。无论如何,我们必须抓紧时间,而且,既然现在潮水对我们有利,那就必须充分利用。我们越是逆流而上,潮水的作用就越小,持续的时间也越短。因此,我建议日夜兼程赶路。"

眼下的情况证明马尔斯的建议是正确的,既然他说过有把握驾船通过,那就应该相信他的驾驶技巧,用人不疑嘛。整整一晚上,小船轻而易举地沿圣约翰河逆流而上。上涨的潮水还能在几个小时之内提供助力,随后,黑人们举起船桨,继续把小船向南方

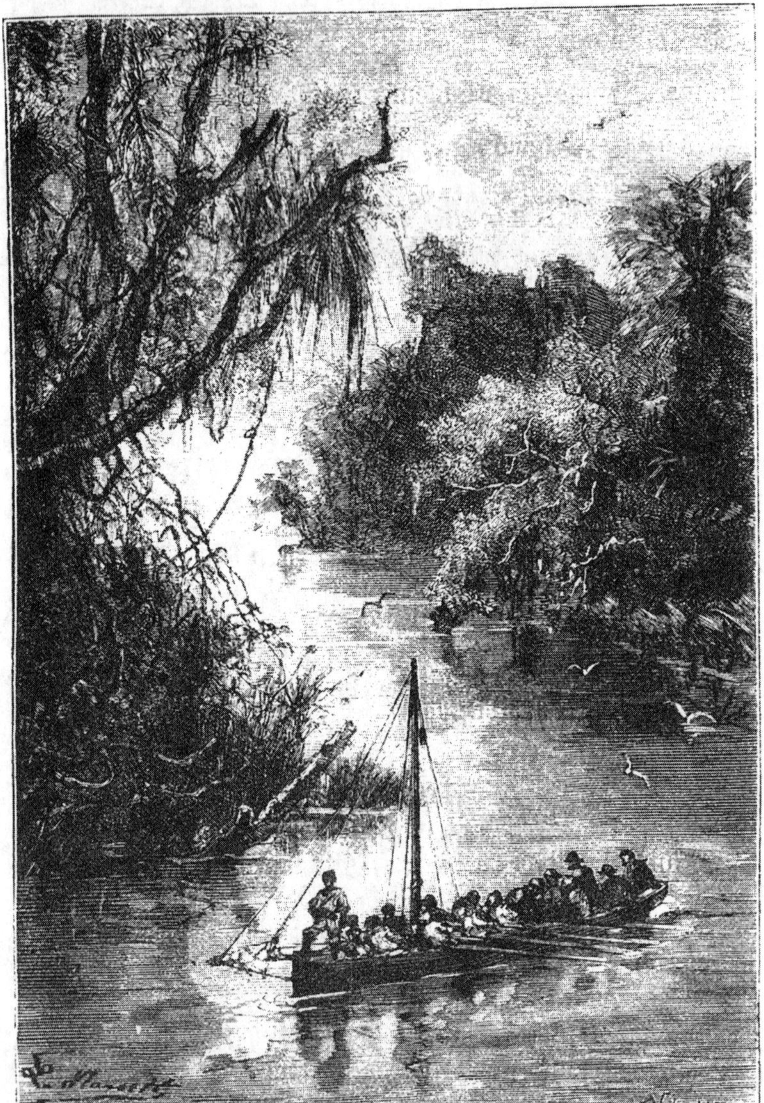
T. VINTRAUT SC.

推进了十几英里。

无论在这一天晚上,还是3月22日白天,小船都没有停歇片刻,一路上没有发生任何意外,在随后的12个小时里同样平安无事。圣约翰河的上游显得十分荒凉,小船一直沿着一望无际的苍老柏树林行驶,有时候,两岸浓密的柏树枝叶交叉起来,在圣约翰河面上搭起一片绿色的浓厚天蓬。两岸看不到一处村庄。偶尔能看到孤立的种植园或住宅,仅此而已。两岸的土地完全看不到农耕的痕迹,看起来,还没有任何移殖民来这里创办农庄。

23日,天空刚刚露出鱼肚白,河道开始变宽,形成开阔的水面,陡峭的河岸终于延展变成一望无际的森林。这一带地势极为平坦,一直延伸到数英里之外的远方地平线。

这是一片湖泊——乔治湖——圣约翰河自南向北横穿这里,并且从这里汲取了她的一部分湖水。

"是的!这里就是乔治湖,"马尔斯说道,"我曾经陪同勘察队来过这里,当时是为了勘察圣约翰河的上游流域。"

"那么,"詹姆斯·伯班克问道,"现在,我们距离康特莱斯湾有多远了?"

"大约一百英里。"马尔斯回答道。

爱德华·卡洛尔强调说道:"距离我们要去的大沼泽地的路程,这还不到三分之一呢。"

"马尔斯,"吉尔伯特问道,"我们现在应该怎么办?是否应该放弃小船,沿着圣约翰河的一侧河岸继续前行?这样的行程肯定十分艰辛,而且难免迟缓。那么,有没有可能,让小船穿越过乔治湖后,继续顺着这条水道前行,一直到无法继续航行为止?我们可否试一试,即使失败了,不能继续漂浮,被迫下船上岸,但至少可以尝试一下——你觉得呢?"

马尔斯回答道:"那我们就试一试吧,吉尔伯特先生。"

实际上,也没有其他更好的办法了。

他们随时可以登陆步行。但是乘船航行,不仅可以免除疲劳,还能争取时间。

于是,小船驶进了乔治湖的水面,顺着湖东岸向前行驶。

在这座湖的周围,地势平坦,毫无起伏,植被也不如圣约翰河两岸那般茂盛。到处是沼泽,几乎一眼望不到边。有几处土地没有被水淹没,覆盖着黑色的苔藓,生长着成千上万簇细小的蘑菇,分布着深浅不等的紫罗兰颜色。千万不能相信这些松软移动的土地,它们类似于盐碱滩,根本无法为步行者提供可靠的支点。倘若詹姆斯·伯班克和同伴们行走在佛罗里达的这片土地上,他们必定要历经千辛万苦,精疲力竭,而且行动极为迟缓,甚至可能不得不向后撤退。在这片泥潭里,只有水鸟儿——其中多数是蹼足类——才能行动自如,在这里,它们的数量多得难以计数,包括绿翅鸭、野鸭子,以及沙锥。在这种地方,如果小船上的食物不足了,倒是很容易得到补充。不过,要想在湖岸边狩猎,人们必须面对数量可观,极为危险的毒蛇,在苔藓和丝状绿藻铺就的地毯上,到处都能听到毒蛇的尖锐咝咝声。确实,这些爬行动物也有死对头,那就是数量众多的白鹈鹕,在乔治湖畔危机四伏的生存环境里,这些鸟儿迅速繁衍,它们全副武装,投身到这场生死搏斗当中。

就在此时,小船继续快速前行。它的船帆张开,借助强劲的北风朝着正确的方向疾驶。幸亏借助这阵清新的北风,在整整一个白天的时间里,小船毫不延迟地行进,而桨手们也得到了充分的休息。夜幕降临时,乔治湖从北向南足足30英里的航程,就这样轻而易举地被征服了。将近6点钟的时候,詹姆斯·伯班克和他的一小队同伴在湖畔拐角处停顿下来,这里是圣约翰河注入乔治湖

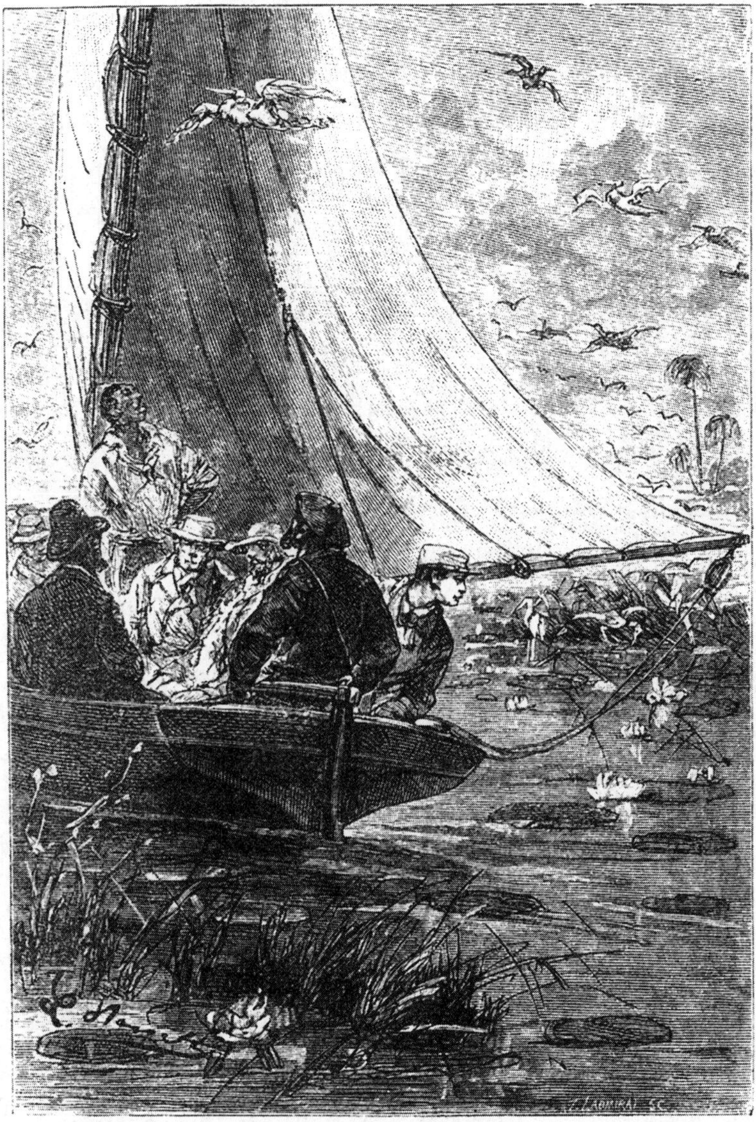

的入口。

他们在这里稍做停顿——停顿时间很短暂,最多也就是半个小时——之所以在这里停留,是因为发现了三四所房屋组成的一个村落。居住在这里的是几位佛罗里达的游荡居民,他们利用这个刚刚开始的渔猎季节,专门来这里狩猎和打鱼。爱德华·卡洛尔提出建议,有必要向这些人打听一下德克萨的行踪,他的建议不无道理。

村子里的一位居民接受了询问:在此前的几天时间里,是否看到有一条小船穿过乔治湖,一直向华盛顿湖驶去——小船上应该坐着七八个人,包括一位有肤色的女人,以及一位白人小女孩?

"确实如此,"被询问的男人回答道,"48个小时之前,我看到有一条小船经过,应该就是你们问到的那条船。"

"他们在这个村子里停歇了吗?"吉尔伯特问道。

"没有!恰恰相反,他们似乎急于赶往这条河流的上游。我很清楚地看到,"这位佛罗里达人补充说道,"在小船上,有一个女人,怀里搂着一个小女孩。"

"朋友们,"吉尔伯特叫道,"有希望了!我们确实在追寻着德克萨的行踪!"

"是的!"詹姆斯·伯班克回答道,"他们仅仅在我们前边48个小时,如果我们的小船还能载着我们行驶几天,就一定能追上他!"

爱德华·卡洛尔向那个佛罗里达人问道:"您熟悉乔治湖上游的圣约翰河的航道吗?"

"是的,先生,我甚至沿着那条河道一直上溯过一百多英里。"

"您觉得,我们这条小船在那条河道里可以航行吗?"

"它的吃水深度是多少?"

"大约3英尺。"马尔斯回答道。

"3英尺?"佛罗里达人说道,"在好几处地方,这个深度可有点儿悬。不过,如果你们能通过那几处地方,我认为你们就能够抵达华盛顿湖。"

"从那里算起,"卡洛尔先生问道,"我们距离奥基乔比湖还有多远?"

"大约150英里。"

"谢谢您,我的朋友。"

"上船吧,"吉尔伯特高声叫道,"我们要驾船行驶直到水深不足为止。"

每个人重新回到自己的位置上。随着夜色的降临,风力开始减弱,船桨被重新举起,并且有力地挥舞起来。狭窄河道的两岸很快消失在夜幕之中。在天色变得完全黑暗下来之前,小船又向南方行驶了若干英里。既然大家可以在船上睡觉,那就没必要让小船停下来。升起的月亮几乎是满月,月光下小船依旧可以行驶,不受任何影响。吉尔伯特接过了舵把。马尔斯站在船头,手里拿着一根长长的木棍,不停地试探河水的深度,每当木棍触到河底,他都会指示小船向右舷,或者左舷转舵。在这次夜间航行的过程中,大约碰到五六次这样的情况,小船都轻而易举地绕过了障碍。航行十分顺利,接近凌晨4点钟的时候,在太阳即将露头的那一刻,吉尔伯特估计,这一夜小船航行的距离应该不少于15英里。詹姆斯·伯班克及其同伴的运气真不错! 如果在今后几天里,小船还能够继续沿这条河流航行,他们距离目的地就不远了!

然而,在接下来的这个白天里,他们遇到了一系列航行方面的困难。由于河道蜿蜒曲折,小船行进时经常遇到弯道岬角。河底沉积的沙子抬高了河床,迫使小船设法绕道行驶,这样一来,不仅航程被拉长,而且航速也被迫放缓。而且,尽管风向始终有利,但是小船却并不能总是充分利用风力。因为需要不断掉转船头,导致船行速度忽快忽慢。于是,黑人们弯腰弓背,不停挥舞船桨,奋力划行,终于挽回了损失的时间。

在圣约翰河的河道里,还会出现一些特殊的障碍物,那是一些浮动的岛屿,它们都是极为茂盛的植物形成的巨大堆积物,这种植物名叫"大藻"①,漂浮在河面上,佛罗里达的某些探险家恰如其分地把这玩意比喻成"巨型莴苣"。这种绿色植物在水面铺就一层坚实的地毯,水獭和苍鹭在上面尽情嬉戏。然而最重要的是,千万不能把小船驶进这片植物堆里,否则,要想摆脱它们可就没那么容易了。所以,一旦前方出现这种东西,马尔斯就会集中精力,想方设法让小船绕道避让。

在河流的两岸,到处覆盖着茂密的森林。但是,这里已经看不到圣约翰河下游常见的那种柏树,代之而起的是成片的松树,树干高达150英尺,这些松树都属于澳大利亚松的种类,它们在这里寻找到了理想的生长条件,因为这里的土地下层水分充足,属于那种人称"裸地"②。丰厚的腐殖质使地表富有弹性,如果有人行走在某些地方,甚至可能会失去平衡。非常幸运,詹姆斯·伯班克和他的一小队人马不需要体验这种感觉,圣约翰河水继续载着小船穿越佛罗里达的南部地区。

这一个白天顺利地过去了。当天夜里也平安无事。圣约翰河依旧荒寂冷清,毫无人烟。河面上连一条小船都看不到,两岸也看

---

① 大藻俗名水白菜、水莲花或是大叶莲,为天南星科大藻属的唯一物种。多年生浮水草本植物。
② 裸地是指没有植物生长的裸露地面,是群落形成、发育和演替的最初条件和场所。

不见一栋小屋。面对如此情景，反倒让人感到放心。因为，在如此偏远的地方，最好还是不要碰见什么人，如果真碰上了，那倒未必是好事儿，因为，在这里出没的跑林者、职业狩猎者，或者来路不明的冒险家，个个都是形迹可疑的家伙。

人们还得提防着遇见来自杰克逊维尔或者圣奥古斯丁的南军民兵，这种可能性确实存在，因为，在杜邦和史蒂文森的逼迫下，这些民兵纷纷退却到了佛罗里达南部。在这些南军队伍里，一定会有德克萨的追随者，他们难免会对伯班克父子实施报复。但是，伯班克父子的这支小队伍应该避免任何战斗，除非是碰上了德克萨，并且需要动用武力，从他的手里抢回人质。

十分幸运的是，詹姆斯·伯班克和他的同伴在这样的环境里一帆风顺，25 日夜间，从乔治湖到华盛顿湖的这段距离已经被征服了。当小船抵达这个一潭死水的边缘地带时，终于停顿下来。河面已经变得极为狭窄，河水也变得很浅，小船到了这里，已经无法继续向南方行驶。

无论如何，他们已经完成了三分之二的路程，现在，詹姆斯·伯班克和同伴们距离大沼泽地只剩 140 英里的路程了。

第九章　大柏树林

华盛顿湖是佛罗里达南部地区最不起眼的一座湖,长度大约有十来英里,湖水很浅,水里长满野草,湖水把野草堆积成一片漂浮的草原——这儿成了名副其实的蛇类的安乐窝,因此,在湖面航行极其危险。湖面和湖岸一样清冷荒凉,既不适合狩猎,也不适宜捕鱼,圣约翰河里的小船很少冒险来到这个地方。

在湖的南边,圣约翰河继续延伸,蜿蜒曲折直奔佛罗里达半岛的南部。不过,此时的河水已经仅仅是一条很浅的溪流,它的源头还在南边30英里远的地方,位于北纬28度与27度线之间。

过了华盛顿湖,圣约翰河就不再适宜航行了。为此,詹姆斯·伯班克多少感到有些遗憾。他们将不得不放弃水路,改走陆路,进入这片充满艰难险阻的地区,到处分布着沼泽,纵横交错着溪流和泥洼,广袤的森林无边无际,徒步行进的速度极为迟缓。

大家下船登陆。武器和装满物资的口袋分别交由黑人们负担,远征队的全体人员并不会因此遭受疲惫困扰,对于远征队的头领来说,这一切都在预料之中,没有任何理由放慢行进速度。当他们需要停顿歇息的时候,几分钟之内就能把营帐搭盖妥当。

首先,吉尔伯特在马尔斯的帮助下,需要把小船隐藏起来。如果有佛罗里达人或者塞米诺尔人经过华盛顿湖岸边,不能让他们发现小船,这一点十分重要。当他们返回的时候,必须保证能够找到小船,以便乘坐它沿圣约翰河顺流而下。他们把桅杆放倒,用树枝落叶遮盖住船身,利用湖岸边茂密的芦苇丛,很顺利地把小船隐藏好。在茂密浓厚的树丛枝叶掩蔽下,站在湖岸上根本发现不了这条小船。

与此同时,毫无疑问,吉尔伯特还非常希望找到另一条小船,就是把蒂和泽尔玛运到华盛顿湖来的那条小船。显而易见,由于这里的水面不适宜航行,德克萨应该已经把那条小船遗弃,而且遗弃的地点就在华盛顿湖与圣约翰河相连的喇叭口形结合部。既然詹姆斯·伯班克想方设法隐藏小船,那个西班牙后裔也一定如法炮制过。

为此,在夜幕降临前的几个小时里,大家进行了仔细的搜寻,一心想要找到那条小船。因为这条小船可以显示德克萨的行踪,证明他确实逆流而上,顺着这条河来到了华盛顿湖。

然而,他们的搜寻一无所获,那条小船始终不曾出现,也可能是他们搜寻的范围还不够大,也可能是那个西班牙后裔把小船捣毁了,因为,如果他打算就此一去不复返,也就不再需要这条小船了。

从华盛顿湖到大沼泽地的旅途充满了艰险!对于一个妇女和一个小女孩来说,在如此漫长的路途上,已经没有河流可供乘船减轻疲劳。混血女仆泽尔玛怀里抱着小姑娘,被迫跟随那些人在险恶的路途上跋涉。那些人对这样的环境习以为常,为了催促泽尔玛快走,他们不断侮辱、推搡,甚至抽打她。为了保护小姑娘,不让她摔倒,泽尔玛顾不上自己的个人安危。伯班克一行人的脑海中每每浮现出这悲惨的一幕。马尔斯想到自己的妻子遭受如此痛苦煎熬,禁不住怒火中烧,咬牙切齿地叫道:

"我要宰了德克萨!"

那个西班牙后裔肯定已经抵达卡纳尔岛,就是这个恶棍策划恶毒的阴谋诡计,不仅让伯班克一家历经磨难,而且还绑架了泽尔玛,她可是马尔斯的老婆!

在华盛顿湖北侧的一个角落里,湖岸延伸出一个不大的岬角,宿营地就安置在岬角的顶端。夜色深沉,人的视力范围十分有限,此时,在一个陌生的地域贸然行进,显然不够谨慎。再说,这里的森林如此茂密,如果贸然闯进去,迷路的风险简直太大了。因此,经过商议,大家决定等到明天早晨,天蒙蒙亮的时候再重新上路。

还不错,这一宿没有发生任何意外。凌晨4点钟,东方露出鱼肚白,启程的信号发出了。在全体队员当中,只需一半人就能背负所有装载食品的口袋和宿营器材,因此,黑人们可以相互轮换。远征队的所有人,包括主人和仆人,每个人都配备了米尼叶式①卡宾枪,枪膛里装有一粒铅弹和四颗霰弹;此外,每人还配备了一把柯尔特手枪②,自从南北战争爆发以来,交战双方普遍装备了这种武器。有了这些武器,远征队足可不落下风地应付60名塞米诺尔人,甚至,在需要的时候,可以向德克萨发起攻击,即使他拥有同样数量的追随者。

看起来,在条件允许的情况下,最好还是顺着圣约翰河边走。这条河仍在向南方延伸,也就是说,朝着奥基乔比湖的方向延伸,宛如一条细长的线,一直穿越繁茂的森林,顺着它走,远征队能少走冤枉路。于是,大家沿河行进。

---

① 1849年,法国陆军上尉米尼叶发明了弹底有凹孔的弹头,解决了前膛来复枪装填困难的问题。到美国南北战争时期,军队已经普遍配备前膛来复枪
② 柯尔特是美国著名枪械品牌,从1847年到1860年,该品牌陆续推出12种左轮手枪,被美国政府军大量采购。

行军过程相对简单。河流的右岸,貌似有一条小径——那是一条真正的拉纤小径,用于拉拽那种最轻便的小船,一直拖到河流的上游。远征队疾步行进,吉尔伯特和马尔斯走在队伍的前面,詹姆斯·伯班克和爱德华·卡洛尔殿后,管家佩里走在黑人队伍的中间,黑人们扛着口袋,时不时相互轮换着。队伍出发之前,大家吃了一顿早餐,正午时分,队伍停下来吃午饭,傍晚六点钟,如果天色变暗,无法继续前行,队伍就准备宿营,吃晚饭。如果天色还允许在森林里前进,队伍就会继续上路:这都是预先制订的行军方案,并且得到严格执行。

行军一开始,首先必须绕过华盛顿湖的东岸——这里岸边地势平缓,土质极为松软。随后,开始出现森林。森林不太广阔,林木也不算茂密,一路走去大致情形都差不多,主要取决于构成森林的基本树种。

实际上,这片森林全由高大的洋苏木①组成,这种树木的叶子不大,生长着黄色的总状花序,花心淡褐色,可以用来做染色剂;除此之外还有墨西哥榆树,以及齿叶桐属植物,这种树木生长着白色的花束,放在家里有很多用处,按照习惯说法,可以用来治愈顽固的感冒症状——甚至包括脑型感冒。森林里还生长着一簇簇金鸡纳树②,树冠呈普通乔木状,远不如它们原产地秘鲁的金鸡纳树那般高大。最后,还有那些五颜六色的植物,包括:龙胆属、孤挺花属、马利筋③,这些植物从未得到过人类的精心培植,但却盛开犹

---

① 洋苏木是原产中南美和印度群岛等地区的热带植物,亦生长于墨西哥和美国中部。
② 金鸡纳树原产南美安第斯山脉,树皮和根皮是提取奎宁和奎尼丁的重要工业原料。属常绿灌木或小乔木,有些是大型乔木,高度约5到15米。
③ 马利筋为多年生宿根性亚灌木状草本植物,全株有毒,可作药用。

如一簇簇花篮,它们的簇梢是制作某些织物的原料。根据佛罗里达最著名的一位探险家①的观察,所有这些植物的花朵,"在欧洲,它们都呈黄色或白色,然而到了美洲,却变成了深浅不等的红色,从大红色一直过渡到最柔和的粉色"。

傍晚时分,这些乔木逐渐消失,代之而起的是广袤的柏树林,它们一直延伸到大沼泽地。

这一天,远征队前进了大约二十英里。为此,吉尔伯特询问同伴们是否感到过于劳累。

一个黑人代表自己的同伴回答道:"吉尔伯特先生,我们随时准备再次出发。"

爱德华·卡洛尔提醒道:"夜间赶路,我们会不会冒着迷路的危险?"

"完全不会,"马尔斯回答道,"因为我们一直沿着圣约翰河畔前进。"

"另一方面,"年轻军官补充说道,"今晚月色明亮,天空中万里无云,将近晚上9点钟的时候,月亮就会升起来,并且整晚都将高悬在夜空。此外,柏树林的枝叶不算茂密,不像在别处的森林里,林间夜色不会过于黝黯。"

于是,他们继续行进。连夜赶路之后,第二天早晨,这支小小的队伍在一棵巨大的柏树下停住脚步,准备吃早饭。在佛罗里达的这个地区,有成千上万株这样高大的柏树。

没有亲眼见过这些自然界奇观的人,很难想象出它的样子。你可以设想一下,有一片碧绿的草毯,悬挂于100多英尺高的空中,下面围绕耸立许多笔直的树干,支撑着这片草毯,似乎还有人

---

① 原注:即普西耶格先生,他在完成那次探险之前就已不幸辞世。

能在这片草毯上漫步。草毯下的地面是松软泥泞的沼泽,地面上到处是积水,很难渗透下去,积水中滋生繁衍着青蛙、蟾蜍、蜥蜴、蝎子、蜘蛛、乌龟、蛇类,以及各种各样的水鸟。半空中,金莺——这是一种金色羽毛的黄莺,如流星般划空飞过,松鼠在高高的树枝上嬉戏,林间充斥着鹦鹉震耳欲聋的聒噪声。一言以蔽之,这是一个神奇的国度,但也是一个难以涉猎其中的国度。

人们冒险行走在地面,必须格外谨慎小心。那里有无数的泥坑,徒步行走者陷入其中,能一直被淹没到胳肢窝。不过,只要全神贯注,借助透过树枝洒落下来的明亮月光,远征队还是可以勉强摆脱困境。

顺着圣约翰河可以保持正确的行进方向。多亏了这条河,因为所有柏树的模样都很相似,扭曲的树干,千姿百态,怪模怪样,树干下部凹陷,伸长的树根钻进凹凸不平的地面,支撑起圆柱形的树干,伸向 20 英尺高的空中。它们就像一把把真正的巨型雨伞,长着粗糙的伞柄,笔直的茎秆支撑起巨大的绿色伞盖,然而实话实说,这把伞既不能遮挡阳光,也无法遮挡雨水。

就是在这些巨树的遮掩下,天亮不久,詹姆斯·伯班克及其同伴启程出发。天气好极了,根本不用担心出现暴风雨,如果一旦下雨,地面就会变成无法行走的泥塘。尽管如此,还是要注意挑选正确的路径,避免掉进沼泽里,那里面永远是一团泥淖。非常幸运的是,圣约翰河的右岸地势比较高,沿着河岸行走,艰难程度减少了许多。每当遇到一些注入圣约翰河的溪流,人们就不得不绕道而行,或者涉水而过,除此之外,队伍的行进还不算迟缓。

在这一天里,他们没有发现任何显示南军或者塞米诺尔人的行踪,也没有发现德克萨及其同伙的足迹。很可能,这个西班牙后裔是顺着河流的左岸行进。这倒不是什么问题,无论顺着圣约翰河的那一侧河岸行进,队伍都能直奔下佛罗里达①,那里就是泽尔玛在纸条上提到的地方。

夜幕降临后,詹姆斯·伯班克让队伍停留了6个小时。随后,这个夜晚剩下的时间里,远征队都在行进。整座柏树林死气沉沉,队伍在一片寂静中疾行,没有一丝微风,柏树枝叶形成的穹顶一动不动。月亮已经销蚀了一半,月光洒在地面,把枝叶铺成网状的阴影,在高大的树木下,阴影被放大成模糊一片。河水的落差很小,几乎让人难以察觉,水流在河床里低声细语地流淌。河面泛起无数涟漪,如果有必要,想要蹚水过河并不困难。

第二天,经过两个小时的休息后,小队按照既定队列顺序,继续向南方赶路。不过,在这个白天里,作为向导的河流即将中断,或者不如说,即将走到了尽头。事实上,圣约翰河已经萎缩成一条不起眼的涓涓细流,消失在一簇金鸡纳树丛下面,那里就是圣约翰河的源头。再往前,远方地平线的四分之三都被遮掩在广袤的柏树林后面。

就在这个地方,出现了一片坟地,里面既有印第安人风俗的坟墓,也有成为基督徒的黑人坟墓,他们至死信仰天主教。林地间,东一处西一处隆起的坟头上摆着简陋的十字架,有些是石头的,有些是木头的。还有两三处悬空葬,那是在地上置放的树杈,上面安放着已成为骨架的死者,随风摆动着。

"在这个地方出现墓地,"爱德华·卡洛尔强调说道,"说明很可能附近有村庄,或者小村落。"

"现在,这个村落应该已经不存在了,"吉尔伯特回答道,"因为在我们的地图上,并没有标出它的踪迹。在佛罗里达腹地,这类

---

① 下佛罗里达地区即佛罗里达半岛的南部地区。

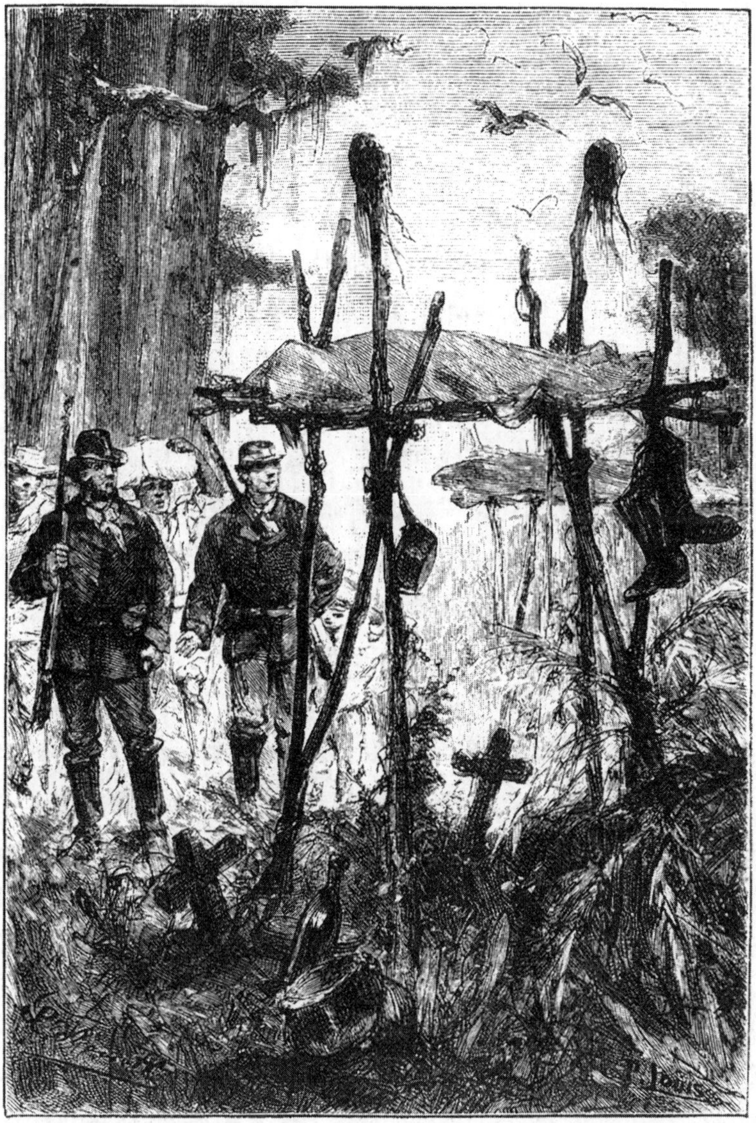

村庄消失的事情经常发生,或者是由于居民离开抛弃了村庄,或者是因为村庄被印第安人捣毁了。"

"吉尔伯特,"詹姆斯·伯班克说道,"现在,我们已经没有了圣约翰河作为向导,下一步我们该怎么办?"

"父亲,我们将依靠指南针指引方向,"年轻军官回答道,"无论这座森林有多广阔,林木有多浓密,我们都不会迷路!"

"那好吧,吉尔伯特先生,我们上路吧!"在休息的时候,马尔斯一直按捺不住,他高声叫道,"走吧,上帝会给我们指引方向!"

离开黑人墓地半英里之后,这支小队伍钻进了浓密的树林中,在指南针的帮助下,队伍几乎笔直地直奔南方而去。

在这一天的前半段时间里,没有发生任何值得一提的事故。迄今为止,搜寻活动还未曾碰到任何障碍,是否全程都能如此顺利?搜寻行动能否取得成功?也许伯班克一家终将陷入绝望境地?他们无法找到小姑娘蒂和泽尔玛,只能任由她们蒙受苦难,遭受侮辱,却无能为力,这种痛苦将永远折磨伯班克一家。

临近正午,队伍停了下来。吉尔伯特计算了一下从华盛顿湖出发以来走过的路程,估计队伍距离奥基乔比湖还有 50 英里的路程。从康特莱斯湾出发以来,已经过去了 8 天时间,队伍以极快的速度穿越了 300 英里①的路程。确实,无论是前期沿圣约翰河逆流而上,几乎抵达它的源头,还是后期穿越柏树林,他们都没有遇到过真正难以逾越的障碍,没有遇到过滂沱大雨,那样的暴雨会让圣约翰河变得无法航行,也会让之后的道路变得泥泞不堪;另外,这几天的夜色也很给力,月光明亮,对于这趟旅行,以及旅行者们来说,一切都太顺利了。

---

① 原注:超过 140 法国古里。

如今，他们距离卡纳尔岛只剩下不太远的距离，如果按照过去8天里持续保持的行进速度，他们有望在48个小时之内抵达目的地。也许，他们有可能获得一个意料不到的结局。

然而，如果说命运女神一直陪伴他们至今，那么，詹姆斯·伯班克和同伴们都担心，在这一天剩下的后半段时间里，他们会不会碰上无法克服的困难。

中午饭过后，按照既定程序，队伍再次启程出发。路上的地形没有变化，队伍小心避开广阔的水洼和众多的沼泽泥塘，有一些沟渠必须涉水蹚过去，水深没及膝盖。总体来看，尽管一路障碍重重，但路途中耽搁的时间还不算太多。

然而，将近下午4点钟的时候，马尔斯突然停住了脚步。等到伙伴们跟上来以后，他指给他们看，地上有人行走过的痕迹。

"毫无疑问，"詹姆斯·伯班克说道，"有一群人，最近刚刚经过这里。"

"而且，这群人的数量还不少。"爱德华·卡洛尔补充道。

"这些足迹是从哪个方向来，又是朝着哪里走去？"吉尔伯特问道，"判断出这一点十分重要，然后我们才能做出决断。"

于是，他们开始仔细研判。

在东边100英尺的距离内，可以清晰地看出脚印的痕迹，而且更远处也有足迹，不过，似乎没必要继续向前探察。根据这些足迹的方向看，这群人的数量至少在150至200人左右。他们从大西洋海滨方向走过来，穿过这片柏树林。足迹向西伸展，继续朝墨西哥湾方向走去，横向跨越佛罗里达半岛，在这个纬度上，横跨半岛的距离不到200英里。仔细观察还能发现，这支队伍在继续向同一方向行进之前，恰巧在詹姆斯·伯班克和同伴们现在站立的地方歇息过。

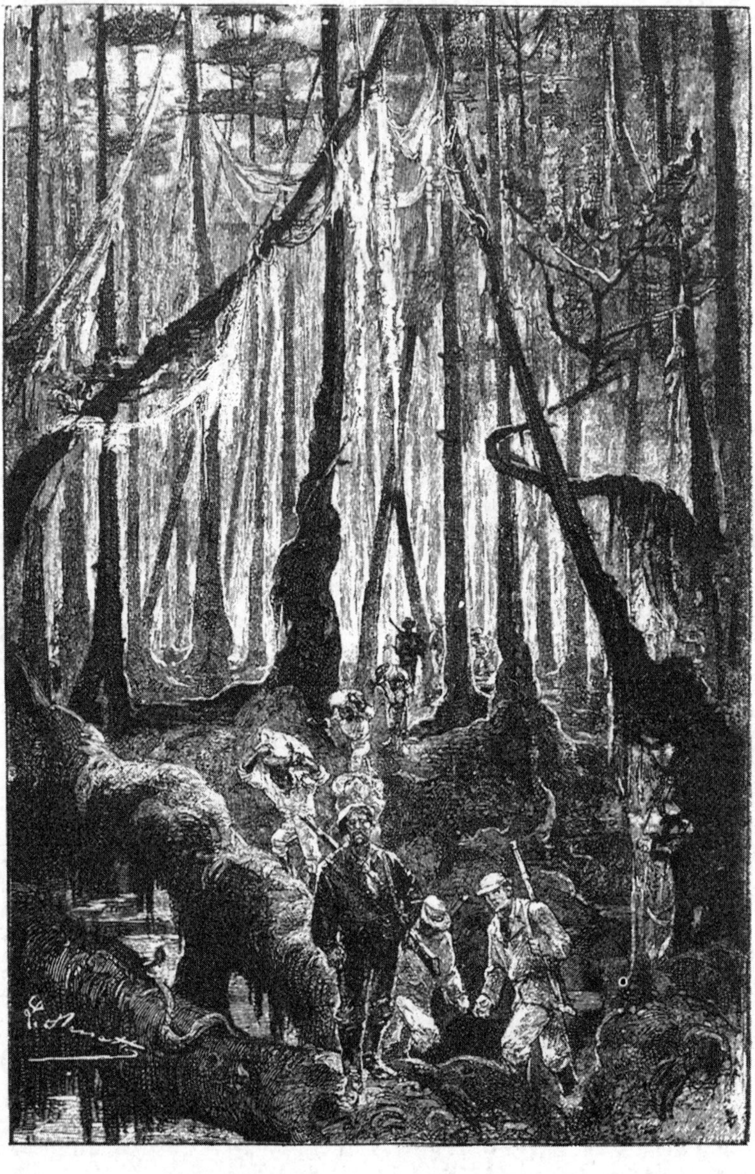

另一方面,吉尔伯特和马尔斯一边叮嘱同伴们保持警惕,一边向森林左侧搜查了四分之一英里,他们发现,这些足迹明显地转向南方走去。

当他们二人返回宿营地之后,吉尔伯特说道:

"在我们行进的前方,有一群人,他们行进的路线,恰恰与我们从华盛顿湖走过来的路线一致。这些人都带着武器,因为我们找到了残留的弹壳,弹壳里还有燃烧过的碳痕迹,说明他们曾经开过枪。

"这是一些什么人?我不知道。但有一点是明确的,他们的人数很多,而且他们是往南直奔大沼泽地。"

爱德华·卡洛尔问道:"他们有没有可能是一群游荡的塞米诺尔人?"

"不是,"马尔斯回答道,"从足迹能清楚地看出来,这是一群美国人……"

詹姆斯·伯班克提醒道:"也许,他们是佛罗里达的南军士兵?……"

"恐怕得小心,"佩里回答道,"因为德克萨手下人的数量应该没有这么多……"

"除非这家伙召集了一帮追随者,"爱德华·卡洛尔说道,"如果是那样,他手下现在就得有好几百号人,这一点儿都不奇怪……"

"他们对付我们17个人!……"管家回答。

"哼!那又怎么样!"吉尔伯特叫道,"如果他们向我们发起攻击,或者我们有必要攻击他们,我们当中没有一个人畏缩不前!"

年轻军官的勇敢同伴们纷纷叫道:"绝不!……绝不!……"

毫无疑问,这种冲动的态度能够得到理解。然而,冷静下来思考,大家就会明白,真要是发生冲突,自己这一方的胜算很小。

无论如何,尽管大家心里都明白,但是每个人的勇气并未因此稍减。不过,目标已经近在咫尺,却遇到了障碍!而且是如此巨大的障碍!一支南军队伍,也许是一群德克萨的支持者,他们正打算前往大沼泽地,去与那个西班牙后裔会合,然后等待时机,准备在佛罗里达北部卷土重来!

是的!毫无疑问,眼前的情形令每个人忧心忡忡。因此,在经过了最初的热血沸腾之后,大家都沉默了,开始思考,用眼睛看着自己的年轻头领,心里期待着,想要知道年轻军官将发出怎样的命令。

吉尔伯特和大家一样深有同感。不过,他重新昂起了头,说道:

"继续前进!"

第十章 相 遇

是的！必须往前走。不过,既然出现了可疑情况,那就需要尽量采取谨慎措施。要派人去侦察路径,探察柏树林里的虚实,随时准备应付任何突发事件。

于是,所有武器都被拿出来认真检查一遍,一旦发生情况,第一时间就能打响。哪怕发生一丁点儿警情,所有口袋立刻就被放到地上,全体准备参与自卫。至于队伍的行进序列,并没有做出调整;吉尔伯特和马尔斯依旧担任队伍的前卫,但是与后面队伍的距离拉大了,以防出现意外。每个人都准备恪尽职守,这些人虽然勇敢,但是看上去心里难免有些紧张,毕竟,在他们即将实现目标之际,却遇到了障碍。

远征队前进的步伐丝毫没有放慢。不过,谨慎起见,他们没有紧跟前面那群人留下的明显足迹。在尽可能的情况下,还是不要与这支前往大沼泽地的部队相遇。不幸的是,他们很快发现,这么做很困难。实际上,这支部队并没有一路直行。足迹显示,他们不断地向左,或者向右拐来拐去——这表明,这群人在行进过程中有些犹豫不决。不过,他们的大致方向始终是奔南。

又是一天时间过去了。没有发生任何意外迫使詹姆斯·伯班克停下脚步。远征队快速前行,很明显快要追上前边那支冒险穿

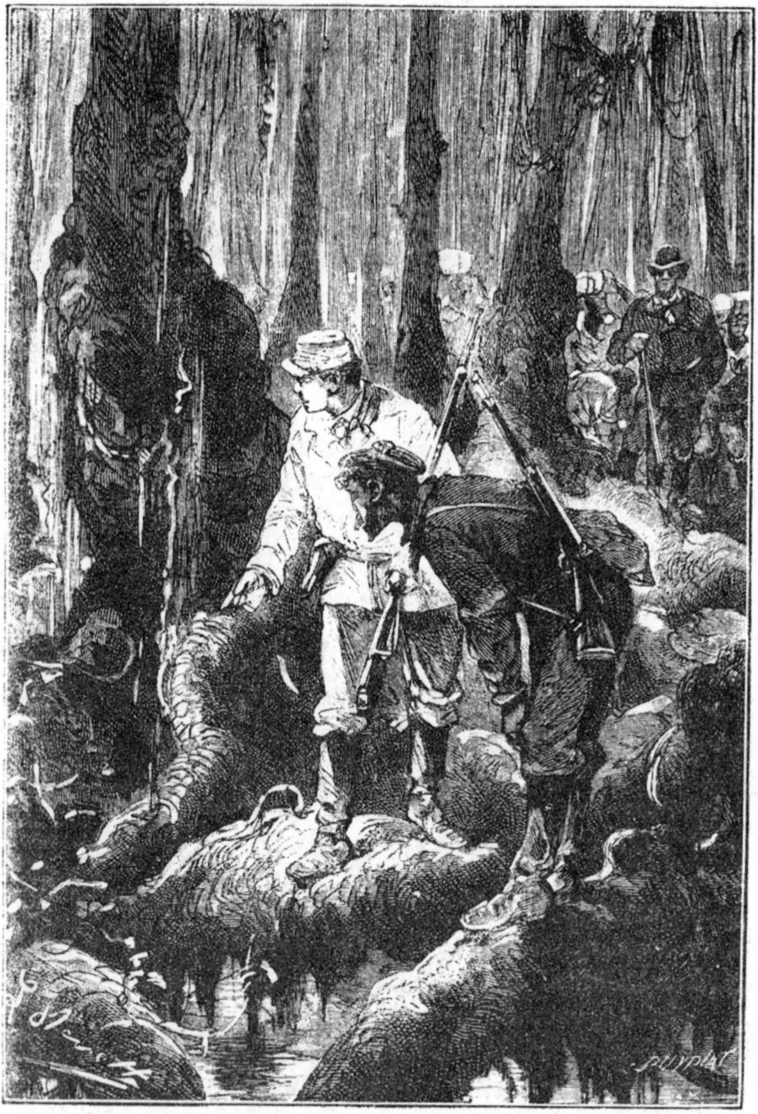

越柏树林的队伍。这一点从地上杂乱的脚印就能看出来,在柔软的地面上,前人留下的足迹越来越新鲜清晰。甚至可以很清楚地观察到,这支队伍停顿过许多次,停顿的原因或者是为了吃饭——此时地上的脚印相互交错徘徊——或者是临时驻足,显而易见,那是为了商量前进的路径。

吉尔伯特和马尔斯不断地仔细研究这些痕迹,从中获取很多信息,他们不厌其烦地认真观察,就像那些机警的塞米诺尔人,他们在狩猎或者打仗的时候,最善于研究途中出现的蛛丝马迹。

在深入研究之后,吉尔伯特终于肯定地说道:

"父亲,我们现在可以确信,无论泽尔玛还是我妹妹,她们都不在前面这支队伍里。由于地上没有任何马匹的足迹,如果泽尔玛在队伍里,她肯定是抱着我妹妹步行,那么,她的足迹,还有蒂的足迹就会在休息的脚印中被辨认出来。然而,我们没有发现任何一个女人的脚印,或者孩子的脚印。至于这支队伍,可以肯定他们携带着火器。在很多地方,我们都发现了枪托杵在地上的痕迹。我甚至还发现:这些枪托与海军士兵的枪托十分相似。因此,很可能,这些佛罗里达南军民兵拥有这种型号的步枪,否则无法得到合理解释。另外,很不幸,可以确信,这支队伍的人数至少是我们的十倍之多。因此,随着双方的距离越来越近,我们必须非常谨慎小心!"

对于年轻军官的嘱咐,必须高度重视,大家遵命行事。至于他根据脚印数量和形状所做出的推理演绎,无疑应该是合情合理的。小姑娘蒂和泽尔玛都不在这支队伍里,这一点似乎确定无疑。根据这个推理,可以得出结论:远征队追随的并不是德克萨的足迹。从黑水湾过来的那批人,数量不可能有这么多,武器装备也没有这么好。因此,似乎不难看出,前面的是一支佛罗里达南军的民兵队伍,他们正在向半岛南部地区行进,也就是说,朝着大沼泽地行进,此时,德克萨已经提前1天或2天抵达那里。

总而言之,对于詹姆斯·伯班克的同伴们来说,这支装备精良的队伍构成了一个威胁。

晚上,远征队在一小片林间空地的边缘停了下来。几个小时以前,这片空地刚刚被占用过,这一次,地上的痕迹很明显,宿营点燃的一堆堆篝火余烬还在,刚刚冷却。

于是,他们决定,等到夜幕降临以后再继续行进。夜色昏暗,天空有云。月亮还剩下最后的四分之一,而且要等很晚才能升空。这是接近前面队伍的最佳气候条件。也许,可以在不被发现的情况下,设法辨认出他们,借助浓密的森林,绕过他们,走到他们的前面,朝东南方向急进,赶在他们之前抵达奥基乔比湖,登上卡纳尔岛。

大约晚上8点半钟,这支小队伍出发了,马尔斯和吉尔伯特始终作为斥候走在前面,夜色相当昏暗,队伍在林木穹顶的下面,悄无声息地行进着。大约走了两个小时,大家尽量不让脚下弄出声响,以免被人发现。

10点钟刚过,和管家一起走在队伍前面的詹姆斯·伯班克一声令下,止住了黑人队伍。他的儿子和马尔斯正在快速返回来。大家一动不动,等待他们对突然返回做出解释。

解释很快就做出了。

"怎么回事?……"詹姆斯·伯班克问道,"马尔斯和你,你们看到了什么?……"

"他们在树下支起了营帐,篝火都看得一清二楚。"

"距离此地远吗?……"爱德华·卡洛尔问道。

"一百步远。"

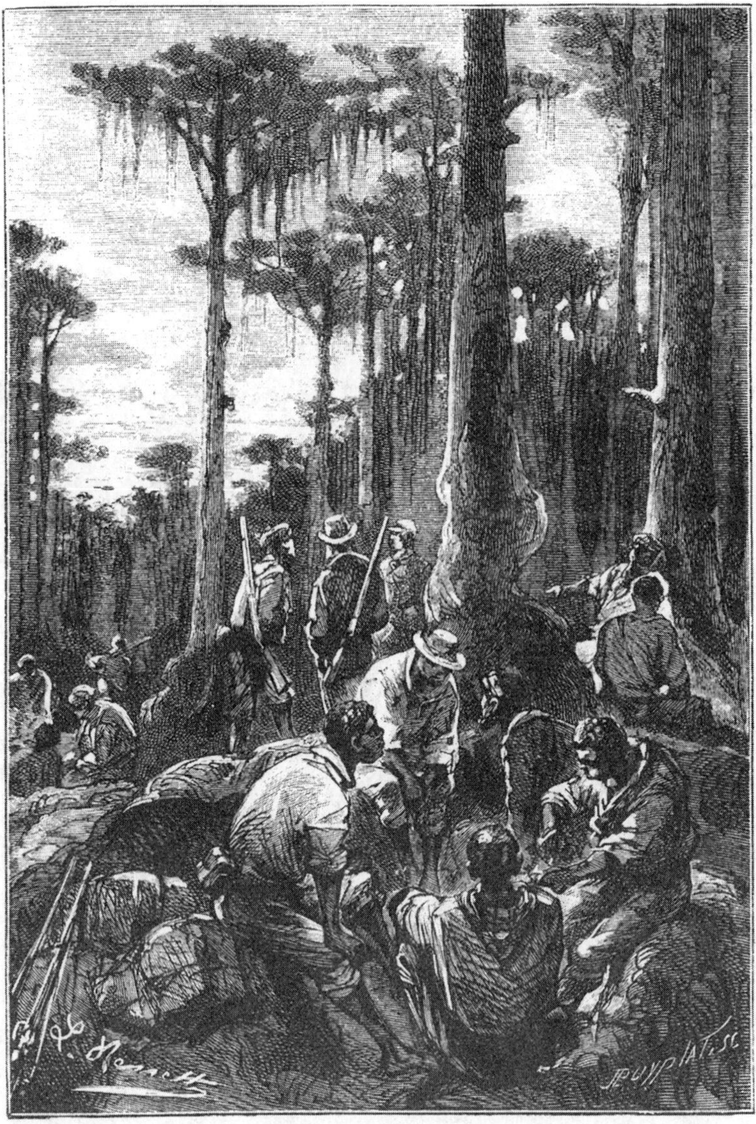

"你们能否看清营帐里面都是些什么人?"

"不能,因为篝火已经开始熄灭了,"吉尔伯特回答道,"不过我认为,原先估计他们的人数为200,这个估计没错。"

"他们睡觉了吗,吉尔伯特?"

"是的,多数人都睡了,不过有人看守。我们看见了几个哨兵,肩上扛着步枪,在柏树之间来回溜达。"

"我们应该怎么办?"爱德华·卡洛尔向年轻军官问道。

"首先,"吉尔伯特回答道,"如果有可能,弄清楚这究竟是一支什么队伍。然后设法绕过他们。"

"我准备好了,可以过去侦察一下。"马尔斯说道。

"那就让我陪你一起去。"佩里补充道。

"别,让我去,"吉尔伯特回答道,"我独自一人去就可以……"

"吉尔伯特,"詹姆斯·伯班克说道,"我们当中的每一个人都愿意为了大家的利益甘冒风险。不过,为了探察实情又不被发现,确实只需要派一个人去……"

"那就让我独自前往。"

"不,我的儿子,我要求你留下来。"伯班克先生回答道,"马尔斯一个人就足够了。"

"我准备好了,主人!"

于是,马尔斯没有再多说什么,转身消失在夜色当中。

与此同时,詹姆斯·伯班克和同伴们开始准备应付任何攻击。口袋都已经放到地上,扛口袋的黑人拿起了武器。大家手里攥着步枪,蜷缩在柏树的树身后面,一旦需要集中行动,就能在一瞬间爆发合力。

从詹姆斯·伯班克藏身的地方,看不到对方的宿营地。要想看到对方已经微弱的篝火,必须再向前移动50步。在事情发生变化,必须做出反应之前,他们只能原地等待混血男仆回来。年轻中尉心中焦急,禁不住向前挪动了几英尺。

此时,马尔斯极其小心地向前移动,从隐身的树干后面,移动到另一棵树干,在避免被发现的同时,逐渐接近对方营地。他希望挪动到足够接近的地方,以便观察营地的状况,看清楚对方的人数,特别是弄清楚对方究竟属于那个阵营。这么做的难度不算太大。夜色深沉,篝火已经不再发出亮光。要想取得成功,他必须溜到营地旁边。不过,马尔斯有着足够的胆量,也足够灵巧,可以瞒过守卫哨兵的警惕目光。

另一方面,马尔斯开始行动的时候,为了避免在可能的情况下出现麻烦,他既没有携带步枪,也没有携带手枪,仅仅随身带了一把斧子,因为,他最好避免引起任何枪响,即使自卫也要无声无息。

很快,勇敢的混血男仆已经非常接近卫兵当中的一个,而这个卫兵与营地的距离不过七八英尺。四周静悄悄,很明显,经过长途行军之后,这些人累了,睡得极为深沉。只有那几个哨兵还在各自的岗位上,但是警惕的程度参差不齐——马尔斯很快就发现了这一点。

实际上,马尔斯一直在观察其中的一名哨兵,如果说这个人站在那里,却一动不动。他的步枪放在地上,自己倚靠在一棵柏树旁,脑袋垂着,似乎抵御不住睡意。也许,可以从他的身边溜过去,接近营地的边缘。

马尔斯慢慢靠近哨兵,突然,他的脚下踩断一根枯枝,发出声响,暴露了他的位置。

即刻,哨兵直起身,抬起头,又弯下腰,向左右看了看。

毫无疑问,他发现了什么可疑的东西,迅即抓起步枪,把枪托抵到肩膀上……

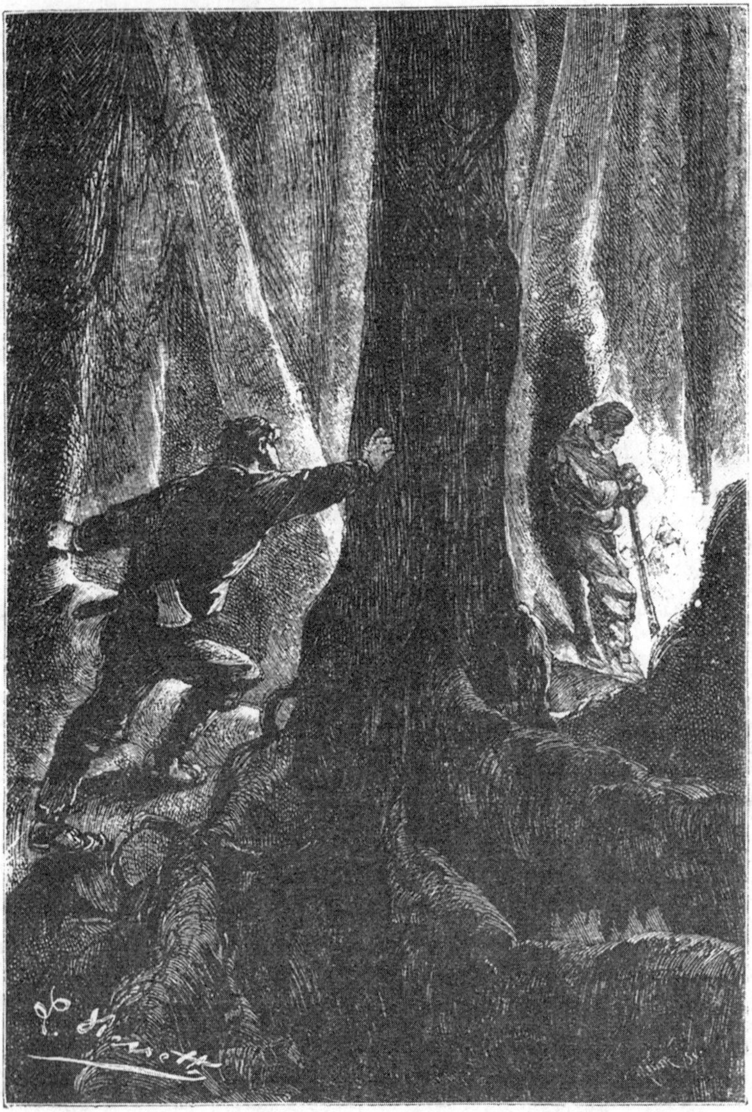

不容他开火,马尔斯一把抓住对准自己胸膛的步枪,把哨兵击倒,用自己的大手捂住哨兵的嘴,让他发不出喊叫声。

随即,哨兵被塞住了嘴巴,被孔武有力的马尔斯捆住,尽管他无助地挣扎,还是很快被带往一片林中空地,詹姆斯·伯班克正等在那里。

其他哨兵并未受到丝毫打扰——他们依然粗心大意地守卫着那个营地。片刻之后,马尔斯扛着重物回来了,把他放到自己年轻主人的脚下。

转瞬之间,黑人们拥了过来,与詹姆斯·伯班克、吉尔伯特、爱德华·卡洛尔,还有管家佩里站成一圈。这个人已经被闷得半死,即使没有嘴里的堵塞也一个字都说不出来。夜色漆黑,既看不清他的脸,也看不清他的服装,无法确认他是否隶属于南军民兵。

马尔斯摘掉了堵在哨兵嘴里的手绢,还得等他清醒过来,才能开始询问。

终于,这个人叫出了声:"救命!"

"不许喊!"詹姆斯·伯班克摁住他,说道,"你不用害怕我们!"

"你们想要我干什么?……"

"只要你老实回答问题!"

"那要看您问我什么问题,"这个人感到有些放心了,反问道,"首先,你们是拥护南方,还是拥护北方?"

"拥护北方。"

"那我可以回答问题。"

于是,吉尔伯特开始询问。

"在那边宿营的队伍里,"他问道,"你们有多少人?"

"将近两百人。"

"这支队伍要去哪里？……"

"去往大沼泽地。"

"部队的指挥官是谁？"

"豪伊克上尉！"

"什么！豪伊克上尉，瓦斯巴号战舰上的一位军官？"吉尔伯特叫道。

"就是他。"

"这么说来，这支部队是由杜邦司令麾下舰队的水兵组成？"

"是的，他们就是联邦军、北方佬、奴隶制反对者、联合主义者！"这个人回答道，似乎很自豪地说出这一连串称呼，这些都是人们赠送给这个正义阵营的绰号。

如此看来，詹姆斯·伯班克及其同伴一直以为走在前面的是佛罗里达南军民兵，或者是德克萨的一帮追随者，原来是遇到了朋友，是友军，他们来得可真及时！己方的力量陡然壮大。

"乌拉！乌拉！"大家禁不住热烈欢呼，整个宿营地都被惊醒了。

几乎同一瞬间，黑暗中燃起了很多火炬，人们会合到林间空地，聚集到一起，豪伊克上尉顾不上听取解释，紧紧握住年轻中尉的手，他完全没有想到，他们会在前往大沼泽地的途中相遇。

解释的话语并不长，也并不复杂。

"我的上尉，"吉尔伯特问道，"您能否告诉我，你们到下佛罗里达来做什么吗？"

"亲爱的吉尔伯特，"豪伊克上尉回答道，"我们是奉司令官之命，前来做一次远征。"

"你们从哪里来？……"

"从蚊子入口海道过来，从那里出发，我们首先抵达位于本县腹地的新士麦那。"

"那么,我想问问您,我的上尉,您这次远征的目的是什么?"

"为了惩罚一伙南方阵营的追随者,他们设伏引诱了我们的两艘小艇,然后报复性地杀害了我们勇敢的同伴!"

下面就是豪伊克上尉叙述的经过——对于这个事情,詹姆斯·伯班克毫不知晓,因为,事情发生在他们从康特莱斯湾出发的两天以后。

大家应该还记得,杜邦司令负责组织对滨海地区的封锁。为此,他麾下的舰队在海上巡逻,从圣奥古斯丁北边的阿纳斯塔西亚岛,一直到位于佛罗里达南端巴哈马群岛与塞布尔海岬之间的那条海道入口。然而,杜邦司令觉得这还不够,于是,他决定围捕南方佬的小船,一直追踪到佛罗里达半岛的各条小河道。

正是出于这个目的,在派出的远征队当中,有一支队伍包含了分舰队的两条小艇,率领这支部队的是两名军官,他们不顾自己的队伍人数有限,毫不犹豫地进入当地的各条河流。

然而,联邦军队的行动受到南方佬的监视,他们故意放这两条小艇进入佛罗里达的这片荒蛮地区。很遗憾,北军的行动不够谨慎,因为这个地区仍是南军民兵和塞米诺尔人占据的地盘。事情的结局如下:两条小艇被引诱进入位于基西米湖①一侧的伏击圈,那个地方位于马拉巴尔海岬西边80英里。两条小艇遭到了众多伏击者的攻击,不幸沉没,同时遇难的还有相当数量的水兵,以及指挥这支不幸的远征队的两名军官。幸存者奇迹般地逃回了蚊子入口海道。杜邦司令旋即发出命令,紧追不舍地跟踪佛罗里达南

---

① 基西米湖位于佛罗里达州中南部,与之相连的基西米河由此向南流入奥基乔比湖。

军民兵,誓为遇难的北军官兵复仇。

于是,一支由豪伊克上尉率领的200名水兵队伍在蚊子入口海道附近登陆,他们很快抵达距离海滨只有数英里的新士麦那小城。在那里,他们获得了必要的情报之后,豪伊克上尉率领部队向西南方行进。事实上,那就是奔往大沼泽地的方向。他希望在那里找到在基西米湖伏击北军的那些人,他本来预计这段路程不会太长。

詹姆斯·伯班克及其同伴们刚刚与豪伊克上尉在这片柏树林内会合,对上述情况一无所知。

于是,在上尉与中尉之间,询问与回答快速交替进行,涉及的是他们眼下,甚至以后都会感兴趣的内容。

"首先,"吉尔伯特说道,"希望您知道,我们也是要直奔大沼泽地。"

"你们也去那里?"军官回答道,他对此感到非常意外,"你们去那里做什么呢?"

"为了追踪一些混蛋,我的上尉,就像你们要惩罚的那些人一样,让他们也该受到惩处!"

"这些混蛋都是些什么人?"

"在回答您的问题之前,我的上尉,"吉尔伯特问道,"能否允许我向您提一个问题。您率领手下离开新士麦那有多久了?"

"已经8天了。"

"在本县腹地,你们就没有遇见任何一支南军队伍?"

"一支都没有,我亲爱的吉尔伯特,"豪伊克上尉回答道,"但是,根据可靠消息来源,我们知道有一些南军民兵队伍逃窜到了下佛罗里达地区。"

"那么,你们追踪的这支南军队伍的首领是谁,您知道吗?"

"当然知道,我甚至还可以补充说一句,如果我们成功抓住了这个人,伯班克先生一定不会为此感到遗憾。"

"您究竟想说什么呀?……"詹姆斯·伯班克情绪激动地向豪伊克上尉问道。

"我想要说的是,这个首领恰恰就是那个西班牙后裔,圣奥古斯丁的战争理事会在审判康特莱斯湾案件时,由于证据不足而于不久前无罪释放了他……"

"德克萨?"

所有人异口同声地说出了这个名字,不难想象,大家的语气中充满了惊讶!

"怎么,"吉尔伯特惊叫道,"是德克萨,你们追踪的这帮人的头领居然是他?"

"是他,他就是基西米湖伏击案的主谋,并且亲自指挥了这场屠杀,大约有50名同伙参与其中,另外,我们在新士麦那获悉,他已经逃亡到了大沼泽地。"

爱德华·卡洛尔问道:"那么,如果你们成功抓到这个无耻之徒?……"

"他将被就地枪决,"豪伊克上尉回答道,"这是司令官下达的明确命令,根据这项命令,伯班克先生,请您放心,德克萨很快就将被执行死刑。"

人们不难想象,这件事情在詹姆斯·伯班克和同伴们那里产生了何等巨大的反响。在得到豪伊克上尉的支援后,几乎可以肯定,蒂和泽尔玛即将获救,那个西班牙后裔及其同谋也必将落入法网,他们犯下的累累罪行终将无可避免地得到惩处。于是,联邦军队的水兵与康特莱斯湾的黑人们热烈地相互击掌庆祝,欢呼声此起彼伏!

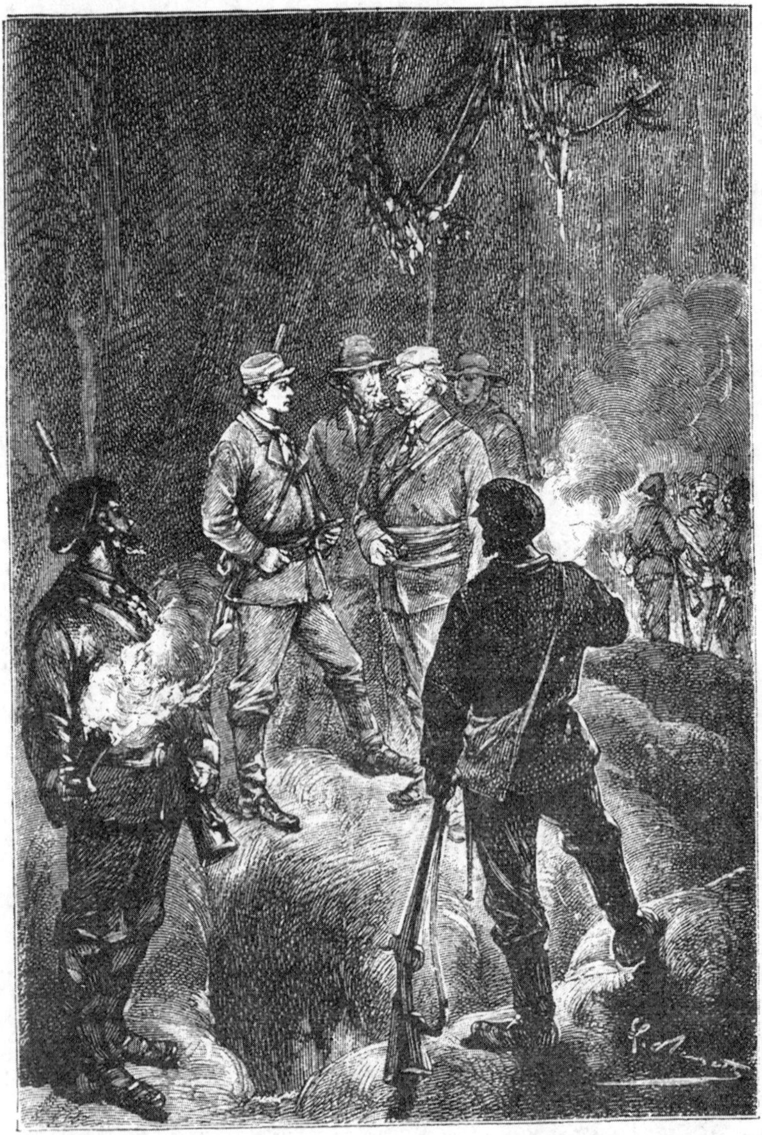

于是,吉尔伯特向豪伊克上尉讲述了他和同伴们来佛罗里达南部的目的。根据混血女仆的纸条描述,蒂和泽尔玛已经被押送到卡纳尔岛,对于吉尔伯特和同伴们来说,最重要的事情,就是把她们解救出来。与此同时,豪伊克上尉还被告知,那个西班牙后裔向战争理事会提交的不在现场证据根本不可信,尽管现在还无法弄清楚这个证据究竟是如何成立的。不过现在,面对绑架与基西米湖屠杀的两项罪名指控,德克萨恐怕很难逃脱惩罚。

尽管如此,詹姆斯·伯班克还是向豪伊克上尉提出了一个出人意料的问题。

"您能否告诉我,"伯班克先生问道,"联邦军队的小艇遇伏事件发生在哪一天?"

"准确的日期,伯班克先生,我们的水兵是在3月22日遭到屠杀的。"

"然而,"詹姆斯·伯班克回答道,"在3月22日那一天,德克萨还在黑水湾呢,当时他正准备离开那里。如此看来,他怎么可能参与基西米湖屠杀事件,那个地方距离黑水湾足有200英里的距离?"

"您说什么?……"上尉惊奇地说道。

"我是说,德克萨不可能成为进攻你们小艇的那帮南方佬的首领!"

"您弄错了,伯班克先生,"豪伊克上尉接着说道,"从那场灾难中逃生的水兵们亲眼看到了那个西班牙后裔。我亲自询问过这些水兵,他们都曾经在圣奥古斯丁见过德克萨,认得出他。"

"这不可能,上尉,"詹姆斯·伯班克反驳道,"我们手上有泽尔玛亲笔写的纸条,这张纸条证明,在3月22日那一天,德克萨还在黑水湾。"

吉尔伯特听着他们的对话，并未打断。他明白，自己的父亲说得有道理。在发生屠杀的那一天，那个西班牙后裔不可能出现在基西米湖附近。

"总而言之，这都不重要，"他终于说道，"在这个人的身上，发生了许多无法解释的怪事，我也不打算弄明白了。3月22日，德克萨还在黑水湾，这是泽尔玛说的。同样是3月22日，他率领了一帮佛罗里达人出现在200英里以外的地方，这是您说的，我的上尉，依据就是您的水兵们所做的报告。好吧！但是，有一点是明确的，那就是，他如今就在大沼泽地。而且，48个小时以后，我们就能找到他！"

"是的，吉尔伯特，"豪伊克上尉回答道，"甭管是为了绑架案，还是为了伏击案，只要能够枪毙这个无耻之徒，我就一定要一枪崩了他！上路吧！"

这件事情依然是个不解的谜团，就像涉及德克萨私生活的许多事情一样，迷雾重重。还有那些无法解释的不在现场证据，简直可以说，这个德克萨真的分身有术。

这个谜团最终能否解开？谁也无法确定。无论如何，必须抓到德克萨，为了同一个目标，豪伊克上尉的水兵和詹姆斯·伯班克的同伴们携手走到了一起。

第十一章 大沼泽地

这个大沼泽地是一个可怕而神奇的地方。它位于佛罗里达的南方,一直延伸到这座半岛最尖端的塞布尔海角。实话说,这个地区其实就是一片广袤的沼泽,其地势几乎与大西洋的海面持平。一到冬季,天空中就会如瀑布一般倾泻雨水,而每当大西洋或者墨西哥湾席卷狂风暴雨,巨浪翻滚,海水就会淹没这里,于是,海水与雨水混搅在一起。形成了这里的地貌:一半是泽国,一半是陆地,因此,这里几乎不适宜居住。

这些水洼周围镶嵌着白色的沙滩,犹如腰带一般,衬托出晦暗的水色,好像无数面镜子,映照出水面上掠空而过的无数飞鸟的身影。这里的鱼类并不算丰富,却是蛇类繁衍的乐土。

不过,千万不要以为这个地方枯燥乏味。不,那里众多的岛屿虽然浸泡在肮脏的湖水里,但恰恰是在岛屿的表面,自然界焕发出勃勃生机。这个地方鲜花盛开,甚至可以说,四处弥漫的花香把肆虐的疟疾都驱散了。岛屿上生长着上千种植物,生机盎然,散发出多种气味,印证了佛罗里达半岛这个充满诗意的名字。正是在大沼泽地适宜生存的绿洲上,那些游荡的印第安人躲藏到这里歇息,不过,他们从不在这里长期逗留。

只要深入这个地方几英里,就能看到一大片水面,那就是位于北纬 27 度线略低一点儿位置的奥基乔比湖,卡纳尔岛就坐落在这个湖泊的一角,德克萨在岛上安置了一个不为人知的藏身之处,借此逃避任何追捕。

这个地方太适合德克萨及其同伙了! 当初,在佛罗里达还隶属于西班牙人的时代,这里不就是许多作恶多端的白种人逃亡避难的地方吗? 这些白人逃亡到这里,借此逃避本国法律的制裁。他们的血缘混入了印第安民族,而这些印第安人本身就带有加勒比人种的血缘,在此基础上,形成了克里克人①、塞米诺尔人,以及游牧的印第安人,后来,经过长期血腥的战争,这些人的数量逐渐减少,迟至 1845 年,他们才在某种程度上被彻底征服,难道不是这样吗?

卡纳尔岛似乎可以抵御任何入侵。确实,在岛屿的东部,它与湖岸陆地之间仅仅隔着一条狭窄的河沟——所谓湖岸陆地,其实不过是环绕湖泊的一片泥塘。虽然这条河沟的宽度只有 100 来英尺,但是要想渡过它,必须依靠宽大的平底船,除此之外别无他法。

要想游水通过这一侧,那是根本不可能的。这片水域遍布淤泥,纵横交错着茂盛的野草,滋生各种爬行动物,有谁胆敢冒险从这里通过?

河沟的另一侧是一片柏树林,林地有一半浸泡在水里,只有一些狭窄的通道,极其难以辨认。除此之外,还有一系列障碍! 地上都是胶泥,好像强力胶似的粘住脚底;巨型树干横卧在那里;发霉的味道让人喘不过气来。那里还生长着令人生畏的植物,那些马鞭草科植物一旦被碰到,就会分泌出比菊科植物更多的毒液,特别是那里还生长着数不清的"盘菌",这是一种巨型蘑菇,它的内部

---

① 克里克人是北美印第安人的一支,属于操穆斯科格语的北美印第安部落。

似乎充满了硝化纤维或者炸药,随时都会爆裂,事实上,只要稍微碰到,它就会炸开,一瞬间,空气中充满粉红色的螺旋状物。这种孢子粉尘一旦被吸入喉咙,就能引发灼热感的脓疱。为此,必须特别小心谨慎,避开这些有害的植物,就好像在畸形世界里一定要避开最危险的野兽。

德克萨的住所不过就是一栋用秸秆建造的印第安人小茅屋,坐落在一棵大树下面,位于岛屿的东部。茅屋周围绿草茵茵,把茅屋遮盖得严严实实。即使站在距离最近的对岸,也看不到茅屋的身影。两只猎犬像看守黑水湾的旧碉堡那样,机警地看守着茅屋。这两条猎犬当初被训练用来追捕,如今,任何敢于接近茅屋的人,都会被它们撕成碎片。

就是在这里,泽尔玛和小姑娘蒂已经被押送来两天了。她们首先沿圣约翰河逆流而上,直抵华盛顿湖,这段旅程相对轻松,然而,在随后穿越柏树林时,即使对于那些适应恶劣气候,习惯于在森林和沼泽里长途跋涉,身强力壮的男人来说,旅程也显得异常艰难。至于一个女人和一个女孩子,她们经历的艰辛可想而知!不过,泽尔玛身体强壮,勇气十足,而且忠心耿耿。在整个旅途中,她一直抱着蒂,因为,小姑娘稚嫩的双腿根本无法承受漫长的旅程。为了减轻小姑娘的疲劳,泽尔玛勉力支撑。因此,当她们终于抵达卡纳尔岛的时候,混血女仆已经筋疲力尽。

那么现在,自从德克萨和斯坎伯把她们带离黑水湾,经历了这一切之后,她们是否已经绝望?如果说,泽尔玛不知道自己塞给年轻奴隶的纸条已经落到詹姆斯·伯班克的手中,但是至少她心里清楚,这个年轻奴隶为了拯救她,已经献出了生命。就在他试图逃离中央小岛准备前往康特莱斯湾的时候,年轻奴隶被抓住了,并且遭到了致命的一击。从那以后,混血女仆自忖,詹姆斯·伯班克永远也不会知道她从不幸奴隶那里获知的情报,也就是西班牙后裔和他的手下准备前往卡纳尔岛的消息。这样一来,詹姆斯·伯班克怎样才能追踪而至?

因此,泽尔玛心中的期望已经破灭。另一方面,她早就听说过这个荒凉可怕的地方,如今身临其境,所有获救的希望已不复存在。她心里十分清楚,逃跑已经不可能!

自从抵达这里,小姑娘的身体极度虚弱。尽管泽尔玛精心照料,蒂却疲惫不堪;此外,这里的气候异常恶劣,更令小姑娘的身体每况愈下。蒂的脸色苍白,日趋瘦弱,就好像受到沼泽散发出的气味毒害,她甚至没有了站起来的气力,仅仅还有力气说几句话,那也总是要求找妈妈。泽尔玛再也不能像刚到黑水湾头几天,对蒂说同样的安慰话,告诉她很快就能见到伯班克夫人,她的父亲、哥哥、艾丽丝小姐,还有马尔斯很快就能来团聚。小姑娘太聪明了,而且早熟,自从种植园发生可怕的一幕之后,不幸的遭遇磨砺了她的心智,蒂心里明白,自己已经被人从家里掳走,落到了一个坏人的手里,如果没有人前来营救,她将永远无法回到康特莱斯湾。

现在,泽尔玛也不知道该怎样说了,尽管她依旧忠心耿耿,但只能眼看着可怜的孩子日渐萎蔫。

众所周知,所谓印第安茅屋,其实就是个简陋的窝棚,如果是在冬季,四面漏风,到处漏雨,根本不足以御寒。但是,在炎热的季节,在这个纬度上已经感到热浪的侵袭,茅屋至少可以帮助里面的住客逃避阳光的暴晒。

这栋茅屋分成大小不等的两个房间:其中一个房间相当狭窄,光线昏暗,没有对外开放的房门,仅仅与另一个房间相通。另一个房间足够宽大,在茅屋的正面开了一个大门,光线充足,从房间里能眺望到河沟的陡峭河岸。

泽尔玛和蒂被关押在小房间里,仅有若干用具,以及干草铺垫的床铺用于休憩。

另一个房间里住着德克萨和印第安人斯坎伯,这个印第安人永远与主人如影随形。那个房间里的家具包括一张桌子,桌上摆着很多盛烈酒的罐子、玻璃杯和盘子,一个储存食物的柜子,一段原木被砍琢成方形算作凳子,两束干草权充床铺。茅屋外面的一个角落里,有一座石砌的炉灶,灶里燃着做饭用的微弱炉火,只有干肉作为充饥的食物,这些野味可以在岛上轻易捕猎获得,还有一些蔬菜和水果,不过基本都是野生的——总之,这些食物可以勉强维生。

至于德克萨从黑水湾带过来的那些奴隶,总数不过五六个,他们和那两条猎犬一样,都睡在茅屋外面,而且他们也和猎犬一样,负责看守茅屋周围,他们只能栖身在大树下面,垂下来的树枝就耷拉在他们头上。

不过,从抵达这里的第一天起,蒂和泽尔玛就被允许自由地走来走去。她们不再被关在房间里,但依然被羁绊在卡纳尔岛上。看守只需监视她们——这种谨慎其实是多余的,因为,如果没有那条平底船,谁也无法蹚过那条河沟,而那条平底船永远被一个黑人看守着。泽尔玛陪同小姑娘蒂散步的时候,很快就发现,要想从这里逃跑困难重重。

那一天,斯坎伯一直用目光监视着混血女仆,但是,混血女仆却始终没有见到德克萨的身影。然而,夜幕降临后,泽尔玛听到了西班牙后裔说话的声音,他与斯坎伯交谈了几句,叮嘱后者严密监视周围。随后很快,除了泽尔玛,茅屋里的所有人都睡着了。

必须指出,迄今为止,泽尔玛还没有从德克萨嘴里掏出过一句话。在乘船驶往华盛顿湖的路上,她曾经询问德克萨,究竟要把她和孩子怎么样,她不断恳求甚至威胁德克萨,但是毫无效果。

在泽尔玛说话的时候,那个西班牙后裔只是用眼睛冷冷地盯着她,眼神里充满恶意。然后,他耸了耸肩膀,做了一个不耐烦和不屑回答的手势。

然而,泽尔玛不甘心任人摆布。抵达卡纳尔岛后,她就准备找德克萨再谈一次,即使不为了她自己,也要为了这个不幸的孩子,促使他良心发现,或者,即使不能博得同情,至少可以诱之以利。

机会终于来了。

第二天,趁着小女孩还在睡觉,泽尔玛朝河沟走去。

此时,那几个奴隶正在清理河沟的杂草,因为茂盛的野草堆积在一起,使得平底船很难通过。德克萨在湖边一面散步,一面与斯坎伯一起,对正在劳作的奴隶发号施令。

他们在干活的时候,两个黑人用一根长木杆击打河沟的水面,恐吓驱赶那些把脑袋探出水面的爬行动物。

过了一会儿,斯坎伯转身离开他的主人,而后者正准备向远处走去,泽尔玛趁机径直凑了过去。

德克萨看着她走过来,当混血女仆走到跟前时,他站住了。

"德克萨,"泽尔玛语气坚定地说道,"我有话对您说。毫无疑问,这将是最后一次,但是我请求您听一听。"

西班牙后裔点燃一根香烟,一句话都不说。因此,泽尔玛等了片刻,接着说出下面的话:

"德克萨,您能否告诉我,您究竟打算拿蒂·伯班克干什么?"

没有回答。

混血女仆接着说道:"我并不打算乞求您对我的命运给予怜悯,问题是这个孩子,应该挽救她的生命,而她的生命很快就将不在您的掌控之中……"

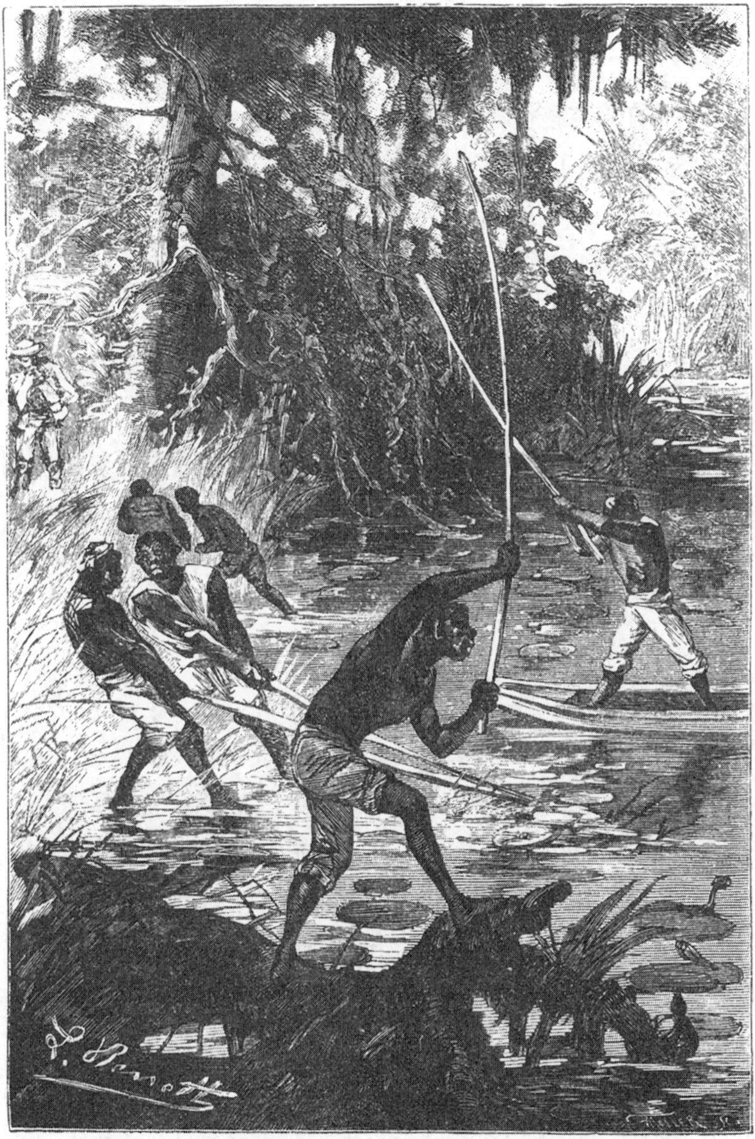

听到这个说法,德克萨做了一个手势,表示完全无法相信。

"是的,很快,"泽尔玛接着说道,"如果不能逃跑,那就是死亡!"

西班牙后裔慢慢地喷吐出嘴里的烟,轻描淡写地说道:

"哦!这个小女孩休息几天就会好的,我相信你一定能照顾好她,泽尔玛,你必须为我们留住这条宝贵的生命!"

"我做不到,我对您再重复一遍,德克萨,用不了多久,这个孩子就会死掉,她死了对您一点儿益处都没有!"

"怎么会没有益处,"德克萨反驳道,"只要我让她远离濒临死亡的母亲,远离父亲和兄弟,让他们悲观绝望!"

"就算是这样!"泽尔玛说道,"如今,您已经满足了复仇的欲望,德克萨,相信我,您如果把孩子还给她的家人,远比把她拘押在这里划算得多。"

"你究竟想说什么?"

"我想说的是,您已经让詹姆斯·伯班克吃尽了苦头,现在,应该考虑一下您的自身利益了……"

"我的利益?……"

"当然是,德克萨,"泽尔玛激动地回答道,"康特莱斯湾种植园惨遭蹂躏,伯班克夫人濒临死亡,也许就在我对您说话的工夫,她已经去世了,她的女儿失踪了,孩子的父亲正在徒劳无功地四处寻找。所有这些罪恶,都是您一手炮制的,德克萨,对此,我一清二楚!我有权对您当面说明白。但是,请您小心着!这些罪恶的真相早晚将大白于天下。是的,请您想一想将遭到什么样的报应。是的!您的利益,就是设法求得宽容。我对您说这些,不是为了我自己,尽管我的丈夫回家的时候将找不到我。不是的!我说这些仅仅是为了那个可怜的孩子,她已经快要死了。只要您愿意,可以把我押在这里,但是,请把这个孩子送回康特莱斯湾,送还给她的母亲。人们对您将既往不咎。甚至,如果您提出要求,为了赎回小女孩的自由,人们可以支付重金。德克萨,我之所以对您说这些,向您建议做这个交换,那是因为我太了解詹姆斯·伯班克和他的家人,了解他们的内心感受。我知道,他们为了拯救这个孩子,可以不惜倾家荡产,对此,我可以请上帝做证,哪怕您让他们做奴隶,他们也一定会履行自己的承诺!"

"做奴隶?……"德克萨不无讽刺地叫道:"康特莱斯湾已经没有奴隶了!"

"还有奴隶,德克萨,因为,我为了留在主人身边,拒绝了接受自由!"

"真是,泽尔玛,真是的!"西班牙后裔回答道,"那好吧,既然他们并不反对您继续做奴隶,我们就把话挑明了。六年,或者七年前,我曾经想要从我的朋友迪克伯恩手里买下你,我当时为你出了价,一笔大价钱,但仅仅是为你出的价。如果不是那个詹姆斯·伯班克,他只顾满足自己需要抢走了你,从那个时候起,你早就属于我了。现在,我把你扣在这儿,让你属于我。"

"那好吧!德克萨,"泽尔玛回答道,"我将成为您的奴隶。但是,这个孩子,您不打算把她送还吗?……"

"詹姆斯·伯班克的女儿,"德克萨用充满仇恨的口气说道,"送还给她的父亲?……休想!"

"无耻之徒!"泽尔玛怒火中烧,忍不住叫道,"那好吧,如果不能回到她的父亲身边,那就让上帝把她从您手中夺去吧!"

作为回答,这个西班牙后裔仅仅是冷笑了一下,耸了耸肩膀。他卷起了第二根香烟,平静地用第一根香烟的烟屁点燃,转身沿着河沟岸边走开去,甚至都没有对泽尔玛看上一眼。

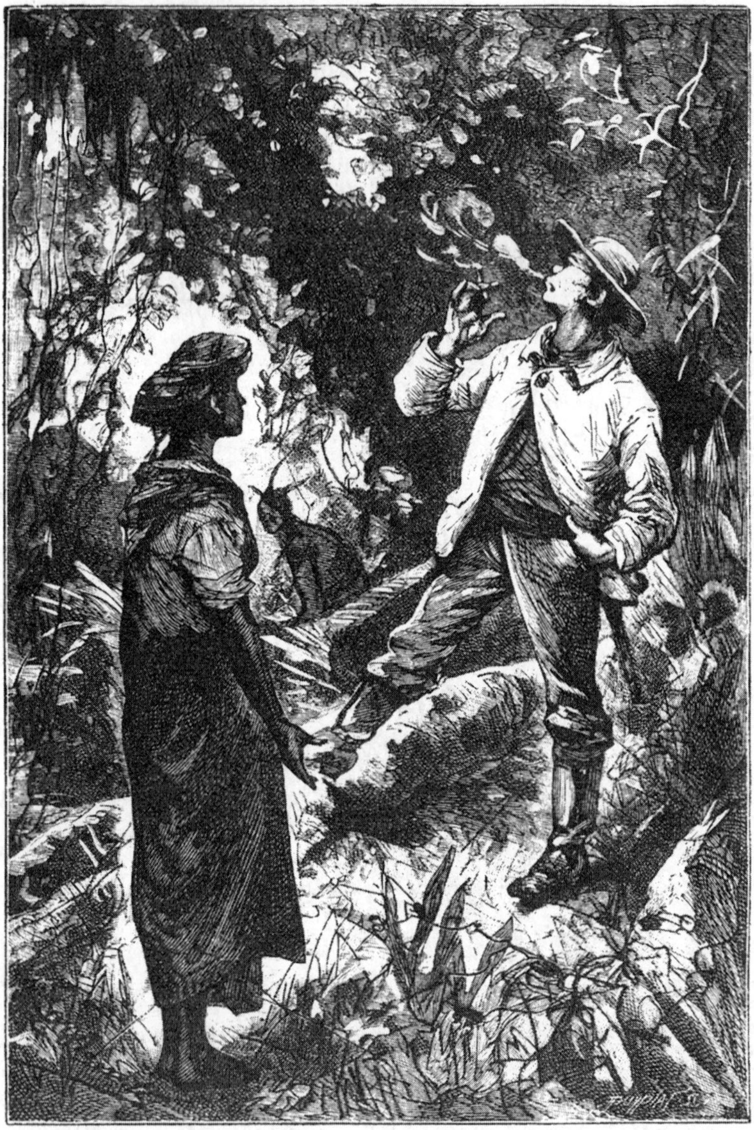

勇敢的混血女仆如同一头雌性猛兽,如果当时她手中持有武器,可以肯定,一定会冒着被斯坎伯及其同伙屠杀的危险,给德克萨致命一击。但是,她什么也做不了,只能僵立在那里,看着那些黑人在河沟里干活儿。周围没有一个人是友善的,他们的面孔不像人类,倒像是野兽一般凶残。小姑娘用衰弱的声音发出呼唤,泽尔玛转身返回茅屋,继续在孩子身边扮演母亲的角色。

泽尔玛把这个可怜的小家伙抱在怀里,尝试着安慰她,亲吻她,让她略微感到放松。然后,她抱着小女孩来到茅屋外的炉灶旁,喂她吃了一点儿自己刚才做好的热乎的饮料。尽管条件简陋物资匮乏,但泽尔玛竭尽所能照料蒂,小姑娘也微笑了,对她表示感谢……这是怎样的微笑啊!……是比眼泪还要酸楚的悲伤!

整整一天,泽尔玛都没有再见到那个西班牙后裔。另一方面,她也没有打算再去找他。有什么用?他根本无法体会其他的情感,对他再次指责只能让事情变得更糟糕。

实际上,截至目前,无论是在黑水湾逗留期间,还是抵达卡纳尔岛以后,小女孩和泽尔玛都没有受到虐待,然而,这恰恰是这个男人令人害怕之处。一旦他的怒火被点燃,一定会怒不可遏,迸发出极度的暴力行为。这是一个极其丑陋的灵魂,毫无宽容之心,而且,既然他心中的仇恨远远胜过对利益的盘算,泽尔玛不得不放弃对未来的期望。至于这个西班牙后裔的同伙,包括斯坎伯和那些奴隶,怎么可能指望他们比自己的主子更有人性?他们都知道,如果有一个人对人质表示出丝毫同情,他就将落得何种下场。从这方面说,绝不要对他们寄予任何期望。如此一来,泽尔玛只能依靠自己了。她已经下定决心,决定明天夜里设法逃脱。

但是,如何逃跑?首先需要越过环绕卡纳尔岛的湖水。如果说,正对着茅屋的那条河沟最为狭窄,然而,任何人也不可能泅水渡过。只有一种可能性：夺取那条平底船，依靠它抵达河沟的对岸。

夜幕降临，随后，夜色逐渐深沉，天气逐渐恶劣，开始下雨了，狂风在沼泽荒原上席卷肆虐。

泽尔玛无法通过大房间的门走出茅屋，不过，要想在茅屋的墙壁上掏一个洞，对于泽尔玛来说也许不是一件难事儿。她可以从这个洞钻出去，再把小姑娘蒂拖出洞，一旦逃出茅屋，泽尔玛再考虑下一步该怎么办。

将近晚上十点钟，茅屋外面只能听到狂风的呼啸声。德克萨和斯坎伯都已经入睡。两条猎犬蜷缩着，已经停止在茅屋周围巡逻。

这是逃跑的有利时机。

蒂在干草堆里睡着了，泽尔玛开始悄悄从茅屋的侧墙上拆除茅草和芦苇秆儿。

一个小时过去了，墙上的洞还不足以让泽尔玛和小姑娘通过，泽尔玛正准备继续扩大洞口，突然，传来一阵声音，她立即住手。这声音从茅屋外面深沉的夜色里传来，是那两条猎犬冲着河岸上不时来往的脚步声狂吠。德克萨和斯坎伯立即被惊醒，匆忙走出他们的房间。

能够听见有人呼叫的声音。很显然，有一群人抵达了河沟的对岸。此时，逃跑行动不合时宜，泽尔玛不得不立即中止。

很快，尽管狂风依旧呼啸着，但是听得见很多人走路的脚步声。

泽尔玛侧耳仔细倾听。发生了什么事情？是老天爷发了善心，给她送来了意料不到的救星？

不是，她很快就明白了。刚到的人群与德克萨的手下之间并

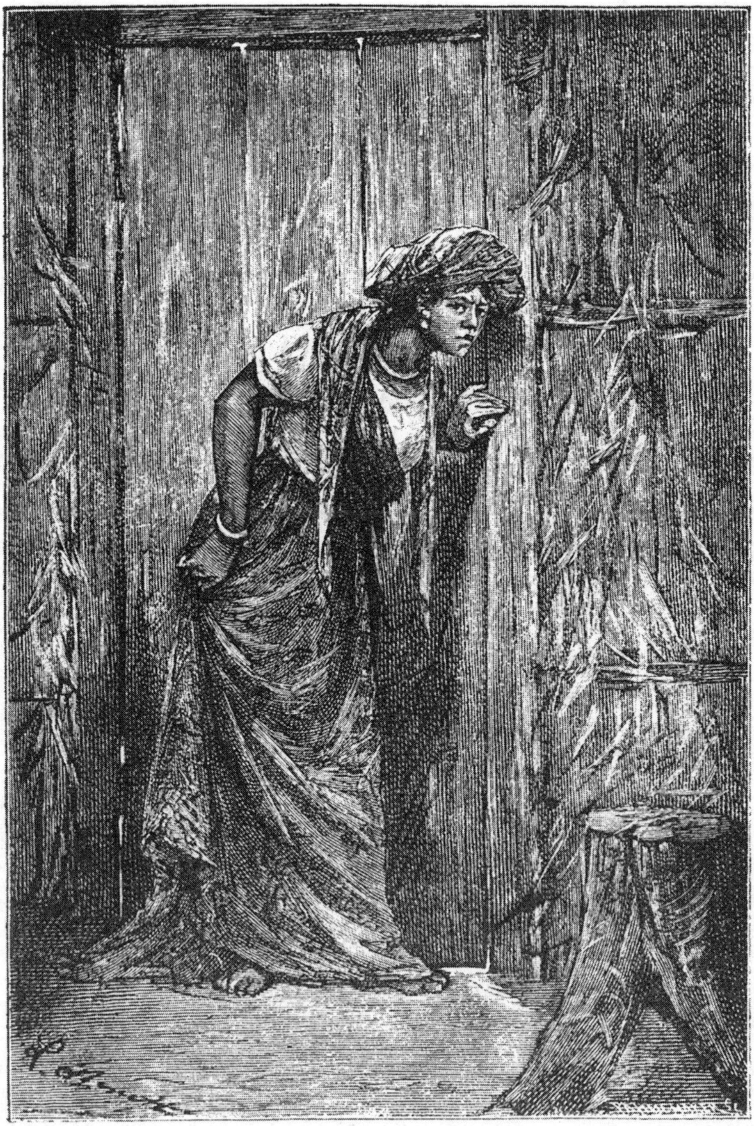

没有发生战斗,在他们渡过河沟的时候,没有发生攻击行动,双方既没有相互喊叫,也没有发生交火,什么都没发生。原来,这些人不过是来到卡纳尔岛的援兵。

片刻之后,泽尔玛发现有两个人走进茅屋里。那个西班牙后裔身边陪伴着另一个男人,他应该不是斯坎伯,因为那个印第安人说话的声音正从外面,从河沟那边传过来。

然而,房间里现在有两个男人,他们正在低声交谈,突然,交谈中断了。

其中一个人手里拿着一盏马灯,向泽尔玛的房间走来。后者赶紧扑到干草堆里,用身子挡住侧墙上挖出的洞。

德克萨——就是他——稍微打开房间门,向房间里瞥了一眼,看见混血女仆躺在小姑娘身边,看上去睡得十分深沉。他随即退了出去。

于是,泽尔玛又回到重新关闭的房门后面。

虽然她看不见外面房间里发生的一切,也不知道和德克萨对话的那个人是谁,但是她能听得见。下面就是她听到的交谈内容。

第十二章　泽尔玛听到的谈话

"你也来到卡纳尔岛了?"

"是的,来了几个小时了。"

"我还以为你在阿道姆斯维尔①,在阿波普卡湖②附近。"

"8天以前,我就在那里。"

"那么,你为什么来这里?"

"因为必须来。"

"除了在黑水湾的沼泽地,我们应该永远不要碰面,这你是知道的。除非,你有几条行动路线需要通知我!"

"我再对你重复一遍,我是被迫动身,急忙逃来大沼泽地。"

"为什么?"

"你很快就会知道。"

"你这不是冒险让我们遭殃吗?"

"不会!我是深夜来的,你的那些奴隶没有一个人见到过我。"

如果说,截至目前,泽尔玛对这场谈话完全没有听明白,那么,

---

① 原注:阿道姆斯维尔是普特南县的一座小城。
② 原注:阿波普卡湖是圣约翰河的一条主要支流的水源地。

她同样猜不出,这个意外来到茅屋的访客究竟是何许人。可以确定的是,那里有两个男人在对话,然而,听起来似乎又像是一个人在自问自答。因为他们的语调和声调一模一样。简直可以说,这些话都是出自同一张嘴。泽尔玛试图从门缝里看过去,但是什么也看不见。外面房间里光线很暗,昏暗当中,什么也看不清楚。混血女仆只好尽可能地侧耳倾听,对她来说,这番谈话内容极为重要。

沉默了一会儿,两个男人继续对话。显然,这次是德克萨在提问:

"你不是一个人来的?"

"不是,有一些追随者陪我一同来到大沼泽地。"

"他们有多少人?"

"四十来个。"

"你就不担心他们可能知道我们隐瞒了这么久的事情?"

"不用担心。他们永远也不会看到我们在一起。当他们离开卡纳尔岛的时候,什么都不会知道,我们的生活方式不会发生任何变化!"

此时,泽尔玛似乎听到两只手刚刚紧握在一起的嗦嗦声。

随后,这场对话继续进行,内容如下:

"自从杰克逊维尔被占领之后,都发生了什么事情?"

"发生了一件很严重的事情。你知道吗?杜邦已经占领了圣奥古斯丁。"

"是的,这我知道,而你,毫无疑问,你也知道我为什么对此事了如指掌?"

"当然知道!费尔南迪纳的那列火车事件,恰好为你提供了不在现场的证据,迫使理事会不得不宣判将你无罪释放!"

"他们对此真的是很不情愿！不错！……我们已经不是第一次用这办法摆脱困境了……"

"而且也不会是最后一次。但是也许,你还不知道北军占领圣奥古斯丁的目的吧？这不仅仅是为了夺取圣约翰河流域地区的中心城市,以便对滨海地区进行封锁。"

"我听人说过。"

"要知道,对于杜邦来说,对圣约翰河口直到巴哈马群岛一线进行监视,这远远不够,他还想在佛罗里达腹地开展一场缉私战争。于是,他派遣了两条小船,还有一队水兵,由舰队的两名军官负责指挥——你知道这支远征队吗？"

"不知道。"

"但是,你是哪一天离开黑水湾的？……是在你无罪获释的几天以后？"

"是的！这个月的22号。"

"实际上,这件事就发生在22号。"

必须指出,豪伊克上尉在森林里与吉尔伯特·伯班克相遇时,就已经谈起过这次伏击。但此时,无论德克萨还是泽尔玛,都对发生在基西米湖的伏击事件一无所知。

于是,泽尔玛与那个西班牙后裔同时听说,那两条小船燃烧起来以后,如何只剩下大约十来个幸存者,他们向杜邦司令报告了这桩可怕的事件。

"好呀！……好呀！"德克萨叫道,"这是对杰克逊维尔城陷落的漂亮报复。而且,我们还可以引诱这些天杀的北方佬进入我们佛罗里达的腹地。让他们在这里全军覆没！"

"是的,让他们一个也活不了,"另一个男人附和道,"特别是当他们冒险进入大沼泽地这片泥塘里。准确地说,我们很快就能在这里看到他们。"

"你说什么?"

"杜邦发誓要为死亡的军官和士兵报仇。为此,他派遣了一支新的远征队,准备来圣·让县的南部地区。"

"联邦军队往这个地方开来了吗?……"

"是的,而且人数更多,武器精良,警惕性极高,生怕遭到伏击!"

"你遇到过他们?……"

"没有,因为我的追随者们势单力薄,所以这一次,我们选择了撤退。但是,在撤退的过程中,我们一点儿一点儿地引诱他们,一旦我们召集了在这个地区战斗的南军民兵,就会向他们发起进攻,把他们杀个片甲不留。"

"他们从哪个地方开过来?"

"从蚊子入口海道。"

"他们经过哪条道路过来?"

"从柏树林穿过来。"

"现在,他们可能抵达什么地方?"

"距离卡纳尔岛大约40英里。"

"那好吧,"德克萨回答道,"就让他们向南方挺进,必须抓紧时间召集南军民兵。如果有必要,明天我们就出发去巴哈马海峡那边寻找藏身之处……"

"如果情况紧急,来不及召集追随者,我们就得在英属群岛找一处可靠的藏身之地。"

在谈话中,他们讨论了一系列方案,对于泽尔玛来说,这些谈话内容十分重要。如果德克萨决定离开卡纳尔岛,他是准备把俘房带走呢,还是把她们留在茅屋里,交给斯坎伯看押?如果是后一种方案，那就不如等西班牙后裔离开以后，再设法逃离这里。也许，到那个时候，混血女仆的逃跑计划更有可能取得成功。而且也许，目前正在朝下佛罗里达开来的那支北军队伍即将抵达奥基乔比湖畔，与卡纳尔岛近在咫尺。

然而，泽尔玛幻想的这些希望，很快就破灭了。

实际上，当那个男人问道，打算怎么处理混血女仆和小女孩的时候，德克萨毫不犹豫地说道：

"我要带着她们一起走，如果有必要，一直带到巴哈马群岛。"

"这个小女孩能够经受得起这趟新旅程的劳顿吗？……"

"是的，我看能行，而且，另一方面，泽尔玛能够在路途上照顾这个孩子！……"

"可是，如果这个孩子在路上死了呢？……"

"我宁愿看着她死掉，也不愿意把她还给她的父亲！"

"啊！你竟然如此仇恨伯班克一家！……"

"你不是也对他们一家恨得咬牙切齿！"

泽尔玛再也忍不住了，差一点就要冲出门去面对这两个男人，这两个人是如此相像，不仅声音相似，而且恶劣的本性相仿，同样良心泯灭，毫无人性。不过，泽尔玛还是控制住了自己。最好还是听一听，这个西班牙后裔和他的同谋下面还会说些什么。当他们结束谈话之后，也许，他们会睡上一觉？如果那样，就到了逃跑的时候，因为，在德克萨出发之前，必须设法逃脱。

很明显，德克萨非常希望了解对话者所知道的一切，因此，他继续询问对方。

他问道："在北方，有什么新消息？"

"没有什么重要的消息。很不幸，看起来联邦军队占了上风，令人十分担心的是，维护奴隶制的努力似乎将要失败！"

"噢!"德克萨语气平淡地说道。

"其实,我们既不赞成北方,也不赞成南方!"另一个男人说道。

"是的,在这两大阵营相互撕扯的时候,对于我们来说,重要的就是始终站在对我们最有利的那一边。"

话说到这个份儿上,德克萨的面目彻底暴露了,那就是在内战中浑水摸鱼,这两个男人的真正企图不过如此。

"不过,"德克萨继续问道,"具体到佛罗里达,在过去的8天里,都发生过什么事情?"

"就是那些你已经知道的事情。史蒂文森始终控制着毕高拉塔镇下游的圣约翰河。"

"看上去,他似乎没打算继续向圣约翰河的上游进攻?……"

"没有。他的炮舰没有试图向南部地区行驶。另外,我觉得北军的占领很快就将结束,如果是这样,整条圣约翰河都将重新成为联盟军队的天下!"

"你说什么?"

"到处都在传言,杜邦有意放弃佛罗里达,仅仅留下两三艘军舰继续封锁沿海地区。"

"这可能吗?"

"我只不过告诉你一种可能性,倘若果真如此,北军很快就将撤离圣奥古斯丁。"

"那么,杰克逊维尔呢?……"

"杰克逊维尔也一样。"

"真是活见鬼!那样的话,我就可以重返这座城市,重新建立委员会,夺回北军让我丧失的地位!啊!这些可恶的北方佬,只要我重新夺回权力,那就让他们看一看,我将如何发号施令!……"

"说得好!"

"到那时候,如果詹姆斯·伯班克,还有他那一家人没有离开康特莱斯湾,如果他们没有溜走,我还来得及复仇,他们一定逃不出我的手心!"

"完全赞同你的说法!这家人让你感受到的所有痛苦,我一定替你让他们偿还!只要你想干的事情,我都愿意干。你仇视的对象,也是我的仇人。我们两个人,如同一个人……"

"是的!……如同一个人!"德克萨回答道。

谈话中止了片刻。泽尔玛听到了酒杯相碰的声音,那是西班牙后裔与"另一个人"正在开怀畅饮。

听着他们的谈话,泽尔玛目瞪口呆,听上去,对于近期在佛罗里达出现的各种恶行,特别是针对伯班克一家的种种罪行,这两个人负有同样的罪责。在接下来的半个小时里,泽尔玛继续倾听他们的谈话,心里更加明白,也听清楚了这个西班牙后裔古怪私生活的许多细节。谈话过程中,无论是问话还是回答,总是同一个声音在说话,就好像是德克萨独自在房间里自言自语。这中间一定有某种秘密,混血女仆感到非常有必要弄明白。但是,如果这两个无耻之徒怀疑到泽尔玛,发现她窃取了这个秘密的一部分,为了自身的安全,他们是否会毫不犹豫地杀死她?如果泽尔玛死了,那孩子可怎么办!

应该是晚上 11 点钟了,天气一直十分恶劣,狂风暴雨持续不断。可以肯定,此时,德克萨和他的同伴不会走到外面去,他们将在茅屋里过夜。需要等到第二天,他们才会实施策划好的行动方案。

当泽尔玛听到德克萨的同伴说出下面的话,她终于不再犹豫了。只听德克萨的同伴——这应该是他的声音——问道:

"那么,我们下一步怎么做?"

"这样,"那个西班牙后裔回答道,"明天一大早,我们要率领手下把湖周围附近探察一遍。我们需要在柏树林里向前搜寻3至4英里的距离,要把最熟悉这里地形的手下,特别是斯坎伯派出去侦察一番。如果没有迹象显示联邦军队已经逼近,我们就返回来,在这里等候,直到不得不撤退的时候。如果情况相反,威胁即将来临,我就把手下和奴隶们都集合起来,带上泽尔玛直奔巴哈马海峡。而你,你就负责召集四处分散在下佛罗里达的南军民兵。"

"说定了,"另一个人回答道,"明天,当你们出发去侦察的时候,我就躲在岛上的树林里。一定不能让别人看到我们在一起。"

"那是,绝对不能!"德克萨叫道,"无论如何不能粗心大意,绝不能暴露我们的秘密!因此,明天晚上,我们在茅屋再聚,在此之前,不能再碰面。即使我不得不在明天白天出发,你也必须等到我走了以后才能离开这座岛。如果那样,我们就到塞布尔角附近再见!"

泽尔玛感到,她再也等不到联邦军队来解救自己了。

实际上,第二天,如果德克萨发现北军队伍已经逼近,他会不会带着泽尔玛逃离这座小岛?……

看来,尽管眼下的条件这么困难,逃跑的可能性微乎其微,但是,甭管需要冒多大的风险,混血女仆只能自己拯救自己了。

然而,泽尔玛需要多大的勇气呀,可惜她还不知道,詹姆斯·伯班克、吉尔伯特、马尔斯,还有她在种植园的一些同伴已经开始行动,设法把她从德克萨的魔掌中拯救出来;她也不知道,自己提供的纸条已经给他们指明了寻找的方向;她更不知道,伯班克先生沿圣约翰河逆流而上,已经越过了华盛顿湖,穿越了大半个柏树林,而且,这支康特莱斯湾的小队伍已经与豪伊克上尉的大部队会合;泽尔玛不会想到,德克萨本人已经被认定是基西米湖伏击案的主谋,这个无耻之徒正在被穷追不舍,只要被抓住,无须审判,可以就地枪决!……

可惜,泽尔玛对这些一无所知。她只知道自己已经等不到任何救援……因此,她下定决心,不顾一切,一定要逃离卡纳尔岛。

不过,她还需要把逃亡计划推迟 24 个小时才能实施,尽管今天晚上夜色深沉,非常有利于逃跑。那些德克萨的追随者在树林里找不到休憩的地方,统统聚拢在茅屋周围。可以听见他们在河沟岸边来回踱步、抽烟和聊天的声音。一旦泽尔玛的逃亡计划败露,逃跑企图失败,她的处境将更加糟糕,甚至可能招致德克萨的暴力惩罚。

另一方面,第二天,是不是会出现更好的逃跑机会?那个西班牙后裔不是说了吗?他的同伙、奴隶,甚至还有斯坎伯都要陪同他前去侦察联邦军队的行踪。利用这个机会,泽尔玛成功逃亡的机会是不是会增加?如果她能悄无声息地偷渡过河沟,一旦潜入森林,在上帝的保佑下,她很有可能得救。只要隐蔽得当,她完全可以避免再次落入德克萨的魔掌。豪伊克上尉距离此地应该不会太远了。既然他的队伍正在向奥基乔比湖开来,难道泽尔玛就不会幸运地被他解救?

因此,最合适的做法就是等到第二天。然而,一个意外摧毁了泽尔玛的设想,使她最后的逃跑机会荡然无存,同时,她在德克萨面前的处境也变得更加艰难。

就在此时,有人敲打茅屋的门,这是斯坎伯,他在门外首先向主人说明自己是谁。

"进来!"西班牙后裔说道。

斯坎伯走了进来。

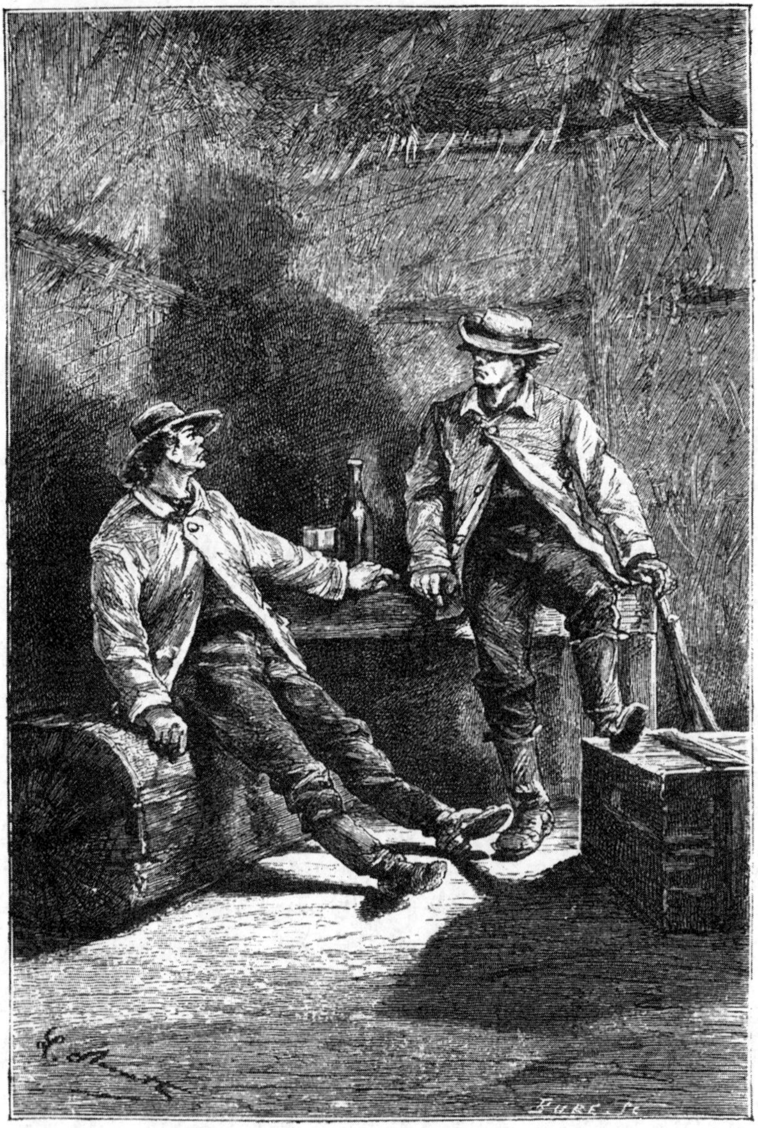

他问道:"今天晚上,您还有什么需要吩咐我的?"

"告诉大家注意提防,"德克萨回答道,"稍有动静,立刻向我报告。"

"交给我吧。"斯坎伯回答道。

"明天一大早,我们到柏树林几英里以外的地方去侦察。"

"那么,混血女仆和蒂交给谁?"

"像往常一样看押起来。现在,斯坎伯,别让任何人来茅屋打扰我们!"

"明白。"

"我们的人在做什么呢?"

"他们走过来走过去的,似乎还没打算休息。"

"一个人都不准走远!"

"一个都不。"

"天气怎么样了?……"

"不那么糟糕了。雨已经停了。狂风也很快就会平息。"

"很好。"

泽尔玛一直在侧耳倾听。很明显,谈话已经接近尾声,突然,传来一阵沉闷的喘息,那是一种嘶哑的喘气声音。

泽尔玛感到全身的血液都涌到了心脏。

她站起身,疾步跑向干草铺,向小姑娘伏下身去……

蒂刚刚醒过来,她的状态很不好!她的双唇之间呼出沙哑的喘息,两只小手在空中挥舞,似乎是要把空气攫取到嘴里,泽尔玛禁不住叫了起来:

"拿水来!……拿水来!……"

可怜的孩子喘不过气。必须立即把她抱到外面去。在一片黑暗当中,泽尔玛慌忙用双臂抱起孩子,向她的嘴里吹气,她感到孩子在痉挛抽搐中挣扎,不禁发出一声喊叫……一把推开了房门……

那里有两个男人,站在那儿,旁边是斯坎伯,但是,这两个男人的面孔和身躯几乎一模一样,泽尔玛都认不出来,在他们当中,究竟谁是德克萨。

第十三章 双重生活

迄今为止,在这个故事里出现过一些莫名其妙的事情,其实只需几句话就能解释清楚。人们可以想象得出,有两个天性顽劣的男人,由于天赋异禀,聪明异常,结果走上了一条作恶多端的人生之路。

泽尔玛突然面对的这两个男人,他们是兄弟二人,是一对双胞胎。

他们是在哪里出生的?准确地说,连他们两人自己都不清楚。毫无疑问,是在得克萨斯州的某一个小城——德克萨的名字就是这么来的,只不过把这个单词的词尾改了一个字母①。

大家都知道,这片广袤的土地位于美利坚合众国的南部,紧挨着墨西哥湾。

自从得克萨斯州掀起反抗墨西哥统治的浪潮,美国人就对它的独立事业给予支持,1845 年,在约翰·泰勒②担任美国总统期间,得克萨斯加入美国联邦。

---

① 得克萨斯的原文是:**Texas**,德克萨的原文是:**Texar**,两者仅相差最后一个字母。
② 约翰·泰勒为第十任美国总统,他于 1841 年就任副总统,一个月后继任总统,在任期间,结束了佛罗里达州的第二次塞米诺尔战争。

在得州加入美国联邦的 15 年前,在得克萨斯滨海地区的一个小村庄里,人们捡到两个被遗弃的孩子,依靠公众的慈善施舍,这两个孩子被收养,并被抚养成人。

这两个孩子最初引起人们的关注,首先是因为他们长得太像了。同样的容貌、同样的嗓音、同样的举止、同样的性格,而且必须补充一点,他们的天性也毫无二致,显示出一种早熟的邪恶。他们是如何被抚养长大的,接受何种程度的教育,对此,谁也说不清楚,他们属于哪个家庭,同样没人知道。也许,他们属于一个居无定所的家庭,在得克萨斯宣布独立之后,曾经在这个国度里四处漂泊。

德克萨兄弟十分渴望获得自由,一旦觉得自己有能力自立之后,旋即消失得无影无踪。那一年,他们两人的年龄只有 24 岁。从那以后,可以确定,他们唯一的生活来源就是偷盗,偷盗的范围遍布乡村农庄,从这家偷点儿面包,到那家偷点儿水果,一直发展到持凶器抢劫,拦路打劫,而这一切,他们从孩童时代起就一直在做着准备。

后来,在他们过去经常出没的得克萨斯的农庄和小村子里,人们再也看不到他们的身影,连那些曾经利用兄弟二人极为相似的特点,与其共同作案的恶棍也都销声匿迹。

很多年过去了。德克萨兄弟已经被人遗忘,就连他们的名字也无人提及了。尽管此后,这个名字在佛罗里达恶名远扬,但是却再也没有人想起来,这两兄弟曾经在得克萨斯的滨海地区度过了他们的早年时期。

自从这两兄弟使用某种手段玩了失踪之后——后面我们将谈及这个手段,从此,再也没有人知道存在过两个德克萨,接下来的事情不就变得顺理成章了吗?就是利用这个手段,两兄弟犯下累累罪行,而且这些罪行很难被确认,更得不到惩处。

事实上——当双胞胎犯罪的事情被揭穿,并且实实在在被确认之后,人们才知道,在长达二三十年的时间里,这兄弟二人是分开生活的。他们用尽各种办法聚敛财富,彼此间隔很长时间才聚会一次,而且避开所有人的目光,相聚的地点或者在美国,或者在命运把他们带往的世界其他地方。

人们还知道,他们当中的某一个人——具体是哪一个人,没人能说清楚,也许就是他们两个人一起——干过贩卖黑奴的勾当。他们,或者不如说是受他们指使的那些人,从非洲沿岸向美国南方各州运送了大批奴隶。在从事这个勾当的过程中,他们不过扮演了中间人的角色,周旋于非洲滨海地区的人贩子与受雇从事非人道海运生意的船长之间。

他们的生意兴隆吗?谁也不知道。不过,兴隆的可能性不太大。因为,随着贩奴越来越被指责是野蛮行为,这桩生意渐趋明显衰落,文明世界的奴隶贸易逐渐被废止。两兄弟也不得不放弃这个勾当。

然而,虽然两兄弟为了发家致富不择手段,但他们长久以来梦寐以求的财富始终没有到手,他们并不死心。从这个时候起,两个冒险家决心充分利用自己极其相似的外貌。

在通常情况下,当一对双胞胎从孩子长大成人之后,他们极为相似的外貌往往发生改变。

然而两个德克萨的情况并非如此。随着年龄的增长,他们的容貌和气质的相似程度并未改变,依然极为相似——绝对不可能把他们区别辨认出来,不管是脸庞的轮廓,还是身躯的线条,甚至言谈举止,语音语调都一模一样。

两兄弟决定利用这个天生的特点,去做一些最令人厌恶的事情,一旦其中一人遭到指控,另一人就能提供不在现场的证据,进而证明被指控者的清白。为此,他们两人事先约定好,每当一个人从事犯罪活动,另一个人就在某地公开露面,由于有了不在现场的证据,犯罪者自然而然地被判无罪。

不用说,他们的住址一定不能是固定的,从而避免被人抓个现行,因为,一旦有了固定住址,不在现场的证据就无法成立,他们的诡计就会很快暴露。

他们的生活方式就这样确定了,双胞胎兄弟来到佛罗里达,初来乍到,没有人认识他们当中的任何一个。他们之所以来到佛罗里达,是因为这个州的印第安人一直在同美国人,还有西班牙人进行着殊死斗争,这里存在着许多犯罪的机会。

大约在1850年或者1851年期间,德克萨兄弟开始出现在佛罗里达半岛。不过,说两个德克萨,不如说一个德克萨更合适。根据他们的既定方案,两个人从不同时现身,从来没有人在同一天,同一个地方同时见到过他们两个。从来没有人知道,世间存在兄弟二人,使用同一个名字。

另一方面,他们在隐姓埋名的同时,把自己的藏身地也隐瞒得滴水不漏。

大家已经知道,他们隐居在黑水湾的幽深之处,在中央小岛的废弃碉堡里,那是他们沿着圣约翰河两岸探察时发现的地方。他们往那个地方送去了几个奴隶,同时,在奴隶面前严格保守了兄弟俩的秘密。只有斯坎伯一个人知道这个二重性的秘密。斯坎伯经受过种种考验,对兄弟二人忠心耿耿,对涉及二人的所有事情绝对严守秘密,他成为德克萨的心腹,也是兄弟俩的意志的残忍执行者。

不用说,兄弟二人从来不会同时出现在黑水湾。当他们需要

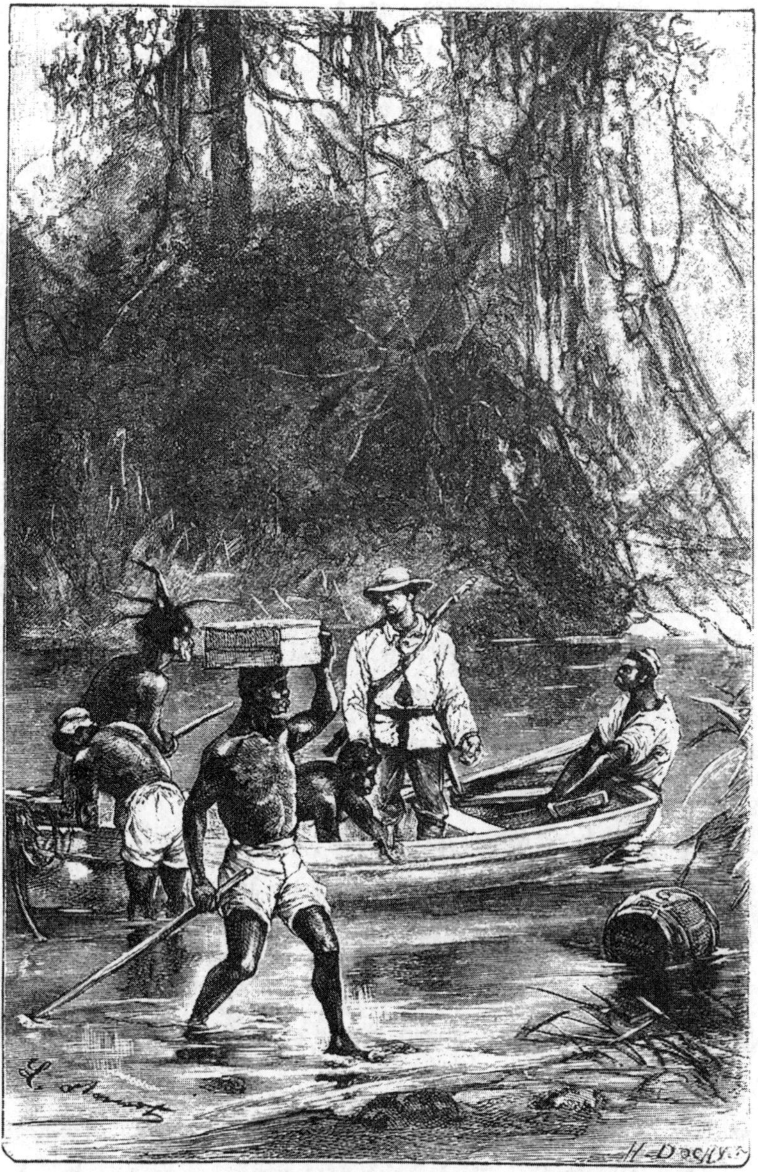

商谈某些事情的时候,他们会相互发出通知。大家知道,他们不是借助邮局送信,而是把纸条藏进一片树叶的叶脉里,树叶插在一棵鹅掌楸的树枝上,而这棵鹅掌楸就生长在黑水湾附近的沼泽地。事情就是这么简单。每天,斯坎伯都会小心翼翼地前往那片沼泽地,如果他携带了正在黑水湾的某一位德克萨书写的信件,他就把树叶插在那棵鹅掌楸的枝头。如果是另一位德克萨写来书信,印第安人就会在指定的地点取到信件,然后带回旧碉堡。

自从来到佛罗里达,德克萨兄弟立刻就同这片土地上最恶劣的坏蛋勾结起来,那个时候,他们干了一系列偷盗勾当,许多恶棍变成他们的同谋。再后来,南北战争爆发,德克萨兄弟扮演了自己的角色,那些恶棍又成为他们的追随者。兄弟二人轮流担任这些恶棍的头领,而这些人从来也不知道,德克萨这个名字属于两个双胞胎兄弟。

现在,我们已经清楚,对各式各样的罪行起诉时,德克萨兄弟如何拿得出那么多不在现场证据,而且这些证据个个无可辩驳,均被法庭采信。在我们这个故事开始之前,就出现过多个起诉到法庭的案件——其中就包括那起农庄纵火案。尽管詹姆斯·伯班克和泽尔玛确切指控那个西班牙后裔就是纵火案的主谋,他依然被圣奥古斯丁法庭判决无罪释放。因为,他拿出的证据证明,就在罪案发生的那一刻,他正在杰克逊维尔城的托里洛小酒馆——对此,有多名证人可以做证。在康特莱斯湾劫掠案的审判中,同样的情况又出现了。既然此时,德克萨正在费尔南迪纳,已经成为联邦军队的一名俘虏,而且被关押在联邦舰队的一艘战舰上,那么,他怎么可能指挥恶棍围攻城堡屋?又怎么可能劫持小姑娘蒂和泽尔玛?因此,尽管有那么多证据,尽管艾丽丝·斯坦纳德小姐发誓做出了证言,但是,战争理事会仍然不得不判决无罪释放德克萨。

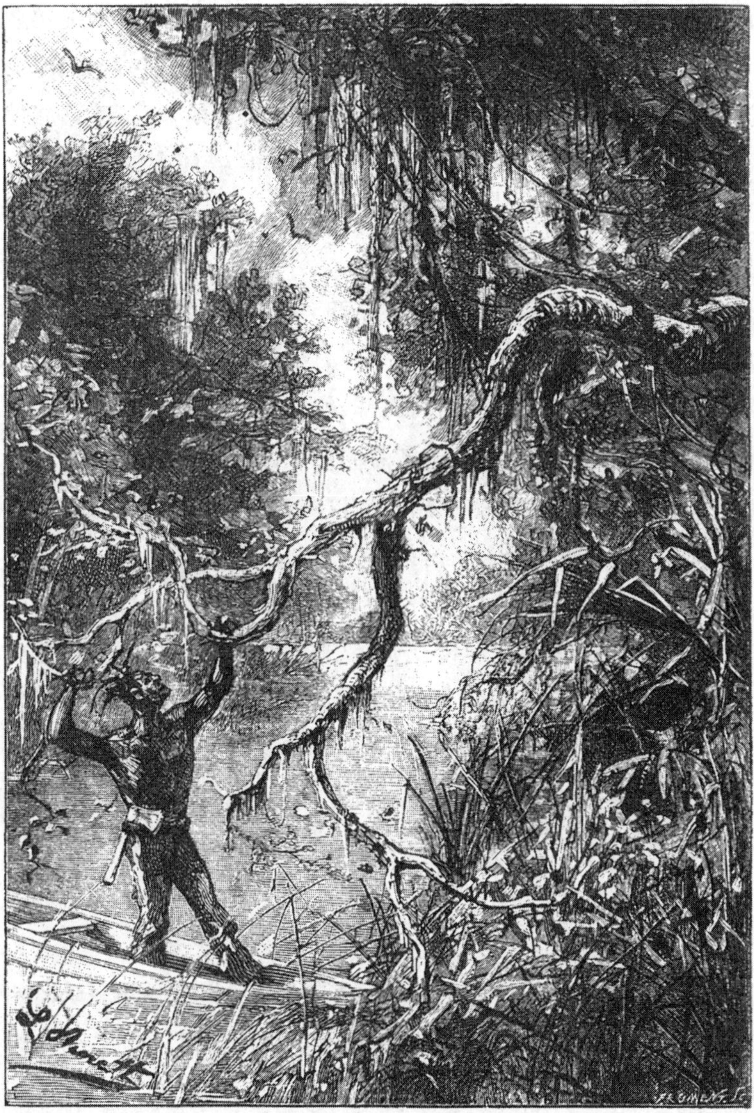

即使退一步说，就算德克萨兄弟的双胞胎身份被证实，很可能，人们也永远无法确认，在这一系列罪行当中，究竟这两兄弟各自对哪一件承担罪责。无论如何，他们两个人都有罪，罪责相等，这么多年来，兄弟二人在上佛罗里达地区四处劫掠，犯下累累罪行，他们既是同谋，也是主谋，难道不是这样吗？是的，毫无疑问，这兄弟二人，无论这一个或那一个——或者说这一个与那一个，都应该受到惩罚，而且罪有应得。

至于最近在杰克逊维尔发生的事情，自从骚乱分子推翻了这座城市的合法政权以后，很可能这两兄弟轮流扮演了同一个角色。当德克萨1号有事儿需要暂时离开，德克萨2号就按照约定，代替他履行职责，而且还不能让追随者们产生怀疑。必须承认，在那段时期，所有针对出身北方的移殖民，以及赞同废奴主义观念的南方种植园主的那些极端行为，这兄弟二人都难辞其咎。

人们已经知道，在这场内战中，就像在佛罗里达的战事一样，美国中部各州的战事反复变化，一波三折，对于这些变化，这兄弟二人了如指掌。另一方面，他们获得了广泛的影响力，支持他们的包括本地区的下层白人，这些人当中既有西班牙后裔，也有美国人，他们都是奴隶制的拥护者，不仅如此，这兄弟俩的影响力还波及社会上所有的刁民恶棍。面对这样的形势，兄弟俩需要经常通信，在秘密地点会晤，商谈罪案，然后再分头行动，准备未来可能需要的不在现场证据。

正是在这种情况下，两兄弟中的一个被关押在联邦舰队的一艘军舰上，另一个则组织了针对康特莱斯湾的讨伐。再后来，我们已经知道了，圣奥古斯丁的战争理事会不得不撤销相关起诉。

前面我们已经说过，随着年龄的增长，这两兄弟的相像程度丝毫不受影响。但是，如果发生某种伤及身体的意外事故，一道伤疤都可能破坏他们的相似度,哥儿俩中的任何一个都可能被打上特殊的烙印。一旦出现这种情况,他们两人迄今为止赖以成功的诡计就可能功亏一篑。

兄弟二人过着冒险家的生活,生活中充满各种风险,而这些风险造成的后果一旦无法修复,他们两人是否再也无法相互做替身?

不过,只要这些意外事故造成的后果可以修复,兄弟二人就能继续保持彼此相像。

例如,兄弟俩来到佛罗里达后不久,在一次夜间攻击行动中,其中一个德克萨遭到近距离枪击,他的胡须被火药烧燎,不得不把胡子刮掉。为此,另一个德克萨赶紧效法兄弟,也把胡须刮光。读者也许还记得,在这个故事的开头部分,在对旧碉堡里的德克萨的描述中,笔者曾经提到过这件事。

还有另一件事情,也需要解释一下。读者应该没有忘记,某一天夜里,泽尔玛被关押在黑水湾,她曾经窥视到西班牙后裔在手臂上刺纹饰。这是为什么呢?原来,塞米诺尔匪帮劫持了几位佛罗里达旅行者,德克萨的兄弟也在其中,并且在左臂被刺了一个无法抹去的文身印记。立刻,这个印记就被复制出图样,并且送到旧碉堡,由斯坎伯文刺在德克萨的左臂上。于是,兄弟二人继续保持一模一样。

事实上,如果允许假设,德克萨1号被截去了一只胳膊,那么,德克萨2号就必须也要做截肢!

总而言之,十来年的时间里,德克萨兄弟始终过着互为替身的生活,而且过得十分巧妙,异常谨慎,迄今为止,挫败了佛罗里达法庭的历次起诉。

双胞胎兄弟从事这样的职业,他们是否发财了?是的,毫无疑问,在某种程度上,他们聚敛了财富。通过抢劫与偷盗,省吃俭用,他们积攒了一笔数量相当可观的金钱,就藏在黑水湾旧碉堡的某个隐秘地点。当西班牙后裔决定动身前往卡纳尔岛的时候,出于谨慎,他把这笔钱也带在了身边。我们可以确定,一旦德克萨不得不逃跑到巴哈马海峡那边,他一定不会把这笔钱留在茅屋里。

然而,这笔钱并没有让他们感到满足。为此,在动身前往欧洲某个国家,或者北美某个地方安心享乐之前,他们还想积攒更多的金钱。

另一方面,听说杜邦司令有意很快撤出佛罗里达,兄弟二人自忖,发财的机会又出现了,他们要让那些出身北方的移殖民为联邦军队占领的这几个星期付出沉重代价。他们决定观察局势的发展。有了追随者们的拥护,在气味相投的南方佬的支持下,一旦杰克逊维尔城再次发生骚乱,他们就有可能东山再起。

而且,德克萨兄弟手里掌握着一个过去没有的砝码,凭借这个砝码,他们可以发财,挣到的钱财比他们想象的还要多。

实际上,某一个德克萨不是听到了泽尔玛提出的建议吗?他们为什么不能同意把小姑娘蒂送还给绝望的父母呢?詹姆斯·伯班克肯定愿意出高价换取他的孩子的自由。而且,他还会同意不起诉,不追究那个西班牙后裔。但是,在德克萨的心目中,复仇的心理战胜了利益的诉求,如果说这兄弟二人希望发财,他们同样希望在离开佛罗里达之前,再次报复伯班克一家。

读者已经了解了有关德克萨兄弟的所有重要情节,现在,只需等着看故事的结局。

无须多说,当泽尔玛突然出现在这两个男人面前时,她立刻就明白了是怎么回事。她的脑海里回想起过去发生的一切。她看着兄弟俩,目瞪口呆,一动不动,就好像钉在了地上,怀里还抱着小姑娘。很幸运,外面的房间空气流通,小女孩很快就脱离了窒息的危险。

至于泽尔玛,突然出现在两兄弟面前,一下子洞悉了这个秘密,对于她来说,这无异于被判了死刑。

第十四章　泽尔玛在行动

面对泽尔玛，一向镇定自若的德克萨兄弟大惊失色。可以说，自孩童时代起，这两兄弟还是第一次被外人看到在一起。而且这个外人还是他们两人的死敌。因此，两人的最初反应，就是扑向泽尔玛，一心想要杀死她，以便保住这个双胞胎的秘密⋯⋯

此时，泽尔玛怀抱里的小姑娘抬起头，挥舞着两只小手，叫道："我害怕！⋯⋯我害怕！⋯⋯"

兄弟二人做了一个手势，斯坎伯猛地迈步冲向混血女仆，一把抓住她的肩膀，把她推回里面的房间，房门随即在她身后重新关闭。

随后，斯坎伯回到德克萨兄弟身边，他的神态表明，只等兄弟俩一声令下，他随时准备下手。然而，刚才这一幕事发突然，让兄弟俩心烦意乱，尽管他们性格鲁莽，素有暴力倾向，这次却显得不知所措，相互用目光询问着对方。

泽尔玛把小女孩放到干草铺上，立刻扑向房间的角落。此时，她已经恢复了镇定。她靠近房门，想听一听外面正在说什么。毫无疑问，片刻之后，她的命运就将被决定。然而，德克萨兄弟和斯坎伯已经走出茅屋，泽尔玛听不到他们说的话。

下面是他们的对话内容：

"泽尔玛必须死!"

"必须!如果她跑掉了,或者被联邦军队救走,我们可就完蛋了!因此,泽尔玛必须死!"

"马上弄死她!"斯坎伯回答道。

说罢,他转身朝茅屋走去,手里攥着那把短弯刀。就在此时,德克萨哥俩中的一个拦住了他。

"等一下,"他说道,"想让泽尔玛消失,我们有的是时间。不过,这个孩子需要有人照料,在找到替换人手之前,她还不能死。在弄死她之前,还是让我们试着把当前局势搞清楚。目前,根据杜邦的命令,有一支北军部队正在柏树林攻击前进。因此,我们首先需要把卡纳尔岛和湖畔附近侦察一遍。这支部队向南方开进,但是,还无法证明他们正在朝我们这边开过来。倘若他们过来了,我们有足够的时间溜走。如果他们没有过来,我们就留在原地,看着他们继续深入佛罗里达腹地。到那个时候,这支部队就会落入我们的圈套,因为我们有足够的时间把分散在南部的大多数民兵召集起来。到那时,就不是我们要逃避他们,而是我们全力追捕他们。我们将很容易地切断他们的退路,如果说,在基西米湖屠杀事件中曾经逃脱了几名水兵,那么这一次,他们一个都跑不了!"

在当前局势下,这显然是最佳应对方案。此时,在这个地区麇集着许多南方佬,他们都在等待时机,准备打击联邦军队。一旦德克萨兄弟中的一个率领同伙完成侦察行动,他们就将做出决定,究竟是继续留在卡纳尔岛,还是撤退到塞布尔角地区。这些都是需要在第二天解决的问题。至于泽尔玛,为了保守秘密,无论侦察的结果如何,斯坎伯都必须用匕首结果了她。

"至于这个孩子,"俩兄弟中的一个说道,"她的性命对我们还有用处。泽尔玛看明白的事情,这个小孩并没有弄明白。万一我们落到豪伊克的手里,这个女孩可以成为救我们的赎金。为了赎回自己的女儿,詹姆斯·伯班克将会满足我们想要提出的任何要求,他不仅将保证不再追究我们,而且,为了换回自己孩子的自由,他还会支付赎金,无论这笔赎金的数额有多大。"

"如果泽尔玛死了,"印第安人说道,"这个小女孩会不会也死掉?"

"不会,有人将继续照料她。"德克萨兄弟中的一个回答道,"我能够很容易找到一个印第安女人,让她接替混血女仆。"

"那好吧,在此之前,让我们先把这个泽尔玛摆脱掉!"

"很快,甬管再发生什么事儿,她都将一命归西!"

兄弟二人的谈话结束,随即,泽尔玛听见他们返回茅屋。

对于一个不幸的女人来说,这是怎样的夜晚!她明明知道自己已经被判处死刑,但却毫不顾忌。对自己的命运,她根本无所谓,为了自己的主人,她随时可以奉献性命。然而,她担心小姑娘蒂遭到这些恶魔的虐待。就算是这个孩子活着对他们有利,但是,如果没有了泽尔玛的照料,这个孩子还能活下去吗?

因此,她心里始终固执地萦绕着一个念头,甚至可以说,是一个潜意识的顽固念头——那就是逃跑,在德克萨迫使她与孩子分开之前逃跑。

在这个漫长的夜晚,混血女仆一直在思考如何实施逃跑行动。她从听到的谈话中得知了很多情况,其中包括,第二天,德克萨兄弟中的一人将与同伙一起前往湖畔附近侦察。显然,侦察途中如果遇到联邦军队,他们很可能将进行抵抗。为此,德克萨将带上他的全部人马,包括他兄弟带来的那些追随者。毫无疑问,另一个德克萨将留在岛上,一方面是为了避免被人看见,另一方面,还能顺便充当茅屋的看守。恰恰在这个时候,泽尔玛可以尝试逃跑。也许,她可以拿到某一件武器,一旦遇到抓捕自己的人,她将毫不犹豫地给予还击。

夜晚的时光在流逝。泽尔玛潜心倾听岛上传来的各种声音,心里总在想着,希望听到豪伊克上尉队伍的动静,盼着他们前来抓捕德克萨。可惜,她什么也没听到。

天亮前不久,小女孩醒了,经过休息,她已经缓过来了。泽尔玛喂她喝了一点儿水,让她感到略微清爽了一些。然后,泽尔玛看着蒂,就好像彼此即将分离,接着,她把小姑娘搂在怀里。如果这个时候,有人走进来试图把她们分开,她一定会像母兽保护幼崽一样,疯狂地进行自卫。

"你怎么了,泽尔玛嬷嬷?"孩子问道。

"没什么……没有什么!"混血女仆喃喃说道。

"妈妈呢……我们什么时候能见到她?"

"很快……"泽尔玛回答道,"也许就是今天!……是的,我的宝贝儿!……今天,但愿我们能远走高飞……"

"那么,昨晚我看到的那些人呢?……"

"这些人,"泽尔玛回答道,"你看清楚他们了吗?……"

"是的……他们让我好害怕!"

"但是,你看清楚了他们,是不是?……你有没有看到,他们长得很相似?……"

"是的……泽尔玛!"

"那好吧,别忘了告诉你爸爸,还有你哥哥,他们是兄弟俩……你听见了吗?那是德克萨兄弟俩,他们长得一模一样,很难区分!……"

"你也一样,也会这么说吗?……"小姑娘回答道。

"我也会这样说……是的!……不过,如果我不在了,你千万不要忘记……"

"为什么你会不在呢?"孩子问道,她用一双小手抱住泽尔玛的脖子,似乎想更紧地搂住她。

"我会在的,我的宝贝儿,我会在那儿!……现在,我们就要出发了……我们有许多路要走……必须攒足力气!……我去给你做点儿早饭……"

"那你吃什么?"

"你睡觉的时候,我已经吃过了,我不饿!"

事实是,泽尔玛现在的情绪极为激动,她根本吃不下去任何东西。小女孩吃过东西后,在干草铺上重新躺倒。

于是,泽尔玛走到房间的角落里,那里墙壁的秸秆之间有些缝隙。她不停地通过缝隙向外察看,足足盯了一个小时,对于她来说,外面的动静太重要了。

外面的人正在做着出发前的准备。两兄弟中的一个——就他一个人——正在召集队伍,准备带领手下前往柏树林。没人能看见另一个兄弟的身影,他一定是躲起来了,或者藏在茅屋里,或者藏在岛上的某个角落。

至少,泽尔玛是这么想的。她已经知道,这哥儿俩定会设法隐瞒事情的真相。泽尔玛甚至猜想,也许,就是那个留在岛上的家伙负责监视她和小姑娘。

泽尔玛猜得没错,我们很快就能看到他。

就在此时,追随者和奴隶们已经在茅屋前集合,总数有五十来个,他们正在等待首领下达出发的命令。

将近上午9点钟,队伍已经走近森林的边缘——这个过程耗费了一些时间,因为平底船每次只能运送5至6名队员。泽尔玛看到,他们分成小组下去,再从对岸上来。由于河沟低于岛屿地

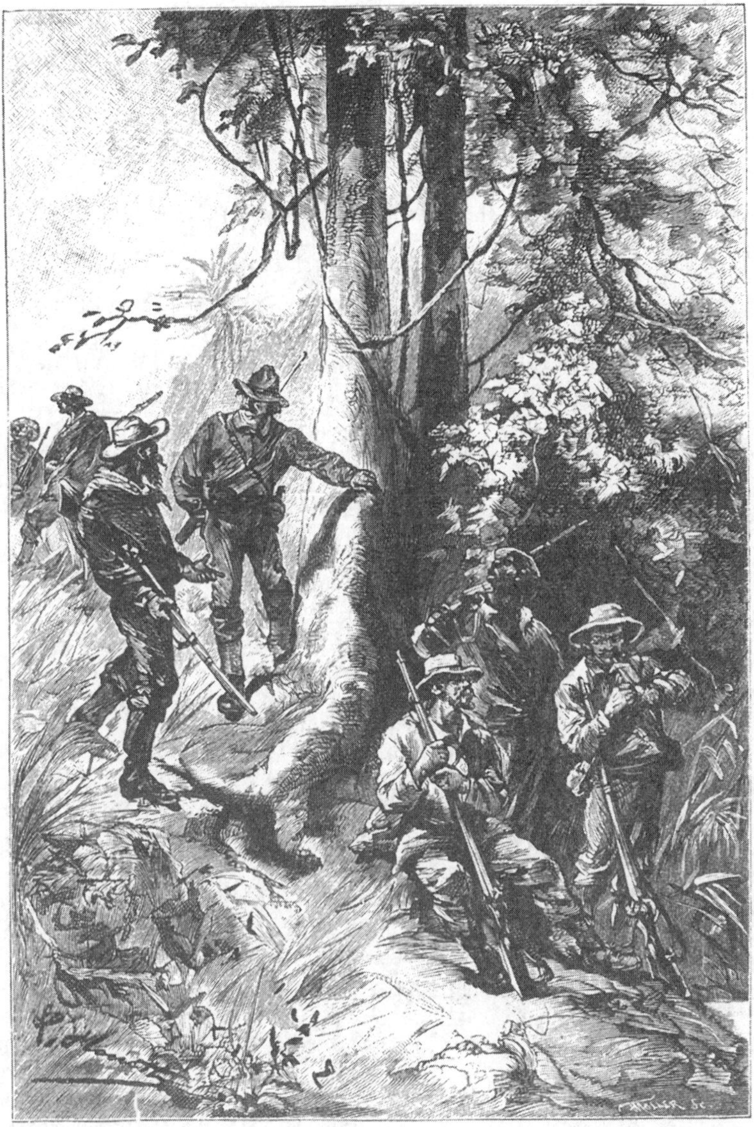

面,泽尔玛趴在墙上的缝隙,看不到河沟水面的情况。

德克萨终于露面了,他走在队伍的最后边,手里牵着一条猎犬,在侦察途中,他需要利用这条狗的本能。看到主人做的一个手势,另一条猎犬返回茅屋,它将独自负责监视茅屋门口。

片刻之后,泽尔玛看到德克萨爬上对岸的湖堤,停留片刻,整顿队伍。随后,整个队伍开始移动,斯坎伯走在队伍的前边,身旁跟着那条猎犬,很快,队伍消失在森林边缘茂盛的芦苇丛中。毫无疑问,为了防止外人来到岛上,必须派一个黑人把平底船划回到小岛一侧。不过,混血女仆并没有看见那个黑人,她猜想,那个黑人一定是沿着河沟边走远了。

泽尔玛不再犹豫。

蒂刚刚睡醒,经过多日劳顿,她的衣衫已经磨损,勉强遮蔽着小女孩消瘦的身躯。

"过来,我的宝贝儿。"泽尔玛说道。

"去哪儿?"孩子问道。

"去那儿……去森林里!……也许,我们能在那儿找到你的父亲……还有哥哥!……你害怕吗?……"

"有你在,我不怕!"小姑娘回答道。

于是,混血女仆小心地打开房门一条缝,她听到隔壁房间里没有一丁点声音,于是猜想,德克萨应该不在茅屋里。

确实,外面房间里没有人。

首先,泽尔玛在房间里寻找武器,如果遇到任何人阻拦,她决心拿起武器打击对方。桌子上放着一把宽大的短弯刀,印第安人打猎时常用的就是这种刀。混血女仆抓起刀,把它藏到衣服下面。她随后又拿了一些肉干,这些肉干够她们吃几天。

现在,她准备走出茅屋了。泽尔玛透过墙上茅草的缝隙,朝河沟方向望过去。在岛上的这个区域,看不到任何活物在移动,就连留下来看守茅屋的那条猎犬也不见踪影。

混血女仆放心了,尝试着推开房屋的大门。

但是,房门从外面锁住了,推不开。

泽尔玛立即带着孩子回到里面的房间,现在只需要做一件事情:利用茅屋侧墙上已经挖开一半的那个窟窿。

这项活计不算太困难。混血女仆利用那柄短弯刀割开墙上的秸秆——她一边干着,一边尽量压低声音。

虽然目前,那条没有随德克萨外出的猎犬还没有现身,但是,一旦泽尔玛钻出墙洞,它会不会出现?这条狗会不会跑过来,扑向泽尔玛和小女孩?面对这条猎犬,无异于面对一只老虎!

然而,不能犹豫。因此,墙上的窟窿一挖好,泽尔玛就把小女孩拉到身边,紧紧地抱在怀里。女孩动情地亲吻着泽尔玛,她明白,必须逃跑,就从这个窟窿里逃跑。

泽尔玛钻出了墙洞。她朝左右扫视了一遍,侧耳倾听,周围听不到一点儿动静。于是,小姑娘蒂也从洞口钻了出来。

就在此时,传来一阵犬吠声。声音似乎是从岛的西边传来的,距离还很远。泽尔玛紧紧抱住孩子,剧烈跳动的心脏似乎要蹦出嗓子眼。除非逃到河沟对岸的芦苇丛中,否则,她将面临巨大危险。

然而,茅屋与河沟之间的距离足有百步之遥,这段距离是逃亡过程中最危险的一段。她随时可能被德克萨,或者留在岛上的黑人奴隶发现。

幸运的是,在茅屋的右侧,有一片茂密的灌木丛,夹杂着芦苇,而且一直延伸到河沟旁边。那里距离平底船所在的位置,应该只有数英尺。

泽尔玛决定利用这片茂密的树丛,并且立即钻了进去。高大的植物之间给两个逃亡者留出了通道,茂密的枝叶遮掩了她们的身影。至于犬吠声,现在已经听不到了。

俯身钻过这片茂密的树丛十分艰难。灌木丛枝干间的缝隙很小,人只能从缝隙之间挤过去。很快,泽尔玛身上的衣服就被扯成碎片,双手鲜血淋漓。只要孩子没有被细长的荆条伤害,这一切都没有关系。尽管浑身伤痕累累,但勇敢的混血女仆一声不吭。不过,尽管泽尔玛努力保护,小姑娘的手臂和双手还是多处被划伤,然而,蒂一声都没有喊叫,也没有发出任何抱怨。

尽管这段逃跑的距离不算太长——最多也就是60来英尺——但是她们用了半个多小时才抵达河沟边。

泽尔玛停了下来,透过芦苇丛,她朝茅屋那边望去,随后,又朝森林那边望过去。

岛上的高大树林里面看不到一个人。在河沟对岸,也看不到德克萨及其同伙的任何踪迹,此时,他们应该在森林里面,距离此地一两英里远的地方。如果没有遇到北方佬,在数个小时之内,他们是不会返回的。

但是,泽尔玛不相信自己会被独自留在茅屋里。另一方面,头一天夜里与同伙抵达岛屿的那个德克萨,怎么可能在昨天夜里就离开了小岛,而且还带走了猎犬,这真的很难让人相信。然而,混血女仆确实没有再听到犬吠声——那条猎犬是不是还在树林里游荡?无论是德克萨还是猎犬,他们随时都可能出现,也许,只要加快脚步,泽尔玛有可能跑进对面的柏树林吧?

读者还能回想起来,泽尔玛在偷窥西班牙后裔的同伙们行动的时候,她并没有看到队伍越过河沟时使用的平底船,因为芦苇丛高大茂密,遮挡了视线。

然而,泽尔玛确信,这条平底船一定被一名黑人奴隶划回了小岛。因为,一旦豪伊克上尉的士兵追赶南军民兵过来,茅屋的安全必须得到保证。

但是,如果出于谨慎,这条平底船没有被划回小岛,而是被留在了河沟对岸,以便在德克萨及其同伙被联邦军队紧追不舍的情况下,可以快速撤退回来,那么,混血女仆怎么才能渡过河沟到达对岸呢?她是不是需要穿越岛上的树林才能逃跑?她是不是需要藏在树林里,等着那个西班牙后裔离开小岛以后,再到大沼泽地里寻找藏身之地?然而,即使德克萨决定离开,他会不会首先设法重新抓回泽尔玛和孩子?总而言之,唯一的出路就是:利用平底船渡过河沟。

泽尔玛又在芦苇丛中匍匐前进了5至6英尺。终于到了放船的位置,她停了下来……

平底船停靠在对岸。

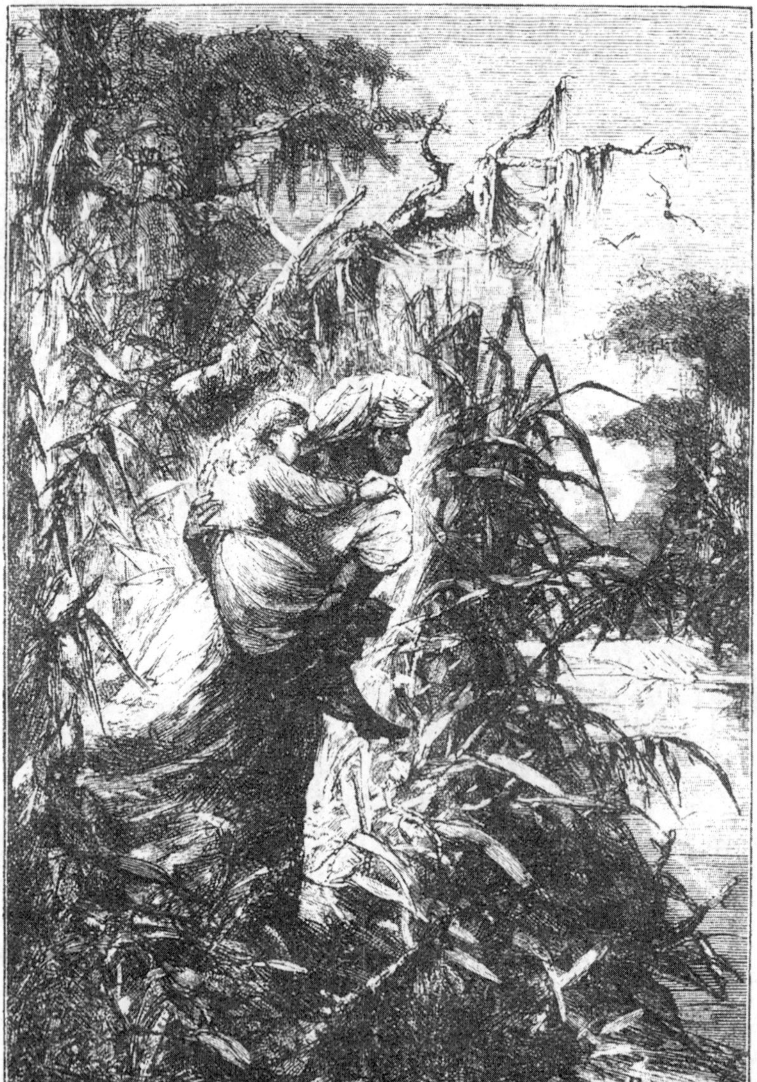
P. Louis

第十五章　兄弟俩

这个场面令人绝望。怎么渡过去？就算你勇敢无畏也不可能游泳泅渡，因为那能让你死够二十回。尽管从此岸到彼岸的距离只有区区百十来英尺，不行！没有平底船，绝不可能渡过去。水面上，东一个西一个，到处露着三角形的小脑袋，那些蛇疾速游过，搅得水草嗦嗦乱动。

面对眼前令人惊恐的场景，小姑娘蒂紧紧抱住泽尔玛。啊！如果跳到这些恶蛇中间，一定会被它们纠缠，变成有无数触角的巨大章鱼，但是，只要能够拯救小女孩，混血女仆片刻都不会犹豫！

要想拯救孩子，只能期待奇迹。然而，只有上帝才能产生奇迹。泽尔玛唯有求助上帝，她双膝跪倒在岸边，乞求神的意愿，赐予她一线生机。

然而此时，德克萨的同伙随时都可能出现在对岸森林的边缘，如果突然间，那个留在岛上的德克萨返回茅屋，发现蒂和泽尔玛已经不在里面，他会不会立刻开始寻找？……

"我的上帝……"不幸的女人呼唤道，"发发慈悲吧！……"

突然，她的目光转向了河沟的右侧。

一股水流正在向湖的北面流淌，那里分布着好几条卡拉奥沙奇河的支流，卡拉奥沙奇是一条小河，曲折蜿蜒流向墨西哥湾，每月大潮的时候,潮水都会倒灌进奥基乔比湖。

一段树干从右侧顺水漂过来,刚好停留在岸边。单依靠这根树干还不足以渡过河沟,不过,河岸那边有一处拐角,逼迫河水在下游几英尺的地方转弯,水流会不会把树干冲到柏树林那一侧?是的,十分可能。不论怎样,即使不幸,这树干又被冲回到小岛一侧,两名逃亡者的境况也不会比现在的处境更糟糕。

顾不上多想,似乎完全凭借本能,泽尔玛快步向漂浮的树干跑去。如果她花点儿时间考虑一下,也许就会想到,那水底下盘踞着数百条蛇类,树干漂到河沟中间,也许会被杂草缠住!是的!但那总比待在岛上强!这么想着,泽尔玛把蒂紧紧抱在怀里,抓住树干上的枝杈,跨上树干顺水漂离了河岸。

很快,树干被冲到水流当中,并且被冲向对岸。

与此同时,泽尔玛努力把自己掩藏在枝杈后面,让枝杈遮挡住部分身体。然而,此时河沟两岸荒寂无人,无论从小岛这一侧,还是柏树林那一侧,没有一点儿声音传来。只要渡过河沟,混血女仆就能找到一处隐蔽地点,一直等到夜幕降临,然后乘着不会被人发现的时候,钻进密林深处。她又重新看到了希望。这时候,她开始对付那些蛇类,它们从树干的各个角落冒了出来,一直爬到她的小臂上。小姑娘吓得闭上了眼睛。泽尔玛用一只手把孩子紧搂在怀里,准备用另一只手击打这些可恶的爬虫。不过,也许是惧怕短弯刀的威胁,也许是只会从水里发动攻击,它们趴在树干上一动不动。

终于,树干已经漂流到了河沟的中间,并且顺着水流一直冲向对岸的森林。只要树干没有被水草缠住,用不了一刻钟,树干就可以靠近另一侧岸边了。此时,尽管还面临巨大风险,但是,泽尔玛已经觉得逃离了德克萨的魔掌。

突然,泽尔玛把孩子更紧地搂在怀里。

岛上爆发出猎犬的狂吠。几乎同时,一只猎犬沿着河岸跑了出来,并且蹦跳着冲了下来。

泽尔玛认出来,这就是德克萨没有随身带走,命令它看守茅屋的那条猎犬。

它就在那儿,毛发耸立,眼睛冒火,准备冲向蛇类麇集的河面。

与此同时,一个男人也出现在河岸上。

这就是留守在岛上的那个德克萨,听到猎犬狂吠的报警,他连忙跑了过来。

当他看到蒂和泽尔玛趴在漂流的树干上,他恼恨的样子简直令人难以想象。他没有办法追赶她们,因为平底船在河沟的对岸,为了阻止她们逃跑,只有一个办法:杀死泽尔玛,即使这样做可能同时杀死孩子,他也在所不惜!

德克萨抓起随身携带的步枪,抵上肩头,瞄准了混血女仆,后者则试图用自己的身体挡住小女孩。

突然,那条猎犬激动得发了疯,一下扑进河沟水里。于是,德克萨想着,应该先让猎犬去捕捉猎物。

猎犬很快就逼近了树干。泽尔玛手里紧握着短弯刀,随时准备给它一刀……不过,已经没有必要了。

转瞬之间,那些蛇类已经缠绕住猎犬,纷纷用毒牙咬住它,后者用獠牙回击了几下,很快就消失在野草下面。

德克萨眼瞅着猎犬丧命,甚至都来不及出手相救。泽尔玛很快就要逃出他的魔掌……

"去死吧!"他大叫一声,朝泽尔玛开了一枪。

然而,此时树干已经靠近对岸,子弹仅仅擦伤了混血女仆的肩膀。

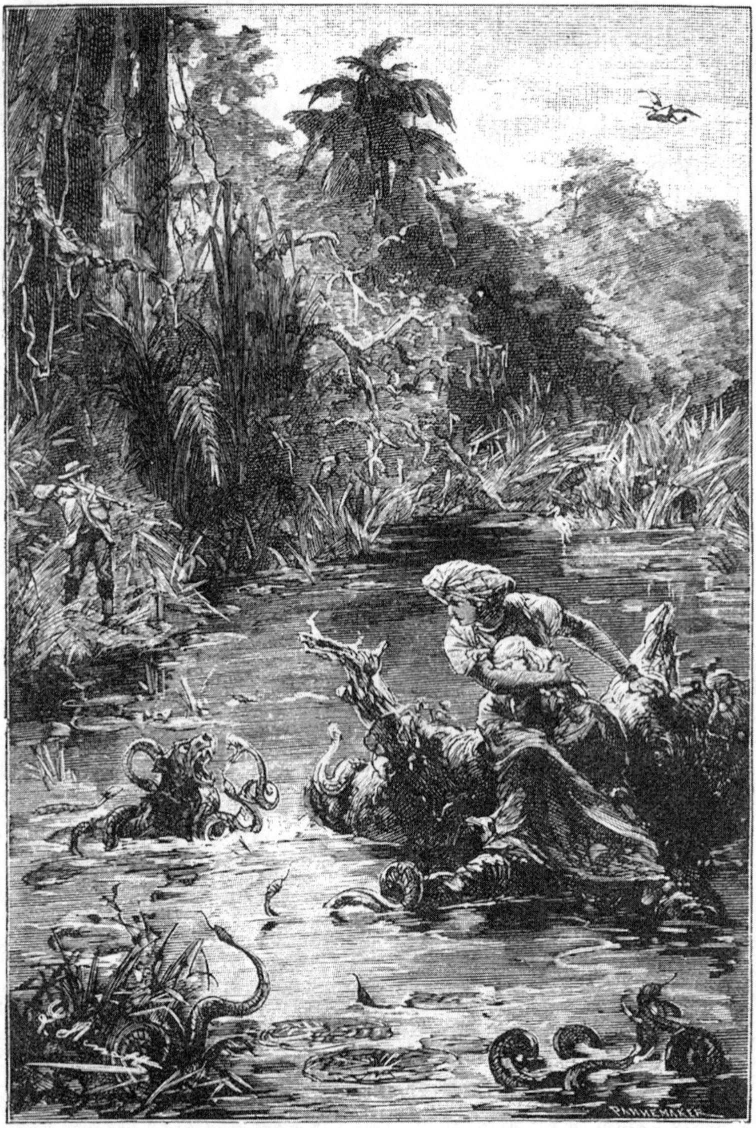
PANNEMAKER

片刻之后,树干靠拢河岸,德克萨的第二枪没有打中,泽尔玛抱起小姑娘,踏上了对面的河岸,钻进柏树林边缘的树丛里,消失在芦苇中。

然而,如果说混血女仆已经不用再害怕那个留在岛上的德克萨,但是,她却仍然面临落到他兄弟手里的危险。

因此,泽尔玛首先需要做的就是尽快离开卡纳尔岛,而且离开得越远越好。夜幕降临后,她朝着华盛顿湖的方向疾行。她用尽全身气力,鼓足勇气奔跑,只是偶尔放慢一下脚步。地面崎岖不平,沼泽泥塘犹如猎人布下的陷阱,粗大的柏树根构成一道道障碍,蒂的两条小腿无法跨越这些障碍,在泥地里步履艰难。小姑娘蒂跟不上泽尔玛的步伐,略有迟延,混血女仆就把蒂抱在怀里继续跑。

就这样,泽尔玛继续紧抱着珍爱的宝贝儿,似乎已经感受不到她的分量。有时候,她会停下脚步——与其说是为了喘口气,不如说是为了侧耳倾听森林里的声音。有时候,她似乎听到犬吠声,那应该是德克萨带走的另一条猎犬的叫声,有时候,又似乎听到远处传来几声枪响。这个时候,泽尔玛就在想,那些南军追随者是不是遭遇到了联邦军队。随后,她又察觉到,那不过是一只鸟儿模仿的叫声,或者是阵风吹落枯枝发出的类似手枪射击的声音,她的脚步略微停顿,随即继续疾行。现在,她的内心充满希望,不希望再遇到任何危险,一心只想着直奔圣约翰河的发源地。

疾行一个小时以后,泽尔玛远离了奥基乔比湖,她偏向东斜插过去,试图靠近大西洋滨海地区。她不无道理地自忖道,北军舰队的军舰应该在佛罗里达沿岸梭巡,以便接应那支由豪伊克上尉率领的联邦军队。他们会不会派出很多条小船沿着海岸巡逻呢?……

突然,泽尔玛停住了脚步。这一次,她没有听错。树林里传来了疯狂的犬吠声,而且,声音明显地越来越近。泽尔玛听得出来,这犬吠声很熟悉,这就是曾经在黑水湾旧碉堡附近巡逻的那条猎犬的叫声。

"这条狗追寻着我们的踪迹,"泽尔玛心里想道,"也许,德克萨离我们不远了。"

为此,她想到的第一件事情,就是找一处浓密的树丛把自己和孩子藏匿起来。但是,她怎么可能逃过猎犬的嗅觉?这可是一条既聪明又凶猛的猎犬,想当初,这种猎犬训练出来就是为了发现逃亡奴隶的踪迹,并且追捕他们。

犬吠声越来越近了,甚至,还能听见远处传来的喊叫声。

几步远的地方,有一棵粗大苍老的柏树,树心已经空了,周围长满蛇根草和藤萝,枝叶形成浓密的帷幕。

树洞里面足够宽大,泽尔玛和小女孩一起蜷缩了进去,枝叶帷幕把她们遮盖得严严实实。

然而,猎犬发现了她们的踪迹,转瞬之间,泽尔玛就发现猎犬已经来到柏树跟前。它更加疯狂地吼叫着,一跃而起扑向柏树。

一把挥舞的短弯刀逼迫猎犬后退了半步,紧接着,猎犬发出更加凶猛的嚎叫。

几乎与此同时,传来一阵脚步声,同时传来喊叫声、呼唤声,这声音是那么熟悉,那是德克萨和斯坎伯的声音。

确实,就是那个西班牙后裔及其同伙,他们正在逃避联邦军队的追赶,准备赶回奥基乔比湖畔。此前,他们在柏树林与这支北军队伍不期而遇,实力相差悬殊,不得不慌忙逃窜。德克萨希望抄近路赶回卡纳尔岛,企图利用环岛湖水,在联邦军队和己方之间构成一道屏障。由于对方没有小船,无法渡过河沟,将不得不停止前进。这样,德克萨就能争取到几个小时的时间,让追随者们溜到岛屿的另一侧,等到夜色深沉时,再利用平底船偷渡到奥基乔比湖的南岸。

德克萨和斯坎伯来到这棵大柏树前,看到猎犬冲着柏树狂吠,又看到地上沾满血迹,那是从猎犬肋部一道敞开的伤口流出的鲜血。

"看呀!……看呀!"印第安人叫道。

"这条狗受伤了?"德克萨回答。

"是的!……是被刀砍伤的,就在刚才!……它流出的血还是热的!"

"是谁干的?……"

就在此时,斯坎伯用枪管挑开了枝叶帷幕,猎犬再次扑了上去。

"泽尔玛!……"他叫道。

"还有孩子!……"德克萨回答道。

"是的!……她们是怎么跑出来的?……"

"杀了她,这个泽尔玛,杀了她!"

泽尔玛挥刀砍向西班牙后裔,但是,斯坎伯夺下她的武器,猛地把她从树洞里拽了出来,小女孩从她怀里掉下来,滚落到柏树林里长满巨大蘑菇和盘菌的地上。

遭到撞击,一只蘑菇爆裂开,就好像一颗炸弹。一阵发亮的烟尘喷射到空气中,紧接着,其他盘菌也相继爆裂开,于是引起一连串的爆炸,整座森林里四面八方似乎有无数的烟花在绽放。

空气中布满了不计其数的孢子,正要挥舞短弯刀的德克萨的眼睛被迷住了,一下子放开手中紧抓的泽尔玛,与此同时,斯坎伯的眼睛也被这些灼热的烟尘迷住了。万幸的是,混血女仆和小女孩都趴躺在地面,蘑菇和盘菌在空中爆炸,孢子烟尘没有伤害到她们。

然而,泽尔玛还是没能摆脱掉德克萨,随着最后一轮爆炸结束,空气不再令人窒息……

再次响起了爆炸声,不过这一次,是开枪的声音。

这是联邦军队开始攻击南军追随者。后者很快就被豪伊克上尉率领的水兵包围,纷纷缴械投降。就在此时,德克萨再次抓住泽尔玛,对着她的胸口就是一击。

"孩子!……抓住孩子!"他冲着斯坎伯叫道。

印第安人已经把小姑娘抓到手里,并且朝着奥基乔比湖的方向跑去,就在此时,只听一声枪响……吉尔伯特刚刚开了一枪,击穿了斯坎伯的心脏,他颓然倒地,死了。

现在,所有人都围了过来,伯班克父子、爱德华·卡洛尔、佩里、马尔斯、康特莱斯湾的黑人,以及豪伊克上尉的水兵们,他们用枪指着那群南方佬,在他们中间,德克萨站在斯坎伯的尸体旁。

然而,他们当中还是有几个人逃跑了,一直跑向卡纳尔岛。

跑就跑了吧!小女孩不是已经回到了父亲的怀抱吗?詹姆斯·伯班克紧紧抱着她,似乎生怕再次失去这个孩子。吉尔伯特和马尔斯向泽尔玛伏下身子,努力使她苏醒。这个可怜的女人还在喘息,但是已经说不出话。马尔斯扶着她的头,呼唤拥吻着。

泽尔玛睁开双眼,看到孩子已经回到伯班克先生的怀抱,认出了正在亲吻自己的马尔斯,她冲他微笑了。随后,闭上眼睛……

马尔斯站起身,看到了德克萨,立即冲向他,喊出了下面这几句他经常重复的话:

"宰了德克萨!……宰了德克萨!"

"住手,马尔斯,"豪伊克上尉说道,"让我们来审判这个卑鄙

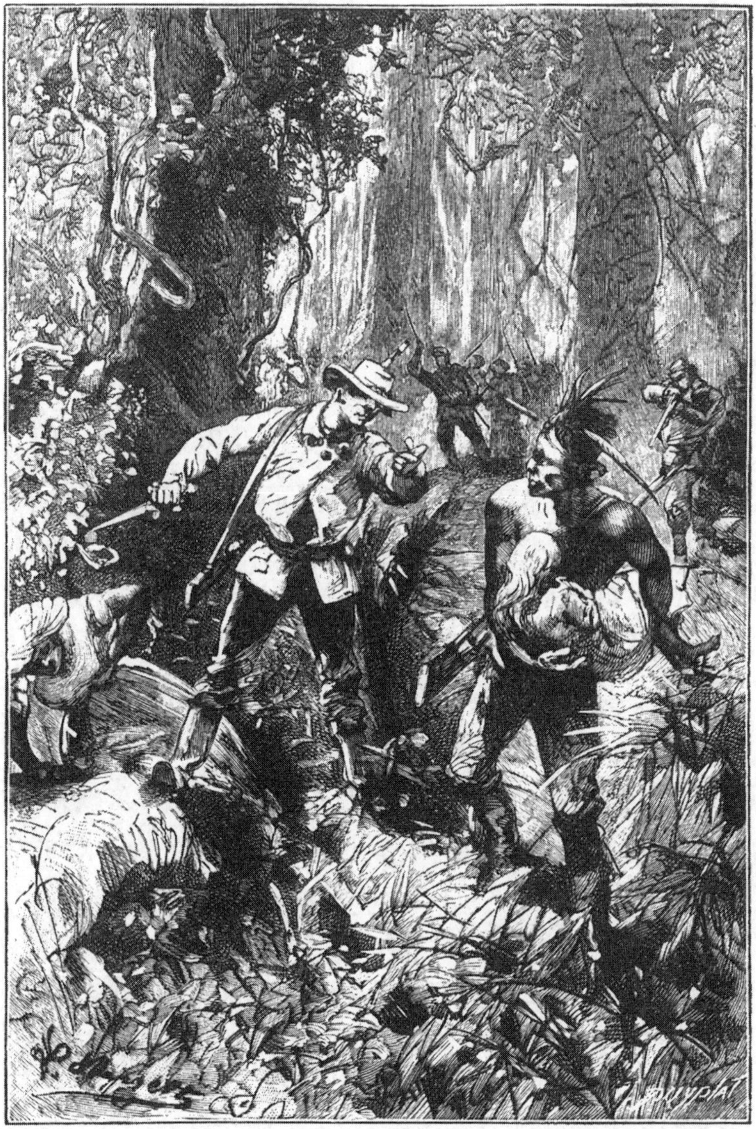

的家伙!"

他转身向那个西班牙后裔问道:

"您就是那个住在黑水湾的德克萨?"

"我没有什么好回答的。"德克萨反驳道。

"詹姆斯·伯班克、吉尔伯特中尉、爱德华·卡洛尔,还有马尔斯,他们都认得您,而且认出了您!"

"那又怎么样!"

"您即将被执行枪决!"

"来吧!"

就在此时,小姑娘蒂对伯班克先生说的话,让所有听到的人大吃一惊:

"爸爸,"她说道,"他们是兄弟二人……两个坏人……相貌非常相似……"

"两个人?……"

"是的!……泽尔玛嬷嬷叮嘱我,一定要告诉你!……"

孩子的话很奇特,很难让人猜出来究竟是什么意思。然而,答案很快就出现了,而且是如此突如其来。

此时,德克萨被押到一棵大树脚下,他面对面看着詹姆斯·伯班克,点燃一根香烟,抽了起来。一小队行刑的士兵站成一排,突然,一个男人跳了出来,站到犯人的身边。

这是第二个德克萨,他刚刚从逃到卡纳尔岛上的追随者口中得知,他的兄弟被逮捕了。

这兄弟二人的外貌是如此相像,很好地诠释了小姑娘刚才说的话。过去,他们的罪恶生涯始终蒙在莫名其妙的不在现场证据后面,如今终于真相大白。

现在,兄弟二人同时现身,他们过去的经历再次浮现,一览无遗。

然而,一个兄弟的现身,却让司令官的命令不太方便得到执行了。

事实上,杜邦司令颁发的立即枪决令只是针对伏击案的主谋,在那场伏击中,联邦军队小船上的军官和水兵大多死于非命。至于康特莱斯湾劫掠案和绑架案的主谋,必须被押送到圣奥古斯丁进行重新审判,确认无误后才能判决。

然而,长期以来,两兄弟犯下过一系列罪行,而且从未受到惩罚,他们是否应该承担相同的罪责?

是的,毫无疑问!然而,出于对法律的尊重,豪伊克上尉觉得有必要向他们提出下列问题:

"你们两个人当中,"他问道,"哪一个承认对基西米湖屠杀案件负有罪责?"

他没有得到任何答复。

显然,德克萨兄弟决心对别人提出的任何问题都不予答复。

唯有泽尔玛能够指出,对于这一系列罪行,两兄弟各自应该承担何种罪责。事实上,在两兄弟当中,在3月22日那一天,与混血女仆一起待在黑水湾的那个德克萨不可能成为屠杀的主谋,因为,那一天,屠杀事件发生在距离黑水湾100英里远的佛罗里达南部。与此同时,对于绑架案的真正主谋,泽尔玛应该有能力辨认出来。但是,现在她不是已经死了吗?……

不,我们看到,在丈夫的扶持下,泽尔玛清醒过来,用微弱的声音说道:

"对绑架案负有罪责的那一个,"她说道,"左臂上有刺青……"

听到这句话,大家发现,两兄弟的嘴唇之间露出了轻蔑的微笑,他们同时挽起袖口,展示两人左臂上各有一个一模一样的刺青。

见此情景,由于无法分辨出两兄弟,豪伊克上尉只好说道:

"基西米湖屠杀案的主犯应该被立即枪决——你们两个当中,哪一个是那个主犯?"

"我!"两兄弟异口同声回答道。

面对这样的回答,行刑队把两名犯人一同押上刑场,他们两人最后一次相互拥抱。

一阵枪响过后,两兄弟手拉着手,一同跌倒在地。

两兄弟的生命就这样走向终结,这么多年来,两人外貌的极度相似,使他们有可能不受惩罚地犯下了一系列罪行。在所有的人类情感当中,他们唯一拥有的,就是彼此之间感受到的粗野的兄弟之情,这份情感伴随着他们直至生命的最后一刻。

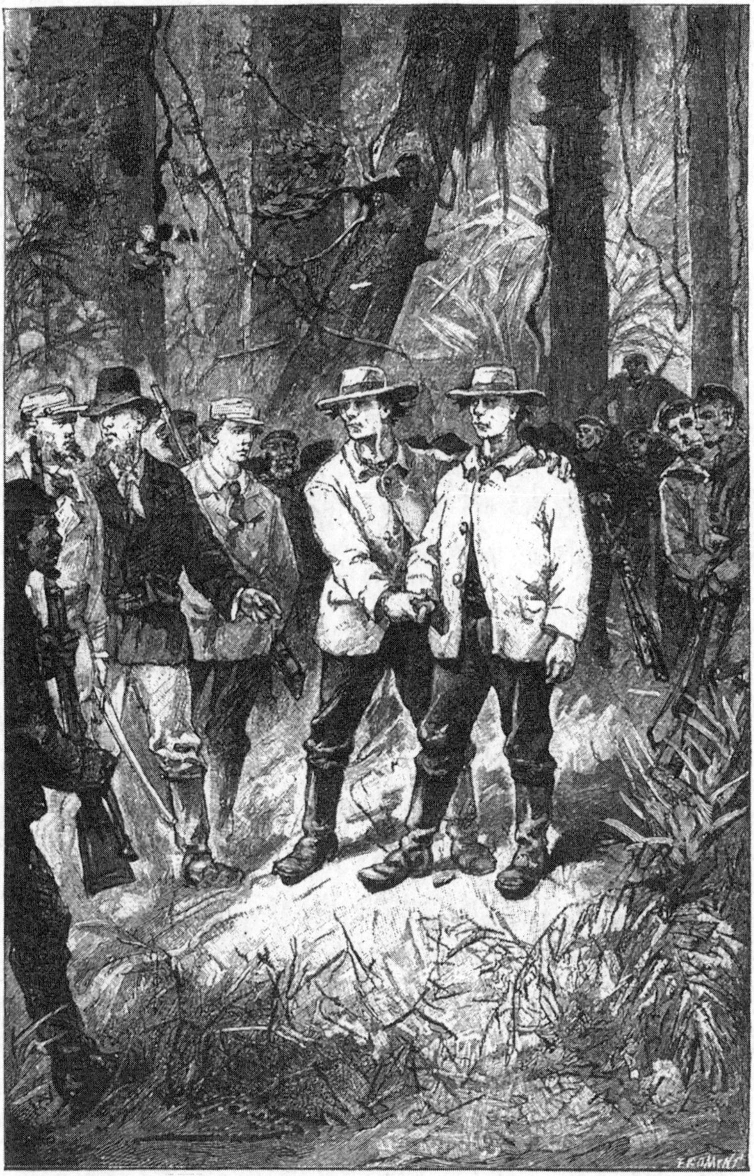

第十六章　结　局

然而,这场内战还在分阶段继续进行。最近,又发生了一些事件,由于事情发生在詹姆斯·伯班克从康特莱斯湾启程以后,因此,他当时并不知道,只是在回程途中才听说。

总而言之,在这段时间里,聚集在科林斯周围的联盟军队似乎占了上风,与此同时,联邦军队继续占领着匹茨堡登陆地区。分离主义阵营任命约翰斯顿①担任总司令,负责指挥战事,他麾下的战将包括博勒加德、哈代、布拉克斯顿-巴格、波尔卡主教——他曾经就学于西点军校。南军巧妙地利用了北军的轻率。4月5日,北军不慎在夏伊洛遭到袭击——这一仗导致海博迪旅的溃散,以及谢尔曼部队的后撤。不过,联盟军队为取得上述战绩付出了惨重的代价;英雄的约翰斯顿②在击退联邦军队的战斗中被打死。

以上就是4月5日开始的那场战役第一天的战况。到了第三天,战斗在全线展开,谢尔曼的部队成功夺取了夏伊洛,与此同时,联盟军队被迫在格兰特麾下的北军面前逃窜。这真是一场浴血大

---

① 约瑟夫·约翰斯顿是美国南北战争时期,南军的七名将军之一,在半岛战役中曾担任南军司令。
② 原文如此。约瑟夫·约翰斯顿逝世于南北战争结束后的1891年,因此,此处的约翰斯顿应另有所指。

战！在参战的8万名官兵当中,死伤者竟达2万之众!

詹姆斯·伯班克和同伴们于4月7日返回康特莱斯湾,第二天,他们就得知了上述的最新战况。

实际上,在处决了德克萨兄弟之后,豪伊克上尉率领部队,押着俘虏返回滨海地区,詹姆斯·伯班克和同伴们随部队同行。北军舰队封锁着海岸线,在马拉巴尔海角,停泊着舰队的一艘战舰,这艘战舰把伯班克一行送到圣奥古斯丁,然后,他们前往毕高拉塔镇,在那里乘上一条炮舰,一直抵达康特莱斯湾的小码头。

就这样,大家都回到了城堡屋——包括泽尔玛,她虽然受伤但是死里逃生,被马尔斯和同伴们护送到联邦军舰上,在那里得到很好的治疗。可不是吗？泽尔玛十分庆幸自己终于救出了小姑娘蒂,自己也回到了她所热爱的大家的身边,她怎么舍得去死呢？

经过了这么多的艰难险阻,大家都能理解伯班克一家高兴的心情,全体成员终于团聚,永不分离。看到孩子回到自己身边,伯班克夫人的身体一天天康复,在她身边的,不仅有她的丈夫,还有她的儿子、即将成为自己女儿的艾丽丝小姐,还有泽尔玛和马尔斯。从现在起,她已经不用再惧怕那个,或者不如说那两个无耻之徒了,他们的主要同伙也都已经落入联邦军队之手。

然而,一则传言仍在到处流传,这就是两兄弟在卡纳尔岛见面时谈到的那件事。传言说,北方佬即将放弃杰克逊维尔,杜邦司令即将收缩滨海地区的封锁行动,准备把护卫圣约翰河的炮舰都撤走。这项计划无疑将使那些拥护废奴主义的移殖民丧失安全感——特别是詹姆斯·伯班克一家。

传言并非空穴来风。实际上,4月8日,也就是伯班克一家在城堡屋团聚后的第二天,联邦军队开始从杰克逊维尔撤退。与此同时,城里有几个曾经表态拥护联邦事业的居民,他们觉得必须离开,其中几个人去了罗亚尔港,另几个去了纽约。

詹姆斯·伯班克并不想学他们的样子。种植园的黑人都回来了,他们已经获得解放,不再是奴隶,有他们在,康特莱斯湾的安全可以得到保证。另一方面,战争已经进入对北方有利的阶段——吉尔伯特因此可以在城堡屋多逗留一些日子,以便与艾丽丝·斯坦纳德完婚。

种植园的修缮工作已经重新开始,很快就可以恢复正常运转。至于那条把解放奴隶统统驱逐出佛罗里达的法令,詹姆斯·伯班克也已经不需要执行了。德克萨及其追随者已经不知所踪,再也不会煽动群氓闹事。另一方面,北军炮舰还在沿海地区,随时可以重回杰克逊维尔恢复秩序。

至于南北交战双方,他们还将在今后三年里继续缠斗,甚至,在佛罗里达州,战事也还会出现若干次反复。

事实上,就在这一年的9月份,杜邦司令的舰队再次来到位于圣约翰河入海口附近的圣约翰布拉夫,并且第二次占领杰克逊维尔。1866年,西摩将军率军第三次占领这座城市,并且没有遇到正经抵抗。

1863年1月1日,林肯总统宣布,在美国所有各州废除奴隶制。然而,这场战争一直延续到1865年4月9日才结束。就在这一天,在阿波马尔托克斯法院大楼,双方签署了不失体面的投降协议,李将军率领他的所有军队向格兰特将军投降①。

在4年的时间里,北方与南方进行了激烈的搏杀。作为这场战争的代价,美国损失了27亿美元,超过50万人死亡;与此同时,

---

① 1865年4月3日,联邦军攻克里士满。4月9日,同盟军总司令罗伯特·李将军率部向联邦军投降,美国南北战争以北方的胜利而告结束,美国恢复统一。

在整个北美洲,奴隶制度被废除了。

将近一个世纪以前,这些美国人的祖先在独立战争中,为自己的国家赢得了解放,现在,这些美国人通过自己的努力,维护了美利坚合众国的永远统一。

Jules Verne

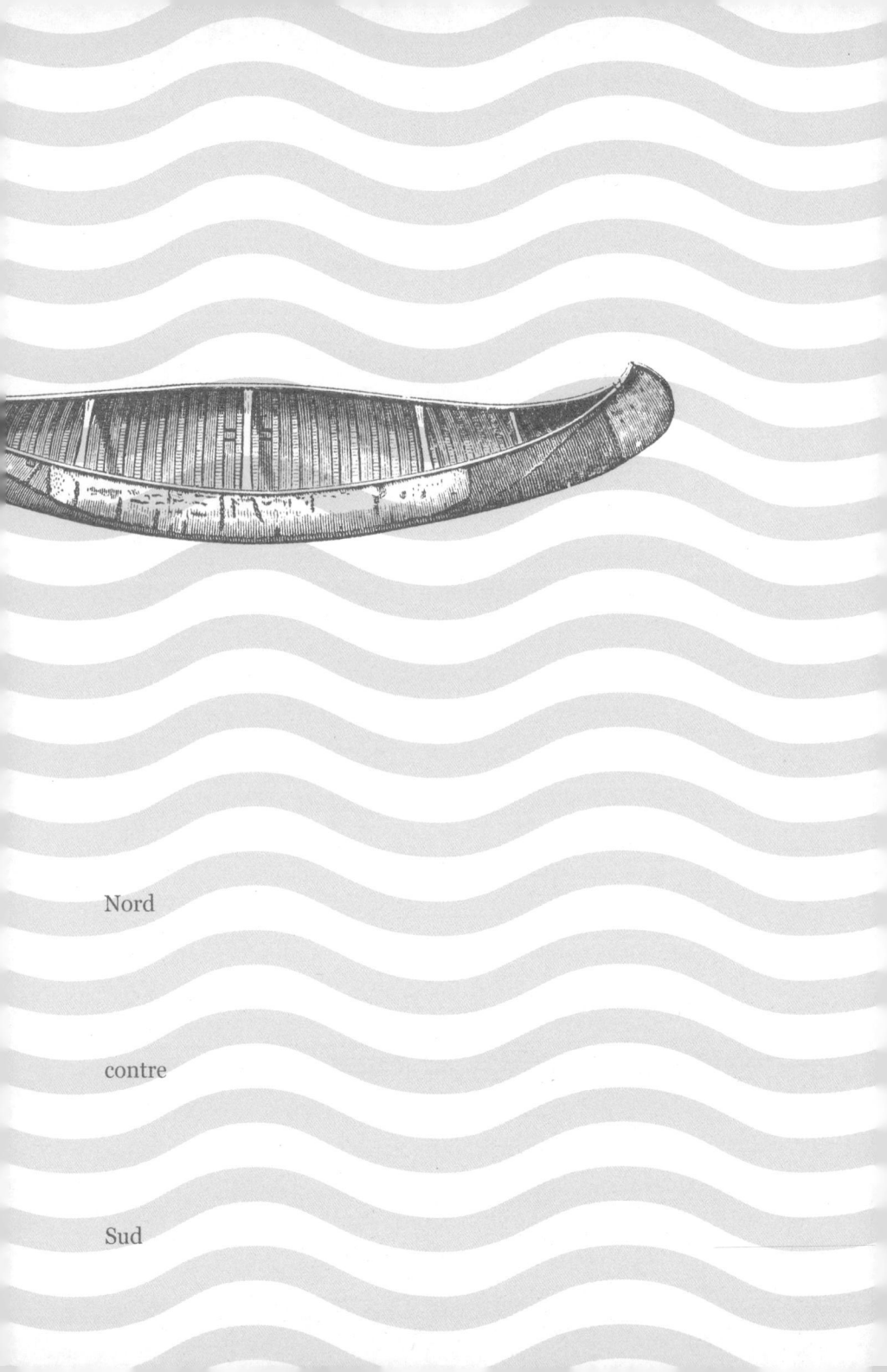

Nord

contre

Sud